ANTONIO CABANAS es autor de los best sellers *El ladrón de tumbas*, *La conjura del faraón*, *Los secretos de Osiris*, *El sueño milenario*, *El hijo del desierto*, *El secreto del Nilo*, *El camino de los dioses*, *Las lágrimas de Isis* y *El sueño de Tutankhamón*, todos ellos en Ediciones B, con los que ha alcanzado un gran éxito entre la crítica y el público. Apasionado de la cultura del Antiguo Egipto, de la que es un gran conocedor, dedica gran parte de su tiempo a investigar y escribir acerca de ella.

Ha realizado estudios de egiptología, lengua egipcia y escritura jeroglífica, y desde 1990 es miembro de la Asociación Española de Egiptología. Sus obras han sido traducidas a varios idiomas.

www.antoniocabanas.com

EGIPTO
IMPERIO NUEVO
1560-1085 a. C.

0   100   200 km

MAR

D E S I E R T O

D E L

S Á H A R A

DESIERTO LIBIO

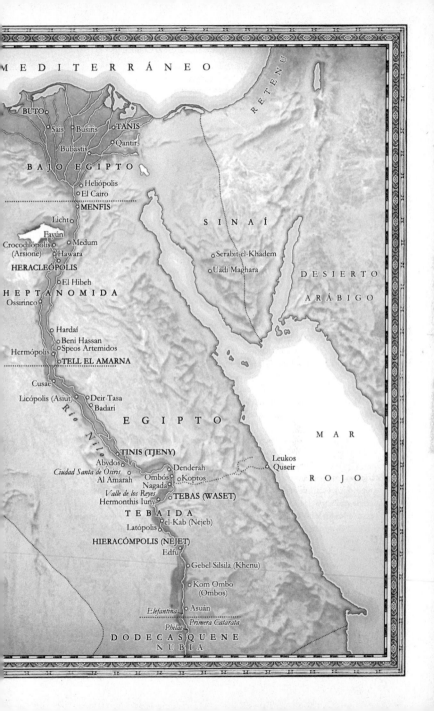

MEDITERRÁNEO

RETENU

BUTO
Sais · Busiris · **TANIS**
Bubastis · Qantir

BAJO EGIPTO

Heliópolis
El Cairo
MENFIS

SINAÍ

Licht
Fayún
Crocodilópolis · Medum
(Arsione) · Hawara
HERACLEÓPOLIS

Serabit-el-Khadem

Uadi Maghara

DESIERTO

El Hibeh

HEPTANOMIDA
Ossirinco

ARÁBIGO

Hardaí
Beni Hassan
Speos Artemidos
Hermópolis · **TELL EL AMARNA**

Cusae

Licópolis (Asiut) · Deir Tasa
Badari

EGIPTO

MAR

Río Nilo

TINIS (TJENY)
Abydos
Ciudad Santa de Osiris · Denderah
Al Amarah · Ombós · Koptos
Nagada
Valle de los Reyes · **TEBAS (WASET)**
Hermonthis Iuny

Leukos
Quseir

ROJO

TEBAIDA
el-Kab (Nejeb)
Latópolis

HIERACÓMPOLIS (NEJET)
Edfu

Gebel Silsila (Khenu)

Kom Ombo
(Ombos)

Elefantina · Asuán
Philae · Primera Catarata
DODECASQUENE
NUBIA

Papel certificado por el Forest Stewardship Council®

Penguin
Random House
Grupo Editorial

Primera edición en este formato: octubre de 2023

© 2019, Antonio Cabanas
© 2019, 2020, 2023, Penguin Random House Grupo Editorial, S. A. U.
Travessera de Gràcia, 47-49. 08021 Barcelona
© 2019, Ricardo Sánchez Rodríguez por el diseño del plano
del templo de Hapshepsut y el mapa
© Istock, por las ilustraciones de interior
Diseño de la cubierta: Penguin Random House Grupo Editorial / Samuel Gómez
Fotografía de la cubierta: Alejandro Colucci

Printed in Spain – Impreso en España

ISBN: 978-84-1314-836-6
Depósito legal: B-14.772-2023

Impreso en Novoprint
Sant Andreu de la Barca (Barcelona)

BB 4 8 3 6 6

Las lágrimas de Isis

ANTONIO CABANAS

A Bibiana, la estrella que da luz a mi mundo

Introducción

Fui hermana de leche de la mujer que dominó el mundo. Mi madre, Sat Ra, nodriza real, nos dio la vida de nuevo con la misma generosidad con que los campos hacen germinar las cosechas durante la estación de *Shemu*. Ella nos alimentó durante casi seis años, como si fuese tierra labrada por campesinos a quienes Min, el dios de la fertilidad, el eterno erecto, hubiera colmado de trigales. Ambas mamamos del mismo pecho para crear un vínculo tan poderoso como el de la sangre. Ese fue mi privilegio, el de criarme junto a la hija de un dios a quien nunca abandonaría, que gobernaría Kemet[1] enfrentándose a todo y contra todos. Mi madre le dio el coraje y los dioses su favor, para que no desfalleciera en la lucha. El duro granito forjó su voluntad para que se impusiera en un mundo de hombres. Ella se alzó cual una estrella rutilante para mostrar a la Tierra Negra[2] un brillo diferente, desconocido hasta entonces, quizá surgido de la esencia divina de la que aseguraba hallarse impregnada. Había nacido para ser faraón, independientemente del carácter de su naturaleza, aunque ello cubriera su camino de piedras, alguna tan ciclópea como las que se alzan en los templos. Mas los impedimentos no eran obstáculo ante su determinación, la misma que le transmitiera su abuela, la de unos ancestros que habían liberado Egipto del yugo de los reyes extranjeros, tras grandes padecimientos.

Durante los últimos años me he preguntado cómo hubiese sido su vida de haberse limitado a ostentar sus derechos como Gran Esposa Real, tal y como le correspondía, aunque la respuesta termine por perderse por los recovecos de las ilusiones. En la vida de mi hermana no había lugar para las entelequias; daba igual el precio que tuviera que pagar por ello. Siempre existe un coste, pero a ella no le importó, aunque esto le ocasionaría un gran sufrimiento y la renuncia a la felicidad junto al hombre al que entregaría su amor. La Tierra Negra era lo primero, y ella estaba dispuesta a gobernarla al precio que fuera. ¿Acaso no estaba legitimada para hacerlo?

Sobre esta cuestión nunca albergaría dudas. Desde la niñez ella sabía cuál era la senda que le pertenecía y lo que debía hacer para recorrerla. Yo la acompañé en cada tramo, quizá para cuidar de la parte mortal que toda diosa reencarnada pudiera poseer. Horus nunca tuvo mayores motivos para hacerlo, ni Egipto mejor oportunidad para sentar en su trono a quien correspondía. Mi hermana le dio lustre, como a todo aquello que pasó por sus manos, hasta engrandecer el país de las Dos Tierras[3] con los más fastuosos templos jamás erigidos junto a las orillas del Nilo. Así fue como Kemet cobró una nueva dimensión, en tanto las gentes cantaban alabanzas a quien había hecho posible tanta prosperidad. Años de paz y abundancia en los que no hubo lugar para el corazón atribulado. Pero ¿cómo fue posible aquel milagro?, ¿cómo pudo mi hermana acometer aquella obra; emprender semejante aventura?

Muchos han sido los que se han atrevido a ofrecer sus respuestas, casi todas pregonadas al abrigo de las sombras, sin superar los susurros, como corresponde al teatro de las maquinaciones. Mi hermana las conocía todas, como también sabía que en los siglos venideros los hombres escribirían acerca de ella, de su memoria casi siempre incomprendida, cuando no tergiversada, con la osadía que da el desconocimiento, y la ligereza que proporciona el paso del tiempo. Poco le importaba, pues estaba convencida que su recuerdo saldría triunfante sobre el implacable olvido con el que las gentes del Nilo intentarían sepultar su historia. Mas todo resultaría en vano, pues tal era su grandeza. Quienes la conocimos sabíamos lo que se ocultaba detrás del escenario de tanta insidia: el temor.

Mi hermana llegaba a la Tierra Negra con un mensaje demasiado peligroso para los poderes establecidos. Era portadora de un nuevo orden que apuntaba directamente al trono de Horus por voluntad divina, y representaba una gran amenaza para los defensores de lo inmutable.

Alguno de los que se cruzaron en su camino fueron víctimas de su propia mediocridad, otros, en cambio, mostraron su genio, del que ella se valió para engrandecer Kemet y también a sí misma. Acrecentó su poder cuanto pudo y se reveló maestra en el juego de las ambiciones. Fueron muchos los que entablaron partida con ella y yo los conocí a todos. La leche que compartimos sirvió para que comprendiera cada uno de sus movimientos y también para saber el gran corazón que ella atesoraba. Sat Ra, mi madre, nos crio bien, y fue tan grande el amor que sentimos por ella, que cuando Osiris la llamó ante su presencia, su hija adoptiva ordenó que Egipto entero se cubriera de luto, al tiempo que permitía su entierro en la necrópolis real; de este modo Sat Ra sería la primera persona no perteneciente a la realeza en tener una sepultura en el Valle de los Reyes.

La vida de mi hermana supuso un interludio en el entrechocar de las armas, un paréntesis entre dos guerreros, los más grandes que diera Egipto, para quienes el mundo se quedaba sin fronteras. Durante dicho tiempo la Tierra Negra detuvo su carrera para tomar aliento, aunque más tarde la reiniciara con mayor ahínco; así es la guerra cuando dicta su condena; incapaz de escuchar razones. Mi hermana no tuvo necesidad de dárselas, pues nunca abrió la puerta ante su llamada; el Egipto que ella soñaba se dibujaba en los mapas de la prudencia, con cálamos cuyos trazos quizá resultaran demasiado sutiles para todo aquel ajeno a la espiritualidad que ella poseía. ¿Fue todo un espejismo?

Es posible que los milenios venideros escriban sobre mi tiempo desde una perspectiva que invite así a creerlo. Sin embargo, todo fue real, demasiado quizá para quienes veían peligrar sus ambiciones; hombres y mujeres.

Con coraje y determinación, mi real hermana alteró el pulso del país de las Dos Tierras con el beneplácito del rey de los dioses. Amón siempre le sonrió, como haría un padre con su hija bienamada. Ella fue tocada por la gracia divina y así quedó inscrito en los muros de su gran templo, el Djeser Djeseru, para pasmo de los siglos venideros. El Oculto fue su valedor, aunque a la postre presenciara con pesar el alcance de las maquinaciones humanas.

Todo lo que se cuenta en este libro ocurrió tal y como yo lo vi y, al comenzar mi historia, la emoción me embarga el corazón al recordar los nombres de aquellos que tomaron parte activa en ella. Sus rostros se me presentan de nuevo, algunos sonrientes, otros taciturnos, impenetrables, o incluso siniestros. Son muchos los que conforman este relato, todos con sus intereses, pues la sombra del poder es como el agua en la crecida, capaz de hacer germinar los campos de la ambición. Personajes de la talla de Senenmut o Ahmés Nefertary surgen como gigantes en la tierra del pigmeo, montañas que se me antojan inaccesibles para el resto de los mortales. Sin ellos esta historia hubiera sido imposible, pues ambos escribieron su argumento, de una u otra forma, con la sabiduría de los elegidos. Quizá por tal motivo haya decidido respetar el papel de cuantos participaron en la obra, y permitir que sean estos quienes nos cuenten lo que ocurrió.

Mi nombre es Ibu, hija de Sat Ra, a quien también llamaban Inet, nodriza real por designio de la reina madre, la divina Ahmés Nefertary. La gran dama nos abrirá la puerta de su reino para mostrarnos Egipto tal y como era quince siglos a.C. Ella será quien nos presente a su bien más preciado, a mi hermana de leche, su nieta predilecta, la misteriosa Hatshepsut, que una vez gobernó sobre los hombres.

PRIMERA PARTE

EL PODER DE LA SANGRE

Tebas, 1497 a.C.

1

Sentada a la sombra del sicomoro, Nefertary disfrutaba de los perfumes del jardín. Estos envolvían la tarde con su invisible frazada, tejida por el embrujo de una tierra en la que los dioses y los hombres iban de la mano. Así, los jazmines y arbustos de alheña entremezclaban sus fragancias hasta saturar el ambiente con su magia, en tanto los acianos, alhelíes y adelfillas se regocijaban al poder mostrar su colorido. Olía a munificencia, a tierra presta a ser fecundada, a aguas dispuestas a descargar su simiente hasta saturar los campos de vida.

La avenida ya se anunciaba, y aquella suerte de milagro hacía que los corazones se inflamaran de gozo, que los colores del Valle parecieran más vívidos, que el aire llegara rebosante de esperanza ante el comienzo de un nuevo ciclo traído de la mano de un prodigio: la inundación.

La dama sabía muy bien lo que se escondía tras aquella palabra; misterios que iban mucho más allá de un país anegado por las aguas; una tierra bendecida por los dioses que un día la crearan, decididos a no abandonarla nunca mientras honraran su memoria. Estos se encontraban por doquier: en el yermo desierto, bajo los palmerales, detrás de cada recodo del río, vigilantes, para que sus ancestrales leyes fueran cumplidas por el pueblo que ellos mismos habían elegido, a fin de garantizar el orden cósmico sin el cual solo habría lugar para el caos.

La noble señora conocía lo que representaba la anarquía y las consecuencias de caer bajo su poder. Durante casi doscientos años, Egipto había sucumbido a su yugo, abandonado a su suerte, prisionero de las ambiciones bastardas de unos reyes procedentes de otras tierras dispuestos a gobernar un país que no les pertenecía.

Durante la XIII dinastía, una época en la que el trono de Horus se vio ocupado por una interminable lista de usurpadores, gentes llegadas desde Retenu[4] fueron penetrando masivamente en la zona del Delta, donde se establecieron, para terminar por crear ciudades independientes del poder establecido, así como una realeza propia. Rendían culto a Hadad, el dios sirio de las tormentas, y con el tiempo fundaron su capital, Avaris, ante la pasividad de unos faraones cuyo mandato resultaría efímero. El Bajo Egipto sucumbía ante el empuje de aquel pueblo de procedencia asiática, que pronto sería conocido como los *heka hasut*, «gobernantes de los países extranjeros», a los que la Historia bautizaría con el nombre de *hiksos*.

Nefertary suspiró al pensar en ello. Aquel grupo de trashumantes que en su día inmigraran a Egipto aprovechó la gradual debilidad de la autoridad de los monarcas del Nilo para conquistar el poder, y durante las siguientes tres dinastías extendieron su dominio hacia el sur hasta amenazar a la ciudad de Tebas, aprovechándose del vasallaje de algunos gobernadores egipcios que ambicionaban aumentar la influencia sobre sus latifundios. El viejo país de las Dos Tierras pasó así a ser gobernado por asiáticos, y los dioses, horrorizados, se recluyeron en lo más profundo de sus templos a la espera de un milagro. Solo Set, el iracundo señor de las tormentas, el dios del desierto, parecía estar satisfecho. ¿Acaso no era considerado como soberano del caos? El ombita, como también era conocido dicho dios, vagaba a sus anchas por aquella tierra sumida en el desorden, y quizá por ello los *hiksos* lo acogieron con alborozo, dispuestos a adorarlo como su principal divinidad, pues quién mejor que Set para guiarlos en la batalla.

La guerra era inevitable, y fue entonces cuando, en el Alto Egipto, una dinastía de príncipes tebanos, la decimoséptima, se alzó en armas contra el invasor con el propósito de devolver Kemet a su pueblo. Nefertary había oído contar muchas veces aquella historia a sus mayores: cómo Sekenenra Tao había iniciado los enfrentamientos que continuaría su vástago, Kamose, tras la muerte de su padre a causa de las terribles heridas sufridas en combate. Fue una lucha sin cuartel en la que los nubios del país de Kush se aliaron con los usurpadores para así amenazar a Kamose desde dos frentes. Sin embargo, este no se arredró, convencido de que los dioses no le abandonarían en aquella hora. El príncipe tebano se hallaba decidido a expulsar de su sagrada tierra al conquistador asiático al precio que fuese, aun a riesgo de su vida, que acabó por perder después de tres años de contienda. No obstante, la lucha continuaría, pues su hermano Amosis proseguiría los encarnizados combates hasta que, al fin, logró derrotar a los *hiksos*, a quienes persiguió hasta la ciudad de Saruhen, en Palestina. De este modo Amosis liberaba Egipto para instaurar una dinastía que quedaría grabada con letras de oro en la historia de la Tierra Negra: la decimoctava.

Sin embargo, nada de lo que ocurrió hubiera sido posible sin el concurso de las mujeres de aquella saga tebana. Mientras sus hombres combatían en la guerra contra los invasores, las reinas se encargaron de gobernar con firmeza y buen juicio el Alto Egipto. Ellas insuflaron ánimos y esperanza a los ciudadanos, al tiempo que alimentaban el coraje de sus reyes para que no flaquearan hasta conseguir la victoria final. La talla de aquellas reinas fue de tal magnitud que, durante el resto de su milenaria historia, Egipto honraría su memoria, hasta el punto de llegar a divinizarlas. Ellas constituyeron el entramado sobre el que se estableció la XVIII dinastía, y su preponderancia se traduciría en la gran importancia que llegaría a tener la línea materna a la hora de gobernar el país. A través de su sangre otorgarían la realeza, al tiempo que legitimarían a aquella estirpe con la que daría comienzo el Imperio Nuevo.

Fueron tres las damas elegidas para forjar los cimientos de una época que resultaría gloriosa. La primera de ellas se llamaba Tetisheri, una mujer de origen humilde, hija de la dama Neferu y de un oficial de nombre Tiena, que se casaría con el príncipe Senajtenra, para fundar la que sería una de las familias reales más importantes de la historia de Egipto. A tan noble señora le sucedería Iahotep, una reina enérgica capaz de sobreponerse a la terrible muerte de su esposo, Sekenenra Tao, y soportar sobre sus espaldas no solo el gobierno del Alto Egipto, sino también la encarnizada guerra en la que se hallaba inmerso su pueblo. Junto a su hijo Kamose, la reina se enfrentó con valor a los señores que gobernaban en pequeños feudos y se habían aliado con los invasores *hiksos* con el fin de no perder sus prerrogativas.

Mas la prematura muerte de Kamose hizo que Amosis lo sucediera con apenas seis años de edad, una circunstancia que obligó a Iahotep a tomar la regencia del reino y a mostrar su coraje a una corte que veía en la debilidad de su situación una oportunidad para llegar a un acuerdo con el pueblo invasor, con el fin de alcanzar la paz. Sin embargo, la reina no lo permitió, y con una voluntad de hierro hizo valer su autoridad para proseguir la guerra hasta la victoria final.

La tercera de aquellas legendarias damas era hija de la valerosa Iahotep. Se llamaba Ahmés Nefertary, y con ella se iniciaría una gloriosa andadura que abarcaría cerca de trescientos años. Casada con su hermano, Amosis, llegaría a convertirse en *hemet nisut weret*, Gran Esposa Real, y por ello en señora de un Egipto que había renacido de sus cenizas para volver a honrar a sus dioses.

Tras recordar aquellos pasajes Nefertary sonrió satisfecha. La fragancia que envolvía el jardín no era nada comparada con la que emanaba de la tierra que pisaba. Ella podía captarla en toda su magnitud, pues conocía el alambique en el que había sido destilada. No en vano la gran señora también formaba parte de ella, como toda su familia y el pueblo tebano al que tanto amaba. Todos participaban del mismo aroma con el que el divino Amón había impregnado la tierra de Egipto, y en aquella hora el perfume se expandía empujado por el hálito del Oculto, verdadero significado del nombre de Amón, para recordarles que se encontraban en un lugar santo. Si había una tierra cargada de espiritualidad, esa era Waset, Tebas, la capital del cuarto nomo del Alto Egipto, El Cetro, dominio del rey de los dioses, Amón, y de su poderoso clero. Allí confluían los misterios celosamente guardados en los templos del país de Kemet, y en aquella hora, Hapy, el dios del Nilo, se unía a ellos para vaticinarles una benefactora crecida.

La dama entendía el lenguaje del río, como tantas otras cosas. Ella había acompañado a su esposo Amosis durante la gran aventura que Shai, el destino, les había hecho vivir, y ahora que se había convertido en reina madre, Nefertary continuaba velando por su pueblo, así como por el futuro de la dinastía que había creado. Hacía veinte años que su real marido había partido hacia el reino de Osiris, señor del Más Allá, y el escenario que se presentaba requería de toda su atención.

Hacía calor aquella tarde, como correspondía al mes de *Thot*, primero de *Akhet*, la estación de la inundación, y, mientras la abanicaban, la gran reina pensaba en los pasos que más le convenía dar para llevar a cabo sus propósitos. La situación política se le antojaba poco deseable, y aunque su hijo, Amenhotep I, ocupaba el trono de la Tierra Negra, Nefertary intuía un horizonte incierto, plagado de negros nubarrones que era preciso alejar. Despejar aquel cielo amenazador no era una tarea fácil, pues había intereses ocultos que no debía subestimar. En Egipto pocas cosas escapaban a su control, y por eso sabía que el poder tenía la facultad de crear enemigos detrás de una simple sonrisa, o de una mera palabra de halago. No había nada que le produjera mayor desconfianza que la lisonja, y la corte en la que la reina madre señoreaba se encontraba plagada de ellas.

En realidad nada de aquello resultaba nuevo. La historia del Valle del Nilo se hallaba repleta de intrigas y astucias sin fin. La ambición siempre iría prendida en el corazón de los hombres, y eso era algo que nadie podría nunca cambiar. Nefertary conocía la naturaleza humana. La azarosa vida que le había tocado llevar le había mostrado la fragilidad con la que suelen construirse los sueños, y lo aficionados que eran los dioses a dibujar encrucijadas. Ella los honraba sobre todo lo demás pero, no obstante, estos parecían decididos a complicar la obra que la reina y Amosis habían levantado con tantos esfuerzos.

Decidida a legitimar la sangre dinástica heredada de su abuela, Tetisheri, Nefertary había dado a su esposo siete hijos, con los que confiaba asegurar el futuro de su estirpe. El primogénito, el príncipe Amosis Sapair, orgullo de su madre, estaba llamado a heredar el trono. Se trataba de un joven por cuyas venas corría la sangre indomable de sus ancestros, y en el que Nefertary había visto al futuro Horus reencarnado.[5] Mas estaba escrito que el destino de Egipto no pasaría por las manos de aquel príncipe, pues un mal día Anubis, el dios de los muertos, se presentó para llevárselo sin previo aviso, como acostumbraba, y sin importarle lo más mínimo la real condición del príncipe. El dios con cabeza de chacal no se paraba en consideraciones a la hora de hacer su cometido. Su reino estaba en la necrópolis, y allí solo había lugar para el silencio.

Aquel luctuoso hecho supuso un gran quebranto para los reyes, sobre todo porque el segundogénito, Saamón, había fallecido siendo todavía un niño. Entre los cinco vástagos restantes solo había un varón, Amenhotep, y a él se aferró su madre para hacer realidad sus esperanzas. Fue por ello que, previsora, lo casó con una de sus hermanas, Merytamón, con el propósito de hacer prevalecer su línea de sangre por encima de todo.

Amón, el dios tebano de quien Nefertary era especial devota, escuchó las plegarias de la reina, y a la muerte de Amosis, Amenhotep sucedió a su padre para convertirse en faraón, el primero que llevaría aquel nombre, aunque para su coronación eligiera el de Djeserkara, o lo que es lo mismo, «sublime es el *ka* de Ra».

Semejante título colmó las expectativas de la reina madre. Al fin sus sueños se hacían realidad en la figura de su hijo, quien de este modo garantizaba la continuidad de la dinastía convertido en un rey cuya mano no temblaría a la hora de reducir a los enemigos de Egipto. Dada la corta edad del nuevo monarca, Nefertary actuó como regente para guiar con sabiduría los primeros pasos de su hijo como soberano. Juntos inauguraron Deir el Medina, la ciudad de los obreros que en adelante se encargarían de la construcción de las tumbas reales en la nueva necrópolis situada en el Valle de los Reyes, y gracias a los buenos consejos de su madre Amenhotep condujo a Egipto hacia una época de prosperidad muy alabada por su pueblo, tras las cruentas guerras que antaño habían tenido que padecer. Tan solo en el octavo año de su reinado el faraón iniciaría una campaña militar contra el país de Kush, el eterno rebelde a quien sojuzgó después de una gran victoria en la que capturó al rey nubio tras alcanzar la segunda catarata del Nilo.

Nefertary recordaba cómo a su regreso triunfal a Tebas, Amenhotep I, el dios reencarnado, fue aclamado por su pueblo como digno sucesor de sus antepasados guerreros. La sangre de Sekenenra Tao corría por sus venas, y Amón le dio su bendición otorgando a la Tierra Negra un período de paz y abundancia que llenó de felicidad a todos los corazones. El sol parecía brillar más que nunca, y los campos germinaban con generosidad al amparo de Min, el dios de la abundancia, que se mostraba satisfecho. Sin embargo...

No todo discurría como Nefertary había previsto, pues su hijo reinaba sin herederos. Durante años, Amenhotep y Merytamón, una joven dulce a la que el faraón llegaría a amar profundamente, se entregarían el uno al otro sin reservas, pero no engendrarían vástagos. Estaba escrito que Amenhotep no tendría descendencia, pues ni siquiera en el harén real, tan útil para casos como aquel, hubo quien le diera retoños.

Para colmo de desventuras Merytamón partiría hacia el reino de las sombras en la flor de la vida, y a la muerte de esta el señor de las Dos Tierras entró en una suerte de melancolía que ya nunca le abandonaría. El recuerdo de Merytamón se mantendría siempre vivo en el faraón, y con él alimentaría su atribulado corazón. De su simiente no nacería ningún príncipe.

Nefertary hubo de aceptar los hechos con resignación. Ni sus plegarias a Hathor, diosa del amor y la fecundidad, ni su devoción por Amón habían dado resultados. Era necesario buscar una solución, y por tal motivo dirigió su mirada hacia un príncipe sin más derechos que los que la reina madre quisiera atribuirle. Él sería la pieza con la que comenzaría la partida que sabía se iba a jugar. Pronto el tablero estaría dispuesto y por ello debía preparar los movimientos con estudiada antelación.

La gran dama se arrellanó mejor en su sillón en tanto continuaba perdida en sus pensamientos. Ahora, más que nunca, se daba cuenta de la importancia que tenían las reinas para el futuro de su familia, y la necesidad de conservar consanguineidad para poder llevar a cabo los planes que su madre, la difunta Iahotep, trazara ya un día. Aquel príncipe era la llave para mantener viva la esperanza, y Nefertary se felicitó por haber tenido la perspicacia de haberse fijado en él hacía ya diez años como candidato idóneo para suceder a Amenhotep en el trono. El elegido se llamaba Tutmosis, nombre que solían llevar los varones ilegítimos de la realeza, un príncipe por quien la reina siempre había sentido predilección, pues no en vano los unían lazos de sangre, ya que se trataba de su nieto. Este era hijo de Amosis Sapair, primogénito de Nefertary, y de una mujer del harén sin ningún tipo de ascendencia real llamada Seniseneb. La muerte prematura de Amosis Sapair dejó a la criatura al cuidado de su madre y sin ningún derecho en la línea de sucesión, como había ocurrido en tantas ocasiones durante la historia de Egipto. Sin embargo, Tutmosis pronto demostraría que no era un príncipe cualquiera.

La gran dama fue plenamente consciente de ello desde la primera vez que indagó en el interior de su nieto. Nada escapaba a la penetrante mirada de Nefertary, y esta supo leer sin dificultad el poder que subyacía en el corazón de Tutmosis. La muerte de su primogénito, en quien tenía depositadas tantas esperanzas, supondría para la reina una pérdida de la que nunca se repondría por completo, y que Tutmosis fuera vástago del príncipe la llevó a reconocer las grandes cualidades que atesorara su hijo. Este debía haberse sentado en el trono de Horus, y la posibilidad de que su heredero se convirtiera en faraón representaba en cierto modo la culminación de un deseo que se había visto frustrado prematuramente. En ocasiones los dioses se mostraban caprichosos, y Tutmosis bien pudiera ser el príncipe predestinado.

Nefertary había vislumbrado esa posibilidad hacía muchos años, y por tal motivo la dama decidió casar al joven príncipe con su hija menor, Ahmés Tasherit, para de este modo poder dar legitimidad a Tutmosis en el caso de que algún día optara a convertirse en un nuevo Horus reencarnado.

La reina madre esbozó una leve sonrisa en tanto continuaba sumida en sus reflexiones. El tiempo había venido a demostrar lo acertado de su previsión y lo poco que solía equivocarse a la hora de calibrar lo que resultaba mejor para sus intereses. Pocas dudas podían existir acerca de su patriotismo. Junto a su difunto marido había liberado Egipto del poder de los *hiksos*, y amaba a la Tierra Negra sobre todo lo demás; pero también sabía el peligro que correría esta en manos de un gobernante inapropiado. En la corte proliferaban los chacales, y en cualquier rincón de palacio podría alumbrarse la intriga o la traición. Ella sabía mejor que nadie lo que escondía la palabra ambición y las luchas soterradas que esta solía acarrear. Nefertary abrigaba el presentimiento de que su hijo Amenhotep, el dios de las Dos Tierras, tenía su tiempo cumplido y que Osiris pronto lo llamaría para que rindiera cuentas ante su tribunal. Se trataba de una suerte de premonición, y ella debía prepararse para cuando llegara ese momento. Entonces, con su ayuda, su nieto se convertiría en el nuevo faraón y las piezas dispuestas sobre el tablero cobrarían vida, listas para empezar a moverse en un juego que se presumía complejo.

Tutmosis tenía una segunda esposa llamada Mutnofret, una mujer del harén sin la menor legitimidad dinástica a la que su esposo amaba de forma particular. Mutnofret era una dama hermosa que había sabido amarrar al príncipe a su lecho sin ninguna dificultad. Era maestra en las artes que solo podían aprenderse en el gineceo, y de ellas se había servido para concebir de Tutmosis tres hijos varones que le proporcionaban seguridad y no pocas expectativas. La reina madre era muy consciente de lo que esto significaba, sobre todo por el hecho de que su esposa principal, Ahmés Tasherit, solo hubiera podido engendrar hembras.

No había mayor preocupación para una reina que no ser capaz de dar un heredero a su señor, y si Tutmosis llegaba a convertirse en rey, los hijos de este habidos con Mutnofret cobrarían una gran relevancia. Nefertary había vislumbrado aquel escenario hacía años, así como la obra que se habría de representar y los actores que debían interpretarla. Era preciso que todos participaran de ella, a fin de que cumplieran su función, y dejar que Amón, el dios tebano a quien reverenciaba, impusiera al final su voluntad.

La reina madre sonrió quedamente en tanto abandonaba su particular abstracción. Sus sentidos regresaban a aquel jardín para embriagarse con los perfumes que tan bien conocía. Ya en la cincuentena pocas cosas satisfacían más a Nefertary que aquel frondoso edén del palacio, entre cuyas sombras se refugiaba cada tarde hasta que Ra Atum, el dios del atardecer, se escondía tras los cerros del oeste para iniciar su proceloso viaje a través de las doce horas de la noche. Como de costumbre, su vista se detuvo en los palmerales, en el cimbrear de sus ramas, en el revoloteo de las miríadas de pájaros que alborotaban con sus incesantes trinos. En aquel vergel la orquesta de la vida tocaba con pasión, y los colores allí representados mostraban su viveza, como surgidos de rabiosas pinceladas. Blancos, amarillos, rojos, los infinitos verdes..., todos formaban parte del mismo coro a cuyo compás se mecía la tarde, adormecida por tanta belleza, mientras el Nilo, perezoso, rumoreaba sus misterios con el lento fluir de sus aguas.

Nefertary se dejó seducir, una vez más, por cuanto la rodeaba antes de desviar su atención hacia el cercano estanque. Los niños chapoteaban, alborozados, mientras jugaban en el agua bajo la atenta vigilancia de sus nodrizas. La reina madre disfrutaba mucho al ver a aquellos chiquillos nadar entre las risas y el alboroto. Todos eran alumnos del *kap*, la escuela a la que asistían los pequeños príncipes e hijos de notables para aprender la escritura sagrada. La reina los conocía bien. El futuro de Egipto se encontraba en aquel estanque, pues algún día los traviesos rapaces llegarían a ostentar los más altos cargos de responsabilidad en el país de Kemet. Ellos también entraban en los planes de la venerable dama, aunque aún no pudieran sospecharlo.

Unos gritos de júbilo la hicieron sonreír. La menor de sus nietas, Neferubity, chillaba entusiasmada mientras salpicaba a diestro y siniestro, como poseída por Sekhmet.

—Mirad, la diosa leona ha poseído a Neferubity —gritó uno de sus compañeros de juegos.

—Ja, ja. Su furia no conoce límites —apuntó otro entre carcajadas—. Cuidaos de la ira de Neferubity.

Los demás rieron ante la ocurrencia, ya que la princesa apenas contaba con cinco años de edad. Mas esta no se arredró y tras mostrarles la lengua a todos continuó con sus estrepitosos chapoteos. Una figura esbelta se le aproximó para reprenderla, y al punto Nefertary puso toda su atención en ella. La reina madre sentía verdadera predilección por aquella jovencita de nueve años, en la que veía la fuerza y determinación de sus antepasados. De haberla conocido, la difunta Iahotep se hubiese emocionado al sentirse reflejada en ella. Nefertary aún recordaba el día en el que su nieta mayor vino al mundo en la ciudad de Tebas. Era el mes de *Koiahk,* y el Nilo se disponía a volver a su cauce habitual, ya que era el último de la estación de la inundación. No lejos del palacio real, en la residencia del príncipe Tutmosis, su esposa sentía los dolores del parto. La casa estaba revolucionada, y desde hacía dos días las comadronas tenían preparado el *mammisi,* «el lugar de nacimiento», la estancia en la que Ahmés Tasherit daría a luz bajo la protección de las siete vacas Hathor, las hadas encargadas de determinar junto a la diosa Mesjenet el futuro del recién nacido en el momento del alumbramiento. Nada se dejaría al azar, pues Tueris, la diosa hipopótamo patrona de las parturientas, asistiría a la noble embarazada junto a Heket, «la que hace respirar», la divinidad representada con cabeza de rana que insuflaría el hálito de la vida.

De este modo, en cuclillas sobre cuatro ladrillos de adobe, Ahmés Tasherit trajo al mundo a una hermosa niña, bella como una diosa, de encanto sin igual. Su abuela, Nefertary, quedó subyugada ante la nobleza de aquel rostro de forma triangular en el que intuyó la fuerza de una leona reencarnada. La pequeña medía un codo exacto, cincuenta y dos centímetros, y cuando, emocionada, su madre la contempló por primera vez solo pudo exclamar: «Está al frente de las nobles damas». Se llamará Hatshepsut.

2

—Dime abuela, ¿por qué nací mujer?

Nefertary esbozó una sonrisa en tanto fijaba la mirada en Hatshepsut.

—Así lo quiso Khnum —contestó la reina con suavidad, conocedora de la sorda lucha que había comenzado a desatarse en el corazón de la jovencita.

—¡Khnum el alfarero, el señor de la primera catarata. El que da vida a las aguas!

Nefertary asintió, complacida.

—Y a tantas otras cosas —prosiguió la dama—. Él es el encargado de formar a los seres humanos y a sus *kas* en su torno de alfarero, para luego hacerlos llegar al claustro materno.

—Pero... yo tenía que haber nacido hombre.

Nefertary miró fijamente a su nieta. Próxima a cumplir los diez años, esta mostraba las dudas que la asaltaban desde hacía ya tiempo, sin temor alguno, así como la fuerza que atesoraba su corazón, su indómita naturaleza. La reina madre se complacía de todo ello, al tiempo que calibraba hasta donde podría conducirle aquel espíritu rebelde, y las consecuencias que esto ocasionaría. Había pensado largamente acerca de ello y estaba convencida de que Amón, el rey de los dioses, había señalado a aquella jovencita con su favor divino.

—¿Por qué dices eso? —preguntó Nefertary, divertida—. Eres una princesa, y tan hermosa que esta tierra siempre recordará tu memoria.

—No deseo que se me recuerde por mi belleza, abuela.

Esta rio con suavidad antes de continuar.

—¡Ah! ¿Y cuáles son tus expectativas?

—Ser igual a mis hermanos.

—Y para qué.

—Algún día ellos mandarán ejércitos y tendrán poder en la Tierra Negra.

—¿De veras?, ja, ja. Los hermanos de los que me hablas son hijos de una esposa secundaria. ¿Olvidas cuál es tu linaje? Ellos no podrán aspirar a nada sin tu permiso o el de Neferubity. Dime pues de quién es el poder.

La chiquilla se encendió, frunciendo el ceño, ya que sabía lo que esto significaba.

—Nunca me casaría con ninguno de esos dos. Amenmose es un enclenque estúpido y Uadjemose... Todo el mundo sabe que vive en el mundo de los espíritus. ¡Hasta tiene visiones! —protestó Hatshepsut.

—Entonces convendrás conmigo que el ser como tus hermanastros no es tan buena idea —dijo Nefertary, elevando el dedo índice autoritaria.

Hatshepsut pareció confundida y su abuela volvió a sonreír. Su nieta tenía razón, ya que ambos príncipes mostraban las peores aptitudes posibles en el hipotético caso de tener que gobernar algún día Kemet. Sin embargo, esto poco importaba en aquel momento, ya que Shai, el misterioso destino de cada cual, era maestro en el requiebro y muy voluble a la hora de determinar las venturas. Los príncipes iban y venían. El harén solía encontrarse repleto de ellos, y todos con ambiciones. De hecho aquel mismo año Mutnofret había dado un nuevo retoño a Tutmosis, al que habían bautizado con el nombre de su padre, ante el disgusto de su esposa principal. Un nuevo Tutmosis a quien su nieta ni siquiera había considerado. Esta era demasiado joven para comprender el alcance de cualquier nacimiento dentro de la familia real, así como el papel que su abuela le tenía reservado.

—Confiemos en la sabiduría de Khnum al modelarte mujer —señaló la reina madre tras regresar de sus reflexiones—. Piensa que él creó el huevo del que nació el mismísimo Ra.

Hatshepsut asintió sin ocultar su frustración.

—Además, no olvides que el dios con cabeza de carnero no es el único que determina nuestra existencia, niña mía. Por fortuna la Tierra Negra anda sobrada de divinidades a las que acudir. Recuerda que el Oculto vela por nuestra familia desde hace años y que tengo un pacto con él que resulta indisoluble.

La jovencita miró a su abuela sin ocultar la fascinación que esta le causaba. Su figura se le antojaba propia de una diosa, y en ocasiones pensaba que en verdad algún día sería divinizada. El pueblo la veneraba y las historias que se contaban acerca de su persona parecían dignas de la mejor epopeya. Hatshepsut sentía un gran respeto por su abuela, y a pesar de su corta edad percibía con claridad la magnitud del vínculo que las unía a ambas. Si el caprichoso dios Khnum había decidido que naciese mujer, ella no se conformaría con llegar a ser menos que su amada abuela. Hija de rey, hermana de rey, Gran Esposa Real, madre de rey...; semejante titulatura hablaba por sí sola de la preponderancia de Nefertary; mas si había un título que impresionaba a Hatshepsut ese era el de esposa del dios.

La reina madre tenía buenas razones para sentirse poderosa. En realidad siempre lo había sido, al haber estado estrechamente ligada al principal dios tebano desde su juventud. Nefertary había poseído el título de segundo profeta de Amón; un cargo de gran importancia que nunca antes había desempeñado una mujer, y que la llevaba a ejercer funciones cerca del dios que siempre habían sido realizadas por el clero masculino. A Hatshepsut semejante hecho le parecía difícil de creer, y no obstante sabía muy bien que era cierto. Ella misma lo había comprobado al admirar más de una vez la estela de la Donación, en la que Nefertary, acompañada de su esposo y su primogénito, Amosis Sapair, así lo atestiguaba frente al Oculto. A la princesa le interesaba sobremanera aquel pasaje del que surgió el uso del título de esposa del dios por parte de su abuela, y le gustaba que esta se lo relatara a la primera oportunidad.

—Cuéntame otra vez lo que ocurrió, abuela. Cómo negociaste con el templo de Karnak.

—Ay, hijita, los sacerdotes de Amón pueden llegar a ser muy persuasivos, y no olvides nunca que conviene tenerlos de nuestro lado.

—¡Pero compraron tu función sacerdotal! —exclamó Hatshepsut, alborozada.

Nefertary miró a su nieta con aire beatífico, pues le había contado muchas veces aquel pasaje.

—Y a muy buen precio. Nada menos que me pagaron ciento sesenta piezas de oro, doscientas cincuenta de plata y doscientas de cobre.

—Sí abuela, pero a mí lo que más me gusta son las doscientas faldas y las ochenta pelucas que te dieron —señaló Hatshepsut, excitada.

—Ja, ja. Conoces los detalles mucho mejor que yo.

—Son fáciles de imaginar: tarros para ungüentos, hombres y mujeres que entraron a formar parte de tu servidumbre, y hasta sesenta aruras[6] de buena tierra.

—Ocurrió tal como dices, aunque eso no fuese lo más valioso. El mayor regalo fue otro.

Nieta y abuela se miraron un instante en silencio, y al cabo Hatshepsut murmuró como para sí.

—Te declararon esposa del dios.

—Esa fue la atribución más importante. ¿Conoces su verdadero alcance?

—Claro, abuela. Te permite intervenir en los oficios divinos tal y como lo haría el faraón. Además, se construyó para ti un palacio en la orilla oeste del río en el que se recluye el clero femenino que realiza los ritos de culto a Amón.

—Las mejores hijas de la nobleza tebana forman parte de dicho clero en Men-Set, la residencia donde cumplen su función como «cantoras de Amón».

—Men-Set, el Lugar Estable —señaló Hatshepsut con cierta ensoñación—. También sé que en Karnak celebras ceremonias ante el Oculto como intermediaria entre tu pueblo y la divinidad, cual si fueses el señor de las Dos Tierras.

—Ja, ja. Siempre te gustó exagerar, Hatshepsut. Atribuirme competencias que corresponden al Horus reencarnado es ir demasiado lejos.

—Mi nodriza, Sat Ra, asegura que tu poder alcanza más allá de lo que soy capaz de comprender, el propio Amón está en tus entrañas.

Nefertary permaneció pensativa durante unos instantes. Sat Ra, a quienes todos llamaban Inet en palacio, había cuidado de su nieta desde el día de su nacimiento. Suya había sido la leche con la que amamantó a la pequeña, y el vínculo que unía a ambas era tan fuerte que todos aseguraban que duraría para siempre. La reina madre era buena conocedora del significado de aquellos vínculos. Ella misma había mantenido uno que se le antojaba imperecedero con su propia nodriza, llamada Rai, a quien Osiris había requerido ante su tribunal hacía ya demasiados años. En realidad, Nefertary siempre había visto un cierto paralelismo entre ella y su nieta mayor, y quizá ese fuera el motivo de la predilección que sentía hacia su descendiente.

—Inet es sabia, y algún día comprenderás lo que encierran sus palabras —dijo al fin la reina madre.

—Explícamelo, abuela —insistió Hatshepsut sin ocultar su ansiedad.

—Cuando llegue el momento te hablaré acerca del tesoro que nos ha sido conferido.

—¿Tesoro? ¿De qué tesoro se trata? —quiso saber Hatshepsut, más excitada si cabe—. Tienes que contármelo.

—Ja, ja. En realidad es mucho más que eso. Se trata de una gracia divina que solo nosotras podemos transmitir.

—Pero abuela —protestó la jovencita.

La venerable señora alzó una de sus manos para dar por zanjada la cuestión.

—Tu deber es cuidar de tu hermana, Neferubity, que es más frágil que tú —sentenció la dama.

Hatshepsut hizo un mohín de disgusto, pero no se atrevió a contestar y Nefertary sonrió para sí.

—Ahora regresemos al comienzo de nuestra conversación: Khnum, el dios que habita en Elefantina —prosiguió la reina madre—. ¿Has aprendido su gran himno?

—Sí, abuela; Inet me lo enseñó hace tiempo.

—Entonces quisiera que me lo recitaras.

La jovencita se mostró sorprendida, pero tras un leve titubeo comenzó a declamar con solemnidad, pues bien sabía ella cómo se las gastaba su abuela cuando había dioses de por medio.

Anudó el flujo de sangre a los huesos formados en su taller como una obra, de tal modo que el aliento de la vida está dentro de todas las cosas...[7]

Nefertary entrecerró los ojos en tanto escuchaba con atención. En pocos años aquella niña sería mujer y su corazón se abriría a un Egipto que, estaba convencida, había iniciado un nuevo camino que la conduciría hasta metas insospechadas. Los tiempos habían cambiado, aunque muchos no fuesen aún conscientes de ello, y Hatshepsut formaría parte de un escenario en el que solo los más fuertes recibirían el favor de los dioses.

3

El día veinte de *Parmhotep*, tercer mes de *Peret*, la estación de la siembra, del vigésimo primer año del reinado de Amenhotep I, Egipto contuvo el aliento. El halcón se elevaba para fundirse con el disco solar, en tanto la Tierra Negra quedaba a la espera de que un nuevo dios ocupara el trono de Horus. Amenhotep partía tal y como había vivido durante la mayor parte de su mandato, en paz, y sin ningún heredero que pudiera llorar su pérdida. Nadie dudaba que Osiris, el señor del Más Allá, declararía al difunto «justificado de voz» en el juicio celebrado en su tribunal, y que los cuarenta y dos jueces escucharían satisfechos la confesión negativa del rey antes de abrir las puertas que conducirían hasta los Campos del Ialú, el paraíso que aguardaba al que había sido faraón durante veinte años y siete meses.

Poco se había equivocado Nefertary en sus vaticinios, quizá porque la vida le había dado la facultad de predecir las desgracias. La mayor parte de sus seres queridos habían partido ya hacia el reino de las sombras. Sus padres, su esposo, sus hijos... El príncipe Amosis Sapair, Sat Amón, Sat Kamose, Merytamón, Sa Amón, Amenhotep; Anubis se los había llevado a todos, uno a uno, sin la menor deferencia a su rango.

Las razones del dios de los muertos estaban escritas en su corazón de chacal, en sus yermos dominios, en las baldías necrópolis en las que gobernaba. A la reina madre solo le quedaba su hija menor, Ahmés Tasherit, y las dos nietas que esta le había dado. Exiguo bagaje para quien había entregado su vida por la tierra que tanto amaba; mas así eran las leyes concertadas entre los dioses y los hombres. Ahora solo le quedaba llorar sus recuerdos sin dejar de mirar hacia el futuro que se avecinaba. Tenía motivos para sentirse satisfecha, pues el reinado de su hijo había supuesto para Egipto un período de paz y prosperidad como no se conocía desde hacía cientos de *hentis*. Demasiados años de penurias para una tierra que honraba a sus dioses como ninguna otra.

A menudo, la vieja dama había imaginado cómo habría sido Kemet si el príncipe Amosis Sapair, su hijo predilecto, hubiese gobernado el país de las Dos Tierras. Sin duda, que la historia hubiera sido diferente, pero estaba convencida de que Shai, el misterioso destino, tenía determinado cuál era el rumbo que más convenía a aquel sagrado valle y quién debía reinar en él. Para una mujer tan devota como ella, semejantes reflexiones siempre suponían un alivio ante las desgracias mundanas, sin embargo, la reina poseía un corazón fuerte donde los hubiere y una determinación que muchos hombres hubiesen querido para sí. Había llegado la hora de hacer valer sus intereses, y todo se hallaba dispuesto a su conveniencia. Un nuevo faraón se disponía a ocupar el trono de Horus; un nuevo dios para la Tierra Negra, que Nefertary se había encargado de elegir hacía ya mucho tiempo.

La muerte del soberano implicaba un momento delicado para Kemet. En tales circunstancias el país se sumía en la zozobra, pues para mantener el orden establecido Egipto necesitaba un rey que hiciera de intermediario entre su pueblo y los dioses, un monarca que fuese garante del cumplimiento de las leyes del *maat*.[8] Eran momentos delicados en los que cualquier advenedizo con los suficientes apoyos podía intentar ceñirse la doble corona, como la milenaria historia de Egipto se había encargado de demostrar. En tales casos las intrigas se hacían corpóreas y de las más recónditas sombras surgía algún príncipe olvidado, algún vástago del harén a quien no importaba arriesgar su vida si con ello podía acceder al poder. Buena conocedora de las tramas palaciegas, Nefertary jamás permitiría poner en juego el trono que tanto había costado conquistar. Por ello, y a pesar de una cierta agitación suscitada en palacio, al día siguiente de la muerte de su hijo, Tutmosis fue designado como señor de las Dos Tierras con el apelativo de Aakheperkara, o lo que es lo mismo, «grande es la manifestación del *ka* del Ra». Ese fue el nombre escogido para su titulatura real, a la que añadiría el epíteto «toro poderoso», uno de los cinco que componían el protocolo de los soberanos de Egipto, el de un monarca que resultaría indomable y cuya memoria recordarían los milenios.

El tiempo del luto llegaba a la Tierra Negra para cubrirla con su lúgubre manto durante setenta días, los que se precisarían para preparar al difunto faraón antes de darle sepultura. El cuerpo de Amenhotep I sería desecado en natrón antes de proceder a embalsamarlo con los mejores óleos, como correspondía a un dios que había gobernado sobre Kemet. Setenta días, los mismos que había necesitado Isis para encontrar y recomponer con su magia el cuerpo despedazado de su esposo Osiris, arteramente mutilado por Set, su iracundo hermano; el tiempo que Sothis, la estrella Sirio, permanecía oculta antes de elevarse en el horizonte para anunciar la llegada del año nuevo y la esperada crecida de las aguas del Nilo. Luego, transcurridos los ritos funerarios, el nuevo faraón, Tutmosis I, se encargaría como sucesor de devolver los sentidos al rey difunto en su misma tumba, al oficiar la ceremonia de la «apertura de la boca», para que así el finado pudiera hacer uso de todas sus facultades en la otra vida. Después el túmulo quedaría sellado para siempre, acompañado solo por Meretseguer, «la que ama el silencio», la diosa que desde los cerros velaba por aquella necrópolis en la que se enterrarían los soberanos de las siguientes tres dinastías, y que pasaría a la historia con el nombre de Valle de los Reyes.

Tan relevante suceso tuvo inmediatas consecuencias para Hatshepsut. Su padre se había convertido en dios de las Dos Tierras y por ende ella en princesa real. Con poco más de diez años de edad, Hatshepsut amaba profundamente a su progenitor, y no puso ninguna objeción cuando este le asignó un preceptor, un hombre famoso por su valor, que había acompañado a Amosis en la guerra de liberación y a Amenhotep I en su campaña militar contra el país de Kush, donde, además, sería recompensado. Atendía al nombre de Amosis Penejbet, debido a la devoción que sentía por Nekhbet, la diosa buitre, así como por haber nacido en Nejeb, ciudad de la que aquella era patrona.

—Desde hoy Amosis Penejbet será tu «padre nutricio».[9] Estoy seguro de que comprendes cuál es la nueva posición que ocupas y lo que se espera de una princesa como tú —dijo Tutmosis a su hija con ternura.

Esta asintió, excitada, ya que se encontraba muy orgullosa de su padre.

—Durante el luto acompañarás a tu preceptor al sur, a su ciudad natal, donde podrás visitar a tu hermano Uadjemose e instruirte con todo aquello que te será de utilidad en un futuro. Allí conocerás a un personaje muy amado por esta tierra que te hablará de la gloria de tus ancestros, para que comprendas lo que significa ser príncipe de Egipto —añadió Tutmosis con cierta solemnidad.

Las palabras del faraón llegaron al corazón de su hija cargadas de significado. Esta siempre había sido soñadora, y a pesar de su corta edad creía saber leer cada palabra y lo que en realidad se escondía tras ellas. Estaba convencida de que su paso por la vida en nada se parecía al de cualquier otra princesa. En lo más profundo de su ser sentía a Egipto como algo suyo, cual si existiera un vínculo secreto entre ambos que les hiciera inseparables, un sentimiento que le resultaba difícil de explicar y que la había llevado en ocasiones a fantasear con escenarios que resultaban imposibles. Muchas veces había creído percibir el latido de la Tierra Negra, lo que esta ocultaba en realidad, su verdadera magia. Quizá en sus *metu*, los conductos que recorrían y comunicaban el cuerpo humano, los encargados de transportar los fluidos orgánicos, se encontrase el mismísimo Hapy, el dios de la inundación, y su sangre no fuera sino agua del Nilo. En sus fantasías todo aquello era posible, e imaginaba sin ninguna dificultad a los dioses de la

Enéada Heliopolitana en pleno otorgándole sus bendiciones, y al poderoso Amón alentando cada uno de sus sueños. Igual que le ocurriera a su abuela, Hatshepsut idolatraba al dios de Karnak, una veneración que en ocasiones podía parecer desmesurada y que hablaba del carácter impetuoso que poseía aquella jovencita tan diferente al resto de las niñas de su edad.

Por su nacimiento, Hatshepsut había venido al mundo para desposarse con un faraón. Eso era lo que se esperaba de ella y, no obstante, aquella idea la hacía rebelarse ante lo que consideraba un atropello. Para la princesa sus hermanos eran débiles e incapaces, indignos de su amor, por no hablar de su ilegitimidad para acceder al trono de Horus. Por ello, al escuchar de labios de su padre sus deseos, el corazón de Hatshepsut se llenó de gozo, de ilusiones renovadas que daban vida a unos sueños que siempre la acompañarían. En su opinión aquella era una misión de la máxima importancia que le permitiría nada menos que comprender el verdadero significado de ser príncipe en el país de Kemet, y que cumpliría en compañía de un hombre que era conocido en todo Egipto por su valentía, un guerrero a quien el faraón había nombrado su preceptor.

Semejante aventura volvió a hacer galopar los caballos enjaezados por la ilusión. Recorrer el Nilo como enviado del señor de las Dos Tierras solo estaba al alcance de los elegidos, y así era en verdad como Hatshepsut se sentía. Viajaría hasta Nejeb, la capital del tercer nomo del Alto Egipto, ciudad antiquísima en la que se veneraba a la diosa buitre, una tierra sagrada de cuya anterior capital, Nejem, había partido el mítico Narmer para lograr la unificación de Egipto hacía mil quinientos años. La princesa marcharía hacia el sur, convencida de que aquel viaje abriría la puerta a su verdadero destino; y lo haría en compañía de Sat Ra y de su hermana de leche, Ibu, a quienes amaba profundamente. Solo había lugar para los buenos augurios y para el viento del norte, el aliento de Amón, susurrando a las velas; justo lo que necesitaban para remontar el río.

4

Ibu siempre recordaría aquel viaje, los colores que festoneaban un sur que a ella le parecía lejano, intensos, como correspondía a aquella región donde se gestó la unión de las Dos Tierras. La chiquilla era capaz de sentir la autenticidad de cuanto veía, la voracidad del desierto cuando decidía extenderse hasta las orillas del Nilo, su desesperación por beber de unas aguas que le parecían prohibidas, pues le resultaba imposible saciar su eterna sed en ellas. El río era esquivo, y las yermas arenas terminaban por levantar agrestes farallones, quizá para mostrar su impotencia. Formaban parte del reino de Set, el señor del caos y las tierras baldías, donde solo eran bienvenidos los proscritos, la cobra y el escorpión. Allí el amarillo jugaba con la ilusión hasta llegar a convertirse en ocre, o incluso en rojo cuando Ra, en su camino diario, fustigaba con su poder los pedregales al atardecer. A Ibu el paisaje le parecía que formaba parte de un conjuro. El río, deslizándose majestuoso entre murmullos por la quilla del barco; los estériles arenales que se asomaban a las riberas; los fecundos palmerales que, súbitamente, surgían de la nada como parte de un prodigio para volver a poblar las orillas de una vegetación exuberante que mostraba su verde más rabioso. ¿Cómo era posible semejante milagro? ¿Acaso no era aquello una prueba fehaciente de que los dioses estaban en todos lados y que habían creado aquella tierra para habitarla? La hija de la nodriza real estaba convencida de que era así, y que este era el motivo de que hubiera tantas divinidades en el país de Kemet. Aquel indómito paisaje, salpicado de contrastes, poco se parecía al de los feraces campos de cultivo de su Tebas natal, y no obstante Ibu se sintió fascinada, cual si formara parte de uno de aquellos cuentos a los que era tan aficionada, en los que se daban cita toda suerte de fantásticos portentos. Para ella también comenzaba su propia historia, a través de las puertas del Egipto profundo que se le abrían para subyugarla con su poderoso hechizo.

Cuando Turi, virrey de Nubia, los abordó con su barco para darles la bienvenida, ambas jovencitas dejaron definitivamente atrás una etapa de sus vidas que quedaría encerrada en el recuerdo. Sin saberlo la niñez se les iba para siempre, río abajo, empujada por la corriente de la vida. El aliento de Amón gobernaba aquel navío Nilo arriba, al tiempo que convertía en púberes a quienes habían mamado la misma leche. Sat Ra las observaba, algo circunspecta, sabedora de lo que a partir de entonces les aguardaba. Para la nodriza real ambas eran sus hijas, y el único pesar que abrigaba su corazón era el hecho de no haber parido también a Hatshepsut. Sat Ra había traído al mundo cinco hijos, todos sanos y fuertes como Montu, el dios de la guerra de la ciudad de Iuny, donde la señora había nacido. Solo la desgracia de haber enviudado había evitado que tuviera más descendencia, algo que no había pasado desapercibido en palacio, donde su difunto había dado clases de escritura en el *kap*, la escuela en la que estudiaban los príncipes. En un tiempo en el que Anubis se llevaba a las criaturas consigo a la menor oportunidad, que Sat Ra hubiese conseguido dar esquinazo al dios de la necrópolis nada menos que cinco veces suponía todo un milagro a tener en cuenta. Sin duda, la mismísima Hathor, la diosa vaca protectora de los infantes, se hallaba en aquella dama tan saludable y sumamente instruida, y ese era el motivo por el que Sat Ra había sido nombrada nodriza real, un cargo de gran influencia. Si había alguien que conocía bien a Hatshepsut, esa era ella. A su madre adoptiva no se le escapaba detalle de aquella acusada personalidad que se iría modelando en la fragua de los dioses con los martillos más poderosos, y que la nodriza no dudaría en emplear cuando así lo creyese oportuno, ante la atenta mirada de Nefertary, quien lo controlaba todo.

Para Sat Ra el viaje que habían emprendido también significaba un antes y un después. En su opinión la princesa real se asemejaba a una preciosa joya que no podía malgastarse. Ella brillaba por sí misma, como si en verdad su piel fuera de oro, la reservada para los dioses. Estos nunca permitirían que compartiera su don con otros, pues no había transmutación posible en aquel pacto. La nodriza estaba convencida de que el señor de las Dos Tierras conocía tales detalles. Nadie mejor que él para saber lo que se escondía en el corazón indomable de su hija. Allí no había lugar para la negociación; la joven Hatshepsut llevaba la ambición consigo, cual si se tratase de un sello indeleble que el propio Khnum, el alfarero, había modelado con su arcilla en el vientre materno. Tutmosis era consciente de todo eso, y también de la auténtica valía de una hija que había nacido para gobernar la Tierra Negra. Sin embargo...

Sat Ra conocía de primera mano las desavenencias que existían en aquella familia. Ahmés Tasherit, la Gran Esposa Real, que era descendiente directa de la legendaria Tetisheri, y vástago de Amosis Nefertary, se veía obligada a ver cómo una mujer del harén imponía a sus príncipes sobre sus hijas, al tiempo que alardeaba de ello en la corte. Era un sentimiento difícil de aceptar y al que no obstante Ahmés trataba de sobreponerse, no sin sufrimiento. Hacía ya años que su marido había abandonado su lecho para entregarse a los brazos de Mutnofret, y semejante escenario había terminado por crear en la Gran Esposa Real una sensación de fracaso que le resultaba imposible de superar. Vivía embargada en un estado de disimulada desolación, enmascarado por un título de reina cuyo inmenso poder no parecía serle de gran ayuda. Ni siquiera sus hijas le hacían abandonar aquel estado. Estas eran su tesoro, pero estaban bien donde estaban, al cuidado de una nodriza capaz de ocuparse de ellas como merecían. Ahmés bastante tenía con llevar con dignidad la corona ganada por derecho propio y que, no obstante, tanto le pesaba.

Tutmosis sabía lo que le ocurría a su esposa principal, y a su manera también padecía por ello. Ahmés Tasherit lo había legitimado para poder llegar a sentarse en el trono de Egipto, y aquel hecho trascendental quedaría en su conciencia para siempre. El faraón era un guerrero, y Sat Ra estaba convencida de que en su corazón comenzaba a dirimirse una sorda lucha cuya primera consecuencia era aquel viaje en el que ella misma acompañaba a la princesa real. Todo en Egipto tenía su significado, y hasta el más nimio movimiento por parte del faraón era interpretado por cuantos vivían a la sombra de su poder; por ello la nodriza real no se extrañó en absoluto ante el hecho de que el virrey de Nubia, un cargo de la máxima confianza, saliera a darles la bienvenida en su barco, ni tampoco que el gobernador de Nejeb, Reneny, recibiera a Hatshepsut como si en verdad se tratase de una heredera a la corona.

En realidad todo el nomo se hizo eco de aquella visita, y durante semanas los príncipes locales agasajaron a la comitiva real con fiestas y celebraciones. La princesa tuvo oportunidad de visitar a uno de sus hermanos, Uadjemose, a quien apenas recordaba, y que permanecía apartado en aquella provincia al cuidado de su preceptor, Pahery, y del padre de este, Itefrury. Ambos lo atendían con esmero, y Hatshepsut nunca olvidaría la impresión que le causó aquel encuentro.

—Su estado de salud es precario —señaló Pahery al observar la expresión de la princesa al ver a Uadjemose.

—Parece tan delicado como una flor —se atrevió a musitar Hatshepsut, sin poder remediarlo.

—Pasa su existencia como si se tratara de un sueño —matizó Pahery con indisimulado pesar—. Posee extrañas facultades.

La princesa miró con atención a su hermano. Este parecía hablar consigo mismo al tiempo que entraba en lo que semejaba ser un trance.

—Vive en el mundo de los espíritus —dijo la jovencita sin ocultar la impresión que le causaba aquella escena.

—Es un iluminado de los dioses, quienes le dan la facultad de tener visiones.

La princesa se limitó a asentir, pues en Kemet eran veneradas y muy respetadas las personas que sufrían aquel tipo de padecimientos.

—El halcón aún continúa en el nido —apostilló Pahery, empleando el término que se usaba habitualmente para referirse a la inmadurez mental.

Hatshepsut no pudo evitar afligirse ante el aspecto y la conducta del joven príncipe, mas al punto se rebeló ante la idea de que este pudiera tener más derechos que ella a la hora de suceder a su padre. Su genio vivo se encendía, como el ascua que llevaba en su interior, capaz de avivarse con el primer aliento al pensar en semejante posibilidad.

Sin embargo, la princesa continuó visitando con frecuencia a Uadjemose mientras duró su estancia en el-Kab,[10] e incluso acudió a algún que otro banquete en la casa de su preceptor, donde corría el vino con una largueza que daba gloria ver. La jovencita presenció por primera vez cómo eran aquellas celebraciones de la nobleza provincial, y la facilidad con que se llegaba a perder el recato. Una tía del anfitrión Pahery, dio buena muestra de ello cuando le dijo encarecidamente: «tengo el interior seco como la paja, me bebería dieciocho copas».[11] Y vaya si se las bebió, aunque solo fuese para no desentonar del resto de las damas, que terminaron convertidas en simples remedos de Hathor como diosa de la embriaguez, a quienes los conos perfumados que portaban sobre sus cabezas, al haberse derretido, les daban un aspecto desolador.

Mas si por algo se caracterizaría aquel inesperado viaje sería por la profunda huella que dejarían en el corazón de la princesa las lecciones que recibiría de su preceptor, y el encuentro con un personaje de leyenda que inflamó la llama patriótica en ella por primera vez. El individuo en cuestión se llamaba Amosis, más conocido como hijo de Abana, un verdadero héroe que había combatido en la guerra de liberación, famoso en todo Egipto y cuyas historias fascinaron de tal modo a Hatshepsut, que no había un día en el que no pidiera al veterano militar que le narrase alguna de sus aventuras. Aquel hombre había luchado contra todos los enemigos de la

Tierra Negra, y la jovencita escuchaba con atención las innumerables historias de un guerrero que ya se había enrolado como remero en tiempos de su abuelo.

—Tuve el honor de embarcarme junto al dios Amosis, tu abuelo, que Osiris tenga justificado, en una nave de nombre el *Toro Salvaje* —dijo el aguerrido soldado con solemnidad a la joven princesa—. Yo estuve a su lado cuando derrotó a los *hiksos* en su capital, Avaris. Nunca vi mayor carnicería. La ciudad cayó en poder del espanto, y ninguna mujer fue ya capaz de parir en ella. El gran dios me recompensó con el oro del valor e hizo que lo escoltara en cada batalla, pues cortaba más manos que nadie.

Hatshepsut no perdía detalle de cuanto escuchaba, con los ojos muy abiertos, estremecida al conocer el número de manos que aquel hombre había cercenado, pues sabía muy bien que de esta forma se contabilizaban los enemigos a los que se daba muerte. Cada tarde, la princesa acudía a ver a Amosis, hijo de Abana, para atender a sus increíbles hazañas y aventuras que le llevaron hasta el lejano sur, una región que cautivaba a la joven y con la que soñaba a menudo. Allí habitaban los hostiles *kushitas*, sus tradicionales adversarios, de donde procedían los temibles *iuntyu setyu*, los arqueros nubios. Amosis explicó cómo los combatió durante la campaña llevada por Amenhotep I en el octavo año de su reinado, y las asombrosas proezas que tuvieron lugar, de las que él participó de manera destacada. Gracias a su conocimiento del Nilo, Amosis hizo posible que el señor de las Dos Tierras pudiera regresar sano y salvo desde las inmediaciones de la cuarta catarata, llegando a recorrer noventa kilómetros en tan solo dos días, después de capturar al cabecilla nubio.

—El dios, Amenhotep I Djeserkara, me concedió como premio las tierras en las que vivo ahora. Cada mañana, cuando Ra Khepri despunta en el horizonte, elevo mis alabanzas en su nombre, convencido de que al morir, Amenhotep voló hasta fundirse con Ra, como corresponde a un verdadero dios de la Tierra Negra —señaló Amosis con profundo respeto tras terminar de contar aquella historia.

Cuando llegaba la noche, Hatshepsut rememoraba los relatos del valeroso Amosis en compañía de su inseparable Ibu.

—Algún día viajaré a todos esos lugares —aseguraba la princesa, con ensoñación—, y tú me acompañarás. Juntas llegaremos más al sur que ningún dios que haya gobernado esta tierra.

Ibu asentía, convencida de que su hermana era muy capaz de semejantes hazañas. Como le ocurriera a su madre, Ibu también percibía el gradual cambio que experimentaba la princesa, el poder que desde su interior se iba abriendo paso, la fuerza que ya se asomaba a su mirada felina, su transformación paulatina en una mujer que ya se presumía iba a ser hermosa. Hatshepsut hablaba con tal entusiasmo de todos aquellos sueños, que Ibu apenas albergaba dudas sobre su consecución.

—Mi padre, el dios, sabe muy bien que nací para reinar en el país de Kemet —aseguró una tarde Hatshepsut a su hermana.

Al ver el gesto de sorpresa de esta, la princesa lanzó una carcajada.

—No pongas esa cara —señaló divertida—. ¿Te has dado cuenta de la impresión que les causo a todos? Estoy segura de que cuando pase el luto y mi padre sea coronado, me nombrará su sucesora.

—¿Cómo puedes saberlo? —inquirió Ibu, escandalizada ante semejante osadía.

Hatshepsut volvió a reír, ya que en ocasiones le gustaba provocar a su hermana, cuya timidez y prudente carácter poco tenía que ver con el de la princesa.

—Verás lo poco que me equivoco, Nebtinubjet; aquí, en el-Kab, me tratan como si fuese ya corregente.

—¿Por qué me llamas así? Sabes que no me gusta ese nombre.

—Pues a mí me parece perfecto para ti, hermana mía, y muy evocador. Nebtinubjet, la mujer de la que se enamoró perdidamente el gran sabio Kagemni, a quien rindes un gran respeto —dijo Hatshepsut en tono burlón.

—Harías bien en seguir sus instrucciones.

—Ja, ja. Tú las sigues por ambas. ¿Qué decía el bueno de

Kagemni? Ah, ya recuerdo: el hombre silencioso y calmado es el más virtuoso. Eso es lo que me recuerdas a menudo.

—Me gusta el camino de la modestia que recomienda Kagemni.

—Lo malo es que contrasta con la mujer impulsiva que yo personifico.

Ibu hizo un mohín de disgusto y Hatshepsut soltó una carcajada.

—Deberías sentirte orgullosa. Kagemni fue visir de Teti durante la VI dinastía, en la época de las pirámides. Aseguran que estas todavía se elevan orgullosas en Saqqara. Ser amada por un sabio como aquel debió ser un regalo de los dioses. El estar reencarnada en la dama Nebtinubjet puede representar un papel relevante en la moralidad egipcia.

—Al menos no me dejaré gobernar por el orgullo —señaló Ibu, molesta.

—¡Oh! Me gusta verte convertida en Neith y observar cómo lanzas tus flechas con la misma precisión que la diosa.

—Ya que mencionas a Neith te enviaré otra de mis flechas, que no podrás esquivar: la glotonería.

—La amante del hombre silencioso me ha alcanzado justo en el corazón, ja, ja. Nunca renunciaré a la glotonería, sobre todo a los dulces.

Ambas hermanas rieron en tanto Hatshepsut tomaba uno de los pastelillos de miel a los que era tan aficionada.

—Como te decía —prosiguió la princesa tras chuparse los dedos—, las gentes de el-Kab ya se han percatado de cuál es mi auténtica naturaleza. Me ven como corregente. No pensarás que aceptarán al pobre Uadjemose, ¿verdad?

»Tu hermano es un bendito de los dioses. Así llamamos a los que sufren su mal, dama Nebtinubjet.

Ibu hizo otro gesto de disgusto.

—No te lo tomes a mal, hermana mía —señaló Hatshepsut, divertida—. Tú serás una de las damas más importantes de mi corte. Seguro que te casarás con algún príncipe.

—Hathor me libre de ello, Hatshepsut. Si eso ocurriera tendría que compartir a mi esposo con otras mujeres del harén.

—Por ese motivo yo tampoco me casaré con ninguno de mis hermanos. No necesito tener que aguantar sus simplezas, y menos a su madre.

Ibu se mostró algo cohibida, ya que conocía las desavenencias de la princesa con aquella rama familiar.

—Mira si no a la Gran Esposa Real —prosiguió Hatshepsut, con un juicio impropio para su edad—. De poco le ha valido su título para alcanzar la felicidad.

—¿Cómo puedes decir algo así? —señaló Ibu, mostrándose de nuevo escandalizada.

—Tú conoces su sufrimiento tanto como yo. Claro que de Mutnofret nada bueno puedes esperar.

—Pero... ella también es esposa del faraón —se atrevió a decir Ibu con cierto temor.

—Esa mujer enreda a mi padre con la habilidad de un *heka*.[12] Se cree dueña de la situación sin saber a quién habrá de enfrentarse.

Sonaron unos pasos y ambas jovencitas vieron cómo se les aproximaba la nodriza real con gesto adusto.

—Poco habéis aprendido de las lecciones recibidas, habrá que emplear más la vara en vuestras espaldas —apuntó Sat Ra, molesta—. Creo que no llegaréis muy lejos pregonando lo que pensáis. Nunca vi tanta imprudencia, Hatshepsut. ¿Qué crees que pensaría el dios si se enterara de lo que has dicho?

La princesa pareció abochornarse durante unos instantes, pero enseguida reaccionó con su habitual desparpajo.

—Mi padre conoce mejor que nadie la verdad que se esconde en mis palabras. Además, él me ama sobre todas las cosas.

—Querrás decir que te consiente; mal que me pese.

—Ja, ja. Te estás volviendo una cascarrabias, Sat Ra, pero no me importa.

—Lo que te debería importar es cuidarte de hablar a paredes que no son de tu casa. En el país de Kemet poseen la virtud de escuchar.

Hatshepsut alzó la barbilla con altivez, en un gesto que la caracterizaba.

—El gran Tutmosis, vida, fuerza y salud le sean dadas, se

mostrará entusiasmado cuando sepa de mi gran labor aquí —sentenció la princesa.

Sat Ra enarcó una de sus cejas y no supo si reír o soltar un exabrupto ante semejante audacia.

—No pongas esa cara. Tu hija lactante por fin es consciente de su verdadera naturaleza. Mi padre ya lo intuyó al enviarme aquí en su lugar. Hasta el nombre de esta provincia tiene su significado: el nomo de Teb, «el santuario». Es evidente que detrás de todo esto se encuentra la mano de los dioses.

—Pues espero que ellos te ayuden a recapacitar para que comprendas cuál es tu lugar y el mundo en el que te encuentras.

—Da igual que me reprendas, Inet —apelativo con el que acostumbraban a llamar a Sat Ra en tono familiar—. Siempre te amaré. Tus castigos son sabios y aprendo de ellos, como también he aprendido de la aventura que me trajo hasta aquí.

—Al señor de las Dos Tierras le gustará saberlo —apuntó la nodriza, conciliadora.

—He comprendido lo que significa pertenecer a la Tierra Negra —continuó Hatshepsut—, el poder con el que la han revestido los dioses, la magia con la que se arropa. Grandes guerreros me han hablado de todo ello, de los extraños lugares en los que combatieron, de los sacrificios que estuvieron dispuestos a hacer por el país de Kemet, de los peligros que se vieron obligados a vencer para mantener a Egipto libre de nuestros enemigos. Ahora conozco los porqués y puedo adivinar lo que sucederá.

Ibu cruzó la mirada con su madre, y esta esbozó una sonrisa.

—Según parece has aprovechado bien este viaje —señaló Inet en tono mordaz—. Dime entonces qué es lo que nos aguarda.

La princesa miró a su nodriza con inusitado fulgor antes de contestar.

—Dentro de poco el dios irá a la guerra.

5

El faraón observaba a su hija con verdadera satisfacción. Esta había regresado a Tebas justo para participar en los fastos de su coronación, tras haber transcurrido el período de luto. Tutmosis había enterrado a su predecesor en un hipogeo excavado en el Valle de los Reyes, para ocupar seguidamente su lugar como nueva encarnación de Horus. Las celebraciones tanto en Tebas como en Menfis habían resultado grandiosas, y en ellas Hatshepsut se había comportado como una auténtica princesa real, con una madurez impropia para una jovencita de su edad.

Era obvio que esta había sufrido una transformación durante su viaje a el-Kab, del que al rey le habían llegado los mejores informes acerca de su hija.

Ahora, convertido en dios viviente de la Tierra Negra, Aakheperkara conversaba con Hatshepsut, cómodamente sentado en el jardín de su palacio de Tebas. En cada uno de los temas que tocaban la princesa demostraba su buen juicio, así como un sorprendente conocimiento de la historia de Egipto y sus complejos ritos religiosos. En esto último la joven había salido a su abuela, devota del dios Amón donde las hubiera. Este aspecto fue el que hizo reparar al monarca sobre las evidentes similitudes que existían entre ambas. Sin lugar a dudas, Hatshepsut era una digna nieta de la reina madre, cuya fuerte personalidad y virtudes para hacer política eran de sobra reconocidas por todos. Tutmosis captaba también en su hija ese poder, una determinación de la que carecían el resto de sus vástagos, y que hacía que la princesa se elevara ante sus ojos cual si estuviera predestinada a ocupar un lugar que por ley no le correspondía. Sin embargo, el dios podía leer con claridad sus cualidades, así como la firmeza reservada para quienes habían nacido para gobernar.

El señor de las Dos Tierras disfrutaba de su zumo de granada mientras escuchaba con atención a la princesa, tan locuaz como de costumbre, cuya belleza empezaba a emerger como el loto en la mañana.

—Sé que Kemet se levantará en armas muy pronto —se atrevió a decir de improviso la joven, con aquel tono embaucador que solía utilizar cuando hablaba con su padre.

Este arrugó el entrecejo, entre molesto y desconcertado, ante el hecho de que su hija tuviera conocimiento de detalles que aún no eran públicos.

—¿De dónde has sacado esa idea? —quiso saber el monarca, endureciendo el gesto.

—No hay nada que debas temer, gran señor, ni traición alguna por parte de tus súbditos —aclaró Hatshepsut, zalamera—. Es solo que Thot y Montu vienen a veces a visitarme y los escucho con atención.

—¿Qué juego es este en el que, al parecer, participan los dioses de la sabiduría y de la guerra?

—Ja, ja. Ellos acuden a mi corazón para susurrarme lo que esperan que hagas.

Ante la perplejidad que mostraba su padre, Hatshepsut rio, cantarina.

—No deberías sorprenderte, padre mío, estoy convencida de que ellos también hablan contigo.

—Según parece mi princesita se ha convertido en un halcón dispuesto a abandonar su nido. Pero cuidado, pues bien conoces cuál es la pena que se impone a quienes traman la traición —señaló el faraón con socarronería.

—¿Acaso me cortarás las orejas? —inquirió Hatshepsut, divertida.

—Hathor me castigaría por ello. Pero aún no has contestado a mi pregunta. ¿Qué te hace pensar que me preparo para la guerra?

—Eres un dios guerrero —dijo la princesa en un tono que sobresaltó a su padre—. No ha habido antes en nuestra larga historia ninguno como tú; ni lo habrá después. El brazo de Montu guiará tu espada y conducirá a tus tropas hasta los confines del mundo. Tus campañas se harán famosas en el tiempo, y siempre saldrás vencedor.

—¡Hija mía! —exclamó el faraón, impresionado—. ¿Acaso te has convertido en acólita de Heka, el dios de la magia? Según parece eres capaz de superar con creces a cualquier oráculo de esta tierra. Pero dime: ¿A quién combatiré primero?

—Al vil *kushita*. El país de Kush sabrá de ti en breve.

—Y en opinión de los dioses con los que hablas, ¿cuál sería la razón por la que yo haría algo así?

—La conoces muy bien. Siempre que se sienta en el trono un nuevo Horus reencarnado, el nubio prueba su valía por medio de revueltas que es preciso sofocar.

—Todo el mundo sabe eso —indicó el faraón, quitando importancia a la cuestión.

—Ahora es diferente. Los *kushitas* fueron aliados de los odiados *hiksos*. Nos hicieron padecer. Ellos siempre serán nuestros enemigos. Es un pueblo levantisco a quien nuestro anterior dios, Amenhotep, que esté justificado, se vio obligado a combatir en una ocasión. Pero contigo será diferente, gran Horus, pues sentarás la mano como se merecen.

Tutmosis asintió, incrédulo ante el hecho de que pudiera mantener una conversación semejante con su hija, de apenas once años.

—¿Y tú crees que estos son motivos suficientes? —quiso saber el faraón.

—Sirven de excusa para explotar su oro.

Tutmosis rio con suavidad, pues le gustaba la perspicacia de su hija.

—El oro es la piel de los dioses, padre. Lo necesitamos para glorificarlos. Pero existe otra razón más para declarar la guerra al país de Kush.

—¿Cuál crees que es? —inquirió el rey, con curiosidad.

—El control del comercio del África profunda. Su centro se encuentra más allá de la cuarta catarata. Si te asientas allí podrás negociar directamente con las caravanas, sin intermediarios.

Ante aquel juicio Tutmosis se quedó de piedra, como si hubiera tenido un encuentro con la temible serpiente Apofis.[13] Mas al punto pareció reflexionar para esbozar una sonrisa.

—Ahora entiendo, eres una espía al servicio del *kushita*, ja, ja.

—Padre —se quejó la joven, al tiempo que hacía uno de sus mohines, que tan buenos resultados le daban cuando quería conseguir algo de su progenitor.

—Reconozco que he de felicitar a tu preceptor, y también a los padres nutricios de tu hermano Uadjemose. Te han enseñado bien, y Amosis Penejbet te ha hecho comprender lo que se esconde detrás de cada uno de los actos del rey. Nada ocurre porque sí, hija mía. El rey gobierna para el beneficio de las Dos Tierras. Los dioses creadores nos nombraron en el principio de los tiempos garantes de un equilibrio cósmico, y mi misión es salvaguardarlo.

—Te doy mi palabra que ellos no te traicionarán —señaló Hatshepsut en tanto hacía otro de sus gestos.

—Lo sé; y también reconozco tus tretas. Eres una princesita muy pícara. Por ello volveré a enviarte a el-Kab, con los preceptores de mi hijo, para que sigas aprendiendo todo cuanto necesitas saber acerca de esta tierra.

La joven hizo un gesto de disgusto, mas el faraón le mostró la palma de la mano para dar por zanjada la cuestión.

—Irás en representación de tu padre, el señor de la Tierra Negra, para que todos comprendan tu relevancia. Sat Ra e Ibu podrán acompañarte. Mientras, tu tutor se quedará a mi lado, para ayudarme a preparar esa guerra a la que crees que iré pronto. Como sin duda ya sabrás, Amosis Penejbet es un gran guerrero, y muy querido por mi Majestad.

A Hatshepsut se le iluminó el semblante después de escuchar al faraón. El rey volvió a sonreírle, esta vez con malicia.

—Pero antes de marchar deberás prometerme algo, Hat-shepsut.

—Lo que sea, padre mío.

—Guarda el secreto de nuestra conversación. Si no lo haces lo que te cortaré será la nariz, por indiscreta, ja, ja, y no habrá ningún mohín por tu parte capaz de convencerme de lo contrario.

6

Imbuida por completo en su papel como princesa real, Hatshepsut regresó a el-Kab convencida de que se había iniciado un camino sin retorno. Todo parecía formar parte de un sueño, aquel que ella misma se había encargado de forjar durante las noches que permanecía en vela. A la joven le gustaba asomarse a la terraza para contemplar el vientre estrellado de Nut. La diosa de la bóveda celeste suponía un acicate más a la hora de construir sus ilusiones. Daba igual que Aah, el dios lunar del que había tomado nombre el fundador de la dinastía, recorriera o no el cielo. Apoyada sobre la balaustrada, Hatshepsut se perdía entre el lento fluir de las aguas, adivinando a veces su sinuoso serpenteo o contemplando el Nilo como si se tratase de un espejo bruñido bajo la luz de la luna. Todo formaba parte de una misma ilusión: las riberas salpicadas de palmerales que hacían compañía a los campos de cultivo, los cerros del oeste que dibujaban su contorno para dar cobijo a la necrópolis, el lúgubre aullido del chacal que rompía el majestuoso silencio con el que Tebas se dormía cada noche.

Desde aquella terraza la princesa se había impregnado de todo lo que hacía de Kemet una tierra única. Para un alma como la suya había resultado sencillo entregarse a aquel poderoso influjo para luego edificar el mundo que ella quería construir. Egipto colmaba sus sentidos hasta la embriaguez, aun cuando tan solo fuese una niña de poco más de once años.

Era su *ka*, su esencia vital, la que se hacía más poderosa. Hatshepsut estaba convencida de que cuanto sentía tenía un significado, y que detrás de este se encontraban los dioses observándola, dispuestos a que con su cálamo sagrado ella escribiera una nueva página de la historia de Egipto.

Aquel sentimiento había arraigado en la joven con tal fuerza que cualquier sueño era posible. El suyo amenazaba con convertirse en descomunal y, al remontar el río por segunda vez camino de el-Kab, la princesa empezó a dar color al escenario que ella misma se había encargado de montar durante años. En su corazón edificaba templos al tiempo que elevaba ciclópeos obeliscos, como nunca se habían erigido en el país de Kemet, pues estaba segura de que ese debía ser su legado.

Hatshepsut sabía que su regreso al nomo de Teb formaba parte de su aprendizaje. El dios de las Dos Tierras había decidido que su hija comprendiese el significado de la vida campestre, que descubriera el verdadero valor de los campos, su labranza, y la dependencia que el país tenía de ellos y de sus buenas cosechas. Por tal motivo Tutmosis había determinado que su hija navegara Nilo arriba durante *Koiakh*, el cuarto mes de la inundación, poco antes de que las aguas empezasen a retirarse. Ver al río desbordarse hasta alcanzar las arenas del desierto en aquellos parajes subyugó de nuevo a la princesa. A su paso mucha gente la saludaba desde sus pequeñas embarcaciones con las que recorrían las tierras anegadas. Eran días felices para los campesinos, ya que se celebraban muchas fiestas mientras esperaban que las «aguas altas» comenzaran a bajar para dejar los campos cubiertos por el munífico limo.

Durante su estancia en el nomo, Hatshepsut sería testigo del milagro que el Nilo regalaba a Egipto, de la preparación de la tierra para la siembra en la estación de *Peret* y de la recogida de las cosechas cuando llegara *Shemu*, la última estación del año. Una aventura más para una princesa que se sentía favorecida por el señor de Kemet, quien la distinguía de nuevo a los ojos de su pueblo.

Hatshepsut no perdió detalle de cuanto aquel nuevo mundo al que se asomaba estuviera dispuesto a mostrarle, y ello la llevó a adquirir enseñanzas que le resultarían de gran utilidad durante su vida. Así, se admiró al comprobar como los inspectores agrarios eran capaces de calcular hasta el último *khar*[14] que produciría cada parcela sembrada antes de recoger la cosecha, y comprendió por qué el limo que cubría los campos cuando el río volvía a su cauce natural le había dado nombre a la Tierra Negra.

Todo resultaba tan etéreo y a la vez tan poderoso que era sencillo embriagarse hasta caer preso de percepciones pintadas de magia; la magia... Esta se hallaba por todas partes: en el Delta, en los desiertos, en las necrópolis, en lo más profundo de los templos, en el río... Egipto entero se arropaba con magia en una grandiosa frazada tejida por las manos de dos mil dioses, y por tanto plena de matices que conformaban miríadas de ilusiones. Isis, la gran maga, supervisaba el inmenso lienzo con el que se cubría su pueblo, como madre que era de aquella tierra.

Hatshepsut apreciaba sin dificultad la complejidad de aquel manto, quizá porque los hilos con los que estaba urdido se encontraban dentro de sí misma. La princesa no tenía dudas acerca de ello, y esta certidumbre consumía aún más su joven corazón hasta quedar a merced de una soterrada ambición que ya había empezado a germinar. Para ella no existían las casualidades pues todo estaba predestinado. Estaba segura de adivinar lo que Shai le tenía preparado, como también los planes de su abuela. Esta era su valedora, y tras comenzar a florecer como mujer, Hatshepsut era capaz de hacer volar su gran perspicacia para imaginar el campo de batalla en el que Nefertary se había visto obligada a vivir a fin de conservar sus derechos. Con solo once años de edad, la princesa ya conocía las intrigas que se acostumbraban a tramar en la corte y las mentiras que podían esconderse detrás de cada sonrisa. La joven estaba convencida de que su abuela lo sabía todo acerca de ella desde el mismo día en que naciera. Nefertary era como Isis, una gran madre que había mantenido unido a su pueblo y velado por él, una maga capaz de vislumbrar por entre los velos del tiempo.

Pero había alguien más para quien el corazón de la princesa apenas tenía secretos, una mujer que la amaba como una madre y que la había alimentado con su leche hasta casi los seis años. Sat Ra sabía lo que le ocurría a su pequeña princesa, así como la transformación que día a día se operaba en ella. La nodriza conocía la ambición que anidaba en la joven y hasta dónde podía llegar a conducirla. Como buena conocedora de los entresijos palaciegos y las tradiciones, la también llamada Inet era consciente de lo que significaba en Egipto ir contra el poder establecido, y las consecuencias que podían acarrear los sueños cuando son fraguados por aspiraciones aventuradas. Entre las altas jerarquías los intereses podían asemejarse al delta del Nilo, donde el río se desparramaba en innumerables brazos hasta formar un laberíntico entramado en el que resultaba sencillo perderse. Vivían en un mundo de hombres, y desafiarlo suponía estar dispuesta a sufrir.

Por su parte Ibu observaba cuanto ocurría desde su propia perspectiva. Como le ocurriera a su medio hermana, ella también veía lo que la rodeaba con diferentes ojos, feliz de abrirse a la vida, aunque sus ilusiones nada tuvieran que ver con las de Hatshepsut. Ambas se amaban como verdaderas hermanas, al tiempo que compartían confidencias que guardaban como si fuesen tesoros. Donde quiera que fuera la princesa lo hacía acompañada por Ibu, y con el paso de los meses las dos participaron de aquella aventura cual si formasen parte del mismo sueño. Desde su carácter prudente, Ibu atemperaba en no pocas ocasiones a su impetuosa amiga, sin importarle que esta hiciera burlas de su ponderación o terminara por llamarla Nebtinubjet. Ibu sabía que sus juicios y reflexiones eran bien recibidos por su hermana, quien siempre tendría oídos para cuanto tuviera que decirle.

Ambas serían agasajadas con largueza durante el año que permanecieron en Nejeb, y su alcalde, Amenhotep, trataría a Hatshepsut cual si fuese una diosa. Solo el lamentable estado de su hermanastro entristeció a la princesa. Uadjemose languidecía paulatinamente entre extrañas visiones e interminables períodos de ausencia, y meses después, durante la travesía de regreso a Tebas, Hatshepsut ya no albergaría dudas de que había nacido para gobernar la Tierra Negra, pues los dioses así parecían haberlo dispuesto.

7

Desde la ciudad de Iuny, Hermontis, el dios Montu llamaba a la guerra a su bien amado pueblo mostrándole como su poderoso brazo volvía a blandir la maza del escarmiento. Su mirada de halcón observaba el lejano sur, y sus dos *ureus* cobraban vida para proteger al señor de Kemet y a sus huestes de la barbarie que los aguardaba. Tribus de gentes que trenzaban sus cabellos, junto a aquellos que llevaban escarificaciones en el rostro que les conferían un aspecto bárbaro, los temibles *nehesyu*, los cobrizos, cuyo semblante parecía quemado. Todos los pueblos *kushitas* de las montañas de Jetenefer se habían rebelado contra el faraón dispuestos a desafiar su poder y hacerle ver que eran un pueblo indomable, y que aunque fuesen derrotados una y otra vez volverían a levantarse, como ya habían demostrado los siglos pretéritos.

Al señor de las Dos Tierras semejante escenario le pareció una oportunidad que no estaba dispuesto a desaprovechar. El país de Kush le ofrecía una excusa perfecta para llevar a cabo lo que desde hacía ya muchos *hentis* había deseado emprender: apaciguar Nubia de una vez para siempre con una intervención ejemplar. El control comercial de las ricas caravanas que atravesaban el sur de Nubia era un viejo deseo pendiente de satisfacer. Había llegado el momento, y él, Tutmosis I, se sentía con fuerzas suficientes para expandir el poder de Egipto hasta los confines de la Tierra. Su sangre de guerrero bullía en sus *metus*, alterando su pulso y encendiendo su ardor hasta consumirlo. Esa era su naturaleza, la de un soldado hambriento de gloria que había nacido para combatir. El dios Amón lo había señalado para proporcionarle su fuerza y el convencimiento de que bajo su tutela resultaría invencible. Así era el señor de Karnak: protector con los elegidos e implacable con los condenados.

Hatshepsut regresó a Tebas acompañada por las trompetas que llamaban a la guerra. La capital parecía envuelta en la euforia, como si la contienda que se aproximaba supusiera un regalo que los dioses ofrecían a Kemet con magnanimidad. El aire, saturado por el bullicio, se mostraba inflamado al compás de los tambores y cánticos de la soldadesca. Esta última, llegada en buen número desde los cuarteles de Menfis, se hacía sentir en la ciudad santa, pintando las avenidas y callejuelas con sus miradas fieras. Por su parte los *shes neferu*, escribas de la recluta, se apresuraban en hacer levas, y así cualquier desdichado que diera un mal pie podía acabar por formar parte del ejército del dios, siempre necesitado de brazos. Por fin un rey guerrero se sentaba en el trono de Horus. Gloria al Egipto que renacía para manifestar su poder.

Poco tardó aquel séquito en formar parte del lienzo que se presentaba ante él. Resultaba sencillo fundirse con su colorido, y mucho más dejarse embaucar por la atmósfera de ardor patriótico que barnizaba el cuadro. Desde la cubierta de su nave, la princesa y su cortejo se sintieron cautivados al participar de semejante escenario, y Hatshepsut notó como su corazón se inflamaba de orgullo y su mirada se perdía en el ensueño. Pronto su divino padre alzaría su maza contra el *kushita*, y ella se imaginó los feroces combates a los que se enfrentaría a la cabeza de sus bravos, al tiempo que rememoraba las aventuras que en su día le relatara el viejo Amosis, hijo de Abana, un personaje que a la princesa le parecía inmortal.

A su llegada a palacio fue recibida con el mismo frenesí. Oficiales que iban y venían apresurados, y en cualquier rincón semblantes que denotaban entusiasmo y hasta euforia ante la campaña que se avecinaba. En poco más de un año,

Tutmosis había reorganizado el ejército para otorgarle una preponderancia que sería de capital importancia a la hora de desarrollar sus planes. El rey era un faraón guerrero, y en su ánimo estaba hacérselo saber a todos los pueblos en los que fijara su vista.

Hatshepsut siempre recordaría aquellos rostros excitados, y el paso apresurado de los generales tras recibir las últimas consignas del dios. Este aguardaba la llegada de su hija más querida en compañía de su Gran Esposa Real y el hombre sobre cuyos hombros descansaba el gobierno del país, el *tiaty*, Ineni, el visir de Egipto. Al verla, el faraón abrió sus brazos y la joven corrió hacia su padre, ya que lo amaba profundamente.

—Otra vez mi princesa se comportó como corresponde a una elegida de Amón —exclamó el monarca, visiblemente satisfecho.

Ella lo miró con fulgor, con aquella expresión felina que nunca la abandonaría, cargada de fuerza y poder contenido.

—Mi Majestad se enorgullece por ello —continuó el soberano, al tiempo que observaba al visir—. No existe ningún cometido que mi hija no sea capaz de cumplir.

Ineni permaneció en silencio, como era su costumbre, en tanto Hatshepsut se estrechaba aún más a Tutmosis.

—Su interés por la Tierra Negra no tiene igual —aseguró el faraón—. No existe príncipe en la corte que pueda igualar su perspicacia y buen juicio.

El visir se limitó a asentir, con aquel gesto inexpresivo que tanto desagradaba a la Gran Esposa Real. Desde la coronación del Horus reencarnado, la reina había visto aumentar su influencia en la corte así como la atención de su divino esposo. Este se mostraba sumamente solícito, y hasta había ordenado grabar unas frases en las que ensalzaba a Ahmés Tasherit. Consciente de su dominio, esta continuaba con su sorda lucha contra el resto de las mujeres del harén, y en particular contra Mutnofret. Ahmés no se dejaba engañar por la situación. Sabía muy bien que Tutmosis visitaba el lecho de su gran enemiga, y era consciente del influjo que esta ejercía sobre su marido. El hecho de que Mutnofret le hubiera dado tres varones la torturaba, independientemente de las pocas luces que estos pudieran tener. Sin embargo, Ahmés sabía que aquella esposa secundaria no se atrevería a enfrentarse contra ella abiertamente, aunque estuviera convencida de que nunca dejaría de intrigar en la sombra. Su relación con Hatshepsut siempre había sido algo distante, debido a la atención que la reina se había visto obligada a tener con su hija menor, Neferubity, por motivo de su mala salud, y también por los períodos de melancolía causados por su situación conyugal. Sin embargo, Ahmés conocía muy bien a su primogénita, en quien veía la viva imagen de su propia madre, Nefertary, así como las cualidades de las grandes reinas de las que procedía su linaje.

Al igual que su real esposo, Ahmés estaba al corriente de todo lo ocurrido durante los viajes efectuados por su hija en representación del dios, y lo que podría significar que Tutmosis la hubiera enviado a el-Kab. Semejantes desplazamientos solían estar reservados para aquellos que eran nombrados corregentes, y por tanto dicha singularidad había encendido en su interior una bujía que la invitaba a observar cuanto la rodeaba desde otra perspectiva. La Gran Esposa Real conocía la red de influencias generadas a la sombra del faraón, y lo frágil que podía resultar aquella pequeña llama que alimentaba sus expectativas. Ahora los oídos del señor de las Dos Tierras se encontraban abiertos para escuchar sus palabras, y ella había aprendido a susurrar hacía ya mucho tiempo.

Ahmés salió de sus consideraciones justo para ver como Ineni pedía licencia para abandonar la sala. Sentía verdadera aversión por aquel hombre, quien, por otro lado, servía con lealtad al dios. Mas la mera presencia del visir le desagradaba, convencida de que aquella antipatía resultaba mutua.

—Padre mío, ahora comprendo al dios de la fertilidad y su poder para hacer germinar los campos —oyó la reina que decía su hija, con entusiasmo.

—El señor de Koptos te mostró de lo que es capaz cuando se siente honrado por su pueblo. Por ese motivo es nuestro deber atender a los dioses como corresponde, hija mía.

—Min hace posible convertir la tierra yerma en feraz. He

visto los milagros de que son capaces nuestras divinidades, padre, y comprendo lo frágil que resulta el equilibrio que ellos nos encomendaron mantener.

Tutmosis sonrió para mostrar la satisfacción que le producían aquellas palabras.

—De ese milagro es garante el Horus reencarnado —intervino Ahmés—. Confío en que entiendas el alcance de tu linaje. Ahora acércate, Hatshepsut, deseo estrecharte.

La joven corrió a los brazos de su madre para abrazarla con cariño.

—Deja que te vea un momento —dijo Ahmés, tras separarse del abrazo—. Vaya. Te haces mujer por momentos. Cada día eres más hermosa. Hathor está en ti desde el día de tu nacimiento. Me aseguran que sientes una gran veneración por la diosa, algo que no me extraña.

—Así es, madre mía.

—Bella y saludable como la diosa del amor —suspiró la reina—. Lástima que no pueda opinar lo mismo de tu hermana.

—No digas eso, madre —señaló Hatshepsut con gesto pesaroso—. Dos mil dioses velan por su salud.

—En sus manos está su destino. Desgraciadamente, los *sunus* han hecho cuanto han podido, pero me temo que no sea suficiente.

—Rezaré por ella al mismísimo Amón, y también a Sekhmet, para que aparte todo mal de Neferubity. «La poderosa»[15] la librará de la enfermedad, madre.

Esta asintió sin ocultar su tristeza, pero al momento cambió de expresión para sonreír a su hija.

—El señor de las Dos Tierras nos abandona para ir a la guerra —señaló Ahmés—, dejándonos el corazón encogido por el temor a un peligro cierto. Los dioses pondrán a prueba su valor y también nuestra paciencia, hija mía. No hay palabras para definir el sufrimiento de una esposa que espera a que su marido regrese de la batalla. Al menos esta vez Hatshepsut estará a mi lado. No se me ocurre a nadie que represente mejor al gran Tutmosis, pues heredó lo mejor que hay en él.

El faraón se quedó sorprendido ante aquellas palabras, pero al punto se aproximó hacia la reina para abrazarla junto con su hija. Así permanecieron los tres unos instantes, suspendidos por lo que Ahmés había dicho; como si se tratara de una premonición.

8

—Poco me equivoqué al darte mi confianza, Tutmosis, aunque ahora hayas conseguido la de los dioses; confío en que permitas a esta vieja reina hablarte como a un mortal más.

—La gran dama de Egipto hace tiempo que se ganó el derecho a ser divinizada —repuso el faraón con cortesía.

Ambos contertulios se observaron un instante y luego Nefertary asintió complacida. Era una tarde de verano del mes de *Paope*, finales de agosto, segundo de la estación de *Akhet*, la inundación, y hacía tanto calor que aquellos dos personajes habían decidido buscar algo de alivio bajo la sombra de un viejo sicomoro situado al fondo del jardín, muy próximo a la orilla del río. Desde allí ambos confiaban en recibir el frescor de la brisa del norte, aunque aquel día la esperanza resultase vana y tuvieran que conformarse con el aire que movían los portadores de dos grandes abanicos de plumas.

—Hoy Amón no parece dispuesto a regalarnos su aliento —se quejó Nefertary—. Si el viento del septentrión no es capaz de aliviar los rigores del verano en el palacio del señor de Kemet, no podrá hacerlo en ningún otro lugar.

Tutmosis alabó la ocurrencia, ya que sentía un gran respeto por la reina madre. Esta le había solicitado una audiencia antes de que el soberano partiera hacia Nubia, y ese era el motivo de aquella reunión.

—En ocasiones a Shu le gusta detenerse para ver mejor cómo crece el caudal del río —bromeó el rey.

—Es una de las prerrogativas del dios del aire, siempre tan caprichoso; por no hablar de los celos, que pueden llegar a reconcomerlo. Solo alguien como él hubiese sido capaz de separar a Geb, la tierra, y Nut, la bóveda celeste, para que de este modo no pudieran amarse.

—Demasiada crueldad para unos esposos que se quieren, ja, ja.

—Quizá tengas razón y Shu esté calculando el nivel que alcanzarán las aguas este año. Así sabrá el viento que necesitarán tus barcos para poder remontar el Nilo.

El faraón pareció considerar aquellas palabras.

—Los dioses determinarán lo que más convenga. No tengo duda de que partiré con la bendición de Amón, que soplará sin descanso hasta que alcancemos nuestro propósito —indicó el monarca con cierta solemnidad.

—El Oculto forma parte de tu ejército. Hace tiempo que tomó el relevo de Montu como dios de la guerra tebano. Por eso el señor de Karnak será quien guíe tu brazo para que sometas a los enemigos de Egipto. Recuerda que él fijó su vista en ti hace ya muchos *hentis*.

El dios asintió sin dejar de mirar a Nefertary.

—No olvides que él conoce el futuro, cuanto se esconde tras las cortinas del tiempo —prosiguió Nefertary—. Las épocas de penurias forman parte del pasado. Sonó la hora de que Egipto muestre su fortaleza y extienda su poder hasta tierras lejanas. Amón era conocedor de que llegaría este momento, y por eso te eligió.

Tutmosis esbozó una sonrisa, pues sabía que sin el apoyo de Nefertary jamás hubiera ascendido al trono. Esta captó al instante cuanto pensaba.

—El Oculto te dará fuerzas para que no desfallezcas —indicó la reina madre—. ¿Acaso olvidas que soy su esposa?

El faraón se sintió incómodo, pero no dijo nada.

—Acostumbro a hablar con el señor de Karnak a menudo —prosiguió Nefertary—. Como te adelanté, su deseo es que un faraón guerrero gobierne ahora en Kemet. Él sabe de tu bravura y buen caudillaje, y si honras a nuestro padre Amón como se merece, él se encargará de que los milenios te recuerden. Naciste para conducir ejércitos. Por eso estás aquí.

—Siento que el dios está en mí. Él también me habla, y cuando lo visito en su sagrada capilla en Ipet Sut[16] me da a conocer sus designios. Es el rey de los dioses y le serviré como a un padre.

—Me complace escuchar tan sabias palabras de labios de un Horus reencarnado. No es sencillo gobernar la Tierra Negra, pero si haces cumplir el *maat*, el orden y la justicia, Amón te ayudará en tu cometido, y yo también, siempre que así lo dispongas.

—Tú eres Egipto, gran Nefertary. Tu consejo siempre será el primero en ser escuchado; lo sabes muy bien.

—Me halagas, faraón. Eres un digno hijo del príncipe Amosis Sapair, que esté justificado ante Osiris. Llevas su sangre, que a su vez uniste a la de la Gran Esposa Real, mi hija Ahmés Tasherit. Es por ello que mis nietas han heredado el linaje más puro, aparte de otras muchas cualidades, aunque la pobre Neferubity carezca de buena salud.

Tutmosis se removió en su asiento, pues sabía lo que Nefertary escondía detrás de sus palabras. Como de costumbre, esta le adivinó el pensamiento.

—El dios Shu vuelve a hacer acto de presencia —apuntó la reina madre con jocosidad—, pero no seré yo quien lo utilice en este caso. Sería injusto atribuir a Shu la separación de todos los esposos de Egipto, y más aún si estos pertenecen a la casa real. No estoy hablando solo de privilegios —quiso aclarar Nefertary—, sino de la necesidad de asegurar la progenie que pueda heredar el trono.

El faraón escuchaba en silencio, pues ahora comprendía cuál era el verdadero motivo de aquel encuentro.

—Conozco los entresijos del harén como nadie. A pesar de dar siete hijos al gran Amosis, tuve que estar atenta a cada movimiento dentro del gineceo. Shu hizo intentos por alejarnos, pero mi esposo y yo nos amamos profundamente y siempre tuvimos en cuenta que lo verdaderamente importante era la Tierra Negra.

—Conozco cuanto tuvisteis que padecer, y los sacrificios pasados hasta liberar de nuevo Kemet de las manos extranjeras. Al igual que tu esposo, yo también amo a mi Gran Esposa Real.

—Lo sé muy bien, buen faraón, aunque para su desgracia Ahmés Tasherit no haya podido engendrar hijos varones.

—Por ese motivo tengo otras esposas —señaló Tutmosis, lacónico.

—No seré yo quien critique nuestras tradiciones. Mi interés va en otra dirección. Como señalaste antes siento Egipto como mío, y ahora está en tus manos.

Solo alguien como Nefertary podía permitirse hablar con semejante audacia al faraón, y este se limitó a sonreír al ver la grandeza que atesoraba la reina madre. Tutmosis estaba deseoso de saber hasta dónde quería llegar esta, e hizo un movimiento con la mano invitándola a continuar.

—Además de valiente eres sabio como Thot —dijo Nefertary—. Tu esposa Mutnofret te ha dado tres varones. A ellos corresponde heredar el trono de Horus si legitimas su sangre. Nadie mejor que tú conoce a tus hijos, y espero que sepas perdonar mi franqueza como lo haría un gran rey, y entender mi temor.

Tutmosis permaneció callado, y entre ellos se hizo un silencio en el que se podía presentir la incertidumbre de quien temía equivocarse. Hacía tiempo que el señor de las Dos Tierras había examinado la situación que Nefertary le planteaba. Conocía el lamentable estado en el que se hallaba el príncipe Uadjemose, incapacitado para gobernar, y el esfuerzo que hacía su hijo Amenmose por superar sus deficiencias. Todas sus esperanzas parecían circunscribirse a su tercer vástago, el pequeño Tutmosis, con poco más de cuatro años de edad. Este era robusto, pero con claros síntomas de retraso mental. El faraón confiaba en que Sekhmet se apiadara algún día de las dolencias de sus retoños, y elevaba con frecuencia ofrendas que calmaran la ira de «la poderosa». Mas, sin poder evitarlo, su corazón[17] terminaba por pensar siempre en Hatshepsut, y muchas noches meditaba sobre el gran faraón que iba a perder Egipto por el hecho de que su hija hubiera nacido mujer.

Sobre este particular Tutmosis no podía engañarse. Había reflexionado sobre ello más de lo aconsejable, sobre todo porque la mera posibilidad de que aquellos pensamientos tomaran carta de naturaleza era toda una locura. Ello conducía al faraón hacia aspectos que terminaban por convertirse en quiméricos, pues no tenían una respuesta clara. Entonces las dudas lo asaltaban, dudas que se le antojaban irresolubles o cuanto menos de difícil conclusión. Su corazón le invitaba a dejarse llevar por lo que resultaba evidente y dar el paso definitivo para nombrar a su primogénita sucesora al trono. Pero el pensamiento que anidaba en él hablaba acerca de los peligros que conllevaría una decisión semejante. Egipto se hallaba envuelto en lino cosido con intereses, y cambiar un vestido como aquel, urdido a través de milenios, hacía vacilar al faraón.

Como es natural, Nefertary ya conocía todos estos detalles, incluso se hacía cargo de las naturales vacilaciones de su real yerno, quien por otro lado también era nieto suyo, aunque la madre de este fuese una plebeya. Mas si por algo se distinguía la reina era por ser práctica. La vida no era sino una sucesión de pasos en pos de la consecución de objetivos. El apremio solía dar malos resultados en política, y en dicha materia pocos en Egipto podían igualar a Nefertary.

—Estoy de acuerdo contigo en la conveniencia de no precipitarse, gran Horus —dijo la gran dama tras haber leído el pensamiento al rey por enésima vez.

Este pareció salir de su abstracción para mirar de forma extraña a su suegra.

—Debes estar preparado, Tutmosis. Ese es mi consejo, si me lo aceptas, claro está. La Tierra Negra bien merece un pulso firme.

Tutmosis hizo un gesto extraño para volver a refugiarse en sus reflexiones. Como muy bien había dicho Nefertary, gobernar no era tarea fácil, y mucho menos calibrar las consecuencias de determinadas decisiones.

—Tampoco has de mortificarte, faraón. Eres fuerte y ahora tienes un ejército que te sigue. Dibuja el camino que te dicte el corazón y espera la respuesta de los dioses.

—Eres lúcida, gran reina. Por Thot que para ti Egipto carece de secretos.

—Vuelves a halagarme inmerecidamente, Tutmosis. Me temo que el dios de la sabiduría poco me favorezca, y mis razones solo sean producto de la edad.

—Sin embargo, escucharé a los dioses, tal y como tú me aconsejas.

—Quizá Amón tenga algo que decir —señaló Nefertary con tono enigmático.

El faraón arrugó el entrecejo en un intento por adivinar a dónde quería llegar la reina.

—El Oculto rige a esta dinastía desde su advenimiento —matizó Nefertary—. Él es libre de elegir, como lo hizo contigo.

—¿Qué quieres decir? —inquirió el rey con velada ansiedad.

—Permitamos que se manifieste.

—¿Propones que a mis vacilaciones agregue a los sacerdotes de Karnak? —intervino Tutmosis en tono festivo.

—Ja, ja. Los sacerdotes ya forman parte de ellas, pero un oráculo podría ayudarte a tomar la decisión correcta.

—¿Un oráculo? Hum... Parece algo exagerado..., sobre todo ahora que me preparo para ir a la guerra.

—Yo diría que es el momento idóneo.

—¿Sugieres que se celebre un oráculo sobre semejante cuestión en mi ausencia? —pareció escandalizarse Tutmosis...

—Se oficiaría solo bajo tu consentimiento. Estarías representado por alguna de tus magníficas estatuas; o mejor, por tu *ka*.

El señor de Kemet ahogó un suspiro, perplejo ante lo que escuchaba.

—Sigo pensando que el clero de Karnak se sorprendería ante una proposición semejante —indicó Tutmosis, confundido.

—Recuerda que estoy al frente de las «divinas adoratrices de Amón», y que como mano del dios tengo la facultad de aliviar su naturaleza. Nadie más que yo puede hacerlo en Egipto.

El faraón asintió aunque sus pensamientos estuvieran en otra parte. Nefertary tenía razón, como de costumbre, y un augurio de aquel tipo podría beneficiarle en el futuro. Los vaticinios siempre habían tenido una gran importancia en Kemet, sobre todo si venían desde el templo de Karnak. El hecho de estar combatiendo y no encontrarse en Tebas le favorecía, pues si surgía algún conflicto no se vería comprometido. Sin embargo, sentía ciertas reticencias a la hora de poner en manos de Ipet Sut una decisión como aquella.

Al ver la expresión del faraón, la reina madre sonrió para sí antes de continuar.

—Gran Tutmosis —dijo—. Regresa victorioso de Kush con tus bajeles rebosantes de oro y verás como los sacerdotes te muestran sus espaldas.

—Hatshepsut... —musitó el dios—. Ya tiene doce años y, sin embargo, parece una mujer.

—Mi difunto hijo, Amenhotep, subió al trono de Horus con solo diez años; yo fui su regente y sé muy bien de lo que hablo. Eso por no hablar de mi esposo, Amosis, que fue elegido faraón con apenas seis años. ¿Qué hubiese sido de ellos sin sus reinas?

El faraón pareció reflexionar un instante.

—Permitamos que Amón se manifieste —continuó Nefertary—. Él alumbrará el camino, como de costumbre.

—Has pensado en todo, gran reina —indicó Tutmosis, mordaz—. Dejemos pues que por esta vez se escuche al augur.

—Eres juicioso faraón. En tal caso permite que me encargue del asunto.

—Parece que los dioses te señalan como la persona idónea —recalcó el rey con cierta ironía.

—Bien, entonces te contaré lo que haremos.

9

Corría el segundo año de reinado del dios Aakheperkara, Tutmosis I, cuando la ciudad de Waset, a la que los siglos venideros conocerían con el nombre de Tebas, se engalanó para ver partir a sus guerreros inmortales. Era el día quince del segundo mes de *Akhet*, la estación de la inundación, y el río bajaba tan pletórico que en verdad se podía pensar que Khnum, el dios que habitaba en Elefantina, había tocado a rebato desde su cueva subterránea llamando a la crecida con su poderosa magia. Resultaba evidente que aquel año el Nilo iba a mostrarse generoso y que, una vez más, Hapy, el dios de las aguas, traería la abundancia a la tierra de Egipto. Era preciso aprovechar aquella circunstancia para poder adentrarse en Nubia. Al aumentar el caudal y desbordarse el río, las naves del faraón podrían remontar el Nilo y sortear sus cataratas, aunque ello no dejase de entrañar peligro. La enorme riada producía aluviones capaces de arrastrar los barcos, y era necesario un gran conocimiento del río así como de los parajes hostiles por los que navegarían.

Por fortuna el señor de las Dos Tierras contaba con el hombre idóneo para este cometido, un personaje que a pesar de su edad era capaz de dirigir aquella travesía con seguridad, y al que todos respetaban: Amosis, hijo de Abana. El hecho de que aquel legendario soldado se hubiera unido a la expedición había desatado la euforia en los corazones hasta transmitir un beligerante patriotismo, como no se recordaba. El conocido como «jefe de los remeros», a quien el faraón había nombrado almirante de su flota, se encargaría de transportar sano y salvo al ejército del dios hasta los confines del país de Kush.

Las trompetas llamaban a los bravos y los tambores redoblaban con estrépito en tanto los ciudadanos se echaban a las calles para ver embarcar a las tropas. En su palacio, Tutmosis se despedía de sus seres queridos rodeado por sus generales y notables. Ante los presentes, el primer profeta de Amón, Perennefer, trasladaba al señor de Kemet las bendiciones que el Oculto derramaba sobre él. La campaña sería un éxito, sin duda, y a su regreso triunfal se elevarían loas al rey de los dioses por no haber abandonado al faraón en la batalla. Los prebostes se observaban de soslayo, todos con sus particulares máscaras, calibrando cada pestañeo, pues sabían que aquella mañana comenzaba una nueva época para Egipto, que cambiaría su historia para siempre. Ya nada sería igual, y el que más o el que menos hacía sus cálculos, ya que se abrían horizontes desconocidos que se adivinaban prometedores. Aquella no era una expedición más, sino el inicio de un camino inédito hasta entonces.

Todos escucharon las palabras del dios con atención, en tanto Nefertary paseaba su mirada por los presentes con suma discreción, sin hacer ni un gesto. Ella los conocía bien y, mientras los escrutaba, jugaba a imaginar lo que pensaba cada uno y cuáles eran las expectativas que alimentaban. Al ver el rostro de su hija supo lo que sentía su corazón. Este se encontraba atribulado por la marcha de su esposo, así como por las consecuencias que podría depararle aquella contienda. Por fin Ahmés Tasherit había ocupado el lugar que le correspondía como reina. Era la soberana del resto de las esposas reales, un título que le otorgaba un gran poder, pero que de nada valdría si su divino esposo tuviese la desgracia de morir en aquella guerra. Si eso ocurriera, uno de los hijos de Mutnofret ocuparía el trono de Horus, y ella sería apartada de inmediato de la corte para ver como su odiosa rival se convertía en *mut nisut*, madre del rey, un puesto que le daría una enorme preponderancia. Nefertary conocía aquellos sentimientos por haberlos sufrido en sí misma, y al reparar en la presencia de Mutnofret estuvo segura de que esta pensaba lo mismo que su hija. La segunda esposa abrigaba sus ambiciones, y poseía cualidades para llevarlas a efecto. La reina madre sabía que Mutnofret contaba con apoyos, y a pesar de ser una esposa secundaria disponía de la alianza que le daría el tiempo. Solo debía esperar a que uno de sus hijos gobernara la Tierra Negra.

Nefertary suspiró para sí sin perder la compostura. Mutnofret poseía las mejores bazas, pero en aquella partida quizá esto no fuera suficiente. El tablero era mucho más complicado que el del juego del *senet*, y para ganar sería necesario saber mover las piezas de forma adecuada.

Hatshepsut fue también motivo de su atención. Era la dama de aquel juego, aunque todavía ella no lo supiera, y al observarla en su lugar, revestida de toda dignidad, Nefertary sintió una puntada de orgullo que iba mucho más allá del parentesco. Su nieta iba a ser hermosa, sin duda, aunque fuese su porte de reina lo que destacaba sobre todo lo demás. Ella conocía de sobra el resto de las cualidades que le habían otorgado los dioses, y no tenía dudas de que muchos de los asistentes aquel día también las percibían. Nada escapaba a las miradas de la corte y mucho menos si el motivo de atención representaba un peligro.

Semejante idea la satisfizo. Si había algo capaz de inspirar respeto era el temor, y Hatshepsut tenía capacidad para infundirlo. La joven había recibido una buena crianza, ya que la nodriza se había encargado de educarla a la vieja usanza, con cariño y a la vez con disciplina, tal y como la reina madre le había sugerido. Esta sentía un gran respeto por Sat Ra, pero llegaba el tiempo de hallar para su nieta un nuevo preceptor, un mayordomo para su casa acorde con el juego que debía desarrollarse. Su actual tutor, Amosis Penejbet, iba a estar inmerso en las guerras que, estaba convencida, Tutmosis llevaría a cabo durante su reinado, y por ello debía encontrar otro «padre nutricio» que fuese de su confianza.

La buena de Sat Ra siempre sería para su nieta como una segunda madre, unidas a pesar del paso de los años; y luego estaba Ibu, hija natural de la nodriza real, por quien Nefertary sentía una viva simpatía. Le gustaba aquella muchacha de finos rasgos y ojos de gacela, pues en ella veía el contrapunto perfecto para la princesa. Era la persona idónea para mostrar a Hatshepsut el otro lado de una idea, las ocultas consecuencias, ya que era reflexiva y perspicaz. Ambas jóvenes se amaban como verdaderas hermanas, y la reina se encargaría de que nunca se separaran.

Nefertary volvió a fijar su atención en el resto de los allí presentes. Ningún alto cargo que se preciara hubiese faltado a un acto tan solemne como aquel, y la gran dama buscó con la mirada a quien más le interesaba, un personaje discreto que permanecía en segunda fila, como correspondía a su prudente naturaleza. Era una pieza fundamental para el transcurso de la partida, y representaba el siguiente movimiento que era necesario realizar. Nefertary fijó su vista en él hasta que sus miradas se cruzaron. Shai había puesto a Ineni en su camino, y la reina jamás osaría desairar al dios del destino.

Antes de abandonar su palacio camino de la guerra, Tutmosis se despidió de su familia y al aproximarse a Hatshepsut reclamó la atención de los presentes para dejar una frase para la historia: «La pondré en mi lugar».

10

Apenas habían pasado tres meses desde la partida del faraón cuando, una noche de invierno, una figura embozada llamaba a la puerta de la residencia de Nefertary. Era una noche sin luna, en la que Nut había decidido ocultar su bóveda estrellada y encapotar el cielo de Egipto con espesas nubes. Hacía frío, y las calles se mostraban solitarias, sin vida, como si hubieran sido abandonadas a su suerte. Los ciudadanos permanecían en el interior de sus casas, al amor de la lumbre hecha con excrementos secos, y ni siquiera los chacales se habían dado cita en los vertederos de basura que solían acumularse en los callejones. Tebas se sumía en una atmósfera tenebrosa que invitaba al mal augurio, pues no en vano era día diecisiete del mes de *Tobe*, quince de diciembre, adverso donde los hubiese, en el que se creía que el país se hallaba en tinieblas y no se aconsejaba bañarse. Si había un pueblo que solía mantenerse fiel a su calendario ese era el egipcio, y en aquella jornada tenida por funesta, no solo habían evitado lavarse con agua, sino también deambular por las calles a horas intempestivas, ya que las tinieblas solo eran apropiadas para los demonios del Amenti,[18] y bajo ninguna circunstancia estaban dispuestos los vecinos a encontrarse con ellos.

Sin embargo, aquel tipo solitario parecía ajeno a tales consideraciones, y cualquiera que se hubiese encontrado con él en una noche tan tenebrosa hubiese caído fulminado al pensar que se hallaba ante un ser del Inframundo, lo cual no dejaba de ser una paradoja, ya que aquel caminante era muy respetado y calificado como un hombre de dios.

El desconocido se arrebujó con la frazada para protegerse mejor del viento que comenzaba a soplar con fuerza, al tiempo que se cercioraba de no haber sido seguido por nadie. Escrutó en rededor, pero la oscuridad devoraba cualquier mirada que quisiera desafiarla. Solo aquel viento osaba acompañarle en aquella calle convertida en un pozo negro que parecía capaz de tragárselos a todos. Por fin la puerta se abrió, y una débil bujía vino a dar vida a las fantasmagóricas formas que se dibujaban en el jardín, imágenes que se cimbreaban movidas por el vendaval al tiempo que emitían quejumbrosos gemidos, como si se tratase de árboles condenados.

Al entrar en el palacete las penumbras desaparecieron, y al punto fue conducido a la presencia de la reina madre, quien lo esperaba junto a un brasero mientras tomaba una copa de vino del Delta y unos pastelillos.

—La noche invita al asilo y a buscar la protección de nuestros dioses. Apofis bien pudiera andar suelta por las calles. Te doy las gracias por venir a visitarme.

El invitado hizo un gesto ambiguo y luego rechazó con cortesía los pastelillos y el vino que le ofrecían.

—Te advierto que es *nedjem*, endulzado con miel, de los mejores viñedos de Buto, muy difícil de encontrar —señaló la dama.

El desconocido asintió, pero se limitó a tomar asiento en tanto se despojaba de su capote. Nefertary lo estudió un momento, aunque ambos ya se conocieran desde hacía años. Al ver su cabeza tonsurada y su rostro desprovisto de cualquier atisbo de vello, la reina se felicitó por tener un aliado semejante, un hombre sobre el que tenía puestas grandes esperanzas. La señora sabía reconocer a un buen hijo de la Tierra Negra en cuanto lo veía, y aquel era uno de los mejores.

—El momento de poner en marcha nuestros planes se aproxima y para entonces Karnak deberá estar preparado —advirtió la reina.

—Lo estará. Yo me encargaré de que así sea.

—Olvidaba la buena opinión que tienes de ti mismo, Hapuseneb, que por otra parte creo es merecida —bromeó la dama—. Mas todos conocemos los recovecos que pueden llegar a aparecer en un templo tan grande como el de Karnak.

—Ipet Sut es mi casa y yo soy allí la cuarta autoridad. Tu Majestad me puso en el camino del Oculto para que pudiera servirle como corresponde —señaló el invitado con solemnidad.

—Amón supo ver las grandes cualidades que posees para su servicio y también para la Tierra Negra. Como su esposa divina puedo decirte que se siente complacido de que seas su cuarto profeta, y confía en que algún día te conviertas en el sumo sacerdote de su clero.

—Él conoce lo que ha de venir, y ordena el tiempo y sus circunstancias.

—Así es, por eso es tan importante tu concurso, buen Hapuseneb. Los tiempos venideros necesitarán de tu persona, pues has de convertirte en el áncora que sostenga a mi progenie.

—Mi lealtad hacia tu casa está forjada en el granito, gran reina.

—Lo sé; aunque deberás sacrificarte por algún tiempo hasta que llegue tu momento.

—La paciencia es una virtud que se aprende entre los muros de los templos.

—Y Amón te recompensará por ello. Mas ahora conviene que no muestres ningún atisbo de ambición. Perennefer debe continuar como primer profeta durante muchos años.

—Él no es proclive a nuestra causa, mi *nebet*.

—Precisamente. Conviene que sea así. Debe sobrevalorar su poder. Por el momento habrá de plegarse a nuestros deseos. El oráculo tiene que celebrarse, pues es voluntad del señor de las Dos Tierras que así ocurra. Perennefer no dará demasiada importancia al hecho de que una princesa de doce años se someta al vaticinio del Oculto, cuando existen tres herederos varones, pero nosotros sí. Por tal motivo es imprescindible que Amón nos sea propicio. Tú debes garantizarlo.

Hapuseneb asintió con una media sonrisa.

—Yo misma iré a visitarlo a su sanctasanctórum, como mi esposo divino que es —continuó la reina—, para pedirle su favor y también su consejo ante lo que ha de venir.

La señora azuzó las ascuas del brasero mientras reflexionaba antes de proseguir.

—Las noticias recibidas de Kush no pueden ser mejores. El dios avanza como un halcón, imparable, derrotando a sus enemigos y haciendo un gran botín —señaló Nefertary con la vista fija aún en el brasero.

—Lo sé —contestó Hapuseneb, lacónico.

La gran dama rio quedamente.

—Olvidaba la facilidad con que las noticias llegan a Karnak —subrayó ella, mordaz.

—Es la facultad del Oculto. Como bien dijiste con anterioridad, él conoce lo que ha de venir y tiene el don de la omnipresencia.

—En ese caso ya sabrá que su templo se enriquecerá con esta guerra.

—Mucho más con las venideras, *hemet netcher*, esposa del dios. Eso lo sabemos todos.

—Tienes razón. No habrá dios más poderoso que Amón en Egipto. Ha sido un acierto asimilarlo a Ra. Ambos dioses en uno se me antoja la simbiosis perfecta: Amón Ra.

—Así es. El rey y el padre de los dioses en una misma figura. Los dos cleros se beneficiarán de ello.

—Y Egipto saldrá triunfante. Pero dime, Hapuseneb, ¿qué hará Karnak con tanto oro como recibirá en el futuro?

El cuarto profeta permaneció un instante pensativo antes de contestar.

—Se enriquecerá, naturalmente.

—Hum. No conozco un medio mejor para hacer política. Oro y religión; no se me ocurre una frase más persuasiva para los oídos de un dios.

—Bien sabes que hacemos política desde hace años. Tú misma formas parte de nuestro clero. Los intereses de Karnak son también los tuyos.

—Por tal motivo mi familia tiene una alianza con Ipet Sut,

alianza que espero se mantenga, y en la que confío para gobernar Kemet como corresponde.

—Tú mejor que nadie conoces las singularidades que esconden nuestros templos. Pero, como te dije antes, cuentas con mi lealtad y el favor de todos los hombres de bien que sirven a nuestro padre Amón.

—Tus palabras resultan reconfortantes, sin duda —señaló Nefertary en un tono ciertamente burlesco—. El señor de las Dos Tierras llevará a cabo más guerras. Kemet extenderá sus fronteras y esto traerá consigo nuevas contiendas, y con ello más oro.

—Botines que serán bien recibidos en Karnak, y que harán que Amón bendiga al faraón cada día de su larga vida.

—Será entonces, en los tiempos en que el Oculto nade en la abundancia, cuando no deberá olvidarse la sagrada alianza forjada en los comienzos de esta dinastía. Tú serás garante de ello, Hapuseneb, pues solo así podrán llevarse a cabo los planes que ya forjó mi divina madre, la reina Iahotep.

Hapuseneb se levantó para ir a inclinarse ante la reina.

—Mi fidelidad hacia ti nació con mi razón. No recuerdo nada antes de que tú me dieras la esperanza y una nueva vida que me permitió alcanzar el conocimiento. Siempre vi en tu acogida la mano de los dioses, y en tu protección un milagro inesperado que me permitió encontrar el saber oculto.

—Me complace cuanto dices, y me congratulo de que Kemet no haya perdido una mente tan preclara como la tuya, gracias a mi ayuda. Me hice cargo de un ser desorientado para convertirlo en un hombre que algún día será santo.

Hapuseneb besó el suelo para volver a sentarse a instancias de la reina.

—Recuerda que, aunque Karnak esté ansioso de nuevas guerras que le proporcionen mayores riquezas, hará bien en dilatarlas. Llegará el día en que sea necesario gestionar lo conquistado para engrandecer la Tierra Negra. Los templos se verán embellecidos, pues tal debe ser su sino inmortal. Ellos quedarán en el recuerdo durante milenios, y los dioses estarán satisfechos ante las ofrendas recibidas por su pueblo. Cuando están contentos, ellos velan por todos nosotros colmándonos de bendiciones. No olvides que es el faraón quien responde en nuestro nombre ante las divinidades, y Karnak deberá ayudarle en los momentos de flaqueza.

—Tus palabras están llenas de sabiduría, gran reina, y hoy reitero mi servicio a tu causa. Mis ojos escrutarán donde otros no pueden, y mis oídos escucharán aquello que se susurre detrás de los muros de granito. Nada permanecerá oculto a mi corazón. Yo también vislumbro el tiempo que ha de venir, y estoy preparado para soportar los cimientos de tu casa...

—Sé que tus piernas no flaquearán, buen Hapuseneb. Ahora es necesario que tengas todo preparado para el próximo mes. El veintinueve me parece un buen día. Encárgate de recordar a quien corresponda que el señor de las Dos Tierras está detrás de tan solemne acto, y que su palabra no se discute. Él desea que el oráculo sea favorable, y así debe ocurrir. Como pudiste comprobar, manifestó su amor por Hatshepsut públicamente, así como su decisión de hacerla su heredera. En la princesa se halla el fin de nuestro juego.

—En mí encontrará siempre un aliado, así como mi mejor consejo.

—Los necesitará.

—Dicen que en el Gran Verde[19] las olas no tienen fin. Al parecer es un lugar baldío, en el que nada crece, solo la espuma que blanquea las crestas teñidas de cobalto. Es el reino del caos en el que solo puede señorear Set, el Rojo. Esas olas se asemejan a las intrigas que se fraguan a diario en la Tierra Negra, algunas rompen en la orilla con estrépito, y otras muchas son sigilosas, pero siempre vienen y van, sin descanso. Solo la nave firmemente construida y bien gobernada puede desafiar a tales peligros. Yo haré que se fabrique un barco de la mejor madera, digno de un dios.

Nefertary se quedó estupefacta ante semejantes palabras, aunque lo disimulara con su naturalidad habitual. Durante un rato ambos contertulios guardaron silencio, y la reina aprovechó para tomar un pastelillo y otra copa de vino.

—Es uno de los pocos placeres a los que mi edad no se resiste —se disculpó la reina—. Como dijo el sabio Ptahotep hace mil años, «la vejez es mala», aunque a mí me resulte rebosante de clarividencia.

Hapuseneb asintió sin hacer el menor gesto, tal y como había aprendido hacía muchos *hentis*. Su rostro parecía cincelado en cera, blanquecino y fantasmagórico, como surgido de ultratumba.

—Tu símil me parece muy adecuado, Hapuseneb; yo no lo hubiera expresado mejor. Creo que para gobernar con seguridad esa nave de la que hablas necesitaremos un piloto, alguien digno de formar parte de nuestra tripulación, ¿no te parece?

El sacerdote dirigió a la dama una mirada de complicidad.

—Convendrá estar atento a cualquier señal que nuestro padre Amón tenga a bien proporcionarnos —aseguró Nefertary—. Confío en que también puedas serme de gran ayuda en este particular.

—Rezaré al Oculto para que ilumine nuestros corazones.

—Que él te acompañe hasta Karnak —dijo la reina, dando por terminada aquella entrevista—. Honrémosle con nuestra prudencia. Supone la mejor ofrenda.

Cuando Hapuseneb abandonó la casa, el viento ululaba cual exhalado por los chacales de la necrópolis. El ejército de Anubis cantaba desde los cerros del oeste y el aire creaba caprichosos remolinos en las polvorientas callejuelas. La oscuridad se cubría con tupidos visillos tejidos por la tolvanera surgida del arenal, suspendidos del encapotado cielo por los invisibles dedos del dios de las tormentas. Set andaba suelto en aquella hora, y Hapuseneb se embozó bajo la frazada para protegerse de las punzadas de la fina arena. El ambiente se le antojaba ilusorio, como también lo era el escenario en el que había de representar su papel. Todo se encontraba por escribir, y al abrirse paso entre los espesos cortinajes pensó que entraba a formar parte de aquella ilusión para no regresar jamás. Se abría la puerta que daba acceso a una nueva dimensión, una senda que le conduciría a un Egipto imposible, o quizá hacia un sueño del que ya no podría despertar. No se le ocurría un sortilegio mayor.

11

—Abuela, ¿me pondrá el dios algún día en su lugar, tal y como dijo públicamente?

Nefertary miró a su nieta sin atisbo de emociones en el rostro. Era una mañana soleada del mes de *Tobe*, y ambas disfrutaban de la brisa junto a la orilla del Nilo, en un pequeño cenador en el que las parras solían dar buenos frutos.

—El faraón habló con el corazón. Su pensamiento es verdadero.

—¿Quieres decir que no he de hacer caso a sus palabras; que habló como lo haría un padre?

—Expresó su más íntimo deseo.

—Entonces...

La reina madre mostró la palma de una de sus manos, como solía hacer cuando quería reconducir cualquier conversación.

—Nada es seguro en Kemet. En la mañana saludamos a Ra Khepri a la salida del sol, pues tememos que algún día no regrese triunfante de su viaje por las doce horas de la noche; tampoco podemos controlar la crecida, y honramos a los dioses para que el caudal del río sea el apropiado y Hapy nos proporcione abundancia; eso por no hablarte de lo caprichosas que pueden llegar a ser algunas divinidades, como la susceptible Sekhmet, cuya cólera solo trae enfermedades y desgracias, o la misma Hathor cuando se empeña en hacernos infelices en el amor.

—Como de costumbre siempre terminamos en manos de Shai —se quejó Hatshepsut con disgusto.

—Por eso se le representa con cuerpo de ladrillo. Sobre ellos se apoyó tu madre para parirte. No reniegues del dios que puede darte venturas.

—Él no es el único en otorgarme su favor. Renenutet dispuso cuanto me ha de ocurrir ya en el vientre materno. El destino me será propicio.

—Ja, ja. Entre las muchas cualidades que te otorgan los dioses no está la paciencia; y mucho me temo que habrás de controlar más tu prudencia. Recuerda que nuestra medida del tiempo poco tiene que ver con la de nuestros padres divinos; y ellos son los que deciden bajo el beneplácito de Amón.

—¡Pero el faraón ha hecho pública su predilección hacia mí! —protestó la princesa.

—Y eso debería bastarte por ahora.

—Tú misma me has dicho en muchas ocasiones que la pureza de mi linaje me otorga todos los derechos.

—Por ese motivo tienes el poder de legitimar a quien quiera sentarse en el trono de Horus —advirtió Nefertary con ironía, ya que conocía el rechazo que su nieta sentía hacia sus hermanastros.

—Nunca me dejaré manejar por ningún príncipe, abuela —dijo la joven con la mirada encendida.

—Ya veo —continuó la reina, divertida—. Has olvidado por completo cuáles son tus obligaciones como princesa real, y peor aún, para lo que se supone has sido educada.

—Ya hemos hablado sobre eso, y sabes que no permitiré que me casen con quien yo no quiera.

—¿Ah no? ¿Estarías dispuesta a desobedecer al señor de las Dos Tierras?

—Él jamás me pediría algo así. Mi padre me ama sobre todas las cosas, así como yo a él... Bueno, a ti también te quiero, abuela.

—Comprendo; si Hathor me regala tu cariño, ¿qué más puede desear una vieja como yo?

Hatshepsut se levantó para abrazar a Nefertary, y esta acarició el cabello cobrizo de la joven. Luego la apartó suavemente para mirarla a los ojos. Había verdadera fuerza en ellos, y brillaban como centellas.

—Te comprendo muy bien, hija mía, pero hemos sido elegidas para servir a la Tierra Negra. Kemet es lo más importante.

—A él quiero dedicar mi vida, gran reina, pero nunca me doblegaré ante la estupidez —se lamentó Hatshepsut, sin ocultar su desconsuelo.

Nefertary volvió a atraer a su nieta hacia sí para estrecharla.

—Ha llegado el momento de que sepas algo. El verdadero alcance de nuestra autoridad —musitó Nefertary a la joven.

Esta se separó de la reina para observarla, sin comprender muy bien a lo que se refería.

—Conozco tu poder, abuela. Tú misma me explicaste una vez lo que significaba ser esposa del dios.

—Me refiero a un hecho de gran trascendencia que podría llegar a influir en el destino del que me hablabas —dijo Nefertary.

Hatshepsut miró a la vieja dama, intrigada, y esta le sonrió antes de proseguir.

—Al advenimiento de nuestra dinastía tuvo lugar un acuerdo entre el Horus reencarnado, tu abuelo Amosis, y los sacerdotes de Karnak —señaló la reina madre con gravedad—, un verdadero pacto de estado que uniría de forma indeleble a nuestra casa real con el dios Amón.

—¿Te refieres a una alianza? —quiso saber la joven, interesada.

—Un acuerdo que iba mucho más allá y aunaba los poderes terrenales y divinos para el gobierno de Egipto.

—¿Qué tipo de trato fue ese? —interrumpió la princesa, claramente agitada.

—Un compromiso en virtud del cual el faraón debería ser hijo carnal del dios Amón.

Hatshepsut pareció confundida, y Nefertary asintió levemente antes de continuar.

—El Oculto sería el encargado de engendrar al heredero

al trono de Horus, y por tanto el futuro rey tendría una naturaleza completamente divina desde su nacimiento.

—Pero ¿cómo se obraría semejante milagro? —inquirió la
joven, excitada.

—Amón, en su infinito poder, tomaría la forma del soberano en el trono para fecundar el vientre de la esposa del dios.

—Inseminaría su esencia divina —susurró la princesa.

—Yo no lo hubiera podido definir mejor —indicó la reina, complacida.

»Una unión entre el templo de Karnak y la casa real que
daría a la esposa del dios la llave de la sucesión al trono por
intercesión del mismísimo Amón.

—El resultado sería una alianza por la cual los sacerdotes
de Ipet Sut garantizarían la continuidad de nuestra dinastía
con el poder político y religioso que ya poseen, un poder que,
sin duda, incrementarán y hemos de fomentar. Como comprenderás forma parte del pacto.

Durante unos instantes la princesa perdió su mirada para
entender el alcance de cuanto su abuela le había contado.

—Entonces —dijo la joven, recobrando la compostura—,
mi padre no nació con la naturaleza divina a la que te refieres,
y mucho menos mis hermanastros.

—Pero sí tu madre, y por supuesto el difunto señor de las
Dos Tierras, Amenhotep I, su hermano. Por desgracia, como
bien sabes, Amón no permitió que tuviese descendencia. El
Oculto tenía otros planes para Egipto.

—Todo se encuentra claro en mi corazón, abuela —exclamó Hatshepsut, enardecida—. Veo la mano de Amón en todo
cuanto me rodea. A menudo se me presenta en sueños y me habla como solo lo haría un padre. Él mira dentro de mí, y lo que
ve le es grato. Mi madre debió ser la heredera del título que tú
posees.

—Pero no ocurrió así. Fue Merytamón quien lo recibió,
aunque por desgracia ahora esté en el reino de Osiris y el título haya vuelto a mí. Por tanto soy libre de donarlo de nuevo.

Hatshepsut dirigió a su abuela una de sus habituales miradas felinas que con los años se harían famosas por ser capaces

de desnudar el alma más templada. Nefertary se la mantuvo con su dignidad acostumbrada y la serenidad que le daba el enorme poder que todavía ostentaba.

—Mi hija Ahmés Tasherit ya cumplió la misión para la que estaba destinada. Legitimó a tu padre mucho antes de que este se sentara en el trono de Horus —señaló Nefertary, escuetamente.

—Pero gran reina —se apresuró a decir Hatshepsut—, solo por mis venas y por las de Neferubity corre la sangre divina de la que me hablas. Ahora entiendo todo cuanto me pasa, las ideas de mi corazón que me impulsan hacia lo que parece imposible.

—La historia de Egipto se encuentra repleta de príncipes predestinados que terminaron siendo devorados por Ammit[20] —apuntó la reina, mordaz.

—Yo veo mi destino con claridad, y este me empuja hacia donde me corresponde —señaló la princesa con una determinación que sorprendió a Nefertary. Esta observó a su nieta con atención. A punto de cumplir los trece años Hatshepsut se había convertido en una mujer, y nadie parecía haber reparado en ello.

—Sé que mi padre el dios Aakheperkara, vida, protección y fuerza le sean dadas, conoce la verdad de mis palabras, y también que Shai me puso en tu camino para que me ayudaras.

Nefertary no pudo evitar sonreír ante la audacia de su nieta. Esta se hallaba en lo cierto; sin la intervención de la vieja dama, Hatshepsut terminaría consumida por sus propios demonios. Sin embargo, la ayuda que esta le reclamaba debía cumplir unos pasos ineludibles para que fuese efectiva. Había llegado el momento de dar el primero de ellos, aunque Nefertary ya los tuviera todos previstos.

—Por el momento mi Majestad se encuentra con el ánimo suficiente para continuar cumpliendo mis funciones como esposa del dios. Además, gozo de buena salud, y mi divino esposo está muy satisfecho conmigo después de todos estos años. Hablo con él a diario.

La princesa inclinó la cabeza, algo compungida por su

comportamiento, pues no en vano su abuela representaba el origen de aquella dinastía. Ambas permanecieron unos instantes en silencio, antes de que Nefertary continuara.

—Si demandas mi ayuda deberás estar dispuesta a cumplir mis designios, por erróneos que te parezcan. Solo de este modo tendrás alguna oportunidad de alcanzar lo que tanto añoras.

Hatshepsut dio un respingo y sus ojos volvieron a recuperar su fulgor. Entonces se abrazó de nuevo a su abuela para estrecharla con cariño.

—Eres demasiado joven para comprender lo que encierran mis palabras —advirtió Nefertary tras deshacerse del abrazo—. Sin mi consejo no conseguirás nada, y solo los dioses conocen cuáles serán las consecuencias.

—Ellos están conmigo, lo sé —dijo la princesa, exultante.

—Incluso así podrías perder la partida.

—¿La partida? —inquirió la joven, algo sorprendida.

—Así es. Yo ya empecé a jugarla por ti hace mucho tiempo. Es hora de que aprendas a mover las piezas.

12

Ibu veía la vida pasar convertida en testigo de lo que se antojaba una quimera. Con catorce años cumplidos era ya una mujer casadera y, en su entorno familiar, el que más o el que menos le andaba buscando marido. Sin embargo, la joven mostraba poco interés sobre el particular; su amor se repartía entre una madre a la que adoraba y Hatshepsut, con quien pasaba la mayor parte del tiempo. Ibu estaba al corriente de cuanto le ocurría a la princesa, así como de los cambios que se estaban obrando en su personalidad. Ambas habían dejado de ser niñas y, al observar a Hatshepsut, Ibu podía constatar la transformación que se operaba en aquella casi a diario, cual si se estuviera produciendo una paulatina metamorfosis cuyo final resultaba incierto. La princesa parecía poseer la capacidad de sorprender, aunque lo que en verdad maravillara a Ibu fuera la claridad que su hermana de leche mostraba a la hora de enjuiciar cualquier asunto, así como su habilidad para salirse siempre con la suya.

Desde la partida del faraón a tierras nubias, Hatshepsut se había vuelto más reflexiva y prudente en sus observaciones, al tiempo que inflexible a la hora de hacer cumplir sus deseos. La princesa tenía la facultad de brillar como un poderoso lucero, y su voluntad parecía tallada en diorita. Mas la joven amaba profundamente a su segunda familia y se refugiaba en la compañía de Sat Ra a la menor oportunidad, como si necesitara la mirada cálida de la nodriza para templar su ánimo.

Ibu había sido nombrada dama a la derecha de la princesa real. Un título pomposo decretado por la propia Hatshepsut, como si en verdad se tratara de la señora de las Dos Tierras. Hubo cierta jocosidad con el asunto, atribuido por algunos al caprichoso carácter de la princesa, aunque esta se lo tomara muy en serio.

—Algún día te nombraré portadora del abanico real —había asegurado la joven, categórica, ante la mirada cómplice de su hermana, que la creía muy capaz.

A la reina madre tales veleidades le parecían muy bien, sobre todo porque ayudaban a no tomarse demasiado en serio las ambiciones de su nieta, algo que favorecía sus propósitos; y en cuanto a Ahmés Tasherit, esta se hallaba inmersa en su particular guerra por el control del harén, y poco se preocupaba de las quimeras en las que se encontraba empeñada su hija.

Sin embargo, aquel mes de *Meshir*, segundo de la estación de *Peret*, la siembra, del segundo año del reinado de Tutmosis I, ocurriría un hecho que por su significancia resultaría determinante en la vida de Hatshepsut, y por ende para la historia de la Tierra Negra. Durante dicho mes la princesa se mostró inusualmente agitada, y por momentos pareció perderse en lo más profundo de unos pensamientos que poco a poco cobraban la fuerza necesaria para dar vida a los sueños.

—A mí no me engañas, hermana —le dijo Ibu una tarde mientras paseaban por el jardín de palacio—. Tú guardas un secreto que te roe el corazón. ¿No será por fortuna inconfesable? ¿Quizá Hathor vino a llamar a tu puerta?

Hatshepsut se detuvo para tomar la mano de su hermana antes de proseguir su caminata.

—No es la diosa del amor quien me ha visitado —señaló la joven en tono amistoso—, sino el que los gobierna a todos.

Ibu hizo un gesto cómico, ya que no era habitual ver a la princesa expresarse de aquel modo.

—Ahora entiendo —continuó Ibu, divertida—. Tu divina abuela te requiere para que entres a formar parte de su clero entre las «divinas cantoras».

—La reina madre también conoce el prodigio —aseguró Hatshepsut como si se hallara poseída por alguna suerte de encantamiento.

Ibu estuvo a punto de soltar una carcajada, pero al ver la expresión con que la observaba su hermana, prefirió guardar silencio por temor a desairar a los dioses. Si los encantamientos existían, debían producir un efecto parecido, y no sería ella quien se burlara de las palabras de un ser elevado.

—Espero que entiendas, querida hermana, que a los pobres mortales nos sea difícil entender esos estados de misticismo a los que nos es imposible llegar —se atrevió a decir Ibu.

Hatshepsut la miró un instante como lo haría el creador con alguna de sus criaturas.

—Entiendo tus palabras. Ni yo misma encuentro una explicación que no sea la de mi ascendencia divina. Solo así es posible explicar lo que siento —señaló la princesa con arrobamiento.

—Ya veo, hermana mía. Tu delirio es cosa de dioses y poco puedo ayudarte en ello —añadió Ibu con ironía.

—Es lógico —aseguró Hatshepsut sin hacer caso del sarcasmo—. Pero estoy aquí para compartir contigo mi ensueño, pues de qué otro modo lo podría llamar.

Ibu se sobrecogió ante el tono empleado por su real hermana, ya que no había jactancia o vanagloria en él, sino un sentimiento que parecía surgido del éxtasis.

—Hablo con él cada noche —continuó la princesa—. En la soledad de mi estancia él acude a susurrarme como lo haría un padre a su hija. A verter sobre mis oídos palabras dulces que embelesan mi corazón y lo llenan de luz. Es una luz purísima, que me lleva a comprender con facilidad cómo son las cosas en realidad y cuáles deben ser mis respuestas.

—¿Te refieres al Oculto? —preguntó Ibu, no sin temor.

—Mi padre Amón me reconforta con su verbo, al tiempo que eleva mi *ba* y me da fuerzas para hacer frente a lo que me espera.

—Hablas como si formaras parte de algún sortilegio.

—Es mucho más que eso. Se trata de la seducción divina,

un hechizo que nada tiene que ver con los que acostumbran a realizar nuestros *hekas*, bajo el cual sientes el amparo y no temes a la soledad.

—¿Y qué te dice el señor de Karnak?

—Me da su bendición a la vez que fuerzas para no desfallecer durante mi andadura. Con su aliento atravesaré la Tierra Roja, si es preciso, pues no habrá desierto que pueda detenerme.

—¿Insinúas que el Oculto te ha encomendado alguna tarea?

—Tú lo has dicho; y en tu corazón sabes muy bien a lo que me refiero.

—Pero hermana. Tus sueños pueden convertirse en pesadillas. No hace falta que te recuerde que vivimos en un mundo de hombres, y que los poderes que se asientan en la sombra son peligrosos.

—Todo Egipto será testigo de los deseos de mi padre Amón, y no olvides nunca que su palabra es la ley.

Ibu observó a su hermana un instante. Parecía arrebatada, como si en verdad estuviera imbuida de la fe más pura, adoctrinada por Amón, el rey de los dioses.

—¿Aseguras que la Tierra Negra será testigo del mensaje del Oculto? —preguntó Ibu con asombro.

—Muy pronto, hermana mía, y tú me acompañarás para que algún día puedas dar fe de ello a tus hijos.

Ibu se quedó pensativa. En los últimos meses su hermana de leche dejaba ver las influencias recibidas de su abuela. Nefertary estaba enseñando a su nieta los entresijos de la política de las Dos Tierras, y los consejos de la reina madre parecían ser seguidos al pie de la letra por la princesa. Ibu no tenía dudas de que todo obedecía a un plan, y desde la discreción que le era propia hacía ver a Hatshepsut que su lealtad no entendía de conveniencias, sino que se cimentaba sobre el gran amor que sentía hacia ella. Su perspicacia le hacía ver con claridad. En la Tierra Negra no había lugar para las casualidades, y si el Oculto, en su omnisciencia, había decidido señalar a la princesa con su favor, Ibu comprendió que aquel mensaje al que se refería Hatshepsut no podía ser otro que un oráculo.

13

Para Ibu resultó sencillo adivinar cuanto iba a ocurrir, así como la fecha aproximada en la que se llevaría a cabo el augurio. A finales de aquel mes tendrían lugar las fiestas dedicadas a Amón, y la hija de Sat Ra pensó que no podía elegirse un momento más indicado que aquel para recibir una declaración por parte del Oculto. Que el supuesto vaticinio resultaría favorable era un hecho sobre el que Ibu no albergaba la menor duda, y durante los días posteriores a la conversación mantenida con la princesa en los jardines de palacio, reflexionó acerca de las consecuencias que podrían derivarse de un acto semejante, y la implicación directa que debía tener Nefertary en el asunto. En la Tierra Negra no ocurría nada que no supiera la reina madre, y en ocasiones la joven había bromeado con su real hermana acerca de este particular, asegurando que si el «jefe de los artesanos», título con el que era conocido el sumo sacerdote del dios Ptah de Menfis, estornudaba, Nefertary lo sabría.

Sin embargo, y más allá de la natural perspicacia que Ibu poseía, esta era dueña de un don que, por su singularidad, resultaba poco común. La dama de compañía tenía la capacidad de imaginar los futuros escenarios antes de que se produjeran, así como de adivinar los protagonistas que intervendrían en ellos. Muchas veces su hermana se había sorprendido, e incluso burlado, de sus suposiciones, para caer luego rendida ante su clarividencia y acertadas conclusiones. Ahora Ibu conocía la existencia de un plan, una maquinación que perseguía un fin con el que no todos estarían de acuerdo, una intriga en la que participaba la casa real con la connivencia del mismísimo faraón. Era absolutamente imposible que el dios no estuviera enterado de la celebración de un acto semejante, y el hecho de que pudiera llevarse a cabo mientras se encontraba ausente, guerreando en el lejano Kush, hablaba bien a las claras de su interés y beneplácito para el mismo. Para Ibu era comprensible el estado de excitación en el que se hallaba Hatshepsut, pero resultaba evidente que otras fuerzas poderosas dibujarían el mismo escenario con mayor precisión que ella, y se prepararían para lo que hubiera de venir. Pocas cosas había en Egipto tan sagradas como las tradiciones, y estas nunca serían proclives a dar vida a los sueños que albergaba su amada hermana. Los ojos con los que Ibu miraba a la corte no eran los mismos que los de Hatshepsut, y seguramente en la naturaleza divina de esta se hallaran las respuestas que la dama real no acertaba a encontrar. Ningún ser vivo en Kemet podía discutir dicha naturaleza y, no obstante, Ibu presentía con claridad la lucha soterrada que tendría lugar y los sufrimientos que ello ocasionaría.

La mañana del día veintinueve de *Meshir*, segundo de la estación de *Peret*, del segundo año del reinado de Aakheperkara, Tutmosis I, Ibu fue testigo directo de la celebración del gran oráculo de Amón. Como bien había adivinado la jornada no podía haber sido mejor elegida, exactamente el tercer día en el que se conmemoraban las fiestas del dios, que a su vez coincidían con el segundo en el que se realizaban las letanías de Sekhmet, la diosa leona. Para tan solemne acto el Oculto había escogido Ipet Reshut, «el harén meridional», el templo de Luxor, en cuyo patio se manifestaría. Todo el alto clero de Karnak, así como el visir, se hallaban presentes con sus acostumbrados rostros inexpresivos, como tallados en arenisca. Hacía demasiado tiempo que Perennefer e Ineni portaban su máscara, y esta formaba ya parte de ellos como algo habitual, semblantes carentes de cualquier tipo de emoción.

Ibu nunca olvidaría la entrada de Hatshepsut en aquel patio sagrado, resplandeciente como un dios, hermosa como Hathor, proclamando su naturaleza divina con aquel porte rayano en la perfección. Su figura brillaba como el oro del Sinaí, pues su piel lucía dorada, igual a la de los dioses. Contemplar a la joven princesa invitaba a la estupefacción ya que en verdad irradiaba majestad, y Nefertary apenas pudo evitar un gesto de satisfacción al ver como su nieta se disponía a cumplimentar los ritos que la aguardaban.

En presencia del *netcher nefer*, el dios perfecto, el faraón, representado con una de sus estatuas, el cuarto profeta, Hapuseneb, invitó a la princesa a prepararse para recibir la palabra del rey de los dioses. El Oculto se anunciaba, y al poco Amón apareció para revelar su oráculo, con la voz que solo era propia de los dioses, para otorgar su favor ante la tierra entera a Hatshepsut, *useret kau*, poderosa en *kas*, bienamada de todas las divinidades de Kemet, prometiéndole la realeza del país de las Dos Tierras así como la entrega de todos los países extranjeros. Ella heredaría el Alto y Bajo Egipto; Hatshepsut *jenemet imen*, «la que está unida a Amón», pues tal era el deseo del señor de Karnak.

14

Mutnofret iba y venía por la terraza que daba a su jardín como impulsada por los genios del Amenti. Con cada paso que daba su cólera aumentaba, cual si la mismísima Sekhmet se hubiera reencarnado en ella. La diosa leona rugía en el corazón de la esposa del faraón, dispuesta a pedir sangre a cualquier precio. Mientras caminaba, su oscura melena se agitaba impelida por la ira, y su turgente pecho subía y bajaba al ritmo de una furia que parecía imposible de refrenar. Ni la hermosa tarde que Ra Atum, el sol del atardecer, había decidido regalarles, ni la deliciosa brisa procedente del río, tenían la menor importancia para la regia dama, cuyo vivo genio se bastaba para eclipsarlo todo. Solo Ineni aparentaba no dar la menor importancia a la tormenta desatada por la poderosa señora, como si se tratara de algo de lo más natural. El visir contemplaba la escena con el ánimo templado y la expresión inexistente, como era habitual en él desde hacía más de veinte años. Los únicos murmullos por los que se dejaba arrullar eran los que provenían de las aguas del Nilo, y solamente la palabra del señor de las Dos Tierras era capaz de estimular su semblante para darle alguna pincelada que lo dotara de vida. El *tiaty* era un hombre muy poderoso, que ya había servido a Amenhotep I durante su largo reinado. Al subir Tutmosis I al trono, este le había favorecido con su confianza, nombrándole visir, cargo al que añadía entre otros los de: alcalde de Tebas, supervisor de todos los trabajos del templo de Karnak, inspector de las casas del oro y la plata, y mayordomo de Amón, un puesto de la máxima importancia que le permitía administrar todos los bienes de Karnak y ejercer una gran influencia entre su clero. Salvo el dios, no había nadie en Egipto con más poder, ya que el visir controlaba la administración del Estado con la habilidad que le daban sus largos años como funcionario. Ineni era un trabajador capaz e incansable, además de famoso por el hermoso jardín que poseía en su casa, justo colindante con el palacio del dios, en el que crecían las plantas más exóticas e incluso árboles traídos de lejanos países.

El visir conocía a Mutnofret desde hacía muchos años, y sabía de su naturaleza. Él era consciente de la influencia que la dama había tenido sobre Tutmosis, así como que en los últimos tiempos el faraón ya no visitaba su lecho con la frecuencia de antaño. La señora seguía manteniendo su belleza, y también las ambiciones que no en vano la habían llevado a dar al rey los únicos tres hijos varones que tenía.

Ineni sabía de sobra cuales eran los motivos que habían llevado a la reina a solicitar su presencia aquella tarde, y también que su humor resultaría digno de Set, el dios de las tormentas. Cómodamente sentado, el *tiaty* observaba como su anfitriona se encendía un poco más a cada paso que daba, al tiempo que convertía su mirada en incendiaria.

—Es escandaloso —rugió Mutnofret—. La Tierra Negra no vio nada igual desde la conspiración del harén que acabó con la vida del primero de los Amenemhat hace ya quinientos *hentis*.

Ineni apenas se inmutó, y ello espoleó aún más a la reina.

—¿Cómo es posible tal atropello? ¡Revelar un oráculo semejante en ausencia de mi esposo el dios!

—Estaba representado por una de sus estatuas —aclaró Ineni, quitando importancia a dicho hecho.

—¿Una estatua? Qué desfachatez. Esta misma noche invocaré a Anubis para que se los lleve a todos a la necrópolis. ¡Una estatua!

—Bueno, gran señora, con el *ka* del dios también hubiera valido.

—El *ka*... —balbuceó Mutnofret, abriendo los ojos como si se encontrara en presencia de la serpiente Apofis—. ¿Acaso no comprendes el alcance de lo ocurrido?

—Perfectamente; no olvides que estuve presente.

—Tu respuesta es inaudita, visir, al tiempo que inaceptable —tronó la reina—. Te aseguro que no estoy para juegos.

—Toda política lo es, y las ambiciones forman parte de ella.

—¡No existe ambición más justa que la mía! —exclamó la dama, encorajinada—. Te creía afín a mi causa.

—Y así es. Los príncipes nacidos del vientre de tu Majestad son los legítimos herederos de la doble corona. Pocos dudan de ello.

—No fue eso lo que pareció suceder en Ipet Reshut. Amón habló para otorgar su favor a esa pequeña zorra de Hatshepsut. Nunca vi tanta codicia. Sus pretensiones se enfrentan a nuestras más profundas tradiciones —señaló Mutnofret sin salir de su enojo.

—Por ese motivo no triunfarán.

—Pero... El hecho de que Amón se haya manifestado es de la máxima gravedad. Tú mejor que nadie conoces al clero de Karnak. Si se prestaron a semejante desatino es porque algo ganarán con ello.

—Sobre este particular conviene ser prudente. No olvides que fue el faraón quien dio su beneplácito para que se celebrase el oráculo.

Mutnofret frunció los labios con rabia al tiempo que daba un pisotón sobre las baldosas del suelo.

—Durante muchas noches yo susurré tu nombre en los oídos del dios mientras yacía exhausto a mi lado. Él te nombró visir y por ello espero que elimines cualquier obstáculo que impida a alguno de mis hijos sentarse un día en el trono de Horus. El faraón siempre escucha tu consejo con especial atención.

—Soy el más leal de sus servidores. Mas no debemos olvidar que él ama profundamente a su primogénita, y por ello es necesaria la cautela.

—En eso no tienes igual —dijo la reina, malhumorada.

—El tiempo tiene sus propias leyes; y conviene dejarlas actuar.

—Estas pueden hacer más fuerte a Hatshepsut. La reina madre la protege y ella es Egipto.

—Conozco bien hasta dónde llega su poder. Pero recuerda que ni Nefertary pudo llegar a convertirse en Horus reencarnado.

Mutnofret refrenó su paseo y miró al visir, pensativa.

—El Oculto es sabio, gran reina, y conoce lo que conviene a Kemet en cada momento. Su primer profeta nunca apoyará una heredera al trono. Deberías saberlo.

—Sé que Perennefer es fiel a las tradiciones, y confío en el cumplimiento del *maat*.

—Dejemos que por un tiempo las aguas se desborden. El río volverá a su cauce, como siempre ha ocurrido en nuestra sagrada tierra. Pero nadie debe conocer nuestras palabras.

—Siempre me admiró tu astucia, *tiaty*. Pero recuerda que si algún día uno de mis hijos se convierte en faraón, tú serás su visir, igual que ahora, y gobernarás Egipto para complacencia de los dioses.

Ineni hizo un leve movimiento con la cabeza para expresar su gratitud. Él ya era consciente de dicha posibilidad desde hacía tiempo, y había forjado sus propios planes. No había como la necesidad ajena a la hora de sacar provecho, y en dicha disciplina el *tiaty* era un consumado maestro. Indudablemente, la posición de Ineni era privilegiada. El alcalde de Tebas era un hombre inteligente y sumamente discreto que había ido acumulando títulos y prebendas paso a paso, y sin que apenas encontrara oposición. Como arquitecto real que era, estaba al cargo de todas las obras que el señor de las Dos Tierras tuviera a bien encomendarle, y en particular la construcción de su tumba, el encargo más importante que podía hacer un faraón en vida. Su excavación era llevada en el mayor de los secretos, pues hasta el lugar en el que se emplazaría constituía un enigma. El visir gozaba pues de la máxima confianza por parte de su señor, pero sabía muy bien lo voluble que podía llegar a ser el soberano y lo acertado de extremar la prudencia. Este modo de actuación le había sido muy provechoso, y no veía razón para abandonarlo. Nunca se dejaría llevar por la pasión, y ver a Mutnofret convertida en la colérica Sekhmet no dejaba de hacerle gracia. Aquella demostración de furia no conducía a ningún lugar, pero era mejor que la reina se explayara hasta que las aguas volvieran a la calma y la situación resultara propicia.

Mientras Ineni observaba a Mutnofret caminar empujada por la ira, pensaba en las posibilidades que tenía la causa de la reina para salir triunfante, así como en los beneficios que ello le pudiera reportar. Los hijos mayores de esta no ofrecían buenas perspectivas. El príncipe Amenmose era frágil como la amapola, por mucha formación militar que pudiera recibir, y en cuanto a Uadjemose..., todo Egipto sabía que el joven vivía en el mundo de los espíritus. Solo el pequeño Tutmosis merecía su atención, ya que el niño parecía más robusto, aunque saltara a la vista que tenía pocas luces y limitaciones para comprender lo que le decían. Claro que para Ineni semejante circunstancia no significaba un problema, sino una buena oportunidad para gobernar la Tierra Negra como mejor le pareciera. Convertirse en visir de alguien como el pequeño Tutmosis era todo cuanto podría desear un funcionario que se preciara, pues esto sería sinónimo de haber alcanzado la realeza sin poseer una gota de sangre divina.

Sin embargo, el visir no podía dejar de considerar la posibilidad de que la joven Hatshetsup consiguiera ser elegida como sucesora para ceñirse la doble corona. Conocía a la princesa desde su nacimiento, así como la fuerte personalidad que había ido desarrollando con los años. Ineni veía en ella la viva imagen de su abuela, a la vez que la determinación de su real padre. Pocas mujeres se habían sentado en el trono de Egipto durante su milenaria historia, y menos existiendo príncipes que pudiesen hacerlo. Mas su astucia cortesana le decía que no debía infravalorar a la primogénita del dios, y mucho menos mostrarse contrario a su persona.

La relación entre el faraón y su hija era tan estrecha, que a nadie le extrañaba en palacio la predilección que Tutmosis mostraba públicamente hacia ella. El señor de las Dos Tierras era proclive a exteriorizar su pasión por todo cuanto hacía, y el *tiaty* confiaba en que, llegado el momento, el dios recapacitara y comprendiera las consecuencias a las que podía llevar una decisión equivocada. Toda prudencia se le antojaba poca, y el visir tendría que escuchar con atención cada frase del faraón, e incluso leer cada gesto para poder descifrar sus intenciones. Trataría de influir en él con sus palabras, de forma taimada, tal y como era Ineni, con la habilidad del perfecto intrigante.

—Y bien —oyó el visir que le decía la reina con su habitual impaciencia.

Ineni salió de sus pensamientos para observar a Mutnofret con más detalle. Siempre había sido una mujer hermosa, y a pesar de encontrarse en la treintena, una edad avanzada para una egipcia, seguía manteniéndose lozana y con unos bríos que daba gloria ver. Por la corte habían corrido ríos de tinta acerca de la fogosidad de la reina y la facilidad con la que había atado a su cama al monarca. Otras mujeres del harén esperaban su oportunidad para desbancarla, pero no obstante Tutmosis continuaba mostrándole su favor, aunque no la visitara con la frecuencia de antaño.

—Dejemos que Hatshepsut asimile el oráculo —dijo el visir con suavidad.

Mutnofret hizo un gesto de desagrado para acto seguido soltar un juramento. Ineni alzó una mano para apaciguarla.

—Quizá se indigeste, gran reina. Recuerda que Amón es poco amigo del alboroto. No hay cosa que más le desagrade que ver a su pueblo gobernado por la confusión.

Mutnofret miró fijamente al visir en tanto enarcaba una de sus cejas.

—Confiemos en el Oculto y elevemos a él nuestras plegarias —continuó Ineni—. Él iluminará el corazón del Horus redivivo en el momento oportuno.

—Abomino de Nefertary y toda su prole —señaló Mutnofret con desprecio.

—Eso ya lo sabe la reina madre —aseguró el visir, sucinto—. Ya que me hiciste venir para escuchar mi consejo te diré que harías bien en enmascarar tu animadversión cuanto pudieras y, sobre todo, enterrar tu ansiedad. A nadie en Kemet le gustaría verse señalado por ella. Permite que las sombras se encarguen de aquello que no podemos ver con claridad. Siempre hay un mundo oculto que nos espera.

A Mutnofret semejantes palabras le parecieron muy propias del visir. Este era sumamente ladino, aunque dicho detalle le importara más bien poco. Ella tenía sus objetivos, y estos pasaban por mantener la mejor relación posible con el *tiaty*. Nadie mejor que la reina conocía el coste que había que pagar por conseguir un codo de terreno en aquella corte devoradora, y mucho más cuando su ascendencia nada tenía que ver con la de Ahmés Tasherit. Solo su natural belleza y habilidad para hacer feliz a un hombre la habían aupado hasta la posición que ocupaba. Sabía cómo tratar a Tutmosis, ese era su don, y hacía uso de él con todas las artes que poseía. Mutnofret sentía su propio poder cuando veía al faraón rendido en el lecho ante ella, exhausto, sometido a los placeres que tanto le gustaban y que la reina sabía darle como nadie. Ella le proporcionaba todo aquello que hacía al dios sentirse libre de cargas, ligero como un *ba* a la «salida del día», evadido de cualquier preocupación. Sus manos eran como el fruto de la mandrágora, capaz de narcotizar al señor de la Tierra Negra, para así entrar a través de sus *metus* hasta el mismísimo corazón, el órgano donde regían los pensamientos. Tutmosis se había habituado a tales goces y Mutnofret había sacado partido con los tres varones nacidos de sus entrañas. Ninguna otra mujer del harén podía presumir de algo semejante, y menos la esposa real, a quien Mutnofret odiaba sobre todas las demás, así como a su prole de meonas. De este modo solía referirse en privado a sus hijas, y la relación entre ambas ramas familiares era tan mala, que en palacio todos se abstenían de hacer el menor comentario por temor a que pudiera comprometerlos.

No obstante, la conversación mantenida con el visir había resultado reveladora. Mutnofret había terminado por refrenar su cólera para considerar el consejo de Ineni. Ella todavía disponía de influencia sobre el dios, y la haría valer cuanto pudiera. De forma súbita vislumbró un escenario repleto de posibilidades, en el que era factible interpretar el papel que más le convenía. Tenía mucha razón el visir en cuanto al poder que se arropaba entre las sombras, y ella lo ejercería de la manera más oportuna, con el sigilo de la cobra.

15

El luto volvió a extenderse sobre el palacio del faraón. Egipto era así, una tierra en la que la vida y la muerte iban de la mano al compás de unos dioses a los que resultaba difícil complacer. Ni las ofrendas a Sekhmet, ni las estatuas mandadas erigir en su nombre, tuvieron el menor efecto sobre la diosa que traía la enfermedad. La suerte estaba echada, y no hubo *heka* en todo el reino capaz de evitar que Neferubity partiera hacia el reino de Osiris. Una funesta mañana Anubis se la llevó para siempre, como solía hacer este dios, con alevosía y sin el menor miramiento. Consumida por el sudor y la fiebre, la princesa abandonó Waset para dirigirse ante la presencia del señor del Más Allá, a cuyo juicio se sometería, como era preceptivo, antes de alcanzar el anhelado paraíso. En la corte nadie dudaba que la pequeña ganaría los Campos del Ialú, pues pocos pecados podía acumular un alma tan tierna como aquella.

Ibu apenas podía contener las lágrimas en tanto veía a Hatshepsut llorar desconsoladamente. Todos esperaban desde hacía tiempo que una desgracia así pudiera ocurrir, y no obstante...

—Ella dejó de sufrir —musitó Ibu, mientras acariciaba el cabello salpicado de mechones rojizos de la princesa—. La ciencia de los *sunu* no fue suficiente, ni tampoco la de los magos. A veces los dioses cierran sus oídos a nuestras plegarias.

—La sed de Sekhmet es inagotable, pero te aseguro que en mi ánimo nunca estará el aplacarla. Ni los médicos que la veneran pudieron hacerle cambiar de opinión. Su rugir siempre es caprichoso.

—Piensa que Neferubity será justificada ante Osiris y vivirá sin padecimientos por toda la eternidad.

—Tienes razón, Ibu. ¿Quién en la Sala de las Dos Verdades osaría culpar a mi hermana de algún pecado?

—Nadie podría —aseveró Ibu, categórica—. Los cuarenta y dos jueces que se encargan de la confesión negativa llorarán de pena al verla.

—Sí; y Ammit, la «devoradora de los muertos», mirará hacia otro lado, pues sabe que la pluma de la verdad vencerá la balanza al pesar el alma de mi hermana.

Ibu asintió sin dejar de abrazar a la princesa. Desde la revelación del oráculo, y ante la ausencia de su padre, la joven había tomado un papel ciertamente preponderante que antes no ejercía. Sus palabras eran escuchadas con atención, y sus juicios considerados como correspondía; hasta su madre, Ahmés Tasherit, se refugiaba en ella cuando le sobrevenía la congoja. Mas la muerte de Neferubity admitía poco consuelo. Hatshepsut la amaba tanto que cualquier palabra de ánimo huía de su corazón como si estuviera maldita. En Kemet los niños morían a diario como si en verdad hubiera un conjuro que incitara a llevárselos a todos. Muchos recién nacidos apenas superaban el parto, y el resto se veían obligados a vencer las enfermedades que tuviera a mal enviarles Sekhmet, o a los múltiples peligros que acechaban en la Tierra Negra; el desierto, el río, los campos de cultivo y hasta los palmerales podían dar refugio a especies peligrosas que llevaban la muerte con ellas. Nadie estaba a salvo de estas, y quizá por esa causa los habitantes del Valle veneraban su poder hasta el punto de llegar a divinizarlas. Ningún habitante transgredía el equilibrio que un día los dioses impusieran en Egipto; la muerte formaba parte de él, y por ello no quedaba sino aceptarlo y esperar que Anubis no dejara huérfanas a demasiadas familias.

Aquel funesto día, Neferubity se había ido para siempre, pero otros muchos niños habían visto la luz por primera vez, para que los caminos que cruzaban las Dos Tierras no se vieran carentes de pies que los recorrieran.

Junto a su madre y su abuela, Hatshepsut se encargaría de entregar el cuerpo de la niña al *canciller del dios*, para que junto a *los niños de Horus* iniciaran los ritos funerarios y embalsamaran el cadáver. Ahora la joven princesa era la única superviviente de su casa e Ibu percibió como Hatshepsut se veía reclamada por un deber al que habría de dedicar su existencia y que recibía con unción. Una nueva luz le daba fuerzas para proseguir su andadura, y esta vez con el convencimiento de que la suerte de su familia dependía de ella, que sobre sus hombros habría de soportar el peso de la historia de sus antepasados, para salvaguardar la sangre divina que estos le habían transmitido.

Ibu fue capaz de advertir todo eso, así como que su vida se hallaba inexorablemente ligada a la de su hermana. Ambas habían mamado del mismo pecho y, para bien o para mal, el Egipto que les esperaba resultaba desconocido, como oculto era el destino que Shai les tenía reservado; pero a la joven poco le importaba.

16

El río traía rumores, y sus aguas, más perezosas que de costumbre, cumplían las funciones del heraldo, cual si Hapy los conminara a proclamar la buena nueva a toda la tierra de Egipto. Montu, el dios guerrero tebano, había dejado la impronta de su sello entre las tribus incivilizadas que habitaban en las arenas del lejano sur. Amón en persona se regocijaba por ello, pues no en vano había terminado por asimilar a la antigua divinidad de la guerra para adquirir sus funciones, como también le ocurriera con otras muchas deidades. ¿Acaso no era conocido como el dios único que se convierte en millones? Complacido, Amón había dejado de enviar su acostumbrado aliento al Alto Egipto y el Nilo discurría sin sentir el habitual viento del norte sobre él. Así, la corriente seguía su curso bajo el beneplácito de los dioses, y en las arenosas islas que se formaban en el río, propias de la estación, los cocodrilos despertaban de su letargo bajo los rayos de Ra para saludar a la comitiva que surcaba las sagradas aguas, revestida con el aura del vencedor. Sobek les daba la bienvenida a la Tierra Negra, como también lo hacían las gentes, que abandonaban los campos por un momento para postrarse al paso de los barcos del faraón.

Las espaldas sudorosas daban brillo a las orillas para terminar por convertir el valle en un escenario de cánticos y loas en el que las imágenes de los padres creadores cobraban vida en la figura del señor de Kemet. Él los representaba a todos, y al verlo navegar, triunfante, empujado por la corriente, las gentes se decían que en verdad un dios los gobernaba, y que Egipto era el pueblo elegido para señorear entre los demás.

Como le ocurriera a Ra cada mañana después de su viaje por las doce horas de la noche, Aakheperkara regresaba de su aventura con la luz del sol como aliado emanando de su persona, como un verdadero Horus renacido, convertido en un gran guerrero al que las naciones harían bien en temer. «¡Gloria a Tutmosis! —exclamaban—. Él está sobre los nueve arcos.»[21]

En Waset todos esperaban con ansiedad la llegada del faraón. Habían sido tales las buenas nuevas, que nadie quería perderse el regreso triunfal del dios.

—¡Dicen que los barcos vuelven cargados de oro hasta la borda, y que el vil *kushita* viaja encadenado! —proclamaban por las calles, como si fuese cosa bien sabida, ante el entusiasmo general.

Por ello no era de extrañar que la ciudad de Tebas en pleno se encontrara expectante aquella mañana del día veintidós de *Pashons*, primer mes de *Shemu*, del tercer año de reinado, para ver la entrada de su soberano después de una campaña de siete meses en la que Tutmosis había conseguido una victoria total.

La corte en pleno se hallaba presente, así como el alto clero de Amón, que se aprestaba a recibir al invicto señor de la Tierra Negra en la dársena en forma de T situada frente a la entrada del templo de Karnak, donde atracaban los barcos. En el muelle, que atendía al nombre de «cabeza del río», la familia real esperaba ansiosa la aparición del *Halcón*, la nave de Aakheperkara, en compañía del visir y el primer profeta de Amón.

Hatshepsut apenas era capaz de disimular su excitación, en tanto su abuela y su madre se mantenían fieles al protocolo, impertérritas, como estatuas a las que los dioses habían otorgado el don de la vida. Cientos de miradas se cruzaban aquella mañana, en busca de cualquier gesto que leer, siempre observadoras para poder seguir participando del gran juego.

Maestros en la interpretación, cualquier detalle podía traer consecuencias inesperadas, ya que allí, el que más o el que menos tenía sus intereses.

Mutnofret estudiaba todos aquellos rostros que tan bien conocía. No había en ellos más que farsa, una farsa de la que ella misma no dejaría de participar cuanto fuese preciso, para salvaguardar sus planes. Situada donde le correspondía, algo apartada del resto de la familia real, Mutnofret no quitaba la vista de su odiada enemiga, Ahmés Tasherit, ni de su única hija, a quien aborrecía aún más. Si su mirada hubiese tenido el poder del rayo, sin duda, hubiera fulminado a ambas allí mismo, y en secreto lamentó no poseer el don de los *hekas* de palacio para utilizar su magia contra sus detestables rivales. Consumida por el desprecio que sentía, la segunda esposa de Tutmosis pensaba en el hecho de que su hijo mayor, Amenmose, de quince años, no hubiera acompañado a su padre en aquella contienda. El príncipe, que recibía instrucción militar en Menfis, tenía edad más que suficiente para haber seguido al faraón en su campaña, algo usual por otra parte, pero el dios había decidido que continuara en la capital menfita, hecho que había supuesto para Mutnofret un doloroso golpe. Bien sabía esta la lectura que se podía extraer de un acto semejante, y ahora que el faraón se disponía a celebrar su entrada triunfal en la capital espiritual de Kemet, se imaginaba la repercusión que hubiera tenido ver a su hijo desembarcar junto a su real padre con el aura del vencedor. De nada hubieran valido los oráculos, y mucho menos las intrigas que aquella zorra de Hatshepsut y su abuela hubieran urdido. Sin embargo, allí estaban ellas, dispuestas a recibir el primer abrazo, a compartir el triunfo del señor de las Dos Tierras ante su pueblo. «¡Ammit devorara sus almas!», exclamaba la señora para sí, aunque el rencor que sentía por sus despreciables parientes nunca quedaría satisfecho del todo. La espera se le hacía insufrible y sus *metus* se encontraban tomados por los demonios, que no cejaban en su ánimo de quebrarle el corazón. Sin embargo, aquel sufrimiento era un acicate para su causa. El odio ayuda a sobrevivir, y lo suyo era una suerte de supervivencia representada en la figura de sus hijos. Por ellos soportaría los agravios, al tiempo que se convencía de que cuando consiguiera la victoria, esta se convertiría en un elixir embriagador que se bebería a tragos. Una ebriedad que no pensaba abandonar jamás.

Para Ibu la arribada de los barcos del rey significaba la posibilidad de ver la ciudad engalanada como nunca recordara. Tebas rebosaba de colorido, como si el propio Amón se hubiera encargado de pintarla con sus portentosos dedos. Las oriflamas portaban sus estandartes y las banderas amarillas de Karnak ondeaban como acostumbraban en las grandes conmemoraciones. Ipet Sut se aprestaba a recibir al señor de las Dos Tierras con toda la solemnidad que era capaz, y la hija de quien un día fuese nodriza real percibía en el ambiente el ensueño que solo los sacerdotes de Karnak eran capaces de crear. Había un sutil olor a incienso procedente del interior del templo, como si se tratase del hálito divino del mismísimo Amón que, de este modo, extendía su presencia por el pequeño puerto para dar sus bendiciones a su hijo más preciado. Todo se hallaba listo para la representación.

Ibu observó una vez más a Hatshepsut, situada delante de ella, e imaginó sin ninguna dificultad las emociones que debían embargarla. La princesa veneraba a su padre, y comprendía los deseos que su hermana tenía por volver a abrazarle, por contarle todo lo que había sucedido durante su ausencia, por darle la fatal noticia de la muerte de Neferubity y la revelación que Amón había decidido hacerle a través de su oráculo. Algún día Hatshepsut reinaría en Egipto, y esta estaba segura de que Tutmosis la recibiría entre sus brazos para decirle lo orgulloso que se sentía de ella, y el gran faraón que tendría el país de Kemet a su muerte.

Sin duda, el corazón de su hermana de lactancia latiría desbocado, aunque se mantuviera impertérrita ante las miradas ajenas, con aquel porte de reina que le había dado su madre desde el mismo día en que naciera. Ella, por su parte, sentía aquellas emociones como algo suyo, cual si sus *kas* pudieran formar uno solo y transmutarse de este modo sus propias esencias vitales. Renenutet, la diosa con cabeza de cobra encargada de amamantar a la princesa real, había cuidado de que la leche de Sat Ra no se retirara. Ella las había alimentado, y aquel hecho singular había terminado por hacer que ambas hermanas pudieran ser partícipes de los mismos sentimientos, y hasta leerse el corazón.

De pronto sonaron las fanfarrias y a lo lejos las trompetas se convirtieron en un clamor. La flota llegaba a Tebas y los ciudadanos, apostados en la orilla, prorrumpieron en gritos de entusiasmo al tiempo que caían postrados, de bruces, ante el paso de la comitiva. Los tambores tronaron, y al poco las naves del faraón aparecieron ante la vista de los presentes como surgidas de las profundidades del río. El Nilo devolvía a los héroes que habían osado rebasar con éxito las murallas que la naturaleza había interpuesto en su camino. El señor de la Tierra Negra y sus valientes habían remontado las aguas hasta sobrepasar la cuarta catarata, una proeza que quedaría registrada para la historia en la estela que el rey hizo grabar en Kurgus. Ningún monarca había extendido sus dominios tan al sur, y al paso de la flota las gentes se hacían lenguas de las conquistas de Aakheperkara para exagerar lo ocurrido hasta límites insospechados.

—Amón ha ordenado un gran escarmiento, hermano —aseguraba un anciano al que parecían tener en gran consideración cuantos le rodeaban aquella mañana junto a las orillas del Nilo—. Él señaló al pueblo khusita con su dedo acusador para que recibieran el castigo de que eran merecedores. Calaña traidora, despojo de buitres —señaló con suficiencia.

El populacho que lo acompañaba se mostró satisfecho con los juicios del viejo, pues por algo Anubis le había permitido alcanzar la longevidad. Las palabras de un hombre de edad siempre eran bien recibidas, y enseguida hubo quien se animó a abundar sobre el tema con nuevos comentarios que resultaron muy del agrado de la ciudadanía.

—Mi primo Hui va a bordo de uno de los barcos. Es un guerrero poderoso que creo ha cortado diez manos —dijo otro.

Semejante detalle causó una gran hilaridad, pues el suso-dicho tenía bien ganada la fama de fantasioso.

—¿No serán miembros los que trae como trofeo para su mujer?[22] —apuntó alguien, jocoso.

Como era habitual se hicieron burlas salpicadas con pro-cacidades, pero enseguida un paisano con fama de serio hizo recomponer la compostura.

—Ha habido un gran escarmiento —aseguró con rotundi-dez—. Las noticias bajan por el río para todo aquel que tenga los oídos prestos para escucharlas.

La gente se detuvo en sus chanzas para escuchar las razo-nes de aquel hombre.

—Los cadáveres cubren las tierras de Nubia, cuyas arenas han quedado teñidas de sangre como nunca antes en la historia.

—Ammit devore sus *bas* —juró una señora, que parecía tomarse muy a pecho las traiciones pasadas.

—Aseguran que el hedor en los valles nubios es tan inso-portable que no hay ave rapaz que se resista a acudir a la pi-tanza —continuó el que parecía más enterado del asunto.

—Cadáveres y más cadáveres, como jamás se ha visto —volvió a intervenir el que aseguraba tener un primo en el ejército del faraón.

—Y eso no es todo. Al parecer los cocodrilos han hecho verdaderos estragos entre los vencidos —confirmó alguien.

—Sobek se cobró su botín, ja, ja —alentó otro de los asis-tentes, como si fuese la cosa más natural del mundo.

Los más próximos a él rieron, pero enseguida alguien se-ñaló a la flota que estaba a punto de pasar frente a ellos, y al momento todos se echaron al suelo ante la proximidad del dios. Al punto, unos marineros colgaron algo de la proa de su nave y, al enfilar el *Halcón* la bocana que le conduciría hasta la dársena del templo, la multitud comenzó a gritar enfervo-recida.

—¡Mirad, es el vil *kushita*! —exclamaron enardecidos.

Todas las miradas se dirigieron hacia la embarcación del faraón para ver como de su proa colgaba inerte un cadáver, el cuerpo del cabecilla nubio a quien Tutmosis había derrotado, y que este había ordenado exhibir en su entrada triunfal ante el regocijo de su pueblo.

—Él es cuanto queda de los cobrizos —se regodeaban—, es la cabeza de los *nehesyu*, los del rostro quemado. Aakheperkara los masacró para siempre.

Al aproximarse al muelle el dios se mostró en toda su majestad. Lucía espléndido, como un guerrero inmortal, con su corona *khepresh* de oro y lapislázuli brillando con inusitado fulgor, y un pectoral de oro y piedras semipreciosas convertido en una suerte de piel divina que refulgía como si en verdad tuviera luz propia. Al aproximarse a la borda con su maza de guerra en la mano rugió, al tiempo que señalaba el cuerpo que colgaba inerte de la proa del *Halcón*.

—He aquí mi estandarte. Es cuanto queda del reino de Kerma.

Se oyó un gran clamor, y al momento todos los dignatarios se postraron ante su señor mientras este descendía de la nave. Durante unos instantes Tutmosis se mantuvo impávido, observando las espaldas que le mostraban sus nobles, midiendo su vasallaje. Un faraón guerrero se alzaba ahora sobre la Tierra Negra. Amón guiaba su brazo, y él extendería su poder hasta donde le durara el aliento.

Cuando todos se alzaron Hatshepsut corrió a abrazar a su padre. El protocolo poco importaba; ella ansiaba estrechar a aquel dios invencible que veneraba sobre todo lo demás. Luego su familia en pleno se aproximó a rendirle pleitesía, en tanto los grandes de Egipto elevaban loas a los dioses por la gran victoria del Horus reencarnado. Tutmosis traía grandes riquezas, un enorme botín que repartiría generosamente con el clero de Amón: oro y un gran número de esclavos que Karnak acogería con su habitual gesto de gratitud. De este modo el Oculto bendecía al gran Tutmosis al tiempo que le animaba a proseguir con sus conquistas, en las que nunca le abandonaría.

—¡Gloria al Egipto! —exclamaban al paso del conquistador, quien, acompañado por su corte, se encaminaba hacia la «ruta de las ofrendas», la avenida que conducía desde la dársena hasta la entrada del templo de Karnak, donde el faraón daría gracias a su padre Amón por ayudarle en su gran victoria.

Toda Tebas festejaría aquel triunfo, al tiempo que agasajaría a los valientes que acompañaron al rey. Este los recompensaría públicamente en un solemne acto, y Waset por fin volvería a hacer honor a su nombre como capital del cuarto nomo del Alto Egipto, el Cetro. En este se representaba el poder, y en aquella memorable jornada, mientras el faraón y su séquito se encaminaban hacia el interior de Ipet Sut, Ra Horakhty, el sol del mediodía, sería testigo del comienzo de una nueva época que colmaría de riquezas al clero de Amón y haría de sus sacerdotes los más poderosos de toda la historia de Egipto. Ya nada sería igual.

17

Los fastos en palacio se alargarían durante semanas. Jornadas interminables en las que se honraría a los bravos y sus proezas y, sobre todo, a Hathor y al licencioso Bes, el dios de la embriaguez. No hubo nadie en la corte capaz de desaprovechar la ocasión. Esta lo merecía, y al conocer los detalles de la campaña que el dios había llevado a cabo, los cortesanos no cesaban en sus exclamaciones hasta el punto de escenificar adulaciones que pugnaban por convertirse en la apoteosis de la lisonja.

Sin llegar a tales extremos existían motivos para el halago. La expedición militar emprendida por Tutmosis se había visto obligada a vencer grandes dificultades, al tener que remontar el río y sus peligrosos aluviones hasta más allá de la cuarta catarata, una región ignota, rodeada de arenas infernales, en las que habían tenido que combatir contra un enemigo pertinaz que apenas les había dado cuartel. El gran Amosis, hijo de Abana, demostró una vez más su legendaria pericia al conducir a la flota del dios a través de aquellos inhóspitos parajes, superando los saltos de agua y llevando las naves de vuelta a Egipto sanas y salvas. El almirante, como fue declarado por el faraón, recibió el más alto reconocimiento por parte de este, al tiempo que lo recompensaba largamente para que los tiempos lo recordaran como un valiente entre los valientes en la historia de Kemet.

El botín había sido de tal cuantía, que toda la Tierra Negra se felicitaba ante el hecho de que el trono de Horus estuviera ocupado por un guerrero como Aakheperkara. El futuro se presentaba prometedor, y el que más o el que menos hacía cálculos de hasta donde podía llegar el ardor del faraón y las riquezas que esto les reportaría. Sobre este particular el clero de Amón podía estar de enhorabuena. Ellos fueron los primeros beneficiados de aquella victoria. Gracias a ella, el oro entró a raudales en Karnak, así como cientos de esclavos, donados por el Horus viviente, que de este modo se rendía ante el Oculto como su hijo más devoto. La política expansionista de Tutmosis encontraba de esta forma un poderoso aliado. Las guerras reportarían más opulencia, y el divino Amón se beneficiaría de cuantos tributos llegaran a las Dos Tierras. No había nada más grato a sus ojos que la abundancia.

En palacio la mesa del faraón hizo cumplido homenaje al exceso, pues tal era su copiosidad. Excelsos manjares llenaron los estómagos más exigentes, y los mejores vinos corrieron con larraueza, soltando lenguas y desinhibiendo comportamientos, como era habitual en muchas celebraciones. Los músicos y danzarinas eran capaces de actuar durante horas y horas, como si no hubiera un mañana, a la vez que las damas de la más alta alcurnia se unían a aquellos bailes, sin recato alguno, animadas en parte por los efectos del *shedeh*, un licor sumamente embriagador capaz de demoler la mesura hasta sus cimientos.

—Hoy beberé hasta perder el sentido —juraba la esposa de un alto dignatario a quien el rey había otorgado dos esclavos nubios bien fornidos—. Dadme otra copa de ese elixir —gritó para hacerse oír entre el bullicio, al tiempo que recolocaba con torpeza el cono perfumado sobre su cabeza—. Hoy Bes recibirá mi tributo.

Escenas semejantes se prodigaban en aquel tipo de festejos en los que la alta sociedad era proclive a los excesos, sin que nadie se extrañara por ello. Para Hatshepsut la celebración tenía un significado bien distinto. Su padre había regresado de la guerra convertido en un verdadero dios, un héroe invencible al que adoraba y en quien veía todo aquello que ella deseaba alcanzar algún día. Tenía tantas cosas que contarle...

La muerte de Neferubity, aunque esperada, había empañado la alegría por el triunfo en el corazón del faraón. Este había recibido la noticia del fatal desenlace en la fortaleza de Buhen, a la altura de la segunda catarata, mientras regresaba victorioso de su expedición. Siempre había considerado a su pequeña como la flor más frágil que Hathor le pudiera haber regalado, un pimpollo demasiado delicado que Anubis no tuvo inconveniente en quebrar con su primera dentellada. Su posición como intermediario ante los dioses de nada le había valido, pues algún día él mismo se vería las caras con el señor de la necrópolis, y estaría obligado a seguirle hasta la Sala de las Dos Justicias. Al faraón no le quedaba más que honrar la memoria de su hija, y a tal fin ordenó que le construyeran una pequeña capilla donde se oficiarían ritos a su persona. Estaba convencido de que Neferubity había sido justificada por Osiris, y a ello se agarró Tutmosis para enjugar su pena.

No le quedaba más hija que Hatshepsut, y el dios se dejó llevar por la explosión de entusiasmo que esta le demostró al hablarle de los hechos capitales sucedidos durante su ausencia. Amón, el padre divino, había revelado un oráculo y, cuando Aakheperkara escuchó los detalles de labios de su primogénita, su corazón se inflamó de gozo, al tiempo que la abrazaba llevado por el gran amor que sentía hacia ella. Estaba tan orgulloso de Hatshepsut, que no veía en Egipto príncipe capaz de eclipsar las cualidades naturales que poseía su hija. En ella confluían mil hombres, y una sola mujer capaz de gobernarlos a todos.

Entre tanto Mutnofret esperó su oportunidad. La segunda esposa real sabía leer como nadie lo que resultaba más apropiado, en el momento preciso. Era consciente de que debía aguardar a que Ahmés Tasherit cumplimentara al faraón como la dulce esposa que este tanto amaba. Mutnofret conocía de sobra dicho detalle y con los años había aprendido a no torturarse por ello. Tutmosis tenía muchas mujeres a quien amar, tantas como deseara, pero solo había una capaz de enloquecerlo, de sacar de su interior al guerrero que llevaba dentro.

Por tal motivo Mutnofret aguardó entre las sombras. Sabía que el dios la requeriría, que reclamaría su presencia para abandonarse entre sus brazos, para terminar por caer sometido a sus caricias. Junto a ella el dios de Kemet se convertía en mortal, y la reina lo conduciría allí donde deseaba su *ka*, al pozo en el que no le importaba perderse, un lugar tan oscuro como quisiera su *ba*, sin más leyes que las que le dictara su propia naturaleza.

La noche en que se presentó Tutmosis, Mutnofret abrió de par en par la portezuela de aquel pozo en el que se disponía a perderse. El dios Aah, la luna, se alzaba sobre los cerros del oeste, justo sobre la morada de Meretseguer, la que amaba el silencio, la patrona de la necrópolis tebana, para inundar con su luz el valle y salpicar de nácar la superficie del Nilo. A través de la terraza que daba al río, Aah enviaba su resplandor para conformar caprichosos haces que terminaban por dar ángulo a las sombras. Una penumbra sutil envolvía una parte de la estancia, tan frágil, que parecía estar dispuesta a difuminarse con el mínimo suspiro, o puede que con un simple soplo. El dios lunar parecía satisfecho por el ambiente que él mismo se encargaba de dibujar en aquella habitación, pues los hilos de plata que tejían sus dedos creaban una pátina difusa en la que se recortaban los amantes. Sus cuerpos formaban claroscuros que les daban una extraña apariencia, en ocasiones fantasmagórica, y tan irreal como si estuviera extraída de algún bajorrelieve. Quizá ambos formaran parte de alguna estela en la que Min, el dios de la fertilidad de Koptos, se presentara en su forma itifálica ante Hathor, la diosa de la belleza, una representación que había cobrado vida, pues tal era la magia que gobernaba la tierra de Egipto.

Mutnofret se mostraba pletórica, como si la madurez de los años hubiera proporcionado a sus formas una rotundidez que antaño no poseía. Continuaba siendo hermosa, y con el tiempo había desarrollado la habilidad de enardecer a su real esposo con un mero gesto, un rictus de deseo, o el parpadeo que interrumpía una mirada encendida. Frente a ella Tutmosis se despojaba de la *pschent*, la doble corona que le identificaba como señor del Alto y Bajo Egipto, para convertirle en un guerrero consumido por el deseo de poseer a aquella mujer que tenía la virtud de enloquecerlo. Nunca se explicaría lo que le conducía a tal estado. El dios viviente de la Tierra Negra no tenía más que pedir lo que se le antojara para obtenerlo, y no obstante terminaba por sucumbir ante Mutnofret como si en realidad se tratara de una tierra que no pudiese conquistar del todo, un combate en el que su ardor no era suficiente para salir triunfante. Esa era la sensación que tenía el faraón después de caer exhausto tras haber amado durante horas a la que era madre de tres de sus hijos. Mientras recuperaba el aliento, tendido sobre las sábanas de lino, Tutmosis comprendía que su esposa lo despojaba de toda su autoridad para proporcionarle cuanto ansiaba a fin de colmar sus instintos, como si su naturaleza no tuviera secretos para Mutnofret. Entonces se convertía en un hombre sin voluntad, al que no le importaba abandonarse con tal de obtener el placer que ella sabía proporcionarle.

En muchas ocasiones Tutmosis se maldecía durante días por no ser capaz de controlar su debilidad, pero siempre volvía, como si el dios Heka hubiera tramado un hechizo hacia su persona del que le resultaba imposible liberarse. Él regresaba a los aposentos de su segunda esposa para acariciar su piel perfumada, para oler la esencia de su *ka*.

Aquella noche no sería diferente. Tan solo fue necesario contemplar la figura de Mutnofret perfilada por la luz de la luna para que el corazón de Tutmosis hablara por sus muñecas,[23] cual si emprendiera un galope desbocado. Su virilidad se inflamó sin remisión, y al aproximarse a su amada su miembro se irguió, congestionado, igual que la primera vez que la amó. Al observarlo a contraluz, ella hizo un gesto de satisfacción y acto seguido se apoderó de aquel falo, como sabía que a él le gustaba, para arrastrar a su amante hasta la entrada de aquel pozo que ella le tenía preparado. Tutmosis conocía lo que le esperaba, y con un gruñido de placer se aferró al tentador cuerpo que se le ofrecía y deseaba devorar. Juntos se precipitaron al vacío, daba igual la caída, pues la oscuridad que se los tragaba parecía alimentar aún más sus ansias, igual que si para ellos no existiera un mañana. Era preciso tomarlo todo, hasta el final, sin dejar nada para más adelante, atiborrarse para saciar unos instintos ávidos de goces, dispuestos a mostrar su voracidad. Allí no había lugar para la mesura, pues semejante palabra siempre había resultado desconocida para ambos amantes, en cada uno de sus encuentros; incluso los sentimientos se manifestaban como un concepto vago, sin ningún significado en la batalla sin cuartel a la que los dos se entregaban. Sus cuerpos eran el único sustento que necesitaban, y durante años se habían alimentado de ellos hasta el exceso, pero sin llegar a saciarse del todo. Ahora se conocían bien; los dos eran maestros a la hora de proporcionarse placer y, por ello, aquellos descensos vertiginosos a los que se entregaban a través de lo insondable les procuraban un gozo inconmensurable que había terminado por atraparles definitivamente, por esclavizar sus sentidos. Ambos sabían cuál era la realidad que los unía, y la aceptaban como si se tratara de un nutriente para sus *kas*, un alimento que no obstante había traído consigo tres posibles herederos al trono; y en ello radicaba la cuestión.

Para Mutnofret dicho detalle representaba la llave con la que se abría la puerta del pozo al que invitaba a su esposo a seguirla. Era una llave valiosa, sin la cual el oscuro túnel al que ambos se arrojaban carecería de sentido. Ella jamás se precipitaría por él si no existiera un motivo, y este no era otro que sus hijos. La reina no amaba al faraón, como, estaba convencida, tampoco lo hacía su gran rival, Ahmés Tasherit. Las dos tenían sus intereses, y para conseguirlos se empleaban a fondo en aquel juego de damas en el que el rey no dejaba de ser un mero peón. Eso era todo, y con aquel propósito hacían de cada día una nueva posibilidad para alzarse con el ansiado triunfo.

Aquella noche Mutnofret desató su lascivia de manera especial. A su real consorte le gustaba que así fuera, y ella le ofreció todo lo que sabía que a él le enloquecía con la maestría que le daban los años. La reina era una amante excepcional, y cuando recibió a Tutmosis en sus entrañas, este fue presa de un fuego abrasador al que se precipitó sin temor alguno a consumirse. Con cada movimiento, su esposa lo empujaba un poco más hacia el abandono, a una suerte de esclavitud en la que él se sentía satisfecho, sin importarle en absoluto el significado de la palabra voluntad. ¿Qué era eso para él? El señor de Kemet era la ley, el poder sobre la vida y la muerte en la Tierra Negra, y no obstante se entregaba sin reservas entre los muslos de aquella mujer, sin incomodarse por el hecho de que los dedos de esta lo colocaran en la casilla que más convenía a su juego. Los hilos de la pasión se convertían en poderosos resortes y, con cada contoneo de sus caderas, ella lo abrasaba más y más, en el fuego de sus incontenibles espasmos, con el ánimo de reducirlo a cenizas.

Ese era el final que le tenía reservado, y cuando el faraón cayó inerte, calcinado por la ardiente hoguera, ella lo recogió entre sus brazos, al compás de los jadeos, para terminar por acomodarlo, ya exhausto, donde más le convenía. Era el momento del susurro, de la voz cálida, de verter las palabras adecuadas en el corazón vulnerable.

—Mi señor continúa siendo el toro poderoso de antaño. Inunda mi vientre con su esencia divina para colmarme de felicidad —murmuró Mutnofret con suavidad.

Tutmosis apenas se inmutó en tanto trataba de recobrar la respiración. Ella lo acarició durante un rato y luego prosiguió.

—Soy la mujer más afortunada al poder seguir recibiendo al dios. Al sentirme amada recobro mi esperanza, mi ánimo maltrecho.

Al escuchar aquellas palabras, el faraón se acomodó mejor junto a ella.

—¿Ánimo maltrecho? Eres reina de esta tierra. ¿Qué puede preocuparte?

—La pena me aflige; la congoja se ha apoderado de mí, causándome un gran sufrimiento.

Tutmosis se mostró sorprendido.

—¿Sufrimiento? Dime quién te ha ofendido y te prometo que mañana mismo será enviado a las minas de cobre del Sinaí.

La dama ahogó un sollozo para abrazarse con más fuerza a su esposo.

—Me he sentido sola, desamparada, mientras tú guerreabas contra los pueblos del sur. He temido por tu vida y he rezado cada noche a nuestro padre Amón para que te protegiera en todo momento.

—¿Olvidas que el Oculto guía mi brazo? Nada malo puede ocurrirme bajo su protección.

—Por eso le rezaba, pues el *kushita* es un ser bárbaro, capaz de la traición, de llevar a cabo cualquier ignominia. Él no sabe de dioses.

—Bueno, como verás obtuvimos una gran victoria. Mi nombre es temido en el reino de Kerma.

—Cuando vi aparecer tu nave, el *Halcón*, con tu Majestad en todo su esplendor, di gracias a la tríada tebana, y mi corazón se aceleró como la primera vez que mi señor puso sus ojos en mí.

—Ya conoces mis inclinaciones hacia ti, Mutnofret.

—Ese es el motivo de mi angustia. He oído que los nubios son grandes arqueros, capaces de acertar donde los demás no pueden. En mi desdicha temía que alguna flecha pudiera alcanzar al Horus reencarnado, mi único apoyo en esta tierra. ¿Qué soy yo sin su amor? Nada. Durante tu ausencia comprendí que sin tu presencia estoy desamparada.

—Siempre tendrás mi protección, aunque me halle en los confines de Retenu.

La reina negó con la cabeza.

—He de confesarte, mi señor, que mientras combatías me vi sola y desorientada como nunca imaginé que pudiera ocurrirme. Sin tu luz soy incapaz de ver el camino, de comprender cuanto ocurre a mi alrededor.

—¿Por qué dices eso?

—Creo en la justicia del faraón; por ello no puedo juzgar lo que mi corazón no entiende.

—Habla sin temor, pues tus palabras en verdad que esconden pesar —le animó Tutmosis, conciliador.

—Solo si me prometes no castigar mi insolencia te contaré mi pena.

—Tienes mi palabra.

—Una tarde, al poco de que abandonaras Tebas al frente de tu ejército, nuestro padre Amón reveló un oráculo en Ipet Reshut, un oráculo que no entendí y por el que se prometía la sucesión al trono de Egipto a tu hija Hatshepsut. Te imploro seas compasivo por mi audacia. ¿Quién soy yo para discutir la palabra del Oculto? Sin embargo, no pude evitar verme invadida por el pesar al enterarme de que los tres príncipes que te di quedaban apartados, sin ningún derecho para sucederte. Hubiera deseado correr al lado de mi señor para que, postrada de hinojos, me hiciera comprender lo que Amón encerraba en su oráculo. Pero no era posible. No encontraba ninguna explicación que me hiciera ver por qué el Oculto, nuestro divino padre, había decidido cambiar las viejas tradiciones que sentaban a un varón en el trono de Kemet. Solo me quedaba refugiarme en el sollozo. Ahora te suplico que no me castigues.

El faraón estrechó a la reina contra sí, rodeándola con sus brazos. Nadie mejor que él conocía el alcance de aquel oráculo, que él mismo había bendecido, y las consecuencias que podían derivarse de ello. Hacía tiempo que Tutmosis se encontraba en una encrucijada, y aquel hecho singular no era más que una buena prueba de esto. En cierto modo Mutnofret tenía razón. Egipto siempre se había mantenido fiel a su historia y, salvo en contadas ocasiones, el trono de Horus había sido ocupado indefectiblemente por un hombre. Él mismo tenía tres hijos con derecho a optar a él, a pesar de su ilegitimidad, algo que podía solventarse con facilidad, como ya le había ocurrido a él. De hecho el joven Amenmose, de quince años de edad, se encontraba en Menfis educándose en la carrera militar, como se acostumbraba a hacer con los príncipes herederos. Este era el indicado para sucederle algún día, y comprendía la agitación de su madre ante la revelación hecha por Amón en el templo de Luxor. Tutmosis se había criado en la corte, y conocía de primera mano la lucha feroz que de ordinario mantenían todas las mujeres del harén que tuvieran un vástago real. Su propia madre, Seniseneb, era una de ellas, y por tanto entendía la capital importancia que tenía para cualquier esposa que su hijo alcanzara algún día la doble corona. En dicha circunstancia se basaba la seguridad de cualquier esposa menor para mantener su estatus en la corte como *mut nisut*, madre del rey, un título de la mayor importancia que evitaba que fuera apartada del gineceo por el nuevo soberano, como solía ocurrir.

Sin embargo, la cuestión no era tan sencilla. Las esperanzas de Mutnofret, aunque lógicas, no tenían el pleno respaldo del faraón. Este había heredado no solo el ardor guerrero y determinación de su abuelo, el gran Amosis, sino también el concepto de Estado transmitido por Nefertary. Tutmosis deseaba un Egipto poderoso, capaz de extender sus fronteras hasta donde ningún rey antes hubiera llegado, pero a la vez soñaba con una Tierra Negra fuerte, cuyos sólidos cimientos engrandecieran el país con una política que diera un verdadero bienestar a su pueblo; que fuera bendecida por los dos mil dioses que velaban por Kemet desde el principio de los tiempos; que mostrara su devoción hacia ellos y engalanara su memoria con hermosos templos; que recuperara su culto allí donde había quedado olvidado tras la edad oscura que los invasores *hiksos* habían tejido sobre las Dos Tierras. Un soberano que garantizara el equilibrio cósmico sobre el que se erigía su propia civilización. Esto es lo que quería Aakheperkara. Su reinado enriquecería a Egipto con los inmensos tributos que acarrearían sus guerras, mas sabía que las conquistas no serían suficiente para levantar el Egipto soñado. El Estado también debía gobernarse desde la paz, pues solo de este modo se haría poderoso en el tiempo. A su muerte, el Valle del Nilo necesitaría un monarca dispuesto a administrar convenientemente aquella riqueza, un Horus capaz, a quien no le temblara la mano, pero que al mismo tiempo hiciera navegar al barco de Kemet por las aguas calmas, en compañía de Hapy, el dios que garantizaría la abundancia.

Tutmosis no albergaba la menor duda acerca de quién podría ser ese soberano. Sabía que ninguno de sus tres hijos varones reunía la menor aptitud para cumplir aquella misión, y que solo su primogénita podría pilotar la nave que él mismo se estaba encargando de construir para admiración de los siglos venideros. En su interior, Aakheperkara hacía tiempo que mantenía una sórdida lucha entre lo que creía correcto y aquello que la tradición histórica esperaba de él. Era imposible desdeñar lo que esto último representaba y las fuerzas que se cobijaban bajo su manto. Ignorarlas podría atraer consecuencias insospechadas, y por tal motivo Tutmosis había decidido emprender una huida hacia adelante, a la espera de que los dioses le mostraran con nitidez lo que correspondía hacer. En el país de Kemet nadie estaba a salvo de la furia de Sekhmet. La diosa leona era proclive a la cólera y al reparto de desgracias allá donde se le encaprichara. Eso por no hablar de Anubis, con quien cualquiera se podría encontrar sin que mediara palabra y mucho menos motivo. El señor de las Dos Tierras tenía muy presente la vieja máxima del sabio Ptahotep: «En caso de duda sigue a tu corazón»; y este le hablaba con claridad cada vez que se detenía a pensar en aquel asunto.

No obstante el faraón atravesaba períodos de confusión. Si Khnum, el dios alfarero, había decidido que Hatshepsut no naciera hombre, ¿qué motivos le habían empujado a ello?, ¿en verdad deseaban los dioses que una mujer se sentara en el trono de Egipto?

El oráculo revelado por el Oculto venía a mostrar su favor hacia la princesa, como el monarca preveía, pero no obstante era preciso ser cauteloso hasta que el horizonte se mostrara claro, y para ello nada mejor que la ambigüedad.

Tras salir de sus pensamientos Tutmosis volvió a fijar su atención en Mutnofret. A pesar de su avanzada edad, ya en la treintena, su segunda esposa se mantenía joven, y más deseable si cabe que cuando la conoció. Aquella mujer tenía la facultad de anularle la voluntad hasta conseguir que se entregase por completo al capricho de sus sentidos. Ella le proporcionaba más placer que ninguna de sus otras esposas, y entre sus brazos llegaba a desbocarse con una pasión que a él mismo no dejaba de sorprender. Ahora ella le mostraba su preocupación por el futuro de los tres príncipes así como sus lógicas ambiciones, y Tutmosis comprendió que era necesario hacer un nuevo movimiento que fuese perceptible a los ojos de cuantos participaban del juego.

—¿Cómo podría castigarte? —dijo el dios con suavidad—. Conozco tu angustia, pues es vieja como la historia de Egipto. Muchas reinas antes que tú la padecieron, y otras tantas la sufrirán en el futuro. Haces bien al recordar que soy el señor de las Dos Tierras y por ello entiendo el lenguaje de los dioses, aquello que en verdad desean comunicarnos. Por eso te digo que todo en ellos es enigmático, que sus palabras pueden no ser interpretadas por nuestros corazones como debiera. Lo que nosotros consideramos un capricho, para ellos puede significar la omnisciencia. Todo tiene un porqué, y mientras nos observan, hasta que nos hagan saber cuál es su última palabra.

Mutnofret no supo qué decir, pues nunca había escuchado a su real esposo hablarle de esa forma. Al instante este percibió su indecisión, y acto seguido puso una mano sobre las nalgas de la reina para acariciarlas.

—Pronto distinguiré a Amenmose como se merece —susurró el faraón.

La dama dio un respingo.

—¿Lo llevarás contigo a la guerra? —inquirió ella, casi atropellándose.

El rey sonrió para sí.

—Montu, el dios guerrero tebano, aún no está en su brazo.

—Pero tú, mi señor, harías de él un valiente solo con que siguiera tu ejemplo.

—Amenmose me acompañará algún día, como corresponde al hijo mayor del dios.

—Pero ¿cuándo...?

Aakheperkara puso un dedo sobre los labios de su amada.

—Muy pronto —volvió a musitar el monarca—. Mis informes son buenos. Hace grandes progresos en Menfis y a no mucho tardar será un alto oficial del ejército.

Mutnofret se incorporó para poder mirar a los ojos del faraón en la penumbra. Este volvió a acariciarla.

—Te prometo que haré un nombramiento que despejará tus dudas para siempre —aseguró el faraón.

La reina se abrazó a su cuello para cubrirle de besos, y al poco el viejo pozo volvió a abrir su trampilla para dar de nuevo la bienvenida a la pasión. Mutnofret deslizó su mano por el bajo vientre de su esposo para apoderarse de su miembro, tal y como a él le gustaba. Lo encontró enhiesto, como de costumbre, y ello le produjo una íntima satisfacción. Hathor, la diosa del amor, la continuaba favoreciendo, y eso era todo cuanto necesitaba para conducir al rey hacia donde ella quería. Con habilidad se sentó sobre su esposo para contonearse suavemente hasta sentirlo muy dentro de sí. Al momento notó la dureza del falo en su interior, como nunca antes, y juntos iniciaron una cabalgada en la que las riendas apenas importaban. El corcel galopaba desbocado, y Mutnofret se dejaba llevar empujada por el viento de la ambición. Sus sueños se anunciaban próximos a cumplirse y ella solo deseaba espolear a su montura hasta precipitarse al vacío.

18

Nefertary tuvo conocimiento de los hechos mucho antes de que estos se produjesen. Ella comprendía los porqués de aquella decisión y lo que había impulsado a tomarla. Mientras jugaba al *senet* con su única nieta pensaba en ello, así como en el alcance que tendría la noticia cuando se supiera. La reina madre estaba al corriente de todo cuanto ocurría en palacio, y no tenía la menor dificultad a la hora de llevar la cuenta de los encuentros que el faraón mantenía con sus mujeres. Tutmosis había visitado a su segunda esposa en varias ocasiones durante las últimas noches, y resultaba evidente que dichos encuentros habían influido en el soberano en todo aquel asunto. En tanto lanzaba los palos,[24] la reina madre discurría acerca de tales citas y sus consecuencias. Nefertary conocía bien a Mutnofret, y hacía ya muchos años que el empleo de sus malas artes no la sorprendía en absoluto. La vieja dama nunca la había infravalorado, aunque distara de sentir la menor consideración hacia ella. Las mujeres como Mutnofret siempre formarían parte de la Historia, y sus intereses y ambiciones supondrían una permanente amenaza para el poder establecido. La naturaleza y la política no hablaban el mismo lenguaje, y representaba un gran error desdeñar a la primera.

—¡Un cinco! —oyó la señora que exclamaba Hatshepsut, alborozada—. Me temo, abuela, que quedarás atrapada en la casilla veintisiete, en el agua, ja, ja. Te auguro que perderás la partida.

Nefertary sonrió con cierto aire beatífico, pero continuó en silencio, abstraída en sus reflexiones. Justo era reconocer que la segunda esposa del dios se mantenía hermosa y muy deseable a los ojos de su consorte, quien no ocultaba el placer que le proporcionaba visitar su lecho y lo proclive que era a sus caricias. Que Mutnofret habría puesto en práctica lo mejor de sus dotes amatorias era algo de lo que la reina madre no tenía la menor duda, y hasta le resultaba sencillo imaginar cómo las llevaría a efecto, así como la conversación que mantendrían los amantes cuando la tempestad se hubiese alejado. Un oráculo como el revelado por Amón en Ipet Reshut era demasiado doloroso para una esposa con tres príncipes con aspiraciones al trono, y Nefertary vislumbraba la desesperación que tuvo que invadir el corazón de aquella mujer, y también su sufrimiento.

Maestra como era en la intriga palaciega, la reina madre no dio más importancia al asunto. Tutmosis se había comportado como cualquier otro hombre en tales circunstancias; abrió sus oídos y se dispuso a contentar a aquel corazón atribulado. La respuesta del dios sería la esperada, y la gran señora entendió las múltiples consideraciones que el faraón se había visto obligado a contemplar antes de dar aquel paso.

Particularmente, a Nefertary le preocupaba poco aquella decisión, pues no en vano había sido tomada debido a las circunstancias y no por dictado del corazón. Sin embargo, sabía las repercusiones que ello traería y la ciclópea losa de granito que caería sobre el ánimo de su nieta. Para una jovencita de catorce años, con alma de diosa, semejante noticia la empujaría hacia el abismo de la desesperanza, aunque Nefertary creyera que tales hechos la ayudarían a forjar aún más su fuerte carácter, algo que necesitaría si quería vencer los grandes obstáculos a los que Hatshepsut se habría de enfrentar.

La buena nueva tardaría aún un tiempo en llegar a oídos de Mutnofret, y para la reina madre resultó fácil figurarse la expresión de triunfo que recorrería el bello rostro de la segunda esposa real. El corazón le estallaría de gozo y sus *metus* se llenarían de fluidos corrompidos por el rencor, por la venganza satisfecha. Mutnofret se resarciría al fin de todos los desprecios pasados, de los años en los que había tenido que soportar la prepotencia divina de una familia a la que odiaba. Ahora los dioses estaban de su lado y, desde el norte, Amón le enviaba su aliento para hacerle una revelación que reconfortaría su *ba* para siempre: su hijo, el príncipe Amenmose, había sido nombrado por el faraón generalísimo de sus ejércitos.

Indudablemente, aquella era una noticia significativa. Ser proclamado generalísimo significaba estar al mando de los ejércitos del dios, un título que en la mayoría de los casos solía ir ligado a la corregencia. El primogénito de Mutnofret algún día sería faraón, y por ende ella se convertiría en madre del rey.

Para Nefertary todo aquello no era más que otra jugada de la partida que se estaba celebrando. Sin duda, se trataba de un movimiento aparatoso, aunque no decisivo para el resultado final; incluso podría resultar ventajoso para sus planes, ya que habilitaría a la vieja dama para dar los siguientes pasos de manera discreta, sin levantar sospechas.

Naturalmente, la gran reina se abstendría de comunicar aquel hecho a su nieta. Tutmosis había vuelto a partir hacia el sur para combatir de nuevo a los *kushitas*, tan solo ocho meses después de su gran victoria, aunque en esta ocasión se trataría de una operación de castigo contra las levantiscas tribus, a las que el faraón estaba decidido a dar un escarmiento definitivo.

Por tanto la noticia del nombramiento del príncipe Amenmose tardaría en conocerse, y mientras esto ocurriera Hatshepsut debía forjar nuevas alianzas. Su preceptor, Amosis Penejbet, era un bravo soldado que acompañaría a su señor a cuantas campañas militares emprendiera este, por lo que no dispondría del tiempo suficiente para ocuparse debidamente de la joven. La princesa necesitaba un mayordomo para su casa, un hombre poderoso enviado por los dioses para protegerla en los años que se avecinaban. Era preciso encontrar uno, y Nefertary estaba segura de que su divino esposo, Amón, la ayudaría en tan determinante empresa.

La reina volvió a escuchar las protestas de su nieta, que la miraba con el ceño fruncido.

—¡Nunca vi jugar peor al *senet*! —exclamó Hatshepsut—. ¡Pareciera que es la primera vez que lo haces! ¡Vaya desastre!

—El divino Thot ha decidido ofuscar mi entendimiento, querida. Debe ser cosa de la edad.

—Poco tiene que ver Thot con semejante dislate. ¡No vas a meter ni una sola ficha en la casilla final! ¡Inaudito!

—Ja, ja. Hoy estás de suerte, Hatshepsut. Podrás ganarme con facilidad.

—Hum. A mí no me engañas, abuela. Alguna idea ronda en tu corazón capaz de nublarte las entendederas.

Nefertary observó a su nieta con complacencia.

—Tienes razón, niña mía. Ya sé que es difícil engañarte.

—Dime entonces qué te ocurre, abuela. ¿Tienes algún pesar? Esta volvió a reír.

—¿Pesar? No hay nada que pueda agradar más a mi *ka*. Creo que ha llegado el momento.

—¿Momento? —inquirió la princesa, haciendo un gesto de extrañeza.

—Así es, el que llevaba esperando desde hacía años.

—Isis me confunda si no sabes ser misteriosa, abuela.

—Voy a hacerte un regalo.

—Un regalo... —apenas balbuceó la joven.

—El más valioso que una mujer pueda poseer en Egipto. Es mi deseo nombrarte esposa del dios —dijo Nefertary con solemnidad—. Ya es tiempo de que heredes mi título.

19

Tutmosis regresó de nuevo victorioso de su campaña contra el reino de Kerma. En esta ocasión había desmantelado por completo su poder, a la vez que aseguraba definitivamente el control sobre las caravanas del sur. Sus tropas limpiaron de piedras los canales utilizados para remontar las cataratas, y luego descendieron por el río triunfantes, con un gran número de prisioneros y miles de cabezas de ganado. Los templos volvieron a recibir gozosos la buena nueva, y otra vez el faraón decidió honrarlos como se merecían: con generosidad y devoción manifiesta.

Nuevas riquezas entraron en las arcas del clero, y Aakheperkara determinó que era el momento de visitar los principales centros religiosos del país para agradecer a los dioses su favor y de paso atender a sus necesidades. Por ello, al cumplirse su cuarto año de reinado, Tutmosis partió de la legendaria Tebas rumbo al norte, donde muchos de sus santuarios habían quedado empobrecidos durante los años oscuros en los que gobernaron los *hiksos* desde la ciudad de Avaris.

Su partida fue celebrada con desigual entusiasmo, pues otra vez el dios sembraba de ambigüedad los corazones de cuantos le servían, al tiempo que añadía nuevas variantes al singular juego en el que tantos participaban.

Mutnofret apenas podía salir de su asombro en tanto Ineni y las más altas instancias de la administración del Estado se miraban sin saber qué decir, mudos ante las consecuencias que pudiera llegar a tener cualquier palabra inconveniente. Aquella mañana en la que el señor de las Dos Tierras zarpaba del puerto de Tebas, los poderes que se cobijaban bajo su sombra tomaron plena conciencia del terreno que pisaban, de lo imprudente que podía resultar destacarse con cualquier manifestación equivocada. La corte tenía sus propias reglas y nadie estaba libre de ellas. Una simple opinión podía traer secuelas, y en muchas ocasiones la desgracia. Era mejor vestir de máscara, agudizar el oído y leer bien el camino para no tropezarse.

En aquella ocasión Mutnofret vio salir a la flota real desde una terraza de sus aposentos, con el ceño fruncido, la mirada acerada y un rictus de desprecio. Sus pies, recién pintados con henna, daban furiosos golpes contra el enlosado de tanto en tanto, al tiempo que de sus labios salían los peores improperios, todos los demonios que en aquellos instantes abarrotaban sus *metus*. ¿Cómo era posible semejante burla? ¿De qué le habían servido sus artes amatorias, su entrega sin reservas para satisfacer las apetencias del faraón? Mutnofret se sentía traicionada y los viejos fantasmas volvieron a aferrarse a su corazón para sumirla en el desconsuelo. La angustia regresó a su estómago y la desesperanza a sus ojos, que se velaron sin que pudiera hacer nada por evitarlo. Tutmosis la había engañado, como si se tratara de una vulgar concubina, de las muchas que tenía, con las que se soslayaba de vez en cuando y por las que no observaba la menor consideración. Esa era la realidad que ella percibía, la de una mujer burlada por quien todo lo podía, una reencarnación divina ante la cual solo le quedaba la opción de permanecer esclavizada hasta que se decidiera lo contrario. ¿Qué otra cosa podía esperar?

Mutnofret se veía cargada de razones para pensar así, aunque esto poco importara. ¿Quién era ella sino una esposa secundaria a la que el faraón se dignaba visitar cuando así le complacía? Tan solo era una simple mortal, y su esposo un ser divino al que jamás podría osar contrariar.

Con el pecho subiendo y bajando, como de costumbre, al compás de su indignación, la hermosa reina asistió al embarque del faraón en su nave, en compañía de sus más allegados y, lo que era peor, de aquella a la que odiaba de manera particular: Hatshepsut. Nunca hubiera pensado que tendría que llegar a presenciar tamaña osadía, mas así fue. En aquella hora de infortunio la joven princesa subía a borde del *Halcón* para acompañar a su augusto padre a las capitales del norte, donde este llevaría a cabo una inspección de los centros religiosos más importantes del Delta. El significado de dicho viaje debía ser tomado como una declaración de intenciones, ya que Hatshepsut sería presentada ante el clero de todos los templos de Kemet, como solía hacerse con los herederos al trono. Era una travesía digna de un corregente, y la dama estaba segura que así sería como se entendería en la corte. La vergüenza que sentía era de tal magnitud, que mientras se asía a la barandilla de la terraza tuvo el convencimiento de ser capaz de hacerla añicos con las manos. Tutmosis navegaría hacia Menfis en compañía de su primogénita, para que todo Egipto supiese en quién había depositado sus esperanzas. Pero... ¿Una mujer sentada en el trono de Horus? ¿Cómo podía acontecer semejante dislate? Aquello se le antojaba poco menos que imposible a la angustiada reina, un sueño que solo podía tener lugar en los corazones más retorcidos. ¿Qué sería de la Tierra Negra bajo la autoridad de alguien como Hatshepsut? Mutnofret no tenía ninguna duda, ya que consideraba a la princesa paradigma de la prepotencia y del capricho, y ciertamente capaz de pisotear sin compasión a cuantos osaran oponerse a sus designios, o discutir someramente cualquiera de sus extravagantes ideas.

Tales razones la enervaban hasta la iracundia, y cuando distinguió a Hatshepsut sobre la cubierta del barco, muy próxima al faraón, estuvo convencida de que esta volvía la vista hacia sus habitaciones para mirarla, altanera, convencida de que la segunda esposa real estaría observando aquella escena reconcomida por el rencor y la rabia. La joven se estaba convirtiendo en mujer, y ya despuntaba una belleza que no hizo más que aumentar el resentimiento en el corazón de Mutnofret. El Amenti parecía haberse conjurado en aquella hora, y la reina solo era capaz de ver demonios por doquier, espíritus malvados que se burlaban de su presunción, de su insolencia al jactarse de ser un remedo de Hathor, la más hermosa de las diosas. Su belleza era como el Khamsin, el temido viento del desierto; solo duraba cuarenta días para luego desaparecer. Su tiempo como mujer se hallaba cumplido, o eso al menos fue lo que pensó la dama, movida por el abatimiento.

Sin embargo, Mutnofret permaneció en aquella terraza sin moverse hasta que las naves del dios se alejaron por el Nilo, y cuando desaparecieron por fin, río abajo, la reina continuó aferrada a la balaustrada, impertérrita, intentando asimilar lo que habían visto sus ojos, incapaz de comprender los motivos que habían llevado al rey a humillarla. Nunca supo el tiempo que permaneció en aquella azotea, puede que una eternidad, o acaso un suspiro, mas fue la voz de una de sus esclavas la que vino a sacarla del Inframundo en el que se encontraba, para anunciarle que el visir solicitaba ser recibido por la reina. Como era habitual, Ineni permanecería en Tebas a fin de ocuparse de la buena marcha del país, y había pedido una audiencia a la reina, para sorpresa de esta, pues no estaba de humor.

—Me temo que hoy sea un mal día para la conversación, buen visir, y aún peor para el juicio sosegado.

—Me hago cargo, mi reina. Comprendo que consideres este día como desfavorable.

—Para mí quedará señalado en el calendario como infausto, y me temo que también lo será en un futuro para todo Egipto.

—Entiendo.

—¿De veras? Esta mañana he sentido el aliento de Apofis, y te aseguro que resulta atroz, como una llamarada.

Ineni permaneció circunspecto, como era habitual en él, sin decir una palabra.

—¿A qué debo tu visita, visir? Te adelanto que no tengo el ánimo como para escuchar malas noticias.

—Lo sé, y ese es el motivo por el que te he pedido esta audiencia.

Mutnofret clavó su vista en el *tiaty*, presta para fulminarlo.

—No pretenderás burlarte de mí, ¿verdad? Creo que Shai ya me ha escarnecido lo suficiente.

—Todo lo contrario, gran reina. Tengo el convencimiento de poder convertir para ti este día amargo en venturoso.

La dama rio con sarcasmo.

—¿Te has transformado en mago? —dijo esta con causticidad—. No sabía que entre tus innumerables cargos ostentaras también el de *heka*.

—Dejemos que el dios de la magia continúe en la barca solar para proteger a Ra de los peligros del Inframundo. Como verás tengo poco que ver con el dios de Heliópolis, ni llevo una rana sobre mi cabeza, y mucho menos serpientes en mis manos.[25]

—Olvidaba que eres versado en nuestros dioses —dijo ella con ironía.

—Solo sirvo a Aakheperkara y a la Tierra Negra, al tiempo que me tengo por fiel devoto de nuestro padre Amón, no en vano soy el mayordomo de su templo —señaló Ineni sin inmutarse.

—El Oculto hace tiempo que se olvidó de mí —respondió la reina con amargura.

—Te equivocas, gran señora. Él ha sido quien me ha conducido hoy ante tu presencia.

Mutnofret no pudo evitar un gesto de extrañeza, aunque ya estuviera acostumbrada al misterioso comportamiento del visir.

—¿Me traes un recado del rey de los dioses? Hoy vi al mío zarpar, llevándose consigo mis esperanzas —indicó la dama sin disimular su enfado.

—Sin embargo, Amón te envía un mensaje.

La reina enarcó una de sus cejas y al momento prestó toda su atención al visir.

—Su aliento lo ha traído desde el norte, cargado de buenos presagios —añadió Ineni.

—No sé a qué te refieres. A mí me mostró uno bien distinto. Mis ambiciones se pierden río abajo. Aakheperkara presentará a Hatshepsut ante los dioses. El oráculo se cumplirá.

—Recuerda que el nombre de Amón significa el Oculto. Nunca se me ocurriría un apelativo mejor para referirme al dios. Él oculta a nuestros ojos lo que ha de venir, ya que su omnisciencia supera en millones a nuestra sabiduría.

—Te aseguro que no es momento para descifrar enigmas —advirtió Mutnofret, algo desabrida—. Háblame de ese mensaje.

—Dentro de muy poco llegará a Tebas, aunque yo ya esté enterado de su contenido.

—Comprendo. Olvidaba que los oídos del visir pueden escuchar el oleaje del Wadj Wer[26] —recalcó la reina, mordaz.

—Y hasta el estrépito de las aguas de la cuarta catarata. Por ese motivo sirvo al señor de Kemet, como también lo hice con su antecesor, que esté justificado ante Osiris.

Mutnofret mostró otro gesto de disgusto, harta de tantos circunloquios, e Ineni continuó como si nada le perturbara.

—En realidad conozco la noticia desde hace tiempo. Solo la prudencia me ha hecho guardarla hasta que se hiciera oficial. En política el humo solo sirve para construir fracasos.

—¿Habré de aguardar a mañana para averiguar lo que ya sabes, visir? —se impacientó la reina.

—No será necesario, gran dama, por eso estoy aquí. El señor de Karnak ha puesto sus ojos en tu primogénito.

—¿Amenmose? ¿Qué es lo que tienes que anunciarme? —le apremió ella, cambiando de expresión al instante.

—Aakheperkara, señor de las Dos Tierras, vida, salud y fuerza le sean dadas, ha otorgado su favor al príncipe Amenmose al nombrarle generalísimo de los ejércitos.

Al escuchar aquellas palabras Mutnofret dio un respingo y se llevó una mano al pecho, al tiempo que miraba con incredulidad al visir, confundida.

—Dejemos que el señor de Karnak tenga la última palabra. Permitamos que exprese su deseo como corresponde —precisó Ineni al ver la reacción de la esposa real.

La reina sacudió la cabeza sin saber qué decir.

—Nada es lo que parece —continuó el visir—. Todo nos resulta confuso por ese motivo.

Mutnofret volvió a mirar al *tiaty*, y por primera vez hubo una luz de esperanza en sus oscuros ojos.

—Nuestro tiempo no es el de los dioses —prosiguió Ineni—. No tratemos de medirlo. Ni tú ni yo podemos hacerlo.

—Generalísimo —musitó Mutnofret, mientras trataba de asimilar la noticia.

—Con semejante nombramiento no debes temer por el futuro de tu casa —matizó el visir.

—Pero... No comprendo la decisión del dios —dijo como para sí la reina.

—Forma parte del escenario. Con ello manifiesta sus dudas. Hoy más que nunca se requiere prudencia.

—Eres taimado, Ineni, pero esta vez seguiré tu consejo.

—Si me lo pides te lo daré, gran reina. Evitemos nuestros encuentros. Es hora de trabajar en la sombra. Estarás informada de cuanto ocurre, pero ha de ser con la mayor discreción; yo me encargaré de ello. Recuerda que formo parte de tu causa; permitamos que los dioses velen por su país como corresponde.

20

Hatshepsut creía formar parte de una ilusión. Una fantasía que, no obstante, tomaba cuerpo entre los campos de cultivo y los frondosos palmerales. La Tierra Negra volvía a sorprender a la princesa y, junto a ella, Ibu sería de nuevo testigo de la magia que todo lo cubría, del inmenso regalo que su pueblo había recibido de los dioses creadores. Todo resultaba simple y a la vez complejo, como el misterio que habitaba en aquel Valle. El Nilo, incansable, tenía su propio lenguaje, antiguo como el mundo, locuaz para todo aquel que quisiera escucharlo, y al rumor de sus aguas las naves se deslizaban con pereza empujadas por la corriente, al compás que Hapy determinaba en cada momento. El Horus reencarnado navegaba por ellas, y el dios del río lo saludaba con su proverbial generosidad al tiempo que engalanaba su curso con mil matices surgidos de los destellos creados sobre el caudaloso torrente. Ra, desde lo alto, pintaba la superficie del río a su capricho, hasta llegar a bruñirla cual si se tratase de un espejo de bronce, para conformar el lago de ilusión en el que quedaban atrapados los barcos. Entonces las orillas cobraban vida propia, y las palmeras que las festoneaban se asomaban atrevidas para mirarse en las aguas, vanidosas, o puede que para calmar su sed antes de continuar dando sombra a los campos. Estos se presentaban como parte de un portento capaz de haber podido vencer al voraz desierto que los constreñía. *Deshert*, la Tierra Roja, donde habitaba el iracundo Set, lanzaba incansable sus feroces dentelladas a la abundancia, celosa de ver como los cultivos crecían por doquier y la vida se aferraba a ellos.

Durante aquella travesía Ibu fue testigo de todo aquel milagro al escuchar los cánticos de alabanza que, desde las riberas, les dedicaban los campesinos al paso de la flota real. Todos acudían a postrarse ante el señor de Kemet, alegres de que sus naves surcaran aquellas aguas y su luz divina bendijera sus casas, así como las cosechas que pronto habría que recoger. La Tierra Negra mostraba su carácter y lo que escondía en cada recodo del río, el microcosmos que habitaba en sus entrañas; un universo del que el faraón era garante ante los dioses. El Nilo daba lugar a la diversidad e Ibu comprendió por qué aquel era el país de las Dos Tierras, la diferencia entre dos mundos conformados por el norte y el sur, el papiro y el loto, y el profundo significado del *sematawy*, la unión de esas dos tierras, amarradas por Horus y Set, que ataron las plantas acuáticas que las representaban para fundar de este modo un solo país que nunca se separara. Todo a su paso resultaba esclarecedor, y al llegar al Bajo Egipto no tuvo duda de que en verdad los dioses habían elegido aquel Valle entre todos los demás. Hatshepsut tenía razón al asegurar que solo un dios podía gobernar aquel don del Nilo, que ningún mortal tenía derecho a mancillar tamaña heredad divina. Su determinación nacía del convencimiento profundo de que solo ella percibía el verdadero valor de cuanto descansaba bajo aquel cielo sometido a la voluntad de Ra. La princesa había venido al mundo predestinada, para hacerse cargo de aquel valioso presente, y durante toda aquella travesía Ibu creyó ver como, en ocasiones, su hermana se transfiguraba para convertirse en un ser alejado de cuanto la rodeaba. El mismo Tutmosis la observaba admirado ante lo que no dudaba en calificar como metamorfosis. Su hija se convertía en mujer, y su porte de reina de otro tiempo a todos en el barco maravillaba. Al saludar a la mañana Ra Khepri la ungía con sus rayos haciéndole parecer un espejismo surgido de su luz, y al atardecer, Ra Atum alargaba su sombra hasta abarcar todo Egipto, como si formara parte de algún hechizo.

Menfis, Men Nefer, la belleza estable, que era lo que significaba su nombre, recibió al dios engalanada, orgullosa de su milenaria historia y feliz de poder mostrar su hospitalidad y vasallaje al señor de las Dos Tierras. Tutmosis la conocía, pues no en vano se había adiestrado durante su juventud en su academia militar, como era usual entre los príncipes de la realeza, y hasta se había hecho construir un palacio, donde pensaba residir durante su estancia en el Delta. La antigua capital era el dominio de Ptah, el demiurgo según la teología menfita, al que ya se reverenciaba en la época predinástica. Ptah era el patrono de los artesanos, ya que se estimaba que dicho dios era el inventor de la orfebrería y demás trabajos manuales, al tiempo que de la realeza, y junto a su esposa Sekhmet y su hijo Nefertum formaba la tríada divina venerada en Menfis. Por tal motivo todo su clero salió a recibir al faraón a los muelles de Per Nefer, el «buen viaje», que era el nombre que recibía el puerto de la ciudad, como Horus reencarnado que era y sumo sacerdote de todos los templos de Egipto.

Hatshepsut se sintió deslumbrada por la capital desde el momento en el que su nave hizo entrada en la rada. Embarcaciones de todo tipo fondeaban en los atracaderos, y la princesa se admiró al ver los buques de alto bordo que, procedentes de lejanos lugares del Gran Verde, se hallaban anclados después de haber remontado el río a través de las bocas del Nilo. El comercio se abría paso para comunicar a los pueblos, y la princesa se sintió subyugada por aquella urbe cosmopolita que poco tenía que ver con su querida Tebas, tan encerrada en sí misma. Gentes de otros lugares negociaban sus mercancías mientras los escribas de la aduana portuaria imponían las tasas correspondientes a los productos. Los muelles parecían tener vida propia y las callejuelas que desembocaban en las dársenas se adivinaban repletas de mercaderes, de puestos en los que poder adquirir cualquier cosa que se pudiera vender. *Inebhedj*, la muralla blanca, como también se conocía a la ciudad, esparcía su sabor añejo por doquier para todo aquel que estuviera dispuesto a apreciarlo. Menfis era vieja como Egipto, la primera capital de un reino unificado con mil quinientos años de historia.

—Todo es diferente en esta ciudad, Ibu; la vida fluye en cada esquina y el gentío te empuja a sus brazos lo quieras o no

—dijo Hatshepsut, cautivada, después del multitudinario recibimiento dispensado a su divino padre.

—Un Egipto distinto en el que gobernaron los primeros dioses. Honran a Aakheperkara como lo harían con cualquier rey de las primeras dinastías, y te ensalzan como la esposa del dios. Todos reconocen en ti al futuro faraón.

—¿Crees que mi divino padre me hace acompañarle por tal motivo? —inquirió Hatshepsut con la acostumbrada desazón que solía mostrar siempre que se trataba aquel asunto.

—Mi corazón alberga pocas dudas, querida hermana, y el tuyo también debería. Menfis no solo se postra ante Tutmosis.

—Sí —dijo la princesa con ensoñación—. Los sacerdotes de Ptah ven en mí a la esposa de Amón.

Ibu soltó una risita, ya que la divertía el estado de trance en el que solía caer su hermana cuando hablaba del título heredado de Nefertary.

—¿Cómo te atreves a burlarte, descarada? —señaló Hatshepsut, muy digna.

—Ja, ja, quizá hayan descubierto en ti a otra esposa bien distinta.

—¿Qué quieres decir? —quiso saber la princesa, frunciendo el ceño.

—Estaba pensando en una diosa de la que esta ciudad es devota, hermana mía.

—No te referirás a Sekhmet, ¿verdad?

—Ja, ja. Tu perspicacia siempre te acompaña, allá donde vayas.

—No puede ser —repuso Hatshepsut, con asombro—. Compararme con Sekhmet. Qué disparate.

—Aquí, en Menfis, ella es la esposa del gran Ptah y a mí me parece que sería un elogio que te compararan con ella —aseguró Ibu, mordaz.

—Apofis te confunda, hermana. Espero que no se atrevan.

—Algo de razón llevarían. La diosa leona aparece en tus ojos con cierta frecuencia, sobre todo cuando se te lleva la contraria, ja, ja.

Hatshepsut miró un instante a Ibu para soltar una carcajada.

—Bueno, he de reconocer que a veces me dejo llevar por el ímpetu. No todo es negativo en Sekhmet. Ella se encarga de destruir a los enemigos de Ra, quien desde hace un tiempo está asimilado a mi divino esposo, Amón.

—Amón Ra junto a Sekhmet encolerizada. Nuestro panteón disfrutará mucho con las secuelas de dicha alianza, ja, ja.

—Puede que tengas razón. No me temblará la mano ante lo que tenga que hacer. Quizá me convierta en Sekhmet mientras dure mi estancia aquí.

—En ese caso ya te adelanto que todos los médicos vendrán a adorarte.

—Los *sunu* postrados ante su patrona Sekhmet. Me agrada la idea.

—Entonces ya solo falta que visites a Ptah, tu nuevo esposo menfita, y nos presentes a vuestro divino hijo, Nefertum.

—Estás particularmente graciosa esta mañana, hermanita. ¿Acaso el aire del norte turba tus ideas? ¿O hay algún apuesto joven en tu corazón del que no tenga noticia? Pensándolo bien no me extrañaría. En Menfis hay muchos príncipes entregados al oficio de las armas.

—Ni embriagada por el mismísimo Bes caería yo en manos de un príncipe —se apresuró a aclarar Ibu, que sentía verdadera fobia hacia estos.

—No te pongas así. Sería una buena boda para ti. La que correspondería a una dama sentada a mi derecha.

—Sé de sobra adónde quieres llegar, hermana, pero de momento me conformaré con que me presentes a Nefertum.

—Te prometo hacerlo a la primera oportunidad, ja, ja. Reconozco que me gusta su nombre: Nefertum; el loto.

—En los textos de las pirámides se le menciona como «la flor de loto perfumada en las narices de Ra».[27] No se me ocurre una fragancia mejor que esa para asimilarla a tu persona.

Hatshetsut cambió de expresión y al punto volvió a sumergirse en sus sueños, en las ambiciones que alimentaban un corazón incapaz de saciarse de ellas.

21

Esta vez los sueños se convirtieron en pesadillas, en las que solo la risa de las hienas tenía cabida. A Hatshepsut no se le ocurría un símil mejor, pues su despertar tuvo lugar en el escenario más grandioso de la tierra de Egipto.

En la planicie de Guiza la princesa se sobrecogió al contemplar las montañas de piedra que se alzaban, intemporales, desde hacía más de mil años. La joven ya había oído hablar de ellas, pero al observar las pirámides por primera vez tuvo constancia de su propia insignificancia. Desafiantes al tiempo y a los hombres, los ciclópeos monumentos daban testimonio de la magnificencia de una época, así como del poder que ostentaron los dioses que gobernaron Kemet en aquellos lejanos días. Una Tierra Negra en la que los faraones aspiraban a ascender a los cielos para unirse a las estrellas circumpolares a través de aquellas inmensas escaleras que parecían fundirse con el sol, y sobre cuyas caras inmaculadas Ra se reflejaba para convertirlas en gemas que daban vida al centelleo. ¿Qué clase de dioses eran capaces de erigir semejante prodigio? Aquel era el Egipto con el que ella soñaba, sublime y cargado de significado místico, un espejo en el que los milenios pudieran mirarse ante el asombro del hombre.

Hatshepsut se sintió beneficiaria de aquel inmenso legado, pues la historia de su pueblo tenía cimientos forjados por manos de gigantes. Ella nunca permitiría que estos se resquebrajaran, y volvió a soñar dentro del mismo sueño en el que se encontraba, alabada por los altos dignatarios y bajo la mirada de Aakheperkara, quien parecía tratarla como correspondía a una heredera.

Mas al llegar a la Esfinge el espejismo se desmoronó. Aquella mirada pétrea, siempre enigmática, quedaría grabada en el corazón de la princesa durante toda su vida, y muchas noches al cerrar los ojos se encontraría con ella, con su desdén, puede que para recordarle que observaba el amanecer desde mucho antes que Hatshepsut viniera al mundo, y que allí continuaría después de que la joven fuese llamada a rendir cuentas en la Sala de las Dos Verdades. La Esfinge devoraba los milenios; ella era Harmakhis, «el Horus que está en el horizonte», la fuerza del león y la inteligencia humana unidas para saludar la salida del sol cada mañana.

Harmakhis le tenía reservada una sorpresa que, por inesperada, sumió a Hatshepsut en el abatimiento. Próximo a los pies del monumento la princesa reparó en un pequeño naos que al momento llamó su atención. Se trataba de una obra reciente, pues constaba haber sido erigida en el cuarto año del reinado de Tutmosis I, apenas unos meses atrás, en honor de Harmakhis. Mas su estupor llegó al leer los jeroglíficos grabados en el pequeño monumento. No existía ninguna duda. Este había sido dedicado al dios por su hermanastro Amenmose, quien había inscrito su nombre dentro de un cartucho real, con el título de «general de las tropas de su padre».[28]

Al repasar de nuevo el texto Hatshepsut tuvo el convencimiento de que sus pies se hundían en la fina arena del desierto para engullirla en vida. La necrópolis de Guiza había decidido convertirla en piedra, pues la joven se sentía incapaz de moverse, cual si hubiera caído fulminada por algún hechizo portentoso. Las palabras se encontraban perdidas en algún lugar recóndito de su corazón, ya que le resultaba imposible dar con ellas, ni siquiera articular un monosílabo. Pero... ¿Cómo era posible? ¿Qué clase de burla era aquella? ¿Cómo se había podido atrever su hermanastro a grabar su nombre en el interior de un cartucho real? Todo Egipto debía saber que Amón la había designado para suceder algún día a su divino padre, y que este la había invitado a acompañarlo como correspondía a la figura de un príncipe heredero. Ante todos Tutmosis la presentaba como la más digna para ocupar su lugar, orgulloso de su primogénita. Aquello era una traición, y ella debía correr a comunicar al faraón lo que habían visto sus ojos. Él jamás permitiría una tropelía semejante. Era preciso que lo supiera cuanto antes.

Súbitamente Hatshepsut notó como la sangre se agolpaba en sus *metus* y su rostro se enrojecía. La Sekhmet que llevaba dentro le abría las puertas de la ira, y al momento la princesa se liberó de las arenas para volver a ser ella misma. Enervada fijó su vista en cuantos la rodeaban para encontrarse con miradas esquivas y caras de circunstancias. Entonces comprendió que allí no había ningún error, que era imposible que Amenmose hubiera inscrito su nombre en un cartucho real sin la autorización del señor de las Dos Tierras. Este lo había distinguido nada menos que con el título de generalísimo de sus tropas, y ella había sido la última en enterarse. Nunca hubiera esperado algo así del padre a quien tanto amaba. Sin poder evitarlo sus ojos se velaron al instante, y al punto sintió como alguien tomaba su mano para reconfortarla. Era Ibu, que, al igual que ella, derramaba sus lágrimas afligida por lo ocurrido. La hija de Sat Ra compartía el dolor de su hermana, pues su vínculo resultaba invulnerable, nacido de la leche de Inet, que las había unido para siempre.

Hatshepsut entró en un estado de retraimiento desconocido hasta entonces. Por vez primera la princesa portaba su máscara, la que la vida había diseñado para ella y que debía aprender a llevar. De pronto su rostro, de ordinario radiante y expresivo, se había convertido en hermético, carente de toda emoción, y su mirada vivaz y chispeante se antojaba ahora como un roquedal en la noche del desierto, fría y pétrea, con la dureza del basalto.

Ibu conocía los porqués de aquella metamorfosis y también que habría un antes y un después para su hermana tras lo ocurrido. La Esfinge no le había sido propicia, aunque Ibu pensara que todo en aquel monumento formaba parte de un enigma. En su opinión, la escultura tallada en la piedra exudaba misterio, y nadie podía asegurar a ciencia cierta cuáles eran los deseos de Harmakhis, el dios a quien representaba. Si Amenmose había inscrito su nombre dentro de un cartucho real junto a la Esfinge, lo mejor era que su querida hermana lo supiera. En Egipto todo pendía de hilos manejados por los dioses, y solo estos sabían lo que habría de venir. Particularmente Ibu pensaba que lo vivido por la princesa en Guiza no era más que un pequeño revés, de los muchos que debería soportar en un camino que no estaba diseñado para sus gráciles pies. Era preciso revestirse con un disfraz, y el elegido por Hatshepsut no podía ser más indicado.

—Los impedimentos a veces desaparecen con un simple soplo —animó Ibu a su hermana.

—No hay razones que valgan contra la palabra del faraón —señaló Hatshepsut con un rictus de amargura.

—Pero Aakheperkara te ama; él es un gran guerrero que sabe reconocer al corazón fuerte. No me lo imagino elevando a tu hermanastro a la corregencia.

—Estamos ciegas, Ibu, eso es todo. Pretendemos pregonar nuestros derechos ante oídos que nunca podrán entendernos. Solo quieren escuchar veleidades.

—No digas eso. El divino Amón conoce tus palabras y tú las suyas. Él ha proclamado tu nombre ante su pueblo.

—La corte conformará una muralla sujeta a las servidumbres, imposible de vencer para una mujer.

—¿Olvidas que eres la esposa del dios? Nadie mejor que tú para solicitar su ayuda. El Oculto te escuchará, y recuerda que no existen obstáculos a su voluntad.

—Son muchos los que imploran su favor, empezando por el mismo faraón.

—Habla con él. Seguro que tu padre podrá darte una explicación...

—Jamás —cortó Hatshepsut—. Como te dije antes su palabra es ley. Nadie puede pedirle explicaciones, ni siquiera yo.

—Solo tú de entre sus vástagos tiene una naturaleza divina. Hazlo valer, hermana mía. De una u otra forma todos te necesitarán. Emplea tu máscara para maniatarlos a tu carro.

—Maniatarlos... —musitó la princesa, pensativa.

—Así es; y luego derrítelos con el poder del sol que llevas dentro de ti.

La princesa miró fijamente a su hermana y acto seguido abrió los brazos para atraerla contra su pecho.

—Los fundiré como si se tratara de cera —susurró la princesa—. Los convertiré en conos perfumados para las fiestas, y yo seré la única esencia que podrán oler.

—No se me ocurre una fragancia mejor con la que cubrir el país de Kemet.

22

El sueño de Hatshepsut terminó por desvanecerse cual si se tratase de un simple soplo. Era el momento de volver a la realidad, y esta demandaba la atención inmediata del faraón. Las trompas de la guerra volvían a saturar el ambiente con sus cantos a la muerte, y el dios y su real cortejo se vieron obligados a regresar a Tebas precipitadamente. Esta vez la quejumbrosa orquesta tocaba desde Retenu para advertir al señor de las Dos Tierras de la amenaza que se cernía sobre la tierra de Canaán. El reino de Mitanni extendía su poder por la región, amenazando los intereses de Egipto con constantes revueltas, y Tutmosis decidió que era hora de aprestarse al combate. Por ello, al poco de llegar a Waset, reunió a su ejército para acto seguido partir hacia el norte, rumbo al corazón de Retenu, dispuesto a avanzar hasta donde los dioses le dieran aliento, daba igual a quién tuviera que enfrentarse.

Otra vez la Tierra Negra marchaba a la guerra con las bendiciones del todopoderoso Amón, gozoso ante la perspectiva de un nuevo botín que engordara las arcas de su templo. Aquel faraón daría a la luz de Karnak un brillo inusitado, un nuevo resplandor al que Amón ya no estaba dispuesto a renunciar.

De este modo Tebas vio partir por tercera vez a sus bravos, en esta ocasión río abajo, bajo las órdenes de aquel dios guerrero que ansiaba extender las fronteras de la Tierra Negra hasta los confines del mundo conocido. Con él también marchaba la nueva política de conquistas que marcaría el futuro de Egipto, así como las ambiciones de un panteón con dos mil dioses en pugna por el favor real. Como de costumbre, desde la capital tebana el Oculto haría uso de su poder divino para procurar la victoria a sus aguerridas tropas, al tiempo que les enviaría el perfume que solo podía proporcionar Karnak, un aroma en el que las bendiciones tenían su propio significado, pues en cada voluta salida de los pebeteros se escondían mensajes que solo Amón era capaz de descifrar.

Como esposa suya que era, Hatshepsut porfiaba en descubrirlos, como si el título que ostentaba le diera alguna ventaja sobre los demás. Casi a diario visitaba el palacio que Nefertary había erigido en la orilla occidental para cumplir con las ceremonias que eran propias a su cargo. Allí celebraba los ritos preceptivos en compañía de las Adoratrices y Divinas Cantoras para honrar a su divino esposo, el dios Amón, de quien se sentía a la vez hija predilecta. Aquel era un buen lugar en el que refugiarse de las sombras que tanto la agobiaban, y con las que parecía condenada a sostener una lucha interminable. En ausencia del faraón la vida en Tebas se le hacía poco menos que insufrible, pues conocía de sobra los oscuros manejos y sesgados comentarios que solían tener lugar en las covachuelas de palacio. El harén real, *per khener*, en el que vivían las esposas secundarias del rey y sus vástagos, era un foco de intrigas permanente del que convenía alejarse, y a Hatshepsut no se le ocurría un lugar mejor que la «residencia de la esposa del dios» para huir de las falsedades cortesanas. Durante los últimos tiempos había aprendido a leerlas, y su corazón no albergaba dudas acerca del modo en que debía gobernarse aquel microcosmos confeccionado por los intereses más dispares.

Su propia madre, la reina Ahmés Tasherit, le había enseñado cuál era el lugar que les correspondía y lo que se esperaba de ellas dentro de la pirámide jerarquizada de la que formaban parte. En Egipto, más que en ningún otro lugar, las tradiciones se hallaban fuertemente enraizadas y era inconcebible que la familia real no las respetara. Los sentimientos quedaban relegados a un segundo plano. Solo contaban los intereses de la corona y el papel fundamental que debía corresponder al rey de las Dos Tierras como Horus reencarnado.

Próxima a cumplir los dieciséis años, Hatshepsut se había convertido en una mujer que parecía surgida de las antiguas leyendas. Muchos de los que la adulaban aseguraban que poseía el porte de las princesas de las primeras dinastías, aunque otros iban más lejos al decir que podía tratarse de una reencarnación de la reina Sobeknofret, quien gobernó como faraón la Tierra Negra durante el final de la doceava dinastía, e incluso había quien la comparaba con la legendaria reina Nitocris, una mujer que era sinónimo de fuerte carácter e incuestionable determinación. Todo en la princesa olía a rancio abolengo, y cuando aquella tarde Nefertary fue a visitarla, esta no tuvo la menor duda de que su nieta se había transformado en una verdadera diosa, lo que la reina siempre había esperado. No existía exageración en cuanto se decía; Hathor había elegido a la princesa para que esta le personificara.

—Nunca Amón podrá tener una esposa más bella. De seguro que pronto te mostrará su complacencia, hija mía.

—Debo reconocer que el Oculto se ha convertido en mi último refugio, abuela. Qué otra cosa puedo esperar.

—Ja, ja. No seas exagerada, Hatshepsut, y muestra al señor de Karnak tu confianza.

—Bien sabes que soy su fiel más devoto, pero quizá no sea suficiente. Nací mujer.

—No. Naciste princesa, y por ello debes estar preparada para cumplir con el papel que te corresponda.

—Ya hablamos sobre eso hace años, abuela. Recuerdo la conversación.

—Ser reina no es sencillo, hija mía. A veces, la sangre que corre por nuestras venas no es el mejor aliado.

—Tienes razón, y ese es el motivo por el que me gusta recluirme en este lugar. Solo soy digna de Amón.

Nefertary rio suavemente.

—Por eso fuiste nombrada su esposa —dijo la dama.

—Aun así no soy inmune a la aflicción por el engaño, y menos por la deslealtad.

—Ya veo, crees que el faraón te ha traicionado.

—Me sentí burlada. Todo el mundo conocía el nombramiento de Amenmose menos yo. Incluso tú lo sabías.

—Naturalmente, y mucho antes que la mayoría.

Hatshepsut miró a su abuela, desconcertada, pero no dijo nada.

—Algún día comprenderás lo difícil que resulta para un rey mostrar sus verdaderas intenciones —prosiguió Nefertary—. Puede que ni él mismo esté seguro de ellas, o simplemente terminen por ser irrealizables.

—Como es mi caso —intervino la princesa con amargura—. Debiste haberme advertido.

—No lo consideré relevante —señaló la vieja reina con autoridad.

La princesa hizo un gesto de sorpresa.

—He visto tantos nombramientos inocuos y fallidas expectativas en mi vida, que no le di importancia a uno más —aseguró Nefertary, con cierta displicencia.

—¿Uno más? Su nombre estaba inscrito en el interior de un cartucho, en un tabernáculo a los pies de la Esfinge —señaló Hatshepsut, dejando traslucir su frustración.

—¿Olvidaste mis consejos? Nunca vuelvas a quitarte la máscara que te corresponde. De lo contrario serás la única persona que no la lleve, y las consecuencias resultarán nefastas para ti.

Hatshepsut negó con la cabeza para mostrar su decepción.

—Aquí, en la residencia que tú construiste para tu divino esposo, no necesito de máscaras ni artimañas, abuela. En este lugar solo me debo a Amón, y a él me entregaré.

—Loable... y muy apropiado para quien lleva la divinidad en su sangre. Lo malo es que con ella puedes glorificar a cualquier mortal, hija mía, y dadas las circunstancias ser reclamada para tal fin en cualquier momento.

La princesa se llevó ambas manos al rostro para ahogar un sollozo.

—De una u otra forma este juego solo finaliza cuando Osiris nos llama a comparecer ante su tribunal —puntualizó la reina—. No puedes abandonarlo. Es hora de que dejes el pedestal que crees que te corresponde y bajes al tablero. En él deberás fraguar tus estrategias para responder a cada movimiento con otro que te favorezca.

—La máscara será mi eterna compañera —balbuceó Hatshepsut, como para sí.

—Este lugar es un buen refugio para el *ba*, pero no es el apropiado para vivir. Ahora tu sitio está en palacio. Debes hacer ver que no renuncias a tus ambiciones.

—Añoro a mi padre. Sin su presencia el palacio me resulta inhóspito.

—No soy la única que vela por ti, hija mía. Tu madre también aboga por hacer realidad tus sueños. Ella te necesita. Visítala y escucha sus consejos.

La princesa asintió con la mirada perdida.

—Comprendo, abuela. El dios debe verme junto a su Gran Esposa Real cuando regrese.

—Pronto volverá. Las noticias que llegan desde Retenu no pueden ser mejores. La campaña ha sido todo un éxito. Tutmosis ha llevado sus tropas hasta las orillas del río Éufrates y, al parecer, se ha detenido en Naharina para cazar elefantes.

Hatshepsut hizo un gesto de sorpresa.

—Traerá un botín de tal magnitud que toda Tebas se postrará a su paso, deslumbrada ante el brillo de tanto oro.

—¡Vida, salud y fuerza le sean dadas a Aakheperkara, el toro poderoso! —añadió la princesa.

—No hay duda de que el dios eligió bien ese epíteto a la hora de añadirlo a su titulatura real. A su regreso se celebrarán grandes fastos y el faraón distinguirá a sus valientes. Ya te adelanto que Amosis Pernejbet volverá a ser condecorado, así como el viejo Amosis hijo de Abana, que parece poco menos que inmortal.

—Ellos conforman los mimbres con los que está hecho el verdadero Egipto.

—Así es. Tu preceptor es una buena prueba de ello. Un

hombre valiente al que, no obstante, debemos buscar un sustituto.

Hatshepsut se mostró sorprendida.

—Pero Amosis es sabio, abuela. Un servidor leal en quien apoyarme.

—Tutmosis nunca renunciará a él. Amosis lo acompañará a cuantas campañas militares emprenda el faraón. Es un soldado, y tú necesitarás a alguien que vele por tus intereses de manera apropiada. En cierta ocasión hablamos de ello y es el momento de que tomes un mayordomo a tu servicio.

La princesa miró a Nefertary con picardía.

—Estoy convencida de que ya sabes quién me conviene. ¿No es así, abuela?

—Confío en conocerle pronto —señaló la reina en tono enigmático—. Espero no equivocarme.

—Tú nunca te equivocas —dijo Hatshepsut, al tiempo que estrechaba una mano de Nefertary entre las suyas—. Tu visita me reconforta. Prometo seguir siempre tus consejos.

—Me alegra que estés dispuesta a escucharlos, aunque mi visita de hoy no fue por ese motivo.

La princesa miró a la reina madre con extrañeza.

—Vengo a darte una noticia que te interesará, Hatshepsut. Tu hermanastro, el príncipe Amenmose, se muere.

23

Nefertary observaba con atención los ademanes pausados de su invitado. Aquel hombre la complacía, pues veía en él todo cuanto consideraba de utilidad, no solo para sus planes, sino también para el futuro de Egipto. Inteligente y buen conversador, su palabra certera y grandes conocimientos hacían de él un futuro hombre de estado, el tipo de individuo que a la reina madre le gustaría elegir antes de que el personaje hiciera valer sus merecimientos. Hacía tiempo que Nefertary trataba con él, aunque en realidad lo conociera de toda la vida, ya que la madre de este, Ahhotep, había sido nodriza real, y su abuelo, de nombre Imhotep, había ostentado por un tiempo el cargo de visir. El padre, llamado Hapu, estaba al servicio del templo de Karnak como tercer sacerdote lector, título este muy respetado pero que, no obstante, había sido superado por el de su hijo, Hapuseneb, que ostentaba el importante cargo de cuarto profeta de Amón.

Mientras Hapuseneb conversaba con su acostumbrada quietud, Nefertary calibraba a aquel hombre que llevaba inscrito el sello del Oculto en su persona. La vieja dama sabía muy bien lo que esto significaba y lo valioso que era tener un aliado como aquel. Ella estaba segura de que algún día la Tierra Negra lo llamaría para que se ocupara de su gobierno, hecho este que convertiría a Hapuseneb en una pieza fundamental para el desarrollo de la partida que ya se hallaba en juego.

Durante un rato hablaron sobre las buenas nuevas procedentes de Retenu, de las conquistas llevadas a cabo por el dios en Siria y del inmenso botín que, al parecer, traería consigo para mayor gloria de Egipto y, por ende, del templo de Karnak. La piel de Amón brillaría aún más con el oro que el faraón donaría a su clero, cuyas riquezas habían aumentado de forma considerable desde la llegada de aquella dinastía.

—Karnak se siente satisfecho por el nombramiento de la nueva esposa para el dios —dijo Hapuseneb en tono cordial.

—Y espero que el divino Amón también lo esté. No en vano proclamó un oráculo no hace mucho a favor de su desposada. Qué señal mejor que esa podríamos esperar —apuntó Nefertary con su acostumbrada agudeza.

—Puedo dar buena fe de ello, gran reina. En Karnak todos somos conscientes de lo que encierra un hecho semejante.

—Estoy convencida de ello, y confío en que se considere el alcance de esa decisión en su justa medida.

—No hay nada que no sea tenido en cuenta en Ipet Sut. Hasta el movimiento de una hoja llega a oídos del Oculto; tal es su discernimiento.

—Conozco bien su omnisciencia, buen Hapuseneb. No olvides que fui esposa del rey de los dioses durante mucho tiempo, y que hice un pacto con él antes de que tú nacieras, pacto que confío perdure durante millones de años.

Hapuseneb hizo un gesto con el que daba a entender su predisposición a que así ocurriera.

—Todos sabemos las capacidades que atesora la muy alta Hatshepsut, su profundo conocimiento de los ritos sagrados, así como de la sangre divina que tú le transmitiste.

—Es esa sangre la que desearía hacer valer ante los ojos de Amón. Nadie mejor que él entiende su significado, y el gran provecho que significaría para su templo convertirse en el místico procreador de todos los reyes que se sientan en el trono de Horus.

—Perpetuaría tu linaje durante milenios. Sabes bien, gran reina, que no hay nada que me gustaría más. Mi servicio es para con mi padre Amón, pero también estoy en deuda con tu casa.

En eso Hapuseneb tenía razón, ya que siempre había contado con el apoyo de la reina madre, quien lo había favorecido con su gran influencia desde su adolescencia, hasta convertirlo en la cuarta autoridad del clero de Karnak. Algún día Hapuseneb se convertiría en primer profeta, para regocijo de Amón y también de Nefertary.

—Tú mejor que nadie conoces el alcance de mis deseos. Nuestro padre Amón es testigo de ello, y ambos intercedemos ante él para que los haga posible.

—Su oráculo fue claro, gran reina. Yo mismo estuve presente cuando lo reveló.

Nefertary rio quedamente.

—Mi buen Hapuseneb. Tú mejor que nadie conoces los recovecos de Karnak. Lo que hoy está arriba mañana puede estar abajo.

—Forma parte de la divinidad. A veces resulta difícil desentrañar los verdaderos deseos de los dioses.

La vieja dama soltó una carcajada.

—Doy gracias al Oculto por el hecho de que sepas interpretar sus designios —dijo Nefertary—. Tengo el convencimiento de que en su momento así se lo harás ver a los demás.

—Todo se ordenará a mayor gloria de Amón, y tú, gran señora, siempre permanecerás en su memoria, y también en la de aquellos que le servimos. Siempre seré fiel guardián de vuestros pactos.

—Tú y yo conocemos el verdadero alcance de esos pactos. Mi sangre no puede circunscribirse a legitimar el linaje de unos bastardos. Algún día Hatshepsut debe ser soberana.

—Siempre consideré lícitas tus razones, mi reina, aunque para hacerlas valer no será suficiente el beneplácito de los dioses.

—Cierto. Estimo necesario doblegar la voluntad de los hombres. ¿Quién mejor que ellos mismos para hacerlo?

—Para eso será preciso erigir un templo inmune a algunas de nuestras tradiciones, en el que la sangre de Isis haga valer su condición de gran maga, en el que Hathor pueda fundir su esencia como madre dadora de vida con tu linaje. Un monumento cuyos cimientos sean capaces de perdurar durante milenios.

—Unos cuantos pilares bien elegidos bastarían, Hapuseneb.

—Levantar un edificio semejante llevará tiempo, Majestad.

—Si es voluntad de Amón dispondremos de él, aunque como muy bien sabes se alzarán muchos brazos dispuestos a destruir ese templo.

—Habrá que colocar cada piedra en su lugar por manos maestras.

Nefertary sonrió, satisfecha.

—No hay como el paso sigiloso para ocultar el verdadero camino —señaló la dama con suavidad—. Sin tu concurso nada de esto podrá llevarse a cabo, Hapuseneb.

—En mi persona encontrarás una pilastra tan fuerte como el granito de Asuán.

Nefertary clavó su mirada en la del sacerdote para atravesarlo hasta escudriñar en su corazón. Era su don, el que había recibido de la diosa Mesjenet cuando esta confeccionó su *ka* en el claustro materno. La vieja dama era capaz de leer en donde a otros les resultaba imposible, y en ese instante supo que podía confiar en aquel hombre, que la elección que había hecho hacía años era la correcta. Pensativa se arrellanó mejor en su sillón antes de continuar.

—Será preciso encontrar otras columnas tan poderosas como la tuya —dijo la reina.

Hapuseneb asintió con un gesto apenas perceptible.

—Mejor tallarlas —profirió el sacerdote, en un tono que sobrecogió a la vieja dama.

—Tallarlas —musitó esta, sorprendida.

—Sin defecto alguno. Sin posibilidad de que algún día puedan agrietarse —aseveró Hapuseneb.

—He de reconocer que tu visión me causa asombro. Tus pasos son largos como los de Orión, «el dios veloz de larga zancada»,[29] y como él, te creo muy capaz de poder mirar hacia atrás desde su esquife de papiro.

—El barquero del cielo que rema hacia las estrellas. Nunca pensé que pudieran asimilarme con Osiris, como les ocurre a los reyes difuntos, y mucho menos con Sothis, la estrella Sirio, siempre representada sobre la cabeza de Orión.

—Tu relación con la realeza es pues mayor de lo que pensabas, Hapuseneb, aunque nunca podrás transformarte en una estrella.

—Me siento lejano a pretender tal privilegio, gran reina; sin embargo, he de confesarte que me tengo por un estudioso de los cielos.

—Poder leer el vientre de Nut es una gracia divina. La bóveda celeste siempre fue un mapa en el que me resultó fácil perderme. Confío en que a ti te ayude a llevar a cabo nuestra empresa.

El sacerdote hizo un gesto de conformidad y durante unos instantes ambos permanecieron en silencio. Luego Nefertary retomó la conversación.

—Ahora debo preguntarte por el encargo que un día te encomendé.

—Alguien de plena confianza para tu familia —añadió Hapuseneb con suavidad.

—Me alegra que no lo hayas olvidado. Hoy más que nunca preciso de un hombre que sea capaz de llevar la casa de mi nieta, su hacienda, que se ocupe de sus intereses; una persona instruida que se convierta en su preceptor.

—Un mayordomo para la princesa Hatshepsut.

—Así es. Una misión difícil, sin duda, pues el elegido debe contar con tu beneplácito.

—Creo conocer a quien buscas —dijo Hapuseneb con gravedad.

Nefertary se incorporó levemente, deseosa de saber más detalles.

—Solo por intercesión de los dioses he podido dar con él. Amón lo cruzó en mi camino hace tiempo, aunque yo no haya sido capaz de reconocerlo hasta ahora.

—Háblame de él —indicó Nefertary con cierta impaciencia.

—Es un hombre muy sabio y también valiente que ha acompañado al dios en alguna de sus campañas militares.

La reina no pudo ocultar su ansiedad, ya que Tutmosis era

dado a hacer nombramientos entre sus soldados más distinguidos.

—¿Aakheperkara lo conoce?

—Sí, gran reina. Incluso llegó a distinguirlo con el oro al valor al obsequiarle con un brazalete *menefert*. Pero como te dije antes se trata de un hombre sabio. Si yo soy un estudioso de los cielos, él es todo un maestro, para quien el vientre de Nut no tiene secretos.

—¿Quién es ese hombre?

—Se llama Senenmut, y lleva a Egipto en el corazón.

24

Hatshepsut regresó a Tebas con la sensación de que, más que nunca, su destino se hallaba en manos de los dioses. Los consejos de su abuela, y sobre todo la clarividencia de esta, la llevaban a considerar la situación en la que se encontraba. En cierto modo la princesa se sentía encorsetada, tal y como si hubiese sido embalsamada en vida con un vendaje de cientos de codos del que era imposible desprenderse. El lino más puro se ceñía así a su cuerpo hasta producirle una desazón insoportable que le impedía moverse, cual si en verdad no fuera sino una momia. No había nada que pudiera hacer, y solo le quedaba encomendarse a su amantísimo padre Amón, para que este con su omnipotencia la despojara de la insufrible frazada que le atenazaba el alma. El suyo resultaba un aprendizaje demasiado doloroso como para no sucumbir pero, no obstante, su corazón de leona mantenía incólume la pequeña llama que alumbraba su voluntad para que esta no desfalleciera. Era una simple bujía que desafiaba no solo a los elementos generados por las circunstancias, sino a todo un imperio, a una civilización milenaria, a tradiciones fuertemente enraizadas que se le antojaban ciclópeas, imposibles de cambiar, y contra las que, sin embargo, debería enfrentarse, tarde o temprano, si quería salir triunfante. La princesa se veía en medio del Gran Verde, el temible mar en el que solo tenía cabida el caos, un lugar inhóspito gobernado por el iracundo Set, que zarandeaba su bajel entre un oleaje cuyas crestas, coronadas de espuma, amenazaban con engullir la nave en la que se hallaba en cuanto así se lo propusiera el sanguinario dios. Solo tenía que cerrar los ojos para escuchar el viento, y sentir como sus pies se veían perdidos sobre una cubierta capaz de desmoronarse con el primer embate del mar.

Aquella débil candela le hizo vislumbrar lo que la aguardaba: la magnitud de sus sueños, la fragilidad de su posición y la fuerza que debía imprimir a su rugido. Solo ella conocía su verdadero coraje, el de un corazón forjado por Geb en sus entrañas, en lo más profundo de la Tierra. Mientras desde su terraza veía discurrir las aguas del Nilo envueltas en la pereza, Hatshepsut tuvo el convencimiento de que cuanto intuía era real, que sus emociones surgían de la mano de los dioses y que su determinación era un ariete con el que podía abrir las puertas de cualquier fortaleza. Ella había heredado la bravura de su padre, y estaba dispuesta a declarar la guerra a aquel mundo injusto que cercenaba de manera infame su derecho a tomar un día lo que le pertenecía. Sekhmet alimentaría su rabia y Amón mantendría su ánimo inquebrantable en la lucha que le aguardaba. Combatiría al hombre hasta doblegarlo, para convertir a Egipto en la tierra que ella deseaba que fuera.

Hacía mucho tiempo que Ibu se había revelado como el pilar sobre el que la princesa se recostaba. Aquella joven le insuflaba aliento en los momentos de desesperanza, y confianza para acometer lo que parecía una locura, un sueño disparatado ante el que Hatshepsut no se rendiría jamás. Aquella misma mañana se había recibido en palacio la mala nueva: el príncipe Amenmose había pasado a la orilla occidental, y aunque a nadie extrañó la luctuosa noticia, por esperada, el luto hizo acto de presencia en las dependencias reales.

Como de costumbre Nefertary no se había equivocado pero, no obstante, Hatshepsut apenas se inmutó al enterarse del fallecimiento de su hermanastro.

—Esta tarde no veo emociones en tu mirada —dijo Ibu al aproximarse a su hermana.

Durante unos momentos ambas permanecieron en silencio mientras observaban el majestuoso río.

—Han quedado encerradas en algún lugar al que no puedo acceder —señaló la princesa con calma.

—Parece que con los años has decidido escuchar las admoniciones de Kagemni. La prudencia es ahora tu mejor consejera.

—Ya ves que me he convertido en la dama Nebtinubjet. Por fin te librarás de mis chanzas.

—Nada ocurre porque sí. Es voluntad de los dioses que tu camino sea hoy más luminoso.

—Sabes que aborrezco a mis hermanastros; sin embargo, no siento nada por la muerte de Amenmose.

—Al menos no tendrás que casarte con él.

Hatshepsut giró la cabeza para mirar a su hermana de forma extraña; luego volvió a fijar la vista en el Nilo.

—Creo que no entiendes la naturaleza del problema, Ibu. Ellos encontrarán otro príncipe. Siempre hay alguno oculto, esperando su oportunidad para sentarse en el trono de mi padre.

—Esta vez será diferente, hermana. Confía en tu divino esposo, el dios Amón, y en el gran Aakheperkara, vida, salud y fuerza le sean dadas. Se ha convertido en un faraón poderoso y te ama más que al resto de sus hijos.

—La Tierra Negra está llena de bastardos. El rey tiene harenes en las principales ciudades de Egipto —se lamentó la princesa.

—No desfallezcas. Hathor y Sekhmet están en ti.

—¡Nunca! —respondió Hatshepsut con crispación—. Solo he de encontrar el camino que me lleve hasta el lugar donde pueda derrotarlos a todos. Elegiré el campo de batalla propicio, aunque me lleve toda la vida encontrarlo.

Ibu se abrazó a su hermana y la estrechó, emocionada.

—La magia de Kemet está contigo, la percibo, poderosa y sutil, confeccionada por el mismísimo Heka. Él mantendrá alejados a tus enemigos, igual que repele a la serpiente Apofis cada noche durante el viaje nocturno de Ra. No olvides que es su gran *ka* y por ello personifica su poder —apuntó Ibu sin ocultar su euforia.

Hatshepsut asintió, complacida, pues en verdad sentía

que todo el misterio que hacía única a aquella tierra corría por sus *metus*, como sangre desbocada, capaz de hacerse presente por cada poro de su piel. Ibu tenía razón: nada ocurría por casualidad en la tierra de Egipto.

Durante la ausencia de su padre la princesa aprovechó para visitar con más frecuencia a su madre, tal y como le había aconsejado Nefertary. La Gran Esposa Real sufría su soledad con resignación, aunque en apariencia se mostrara imperturbable. Solo la princesa la inducía a sincerarse.

—Pronto regresará el dios al frente de sus ejércitos, victorioso como siempre, madre. Nunca hubo un faraón como él —dijo Hatshepsut, animosa, al observar la mirada triste de la reina. Esta asintió de forma mecánica.

—Al parecer se detuvo en Naharina para cazar elefantes, hija mía, con pocas ganas de retornar.

No pienses así. El dios volverá para estar junto a nosotras. Él nos ama.

—El amor de un soldado llena de pena su casa —se lamentó Ahmés Tasherit.

—¿Por qué dices eso?

—Ellos marchan a la guerra al son de trompetas y tambores, en busca de gloria, para probar su valentía, y mientras nosotras debemos esperar abrazadas a la angustia, aferradas a una paciencia que se vuelve frágil con el paso de los días, siempre pendientes de la llegada del emisario de Anubis.

Hatshepsut miró con pesar a su madre, pues sus palabras le llegaban cargadas de soledad.

—Odio la guerra, hija mía, y a los bravos soldados que la alimentan. Su valor solo acaba por dejar viudas y miseria para sus hijos.

—Pero... Aakheperkara vela por su pueblo. Mantendrá la Tierra Negra a salvo de los invasores. Con él no se repetirá la conquista que sufrimos por los *hiksos*, los reyes extranjeros.

—Al dios el mundo se le queda pequeño. Erigirá estelas en los confines de la Tierra si le dejan. Siempre querrá marchar un poco más allá.

—Él ama a Egipto sobre todo lo demás, madre.

—En eso llevas razón, aunque nosotras hayamos de pagar por ello. En el fondo somos tan frágiles como el resto de las mujeres que ven a sus maridos partir al combate. Da igual que Montu o Amón alienten su coraje.

—Tus palabras me entristecen, madre mía. Hablan de un Egipto que se apena por la conducta del señor de las Dos Tierras.

—Es el que queda cuando Tutmosis marcha a la guerra. Tú y yo lo conformamos. El temor, la soledad y la esperanza tejen entonces una manta con la que nos arropamos mientras aguardamos su regreso.

Hatshepsut miró a su madre cariacontecida.

—Con la partida del faraón, la Tierra Negra pierde su nexo de unión con los dioses. Kemet queda expuesta a las desgracias y todos nos sentimos abandonados —se lamentó la reina.

La princesa asintió, ya que había una gran verdad en aquellas palabras.

—Huye de la guerra, hija mía —prosiguió Ahmés Tasherit—, tanto como te sea posible. Sé que tu corazón entiende el alcance de mis juicios.

—Madre, siempre he soñado con la prosperidad de Kemet.

—Solo en la paz la encontrarás. La guerra siempre proporciona enemigos.

—La paz —musitó Hatshepsut, al tiempo que entrecerraba los ojos— forma parte de mis ilusiones, madre. Un país en el que el esplendor sea sinónimo de poder, y la risa de los dioses se convierta en nuestro mejor ejército.

A la reina se le humedecieron los ojos.

—Qué gran rey parí sobre ladrillos. Hoy más que nunca reniego de Khnum por la gran injusticia que cometió contigo.

—No hables así, gran reina, pues por algún motivo el dios alfarero quiso que ocurriera de este modo.

—Eres demasiado joven como para saber a lo que te enfrentas —se lamentó Ahmés Tasherit.

—Sin embargo, en tu corazón puedo leer la esperanza que has depositado en mí; igual que mi augusto padre, aunque se oculte bajo su máscara.

—Ja, ja. Veo que tu abuela te enseñó bien. Pero no olvides que Tutmosis es un hombre que, en ocasiones, vaga perdido por un desierto repleto de amenazas. Un paraje capaz de llegar a asustar al señor de Kemet, pues no es posible saber lo que esconden los pedregales. Él tiene miedo de descubrirlo.

—No obstante yo levantaré esos pedregales si mi divino esposo, Amón, me alienta a hacerlo.

—Lo sé muy bien, hija mía, y también que lo que encuentres te sorprenderá.

—Anhelo un país de Kemet en el que nuestras razones sean atendidas, para su mayor gloria.

—Naciste para ser señora de las Dos Tierras, Hatshepsut. Cuando te parí en el *mammisi*, la diosa Hathor susurró en mis oídos tu nombre. Ella te apadrina desde el momento en que tus ojos vieron la luz. En ese mismo instante se forjaron mis esperanzas, así como las de tu abuela. Todo Egipto se hizo eco de tu nacimiento, y los magos se miraron con temor.

—¿Temor? ¿A qué te refieres?

La reina guardó silencio unos instantes en tanto observaba a su hija; luego continuó.

—En aquella hora Kemet alumbraba una fuerza formidable, y los *hekas* de palacio me anunciaron en secreto que el mismo Thot había dictado el papiro con lo que habría de acontecer. Hechos nunca vistos que quedarían en la memoria de los hombres durante millones de años.

—¿Qué quieres decir? —inquirió la princesa, excitada.

—Todo forma parte de un enigma oculto del que tú eres la llave.

—Gran reina, mis *metus* se bloquean con tus palabras y mi corazón habla apresuradamente por mis muñecas.

Ahmés Tasherit se encogió de hombros.

—Solo Shai, el destino, podrá aclarar tales hechos. Todo en esta tierra resulta misterioso.

—Es la sabiduría de Thot la que deseo que impere en Kemet, madre, y el cumplimiento del *maat*, la justicia y el orden cósmico, desde el Gran Verde hasta la cuarta catarata.

—Si eso ocurre prométeme que evitarás el conflicto para

nuestra tierra, que abogarás porque la paz salga triunfante. Todas las mujeres de Kemet te lo agradecerán. Deja que Anubis permanezca recluido en la necrópolis. El reino del que nunca debería salir.

Hatshepsut se apresuró a abrazar a su madre. Ella le proporcionaba una visión distinta a la que sus preceptores le habían dado durante su aprendizaje, opuesta a la de su padre y cargada de sabiduría. La guerra era un monstruo al que convenía no alimentar, y la princesa no tuvo dudas del sufrimiento que acarreaba a su pueblo. Comprendió que las victorias siempre resultaban efímeras, pues a la postre nunca eran suficientes para los países conquistados.

—Sé que la grandeza de las Dos Tierras se sustenta en el *maat*. Ese es el orden que debemos guardar —dijo Hatshepsut al separarse de su madre. Esta asintió con la mirada velada.

—Recuerda siempre el nombre de la diosa: Maat. No te separes nunca de lo que representa —señaló la reina en tono enigmático.

Hatshepsut siempre se acordaría de las palabras de su madre, y de la enrarecida atmósfera que se vio obligada a respirar junto a la inseparable Ibu. Esta nunca olvidaría aquellos días, ni tampoco la evidente transformación que se operaba en su hermana. Sin poder explicárselo la figura de esta se agigantaba, como si los hechos acaecidos hubieran servido para fortalecer a la princesa. Era como si el Nilo se hubiese desbordado en su interior para cubrir todo su ser con el limo vivificador que le proporcionaría una abundante cosecha. La tierra había fructificado y Hatshepsut se mostraba más segura de sí misma, esplendorosa en su belleza, revestida de una luz que invitaba al desafío. Su voluntad parecía haber sido tallada en el granito, y su mirada había aprendido a calibrar lo que escondían los corazones. La princesa se había hecho reina, y las Dos Tierras la observaban, admiradas ante la extraña metamorfosis. Ella era una mujer, pero estaba por encima de cualquier género, como correspondía a una verdadera señora del Norte y el Sur.

25

Poco tenían que ver los sentimientos de la Gran Esposa Real con la efervescencia nacional que se vivía en Kemet. La invasión sufrida por el pueblo de los *hiksos* y la consiguiente guerra de liberación habían marcado a Egipto para siempre, dejando en el país una huella indeleble que alimentaba su fervor patriótico como nunca antes en su milenaria historia. En medio de ese ambiente regresó Tutmosis a su querida Waset, victorioso y con un cuantioso botín que vino a alimentar aún más las ambiciones de la corte. Oro, plata, lapislázuli, caballos, ganado, esclavos... Montu, el dios de la guerra, sonreía satisfecho a su pueblo al tiempo que le mostraba lo que le esperaba en aquel imperio que Tutmosis había comenzado a forjar.

Nefertary fue testigo de la euforia desatada al paso de aquel poderoso faraón guerrero, y también del profundo dolor de este por la muerte de Amenmose. La pérdida del príncipe sumió al dios en un estado de melancolía que le llevó a no celebrar los fastos previstos por su victoria. Sin embargo, el rey condecoró a sus valientes, como aguerrido soldado que era, y repartió tierras y esclavos entre los bravos. Amosis Penejbet volvió a recibir el oro del valor del soberano, en esta ocasión seis moscas y tres leones, así como joyas y piedras preciosas, por haber cortado veintiuna manos y capturado un magnífico tiro de caballos. Toda una hazaña que al faraón le gustaba reconocer públicamente, pues sentía una clara predilección por sus fieles soldados. Eran muchos los que se habían distinguido en aquella campaña de Retenu, en la que los ejércitos del señor de las Dos Tierras habían alcanzado las orillas del Éufrates, donde Tutmosis había erigido una estela conmemorativa en la cual quedaría grabada su hazaña. Entre los valientes figuraba un joven escriba cuyo brazo también había empuñado las armas y al que la reina madre deseaba ver de inmediato: Senenmut.

Nefertary midió a aquel hombre con el primer golpe de vista. La visión era tan nítida que la vieja dama se felicitó por la facilidad con la que Senenmut le mostraba su corazón, y también por el acierto que significaba su encuentro. No existía la menor duda en la lectura, y menos en las conclusiones que la reina madre sacó tras intercambiar unas pocas palabras. Aquel joven era la pieza perfecta que faltaba para llevar a feliz término la partida en la que se encontraba inmersa. Una figura que podría llegar a ser soberana, sin duda, ya que en ella convergían todo lo que necesitaba un estadista superlativo. Había verdadera sabiduría en Senenmut: lucidez, prestancia, apostura, elocuencia, reserva en el momento apropiado, perspicacia y una ambición larvada que a Nefertary satisfizo sobremanera. Nadie que no la tuviera podría tratar de gobernar el país de Kemet. La ambición resultaba fundamental para sobrevivir en palacio, y sobre todo para escalar la empinada pirámide de la jerarquía del poder, en cuyo vértice señoreaba el dios. Era lo que necesitaba Hatshepsut. Un preceptor seguro de sus aptitudes, con suficientes pretensiones como para auparla hasta la cúspide que ella merecía ocupar. Una cosa llevaba a la otra, y la vieja dama comprendió que la suerte de su nieta corría de la mano de aquel joven a quien los dioses habían bendecido al cruzarlo en su camino.

En realidad Nefertary ya lo conocía, aunque de forma somera, ya que la madre de Senenmut, la dama Hatnefer, había servido durante un tiempo en palacio, siempre a conveniencia de la casa real. El joven pertenecía, pues, a una familia conocida, aunque no aristocrática, y se había distinguido durante las guerras llevadas a cabo en Nubia, así como en la última campaña en Retenu. La reina madre conocía la gran simpatía que Senenmut despertaba en el faraón, y también las notables dotes organizativas de que había hecho gala cuando así se lo habían requerido. Su formación era la de un sacerdote y, como solía ocurrir, el joven llevaba el sello de los templos grabado en la frente, y el conocimiento en su mirada. Sus ademanes eran pausados y su palabra justa, y al observarlo detenidamente Nefertary pudo comprobar como Senenmut le abría las puertas de su corazón, sin importarle en absoluto lo que la reina quisiera ver en su interior. Él sabía que estaba siendo examinado sin incomodarse lo más mínimo, como si las sombras que pudiera poseer no fueran un obstáculo del que preocuparse. Aquella particularidad interesó a la vieja dama de forma especial. Senenmut deseaba enseñarle sus pretensiones de la manera más natural, sin hacer la menor referencia a ellas, como si intuyera que esto agradaría a Nefertary. En eso el joven no se equivocaba, y la señora se congratuló por la fineza de su juego, la altura de miras y su capacidad para ir varios pasos por delante de los demás.

De un solo vistazo Senenmut podría ver sin dificultad la situación de las piezas del tablero, y la reina madre no tuvo la menor duda acerca de las aptitudes de aquel hombre para moverlas. A Senenmut no era necesario explicarle lo que se esperaba de él y la noble dama dio gracias al divino Amón por aquel milagro y, como no, también al leal Hapuseneb por su inestimable servicio. En la figura del joven se vislumbraba mucho más que un simple mayordomo o un «padre nutricio» cualificado. Era el áncora sobre la cual su nieta podría apoyarse, el hombre que haría que sus pies se afianzaran a cada paso que dieran; daba igual el terreno que estos pudieran pisar.

La conversación resultó reveladora. Senenmut era dueño de la elocuencia, y su tono parecía medido en función de las circunstancias: cálido, amable o cauteloso, pero siempre demostrando una gran firmeza. Al cabo Nefertary tuvo la impresión de que era Senenmut quien atisbaba en su corazón mas, no obstante, el hecho de que pudiera escrutarla no le desagradó en absoluto. Los dos mantenían sus máscaras como correspondía, y ello los llevaba a entenderse sin ninguna dificultad.

Aquel día se forjaría entre ambos mucho más que un nexo producto de su mutua empatía. Había nacido una alianza que no era necesario transcribir en ningún papiro, pues nacía firmada por sus propios *kas*, sus esencias vitales, que se reconocían como parte de un designio que se antojaba divino y en el que estaba en juego el futuro de Egipto.

Toda la oscuridad que amenazaba con terminar por engullirlos se disipaba con la fuerza de un simple soplo, cual si se tratara de la última puerta que Ra, el sol, tuviera que atravesar antes de salir de nuevo al alba. La doceava hora de la noche daba paso a la luz y Nefertary fantaseó con la comparación, como si Ra Khepri, el sol de la mañana, se hallara en aquel joven al que Amón había tutelado para entregárselo en buena hora. La luz se abría camino, aunque solo la reina madre fuese plenamente consciente de ello, un pensamiento que llenó de esperanza el corazón de la noble señora e hizo que sus ilusiones galoparan a lomos del corcel más poderoso. Su experiencia la animaba a ello, al tiempo que su intuición dibujaba nuevos caminos, aún inexplorados, pero labrados a golpes de fe, la que ella misma había tenido en la herencia que su madre, la inmortal Iahotep, le dejara como el tesoro más valioso: la divinidad de su sangre. Hatshepsut era portadora de ella, y en la princesa se hallaban depositados los anhelos de toda una dinastía de heroicas mujeres que habían luchado denodadamente por llegar a ocupar el lugar que en verdad les correspondía. Era el momento de soñar con la posibilidad de que su nieta pudiera convertirse en el piramidión que completase aquella obra, y confiar en que Shai, el dios del destino, accediera a ello.

Sin duda, hubo un antes y un después tras celebrar aquella conversación. Nefertary cobró bríos renovados que la llevaron a disponer el asunto a su conveniencia. Tutmosis debía dar el visto bueno al nombramiento de Senenmut como mayordomo de su hija, y a la reina madre le resultó sencillo conseguirlo, pues conocía al dios mejor que nadie. Este se mostró sorprendido por la proposición, ya que Amosis Penejbet era sumamente apreciado por su Majestad. Sin embargo, entendió las razones de Nefertary, sobre todo por el hecho de no querer desprenderse de la compañía de su más bravo soldado para las futuras guerras que estuvieran por venir. Senenmut había demostrado con creces su valía, y de este modo el faraón accedió a su nombramiento, para gran satisfacción de las partes.

Ajena a tales cuestiones, Hatshepsut vivía recluida en su laberinto habitual. Con la tenacidad acostumbrada, buscaba con denuedo la salida que la condujese hasta la meta que se había fijado hacía ya demasiado tiempo. En compañía de su inseparable Ibu recorría los angostos corredores de la confusión, sin que la luz se dignara a hacer acto de presencia, en medio de aquella oscuridad en la que la joven se sentía aprisionada. Su mundo había terminado por llenarse de entelequias que le era imposible despejar, obstáculos contra los que su determinación nada podía, pues se alzaban difusos, como si se tratara de espejismos surgidos del desierto occidental.

Ibu reconfortaba a aquel corazón atribulado con el bálsamo de su razón. Nadie mejor que ella para aliviar las penas de una princesa enjaulada, cuyo rugido no sería escuchado por nadie. Era mejor observar la caza desde el altozano mientras restañaba las heridas del alma y forjaba futuras estrategias. Sekhmet jamás podría dejar de ser leona, y la hija de la nodriza real así se lo hizo ver a su hermana, con buen juicio, el mismo que hubiera empleado el legendario Kagemni, de quien tantas bromas hacían. En cierto modo ambas jóvenes vivían apartadas de la realidad, prisioneras, sin duda, en aquel laberinto que amenazaba con terminar por devorarlas. De una u otra forma sus destinos iban parejos, e Ibu pensaba que su existencia no se parecería en nada al del resto de las mujeres de su tierra. A su edad la mayoría ya habían sido madres por segunda vez, y en pocos años la vejez vendría a hacer acto de presencia, para obligar a Ibu a recapitular acerca de cómo había sido su vida. En esta no había habido lugar para el amor, y dudaba de que lo hubiera algún día, pues era consciente de que el laberinto en el que se encontraban no le permitiría acceder a aquel sentimiento. El pecho que había compartido con Hatshepsut había terminado por decidir su futuro, y solo le quedaba pintarlo con los colores de la esperanza, allanar cada uno de los corredores en los que estaban atrapadas para convencer a la princesa de que, detrás del siguiente recodo, podrían encontrar la claridad, una luz que las condujese a la liberación, un anhelo que parecía imposible y que, no obstante, una mañana de invierno se cumplió.

Ibu jamás olvidaría ese día, cómo podría, ni la impresión que le causó aquel joven, de aire distinguido y majestuoso porte, al entrar en la estancia en compañía de la reina madre. Era un hombre apuesto, sin duda, ataviado con un vestido de lino blanco, inmaculado, que engarzaba en el pecho, como acostumbraban a hacer los altos cargos del estado. Apenas llevaba abalorios, tan solo el brazalete *menefert* de oro que le había regalado el faraón, como si cualquier otro adorno se hubiera tratado de una fruslería. Aquel individuo dejaba traslucir serenidad y un aplomo sorprendente, sin necesidad de decir una sola palabra. Resultaba inútil no reparar en él, y cuando se aproximó hacia donde se encontraba, junto a la princesa, Ibu tuvo la sensación de sentirse empequeñecida, insignificante, sin acertar a saber el porqué. A la joven se le ocurrió que el sol se hacía más brillante, y que la fría mañana se tornaba cálida y la luz entraba a borbotones. Él solo era capaz de acaparar la atención en aquella sala, como si formara parte de algún extraño sortilegio, pues hasta Nefertary parecía estar atrapada por el magnetismo que desprendía aquel individuo. Al hacer las presentaciones, la reina madre empleó un tono inusual para con un plebeyo, de profundo respeto, y hasta su voz pareció quebrarse al decir su nombre: Senenmut.

Hatshepsut se enamoró de él en cuanto sus miradas se cruzaron. Era una sensación desconocida que la invitaba a asomarse a un abismo en el que podía observar su propia fragilidad. Ningún preceptor la había educado para esto y, al escuchar por primera vez la llamada del amor, la princesa abrió una puerta dentro de sí por la que entró la luz para inundarla por completo. En su interior todo cobraba una nueva dimensión, y por algún motivo que no llegaba a entender todas sus angustias pasaron a un segundo plano, quizá olvidadas, como si ya no tuvieran la menor importancia. Su propio carácter, en tantas ocasiones altivo, y su determinante ambición desaparecían por aquel abismo cual si ya no los necesitara al haberse convertido en una criatura diferente. Su *ba* solo tenía ojos para aquel hombre y su *ka* corrió en su búsqueda para empaparse con su esencia vital, para saber quién era en realidad el extraño que le había robado el corazón. Solo un dios podía moverse como él, mostrar aquellos ademanes y el inusual poder que parecía emanar de su persona. Todo era natural en Senenmut, y no obstante Hatshepsut pudo adivinar al instante su complejidad.

En realidad, la princesa apenas reparó en su tez morena, su cabello oscuro y sus armoniosas formas. Los ojos del escriba la habían hecho prisionera, como si poseyeran un imán formidable de cuyo influjo resultaba estéril librarse. Eran negros como la noche más profunda, grandes y cargados de magia. Resultaba difícil poder mantenerle la mirada, y, sin embargo, Hatshepsut hacía ímprobos esfuerzos por sostenerla. Sin duda, sus *kas* se habían reconocido, y ello la llevaba a indagar en el alma de aquel extraño. Quería saberlo todo sobre él, así como el tipo de prodigio que se había obrado en su persona para que su corazón hubiera saltado en pedazos con solo la primera mirada. Todo formaba parte del misterio, y aquella idea llevó a la princesa a atisbar aún más en el *ba* del joven. Había un poder oculto que ella podía sentir, una fuerza que la hizo estremecer y no acertaba a comprender. Ella era esposa del divino Amón, por sus *metus* corría sangre de reyes, y no obstante se veía empequeñecida por aquel hombre al que no conocía y del que se había enamorado perdidamente. Allí no había lugar para la razón, ni juicio alguno al que poder aferrarse; Hathor la había hechizado, y ella nada podría contra la diosa.

Cuando escuchó su voz por primera vez, el embrujo dio pie al embaucamiento. Él hablaba con un acento perfecto y en un tono que invitaba al abandono. No había duda: Thot, el dios de la sabiduría, se hallaba en aquel hombre para iluminarle con la frase justa, con la exposición adecuada, para favorecerle con su clarividencia. Las palabras entraron por los oídos de la joven como cuchillos, directos al corazón, para atravesarla sin remedio, para esclavizarla a un sentimiento que nacía dispuesto a devorarla. Era una emoción contra la que no podía luchar. Con su verbo, Senenmut hacía saltar por los aires cualquier fortaleza en la que la princesa pudiera refugiarse, como si se tratara de un poderoso ejército a las órdenes de un mago. No había arma como aquella para conquistar el amor de una mujer, y Hatshepsut no tuvo dudas de que su suerte estaba echada, que aquel extraño, diez años mayor que ella, había llegado a su vida para quedarse, para impregnarla con su misterio.

Al mirar de nuevo a los ojos de aquel hombre, Hatshepsut comprendió de dónde procedía su magia. Las Dos Tierras respiraban por cada poro de la princesa, pero él iba mucho más allá, pues las guardaba dentro de sí. Senenmut era Egipto; todo su conocimiento y enigmáticos misterios se hallaban en él, cual si llevara milenios caminando por el país de Kemet. Entonces lo entendió todo; Amón había escuchado sus ruegos y con su aliento había cruzado a Senenmut en su camino. Él era un enviado de los dos mil dioses que custodiaban aquella tierra, y Hatshepsut decidió dejarse llevar, para precipitarse al abismo al que se había asomado, sin temor alguno a cuanto pudiese encontrar, pues lo hacía aferrada a un hombre que parecía ser dios de la Tierra Negra.

26

Egipto cambió de escenario y durante semanas Hatshepsut tuvo el convencimiento de que los colores de su tierra adquirían una viveza inusitada. Como ya le ocurriera una vez, los verdes le parecieron más verdes, y el desierto rabiosamente amarillento. Solo el río mantenía su habitual paleta de contrastes, dependiendo de la luz, pues por algo era soberano. Hapy siempre mostraba su verdadera naturaleza y desde las profundidades de su reino se sonreía al observar la felicidad de la princesa, y lo radiantes que podían llegar a ser para ella los días cuando el amor hacía acto de presencia. En realidad, todos los dioses sentían perplejidad y hasta curiosidad ante el hecho de que Hatshepsut se hubiese enamorado. Hathor había jugado una mano maestra, ya que no eran pocas las divinidades que pensaban que la joven no era proclive a la compañía del hombre. En un país en el que la sexualidad era algo natural, y la virginidad de la mujer una condición que no existía más allá de los doce años, que con dieciséis se continuara siendo doncella no dejaba de suponer un hecho inusual y ciertamente curioso, aunque en aquel caso a ninguna divinidad le extrañara en absoluto. La princesa poseía su propia vara de medir y esta resultaba inflexible. Hatshepsut se sentía verdaderamente una diosa en un mundo demasiado mortal como para detenerse a pensar en entregarse. Solo lo haría ante quien le mostrase una esencia en la que ella misma pudiera reconocerse, algo, sin duda, harto difícil, pues la princesa estaba convencida de que tal posibilidad no existía.

Sin embargo, y más allá de aquellas consideraciones, la naturaleza de la joven era apasionada donde las hubiera; su fuerte carácter e impetuosidad no eran más que la antesala de una pasión que permanecía aún adormecida a la espera de que alguien la despertara. El rugido de la leona, intrínseco a la personalidad de la princesa, era una muestra de lo que cabía esperar de aquel temperamento indómito, y tan sensible como lo pudiera ser el de la dama más dulce.

Sin duda, los dioses se congratularon al observar a Hatshepsut comportarse como lo haría cualquier mujer enamorada. Era su primera vez, y al principio hizo ímprobos esfuerzos por sobreponerse a una situación que se veía incapaz de controlar. La princesa luchó con denuedo para alejarla de su corazón, e incluso imploró a Amón su intervención para apartar a aquel hombre de sus pensamientos, pero todo resultó en vano; la profunda mirada del joven siempre terminaba por hacer acto de presencia para dominar su voluntad. Solo le quedaba refugiarse en el consuelo de su hermana, quien parecía disfrutar mucho por lo que le ocurría.

—No sé qué hacer. Me encuentro atada por mi posición, y no digamos por mi inexperiencia. Todo parece obra de Bes, el borrachín enredador, que ha decidido divertirse a mi costa.

—Ja, ja. El buen dios Bes poco tiene que ver. Esto es obra de Hathor en persona, la diosa a la que tanto amas, y no hay mal alguno en lo que sientes.

—¿Acaso no te das cuenta del alcance de esta catástrofe? Soy la primogénita del dios, y ese hombre un plebeyo con quien apenas he cruzado palabra.

—A veces los dioses tienen criterios distintos a los nuestros a la hora de otorgar la nobleza.

—Se trata de una locura, Ibu. Todos los genios del Amenti se han apoderado de mi corazón para torturarme. No tengo dudas de ello.

—Ja, ja. Poco tiene que ver el Inframundo con lo que te ocurre. Tu sentimiento es grato a los dioses.

—¿Cómo puedes decirme eso? No posees experiencia en el amor.

—En eso tienes razón; pero yo en tu caso no renegaría de tu sentimiento.

—Creo que me volveré loca. Una parte de mí se resiste a la otra, hermana mía. Me siento perdida. Además, quizá él no me ame.

—Eso es imposible.

—¿Tú crees? Es un hombre reservado. Estoy segura que nunca se atrevería a cortejarme.

—Pero tú si podrías, hermanita. Estoy convencida de que ya pensaste en cómo hacerlo.

En este punto Ibu se encontraba en lo cierto. Hatshepsut se pasaba las noches en vela, en busca de una salida que satisficiera tanto a sus deseos como a su condición de princesa, sin encontrar la solución.

—Dicen que en el amor todo es sencillo. Si Hathor se encuentra detrás de él, te mostrará el camino con facilidad. Ella ordena las circunstancias cuando bendice a los amantes. Te guiará como corresponde —aseguró Ibu.

Aquellas palabras estaban bien, aunque, al ser tan resuelta e impetuosa, la joven se desesperara por encontrarse ante un parapeto que no sabía cómo saltar. Se trataba de un obstáculo al que parecían añadir cada día nuevos ladrillos, ya que, como mayordomo, Senenmut acudía con frecuencia ante su presencia a fin de gobernar su casa como correspondía. En cada ocasión, su figura parecía agigantarse un poco más a los ojos de la princesa, quien descubría nuevos matices en aquel misterioso individuo que la subyugaban sin remisión.

No fue necesario mucho tiempo para que Hatshepsut se percatara de la verdadera valía de su nuevo preceptor. Este parecía poseer una velada influencia sobre Tutmosis, quien escuchaba con atención las palabras del mayordomo por considerarlas sabias. De este modo, con habilidad, el joven comenzaría a asentar los cimientos del templo que deseaba levantar, y sin que Hatshepsut fuese plenamente consciente de ello Senenmut se convirtió en su principal valedor.

La primera prueba de ello vino de la mano del propio dios, quien decidió que era el momento de completar el viaje que se había visto obligado a suspender por causa de su campaña en Retenu. De nuevo Hatshepsut era la elegida para acompañarlo, un hecho que volvió a adquirir una gran significancia.

De esta forma padre e hija partían otra vez hacia el Delta, ante el regocijo de Hatshepsut y el estupor de una buena parte de la corte. Nadie se atrevía a conjeturar lo que escondía el corazón del faraón, y menos Ineni, que se mantenía más hermético que de costumbre. El visir leía con facilidad la ambigüedad en la que se había instalado el dios y la conveniencia de evitar las imprudencias. Era preciso conocer el terreno que pisaba, y por tal motivo vio la necesidad de rehuir la compañía de Mutnofret hasta estar seguro del rumbo que tomaría el país de Kemet.

En esto el *tiaty* poco se equivocaba, ya que la muerte de Amenmose había sumido a Mutnofret en un estado de desesperación como no se le conocía. Su humor, proclive al enfado, desataba tempestades a la menor oportunidad, y hacía que la reina apenas abandonara sus estancias, recluida en su pena y amargura. Como en otras ocasiones había intentado entrevistarse con el visir, el principal apoyo para su causa, pero este se había disculpado esgrimiendo razones de estado y, sobre todo, la necesidad de atender el importantísimo encargo que le había hecho Tutmosis, nada menos que erigir dos obeliscos en Karnak.

Naturalmente, Nefertary estaba al cabo de cuanto ocurría. En su opinión el cielo de Tebas nunca se había visto tan despejado, e incluso el azul le parecía más puro y el aire especialmente nítido. Por un momento los obstáculos habían desaparecido, aunque no albergara ninguna duda de que quedaran muchos movimientos por hacer en aquel tablero. El mismo Senenmut se había iniciado en la partida, y con su primera jugada había alentado al dios a que retomara sus antiguas intenciones y presentara a Hatshepsut en los templos del norte. La vieja dama no pudo sino felicitarse por la habilidad del nuevo mayordomo, al tiempo que pensaba en la profunda impresión que este había causado en su nieta. Saltaba a la vista que la princesa se había enamorado, y esta circunstancia llevó a la gran señora a considerar las repercusiones que pudiese traer un hecho semejante. La cuestión no era sencilla de calibrar, pero su intuición le decía que tras aquel sentimiento podrían generarse aspectos que resultarían muy favorables para la princesa. Era obvio que el mayordomo se había abstenido de mostrar cualquier tipo de inclinación hacia la primogénita real, y que las referencias de aquel hombre lo definían como un individuo de moral elevada, interesado en la búsqueda del conocimiento, y que aún permanecía soltero. Sin embargo, Nefertary conocía de sobra el felino que habitaba en su nieta. Esta se había convertido en una joven de gran belleza, e imaginaba sin ninguna dificultad hasta dónde podía llegar la princesa cuando estaba interesada en conseguir algo. La reina madre había vislumbrado cuál podría llegar a ser el futuro escenario, y decidió no entrometerse en el papel que la joven quisiera representar en aquella obra.

El día de la partida, Waset despidió al cortejo real con la solemnidad acostumbrada. Aquella mañana Hatshepsut volvía a embarcar en compañía del faraón como lo haría un príncipe corregente, y en esta ocasión, desde la cubierta, la princesa dirigió su mirada a cuantos nobles habían acudido a los muelles reales, con el gesto altivo y deslumbrante de belleza, como correspondía a una auténtica esposa del dios. Había verdadera dignidad en su porte y una gracia que parecía surgir de la esencia divina que aseguraba poseer. Cuando la embarcación se separó del malecón, Hatshepsut volvió la cabeza hacia el río, para acto seguido perder la vista en la distancia, en el lejano norte que la aguardaba, aguas abajo, para mostrarle sus templos y el poder de unos dioses que ansiaban conocerla.

Senenmut estudió la escena con detalle. Todo había discurrido según lo esperado, con el protocolo habitual. Nada se dejaba al azar en el país de Kemet, y por ello cada gesto de despedida o mirada tenía su significado. Él nunca olvidaría la que le dirigió la princesa, la dueña de la casa a la que servía, ni el efecto que le causó. Supo al instante lo que significaba y sin proponérselo entrevió las consecuencias. Él era un hombre de los templos. A ellos se había dedicado, sin otro interés que acaparar todo el saber que estos acumulaban. Las mujeres solo habían estado de paso por su vida, para conducirle hasta un escenario imposible que había tardado en olvidar. Pero conocía el mensaje que encerraban sus miradas, y lo que estas podían provocar.

Mientras observaba como la flota real navegaba hacia la corriente que les llevaría río abajo hasta Menfis, Senenmut fue capaz de visualizar todo lo que escondía aquel viaje. Eran muchas las lecturas que podían extraerse, aunque fundamentalmente había una que al mayordomo le parecía meridiana: el faraón huía hacia el norte, probablemente de sí mismo, de su carácter a veces dubitativo, medroso en determinadas cuestiones. Senenmut lo había intuido hacía tiempo, y se había valido de ello para aprovechar su proximidad al dios y a su casa para insinuar con habilidad su consejo. En gran medida el mayordomo había terciado en la organización de aquella travesía, de manera sumamente discreta, pero a la postre harto convincente. Había leído con tanta facilidad en el corazón del señor de las Dos Tierras, que podía prever sin dificultar el devenir de los futuros acontecimientos. No tenía ninguna duda; detrás del valor y espíritu guerrero del gran Tutmosis se ocultaba el temor, un temor a romper las barreras que se le oponían para llevar a cabo lo que en realidad deseaba, a desprenderse de sus terribles ataduras, las que le encorsetaban y le hacían aferrarse a unas tradiciones que le maniataban y de las que nunca sería capaz de liberarse.

Aakheperkara navegaba hacia el Delta en compañía de su vástago más preciado, como era su deseo, sabedor de que su gesto era grato a los ojos de los dioses y su elección la más acertada. Su hijo mayor, el príncipe Amenmose, había fallecido y, en cuanto a Uadjemose, las noticias que llegaban de la ciudad de Nejeb, donde permanecía recluido en compañía de sus «padres nutricios» no podían ser más desalentadoras, pues el príncipe vivía inmerso en un mundo paralelo, rodeado de extrañas visiones, del que le resultaba imposible salir. Al faraón solo le quedaba otro varón en la línea sucesoria. Un niño de apenas siete años que llevaba su mismo nombre, con grandes problemas de comprensión mental.

De ese modo Hatshepsut se presentaba a los ojos del dios como la única opción sensata para la sucesión, la que podía garantizar su linaje tal y como el faraón deseaba. En realidad Tutmosis había asistido admirado, durante los últimos tiempos, a aquella transformación de la que tantos se hacían eco. La princesa, más allá de su gran belleza, se había convertido en un personaje digno de tener en cuenta, pues en ella se aglutinaba todo cuanto era grato a los ojos de los dioses y unas cualidades innatas para gobernar a los hombres. Tutmosis se maravillaba de todas aquellas virtudes y no albergaba duda alguna sobre las capacidades de su querida hija, a quien amaba sobre todo lo demás.

Senenmut conocía todos estos detalles y estaba seguro de que aquel viaje por el Delta llenaría de nuevos sueños el corazón de Hatshepsut. El faraón presentaría a la princesa a todos los cleros de Egipto, como haría con un corregente, pues era lo que su *ba* deseaba, su verdadero anhelo. Sin embargo, el mayordomo dudaba de cuáles podrían ser las consecuencias de semejante aventura, así como del resultado final de aquella apuesta. El dios Thot le había otorgado una mente extraordinariamente lúcida, y Senenmut tenía sus reservas acerca de la decisión que por último pudiera tomar Tutmosis. Era el momento de reflexionar, de prepararse para obtener ventaja.

27

Hatshepsut retomó sus ilusiones donde las dejara hacía apenas dos años. Menfis volvió a recibirla como antaño, y en esta ocasión la princesa se dio un baño en su propia majestad para mostrarlo sin pudor a la capital de la muralla blanca. Inebhedj, que así se llamaba desde antiguo, se rindió ante el aura irresistible que parecía emanar de la joven, al tiempo que se felicitaba de que su tríada divina, Ptah, Sekhmet y Nefertum, se unieran místicamente al faraón y a su hija, como era costumbre con quien gobernaba la tierra de Egipto. Fueron días en los que se oficiaron los ritos más sagrados para gran satisfacción de la ciudad, sorprendida por el profundo conocimiento que demostraba Hatshepsut en todo cuanto tenía que ver con el culto a los dioses. Tutmosis no se recataba a la hora de vanagloriarse de la figura de su hija. «Su resplandor es el de un dios, y su brazo poderoso», decía públicamente sin ocultar el orgullo que sentía. Las gentes asentían, convencidas de que la palabra del dios era infalible, y en las calles se hicieron lenguas acerca de la belleza y valía de la primogénita del rey.

Instalados en el palacio que Tutmosis poseía en la capital, la familia real recibió el reconocimiento de esta, entre agasajos sin fin. Hubo grandes celebraciones en las que la princesa tuvo ocasión de hacer gala de su naturaleza divina y gran agudeza. El Egipto más rancio daba la bienvenida a Hatshepsut para cumplimentarla como haría con un verdadero dios, tal y como si se tratara de la señora del país de Kemet. El *ureus* estaba sobre su cabeza, y la joven pudo paladear lo que por derecho le correspondía, aquello que durante tanto tiempo llevaba esperando. Por fin Shai mostraba el horizonte con el que Hatshepsut siempre había soñado. No existía licor más embriagador, y junto a Ibu la princesa se entregó a él para beber hasta la última gota.

—Nunca me cansaré de escanciar lo que tantas veces terminó por convertirse en quimera —aseguraba la princesa a su hermana antes de caer rendida en el lecho.

Ese era el sentimiento que embargaba a Hatshepsut, e Ibu no tuvo duda de que los buenos propósitos de Tutmosis no eran nada comparado con la magnitud de los anhelos de su hermana. El faraón que había en ella no se conformaría con portar un simple *ureus*. La princesa aspiraba a un escenario grandioso, a un Egipto nunca visto en su milenaria historia, cuyo brillo haría palidecer a los tiempos pretéritos, pues incluso las gigantescas pirámides se arrodillarían ante ella para mostrarle su pleitesía. Así era Hatshepsut, una mujer con el corazón de mil guerreros, nacida para combatir hasta el final.

Pero Ibu sabía que una sombra atormentaba a la princesa de forma particular. Por las noches, al retirarse a sus aposentos, cuando la música del boato y las alabanzas se apagaban, una imagen surgía desde lo inesperado para ligar molestos nudos en el estómago de la princesa y angustiar su alma como si se tratara de una pobre penitente. De pronto aparecía él, y no había nada que Hatshepsut pudiera hacer por evitarlo.

—¿Cómo es posible, Ibu? ¿Qué tormento es este?

—Es el mensaje de Hathor, lo sabes muy bien. En el amor la diosa es soberana. Es mejor que la escuches.

—No puedo quitármelo del pensamiento —se lamentó la princesa—. Viene a mí al primer descuido, sin previo aviso, para colmarme de ansiedad.

—Al parecer se trata de una enfermedad que sufren los enamorados, aunque en esta ocasión no sea Sekhmet quien la envíe, ja, ja.

—Ya me lo supongo —dijo Hatshepsut al tiempo que esbozaba una mueca de frustración—. Pero... debe haber algún tipo de hechizo que me devuelva la sensatez. Quizá alguno de los *heka* de palacio pueda ayudarme.

—Ja, ja. No es tu corazón el que habla, sino tu altivez de princesa. El no ser dueña de la situación es más de lo que puedes soportar. ¿Me equivoco?

Hatshepsut negó con la cabeza.

—Tienes razón, Ibu. Me siento desarmada, indefensa.

—Lo que dices son palabras vacuas, hermana. Tú no tienes ninguna intención de luchar.

La princesa miró a Ibu como si estuviera desorientada.

—A mí no me engañas. Decidiste entregarte a él desde el primer momento. Vuestros *kas* se reconocieron. Tú sabes bien lo que eso significa.

—Es cierto. Me precipité al abismo en cuanto él me lo pidió —volvió a lamentarse Hatshepsut—. Estoy a su merced.

Ibu lanzó una carcajada.

—En verdad que cuando te lo propones eres exagerada, hermana. ¿A su merced? Más bien es el mayordomo quien corre peligro. Una pena, pues parece un hombre extraordinario.

La princesa frunció el ceño.

—No pongas esa cara —continuó Ibu—. Espero que la Sekhmet que hay en ti se convierta en esta ocasión en la diosa Bastet, ja, ja.

—Eres perversa. Una dulce gatita que cuide del hogar, de su prole. ¡Qué disparate! Nunca he sentido demasiada devoción por Bastet.

—Eso lo sé muy bien. Me temo que Sekhmet vuelva a hacer de las suyas.

—Déjate de bromas —añadió la princesa, con fastidio—. Deberías ayudarme a vencer esta situación.

—Está bien. Volveré a convertirme en la dama Nebtinubjet para devolverte la sensatez. Aunque no creo que sea necesario.

Hatshepsut permaneció en silencio, abstraída en sus pensamientos.

—Cuando cierro los ojos cada noche —dijo al cabo—, me encuentro con los suyos, negros e insondables, pero poderosos en su mirada, una mirada que me desarma por completo. En ese momento quisiera ser absorbida por su magia, para saber qué es lo que se esconde dentro, para empaparme con el misterio que estoy segura que guarda bajo mil cerrojos. Es ese misterio el que me ha atrapado y contra el que no tengo defensa.

—Quizá seáis almas gemelas.

Hatshepsut no dijo nada y al momento pensó en la pasión que se había despertado en ella desde hacía algunas noches. Por vez primera se imaginaba en brazos del amor, tal y como ella siempre había deseado que fuera, en compañía de un hombre al que apenas conocía y con cuyas caricias, no obstante, fantaseaba. Sin poder evitarlo, el deseo se había abierto paso en ella con la fuerza de su indómita naturaleza, para terminar por consumirla un poco más cada noche, sin saber cómo librarse de aquel padecimiento.

—Hathor se muestra cruel conmigo —musitó la princesa.

—No digas eso. La diosa ha sido generosa. Solo tuvo que tocarte el corazón para que despertaras de otro sueño que ya duraba demasiado tiempo.

Hatshepsut miró con picardía a su hermana, pues que ella supiera Ibu no había conocido varón aún. Esta leyó la mirada al instante.

—Me temo que Hathor y yo no andemos en buenos términos, ja, ja.

—Deberías ofrecerle algún sacrificio, o te castigará —señaló la princesa con sorna.

—Ya veo. Quieres que experimente tu sufrimiento. Que anhele a mi amante cada noche. Que su recuerdo me haga dar traspiés a cada momento.

—Quiero que te haga volver a nacer.

Aquel tipo de conversaciones se hicieron habituales entre ambas hermanas. Eran jóvenes, repletas de ilusiones, aunque se mostraran cerradas a la vida que les correspondía por distintos motivos. El amor les parecía haber sido vetado por diferente causa, a una por ser princesa y a la otra por haber sido designada por los dioses para cuidar de ella. Cada noche sus corazones se sinceraban y Hatshepsut hacía ver a Ibu que su ilusión no surgía del capricho, que se mostraba mucho más real de lo que hubiera deseado, que la débil bujía había terminado por convertirse en una llama demasiado poderosa como para poder apagarla. Hatshepsut no podía engañarse, aquel hombre, que de improviso había irrumpido en su vida, traía con él los parabienes de los dioses, el beneplácito de Hathor, quien de algún modo parecía haberlo preparado todo a su conveniencia, sin importarle lo más mínimo la opinión que tuvieran los mortales.

Ibu vivió aquella situación como si también fuese un poco suya. En el fondo era una mujer romántica, aunque pocas veces dejara traslucir sus emociones en ese sentido. Parecía como si ella misma se hubiese autoeducado para llevar a cabo una misión que, estaba convencida, procedía de la voluntad de los dioses. Su vida pertenecía a Hatshepsut y estaba segura de que no tenía derecho a comprometerla por causa de egoísmos personales. Simplemente, no había lugar para el amor en su existencia y ello la condicionaba en su vida diaria, para hacer que se mostrase cohibida y, en innumerables ocasiones, inaccesible. No obstante sus juicios solían ser certeros, y los consejos para con su hermana nacían de su corazón con los mejores propósitos. El que algún día Ibu se abriera al amor era todo un enigma, un misterio más de los muchos que envolvían a la tierra de los faraones.

Como dama de compañía sentada a la derecha de Hatshepsut, Ibu acompañó a su hermana por todos los templos del Delta a los que Tutmosis decidió conducirla. La joven siempre recordaría la impresión que causó en la princesa la visita efectuada al dios Atum en Hiliópolis. Atum era el demiurgo por excelencia, y su culto solar un reconocimiento necesario para todo aquel que quisiera convertirse en señor de las Dos Tierras. Aakheperkara no dudó en absoluto en presentar a su amada hija como su heredera, y los sacerdotes de la ciudad de On, Heliópolis, colmaron de bendiciones a la primogénita en tanto aseguraban que el dios creador de toda vida alababa la elección hecha por el faraón para sucederle.

En la ciudad de Buto, la diosa Uadjet salió a recibir al cortejo real para dar muestras, una vez más, de su compromiso. ¿Acaso la diosa cobra, junto con su contrapartida del sur, el buitre Nekhbet, no conformaban el *ureus* que protegía al monarca? La verde, que era lo que significaba Uadjet, representaba a la corona del norte, y como tal se apresuró a dar la bienvenida a aquella princesa a quien estaba decidida a tutelar. Uadjet simbolizaba al ojo izquierdo de Ra y era la encargada de escupir fuego a los enemigos del faraón. Hatshepsut sentía su naturaleza liviana como nunca, cual si su esencia carnal solo fuese un recuerdo con el que apenas mantenía algún vínculo. Los dioses así se lo hacían ver y tan solo el recuerdo de Senenmut mantenía vivas las pocas ataduras mundanas que aún conservaba. Su meta se hallaba entre las estrellas circumpolares, con las que algún día estaba decidida a compartir la eternidad.

Junto a su divino padre, la joven recorrió todos los centros de culto de los grandes dioses; primero en el norte, y luego en el Alto Egipto, donde visitó a su amantísima Hathor, a Montu y al caprichoso Khnum, señor de la primera catarata, a fin de que le enseñaran los caminos que debía recorrer y le mostraran su beneplácito para poder convertirse algún día en el Horus reencarnado.

Cuando, de regreso a Tebas, Hatshepsut vio de nuevo la dársena atestada de autoridades locales y los muros de Karnak elevándose a sus espaldas, la princesa no tuvo duda de que volvía a su amada Waset convertida en otra persona, un ser divino, alumbrado por todos los dioses de Egipto, que se había despojado de todas las mezquindades que tanto la habían afligido. En su vida ya no cabía la cicatería, que de forma sistemática se había encargado de martillear sus sueños. Estos corrían libres, dispuestos a materializarse, sin las ataduras de antaño. Por algún extraño motivo Hatshepsut se sentía más luminosa, y mientras el *Halcón*, la nave real, se aproximaba a los muelles, la princesa fantaseó con el hecho de que su figura sobresaliera sobre las demás, incluida la de su padre, y que toda la nobleza quedara extasiada ante la visión que les regalaba el Nilo, de cuyas aguas ella creía surgir.

Bien plantada en la cubierta, la princesa imaginó la impresión que causaría su figura, totalmente transformada, entre los grandes del reino, y sin poder evitarlo buscó con la mirada al hombre que había atormentado su alma durante tantas noches. Por fin se reencontraría con él, sin saber el efecto que le produciría volver a hallarse en su presencia. De improviso todo se le antojó tan inseguro como pudiera serlo un acertijo. El suelo se volvía movedizo, igual que si se tratara de los pantanos que había visitado en el Delta; mudables, volubles, como en tantas ocasiones ocurría con el amor. Entonces su pulso se aceleró para volver a verse derrotada por el anhelo. Hathor mordía con saña su corazón hasta hacerlo sangrar, pues su herida era profunda. No había *sunu* en Egipto capaz de curar su mal, y mucho menos de aliviar su zozobra, y conforme la nave se acercaba al punto de atraque, Hatshepsut notó como la ansiedad volvía a formar molestos nudos en su estómago al tiempo que la incertidumbre se apoderaba de ella.

Cuando por fin lo vio, la princesa cerró los puños en tanto pugnaba por no desprenderse de su máscara. Allí estaba, erguido sobre el pantalán, envuelto en su particular frazada tejida por el misterio, cual si se tratase de un ser venido de otro mundo que nada tenía que ver con el resto de la corte que había acudido a recibirlos. Hatshepsut no tuvo ninguna dificultad en sentir de nuevo su magnetismo, su enigmática mirada para la que no parecían existir las fronteras. Él era el dios de aquellos muelles y, al considerar semejante pensamiento, la princesa supo que estaba irremediablemente perdida y que una nueva estrella había surgido de los cielos para precipitarse sobre su persona. Se trataba de un lucero deslumbrante, capaz de provocar la ceguera y que, no obstante, alumbraría cada paso de aquel que tomara su mano. No existía luz en la Tierra Negra que se le pudiese comparar, y Hatshepsut no pudo por menos que elevar sus loas a la bóveda celeste, a la eterna Nut, de cuyo vientre se había desprendido aquel astro que había decidido convertirse en hombre.

Mucho antes de poner un pie en el enlosado del puerto, el *ka* de la princesa ya había desembarcado para reunirse con su mayordomo, para empaparse con su esencia vital, a la que parecía conocer desde el principio de sus días. Resultaba extraño y al mismo tiempo un acto natural para el que no existía una explicación razonable. Todo nacía de su yo más profundo, y era imposible que este se aviniera a contestar preguntas que a nadie le correspondía formular. Solo cabía aceptar aquel ensueño, si acaso cerrar los ojos para sentir como aquellos dos *kas* volvían a reconocerse, jubilosos, a la vez que intentaban unirse cual si pretendieran conformar uno solo. Thot no había inventado ninguna palabra que definiera semejante prodigio, o puede que hubiese quedado olvidada en la penumbra de algún templo, escrita en un viejo papiro con la tinta que solo reservaban los milenios para el amor de los dioses. No había otra explicación, y cuando Hatshepsut salió de su embeleso para volver a fijar su atención en Senenmut, encontró de nuevo en él su profunda mirada, esta vez bañada con el cálido color de la esperanza de quien aguarda la llegada de una diosa, y una sonrisa revestida de arcanos misterios.

SEGUNDA PARTE

EL HOMBRE DEL SUR

1

Senenmut había venido al mundo en la ciudad de Iuny, Hermonthis, a finales del reinado del libertador Amosis, en el seno de una familia humilde, pero impregnada de un ferviente orgullo patriótico. Sus ancestros habían participado en las terribles guerras mantenidas contra el invasor *hikso*, y su abuela, Sat Djehuty, le relataría desde bien pequeño las encarnizadas luchas que tuvieron lugar hasta lograr expulsar definitivamente de Egipto a los reyes extranjeros. También le hizo comprender el lugar en el que había nacido, apenas dos *iteru*, unos veinte kilómetros, al sur de Tebas, una tierra santa que se hallaba consagrada a Montu, el dios de la guerra tebano, de la que habían salido los más valerosos soldados que sirvieron a los príncipes guerreros de la decimoséptima dinastía.

A pesar de sus modestos orígenes, la familia de Senenmut era orgullosa y muy bien considerada. Su padre, Ramose, había llegado a ostentar el cargo de magistrado en su ciudad, y su madre, llamada Hatnefer, había estado durante algún tiempo al servicio de la casa de la Gran Esposa Real como nodriza, aunque el único título del que siempre se vanagloriaría sería el de *per nebet*, «señora de la casa», con el que proclamaba orgullosa que no hubiera existido ninguna otra esposa en la vida de su marido. A la dama todos la conocían familiarmente por el nombre de Tiutiu, y su vientre procrearía nada menos que a seis criaturas, todas sanas y con los mejores auspicios, lo que no dejaba de ser un milagro para una tierra en la que existía una gran mortalidad infantil. Tiutiu nunca sintió el extendido miedo al embarazo que había en Kemet, ni temió en ningún instante por su vida durante el parto, momento este que tantas muertes traía aparejadas. Aseguraba que las diosas Mesjenet y Renenutet, relacionadas con los nacimientos, se le habían aparecido en sueños durante su adolescencia para transmitirle su favor, y que la divinidad con aspecto de hipopótamo, Tueris, nunca había permitido que se le retirara la leche del pecho, abogando así por la buena crianza de sus vástagos. Si en Heliópolis, Tueris era conocida como aquella que había parido a la Enéada, Tiutiu había traído al mundo a seis hermosuras que daba gloria ver, y eso era más de lo que la mayoría de las mujeres de Egipto hubieran podido desear. Cuatro varones y dos hembras que eran la luz de sus ojos, y en particular uno de ellos, por quien sentía una secreta predilección, Senenmut.

Desde el mismo momento en que lo trajo al mundo, Tiutiu supo que aquel niño no era como los demás, que las siete vacas Hathor se habían juramentado para custodiar el destino del pequeño como las hadas mágicas que eran, a fin de otorgarle el favor que solo empleaban para con los elegidos. Senenmut nacía bajo los mejores auspicios, y su madre siempre aseguraría que, al parirlo, Thot depositó su palabra en el corazón de la criatura e Isis lo envolvió por primera vez con lienzos tejidos por su magia. El pequeño jamás se desprendería de ellos, como si estos hubieran conformado una segunda piel de la que resultaba imposible desprenderse; por eso su madre decidió para él un nombre tan inusual como lo era su hijo, Senenmut, o lo que es lo mismo, «el hermano que pertenece a la madre», en clara referencia a la diosa Mut, de la que Tiutiu era una rendida devota, pues no en vano era considerada en el área tebana como la madre por excelencia.[30]

Los *hekas* del lugar aseguraron a la señora que los cielos habían dibujado para aquel rapaz un horóscopo cuyo enigmático significado escapaba a su comprensión, y ella no necesitó de más auspicios, convencida de que los dioses llevarían de la mano a su pequeño hasta encumbrarlo en lo más alto.

En realidad, no hizo falta demasiado tiempo para darse cuenta de lo acertados que iban a ser los vaticinios y premoniciones maternas. Desde la más tierna infancia Senenmut demostró que todas las predicciones de Tiutiu no eran producto del amor de una madre, que había verdadera magia en aquel niño y que el dios de la sabiduría lo había apadrinado.

Sin embargo, el chiquillo se crio como era costumbre en las pequeñas poblaciones de Egipto entre aquellos que pertenecían a la clase modesta, corriendo por entre las callejuelas junto a otros niños con los que practicaba los juegos habituales, como eran el cabrito a tierra o la lucha. A menudo el chiquillo sorprendía a sus amigos con sus juicios, y era habitual verle abstraído u observando con atención cuanto le rodeaba. El río, los campos, la fauna que habitaba en ellos, todo obedecía a una razón, y el pequeño se hacía mil conjeturas acerca de lo que no entendía, en busca de una explicación. Una voz en su interior le decía que todo tenía un porqué, y en las noches estrelladas, Senenmut se extasiaba observando el cielo infinito, convencido de que en el misterioso vientre de Nut podían encontrarse todas las respuestas.

Como también ocurriera con otros niños de su edad, el rapaz tenía que encargarse de recoger el estiércol que solía acumularse en las calles para mezclarlo con paja y prensarlo, y así poder usarlo como combustible en invierno, aunque dicha tarea le desagradara de forma particular. A menudo los residuos atraían a los buitres y a las hienas, cuyas risas atemorizaban al chiquillo de tal modo, que al momento abandonaba el lugar, como si le persiguieran los genios del Amenti.

Aunque vivía en una casa modesta, la dama Tiutiu se encargaba de que pareciese un palacio. El suelo, de arcilla, había sido pintado de estuco, como ocurriera en las grandes mansiones, al tiempo que recubierto por alfombras de junco, que daban frescor y eliminaban el polvo. Las paredes lucían blancas y rociadas con natrita para ahuyentar a las pulgas y chinches; además, la buena señora utilizaba aceite de oropéndola para espantar a las insufribles moscas, así como grasa de gato para alejar a las ratas.

Así era el hogar en el que vivió Senenmut durante su niñez, junto a sus hermanos, su padre y una madre que fue requerida en palacio para servir como nodriza. Aquel hecho significó todo un acontecimiento, ya que un honor semejante solo podía producirse por intercesión directa de los dioses. Sin duda, el hecho de que su esposo, Ramose, trabajara en la administración local y hubiese acompañado al faraón en sus campañas militares había sido determinante. Este le había recompensado con un pequeño terreno en Iuny, junto al río, en donde se había establecido con toda su familia.

La marcha de Tiutiu a la cercana ciudad de Tebas tuvo una importancia capital en la vida de Senenmut. Al ser empleada al servicio de la reina, la buena señora consiguió una recomendación para que su hijo fuese admitido en la Casa de la Vida del templo de Montu, un lugar al que no se accedía fácilmente y que supondría para Senenmut el comienzo de una nueva existencia. De este modo Ramose cortó el mechón de pelo característico de los infantes para que su hijo se hiciera hombre. Un mundo nuevo lo aguardaba, un universo que encerraba celosamente el saber reservado para los elegidos. El santuario del dios de la guerra le abrió sus puertas, y el pequeño Senenmut, con apenas diez años, las traspasó consciente de que a partir de aquel momento todas sus preguntas obtendrían respuesta, que los misterios le serían revelados y al fin comprendería el verdadero significado de cuanto le rodeaba, aquello que la Tierra Negra mantenía oculto.

2

Los altos muros del templo de Montu conformaron las fronteras de su mundo, los límites que configurarían la razón de ser de su futura existencia, el territorio en el que comenzaría a forjarse su vida. Parecía inaudito que, tras las murallas del recinto sagrado, pudiese alzarse un lugar semejante, ajeno a cuanto lo rodeaba, vetado a la mayoría de la gente, donde solo unos pocos tenían cabida, aquellos que habían sido elegidos para alcanzar el conocimiento.

Como también ocurriera en la mayoría de los templos erigidos en Kemet, el pueblo elevaba sus plegarias a extramuros, en pequeñas capillas adosadas al efecto en el exterior de los recintos sagrados. Allí pedían a los dioses su intervención sobrenatural para procurar el milagro, al tiempo que hacían ofrendas y donativos, lo mejor que podían, confiados en la intervención de la divinidad para aliviar sus aflicciones o procurarles lo que era un imposible. Al descubrir lo que en realidad ocultaban aquellos muros, Senenmut tuvo el convencimiento de que su verdadera existencia comenzaba en ese momento, que cuanto le había ocurrido con anterioridad no suponía más que una anécdota comparado con lo que le esperaba. Las imponentes columnas, los patios umbríos, las salas gobernadas por la quietud, los oscuros santuarios en los que solo habitaban los dioses, el silencio al que se rendía culto en todas sus formas, constituían una seña de identidad común a todos los templos egipcios, que en aquel lugar se hacía patente por primera vez ante los ojos de Senenmut para advertirle que el universo que le aguardaba en nada se parecía a cuanto había vivido. Otro Egipto surgía de la tierra como si se tratara de un campo con cosecha propia, un lugar en el que no se sembraba el trigo o la cebada, sino la sabiduría, y cuya recolección resultaba tan misteriosa que podía conservarse durante milenios.

Ramose, su padre, lo acompañó hasta las mismas puertas del santuario, con los ojos velados por la emoción y la esperanza de ver convertido a su hijo algún día en *sesh mes*, escriba militar. Le había relatado tantas veces la Sátira de los Oficios, las instrucciones de Duajety, escrita varios siglos atrás, en la que se hacía ver la preponderancia del oficio de escriba sobre cualquier otro, que el viejo magistrado vio en cierto modo cumplidos sus anhelos, pues sabía que su hijo estudiaría con aprovechamiento cuanto le enseñaran, y que algún día el señor de las Dos Tierras lo reclamaría para que lo acompañara bajo su estandarte.

Los ojos que todo lo veían tras aquellos muros, muy pronto observarían en aquel rapaz de aspecto circunspecto y profunda mirada, su naturaleza despierta y la inusual inteligencia que escondía bajo su comportamiento discreto. Aquella palabra representaba la llave con la que acceder al verdadero conocimiento, sin la cual nada era revelado. Solo si juraba reserva y lealtad tendría acceso a la sabiduría que con tanto celo guardaba Egipto para sus hijos predestinados.

La «casa del dios» resultó un lugar en el que no solo se cultivaba el espíritu. La vida dentro de aquel recinto seguía unas normas en las que el *maat* se hallaba siempre presente. La justicia, el orden y el equilibrio cósmico eran los pilares sobre los cuales los dioses primigenios habían construido Kemet. Esta palabra era su razón de ser, y todos cuantos eran admitidos en los templos aprendían la importancia del significado del *maat* a través de las antiquísimas admoniciones que hombres sapientísimos habían dejado para la posteridad. Senenmut descubrió que las instrucciones de aquellos viejos papiros le llevaban a formularse nuevas preguntas, que había un saber inconmensurable, imposible de abarcar, en el que lo humano y lo divino parecían entremezclarse, y que solo con el conocimiento podían encontrarse las respuestas, a veces ocultas en el corazón. Sin embargo, él aprendería a buscarlas.

La enseñanza tradicional formaba parte de aquel aprendizaje. Llevaba en vigor más de un milenio, y Senenmut no se extrañó en absoluto al ver como su paciente profesor agitaba la vara mientras repetía a sus pupilos la vieja frase que todos conocían: «Los oídos del alumno se encuentran en su espalda». El rapaz nunca sintió el latigazo del junco, y muy pronto le fue adjudicado un maestro que se encargaría de dar una nueva luz a su pensamiento, un hombre que fraguaría los cimientos sobre los que se sustentaría su vida futura; se llamaba Nakht, y Senenmut jamás le olvidaría.

Muchos aseguraban que nadie conocía la edad de Nakht, y probablemente fuese cierto. Decían que era tan viejo como aquel santuario, y cuando lo vio por primera vez Senenmut pensó que no faltaba razón a quienes mantenían semejante exageración. Cuando estuvo frente a él, el chiquillo se atemorizó, pues el rostro del maestro parecía una amalgama de arrugas, arbitrariamente dispuestas, para las que aquella cara se había quedado pequeña. Solo los siglos podían haber cincelado un semblante como aquel —pensó el muchacho—, o puede que los milenios, aspecto este último para el que no hallaría una respuesta, ya que nunca sabría la edad de aquel hombre. Su imagen, no obstante, era la habitual entre los de su condición: rasurado de pies a cabeza, inmaculado en su apariencia, distinguido en su porte, aunque lejano a lo llamativo, y vestido con el más puro lino, tan blanco que parecía capaz de centellear. Estampa de sacerdote viejo al que acompañaba su inseparable bastón, que le servía de ayuda para sobrellevar su extrema delgadez. Solo se alimentaba de fruta y verduras, y había quien aseguraba que en secreto comía manzanas, introducidas en Egipto por los odiados *hiksos*, y que por tal motivo le avergonzaba tomar en público.

Todo se antojaba frágil en la fisonomía de aquel hombre hasta que se reparaba en su mirada, cargada de poder, en sus extraños ojos que lucían como dos gemas extraídas de las profundidades de la Tierra y se asemejaban a los de un leopardo. Así era Nakht, sacerdote de Montu, frugal y austero en sus costumbres, sin más adornos que la cinta amarilla que cruzaba su pecho para distinguirle de los demás como maestro.

Nadie supo en realidad por qué aquel viejo maestro se encariñó con Senenmut. Algunos dirían que Nakht vio en el muchacho al hijo que le hubiese gustado tener, aunque con los años habría quien asegurara que lo que en verdad descubrió en el rapaz fue a sí mismo. Solo Montu, el dios que habitaba entre aquellos muros, debía saber la verdad, aunque en aquella relación se viera la mano de Thot desde el primer momento. La empatía nacida entre el maestro y su pupilo no era comparable a la impresión que ambos se causaron, por diferentes motivos; y es que, tras superar sus primeros temores, Senenmut se encontró frente al conocimiento puro, la sabiduría en todas sus formas; un escenario desconocido que parecía guardar todas las respuestas a cuantas cuestiones quisiera plantear y que subyugó por completo al chiquillo. Su mente se maravilló al ser testigo de su propia ignorancia, al tiempo que percibió el cielo al que podría acceder si Thot lo permitía algún día. Era un universo inmenso, fabuloso, que no obstante estaba convencido cabría en el pensamiento de su maestro. Nunca volvería a cruzarse con una mirada como aquella, pues, más allá de su sabiduría, Nakht daba muestras de poder llegar a cualquier corazón si así se lo propusiera, de ahondar hasta los lugares más recónditos, de leer cualquier pensamiento que permaneciera oculto, los deseos más inconfesables, las más bajas intenciones o los buenos sentimientos que engrandecían a la persona. Nada se podía ocultar al viejo preceptor, y quizá esa percepción fue la que llevó a Senenmut a mostrarse tal como era, a pesar de ser un chiquillo, sin engaño ni ocultación alguna, sin importarle lo que de malo pudiera haber en su alma; y eso fue lo que le gustó a Nakht.

La viva inteligencia e intuición de que daba muestras el muchacho tan solo representaba una pequeña parte de lo que guardaba en su corazón. Sin duda, Thot le había otorgado su favor y hasta puede que lo apadrinara, ya que era evidente que aquel niño podría llegar hasta donde se propusiese. Nakht no albergó ninguna duda al respecto desde que intercambiara las primeras miradas con su pupilo, en quien también descubrió la ambición. Era una llama aún vacilante, pero tan clara que el maestro pudo calibrar en toda su magnitud e imaginar en lo que se podría llegar a convertir. No se trataba de ninguna quimera o remota posibilidad, sino de una realidad que el maestro conocía bien por haberla visto antes en sí mismo.

Los años eran lo de menos. Nakht también había sido niño una vez, hacía tanto que esto apenas tenía importancia. Sin embargo, recordaba muy bien sus aspiraciones, su ambición desmedida, su convencimiento de que no existía una mente tan preclara como la suya en el país de Kemet. Todo Egipto le cabía en ella, y se veía capaz de acaparar cuantos misterios y arcanos conocimientos se ocultaran en sus templos. Sus propios maestros pudieron dar fe en secreto de ello, en cierto modo atemorizados por la presunción y suficiencia que les demostraba aquel alumno aventajado que en verdad se creía Thot. En la Casa de la Vida todos se miraron atemorizados ante la arrogancia de un muchacho que los sobrepasaba en lucidez y vanidad. Los templos de la Tierra Negra parecían quedársele pequeños, y su voracidad hacía ya demasiado tiempo que había engullido para siempre la palabra que debía ir unida a cualquier sabio de Egipto: humildad.

Pero aquel petulante joven ignoraba que el dios de la sabiduría era capaz de escribir renglones que iban más allá de cualquier entendimiento, y leer papiros cuyos caracteres solo él podía disponer. Los dioses son implacables con quienes los desafían y Thot hizo caer la desventura sobre aquel fatuo rapaz que porfiaba en ocupar su puesto. El dios con cabeza de ibis le retiró su favor, y con el inmenso poder que le habían otorgado los tiempos le recluyó en lo más profundo de su corazón hasta que Nakht quedó sepultado por el peso de sus propias ambiciones. No habría mayor desgracia para el pretencioso muchacho que ser víctima de su codicia, ser consciente de la imposibilidad de conseguir nada de cuanto se había propuesto en la vida. De este modo la vejez se apoderó de su espíritu, para convertirle en un anciano prematuro, sin que su juventud pudiese hacer nada por evitarlo. La gloria de Kemet le dio la espalda, desdeñando los dones que los dioses le habían otorgado en su nacimiento, pues la inmodestia había llevado a Nakht a pensar que, algún día, podría estar por encima de ellos. Ese fue su castigo, terrible para quien se sabía superior a cuantos gobernaban la Tierra Negra. Su nombre nunca abandonaría los muros del templo que un día le acogió, y en él se vería confinado, como si se tratara de una tumba en la que quedaría enterrado en vida para siempre.

Sin embargo, Thot decidió darle una nueva oportunidad, y con el tiempo animó a Nakht a mirar dentro de sí para encontrar el modo de resarcirse. Aprender de su devastadora vanidad era la lección que debía asimilar durante su existencia, la única que podría redimirle a los ojos del dios del conocimiento. Con los años Nakht comprendió que para alcanzar la auténtica sabiduría era preciso controlar la naturaleza de cada cual, que el *maat* debía prevalecer también en nuestras aspiraciones y que solo en el equilibrio se hallaba el verdadero camino a seguir. Su búsqueda se convirtió en la finalidad de su vida y, complacido, Thot otorgó de nuevo su favor a aquel hombre cuya extraordinaria lucidez y erudición habría de servir para instruir a las futuras generaciones en la quietud de los templos.

Nakht nunca volvió a apartarse de la senda que era grata a los dioses; sin embargo, su experiencia jamás caería en el olvido, y cuando conoció a Senenmut, su lejano pasado volvió a cobrar aliento para presentársele como una amenaza que no quería ver repetida en la figura de su pupilo.

A la sombra de los pórticos del templo, o paseando por sus patios, Nakht explicaba al muchacho las lecciones que él nunca había recibido.

—El deseo no es suficiente si no va acompañado por el ritmo.

—¿El ritmo? ¿Por qué dices eso, maestro?

—Es lo que da forma a las propuestas que resultan evidentes.

—Hablas de mis deseos como si estuvieran sujetos a algún tipo de movimiento.

—Naturalmente. Existe una proporción en todo cuanto nos rodea que también afecta a nuestra propia existencia.

—Pero maestro, ¿no son los deseos una finalidad?

—Precisamente. Por ese motivo pueden convertirse en nuestra razón de ser.

Senenmut pareció pensativo, pues cada palabra de su maestro encerraba matices que terminaban por sorprenderlo.

—Las ambiciones levantan muros que a veces resultan infranqueables, y en ocasiones nos confunden a la hora de elegir lo que más nos conviene.

—No obstante forman parte de ese movimiento al que te referías, que es necesario para avanzar.

—Así es —señaló Nakht, satisfecho—. Pero no olvides que todo atiende a una medida. El universo lo rige todo. Observa la crecida, cada año la esperamos con esperanza para que nos traiga la vida. Sin embargo, solo existe una avenida que resulta beneficiosa, aquella en la que las aguas se extienden hasta alcanzar el lugar que les corresponde.

Senenmut se sintió confundido, ya que nunca se le hubiese podido ocurrir que los deseos estuviesen sujetos a ninguna consideración geométrica. Nakht le adivinó el pensamiento al instante.

—¿Cuál crees que es tu fin en la vida? —inquirió el maestro.

—El conocimiento. Aprender el porqué de todas las cosas —dijo el rapaz, sin pensárselo.

—¿Estás seguro?

Senenmut miró a su maestro y, al observar sus ojos vivaces, pareció dudar.

—Solo tras la muerte seríamos capaces de conocer cuál era nuestro objetivo.

—Olvidaba que la muerte no es el final —dijo Senenmut, algo contrariado por no haber sabido hacia dónde quería conducirle su maestro.

—Solo sufrimos una transformación. Pero dime, ¿dónde encontrarás ese conocimiento que tanto anhelas?

—Aquí, sin duda, maestro. En la «casa de los libros» de los templos. Ahí es donde se guarda todo el saber ancestral de la Tierra Negra.

Al ver el gesto serio de su preceptor, el rapaz se sintió azorado, y al punto se apresuró a continuar, como si hubiese cometido un imperdonable olvido.

—Y por supuesto en tus enseñanzas —dijo Senenmut, disculpándose.

Nakht rio suavemente.

—Solo hay un medio de conseguir lo que buscas —señaló el maestro—, y está en tu corazón. El verdadero conocimiento se encuentra en él, y es el único que te conducirá al objetivo primordial del hombre: la trascendencia.[31] Esto es lo que nos diferencia del resto de los seres que nos rodean, pues ellos se rigen por leyes diferentes.

—Comprendo, maestro. Existe una esencia divina en nuestro interior que es preciso conocer.

—Todos llevamos un templo al que, sin embargo, pocos atienden.

—Un santuario que tiene un propósito —indicó el muchacho como para sí.

—Recuerda lo que te dije acerca del número. Somos una medida del cosmos... Aprende a leer en tu corazón y reconocerás sus signos.

—Ahora entiendo el verdadero motivo por el cual la mayoría no puede acceder al interior de los templos.

—Solo los iniciados comprenden el significado de lo que encierran.

—Los que saben leer dentro de sí mismos —musitó Senenmut con reverencia.

—Se trata de una razón simple y a la vez compleja, como la ambición de la que hablábamos.

—Pero maestro, Khnum nos crea sin importarle la fragilidad de nuestra naturaleza.

—El dios alfarero solo moldea la arcilla. No busques en tu vida la santidad, sino poder reconocer el momento en el que se desequilibra la balanza.

Senenmut asintió, cabizbajo, avergonzado de que su mentor fuera consciente de la ambición que anidaba en su corazón. Había nacido con ella, y el muchacho adivinó que con los años aquel muro del que le hablara Nakht podría llegar a ser formidable y, como aseguraba su maestro, algún día se vería ante él.

3

Durante cuatro años, Nakht instruyó a su pupilo en las enseñanzas que conducían hacia el conocimiento que tanto codiciaba el muchacho. Se trataba de un camino incierto y tan largo que pudiera no tener fin. Eran tantos los misterios que cubrían aquella tierra, que en cada recodo del río, o detrás de un simple palmeral, podían encontrarse los porqués a cien cuestiones que solo los ojos de los iniciados serían capaces de comprender. En la quietud de los templos la auténtica sabiduría permanecía dormida, celosamente oculta entre sus muros, solo dispuesta a despertar ante la llamada del elegido, de aquel que estuviera dispuesto a formar parte de los ancestrales secretos que jamás debían ser revelados al iletrado. Senenmut aprendió a ser consciente de la magnitud de semejante tesoro, así como del Egipto que se escondía en los sapientísimos papiros escritos por la mano de los dioses. El verdadero Kemet se hallaba allí, formando parte de cada uno de los trazos con los que se daba vida a un lenguaje desconocido para la mayoría, y en el que se encontraban todas las explicaciones. El *maat*, de quien todos los egipcios hablaban con reverencia y profundo respeto, era una palabra que iba mucho más allá de su comprensión, pues encerraba comportamientos y formas de vida que parecían reservados para quienes estaban llamados a la santidad.

—Solo los que renuncian a los bienes materiales para entregarse a la salvaguarda de los secretos que atesoran los templos, y su transmisión a quienes han sido elegidos por los dioses, pueden vivir en el *maat* —advirtió Nakht un día a su pupilo.

Senenmut fue capaz de comprender lo que encarnaban tales palabras y la capital importancia de hacer que aquella forma de enseñanza prevaleciera en el tiempo, pues en ella se encontraba la propia existencia de Egipto, su razón de ser, su idiosincrasia. De este modo el joven hizo de la discreción un atuendo del que ya nunca se despojaría, que le acompañaría durante toda su existencia como una forma de identidad indeleble a su persona. En el templo de Montu adquirió los hábitos de un sacerdote, y como hicieran estos se purificaba a diario, lavándose dos veces por la mañana y otras tantas por la noche; incluso llegó a depilar su cuerpo por completo, como era usual entre los clérigos, costumbre que mantuvo durante años, hasta que la vida lo llevó por otros senderos.

Nakht había grabado en él un sello del que nunca podría desprenderse, y sus enseñanzas forjarían la base sobre la que se levantaría todo lo demás. Senenmut fue consciente del alcance del número, de las medidas de las que una vez le hablara su maestro, de la importancia de los símbolos. Ahora se sentía parte de la magia con la que se había creado la Tierra Negra, y se daba cuenta del verdadero significado de cada uno de los monumentos que jalonaban las orillas del Nilo, así como de su gran complejidad. No había nada de aleatorio en ellos, pues se regían por la proporción, por las dimensiones exactas que los convertían en sagrados y hacían de cada piedra una parte fundamental del todo. Entonces descubrió que detrás de cada columna, de cada uno de los ciclópeos muros que se erigían en los templos, se ocultaban hombres capaces de concebir toda una arquitectura cuyo auténtico significado solo ellos conocían. Todo en ella resultaba preciso, exacto dentro de una complejidad que asombraba a Senenmut. Era una forma de lenguaje sublime, que acercaba lo sagrado a los ojos que se detenían a contemplar aquellas obras que parecían creadas por gigantes. Sin embargo, su concepción era producto del conocimiento, pues en el alma de aquellas piedras se hallaban las manos de hombres doctos, nacidos para perpetuar la sabiduría que Thot legó a Egipto en el principio de los tiempos, siempre fieles a las reglas inherentes a cada obra. Quienes participaban de ella cumplían una misión que los llevaba a formar parte de los santuarios de manera anónima, pero a la vez presente para mayor gloria de Kemet y sus dioses creadores.

Al observar los jeroglíficos inscritos en los muros, Senenmut era consciente de lo que representaban; iban mucho más allá de su significado, ya que eran símbolos de lo eterno. El dios de la sabiduría los había ideado para que cobraran vida, para inundar con su magia la tierra de Egipto, igual que hiciese Hapy cada año con las aguas del Nilo. El joven podía captar aquella magia amarrada a la piedra, impresa en las estelas, y entendió que existía un mensaje mucho más profundo al que solo unos pocos podían acceder. Conocer los más de setecientos símbolos que conformaban aquel tipo de escritura no era nada comparado con el hecho de profundizar en ellos hasta sentir su alma, la verdadera palabra oculta que solo se mostraba al sabio.

Nakht tenía razón al advertirle que solo los que dedicaban su vida a aquel pensamiento oculto vivían en el *maat*, cual eremitas adscritos a un mundo hermético que se antojaba inaccesible. Sin embargo, Senenmut estaba decidido a desentrañar cada signo, aunque su naturaleza no hubiese sido concebida para convertirse en la de un anacoreta.

—Maestro, mi corazón me empuja a conocer lo impenetrable —dijo una tarde el joven, no sin cierto temor.

El anciano lo miró un instante, sin sorprenderse en absoluto.

—Lo sé, pero no debes angustiarte por ello.

—Mis años pasados en este templo no han sido suficientes para refrenar mi ambición —se lamentó Senenmut.

—¿Dirías que mis enseñanzas tampoco? Leo tus pensamientos, distorsionados por la ansiedad que te aflige. Tu pesadumbre es una carga inútil de la que debes deshacerte.

El joven escrutó a su mentor, pues bien sabía lo crípticas que podían llegar a ser sus palabras. Este esbozó una sonrisa.

Conocía de sobra el alma de aquel joven como para sorprenderse de cualquier cosa que pudiera decirle. Senenmut había dejado su niñez en aquel santuario. Nakht en persona había oficiado en la ceremonia del *sebi*, la circuncisión a la que todo adolescente debía someterse en Egipto, para ver cómo se convertía en un joven camino de la madurez, cuyo destino estaba trazado desde el mismo día de su nacimiento.

Durante los años pasados junto al muchacho en el templo, Nakht había reflexionado largamente acerca de ello. Ciertamente había un halo de misterio en torno al rapaz, que con el paso del tiempo se había hecho más evidente a los ojos de su tutor. Había verdadera luz en su persona, un brillo que a nadie dejaba indiferente, aunque muchos no fuesen capaces de entender a qué se debía. Nakht sí lo sabía, y también que aquel brillo natural estaba reservado para alumbrar empresas que se le escapaban, y que no obstante intuía cercanas a los dioses. Senenmut tenía su favor, y quizá aquella ambición contra la que se rebelaba fuese necesaria para conseguir los propósitos para los que el joven había sido creado. Khnum, el alfarero, era sabio, y sus manos moldeaban la arcilla con la erudición de quien conoce lo que ha de venir. El tiempo de Senenmut en aquel santuario estaba cumplido, y Nakht se felicitó íntimamente al saber que todo lo aprendido entre aquellos muros forjaría la base desde la que el joven edificaría su futura existencia.

—El lenguaje que deseas aprender no lo encontrarás aquí —dijo al cabo el anciano, tras salir de sus pensamientos.

—Pero maestro —se sorprendió el muchacho, al escucharlo—. Tú eres sabio entre los sabios. No hay en Egipto nadie que se te pueda comparar.

—Je, je. Tu corazón habla desde el cariño que me tienes. Qué más podría desear. Con ello doy por satisfecha toda mi labor hacia ti.

Senenmut miró a su tutor con perplejidad.

—Ser escriba del templo de Montu solo es el principio para ti. Las enseñanzas que anhelas debes buscarlas en otro lugar.

—Pero... —volvió a protestar el joven—. ¿Quién mejor que tú para instruirme?

Nakht le mostró la palma de su mano.

—Anoche estudié los cielos, y ellos me hicieron ver lo que hay dispuesto para ti.

Senenmut se sobrecogió ante el tono de su mentor, profundo y cargado de presagios.

—Debes abandonar este templo —prosiguió Nakht—. Thot, el dios de la escritura, aguarda para susurrarte al oído.

Cabizbajo, el muchacho pareció recapacitar; luego miró de nuevo a su maestro, visiblemente apenado.

—Son muchas las preguntas para las que aún no encontré respuesta —se quejó el joven.

—El día que dejes de formulártelas será porque te encuentres ante el tribunal de Osiris. Pero faltan muchos años para que eso ocurra, je, je.

—Maestro —musitó Senenmut, abatido.

—Este es mi último consejo, y espero que lo cumplas.

—Noble Nakht, ¿adónde iré?

—Hay una nueva casa dispuesta para ti donde te aguardan, Karnak.

Al escuchar aquel nombre, el joven se sobresaltó.

—¿Karnak? —inquirió para sí, sin comprender.

Nakht asintió.

—Allí encontrarás muchas de las respuestas que tanto esperas.

—Karnak —volvió a repetir el joven, asombrado.

—Sus enseñanzas te llevarán a convertirte en un hombre sabio si perseveras en perseguir el conocimiento. Allí se encuentra el verdadero poder sobre la Tierra Negra. Ipet Sut es la residencia de Amón, el rey de todos los dioses de Egipto. Él se halla en todas partes y su esencia divina corre por los *metus* de la realeza.

—El templo de Amón —dijo Senenmut, ahora con cierta ensoñación.

—En Karnak te convertirás en un avezado escriba, y algún día servirás a las órdenes del faraón. Profundizarás en el conocimiento de los cielos y en el lenguaje de las piedras. Todo te será revelado en función de tus capacidades y comportamiento. Recuerda que en Ipet Sut hay ojos que lo ven todo, incluso lo que desconoces de ti mismo.

La mañana que partió de Iuny, Senenmut fue despedido por su familia en pleno. Sus padres y hermanos, a los que siempre amaría, lo abrazaron en el pequeño muelle donde tomaría un barco que lo conduciría hasta Tebas, apenas veinte kilómetros río abajo. La diosa Renenutet había determinado la prosperidad para su hijo desde el claustro materno, y la dama Tiutiu elevaba sus loas al cielo al tiempo que atosigaba con mil recomendaciones a su retoño, sin poder ocultar el orgullo que sentía.

Desde un discreto segundo plano, Nakht observó la escena complacido, ya que no había un amor comparable para un egipcio como el que se sentía hacia la madre. Antes de embarcarse, Senenmut se aproximó para besar la mano de quien había sido su maestro.

—No olvides mis humildes consejos —dijo Nakht, mirando al joven con franqueza—. Domina tu corazón para que nadie pueda leer en él y sé fiel al *maat*, pues solo bajo su influencia sabrás hallar la senda que te ha sido designada. Haz que tu ambición sirva para un buen fin y Thot te iluminará con su sapiencia, pero nunca te aproveches de ella para convertirte en quien no te corresponde.

Senenmut guardó silencio, sin comprender del todo el alcance de las palabras de Nakht. Este sonrió y le dio unas palmadas afectuosas en un hombro.

—Antes de que te marches quisiera darte algo —señaló el maestro mientras le entregaba un pequeño morral de tela. El joven lo tomó sin ocultar su sorpresa—. Es mi presente. Espero que te sea provechoso.

Senenmut introdujo su mano en el interior del zurrón y al extraer su contenido apenas pudo ahogar una exclamación.

—Pero... ¡Es una escribanía! —se atrevió a decir el joven, al contemplar la paleta, los cálamos y el estuche que le regalaban—. ¡Es magnífico!

—Es mucho más que eso —aseguró el maestro, con gravedad—. Lo heredé de hombres muy sabios.

—¡Es el mayor tesoro que un escriba podría recibir! —volvió a exclamar el joven, atónito ante la magnitud del presente que le entregaba su preceptor.

Este asintió, ya que conocía el alcance de su valor.

—Durante muchas generaciones estos útiles han pasado por las manos de viejos sacerdotes, conocedores de todo lo oculto que encierran los templos. Personas fieles al *maat*. Hay quien dice que la escribanía perteneció al mismísimo Thot.

Al escuchar aquello, Senenmut tragó saliva con dificultad, ya que saltaba a la vista que se trataba de algo muy antiguo.

—Fíjate bien en la paleta —prosiguió Nakht—. Lleva grabada la imagen del dios de la sabiduría.

—¡Es cierto! —susurró el muchacho, al reparar en la figura que representaba a Thot con su característica cabeza de ibis—. Perteneció al dios...

—No es más que una leyenda —indicó el preceptor quitándole importancia—. Pero te aseguro que se trata de algo que, sin duda, lleva la bendición del dios del conocimiento.

Senenmut miró un momento a su mentor y luego hizo ademán de devolverle el regalo.

—No puedo aceptar algo tan valioso, maestro.

—Sí que lo harás. Lleva muchos años esperando a un nuevo dueño. Yo ya no lo necesito.

—Pero... —se resistió el joven.

—Ahora es tuyo —insistió Nakht, con firmeza—. Honra estos útiles, pues en ellos se encuentra el verdadero saber de Egipto.

El joven se mostró confundido, pero al punto se acercó a su viejo preceptor para abrazarlo con cariño. Al separarse de nuevo, Nakht observó a su alumno con la mirada velada.

—Ve con mis bendiciones, Senenmut. Que Montu dé fuerza a tu brazo y los dioses te acompañen.

—Jamás te olvidaré, maestro —dijo el joven, emocionado, tras volver a besar la mano del anciano.

—Yo tampoco, hijo mío.

Así fue como se despidieron, y desde el pequeño malecón Nakht vio como Senenmut se alejaba, corriente abajo, al encuentro del destino que Shai había dispuesto para el joven y que el anciano ya había leído en las estrellas. Todo estaba escrito y Nakht suspiró al pensar en los tiempos que se avecinaban. Desde la distancia Senenmut levantó una mano para despedirse y Nakht le respondió. Nunca volverían a verse.

4

De este modo Senenmut accedió al mundo de lo inconcebible. Un universo alejado del que conocía le abrió sus puertas para mostrarle una realidad en la que todo cuanto ocurría fuera de su influencia carecía de valor, tal y como si se tratase de un reducto en el que no había lugar para la barbarie. Más allá de que fuese la residencia de un dios, el templo de Montu poco tenía que ver con Karnak. Ipet Sut era una ciudad santa, gobernada por un poder jerarquizado a cuya cabeza se situaba uno de los hombres más preponderantes de Egipto. Su influencia era tal, que resultaba imposible imaginar a un señor de las Dos Tierras que no hubiese sido bendecido por el primer profeta de Amón, y mucho menos que no honrara al Oculto como rey de los dioses de la Tierra Negra.

En realidad Karnak era un Estado dentro de Egipto: una inmensa estructura administrativa en la que se gobernaba en función de sus intereses, al tiempo que se gestionaba su considerable patrimonio. Tierras, esclavos, ingentes cantidades de cabezas de ganado, oro, plata, piedras preciosas, navíos, comercio... Todo ello formaba parte del enorme capital que atesoraba el templo, con el que apuntalaba su creciente influencia política sobre la corona y las administraciones del Estado. Nada parecía poder llevarse a efecto sin la opinión de los sacerdotes de Karnak, pues Amón había pasado a formar parte de la naturaleza divina del hombre que reinaba sobre Kemet, y ambas figuras habían terminado por entroncarse de tal forma que sus destinos parecían unidos al futuro de aquella tierra.

Nada se dejaba al azar en Ipet Sut, donde las leyes del Oculto imperaban sobre las de los mortales para estructurar una sociedad regida por normas que todos aceptaban, y en las que no había lugar para el desacato. Dentro de aquellos ciclópeos muros imperaba el *maat*, así como la salvaguarda de tradiciones seculares que se perdían en el origen de la concepción del pensamiento egipcio.

Karnak no era lugar para el profano, pues hasta el aire que allí se respiraba estaba impregnado por el sutil perfume de la omnisciencia del dios que lo habitaba. Se trataba de una fragancia misteriosa que emanaba de cada una de las piedras con las que se levantaba aquel templo, de cada patio, de sus pilonos, que de forma imperceptible terminaba por apoderarse del peregrino, de todos cuantos moraban en el santuario, para sumirlos en un estado que invitaba al recogimiento, que predisponía a escuchar la voz de la sabiduría, a sentir el poder de la divinidad.

Todo el templo era un microcosmos en el que se daban cita a diario gentes de la más diversa condición. Al clero propiamente dicho había que añadir una multitud de campesinos, carpinteros, guardias, artesanos, funcionarios, sabios o eruditos que desarrollaban las más diversas funciones a las órdenes de Ipet Sut para el buen funcionamiento de este. La vida dentro de Karnak se regía con arreglo a la voluntad de Amón, y su regla era cumplida con tal escrupulosidad, que el templo parecía ser movido por un engranaje perfecto en el que no había lugar para la equivocación, el trabajo mal hecho o la desidia. Cada cual sabía la labor que le correspondía y la desarrollaba con minuciosidad, en silencio, bajo la atenta mirada de un dios capaz de verlo todo.

Muy pronto Senenmut comprobó que aquel sacrosanto lugar era el indicado para encontrar las respuestas que tanto buscaba. En verdad que Thot se hallaba presente en la Casa de la Vida de Karnak, y los maestros que acogieron al joven no tardaron en darse cuenta de su capacidad y discreción, así como de su ansia de conocimientos. Fue así como le mostraron lo que se ocultaba detrás de cada símbolo, en los signos grabados en la piedra; el verdadero significado que el dios de la escritura había determinado en cada uno de ellos, cual si en realidad poseyeran alma propia. Se trataba de una visión diferente que hacía comprender por qué aquella escritura era sagrada. Senenmut se sumergió en ella para absorber su magia, para percibir los infinitos matices que subyacían en unos símbolos capaces de cobrar vida al ser descifrados. Aprendió cómo enmascararlos, el arte de la criptografía, con la que solo los instruidos podían conocer su significado. En Ipet Sut se convirtió en un hombre docto para quien escribir en orden inverso se tradujo en un juego cuya comprensión solo estaba al alcance de muy pocos. Por fin entendía los orígenes que habían hecho grande a su civilización, el inmenso valor de la semilla plantada hacía milenios por los dioses creadores y la importancia de mantenerla viva, al cuidado de las manos apropiadas. Los guardianes de aquella ciencia velarían para que nunca saliera de los templos, convencidos de que de no hacerlo un día los hombres terminarían por intentar ocupar el puesto que correspondía a los dioses, y solo sobrevendría el caos.

Senenmut llegó a dominar la escritura hierática, imprescindible para cualquier funcionario a la hora de transcribir los documentos oficiales y, sobre todo, el conocimiento de los cielos. En las estrellas que titilaban en el vientre de Nut se encontraban plasmados los designios de los dioses, y aprender a leerlos se convirtió en una verdadera obsesión para el joven escriba, ya que entendía que la tierra de Egipto no era sino una proyección de aquel mapa celeste dibujado con infinita sapiencia, al cual se asomaba en la profundidad de las noches tebanas.

Los sacerdotes horarios, los *unuty*, le instruyeron en el movimiento de los cuerpos celestes y le enseñaron a leer el firmamento, así como el lenguaje con el que los padres creadores se manifestaban por medio de señales que solo unos pocos sabían descifrar. Con el tiempo Senenmut pudo contar el paso de las horas, tan importantes dentro del templo para saber cuándo debían celebrarse los ritos e incluso despertarse cada mañana. Desde lo alto Nut mostraba aquel universo repleto de estrellas, de constelaciones, de mensajes que era necesario descifrar para conocer lo que habría de venir. El joven los estudió cada noche, desde las terrazas de Karnak, en compañía de los *unuty*. Ellos le transmitirían su ciencia, y con el tiempo Senenmut se convertiría en un erudito de los cielos de Egipto.

A pocos extrañó que aquel joven de Iuny cobrara cierta fama en Ipet Sut. Su sed de conocimientos parecía insaciable, y su capacidad para aprender cuanto le enseñaban le hicieron destacarse sobre el resto de los que allí estudiaban. Teología, astronomía, arquitectura..., todo le interesaba, y no solo llegó a convertirse en un gran especialista en las ceremonias religiosas y ritos mistéricos, sino también en un profundo conocedor de la arquitectura sagrada. En ella se encontraba la medida de lo que significaba Egipto. La imagen de los dioses se hallaba en aquellos templos cuyas piedras se transformaban en muros, pilares, patios y columnas que terminaban por dar forma a los monumentos. Cada estela, cada bloque, cumplía una función, y por ello eran elegidos de las canteras adecuadas, para que la piedra fuese fiel a aquello que debía simbolizar.

Se trataba de una ciencia precisa en la que no había lugar a la improvisación. Todo estaba pensado de antemano, desde el emplazamiento que resultase más idóneo, hasta las proporciones exactas que llevarán a la perfección. Cada monumento era un inmenso rompecabezas de detalles en el que se fusionaban no solo el genio arquitectónico, sino también el más profundo significado religioso. El templo era algo más que la morada del dios; todo el pensamiento egipcio se encontraba en su interior, aferrado a aquellas piedras erigidas para que duraran millones de años.

Así fue como Thot y Seshat, la diosa que calculaba y orientaba convenientemente las construcciones, la que intervenía en el sagrado rito de «estirar la cuerda»,[32] prohijaron definitivamente al joven escriba a quien habían convertido en erudito. Una mente preclara nacía para la Tierra Negra, como el loto surgía cada mañana de las profundidades del río, y en Karnak todos los ojos se clavaron en él.

Más allá de la búsqueda del conocimiento, los años pasados en Karnak proporcionaron a Senenmut una clara idea del mundo que le esperaba. En los cielos había leído que el destino le llevaría fuera de los muros de aquel templo, como también les ocurriría a otros jóvenes con los que haría una gran amistad. En la Casa de la Vida intimaría con Amenhotep, Thutiy, perteneciente a una aristocrática familia de Khemnu, Puyemre y Nebamon. Todos ellos mantendrían aquella amistad durante muchos años, pues Shai los había elegido para formar parte de sus misteriosos designios. Aquel tipo de relaciones eran frecuentes entre las clases altas, donde los hijos solían suceder a los padres en sus funciones, como estos habían hecho a su vez con los abuelos. Por este motivo era corriente encontrarse con familias cuyos miembros habían ostentado el mismo cargo durante generaciones, y que acostumbraban a mostrarse reacios a abrirse a los extraños. Sin embargo, Senenmut causaría una profunda impresión en sus nuevos amigos, quienes se sentirían abrumados ante aquel joven del sur en cuyo corazón parecía habitar el mismísimo Thot. Siempre lo respetarían, y poco imaginaban que a su lado acometerían obras dignas de los inmortales.

Mas la luz emitida por Senenmut no solo era debida a la ilustración. Había verdadera intuición en aquel hombre, y una gran capacidad para comprender con facilidad cuanto le rodeaba, así como lo que resultaba más oportuno en cada momento. Sobre este particular él mismo acabó por sorprenderse, ya que apenas albergaba dudas a la hora de juzgar cualquier situación con la que se tropezara. Siempre elegía el camino correcto, al menos para sus intereses, y a no mucho reparó que por motivos que se le escapaban los dioses le habían otorgado un don cuyo valor en la Tierra Negra podía ser tan precioso como el oro. Si Egipto era un país encorsetado por la magia, él estaba capacitado para moldearlo a su capricho, para emplear esta atadura como mejor conviniera, para así dar forma al Kemet que deseaba. Isis, la gran maga, y Hathor, fuente de toda vida, le habían conferido sus secretos, y ahora se percataba de que detrás de aquel presente divino se escondía la facultad de llegar a ver donde otros no podían, de entender la verdadera naturaleza de cada problema, sus causas y la forma de resolverlos. Senenmut comprendía al fin el significado del *maat* al que tantas veces había hecho referencia Nakht en el pasado, así como la importancia del equilibrio en todas sus formas. Él tenía aptitudes para mantener la balanza donde correspondía, y en su corazón construía para Kemet miríadas de ideas con las que mantener estable a su país durante millones de años, tal y como era grato a los dioses.

Como les ocurriera a los pocos escogidos por Amón, él también adquirió la facultad de reconocer la palabra verdadera. Aquel santuario era una escuela en la que poder estudiar el comportamiento humano. Eran miles las personas que se daban cita en Karnak a diario; gentes de toda condición, laicos y seglares, doctos e iletrados. De todos se podía aprender, ya que de las distintas concepciones de las cosas era posible extraer las conclusiones que conducían a aquel equilibrio en el que Senenmut tanto creía y con el que el hombre podría gobernar lo que se propusiera. Pronto descubrió que las inclinaciones humanas poco tenían que ver con la condición social, y que aquella soterrada ambición de la que tanto se lamentaba se hallaba presente en cada rincón de aquel templo, en las callejuelas de los arrabales de Tebas o en el palacio del faraón. Se trataba de un estigma que parecía ir prendido al individuo, y ello le condujo a pensar que el problema no estaba en la ambición en sí, sino en el hecho de poder llegar a satisfacerla.

De todos con cuantos se cruzó, Senenmut aprendió algo. En los patios, las salas de estudio, la casa de los libros, o en la panadería, siempre había una voz a la que escuchar o una mirada que leer. Los maestros más ilustrados le mostraron lo que se hallaba oculto a los ojos de los demás, y los más humildes trabajadores del templo, aquello que no debía olvidar. El antiguo atuendo que un día le confeccionase el viejo Nakht había terminado por convertirse en una proyección de su personalidad. El hermetismo iba cosido a su piel con hilos que ya nadie podría quitar, y la máscara elegida para su caminar por la vida había adquirido la habilidad de mostrar lo que le convenía en cada momento, con la naturalidad de quien había transformado su rostro para siempre.

En cierto modo Senenmut había vuelto a nacer, como si los dioses hubiesen determinado que necesitaría de dos vidas para convertirse en el hombre sobre el que los cielos habían escrito la historia que le correspondía representar. Solo así podía entenderse la distancia que separaba a aquel joven del niño que un día ingresara en el templo de Montu. Las enseñanzas de su antiguo maestro tan solo habían sido la semilla del árbol en el que se había convertido; un árbol que nunca hubiese podido crecer de semejante forma en el santuario de su ciudad natal. En Karnak se había convertido en el hombre que siempre había deseado ser; un nuevo Senenmut capaz de absorber toda la magia y sabiduría del país de Kemet hasta convertirlas en su sello de identidad. En él había obrado una suerte de metamorfosis que le hacía asemejarse a un *heka*; un mago que había desarrollado la habilidad de difundir el poder que los dioses habían decidido otorgarle a través de su mirada; una mirada profunda y cargada de fuerza; la que le otorgaba el conocimiento verdadero y la magia de cuanto se encontraba oculto. En ella se hallaba su seducción, un atractivo en el que era difícil no reparar y que podía llegar a producir fascinación cuando Senenmut lo acompañaba con su elocuencia. Era imposible que su luz pasara desapercibida, como comprobó una tarde mientras se encontraba sentado a la sombra, absorto en sus pensamientos. Alguien se le aproximó, y al reparar en su presencia Senenmut se incorporó al momento, ya que se trataba de Hapuseneb, el cuarto profeta de Amón.

El escriba sabía muy bien cuál era el significado de aquel título y la gran influencia que se escondía tras él. El cuarto profeta podía llegar a sustituir al sumo sacerdote de Amón en determinadas ocasiones, y su autoridad era considerable, pues se trataba de un cargo con mayor importancia política que religiosa. Senenmut conocía a aquel hombre y, aunque nunca hubiera hablado con él, sabía que se trataba de una persona principal, que provenía de una familia en la que su abuelo, de nombre Imhotep, había sido visir, y sus padres, adscritos al templo, habían servido como tercer sacerdote lector y Divina Cantora de Amón. Hapuseneb era pues un hombre ilustre, formado entre los muros de Karnak, y con una mirada franca que hizo que Senenmut simpatizara con él desde el primer momento.

Mayor que Senenmut, Hapuseneb había oído hablar del escriba desde hacía tiempo. Aquel hombre se había labrado una cierta reputación en Karnak, y el cuarto profeta había puesto sus ojos en él y seguido sus pasos de forma discreta, como era costumbre entre los de su casta. Después de años de inacabables guerras contra el usurpador extranjero, Kemet había renacido de sus cenizas y, más que nunca, necesitaba de hombres capaces que ayudaran a devolverle su esplendoroso pasado.

Al estar frente a Senenmut, Hapuseneb se sintió impresionado ante su porte y el misterio que guardaba en la mirada. Aquel joven estaba señalado por el divino Amón, y se satisfizo íntimamente por no haberse equivocado al interesarse por él. Solo necesitó un vistazo para saber que debía abrir su corazón al escriba; que este poseía la facultad de los antiguos magos para descubrir la mentira, la palabra hueca, el velado menosprecio a los dioses. También supo que su mirada abarcaba toda la Tierra Negra, y al escucharle hablar no albergó la menor duda de que Senenmut estaba llamado a formar parte del futuro de Egipto.

Sin apenas proponérselo, Senenmut fue consciente de la impresión que causó al profeta, y cuando se sentaron a conversar comprendió que habría un antes y un después de aquel momento.

—Karnak imprime carácter a las criaturas que cobija —dijo Hapuseneb con suavidad, en un tono que podía llegar a resultar melodioso y que empleaba con frecuencia.

—Hace honor a su nombre, Ipet Sut, «el más selecto de los lugares» —respondió Senenmut, con un aplomo impropio para un joven que apenas había cumplido los veinte años y se hallaba ante la cuarta autoridad del templo.

—Entre estos muros su obra cobra vida, pues tal es la voluntad de nuestro divino padre Amón.

—Llevaré su sello donde quiera que vaya, incluso cuando no haya necesidad de mostrarlo.

Hapuseneb hizo un leve gesto de aquiescencia, íntimamente complacido por el alcance de aquella respuesta.

—Pocas cosas agradan más al Oculto que la reserva y la mesura —señaló el sacerdote.

—La omnisciencia tiene la particularidad de no ser proclamada a los cuatro vientos. Debe estar recluida donde debe, en el lugar que le corresponde, en el pensamiento del rey de los dioses —replicó Senenmut, como si se tratara de una obviedad.

—Veo que Amón ha hecho llegar a ti la palabra justa. Mi corazón se alegra por ello y, aunque no hayas sido ordenado sacerdote, sé que siempre estarás dispuesto a escuchar la voz del Oculto, allá donde te encuentres.

—A su templo debo lo poco que soy. Egipto ya no puede entenderse sin la protección de Amón. Como te dije antes, estas paredes forman parte de mi persona, igual que lo conforman mis huesos.

Hapuseneb asintió como si considerara aquellas palabras.

—Llevar este santuario dentro de sí es como un bálsamo que santifica el *ba*, pero también una responsabilidad añadida. Al hacerlo contraes un vínculo indeleble, como si se tratara de un cordón umbilical. En cierto modo Ipet Sut se asemeja a un claustro materno en el que se da vida a aquello que Amón determina. Él insemina su esencia en quien corresponde, pues tal es su privilegio. El Oculto ordena el tiempo y lo que ha de venir, el ritmo que mueve el universo y por ende cuanto ocurre en nuestro sagrado Valle.

—Soy consciente de ello, a la vez que comprendo los pulsos adecuados que hacen de la Tierra Negra una proyección de la morada de los dioses en el cielo. Los mapas estelares tienen su copia en los cuarenta y dos nomos del país de Kemet.

—Como cuarenta y dos son los jueces que nos juzgarán en la Sala de las Dos Verdades —subrayó Hapuseneb, complacido—. Ellos nos observan en todo momento y esperan que obremos como corresponde.

Senenmut clavó su mirada en el profeta, y este la sintió aguda como la daga del faraón.

—Creo no equivocarme al transmitirte no solo mis deseos, sino también los de nuestro divino padre —continuó Hapuseneb—. Amón habita en lo más profundo de este templo, pero su casa se halla en cualquier rincón del país de Kemet. Hemos de glorificarlo allí donde él disponga.

Senenmut apenas se inmutó. Aquel tipo de conversaciones le agradaban particularmente, ya que entendía que el circunloquio podía encerrar más mensajes que la sentencia directa. A través de este las personas mostraban las frazadas con las que cubrían su corazón y el tipo de tejido con el que estaban confeccionadas. Se trataba de un juego en el que se sentía maestro, y en el que solía limitarse a escuchar con la curiosidad de quien siempre descubría algo. Él ya adivinaba que Hapuseneb deseaba proponerle algo, aunque su rostro no dejara traslucir el menor pensamiento.

—Tu aprendizaje en Ipet Sut está más que cumplido —se decidió a decir el profeta, consciente de que había llegado el momento de hablar con claridad—. Deberías pensar hacia dónde dirigir tus pasos.

Senenmut asintió, seguro de que aquel hombre ya había decidido por él.

—Mi formación como escriba es todo cuanto poseo —dijo el joven, con calma.

—Una formación excelente —intervino el cuarto profeta—, que sería bien recibida en el ejército del señor de las Dos Tierras.

—Como escriba militar.

—El dios Djeserkara, Amenhotep I, vida, fuerza y estabilidad le sean dadas, estaría satisfecho de tenerte entre sus bravos. No podrá encontrar mejores escribas que tú, y estoy convencido de que Amón se alegraría de ello.

—El dios Amenhotep es poco proclive a las guerras. Su gobierno se ha caracterizado por mantener la paz. Tan solo en el octavo año de su reinado se decidió por emprender una campaña en Nubia, y no parece que tenga deseos de repetirla.

—Nada como los años de paz para que el buen escriba muestre su valía. Tu servicio sería valorado como corresponde al encargarte de otros aspectos que quedarían expuestos a la vista de todos.

Senenmut calculó de inmediato lo que encerraban aquellas palabras ya que, durante los períodos de tregua, los escribas se encargaban de la logística de muchas obras civiles en las que podían demostrar sus aptitudes, e incluso ascender de rango.

—El reinado de Djeserkara se ha caracterizado por su quietud y conciliación —prosiguió Hapuseneb—. Pero recuerda que Amón ve donde nuestros ojos no pueden.

Aquellas palabras resultaron tan clarificadoras, que el escriba no tuvo dudas de que Egipto se preparaba para emprender futuras guerras, aunque pocos lo supieran todavía. Amenhotep I no duraría mucho en el trono de Horus, y Senenmut se convenció de que su sustituto emprendería una política bien distinta a la de su antecesor. El futuro faraón ya había sido elegido y sobre él se habían trazado planes para que los llevara a efecto de la forma más oportuna.

—Montu me acogió en su santuario un día para dar fuerza a mi brazo —apuntó el escriba de forma natural.

—El antiguo dios de la guerra tebano ha terminado por ser asimilado por nuestro padre Amón. Por tanto ambos te dan su bendición. No se me ocurre mejor señal que esa.

—Hágase la voluntad del Oculto —añadió Senenmut tras atravesar con su mirada al sacerdote.

Este asintió, sin dejar traslucir ninguna emoción. Luego puso una mano sobre el hombro del escriba, antes de despedirse.

—Todo queda aclarado. Espero volver a verte pronto.

6

Así fue como con veinte años cumplidos Senenmut entró a formar parte de los ejércitos del dios, para alegría de su padre, el respetable Ramose, quien no en vano había combatido con honor a las órdenes del difunto Amosis, primer faraón de aquella dinastía. Para el viejo soldado aquel nombramiento significaba la consecución de sus más íntimos sueños, ya que estaba seguro de que su hijo alcanzaría grandes metas entre las tropas del rey. Senenmut se abría a una nueva vida, un mundo que no se parecía en nada al de los templos y en el que, no obstante, se integró de inmediato. Estaba escrito que su luz se abriría paso allá donde se dirigiera, y a no mucho tardar su nombre fue bien conocido entre los oficiales, así como la valía que demostraba en todo cuanto acometía. Al encontrarse en período de paz, el escriba fue enviado en una expedición destinada a despejar los caminos que conducían a las canteras del Sinaí, pues estos habían quedado abandonados desde la pasada guerra de liberación. Egipto se despertaba de la pesadilla vivida durante el gobierno de los *hiksos*, y todo el país comenzaba a florecer con el levantamiento de hermosos templos con los que la Tierra Negra mostraba de nuevo la devoción que sentía hacia sus milenarios dioses. Muchas canteras volvieron por tanto a abrirse para la realización de las monumentales obras y, a su regreso del Sinaí, Senenmut fue elegido para que supervisara la correcta explotación de la «cantera de Amón», un roquedal situado en Khenu, el «lugar del remo», la actual

Gebel Silsila, localidad situada al sur, en el primer nomo del Alto Egipto, conocido como Ta-Kentit, la «tierra del arco».

En los acantilados de arenisca de la orilla oriental del Nilo, Senenmut se encargó de la buena marcha de la obra, calculando la cantidad de piedra que era necesario extraer de la cantera con la precisión que siempre le caracterizaría. Asimismo organizó a los obreros para que finalizaran los trabajos en el tiempo previsto, e hizo que la intendencia fuese la adecuada para satisfacer las necesidades de los hombres a su cargo, todos soldados. Como era habitual en los períodos de paz, estos eran utilizados para trabajar en las más diversas labores para el Estado, en ocasiones en condiciones de extrema dureza, que acometían sin ahorrar esfuerzos para mayor gloria del faraón. En todo Egipto se erigían monumentos, y ellos estaban convencidos de que formarían parte de ellos por toda la eternidad.

Senenmut se ganó el respeto entre sus trabajadores, pues no permitió los abusos y los trató con equidad. Las raciones se repartieron como correspondía, así como las tareas, y pronto el nombre de aquel escriba fue sinónimo de justicia y buen gobierno entre la soldadesca, acostumbrada a sufrir los excesos de muchos escribas que se mostraban puntillosos e inflexibles en demasiadas ocasiones. Hapuseneb no se equivocaba; Amón y el antiguo dios de la guerra Montu le habían bendecido, y a los ojos de las Dos Tierras semejante favor representaba una carrera venturosa.

Cuando Tutmosis I subió al trono, los años de aprendizaje en los templos tomaron carta de naturaleza para aumentar aún más el brillo de la estrella de aquel escriba. De forma paulatina los pasos de este fueron ascendiendo, peldaño tras peldaño, los escalones de la inmensa pirámide en la que se había convertido la administración del Estado. Una fuerza irrefrenable le impulsaba hacia el vértice, como si aquel ascenso fuese algo natural que debía acometer de forma obligatoria, quizá porque así lo había dispuesto el destino.

Sin lugar a dudas, el hecho de que un faraón guerrero se hubiera convertido en un nuevo Horus reencarnado supuso un golpe de fortuna para el escriba que no dejó de aprovechar. Con la primera campaña militar llevada a cabo en el país de Kush, Senenmut tuvo ocasión de distinguirse como un valiente más ante el señor de las Dos Tierras, al tiempo que hizo amistad con dos de los favoritos del rey: Amosis Penejbet y el legendario hijo de Abana. Con este último colaboró en los cálculos que hicieron posible remontar las cuatro cataratas que hubo que sortear, al tiempo que demostró que en su brazo conservaba intacto el poder que Montu le había concedido. Participó en los combates contra los *nehesyu*, a la vez que cumplía con sus labores de escriba sin cometer abusos con los soldados. Se encargó de contabilizar las manos y falos cercenados con escrupulosa exactitud, para que cada guerrero pudiera cobrar la recompensa debida por parte del dios, y dispuso que los cestos en los que se solían depositar los miembros amputados se correspondieran con la realidad de lo ocurrido en la batalla, sin aprovecharse del hecho de que los bravos combatientes no supieran leer los informes que debía redactar, y en los que se daba fe de las bajas del enemigo.

Senenmut se hizo un nombre, y de la mano de sus nuevas amistades fue introducido en los círculos cercanos al faraón, a quien tuvo el honor de acompañar en su regreso triunfal a Tebas a bordo de su nave, el *Halcón*, en compañía de sus generales y hombres de confianza. Él fue testigo del clamoroso recibimiento en la dársena situada frente a la entrada al templo de Karnak, con el cadáver del rey enemigo colgando sobre la proa, y el efecto que dicha llegada causó en Aakheperkara. Su clarividencia no entendía de rangos ni naturalezas divinas. Senenmut miraba y veía lo que otros no podían. Para él resultaba sencillo penetrar en los corazones, y durante aquella victoriosa travesía los desnudó a todos. De este modo calibró a cuantos le acompañaban hasta medir el alcance de sus voluntades, sus veladas ambiciones y el valor de sus lealtades. La futura política que llevaría Egipto se encontraba allí, y cuando el dios le permitió que cruzaran sus miradas, Senenmut supo que aquel sería un reinado de guerras, que la Tierra Negra se disponía a cambiar para extender su influencia hasta donde quisieran los dioses, que ya nada sería como antes, y que las jaurías dispondrían sus manadas para sacar el mayor beneficio de aquella empresa que no había hecho más que comenzar.

Senenmut no albergó ninguna duda de que Tutmosis era consciente de aquello. El faraón poseía un corazón valeroso y una astucia que enmascaraba con habilidad, pero que el escriba descubrió sin dificultad. Había incertidumbre en el *ba* del dios, como si determinadas cuestiones le afligieran hasta convertirle en un hombre dubitativo que poco tenía que ver con el guerrero. El señor de Kemet era un soldado y, más allá de aquel espíritu combativo, Tutmosis se hallaba expuesto a una parte de sí mismo en la que se ocultaba la sombra de la indecisión.

De este modo el joven fue capaz de trazar su propio mapa. No había cómo conocer el terreno para elegir la ruta más apropiada, y él la dibujó con la precisión que le caracterizaba. Ahora conocía a sus compañeros de viaje y sabía cómo obtener lo mejor de cada uno de ellos en su propio provecho. Al fin y al cabo todos eran peregrinos, y qué mejor gracia podría haber a los ojos de los dioses que la que aquellos le proporcionaran.

Como era de esperar las guerras se sucedieron, como si existiese la imperiosa necesidad de hacerse con un espacio vital sin el que Egipto parecía ser incapaz de vivir. El lejano sur volvió a convertirse en un encarnizado campo de batalla, y hacia él se dirigió de nuevo Senenmut a sacar partido a su carrera para encumbrarse en lo más alto. Las tribus de piel cobriza fueron otra vez derrotadas, y el botín conseguido de tal cuantía, que el escriba comprendió que aquellas campañas de castigo se habían convertido en una necesidad a la que los poderes de la Tierra Negra no estarían dispuestos a renunciar. En cada una de estas contiendas, él se distinguió, para terminar por recibir el favor real de manos del mismísimo faraón, quien lo condecoró públicamente haciéndole entrega de un brazalete de oro, un *menefert*, que lo destacó ante los ojos de los demás y que resultaría de gran importancia para su futuro.

Cuando en el cuarto año de su reinado Aakheperkara invadió Retenu, Senenmut lo acompañó, junto a sus más allegados, por aquel territorio hostil en el que se enfrentarían al reino de Mitanni. Durante los combates que tuvieron lugar el joven escriba daría muestras de su valía como estratega al ofrecer su consejo certero al dios, y cuando el ejército alcanzó las orillas del Éufrates, Senenmut presenció como el gran Tutmosis I erigió una estela en la que dejaba grabado su nombre para la posteridad, así como el de las Dos Tierras, pues ningún otro faraón había llegado nunca tan lejos. Igual que ocurriera en el reino de Kerma, Aakheperkara dejaba de este modo delimitadas las fronteras de su poder, para mayor gloria de Egipto y el suyo propio. El rey también dibujaba su mapa, como hiciese el escriba, pues aquel que no conoce sus límites acaba por perderse.

El regreso a Kemet, a través de las tierras de Canaán, se convirtió en un viaje triunfal en el que Senenmut viviría experiencias que le marcarían para siempre. En Naharina asistió a la caza de elefantes asiáticos a la que Tutmosis se entregó con un ardor que no dejó de sorprender al joven. La victoria tenía la propiedad de embriagar más que el *shedeh*, y desde el faraón al último soldado, todos se dejaron llevar por aquella euforia incontenible, pues en verdad sentían que sus conquistas formaban parte de un designio divino. El corazón ebrio se olvida del pensamiento, y eso fue lo que le ocurrió también a Senenmut cuando conoció el amor por primera vez.

En realidad, aquello poco tenía que ver con el amor, aunque el escriba aún no lo supiera. Nunca antes se había encontrado con él, ni sabía el rostro que tenía. Su vida había discurrido entre viejos papiros y maestros sapientísimos en cuyas enseñanzas se encontraba todo aquello que el joven anhelaba. Los muros de los templos habían conformado su hogar, y en él se había criado bajo la atenta mirada de los dioses, ajeno a la naturaleza de los hombres.

Atravesar Naharina, un vasto territorio situado en la zona septentrional de Siria, había supuesto toda una demostración del poderío de Tutmosis. La proximidad del reino de Mitanni no había significado ningún impedimento para que el faraón hubiera impuesto su vasallaje entre los pequeños estados de la región hasta llegar al Éufrates. Con Canaán pacificada, el ejército del dios había disfrutado de un verdadero paseo triunfal al atravesar de nuevo aquellas tierras, de regreso a Egipto. Un regreso que, como es sabido, había tenido una especial significación cuando, al paso por Niya, el señor de las Dos Tierras había llevado a cabo una cacería de elefantes que pasaría a la historia. Tras aquella aventura las tropas se dirigieron hacia el litoral dejando a su retaguardia un rastro de servidumbre humana fácil de seguir. No hay como un ejército victorioso, ahíto de botines, a la hora de emprender buenos negocios, y por ello toda una turba de buhoneros, feriantes y mercachifles se encargaron de acompañar a la soldadesca con el propósito de dar cumplida satisfacción a sus necesidades, siempre, claro está, en beneficio propio. Por las noches, tras la acampada, se negociaba con todo, y el vino corría de tal forma que en la madrugada se podía beber cualquier cosa que se le pareciera. A pesar de la disciplina que imperaba en el ejército, el faraón permitía que sus bravos se resarcieran de todas las penurias que se veían obligados a pasar durante los combates e interminables marchas en las que, en ocasiones, apenas disponían de agua para beber. Era bien sabido que el soldado y su pillaje no solían permanecer juntos demasiado tiempo, y por eso era mejor adelantarse, antes de que lo perdieran en el juego.

En semejante arte nadie mejor que los cananeos, para quienes el corazón de aquellos guerreros parecía ser un libro abierto. Allí se comerciaba con todo, y de forma especial con el mercado de la carne. Se podía asegurar, sin miedo a la exageración, que las meretrices conformaban otro ejército dispuesto a enfrentarse a diario con cualquier fiero combatiente que osara desafiarlo. Entre sus filas había rameras de toda condición, desde las veteranas a las bisoñas, que hacían valer su graduación dentro de aquellas huestes con una habilidad que causaba pasmo. Las había de toda etnia y pelaje; unas procedían de Anatolia, otras de Mesopotamia, algunas incluso de las islas bañadas por el Gran Verde, aunque proliferaran las sirias, que por algo eran autóctonas de aquellos reinos. Resultaba asombroso cómo la guerra podía llamar a su presencia a personas tan dispares, hasta conseguir eliminar cualquier frontera y congregar bajo su mando a los supervivientes de la Tierra. Siempre habría alguna contienda en algún lado, y hacia allá se dirigirían, en busca de un poco de aliento.

Aquel mercado conllevaba sus consecuencias. A diario se producían reyertas entre los soldados, y también robos y pendencias que traían consigo inevitables castigos. Los escribas militares eran los responsables de imponer las penas, aunque bien sabían ellos hasta dónde podían sentar la mano, y la necesidad de que la soldadesca se aliviara si querían evitar males mayores.

Senenmut fue, por tanto, testigo presencial de aquel trasiego diario. Cada noche, las meretrices iban y venían por el campamento en busca de su pecunio y, con el tiempo, hasta llamaban a los soldados por su nombre como si se conocieran de toda la vida.

—Bes anda suelto, Bes anda suelto —oía gritar el escriba a menudo entre risas y procacidades.

Al principio el joven se había sorprendido por la devoción que mostraba la soldadesca hacia el simpático genio, cuya veneración estaba muy extendida por Egipto, aunque luego comprendiera que el deforme dios enano representaba todo lo que aquellos guerreros deseaban en campaña: diversión, música, danza y embriaguez. Para muchos soldados no existía el mañana, y quién mejor que Bes para procurarles todo lo bueno que la vida pudiera ofrecerles. Las pequeñas bolsas en las que llevaban los dientes de oro y demás rapiña obtenida del vencido pasaban a mejores manos, aunque a los bravos poco les importara; al fin y al cabo era el tributo que debían pagar a su dios preferido.

Los dioses a quienes el escriba se había consagrado y los templos en los que había sido educado poco tenían que ver con aquel campamento. Allí solo había sitio para Bes, pues en verdad que parecía encontrarse por todas partes, omnipresente.

Él mismo terminó por prestarle toda su atención, aun sin proponérselo, pero así era aquel pequeño genio para quien la naturaleza humana no tenía ningún secreto.

La primera vez que la vio, Senenmut no supo qué pensar. Sin saber por qué la razón le abandonó, así como el buen juicio, para dejarlo postrado a los pies de los sentidos, tan ignorante como el último de sus soldados. Era una mujer bellísima, altiva, con el porte de una reina, aunque sus dominios se hallaran lejanos a cuanto el joven hubiera conocido. Ella no necesitaba rey, aunque sí tuviera trono y portara una tiara ante la cual todos los hombres se inclinaban. Nadie conocía su verdadero nombre pues carecía de importancia, como poco importaba su pasado, atrapado por el misterio. Todos la llamaban Astarté, y con eso era suficiente ya que era imposible encontrar un apelativo mejor con el que definirla, cual si se tratara de una irrealidad reencarnada.

Se contaban muchos relatos acerca de ella, como si su historia hubiese terminado por convertirse en leyenda, o puede que en un mito que había acabado por formar parte de aquellas tierras. Unos decían que la diosa del amor que llevaba su nombre la había prohijado, y otros que se había encarnado en aquel cuerpo de sublimes formas para sojuzgar a los hombres hasta hacerlos esclavos a su capricho, a su mirada, o a su férrea voluntad. Aseguraban que su corazón podía dar cobijo a la poderosa e irascible Sekhmet, y que Hathor destilaba dulzura por sus labios cuando aquella mujer se lo proponía, una ambigüedad que formaba parte del misterio que envolvía a su persona y la hacía parecer inalcanzable. Todo en Astarté se antojaba obra del prodigio: su risa embaucadora, la simetría de sus facciones, sus labios plenos, su exótica belleza y la oscura e insondable mirada que gobernaba sobre todo lo demás. Así era Astarté, la mujer ante la que sucumbió Senenmut sin que fuese necesario cruzar una sola palabra.

Astarté vivía en las afueras de Biblos, en un pequeño palacete surgido del ensueño que acompañaba a aquella mujer. Era un lugar extraño, como olvidado por el tiempo, al que solo acudían aquellos que estuvieran dispuestos a adorar a la diosa. Esta recibía a su voluntad, y su fama de maga hacía que fuese respetada y hasta temida por quienes la visitaban. Un buen número de fornidos esclavos y gráciles jóvenes se hacían cargo de sus necesidades, en tanto ella continuaba alimentando su leyenda, como si su vida fuese intemporal.

El ejército de Tutmosis acampó no lejos de allí. Próxima a aquella casa se encontraba la ruta que conducía al «camino de Horus», la vieja carretera que llevaba hasta la guarnición de Tjeru, en la frontera con Egipto, y que las tropas egipcias tomarían para su regreso a Kemet.

Una mañana se presentó en el campamento un negro enorme, ricamente ataviado, con un porte que causaba respeto y la mirada propia de quien es dueño de su propio destino. Hablaba con propiedad y en un tono que invitaba a escucharlo con atención. Varios generales, reunidos en la misma tienda, aceptaron recibirlo, más por la curiosidad que por otra cosa, y a fe que quedaron sorprendidos ante aquel hombre, quien, al parecer, había sido enviado por una diosa.

El mensajero habló con ellos cual si en verdad se tratara del representante de algún reino extranjero, e incluso les ofreció presentes, que hizo extensivos a cuantos allí se encontraban. Luego habló de su señora, la reina de corazones, a quien servía desde que tenía razón, para asegurarles que la puerta de su casa se encontraría abierta para agasajar a guerreros tan principales si ellos así lo deseaban. Al pronunciar el nombre de su dama, los allí presentes se miraron, ya que aquel nombre había llegado a convertirse en sinónimo de magia, de excelsos placeres a los que solo unos pocos podían acceder.

Cuando el emisario terminó de hablar, algunos príncipes y generales propusieron visitar aquel palacete en el que, aseguraban, habitaba Hathor rediviva, pues tal era su fama.

—Senenmut nos acompañará —dijo uno de los notables en tono jocoso—. Es preciso que algún sabio dé fe de los portentos que parece encerrar esa casa.

La ocurrencia fue celebrada, ya que el escriba era famoso por su rectitud y temor a los dioses, y nadie le había visto nunca tomar mujer.

De este modo hicieron saber al hercúleo emisario que visitarían a su ama aquella misma noche y, cuando cayó la tarde, el joven escriba se vio conducido hacia un templo bien diferente a los que conocía, y del que no sabía nada.

Los visitantes fueron recibidos como correspondía a personas principales. Los crótalos, timbales y gargaveros les dieron la bienvenida en tanto hermosas muchachas los acomodaban y les ofrecían vino. El lujo de oriente empezaba a mostrarse a los ojos de Egipto, y aquellos hombres alabaron la inesperada acogida con claros gestos de satisfacción y palabras de elogio. Eran diez los allí presentes, todas personas próximas al faraón, y cuando tras la algarabía inicial se corrieron unos cortinajes y apareció Astarté, todos enmudecieron.

La diosa los miró un instante, como solo ella sabía, y luego hizo un pequeño mohín que podía significar cualquier cosa.

—Bienvenidos a mi casa, hijos del Nilo —dijo con una voz tañida por el embeleso—. Quien quiera que esté dispuesto a sentarse a mi lado deberá olvidarse de que tiene alma.

Todos los invitados se miraron un instante, perplejos ante semejantes palabras pronunciadas en un egipcio perfecto, ya que no existía pueblo que creyera más en la vida ultraterrena que ellos. El *ba* era un concepto con el que ningún habitante de Kemet osaría nunca bromear, y mucho menos estar dispuesto a ponerlo en juego, pero no obstante nadie reaccionó ante el atrevimiento de la anfitriona, por lo que aquellos hombres se limitaron a mirarla con expresión atolondrada, cual si estuviesen participando de algún sueño.

Al observar sus semblantes Astarté rio como acostumbraba, igual que si de sus labios saliera una melodía, y todos volvieron a mirarse, esta vez de soslayo, quizá por ser conscientes de su insignificancia ante semejante mujer. Nunca habían visto otra igual, y en sus corazones sintieron el poder que se escondía en la oscuridad de aquellos ojos que les hacía sentir su propia fragilidad.

—Otra vez os doy la bienvenida a mi pequeño reino —volvió a repetir Astarté con amabilidad—. Como podéis ver es intranscendente, y en nada se parece al vuestro. Aquí no encontraréis un gran río, ni frondosos palmerales, y el único templo en el que podréis recogeros se halla dedicado al amor en todas sus formas, a la devoción a la caricia capaz de proporcionar el verdadero placer, aquel del que también participa el espíritu.

—Hablas de los goces como si ellos solo estuvieran reservados para el *ka* —se atrevió a decir alguien, y al punto hubo rumores de aprobación, ya que el susodicho era príncipe y estaba al mando de uno de los escuadrones de carros del faraón.

Astarté entrecerró los ojos un instante para observar a su interlocutor con más atención.

—Hablas con la autoridad del príncipe que eres —respondió la dama—. Mas he de confiarte que el placer carnal resulta demasiado efímero para que me satisfaga. Solo en la comunión entre los sentidos y el espíritu se encuentra la exaltación del verdadero placer.

—En verdad que tu reino es digno de Hathor —señaló uno de los generales.

Sus acompañantes aprobaron aquellas palabras, y Astarté rio con suavidad.

—En él podréis restañar vuestras heridas, nobles conquistadores —aseguró la anfitriona al tiempo que hacía un ademán con la mano para señalar a las jóvenes ninfas que la acompañaban. Hubo un murmullo de aprobación, ya que en verdad aquellas gráciles muchachas parecían salidas del mejor de los sueños.

—Las Divinas Cantoras de la diosa vaca —en clara referencia a Hathor— deberían aprender de tus doncellas —aseguró otro oficial, a quien el resto rio la gracia.

Aquel era un comentario zafio, ya que las Cantoras nada tenían que ver con la prostitución, aunque muchos gustaran de hacer chistes al respecto.

—La soldadesca no lo hubiera explicado mejor —se apresuró a decir la dama, que conocía muy bien cuál era la función de las doncellas que servían en los templos de Egipto.

Algunos se sintieron abochornados por el comentario de su camarada, pero las jóvenes enseguida se les acercaron a servirles vino y pastelillos, para luego acomodarse junto a ellos.

—Bes bendito, nunca vi tales beldades —exclamó uno al que ya se le iban los ojos sin ningún recato.

Astarté se sonrió, recostada sobre unos mullidos almohadones, en tanto calculaba hasta dónde podría llegar la generosidad de aquellos hombres. No había mayor prodigalidad que aquella que provenía de los bienes ajenos, y sus bravos invitados pasaban por su casa tras conquistar un imperio.

—Hablas muy bien el egipcio —intervino de nuevo el príncipe, que no dejaba de mirar a la diosa—. ¿Acaso conoces la Tierra Negra?

—Hablo nueve lenguas, noble señor. La tuya la aprendí en tu milenario país, hace ya mucho tiempo.

—De haberte conocido jamás hubiese permitido que lo abandonaras —aseguró el aristócrata, galante.

Astarté sonrió con coquetería.

—No hay como el halago en los labios de un príncipe —dijo esta—. ¿Me habrías cortejado?

—Habría puesto Egipto a tus pies —señaló el invitado, claramente enardecido por el tono de la diosa.

Esta volvió a reír de forma cantarina.

—¿Qué diría el faraón si te oyera?

—Lo entendería. Incluso puede que te hiciese reina.

Aquello era un disparate colosal, pero el vino hacía rato que había empezado a correr por los *metus* y las palabras se atropellaban empujadas por el ardor.

—Ya veo —indicó Astarté, sin inmutarse—. ¿Buscarías mi compañía?

—Más que ninguna otra cosa, diosa de oriente.

—Te advierto que mi amistad se mide en talentos.[33] Es lo apropiado para conseguir el favor de una diosa, tal y como aseguras que soy.

El príncipe asintió sin dar importancia a aquellas palabras. El talento era una unidad de peso muy en boga en algunos pueblos de Oriente Medio que representaba una fortuna.

—El altar en el que se te adore debe estar cubierto de oro, pues no en vano la piel de los dioses está constituida de este metal —indicó el príncipe, llevado por la prepotencia de su rango.

—Ja, ja. En tal caso permitiré que me adores. Acércate y bebe conmigo, pues estoy dispuesta a escuchar de tus labios el tamaño del tabernáculo que deseas erigirme.

Al invitado no hizo falta repetirle el ofrecimiento, pues al momento se apresuró a postrarse ante los pies de la anfitriona para halagarla de nuevo, para mostrarle su devoción, dispuesto a venerarla tal y como ella le había insinuado, sin importarle las ofrendas que tuviera que hacer a una diosa pagana.

Desde su particular universo, Senenmut presenció la representación que tuvo lugar con el temor del apóstata renegado de una fe que creía inquebrantable y la incapacidad absoluta de poder remediarlo. Sin lugar a dudas, aquel reino no parecía de este mundo, al menos el que él conocía, el único que le había interesado y del que jamás había pensado separarse. Pero todo formaba parte de un espejismo. ¿Cómo si no explicar su asistencia a semejante blasfemia? Era imposible encontrar una respuesta, sobre todo cuando en su corazón sabía que de haber podido él también hubiera caído rendido a los pies de aquella mujer, como aquel príncipe sacrílego, para ofrecerle cuantos sacrificios le pidiera con tal de conseguir sus atenciones, una cálida palabra, una caricia.

En realidad, el escriba se hallaba ausente de la holganza de sus acompañantes. Prisionero de unas emociones que no podía controlar, trataba de sobreponerse a un azoramiento que era incapaz de enmascarar. Todo lo aprendido en los templos allí no tenía valor. Se sentía desamparado, a merced de la tormenta cuando esta quisiera desatarse. Aquella mujer era un pozo oscuro en el que estaba dispuesto a desaparecer, sin importarle lo que pudiera encontrar en su interior, como si se tratase de un ánima errante, un condenado a vagar por el Inframundo.

Solo hizo falta que Astarté fijara en él su atención para que todas las admoniciones de los sabios de Egipto saltaran por los aires hechas pedazos, quemadas en pebeteros para mayor gloria de la perversa serpiente Apofis, la que cada noche porfiaba por destruir a Ra, el sol, en su viaje nocturno. Sin poder evitarlo llamó a Isis, Sia, Heka, Mehem, Ka-Maat, Nehes y Hu[34] en un intento de recabar su ayuda para que su barca solar no fuese pasto de los demonios, pero fue inútil; estos se habían apoderado de su *ba*, y con cada una de las miradas de aquella diosa pagana los genios del Amenti parecían acudir en tropel, dispuestos a destruirle para siempre. Astarté lo miraba, como solo ella sabía, de forma medida, justo cuando debía, cual si por algún motivo tuviera interés en su persona. Daba igual que aquel príncipe estuviese dispuesto a regalarle Egipto si ella así se lo demandaba, Astarté fijaba sus ojos en el escriba, oscuros y embaucadores, dueños de cuanto se propusieran. Él, que siempre se había tenido por maestro a la hora de leer los corazones ajenos, se veía ahora convertido en un niño, de los que acudían al *kap* para aprender los primeros símbolos sagrados, ignorante de toda sabiduría. Aquella mirada resultaba demoledora, pues era tan profunda que se le antojaba infinita, tal y como si nunca acabara por perderse. No existían horizontes en ella, solo la inmensidad y la certidumbre de que nadie podría jamás ser capaz de explorarla, de sumergirse en ella para averiguar hasta dónde podía conducir. El corazón de Astarté era un libro de piedra encerrado en su propio templo, un santuario en el que ella era a la vez diosa y sacerdotisa, y al que ningún acólito podría llegar.

Sin poder evitarlo Senenmut se sintió atemorizado. Aquella mujer era consciente de la esencia del *ka* del joven, del camino que este había recorrido, de su auténtica naturaleza. Su máscara de poco le valía ante ella, saltaba en pedazos ante la fuerza del ariete que aquella mirada de maga demostraba poseer. Ella sí podía ver en el interior del escriba, asomarse a su corazón para leer en él cuanto se le antojara, sin que Senenmut pudiera oponerse. ¿Cómo era posible? ¿De qué le habían valido las enseñanzas de sus maestros? Todo era un enigma. Un misterio que tomó cuerpo cuando el joven sintió cómo aquella diosa le hablaba con la mirada. Sin duda, había en ella un lenguaje oculto que Astarté quería que el escriba descifrara sin necesidad de cruzar una sola palabra, y el joven pudo entenderlo sin dificultad para mayor zozobra de su ánimo, hasta sumirse en el desasosiego. ¿Qué suerte de hechizo obraba en su persona?

El escriba no tenía dudas. Aquella mujer lo llamaba, lo requería con sus ojos de forma imperativa, cual si le dictara una orden que solo cabía cumplir. Pero... ¿Qué podría desear una diosa de un peregrino como él? Ante su vista, un príncipe de Egipto se mostraba dispuesto a encadenarse a su yugo y, no obstante, ella se interesaba en aquel simple acólito que poco poseía, y al que solo atraía la búsqueda del conocimiento.

Astarté lo invitaba a su reino y a él le resultaba imposible negarse. Aquel palacio se levantaba sobre columnas de magia y en sus lujosas salas dormitaba el encantamiento. Ella se encargaba de darle vida, con un simple pestañeo, y Senenmut se convenció de que no existía ejército en la Tierra capaz de hacer frente a semejante prodigio. Ni el dios Heka, mago entre los magos de Egipto, podría deshacer tales portentos, y mucho menos un escriba militar a quien Thot, el dios de la sabiduría, había decidido abandonarlo cuando más lo necesitaba.

Las ofrendas tuvieron lugar conforme a lo dispuesto. El vencedor tenía derecho al vasallaje, y aquel reino construido por el ensueño cobró su tributo como correspondía, hasta el último *deben*.[35] Los feroces guerreros sucumbieron ante el susurro de la fingida inocencia, ante el cálido roce de la doncella que los transportaba con sus manos hasta los Campos del Ialú, el paraíso al que todo egipcio esperaba llegar en la otra vida.

Y así los bravos se despojaron de su pesada impedimenta, del recuerdo de las interminables marchas a través del desierto, de los feroces combates y penalidades que habían sufrido durante aquella campaña, para abandonarse a los brazos que les procurarían alivio y calmarían la sed del eterno caminante. Desde su falsa torre de marfil, Senenmut vio como sus camaradas se perdían entre la espesura de los frescos palmerales que los aguardaban. Él no podía acompañarlos, pues se encontraba prisionero con mil sogas de las que nunca se podría liberar. Antes de que Astarté desapareciera en compañía del príncipe, ella volvió a mirarlo con mayor poder si cabía para grabar en su corazón aquel mensaje, con símbolos de fuego.

Senenmut abandonó aquella casa envuelto en una quimera. El infortunio se cebaba con su alma para convertirle en un hombre irresoluto, para quien no existía ninguna decisión que pudiera tomar desde la razón. Mientras volvía al campamento, la noche sin luna se confundía en su pensamiento con aquella mirada capaz de perderse en el firmamento. Era como un papiro misterioso en el que Astarté había escrito sus deseos. Un capricho surgido de la voluntad de una diosa que el escriba solo podía cumplir: vuelve pronto, te estaré esperando.

7

El deseo erigió su propio santuario, y cualquier pensamiento surgido del buen juicio quedó encerrado en él, para conformar un tabernáculo en el que solo había espacio para la pasión. No había un lugar peor para la razón pura, y Senenmut se vio atrapado en una realidad que lo consumía. Su capacidad para descubrir el verdadero camino, el que siempre había pensado que le correspondía, se había esfumado hasta convertirse en un vago recuerdo. Esa era la sensación que tenía el escriba, la de un hombre nacido de nuevo a la vida para quien todo lo pasado apenas tenía importancia. Ahora el deseo lo devoraba, un deseo al que veía el rostro por primera vez y cuya fuerza se le antojaba capaz de aplastar cualquier atisbo de voluntad sin ninguna dificultad. Era un poder contra el que Senenmut se hallaba indefenso, y no existía oración o letanía alguna que pudiese combatirlo. Aquella mujer había inoculado su veneno en lo más profundo de su ser, ya que era como si una semilla plantada en su propio *ka* hubiese fructificado, de forma prodigiosa, hasta convertirse en un bosque tan intrincado como el que formaban los papiros en el Delta. El escriba simplemente se veía incapaz de atravesarlos, de ver a través de ellos, cual si se tratara de una muralla formidable levantada por la propia naturaleza, en aquel caso la suya, contra la que no existía ninguna ley capaz de derribarla.

En realidad ahí estribaba el problema. En su desesperación, Senenmut era consciente de que no podía hacer nada por vencer su pasión. La imagen de Astarté se le presentaba una y otra vez, daba igual la hora que fuese o los ruegos que el joven quisiera elevar a los dioses. Ella gobernaba sobre cualquier juicio o propósito divino para aparecer cuando se le antojara, pletórica de fuerza, subyugadora, inconmensurable en su belleza, como correspondía a las criaturas de su rango. Su visión se convirtió en una tortura, al mostrarse inalcanzable para el escriba, y, sin embargo, él extendía sus brazos una y otra vez, ansioso de tocar al menos un pliegue de su vestido, de sentir en sus dedos el tacto de lo extraordinario, dispuesto a abrasarse si era preciso. Astarté se había convertido en una obsesión, y en semejante escenario no había cabida para el discernimiento.

Era inútil la sorda lucha que mantenía consigo mismo. Cuando la figura de la diosa parecía a punto de desaparecer, surgía su mirada, una mirada para la que se le habían terminado los adjetivos pues los contenía todos. Entonces aparecían sus labios en el imaginario para pronunciar su nombre, para requerirle a su lado, diciéndole una y otra vez que lo esperaba, que aguardaba su visita y que él estaba condenado a satisfacerla.

Se trataba de un juego diabólico en el que la poca sensatez que alumbraba su corazón sucumbía un poco más a cada momento. Conocer a Astarté se había convertido en una necesidad en la que el taimado dios del destino, Shai, parecía empujarle sin remisión. De algún modo Senenmut intuía las consecuencias de aquel febril deseo y los términos en que se firmaría la rendición de su alma; y no le quedaba sino aceptarlo.

Era ya noche cerrada cuando llegó al palacete, acompañado de un viejo soldado por el que sentía una curiosa inclinación. Como le ocurriera a otros muchos, su verdadero nombre era un enigma, ya que era bien conocida la afición de los egipcios por los apodos. A este le llamaban Sehem, un apelativo que había despertado el interés del escriba desde el primer momento, ya que Sehem personificaba un aspecto del poder del dios Ra y representaba al sentido del oído.[36] Al parecer aquel veterano era capaz de oírlo todo, de escuchar lo inimaginable, y sus palabras corrían por el campamento como si se tratase de verdades absolutas. Si Sehem aseguraba haberse enterado de algo, era mejor tomar sus advertencias en consideración, por lo que, junto al fuego de la acampada, sus camaradas prestaban mucha atención a cuanto tuviera que contarles, sobre todo cuando los prevenía de lo que estaba por venir.

—Mañana enviarán a los *hunu neferu* a primera línea para que se curtan como corresponde —aseguraba en tanto trasegaba todo el vino que caía en sus manos—. Nosotros los *menefyt*, los veteranos, permaneceremos a la expectativa, dispuestos a remediar cualquier desaguisado.

—¿Cómo sabes eso?

—Se lo he oído decir a un *mer mes* —aclaraba el soldado con la mayor naturalidad.

Aquello eran palabras mayores. Si lo había oído de labios de un general poco había que decir, y cuando al día siguiente se cumplía lo anunciado por el veterano, sus camaradas prorrumpían en alabanzas en su favor, para asegurar que no existía mejor oído que el de Sehem en todo el ejército del faraón, y que deberían elevarle a la condición de dios del chisme.

Como era de esperar, a Sehem siempre se le veía de acá para allá, rondando por el campamento, con sus orejas siempre prestas, ya que en muchas ocasiones solía sacar rendimiento a sus informaciones.

—El *sehedy sesh*, el escriba inspector, te tiene señalado. Ándate con ojo si no quieres que te muelan a palos. Tengo entendido que está dispuesto a retirarte parte del botín que te corresponde.

Advertencias de aquel tipo eran cosa de todos los días, y Sehem solía sacar beneficio por sus consejos, pues en esta vida todo tiene un precio.

Senenmut pronto tuvo conocimiento de sus andanzas, ya que el tipo se había ganado una merecida fama entre las tropas y muchos oficiales hasta hacían chistes al respecto con expresiones como: antes de hablar mirad debajo del camastro, no sea que Sehem os esté escuchando. Senenmut había ascendido al grado de *imira sesh*, escriba director, un empleo de la máxima importancia dentro del ejército, y con su autoridad había protegido en más de una ocasión al veterano soldado después de que se descubriera alguna irregularidad en su comportamiento. Era corriente que los combatientes quisieran adjudicarse alguna mano cercenada de más, hecho este en el que Sehem era un reputado especialista, algo que estaba muy castigado por los *sesh mes*, los escribas del ejército. No había cosa que más molestara a estos que intentaran engañarlos a la hora de transcribir sus informes, por lo que acostumbraban a ser inflexibles al dictar los castigos.

El día que Senenmut conoció a aquel veterano sintió inmediata simpatía por él. Sehem no era sino un superviviente más que recorría su propio camino, pero en el que se podía confiar. No había doblez en aquel corazón necesitado de la compañía ajena, y por tal motivo lo eligió para que lo acompañara a la casa de Astarté, ya que, entre otras cualidades, el veterano poseía la de la valentía.

Para Sehem aquel escriba director era como un dios. En su larga carrera, el viejo soldado había conocido a muchos, la mayoría engolados e insufribles, a la par de jactanciosos de sus conocimientos, y casi todos crueles. Sin embargo, Senenmut era diferente, si lo sabría él, un hombre docto donde los hubiese, capaz de leer los corazones como correspondía, y con la magnanimidad de un sabio que busca la santidad. Lo respetaba de tal forma, que junto a él se sentía empequeñecido, hasta el punto de que sus oídos, siempre inquietos, se taponaban, como temerosos de escuchar sus palabras, quizá por miedo a no entenderlas. Su alma pecadora le estaba agradecida por la atención que le había prestado, y cuando aquella noche fue requerido a su presencia para acompañarlo, Sehem tuvo el convencimiento de que, por fin, los servicios de toda una vida eran recompensados como correspondía, al haber sido elegido de entre el resto por aquel hombre justo.

De camino no intercambiaron palabra. Sehem no dejaba de estar intrigado por la naturaleza de aquella aventura, pero al llegar al palacete todas sus dudas se disiparon, pues bien sabía lo que se cocinaba en aquellos lugares. Él, por su parte, no había tenido oportunidad de visitar ninguno, ya que no disponía de posibles, aunque conociese de sobra las «casas de la cerveza».[37] En el fondo ambos lugares servían para lo mismo, y solo cambiaba la calidad del servicio que se ofrecía. Para el veterano resultó toda una sorpresa que el *imira sesh* acudiese a una casa como aquella, pues lo consideraba un ser elevado, aunque enseguida se dijo que no había nada como un dios dispuesto a convertirse en mortal cuando su naturaleza así se lo exigiera, y que era mucho más de fiar aquel que no se avergonzaba de sus necesidades que el que las escondía para aliviarse donde gobernaban las sombras.

Senenmut dejó a su acompañante junto a la entrada, sin saber lo que le aguardaba detrás de aquella puerta. Al apoyar su mano en ella, esta cedió sin apenas resistencia, y el escriba tuvo la certeza de que lo esperaban. Mas..., ¿cómo era posible? Nadie conocía sus intenciones, pues solo aquella misma tarde había decidido finalizar su sórdida lucha y entregarse a sus impulsos, sin saber siquiera si aquella diosa estaría dispuesta a recibirle. Sin embargo, todo parecía preparado por Shai, pues uno de aquellos fornidos servidores se apresuró a darle la bienvenida para, seguidamente, acompañarlo hasta la lujosa sala que tan bien recordaba, y en la que había perdido su corazón.

En ella una joven tañía el arpa arrancando de sus cuerdas dulces notas que invitaban al abandono, en tanto a su lado otra cantaba con voz melodiosa una canción que hablaba de amores no correspondidos. Había una suave fragancia en el ambiente que Senenmut no fue capaz de identificar, pero que envolvía la estancia con un perfume que parecía elaborado con la quietud. Allí no había lugar para la premura y menos para la inconveniencia, pues todo se mostraba prendido por los hilos del ensueño, presto para recibir al peregrino que huye de su realidad.

Sin duda, la de Senenmut había quedado olvidada en el sanctasanctórum de algún templo, o puede que simplemente no tuviera cabida en aquel reino. En este de nada le valían sus enseñanzas, ya que había sido creado como morada para las emociones, para la pasión desbocada, sin que la razón tuviera sitio en él. Allí una reina dictaba las leyes, y estas terminaban por cumplirse de manera inexorable. Astarté era la dueña de aquel mundo, el que ella había creado, y lo gobernaba como correspondía a una diosa que se sabía adorada por el corazón de los hombres.

La dama se encontraba reclinada sobre mullidos almohadones en el centro de la sala, envuelta en vaporosos velos, tan sutiles que parecían capaces de desvanecerse con el hálito del deseo, cual si hubieran sido urdidos con hilos de fantasía. Bajo ellos, la ilusión cobraba formas que parecían surgidas de una irrealidad y que, no obstante, se manifestaban con la fuerza de lo tangible. Al reparar en su presencia, Astarté giró el rostro hacia Senenmut, al tiempo que alargaba un brazo para ofrecerle su mano. Estaba tan hermosa que el escriba se aproximó a ella como si sus pies tuvieran vida propia, vacío de voluntad, como lo haría un vulgar siervo.

—Sé bienvenido de nuevo a mi casa, Senenmut, y siéntate junto a mí —dijo la anfitriona con una voz suave y a la vez autoritaria, ante la que no cabía oposición.

El escriba se sorprendió al escuchar su nombre de labios de la diosa, ya que no había cruzado ninguna palabra con ella, y esta rio al ver su azoramiento.

—En mi palacio las paredes tienen la facultad de oír. No debes sorprenderte por nada de lo que veas aquí. Los sueños cobran vida cuando nacen del corazón.

El joven no supo qué contestar, como si un genio maligno le hubiese privado del habla. Ella volvió a reír.

—No deberías extrañarte. Tú mismo me dijiste tu nombre al mirarme por primera vez —aseguró la dama en tono enigmático.

El escriba se mostró turbado y Astarté lo acarició con sus oscuros ojos.

—Senenmut —volvió a repetir la señora—. Un nombre poco usual para un egipcio y que, no obstante, hace justicia a tu naturaleza.

—¿Mi naturaleza? —inquirió el joven, perplejo.

—Ella te hizo distinto a los demás, aunque haya terminado por conducirte hasta mi casa.

Ante aquellas palabras Senenmut se sintió cohibido.

—No debes incomodarte por ello —prosiguió Astarté, que había adivinado el desasosiego de su invitado—. Me satisface que hayas venido a visitarme.

El joven cobró fuerzas para mirar por primera vez a la diosa. Esta le sonreía, seductora, sabedora del poder que ejercía sobre su acompañante, sin importarle demostrárselo.

—Despójate de toda confusión. Solo has cumplido mi deseo. ¿Recuerdas? —continuó ella.

El joven asintió de forma mecánica.

—Era necesario que volviera —dijo Senenmut, sucinto, tras recobrar el ánimo.

—Sabes que te estaba esperando.

—No acierto a comprender lo que ves en mí para aguardar mi regreso.

—Quizá deberías preguntarte qué es lo que ves tú para querer disfrutar de mi compañía.

—Ya conoces la respuesta, como tantas otras cosas de mí.

—Solo sé lo que tú me muestras, Senenmut.

—En tal caso leerás en mi corazón el fuego que me atormenta y soy incapaz de apagar —se atrevió a decir el escriba.

—En verdad que me halagas. Me alegro de que hayas venido. ¿Crees que mi agua podría apagar ese fuego del que hablas?

Senenmut volvió a agitarse, pues las palabras de aquella diosa tenían la facultad de confundirle.

—Me encuentro en un desierto desconocido, abrasado por un sol que no escucha la plegaria.

—Ja, ja. No hay duda de que eres un hombre docto. ¿Quizá Ra Horakhty se ha ensañado contigo? ¿No es así como llamáis al sol del mediodía?

—Más parece cosa del Amenti —se apresuró a decir el joven, que al punto se arrepintió de su juramento.

—¿Tan diabólica me ves? Me han definido de muchas maneras, pero nunca me habían identificado con los genios del Inframundo.

—Te ruego que me perdones, gran reina —se lamentó Senenmut, algo sorprendido por el conocimiento del país de Kemet que mostraba aquella mujer—. Más bien parece que es Hathor quien se encuentra azuzando el fuego que me consume.

Astarté volvió a reír, complacida.

—De criatura de la noche pasé a convertirme en reina.

—Soy consciente de que posees un reino que solo te pertenece a ti.

—En eso llevas razón. Aquí no hay lugar para la espada, y solo doy asilo al hombre que viene con la mano tendida. ¿Y dices que fue Hathor quien te impulsó a llegar hasta mí? —inquirió ella, seductora.

—La diosa del amor te dio vida para hacerte dueña de mis sueños —dijo el joven, dejándose llevar por sus emociones.

—Ja, ja. He de dar, pues, gracias a Hathor por el favor que me otorga al conducirme hasta tu corazón.

—Tú fuiste quien se abrió paso en él. La diosa vaca avivó la llama que tú encendiste.

Astarté hizo un gesto de satisfacción y casi de forma imperceptible puso su mano sobre el brazo de Senenmut. Al sentirla, el escriba creyó desfallecer en tanto su anfitriona se complacía íntimamente. Para esta el amor no tenía secretos, ya que el reino en el que habitaba había sido conformado con los mil ardides que se ocultaban en aquel sentimiento cuando no era verdadero, un reino forjado a golpe de engaños e intereses durante toda una vida, que habían terminado por delimitar las fronteras de aquel mundo misterioso sobre el que se levantaba su palacio. Para Astarté los hombres no tenían secretos, y cuando la visitaban sus almas quedaban desnudas a la vista de la diosa, que se regocijaba íntimamente ante la oscuridad que le mostraba su tosca simpleza o su insufrible soberbia. No había mayor placer para Astarté que ver cómo la brutalidad se rendía a sus pies sin necesidad de conflicto alguno. Ella encadenaba a los hombres a su yugo con una simple mirada, con un roce de sus manos. Entre sus brazos los convertía en esclavos, inoculándoles su hechizo; daba igual cuál fuese su condición. Ellos juraban entregarle sus vidas, cuanto poseían, imperios si era preciso, pues enloquecían hasta jurar lo imposible, ya que así era su naturaleza. Sin embargo, Astarté se mostraba implacable con quienes demostraban ser prisioneros de su propia debilidad. Su verdadero mundo se encontraba en un lugar demasiado lejano para que ellos pudieran entenderlo. Simplemente se valía de sus necesidades para mantenerse alejada de su poder, recluida en su templo, cuyo sanctasanctórum jamás abriría a ningún hombre. Una vez alguien le robó el corazón, para terminar arrastrada por los caminos de la perdición, y en ellos tuvo que sobrevivir hasta que el destino consintió en hacerla reina. Entonces desde su trono extendió su magia, y todo a su alrededor se durmió en el ensueño.

Cuando Astarté vio a Senenmut por primera vez no pudo dejar de sorprenderse. Nunca antes había entrado en su reino un corazón como aquel. Ella penetró en su interior sin ninguna dificultad, para descubrir una luz purísima que la intrigó al momento. Jamás había visto algo parecido en el alma de ningún hombre. Allí no existía oscuridad, ni bajas inclinaciones que pudiesen amenazar a aquella claridad cuyo fulgor surgía de lo más profundo. ¿De dónde provendría? ¿Qué hechizo encerraba aquel joven que le hacía tan diferente a los demás? La diosa se sintió atraída por lo que ella consideraba un prodigio y, a pesar del galanteo que sostuvo con el príncipe, continuó atisbando en el interior de su joven invitado hasta conseguir que este se interesara por ella. En el fondo era como los demás, un ariete en poder del impetuoso arrebato, en el que el ardor hacía imposible la aparición de la razón, o el juicio más elemental.

Sin embargo, Astarté continuó indagando, y al contacto de sus miradas aquel corazón se despojó de cualquier máscara que pudiese poseer para revelarle una inocencia que enseguida la regocijó. No había duda, aquel joven no conocía el amor, y semejante detalle la llevó hacia pensamientos perversos que le produjeron un íntimo placer. Solo fueron necesarias las miradas apropiadas para que su veneno quedara inoculado en el escriba, que se mostraba tan confundido, que resultó sencillo para la diosa adivinar cuanto sucedería.

Ahora que tenía al joven junto a sí, Astarté pudo examinar a sus anchas todo aquello que le interesaba. Senenmut era un cruce de caminos, una encrucijada en la que se daban cita el conocimiento, la devoción adquirida en los templos y una naturaleza apasionada que, sin duda, había permanecido agazapada hasta aquel instante, como dormida, a la espera de despertar a la vida. Había verdadero poder en ella, y semejante detalle excitó a la dama, sobre todo por el hecho de que el escriba no fuese totalmente consciente de ello. Sin embargo, para Astarté no había duda, y mientras conversaba con el joven calculó hasta dónde podría conducir a este la fuerza de la pasión que llevaba dentro. Seguramente, habría huido de ella durante los años que había pasado en el interior de los templos, absorto en el estudio de los antiguos papiros, de la escritura sagrada, o los complejos rituales que allí solían tener lugar. Ella conocía bien Egipto, pues no en vano la tierra de los faraones había formado parte de su vida, un pasado lejano que solo le pertenecía a ella. Había verdadera fuerza en aquel escriba, y la diosa vislumbraba en él un poder que podía llegar a abarcarlo todo.

Astarté abandonó aquellos pensamientos e hizo una señal para que le sirvieran vino, luego clavó su mirada en Senenmut, como solo ella sabía, de forma irresistible a la vez que embaucadora, capaz de tirar abajo cualquier muro que se le opusiera, con la maestría de quien había hecho sucumbir a miles de amantes.

—Dime, Senenmut —señaló, casi en un susurro—. ¿Qué deseas de mí?

Al escuchar aquellas palabras, el joven se sintió desfallecer. Sin poder evitarlo se enardeció, al tiempo que trataba de encontrar un resquicio para recobrar el buen juicio; pero fue inútil. No disponía de armas para luchar en aquella batalla que estaba condenado a librar.

—Ya sabes lo que quiero —se atrevió a decir el escriba—. Seguramente un imposible, como también lo era tu imagen cuando se me presentaba a todas horas, cual un sueño interminable en el que no obstante te desvanecías en cuanto trataba de tocarte.

—Dame pues tu mano —le invitó la diosa, para acto seguido tomarla entre las suyas.

Astarté la acarició con suavidad y Senenmut notó como sin poder evitarlo se inflamaba.

—Tu mano está hecha para gobernar —dijo ella en tono misterioso—, y también para el amor. Siento en ella una magia capaz de crear lo sublime.

—Tú me pareces sublime —señaló él, presa de una excitación apenas contenida.

—En tal caso... ¿Me adorarías?

—Dominas mi pensamiento desde el momento que te conocí.

—Ja, ja. Sabes cómo halagarme, pero he de confesarte lo poco de fiar que me parecéis los hombres —indicó la diosa, maliciosa—. ¿Cómo sé que tus palabras son verdaderas?

—Eres Hathor reencarnada y estoy dispuesto a servirte. Te amaría hasta el final de mis días —aseguró Senenmut, llevado por la impaciencia.

Astarté volvió a reír.

—He de advertirte que jamás daré mi corazón a ningún hombre —dijo seguidamente.

El joven pareció recapacitar.

—Olvidaba que tu amistad se mide en talentos —recordó el escriba—, y yo apenas dispongo de algunos *deben*. Sin embargo, en los templos aprendí que no hay nada tan valioso como la palabra justa, y que esta solo se encuentra en el corazón de los purificados. Su alma siempre es justificada cuando se presenta ante el tribunal de Osiris.

—¿Acaso me ofreces tu inmortalidad? —inquirió Astarté, perpleja, pues bien sabía ella lo trascendental que era para un egipcio el juicio final.

—Te ofrezco amarte, aunque todo forme parte de un sueño.

A Astarté le satisfizo aquella respuesta.

—Tu corazón me complace —musitó mientras se acercaba más al joven—. ¿Lo abrirías para mí?

—Ya lo abriste con tu primera mirada —aseguró el escriba, que difícilmente podía disimular su ansiedad.

La diosa lo observó fijamente durante unos instantes, y luego le sonrió.

—Acércate más a mí —musitó la dama—. Deseo aspirar tu esencia.

Desconcertado, Senenmut hizo lo que le pedían, sin saber muy bien hacia dónde le conduciría el camino que, súbitamente, se abría ante él, en tanto que Astarté se excitaba al ver el efecto que causaba sobre el alma virtuosa que estaba a punto de devorar. Se trataba de una experiencia nueva para ella, que despertó sus más oscuros instintos, sin proponérselo, cual si un festín inesperado hubiese sido servido a su mesa después de interminables días de ayuno.

—Los dioses te han guardado para mí —susurró Astarté, en tanto aproximaba sus labios para ofrecérselos al joven—. Entra en mi templo y adórame.

Al escuchar aquellas palabras Senenmut creyó volverse loco. De repente todos sus *metus* se taponaron y la sangre que circulaba por ellos huyó de su corazón para dejarle sin pensamientos, huérfano de toda razón y buen juicio. Una fuerza desconocida empujaba sus fluidos vitales hacia su miembro, como si el iracundo Set en persona desatara la peor de las tempestades para mostrar al escriba una furia desconocida hasta entonces. Al notar aquella boca tan próxima, el joven se precipitó al abismo, sin preámbulo alguno, cual si necesitase encarecidamente el vértigo de una caída cuyo final carecía de importancia. No existía divinidad en Egipto a la que poder encomendarse en aquel viaje en el que se enfrentaba a una parte de sí mismo de la que no sabía nada.

Sin embargo, una mano lo detuvo, de forma imprevista, para hacerle tomar consciencia de que en aquel abismo no se encontraba solo.

—Yo conduciré tus pasos —oyó que le decía una voz que parecía ser obra del hechizo—. En el reino en el que te encuentras yo soy dueña del tiempo, pues en el amor que has de darme no hay lugar para la premura. Solo así podrás adorarme como corresponde.

Senenmut abrió los ojos para ver cómo aquella diosa lo avasallaba con su mirada, a la vez que le mostraba una pequeña parte del inmenso poder que encerraba aquel cuerpo al que estaba dispuesto a entregarse sin condiciones. Su voluntad había desaparecido, y solo le quedaba dejarse guiar hacia las profundidades del templo en el que estaba dispuesto a sacrificarse.

Aquel detalle pareció satisfacer a la diosa, quien, con manos hábiles, recorrió el cuerpo del joven para detenerse justo donde debía, con la sabiduría que solo una divinidad semejante podía poseer, atesorada con el paso de los años, o quién sabe si de los milenios, ya que todo resultaba posible. Si antes pensaba que la imagen de aquella maga había llegado de la mano de un sueño, ahora Senenmut estaba seguro de que formaba parte de él. Aquella ilusión había terminado por cobrar vida para convertirle en protagonista, aun a riesgo de perder su alma. En aquel escenario solo había lugar para los instintos, para el papel de una pasión de la que el joven nada sabía y que, no obstante, surgía de lo más profundo de sí mismo con la fuerza de un gigante; incontenible, sin posibilidad alguna de que fuese refrenada. Senenmut se dejó hacer en tanto elevaba sus súplicas al imaginario e intentaba aferrarse a unas formas que le llevaban a la enajenación. Él era la ofrenda de aquel sacrificio y su sitio estaba sobre el altar en el que sería consagrado para mayor gloria de Astarté.

Esta hizo honor a su naturaleza para amarrar al escriba con los hilos que solo ella era capaz de tejer. Así, despojó al joven de toda máscara, de cualquier escudo con el que poderse proteger, para someterlo a su voluntad. Entonces, cuando lo vio inerme, se despojó de su frazada para mostrar la oscuridad de su alma y dar salida a sus inclinaciones. Era un corazón tenebroso, en el que la vida había dejado grabado lo peor de sí misma, pero que el joven era incapaz de ver. El amor no tenía secretos para Astarté. Esta buscaba el placer en todas sus formas, y hacia él condujo a su amante, para enseñarle lo que nadie más podría y condenarlo a quedar prisionero de su mundo para siempre.

Entre aquellos brazos, Senenmut perdió cualquier atisbo de juicio que le pudiera quedar. El deseo lo abrasaba y, mientras Astarté recorría su cuerpo con la sutileza de sus caricias, él enloquecía en tanto se sometía tal y como ella quería. De este modo el joven llegó al paroxismo, al experimentar goces que ignoraba pudieran existir y que lo inflamaron de tal forma que la diosa esbozó un gesto de satisfacción al observar como aquel hombre estaba listo para el sacrificio. Este tuvo lugar tal y como ella había planeado, sabedora de que un corazón inocente le era entregado en la pira de las ofrendas, donde quedaría marcado para toda la eternidad.

Astarté se acopló sobre él, como a ella le gustaba, dominante, y al sentir el miembro bien dentro de sí experimentó una oleada de placer. Aquel joven podía ser un buen amante, y ella se regodeó ante los goces que la aguardaban. Sentada sobre el escriba comenzó a cabalgar con el ritmo justo, a contonearse con la habilidad que solo ella poseía y con la que arrancaba en el escriba gemidos que hacíanle parecer un ánima perdida. Semejante idea la satisfacía, pues no había mayor placer para su corazón que ver cómo el alma de un hombre se precipitaba al abismo por su causa. Ella inyectaba su ponzoña, la misma que una vez le habían transmitido, en tanto Senenmut se aferraba a sus turgentes pechos, como si se asiera a una tabla salvadora en medio de la tormenta en un mar embravecido. Con cada movimiento de sus caderas, la diosa arrancaba de él lamentos de ultratumba, quejidos y gimoteos que se convertían en súplicas de quien ya no podría hallar el descanso. Senenmut estaba condenado de por vida a buscarla una y otra vez, daba igual dónde se encontrara, ávido del placer que ella le proporcionaba, anhelante de lo que terminaría por convertirse en un espejismo.

Astarté tenía razón; ella gobernaba el tiempo en su templo, y el escriba jamás sabría cuánto había durado aquella ofrenda, quizá un suspiro, o puede que una eternidad. Hacía mucho que el paso de las horas se había detenido para él, y este solo pudo ser consciente de la llegada de la apoteosis, de la explosión de una pasión exacerbada que le había hecho galopar por tierras que nunca hubiese sospechado que existieran. Su jinete lo había espoleado sin compasión, y él había continuado en su alocada carrera dispuesto a no detenerse, a permanecer el resto de sus días sometido entre los muslos de una diosa de la que jamás le habían hablado.

El final se precipitó de forma inesperada, cuando Astarté deseó que ocurriera. Ella eligió el momento y, cuando este llegó, el escriba creyó que su *ka* escapaba de su ser como impelido por la furia de Set, y que su *ba* abandonaba su cuerpo cual si se tratara de la «salida al día», el momento en el que el alma del difunto abandonaba la tumba en la mañana para no regresar hasta la noche. Algo en su interior se precipitaba para convertir su exacerbado deseo en fuego surgido de sus entrañas. Senenmut se arqueó en una serie de convulsiones que parecían no tener fin y, mientras su diosa le acompañaba, esta clavó la mirada en su amante al tiempo que esgrimía un gesto de extraña complacencia. Entonces el escriba abrió los ojos para encontrarse con aquella luz, profunda y perturbadora, y el joven tuvo la sensación de que lo devoraban, que Astarté había penetrado en lo más profundo de su corazón para robárselo, y que sus pensamientos pasaban a las manos de la señora de aquel reino misterioso en el que nada de lo que había conocido con anterioridad tenía valor.

De alguna manera allí había muerto para volver a nacer, en el altar que Astarté había dispuesto para él. Ya nada sería igual.

8

Senenmut se despertó sobresaltado, sin saber muy bien dónde se encontraba. Era como si saliese de un sueño pesado en el que se había sentido consumido por un deseo que lo había dejado extenuado. ¿Formaba parte de una ilusión? ¿O simplemente, todo era obra de un colosal hechizo en el que había participado empujado por poderes que le sobrepasaban? El escriba parpadeó repetidamente, en un intento por tomar conciencia de su situación, y al momento reconoció la sala en la que su *ka* le había abandonado para pasar a otras manos, a las que él mismo lo había ofrecido. Ahora aquella estancia estaba vacía y extrañamente silenciosa. El arpa que le recibiera permanecía en un rincón, cual si hubiese sido olvidada, y la voz de la joven cantora hacía ya mucho que se había apagado, como parte de un recuerdo lejano. Solo llegaba hasta sus oídos el crepitar del fuego en los pebeteros, en tanto la delicada fragancia que desprendían invitaba al escriba a continuar en el estado de abandono en el que se hallaba.

Todo resultaba confuso, y a la vez extrañamente claro, como si se tratara de un misterio en el que lo tangible y lo irreal se entrelazaran para dar vida a un escenario imposible del que el joven había participado. ¿Qué había de quimera en ello? ¿Dónde terminaba la realidad para dar paso al ensueño? Aquellas cuestiones tuvieron cumplida respuesta al reparar en los mullidos almohadones sobre los que se encontraba, en la copa en cuyos bordes había quedado marcado el rojo de unos labios, en el olor de una diosa que había impregnado con su esencia aquel lecho en el que el joven había enloquecido.

De forma repentina la luz se abrió camino en su corazón con la velocidad del rayo, y al punto Senenmut buscó a su amada con desesperación inaudita, con la mirada anhelante del sediento al encontrar por fin el oasis salvador. Súbitamente los recuerdos cobraban vida para llegar en tropel, convertidos en un maremágnum de emociones cuyo origen tenía un nombre: Astarté. Sin poder evitarlo el escriba se estremeció, y al punto buscó, frenético, a la reina de un mundo que lo había esclavizado, quizá para siempre; Astarté...

Senenmut musitó su nombre, primero con reverencia, para más tarde elevar la voz y llamarla con la angustia del perdido.

—Astarté —insistió una y otra vez el escriba, presa de la desazón—. ¿Estás ahí?

Pero no hubo respuesta. Solo llegó a sus oídos el eco de sus palabras, como si procedieran de algún lugar lejano, más allá de las paredes de aquella sala en la que el misterio gobernaba sobre todo lo demás.

Al punto el joven se incorporó, y presa de la ansiedad volvió a buscar a la diosa con la mirada, recorriendo cada rincón de aquella estancia; mas no había nadie. Entonces, sin proponérselo, vinieron de nuevo a su corazón las imágenes de Astarté mientras se amaban, y el joven no pudo evitar emitir un gemido lastimero en tanto notaba como el deseo se apoderaba de él una vez más. Lejos de saciarse, Senenmut parecía encontrarse más sediento que antes, como si el amor que había bebido contuviese un hechizo capaz de corroerle hasta el alma. Se trataba de una sed que no podía aplacar y, cual si fuese un autómata, el escriba recorrió aquella sala en busca de una fuente de la que poder beber, la única capaz de devolverle la cordura, de proporcionarle el alimento que su maltrecho corazón anhelaba.

Pero el manantial del que brotaba el agua que necesitaba había desaparecido, y de Astarté solo quedaba el perfume con el que su cuerpo había impregnado el lecho en el que Senenmut se había entregado por primera vez. No había ni rastro de ella, como si todo hubiera formado parte de una quimera.

Súbitamente, el joven escuchó unos pasos que se aproximaban. Le llegaron apagados, como si en realidad no fueran, sino una parte más de la ilusión en la que el escriba creía encontrarse. Todo parecía obra de su imaginación y, sin embargo... Alguien se acercaba, y al momento Senenmut volvió a buscar con la mirada a la reina ante la que había claudicado, con la esperanza de volver a echarse en sus brazos y poderle ofrecer cuanto le pidiera...

—Astarté, ¿eres tú? —volvió a repetir con ansiedad.

Pero nadie contestó. Solo aquellos pasos se hicieron eco de su anhelo para al poco convertirse en una realidad bien distinta a la que el escriba esperaba. De entre la penumbra surgió una figura imponente que el joven reconoció al momento, pues se trataba del mismo hombre que lo había recibido a su llegada.

—¿Y Astarté? ¿Dónde se encuentra? —inquirió Senenmut con impaciencia—. Debes decirle que la espero, que ardo en deseos de adorarla de nuevo.

—Mi señora se retiró a descansar —dijo el extraño sin inmutarse.

—Llévame entonces ante ella —suplicó el joven, excitado.

—Nadie puede perturbar su reposo.

—Pero... —se quejó el escriba.

—Ningún hombre penetra en su santuario —advirtió el sirviente—. Ahora debes marcharte.

Senenmut miró a aquel hombre, que parecía haber sido tallado en diorita, como si se hallara perdido, abandonado a su suerte.

—He de adorarla de nuevo —musitó el joven, desconcertado.

—Vuelve otro día y mi señora aceptará tu ofrenda —señaló el esclavo en un tono que no daba lugar a la réplica.

El escriba observó a aquel tipo hercúleo y, sin salir de su zozobra, lo siguió hasta el portón que daba acceso al pequeño jardín, incapaz de articular palabra. Cuando las puertas se cerraron a su espalda, Senenmut pensó que su sueño se desvanecía para devolverle a una realidad que ya no tenía sentido para él. Ahora formaba parte de aquel reino misterioso al que era preciso regresar para venerar a la diosa que lo gobernaba, y al abandonar aquel palacete, el joven supo que una parte de sí mismo quedaba allí sepultada, quizá para siempre, bajo las losas del templo de Astarté.

Recostado contra la valla del jardín, Sehem dormitaba, y al reparar en el escriba director, el soldado se incorporó de inmediato en tanto se frotaba los ojos. Aquel escriba parecía un hombre diferente al que había acompañado, y al observar su rostro, el veterano tuvo la impresión de que su superior había sufrido el peor de los hechizos, cual si le hubieran robado el corazón. En el camino de regreso no cruzaron ni una sola palabra, y al llegar al campamento Sehem ya no albergaba ninguna duda: el escriba había sido apresado con ligaduras que solo un *heka* podría desatar.

Durante los siguientes días, Senenmut vagó de acá para allá, cumpliendo funciones que a él mismo se le escapaban y ningún soldado se atrevería a juzgar, siempre temerosos a los castigos que solían infligirles por la menor falta. Sehem conocía el motivo de aquel inusual comportamiento, pero por primera vez se abstuvo de hacer el menor comentario al respecto a sus camaradas; e incluso alabó la conducta del escriba.

—Estamos de suerte, compañeros. El *imira sesh* vela por todos nosotros. Su palabra es justa y cuida de nuestros botines y pertrechos. Ojalá todos los escribas fuesen como él —ensalzó Sehem.

—¿Adónde lo acompañaste? Cuentan que la otra noche fuiste con él hasta el templo de Hathor —dijo uno, malicioso, lo que provocó risotadas.

—Chsss. ¿Estáis locos? Sois unos insensatos. Sabed que el escriba director cumple una misión secreta de la que no puedo hablar. Si se entera de que os burláis os enviará a las minas del Sinaí. Sé de buena fuente que el dios le tiene en gran estima y que cuando finalice esta campaña le dará un alto cargo en el Estado.

Si Sehem aseguraba aquello, nadie se atrevería a negárselo, y de esta forma el veterano evitó que los habituales chismes junto al fuego de campamento se convirtieran en algo más que una simple hablilla.

Sin embargo, el viejo soldado sabía que la visita se repetiría, y por ello no se extrañó cuando Senenmut le requirió de nuevo para que le escoltase hasta la casa de Astarté. Después de ser incapaz de conciliar el sueño durante dos noches, el escriba peregrinó al templo de la diosa, consumido por el deseo, para adorarla como se merecía; pero esta no le recibió.

Senenmut creyó que su mundo se derrumbaba por completo, que su vida ya no tenía sentido, que era un hombre sin identidad, perdido en un desierto sin horizontes en el que no existía ninguna salida. Allí no había oasis en los que poder calmar la sed, ni solitarias palmeras bajo las que protegerse del implacable sol. Era un paria a merced de las inclemencias, condenado a arrastrar sus pies por unas dunas que no acababan nunca. La arena cubría sus huellas de forma inexorable y a él solo le quedaba vagar como un condenado, con la esperanza de que tras la siguiente duna se encontrara con el espejismo, y el templo de Astarté se alzara ante sus ojos para darle refugio eterno. Su alma no hallaría el descanso hasta que las puertas de aquel palacio se abrieran de nuevo para darle cobijo. En su desesperación, el escriba se dijo que nunca abandonaría aquel lugar, que moriría allí si era preciso, pues a tal extremo llegaba su enajenación. Luego, cuando se avenía a escuchar la voz de la razón, el joven se llevaba las manos al rostro, horrorizado por su impiedad, espantado ante el hecho de menospreciar a la Sala de las Dos Verdades, donde algún día sería juzgado por desairar a Osiris, el señor del Más Allá. Thot sería severo con él al apuntar uno por uno sus pecados, inflexible ante un hombre que había sido iniciado por los más sabios en los templos de Egipto y, no obstante, había decidido abominar de sus enseñanzas para entregarse a los brazos de los instintos más bajos, sin importarle su *ba* ni el significado del *maat*.

Sin embargo, no le importaba. Senenmut había descubierto en su interior una naturaleza a la que no podía renunciar. Esta había despertado de forma inesperada para mostrarle una pasión que se le antojaba monstruosa, capaz de enfrentarse a la terrible Ammit, la «devoradora de los muertos», sin temor a que su alma fuese engullida por la diosa. Ya nada importaba, y en la soledad de su tienda el joven terminaba por encontrarse con la imagen de Astarté que le invitaba a satisfacer su deseo. Sin duda, se trataba de una divinidad; ¿cómo, si no, podía hacerse presente a su capricho? En cualquier rincón aparecían sus ojos, negros e insondables, dispuestos a ver cuanto ocurría, a guiar los pasos del escriba por el borde de aquel abismo al que le conminaba a arrojarse. Era inútil resistirse a su conjuro y cada día, a la caída de la tarde, el escriba se ponía en camino para continuar su peregrinaje, con la esperanza de que Astarté le permitiera al fin sacrificarse.

Sehem acabó por convertirse en su fiel acompañante. Siempre silencioso, se aventuró en aquel reino en el que, sabía, solo podía imperar el sufrimiento. Sus ojos y oídos de soldado viejo conocían lo que encerraba aquel palacete en el que se daba alimento a la peor de las miserias: la humana.

A él no podían engañarlo, por muchos oropeles que tuviera el disfraz, y se lamentaba interiormente ante el hecho de que un lúcido servidor de los templos y un hombre de la peor condición pudieran tener que pagar el mismo tributo cuando una reina los conquistaba; así eran las cosas.

Por fin una tarde Astarté se avino a recibirlo y, cuando Senenmut traspasó el portón que daba acceso a la casa, Sehem pensó que la insistencia del escriba solo podía traerle mayores desdichas. Como ocurriera la vez anterior, un hombre hercúleo acompañó al joven hasta la sala que tan bien recordaba y con la que no había dejado de soñar ni una sola noche. Senenmut cerró sus ojos unos instantes para dejarse envolver por el ambiente. Las mismas notas del arpa, la cristalina voz de la cantora, el embriagador perfume que invitaba al abandono...; todo cobraba vida de nuevo para convertir la realidad en sueño, o puede que para despertar de él.

El escriba se dejó llevar, y al abrir los ojos buscó con mirada anhelante el altar en el que una vez se ofreció, los mullidos almohadones donde estaba dispuesto a inmolarse cuantas veces fuera preciso. Al verlos, el joven sintió como su pulso se aceleraba. El corazón hablaba por sus muñecas al tiempo que lo empujaba a rendir pleitesía a la reina que lo había esclavizado. Allí estaba ella, cómodamente reclinada, envuelta en su propio misterio, inalcanzable.

Al fijar su atención en el escriba, Astarté extendió uno de sus brazos para invitarle a aproximarse. Senenmut volvió a tener la sensación de que su voluntad le abandonaba, que sus pies poseían vida propia y eran capaces de conducirle donde quiera que aquella diosa decidiese. Sin apenas proponérselo el joven se encontró frente a ella, a merced del poder que desprendían aquellos ojos que parecían capaces de verlo todo.

Sin embargo, el escriba se sintió confundido. La reina no estaba sola y, al reparar en ello, Senenmut mostró su incertidumbre al ver que una grácil muchacha la acompañaba. Astarté sonrió satisfecha, al comprobar la zozobra que causaba la escena en el escriba.

—Vuelves a halagarme, Senenmut —dijo esta.

Luego, girándose hacia la joven recostada junto a ella, continuó.

—Es de justicia premiar la insistencia de este hombre. Lleva días llamando a mi puerta. ¿Crees que hago bien en recibirlo?

La aludida hizo un mohín de disgusto, al tiempo que ofrecía una uva a los labios de su reina.

—Se llama Anat —prosiguió Astarté—. Ella me defiende de las malas influencias y me es muy querida.

Senenmut no supo qué decir, pues se hallaba desconcertado, y al ver su expresión ambas mujeres rieron.

—¿Te sientes cohibido? Toma asiento y dime qué deseas de mí —invitó la anfitriona, a la vez que señalaba unos cojines próximos.

El escriba continuaba tan aturdido, que era incapaz de articular palabra, lo que despertó nuevas risas entre las damas.

—¿Acaso te sorprendes? —inquirió la reina, maliciosa—. ¿Tan pronto has olvidado mis palabras?

—Las recuerdo todas, una por una —se animó a decir el joven con cautela.

—Démosle gracias entonces a Thot por tu memoria —indicó la señora con cierta ironía—. En ese caso no deberías sorprenderte por cuanto veas en mi casa. Como te dije una vez, busco el placer allá donde se encuentre.

Senenmut tragó saliva con dificultad al observar como Astarté acariciaba un pecho a su acompañante para luego besarla sin pudor.

—Ja, ja —rio la diosa, al observar el semblante de su enamorado—. Anat me proporciona más placer que cualquier hombre. Harías bien en aprender de ella.

Al oír aquellas palabras el rostro de Senenmut enrojeció.

—No debes avergonzarte por ello, buen escriba —continuó la reina—. No tienes culpa de poseer una naturaleza apasionada, y menos de haber nacido varón.

Aquella reflexión pareció ser muy del gusto de Anat, que aprovechó para mirar al invitado con indisimulado desdén, al tiempo que dibujaba imaginarios arabescos sobre las areolas de su señora.

—¿Ves a lo que me refiero? —preguntó Astarté mientras entrecerraba los ojos con deleite.

Senenmut estaba preparado para cualquier cosa menos para aquello. Impertérrito, asistía a una escena contraria a cualquiera de las admoniciones recibidas en los templos. Su esencia no pertenecía a aquel reino pero, no obstante, sus pies permanecían clavados en el enlosado, incapaces de moverse, cual si en verdad se hubiese convertido en una estatua de piedra. Sus pensamientos galopaban desordenados a través de parajes umbríos en los que no había lugar para la luz. Se trataba de un paisaje sin vida, un territorio en el que las sombras tomaban extrañas formas que surgían, amenazantes, al tiempo que embaucadoras. Era un hechizo colosal que maniataba al jinete a su montura sin posibilidad de que este pudiera liberarse. Allí el *maat* no existía, y el corazón se veía arrastrado por aquella vorágine de pasiones ajenas a cualquier naturaleza para quienes las leyes del hombre apenas contaban. El templo de Astarté se había edificado sobre cimientos alejados de dicha naturaleza, y Senenmut se encontraba recluido en él, por voluntad propia, y era inútil intentar abandonarlo.

La diosa sabía todo aquello, así como el sufrimiento que la ofuscación producía en su enamorado. Este particular le agradaba en grado sumo, ya que el amor de aquel hombre representaba la llave con la que poder atormentar su alma. El padecimiento le servía de alimento, y mientras abrazaba a la joven, Astarté miraba al escriba con el poder que le había conferido la oscuridad a la que rendía culto.

—¿Te gustaría unirte a nosotras? —inquirió la reina, con atrevimiento.

Senenmut se revolvió en su asiento, claramente desconcertado.

—Comprendo —prosiguió la dama—. No deseas compartirme con nadie. ¿Me equivoco?

—Bien sabes que no —se atrevió a decir el escriba.

Astarté se volvió hacia su amante para besarla, y luego sonrió, voluptuosa.

—¿Qué estás dispuesto a ofrecer por mis caricias? —preguntó al joven.

Este movió los ojos de un lado a otro, en busca de alguna respuesta, pero no la encontró.

—Vuelves a olvidar mis palabras, buen escriba. Mi amistad con los hombres tiene un precio.

—Se mide en talentos —musitó Senenmut—. Pero yo te ofrezco mucho más. Te doy mi amor para siempre; mi vida si es preciso.

Astarté lanzó una carcajada.

—Eres un iluso —dijo ella—. Tu amor sirvió para que me tomaras una vez, pues era puro. Ahora ya no tiene crédito.

—Pero... Mi corazón te pertenece —se rebeló el escriba.

—Me gustan tus halagos, por eso hoy accedí a recibirte.

—Te serviré como más te plazca —señaló el joven con desesperación.

—Ja, ja. Piensa en lo que diría el faraón si te oyera. ¿Cambiarías Karnak por mi modesto santuario?

—Sí; lo cambiaría para adorarte hasta el fin de mis días.

—Sin embargo, no sería suficiente. Para volver a tenerme deberás ofrecerme algo más.

—Yo no soy príncipe, ni poseo bienes suficientes que poder regalarte.

—Eso decís siempre, pero no es cierto. Todos guardamos algo valioso que obsequiar.

—No dispongo de joyas, ni riqueza alguna —se lamentó el escriba.

Astarté lo acarició con la mirada y acto seguido entreabrió sus muslos para que su amante la acariciara.

—Busca y permitiré que me des placer. Te enseñaré los secretos del amor.

Al observar la escena, Senenmut gimió con desesperación. Anat deslizaba su rostro hacia aquellos muslos dispuesta a devorarlos, y el joven se sintió desfallecer.

—Busca y encontrarás —susurró Astarté con malicia—. Solo si me traes tu bien más preciado te recibiré.

—Astarté —imploró Senenmut, desalentado.

—Ahora debes marcharte —señaló la diosa, con tono imperioso—. Vuelve solo si encuentras lo que te pido.

9

La vida para Senenmut se convirtió en un lugar cercano al Inframundo. No existía un símil que definiera mejor el estado en el que se hallaba el escriba, pues parecía recluido en un pozo sin fondo del que le era imposible salir. Simplemente caía y caía sin sostén alguno al que agarrarse, zaherido por el demonio Sahekek, que atormentaba su cabeza con dolores desconocidos hasta entonces para el joven. Se sentía un náufrago a merced de las pasiones, y lo peor era que Senenmut se daba cuenta de ello, de la debilidad de su naturaleza, así como de su incapacidad para hacerle frente. La pira del deseo había terminado por convertirse en un fuego devorador que amenazaba con incendiar su recuerdo para toda la eternidad. No había nada peor para un egipcio que perder su nombre, que este fuese borrado como si nunca hubiera existido. El escriba estaba convencido de que eso ocurriría, y no obstante se resistía a sumergirse en las aguas purificadoras que pudieran apagar las brasas en las que ardía su corazón. Su única obsesión era regresar, volver a aquel palacete en busca del placer, aunque solo fuese por un instante, de manos de la diosa que se había apoderado de su ser. El recuerdo de su última visita lo atormentaba, y al cerrar los ojos se le presentaban imágenes insoportables contra las que nada podía. Tumbado en su camastro veía a Anat y a su dueña formar un solo cuerpo, entrelazadas mientras se entregaban la una a la otra entre gemidos y apasionadas caricias. Se trataba de una visión insoportable que hacía sentir al joven aún más insignificante. Él no era nadie; si acaso un paria esclavizado al desaforado deseo que sentía hacia Astarté y, no obstante, le resultaba indiferente. Su dignidad tan solo era una palabra sin significado, perdida en las tierras de Retenu para siempre, pues jamás la podría recuperar. Ya nada importaba y, prisionero de una febril obsesión, se devanaba la mente en busca de una ofrenda, de un regalo que estuviera a la altura de su reina, un verdadero sacrificio que le abriera las puertas de su santuario de par en par, para así poderse entregar por fin a los excelsos goces que el escriba sabía que le esperaban. Al pensar en aquel momento Senenmut se inflamaba, y al tomar su miembro este le quemaba, como si se tratara de un metal candente.

Pero ¿qué bienes poseía? Su único privilegio era el que había conseguido a través del conocimiento para conducirle hasta el faraón. Era un tesoro, una inmensa riqueza que el joven ahora desdeñaba por resultarle inservible para el camino que había decidido tomar. Sus sentimientos no eran más que mercadería, y debía encontrar una que satisficiese a su diosa.

Por su corazón pasaron las ideas más abyectas, incluso llegó a pensar en la posibilidad de convertirse en ladrón. Solo la débil bujía adquirida en el interior de los sagrados templos de Kemet pudo arrojar un poco de luz para evitar semejante pecado. En el fondo él era un sacerdote, y por algún motivo aquel hecho mantuvo con vida el paupérrimo candil que el joven creía apagado. Fue entonces cuando una tarde, al fijar la atención en sus útiles de escriba, descubrió cuál sería su ofrenda.

Aun en su desesperación, un cúmulo de emociones le sobrevinieron para oprimirle el corazón como nunca hubiera imaginado. Allí estaba, entre sus manos, su bien más valioso, su paleta, sus cálamos, el estuche que un día Nakht le regalara al abandonar el templo de Montu en Iuny, su ciudad natal. Era un regalo magnífico, heredado de muchos hombres sabios, que había terminado en su poder después de que Thot lo hubiese bendecido. ¿Qué joya podría comparársele? Ninguna; y en aquella hora, Senenmut se convenció de que Astarté sería consciente de su auténtico valor, que apreciaría semejante tesoro en toda su magnitud, que era imposible que ningún rey pudiese ofrecerle una alhaja que se le pareciera.

Sin poder evitarlo los sentimientos encontrados terminaron por crearle un nudo en el estómago. Su obsequio era toda una blasfemia, una afrenta a los dioses en los que tanto había creído y una traición contra sus maestros y contra sí mismo. Al observar con detenimiento sus utensilios de trabajo, Senenmut prorrumpió en sollozos. Con ellos no solo se abría paso la pena, sino también su propia debilidad. El escriba se había convertido en un hombre sin voluntad, y él era plenamente consciente de ello. Sin embargo, a cada una de sus lágrimas se asomaba el rostro de su viejo maestro; con aquella mirada desbordante de sabiduría Nakht le sonreía, sin el menor reproche en su semblante, generoso, sabedor de las sombras que acechan al ser humano en cada recodo del camino que este recorre a través de su existencia. Su maestro parecía hacerse cargo de su sufrimiento, y este particular producía en el alma del escriba un inmenso dolor, mayor que el hecho en sí de perder su preciado obsequio. Pero sus pasiones se habían desatado de tal forma, que enseguida encontró una justificación para llevar a cabo su ingratitud. Necesitaba a Astarté como el aire que respiraba, y estaba dispuesto a comprarla a cualquier precio. Su pasado se le antojaba demasiado lejano como para convertirse en un obstáculo. Un nuevo Senenmut había nacido en las tierras de Canaán, y su vida anterior no tenía cabida en su corazón, o al menos eso creía.

De este modo, el joven se dispuso a regresar de nuevo al reino del olvido, aquel en el que el caminante se veía obligado a despojarse de todo cuanto poseía para ofrecerlo en la pila del sacrificio. No era solo oro lo que se ofrendaba en aquel altar, sino algo mucho más valioso: la esencia más profunda del individuo.

Para Sehem el asunto no tenía secretos. La cuestión resultaba tan diáfana, que le parecía asombroso que un hombre con los conocimientos del *imira sesh* no fuese capaz de ver la realidad. Pero así era la vida, bien lo sabía él, que había descendido al Inframundo en más de una ocasión. Cuando alguien se hallaba camino del Amenti no había nada que hacer, y no sería él quien se atreviese a juzgar a ningún peregrino empeñado en conocer el infierno. Existían motivos para todos los gustos, en su opinión respetables, que empujaban a semejante aventura, y a su modo de ver era raro que alguien se librara de ello. Para el veterano soldado, los Campos del Ialú eran un concepto abstracto, vago, demasiado ilusorio para la mayoría. Seguramente, los grandes personajes del país de Kemet que podían costearse espléndidas tumbas tendrían posibilidades de conocerlo. Para el resto, el único paraíso del que podrían con suerte disfrutar se hallaba en la vida terrena. Estaba convencido de que muy pocos serían capaces de superar el juicio del tribunal de Osiris, al menos entre las personas que él había conocido, que eran muchas, y que dentro de la Sala de las Dos Verdades debían firmarse las condenas con una rapidez que daría gloria ver. De hecho, entre sus camaradas nadie se libraría de ello, pues el que más o el que menos había cometido alguna acción vituperable de la que arrepentirse, aunque todo formara parte de la propia supervivencia. Los robos y engaños estaban a la orden del día, y a la hora del pillaje Sehem no conocía voluntad capaz de resistirse. En cuanto a la fornicación, qué podía decir. Aquello no tenía arreglo, por muchos que fuesen los jueces dispuestos a juzgarte; daba lo mismo que la monstruosa diosa Ammit terminara por devorarte. No existía nadie que pudiese librarse del mercado de la carne. Tarde o temprano todos accedían a él, con diferente fortuna, aun a riesgo de arruinar su existencia.

Por ello no le extrañó en absoluto verse de nuevo en camino, en compañía del escriba director, hacia el palacete de la perdición. De esta forma definía el soldado el hogar de Astarté, ya que en su opinión allí solo podía encontrarse la desgracia. Poco le importaban los negocios en los que pudiese andar Senenmut, aunque estuviese seguro de que estos eran de la peor condición, de los que podían dejar heridas en el alma para siempre.

Su buen ojo le decía que el escriba estaba condenado, que nada bueno le esperaba tras los muros de aquella casa. Cada uno elegía su propio Amenti como mejor le parecía, aunque Sehem tuviese la impresión de que su superior no fuese plenamente consciente de la naturaleza del suyo. Su aventura no acabaría bien, y el veterano sentía curiosidad por ver cómo terminaría el asunto.

Por el camino Sehem miraba de soslayo al joven, de vez en cuando, para comprobar como este oprimía un pequeño zurrón contra su pecho. Debía llevar algo sumamente valioso en su interior y el soldado se lamentó por el sufrimiento que sabía que aguardaba al corazón del escriba. El fornicio enloquecía a los hombres y, en ocasiones, el precio que estos estaban dispuestos a pagar por él trascendía lo material para empeñar hasta el alma. Como de costumbre ambos caminantes no cruzaron ni una palabra. En el corazón del escriba solo había lugar para la ansiedad contenida y una ilusión desmedida que le arrojaba a los brazos de un ensueño que había terminado por convertirse en fantasmagórico. Si la «devoradora de los muertos», Ammit, existía, habitaba en aquel palacio al que se dirigía, donde una reina gobernaba sobre seres que habían acabado por convertirse en espectros.

Mientras Sehem veía como el escriba se encaminaba hacia el portón de la casa, pensó en todo lo anterior. Él era un pobre paria, un tipo iletrado cuya única escuela había sido la dura vida del soldado, y no obstante era capaz de leer con claridad los jeroglíficos ocultos en los muros de aquel templo; solo había desgracia en su mensaje, pues se hallaba escrito por la mano de la desventura.

Para Senenmut no existía ningún símbolo sagrado en el que reparar, y mucho menos textos que leer. Por fin había regresado al lugar que le correspondía, el hogar en el que anhelaba permanecer para siempre.

En tanto avanzaba por la sala, el escriba notaba como su garganta se secaba en tanto que los *metus* de su estómago se retorcían por la ansiedad que le dominaba. En aquella ocasión no sonaba el arpa, ni había ninguna joven cantora que endulzara el ambiente con su voz melodiosa; solo Astarté se encontraba en la estancia, reclinada sobre sus almohadones de fantasía, como acostumbraba, con apenas un velo que dejaba traslucir su cuerpo desnudo y un rostro de enigmática belleza que invitaba a la locura. Senenmut hizo un esfuerzo por tragar saliva, para no desfallecer allí mismo ante los ojos de su amada, quien lo miraba como solo ella sabía. Al invitarle a acercarse, el escriba volvió a caer presa de la confusión, y apenas acertó a arrastrar sus pasos hasta rendirse a los pies de la diosa.

—Sabía que hoy me visitarías —dijo Astarté, al tiempo que extendía una mano hacia el joven.

Este la tomó al instante para besarla con desesperación. La reina rio con voluptuosidad.

—Mi galante escriba se digna de nuevo a agasajarme —señaló ella, sensual—. Pensé que no volvería a verte y ello me llenó de tristeza.

Al escuchar aquellas palabras, Senenmut creyó que el suelo se abría bajo sus pies y la tierra se lo tragaba.

—Mi sufrimiento no tiene fin —exclamó él, enardecido—. Eres alimento para mi alma. Sé que sin ti ya no podría vivir; jamás te abandonaré.

—Tus palabras salen del corazón, lo percibo con claridad, como también adiviné que hoy por fin estarías a mi lado.

El escriba emitió un sonido gutural que parecía surgir de lo más profundo de su ser.

—He contado los días y las noches mientras la fiebre del deseo me devoraba las entrañas —se precipitó a decir el joven—. No quiero separarme de ti. Permíteme que te sirva, que te ame hasta que me fallen las fuerzas.

—Sé que me servirías bien —apuntó la diosa con dulzura.

El joven volvió a atropellarse, llevado por la ansiedad.

—¡Mira lo que te he traído! —exclamó él, de nuevo, en tanto enseñaba su zurrón.

—¿Qué es? —inquirió ella—. Dime primero si se trata de algo preciado.

—No existe nada que tenga más valor para mí —aseguró el escriba, agitado—. Posee un significado sagrado.

Astarté observó la escena con interés. Su esclavo le ofrecía un obsequio que consideraba sagrado, y ello despertó la curiosidad de la reina.

—Muéstramelo entonces.

Senenmut abrió el morral para extraer la escribanía de su interior. Al verla, Astarté hizo un gesto de extrañeza, y al punto clavó su mirada en el joven.

—Son mis útiles de escriba, pero no son unos objetos cualquiera —se apresuró a explicar el joven.

—¿Qué los diferencia? —preguntó ella, recelosa.

—Pertenecieron a los hombres más sabios de Egipto. Durante muchas generaciones pasó por las manos de los sacerdotes más rectos, personas entregadas únicamente al estudio, apartadas del mundo.

Astarté tomó el regalo para examinarlo mejor. Saltaba a la vista que se trataba de piezas muy antiguas, aunque no existiera en ellas el más mínimo engarce o adorno de metales preciosos.

—¿Es este tu bien más preciado? —interrogó la reina, con cierta ironía, en tanto arqueaba una de sus cejas.

—No hay nadie que posea una paleta igual —aseguró Senenmut—. Si te fijas, en ella está grabada la figura de Thot.

Astarté la analizó con atención. Tal y como le decía su enamorado, la tablilla en la que se guardaban los cálamos llevaba impresa la imagen del dios de la sabiduría con cabeza de ibis. Sin duda, era un trabajo genuino, aunque su verdadero valor no radicara en eso. La dama observó un momento a Senenmut, y este volvió a tomar la palabra.

—No existe mayor tesoro para un escriba que las herramientas con las que puede transcribir las palabras de los dioses.

—¿Por qué dijiste que tiene un significado sagrado? —quiso saber la dama.

Senenmut cambió de expresión y por primera vez habló a su diosa con tono solemne.

—Porque Thot en persona poseyó esta paleta. Él fue quien grabó su propia imagen en la tablilla. No se me ocurre que pueda existir una joya más valiosa que esta.

Astarté miró fijamente al joven. Por primera vez este le hablaba como lo haría un verdadero sacerdote, y su tono la impresionó. Para una mujer como ella, maestra en leer en los corazones de los hombres, las palabras del escriba le llegaron cargadas de un significado especial. La reina comprendía lo que en verdad encerraban, así como el auténtico valor que atesoraba aquel obsequio. Ella era plenamente consciente del tipo de santidad que podía encontrarse tras los inaccesibles muros de los templos de Egipto, y lo que representaba para estos una paleta como aquella. Todo el saber y conocimientos milenarios de la Tierra Negra se concentraban en los útiles del escriba que le regalaba Senenmut. Si, como este aseguraba, Thot en persona había bendecido la tablilla, la diosa poseería mucho más que la riqueza de un hombre; también sería dueña del alma de todos aquellos que nunca se cruzarían en su camino, la de los sabios que solo estaban interesados en hacer cumplir el *maat*.

Semejante idea la excitó sobremanera. Era como si el círculo inconcluso pudiera al fin cerrarse. Su rencor hacia los hombres por fin podría verse satisfecho al tomar cumplida venganza sobre todos ellos; daba igual la condición que tuvieran. Príncipes, grandes guerreros, ricos mercaderes y ahora también sabios sacerdotes, pasaban a estar bajo su yugo; todo un ejército de esclavos que se le habían ofrecido libremente y a los que siempre despreciaría. Jamás se apiadaría de ninguno, y el hecho de que hasta un dios pudiese llegar a engrosar su larga lista le producía una sensación nueva, un placer indescriptible que la llevaba a considerar su triunfo como completo. Para ella Thot era un varón como cualquier otro, y que fuese representado como dios de la escritura no tenía ningún significado. Detrás de aquella cabeza de ibis y de la mano que sostenía un cálamo con el que transcribía la escritura sagrada, se encontraba un hombre como los demás. Otro ser vil, merecedor de ser sojuzgado, que ella tenía la oportunidad de someter, de convertir en un vasallo más, como si se tratara de un rico caravanero.

—Tu regalo es singular, sin duda. ¿Crees que resulta suficiente para solazarte conmigo? —inquirió la reina, maliciosa, con el ánimo de desesperar aún más a su enamorado.

—No soy yo quien te lo ofrece, sino todos los sabios de Egipto —se apresuró a contestar el escriba, claramente agitado.

—Ya veo —dijo Astarté, en tanto colocaba la escribanía sobre una mesita cercana—. Puedes ser elocuente cuando te lo propones; quizá acceda a tus propósitos.

Al escuchar aquellas palabras, Senenmut sintió como la sangre le nublaba cualquier atisbo de razón que pudiera poseer. La voz de la diosa tenía la facultad de inflamar su deseo hasta límites insospechados, y su excitación llegó a tal extremo, que al momento notó una gran desazón en el miembro, aprisionado por su faldellín. Astarté lanzó una carcajada.

—La pasión se desboca ante el poder de tu naturaleza. Esta tiene sus propias leyes, ¿no te parece?

Senenmut no supo qué decir.

—Ven, acércate —ordenó ella, con aquel tono que tanto subyugaba al joven.

Este hizo lo que le pedían y, al estar junto a la diosa, esta desató el faldellín para luego dejarlo caer al enlosado. Al verse libre del *kilt*, el miembro surgió enhiesto, hasta mostrar una erección que sorprendió al propio escriba. Al verlo, Astarté esbozó una sonrisa malévola, y lo tomó con suavidad.

Al sentir aquellas manos sobre su falo, el joven gimió presa de la locura. Cualquier atisbo de racionalidad desaparecía como por ensalmo, para abrir la puerta a instintos que le eran completamente desconocidos y le impulsaban hacia dimensiones ignotas, en las que la parte más animal de su persona quedaba liberada, sin el menor control sobre ella. Era el momento del rugido, la hora de dar rienda suelta a la exaltación de un deseo que había terminado por convertirse en un monstruo cuya voracidad parecía imposible de saciar. El escriba se había convertido en una mera parte de aquella exacerbación que lo dominaba todo. Simplemente, esta lo había devorado para transformarlo en un instrumento con el que obtener su alimento. Los sueños licenciosos de incontables noches se volvían por fin tangibles para hacerle formar parte de una realidad que los superaba a todos. La intemperancia le reconcomía, y en esta ocasión el antiguo pozo al que se precipitó la primera vez que amó a la diosa se convirtió en un inmenso precipicio cuya caída no tenía fin.

Muchos años después, Senenmut pensaría que aquella noche el *ka* había abandonado su cuerpo, arrastrando su esencia vital, para conducirle al mismísimo Amenti. Por algún motivo porfió hasta llevarle a los infiernos, como si se tratara del más vil de los condenados, para luego arrojarle a las profundidades tenebrosas donde solo anida la maldad.

No existía otra explicación, pues en verdad que cuando aquellos dos cuerpos yacieron sobre el lecho, ambos saltaron al vacío como réprobos sin importarles quedar malditos para siempre. La lascivia reconcomía de tal forma sus corazones, que los amantes se entregaron a ella como si se encontraran enajenados, cual si el tiempo se hubiese cumplido para ellos. Era como si dos fuerzas devastadoras se enfrentaran en aquella hora dispuestas a demostrar su poder a cualquier precio. Astarté mostró con sabiduría el camino que el joven había de tomar, para guiarlo de su mano allí donde debía, para proporcionarle el placer que ella esperaba, para enseñarle las artes del amor que solo están reservadas para los elegidos. Así fue como Senenmut descubrió el sabor del cuerpo de la diosa, el olor almizclado de su esencia más profunda, el auténtico perfume de su naturaleza. De este modo reconoció su *ka*, oscuro como nunca hubiera imaginado, salpicado por torvas sombras que se habían convertido en cicatrices después de toda una vida de oscuridad.

Sin embargo, al escriba no le importó. Hacía ya demasiado tiempo que se había entregado a aquella reina, y al recorrer con la mirada cada una de sus formas, al acariciar cada palmo de su cuerpo de diosa, el escriba se sumergió más y más en aquellas aguas profundas tan negras como la pez. Ella, a su vez, lo transportó hasta escenarios impensables, a lugares que solo podían ser hijos de la imaginación, de la más absoluta quimera. ¿Cómo, si no, comprender las oleadas de placer que barrieron su cuerpo, una y otra vez, sin descanso, como si se tratara de una tempestad? Set, el Rojo, el señor de las tormentas, debía estar de nuevo agitando aquellas aguas tumultuosas con la furia que solo él poseía. No había otra explicación, y no obstante el joven participaba de aquel vendaval, bramando entre el furioso oleaje, desafiándolo, participando de su cólera, convertido de este modo en parte del temporal. Era una simbiosis prodigiosa entre dos almas antagónicas unidas por un placer exacerbado. Astarté no había conocido un amante como aquel y cuando, implorando entre gemidos que parecían provenir de los abismos, suplicó que la penetrara, una parte de sí misma, dormida desde hacía demasiado tiempo, despertó de forma repentina para ofrecérsela a aquel escriba de la Tierra Negra que la conducía hasta el éxtasis.

Ambos cabalgaron sin freno en una estampida en la que, de alguna manera, huían de sí mismos. No había lugar para el artificio, y menos para el fingimiento. Con cada embestida ambos suplicaban como ánimas abandonadas a su suerte, sentenciadas a vagar eternamente unidas por la lujuria. Para ellos el tiempo dejó de existir, pues sus goces jamás podrían ser medidos por las horas; estos conformaban su propio universo, por el que los dos amantes estaban dispuestos a navegar hasta el final de los días. Allí no había lugar para los dioses, ni moradas que pudiesen acoger a estos, era un cosmos surgido para su deleite, por el que avanzaban con el impulso de cada espasmo, de cada frenética convulsión. Las entrañas de Astarté se habían convertido en una fuente inagotable de la que Senenmut no se saciaba. Con cada acometida, el escriba se bañaba en ella, dispuesto a absorber hasta la última gota, a impregnar su virilidad con aquel rocío que solo era posible hallar en el vientre de una diosa. Astarté, la más hermosa de cuantas pudieran haber sido creadas, se desbordaba, como el Nilo en la avenida, y él era capaz de controlar aquella crecida como si se tratara de Khnum, el dios alfarero, el señor de Elefantina.

Sorprendido por su vigor Senenmut se creyó dios. Ahora podía copular con su diosa como un igual, amándola una y otra vez sin descanso con el mismo frenesí. Por fin juntos habían encontrado el verdadero reino que les correspondía, un espacio enorme que ambos recorrerían en su barca, como hacía Ra cada jornada desde el principio de los tiempos. En la bóveda celeste hallarían la inmortalidad y, con los siglos, las gentes los señalarían, ya convertidos en estrellas, para ponerles un nombre que definiera a los eternos amantes.

Sin embargo, aquel universo resultaba demasiado hermoso como para permanecer en él para siempre. Ambos habían nacido mortales, y los dioses se encargaron de devolverlos al lugar que les correspondía, escandalizados por su insolencia, o puede que disgustados por su intemperancia. Casi desfallecida, Astarté se asió una vez más a las nalgas de su enamorado en tanto le susurraba tiernas palabras de amor. Eran tan dulces, que Senenmut sintió como una parte de su cuerpo escapaba a su control, cual si quisiera volar lejos, aferrada a aquellas frases que una vez más le robaban el alma. Nada se podía comparar a ellas, pues le producían mayor goce que el que nunca hubiese podido soñar. Entonces su cuerpo volvió a estremecerse, esta vez con una fuerza desconocida que le provocó convulsiones que le fue imposible controlar. Sin poder evitarlo pareció suspenderse en la nada, por un instante, para seguidamente desbordarse por completo, entre espasmos y gemidos, hasta caer exhausto sobre el pecho de su amada, con la consciencia perdida cual si el vacío se lo tragara para siempre.

Al despertar, Senenmut apenas tenía conocimiento del lugar donde se encontraba. La luz de la mañana se reflejaba en su rostro, y al abrir los ojos tuvo que parpadear repetidamente hasta acostumbrarse a la claridad. Su mente estaba confusa, y al mirar en rededor no supo si todavía soñaba o regresaba de un viaje que deseaba no hubiera acabado nunca. Enseguida reconoció el escenario en el que se había enajenado, la estancia en la que había sido recibido, los almohadones sobre los que había amado, y la misteriosa soledad que parecía acompañar a aquel lugar cuando la razón se abría paso de nuevo en su corazón. El escriba se sentía inusualmente liviano, como si en él se hubiese producido una transformación que le había hecho desprenderse de todas sus aflicciones. Ahora la vida tenía sentido para él. Había nacido para amar a una reina, y por ello los dioses le habían favorecido al otorgarle una naturaleza apasionada y un vigor del que él mismo se sorprendía.

Como también ocurriese en la anterior ocasión en la que se amaron, Astarté había desaparecido. No había ni rastro de la diosa, aunque al joven no le importara ya que, por primera vez, se sentía dueño del corazón de su amada. No albergaba la menor duda al respecto; Astarté se le había entregado por completo, y él estaba convencido de que aquella noche irrepetible suponía un antes y un después en la vida de ambos, que por fin Hathor les había dado su bendición para unir como correspondía a dos peregrinos que habían permanecido perdidos demasiado tiempo. Los dos tenían un lugar reservado en el vientre de Nut, como estrellas rutilantes que eran, y ya nadie podría volver a separarlos.

Al incorporarse, Senenmut recordó las tórridas escenas de amor junto a su amante, y sin poder evitarlo volvió a inflamarse llevado por un deseo que parecía encontrarse cosido a su piel. Estaba decidido a entregarse a su diosa hasta la extenuación, todos los días de su vida, a la espera de que Anubis se prestara a visitarlo, ¿qué mayor bendición podría haber? Al joven no se le ocurría ninguna y, en un acto reflejo, tomó uno de aquellos almohadones sobre los que se habían amado para acercarlo hasta su nariz e impregnarse con su perfume. Olía a pasión desmedida, a esencia de dos titanes que habían terminado por devorarse hasta quedar saciados, a fragancias que no parecían ser de este mundo. El joven las aspiró con fruición hasta emborracharse con ellas. Jamás olvidaría aquel aroma que ahora llevaba muy dentro de sí y al que ya nunca podría renunciar.

El escriba suspiró en tanto se levantaba. Su sitio estaba en el campamento pero, no obstante, apenas le importó no encontrarse allí para el cumplimiento de sus funciones. ¿Qué era el ejército del dios comparado con aquel universo al que se había asomado durante unas horas? Nada. En aquel momento, más que nunca, su vida anterior le parecía irrelevante; si acaso un arduo camino que se había visto obligado a recorrer para poder saborear aquella felicidad que le embargaba por completo.

De forma mecánica volvió a vestirse con su faldellín para, seguidamente, explorar de nuevo la estancia. En una mesa cercana descubrió un pequeño cuenco con leche y un poco de queso tierno que degustó al momento, pues estaba hambriento. Se sentía pletórico, como si el mundo entero le perteneciese y no hubiese poder alguno sobre la tierra capaz de detenerle. ¿Se había convertido en dios, tal y como se le ocurriera pensar la noche anterior?

Semejante razonamiento le hizo esbozar una sonrisa de autocomplacencia, cual si se tratase de algo natural de lo que no debía avergonzarse. Simplemente, había pasado a otro estado en el que los dioses a quienes siempre había reverenciado quizá no tuviesen cabida. No había explicación para lo que le ocurría, y al escriba tampoco le preocupó, ya que se sentía ligero, como si no existieran ataduras para su conciencia. Al pensar en ello se encogió de hombros, y entonces apareció en la sala uno de aquellos hercúleos servidores que tan bien conocía, con su habitual gesto inexpresivo y sus andares de autómata, como si unos hilos invisibles tiraran de él.

El sirviente se aproximó y, al detenerse frente al escriba, este tuvo la impresión de que la mirada de aquel hombre carecía de vida.

—Mi señora me ordena que te dé los buenos días —dijo el extraño sin la menor inflexión en el tono de su voz.

El joven hizo un gesto ambiguo ya que no le sorprendía aquel mensaje en absoluto.

—Ella descansa en su santuario —señaló el escriba, jocoso.

—Es su costumbre —aclaró el esclavo con frialdad—. Duerme hasta el atardecer, y no puede ser molestada.

Senenmut asintió, despreocupadamente, pues era conocedor de aquel hábito.

—Volveré esta noche —indicó el joven, en tanto se disponía a salir.

—Hoy no te recibirá —matizó el criado.

El escriba arrugó el entrecejo, sin comprender.

—La señora te verá dentro de dos días. Ese es su deseo —apuntó el hombretón.

—Está bien —dijo el joven, tras recapacitar unos instantes—. Dile a tu dama que será como ella quiere.

Al salir al pequeño jardín Ra Khepri, el sol de la mañana, estaba a punto de fenecer para dar paso al del mediodía, el poderoso Ra Horakhty, que en aquella jornada prometía ser abrasador. Senenmut se protegió de la claridad con una mano para reparar en la figura que aguardaba sentada bajo la sombra de una palmera. Al ver al escriba, Sehem se incorporó con rapidez, al tiempo que trataba de adivinar de qué humor se encontraría aquel día su superior. Solo necesitó un vistazo para saber que la cosa no le había ido nada mal; incluso diría que todo se había desarrollado a su entera satisfacción. No había más que observar aquel rostro, sombrío y meditabundo la tarde anterior, y ahora radiante y hasta algo risueño. Mejor así, se dijo el soldado, pues después de haber tenido que pasar la noche al raso no tenía el cuerpo como para soportar más desdichas, y mucho menos improperios. Bien era cierto que el *imira sesh* nunca había tenido ninguna mala palabra hacia él, pero su experiencia le decía que era mejor no confiarse, ya que los escribas militares podían arruinarte la vida.

Pero su sorpresa fue grande cuando, al acercarse, Senenmut le miró con cierta condescendencia para seguidamente ofrecerle un trozo de queso y un pedazo de pan. A Sehem se le perdieron las palabras, seguramente por alguno de aquellos *metus* que, según aseguraban los sabios, recorrían el interior del cuerpo de arriba abajo. Pero se apresuró a tomar lo que le ofrecían, y hasta hizo un gesto de agradecimiento antes de llevarse el bocado a la boca. Ahora no albergaba la menor duda de que el escriba había holgado a plena satisfacción, pues hasta tenía ojeras y, al fijarse con mayor atención en su rostro, este presentaba señales inequívocas de que la refriega debía haber sido de consideración. Era lo que él venía asegurando durante toda su vida: el fornicio consumía por igual a los parias que a los reyes, aunque estos últimos tuvieran muchas más facilidades para entregarse a tales prácticas.

Durante el camino de regreso ambos se abstuvieron de hablar, como ya era habitual, aunque al veterano le agradara escuchar de labios de su superior una cancioncilla que no había oído en su vida, pero que el escriba silbaba con una maestría que daba gusto. Aquella era una buena señal, sin duda, aunque Sehem supiera que, en los temas del amor, el paso de la felicidad a la consternación podía darse en un suspiro, y hasta sin mediar palabra.

10

A Senenmut aquellos dos días le parecieron meses. Su espera se le hizo tan insufrible que apenas fue capaz de disimular la impaciencia que le invadía. En su locura, el escriba había trazado los planes más insospechados, que bien podían aspirar a formar parte de la antología del disparate.

Estaba decidido a abandonar cuanto poseía: su empleo de alta graduación dentro del ejército, la confianza que en él había depositado el faraón, su futuro en la corte, y hasta se había olvidado de los suyos. Su familia se había reducido a un simple recuerdo, tan lejano como lo era su vida pasada. Ya nada de eso importaba. Estaba decidido a tomar otro camino en el que su único equipaje lo conformaba la diosa a quien nunca abandonaría.

Por el campamento corrían los rumores, aunque al joven le tuvieran sin cuidado. Los chismes entre la soldadesca eran inevitables, pero muy pronto esperaba verse libre de ellos para siempre. Sus funciones como *imira sesh* serían solo un recuerdo, sin temor alguno a que pudiese ser acusado de desertor. Un nuevo Senenmut para un nuevo reino al que servir, aunque esto solo lo supiese él.

Sin embargo, en eso se equivocaba. El joven no dejaba de comportarse de una forma errática que no pasó desapercibida a Sehem, quien se había convertido en su singular ayudante. El veterano jamás había conocido a un escriba director que mostrase tanta apatía por sus asuntos, y ello le condujo a pensar que su superior tramaba algo, y que haría bien en mantenerse alerta, pues las cuerdas siempre solían romperse por el mismo sitio. De hecho, la tarde en la que se pusieron de nuevo en camino hacia el palacete, Senenmut le había mirado fijamente, muy serio, para dirigirle la palabra por primera vez desde que comenzase aquella peculiar aventura.

—Hoy será la última tarde que me acompañes —le había dicho el escriba, algo que al soldado le dio muy mala espina.

No obstante, en el transcurso de la marcha el joven se mostró claramente satisfecho, con un semblante en el que se reflejaba la ilusión, la ensoñación y el deseo por encontrarse con la mujer que le había robado el corazón. Sobre esto último Sehem no albergaba la menor duda. Al escriba lo llevaban del ronzal, como si fuese un becerro, e imaginó que la dama que lo había hechizado debía ser hermosa donde las hubiese, una hembra de cuidado, con un poder similar al de una diosa, ante el cual no cabía la réplica, ya que de otro modo se le antojaba imposible que un hombre pudiese elegir arruinarse la vida.

Cuando llegaron a la casa los recibió el silencio. Este señoreaba en el lugar de forma extraña, y a Sehem aquello le hizo recelar. El reino del olvido había enmudecido, algo que solo podría traer malas consecuencias. Senenmut hizo un gesto de extrañeza ante semejante quietud, ya que el palacete parecía sumido en el abandono, cual si careciese de vida.

Al acceder al jardín aquella sensación se hizo más notoria. La brisa que agitaba las ramas de la palmera situada frente a la puerta ayudaba a crear una atmósfera solitaria, como de abandono, ya que no se oía nada más. Desconcertado, el joven se dirigió hacia la entrada con una desagradable sensación en el estómago, sumido en sombríos pensamientos. Sin dilación el escriba golpeó el portón con la aldaba y una de las hojas cedió, emitiendo un sonido quejumbroso que le hizo estremecer. Entonces la puerta se abrió y Senenmut se precipitó a la peor de sus pesadillas.

Otra vez el joven se sumía en un sueño, un escenario imposible ajeno a cualquier realidad que su corazón hubiese creado. De nuevo entraba en otra dimensión, en uno de aquellos espejismos que, no hacía mucho, le habían conducido a través de desiertos desconocidos en los que había terminado por perderse. De este modo el escriba se encontró perdido en medio de la más absoluta oscuridad, cual si en verdad hubiese sido sepultado en vida. La sala en la que una noche alcanzara la apoteosis del éxtasis se había transformado en una estancia vacía, carente de toda vida, en la que la mortecina luz del crepúsculo creaba sutiles reflejos que le daban un aire de soledad que la convertía en espectral. Era como si una tumba milenaria se abriera por primera vez para mostrar su vacío, su carencia de vida, el olvido que la rodeaba. Allí no había nada, ni un solo mueble, ni el más pequeño vestigio de que una vez aquella casa hubiera estado habitada.

Senenmut recordó al momento los sonidos del arpa y los cantos de la doncella, y se le ocurrió que en semejante túmulo era imposible que Hathor, la diosa de la música, pudiera haber tenido presencia, pues en un escenario como aquel no había lugar para la alegría. Tras ahogar un sollozo, el escriba gritó el nombre de su amada, y al momento el desnudo salón devolvió el eco de sus palabras transformadas en truenos, pues el nombre de Astarté llegaba como si genios infernales lo repitieran desde las profundidades de la tierra.

—Astarté, Astarté... —volvió a repetir el joven, una y otra vez, presa de la desesperación—. ¿Dónde estás? Soy yo, Senenmut.

Pero solo las paredes parecían tener oídos para escucharlo, para después volver a sumirse en el silencio, un silencio pesado, como el escriba nunca imaginara, que lo atrapó entre sus garras para devolverlo al abismo que tan bien conocía. De nuevo se precipitaba al vacío, pero esta vez nadie lo acompañaba. El deseo y la pasión que lo habían conducido hasta aquel pozo habían desaparecido. Estaba solo y, mientras caía, una angustia formidable devoraba sus entrañas produciéndole un dolor indescriptible. Aquel universo forjado desde el imaginario se partía en dos, en tanto los dioses a quienes había menospreciado lo señalaban con sus dedos acusadores para condenarle por su blasfemia.

Sin embargo, Senenmut continuó gritando el nombre de su reina, aferrado a la esperanza de que esta surgiera de las tinieblas para salvarlo con su magia, para envolverlo en su profunda mirada y devolverlo al reino que ellos habían decidido crear, donde solo habría lugar para el amor. Mas no hubo respuesta. El Inframundo se lo tragaba y no había nada que él pudiera hacer por evitarlo.

Enajenado, el escriba se revolvió como un animal acorralado. ¿Cómo era posible? ¿Qué tipo de hechizo había caído sobre él? En medio de la penumbra Senenmut corrió de un lado a otro de la estancia, entre juramentos, incrédulo, agarrado a una quimera a la que no podía renunciar. Formaba parte de ella, como todas sus ilusiones, igual que aquella diosa a quien había determinado adorar.

Un centelleo se abrió paso entre las sombras, al fondo de la sala. Era tan débil, que parecía más obra de la imaginación que otra cosa. Sí, una luz titilaba, paupérrima, y no obstante cobraba vida mientras se aproximaba, quizá para hacer el escenario aún más tenebroso. Senenmut pensó que se hallaba ante las puertas del Amenti, y que en breve los demonios que las guardaban armados con cuchillos se harían cargo de su alma. Un sudor frío se apoderó de él, y al momento se acordó de Nakht y sus enseñanzas, que tan pronto había olvidado. Entonces escuchó unos pasos que se acercaban, como si alguien arrastrara los pies, para al poco reparar en una pequeña figura que se dibujaba de forma difusa tras lo que parecía un candil.

La luminaria cobró vida, y tras el tenue fulgor se dibujó un halo que enmarcaba lo que bien pudiese ser una fantasía. El escriba se mantuvo impávido, como si ya no importase el lugar en el que se encontraba. Si aquel era el infierno, un aparecido se dirigía hacia él para llevárselo. Sin embargo, la débil llama de la bujía se detuvo frente al escriba, y el espectro que la portaba tomó una nueva forma para mostrarse tal y como era. Se trataba de un anciano, enjuto y algo encorvado, cuya voz causó una profunda impresión al joven cuando se dirigió a él. Había verdadero pesar en aquel tono, y el escriba tuvo la impresión de que se encontraba en presencia de algún ánima condenada que vagaba sin rumbo, o puede que ante la mismísima serpiente Apofis.

—¿Eres tú Senenmut? —le preguntó el anciano.

—¿Quién quiere saberlo? —se apresuró a decir el joven, sin ocultar su desasosiego.

El extraño se aproximó un poco más, hasta que su rostro quedó iluminado por completo. Saltaba a la vista que era un hombre de avanzada edad, cuyo semblante, surcado de arrugas, le recordó el de Nakht, su querido maestro. Sin poder evitarlo, Senenmut sintió un escalofrío.

—No debes temer a este viejo —señaló el anciano, con voz quejumbrosa—. Todavía me encuentro en el mundo de los vivos, aunque ya me quede poco.

—¿Quién eres, entonces? ¿Qué haces en este lugar?

—Eso debería preguntarte yo a ti.

—Conoces mi nombre. ¿Qué tipo de broma es esta? Respóndeme. ¿Por qué estás aquí?

—Esta es mi casa —indicó el extraño, con consternación.

—¿Tu casa? ¿Cómo es posible? Nunca antes te he visto en este lugar.

—Sin embargo, esta es mi casa desde hace ya muchos años. Demasiados, diría yo. Perdí la cuenta antes de que tú nacieras.

—Pero..., ¿y Astarté? ¿Dónde está? Es a ella a quien vengo a buscar.

—Me temo que no la hallarás aquí —dijo el anciano, con pesar.

—¿Formas parte de un sueño, o quizá de algún tipo de encantamiento? ¿Qué burla es esta?

—No se trata de ninguna burla y menos de un sortilegio. Soy tan real como tú.

—Sin embargo, conoces a Astarté... y también a mí.

—Eso no tiene importancia; como tampoco la tiene mi nombre.

—Entonces dime dónde se encuentra Astarté —señaló el joven con indisimulada impaciencia.

—Ya no está en este lugar.

—Pero eso es imposible —se rebeló el escriba—. Me dijo que me esperaría esta noche. Que contaría las horas hasta mi regreso.

—Astarté abandonó su reino ayer mismo, muy temprano, con todo su séquito —se lamentó el anciano.

—Mientes —gritó el joven, exasperado—. Ella jamás se iría sin mí.

—Mira a tu alrededor, Senenmut. Esta casa se halla tan vacía como lo estoy yo de esperanza. No hallarás nada más en ella.

—Entonces dime dónde puedo encontrarla. ¿Adónde fue Astarté?

—No la volverás a ver.

Senenmut soltó un juramento y asió con fuerza la mano que sostenía el candil.

—Quebrarme los huesos no te la devolverá —se quejó el viejo.

El escriba aflojó su presa al momento, apesadumbrado.

—¿Qué camino tomó? —insistió el joven.

El extraño se encogió de hombros.

—Eso solo lo sabe ella.

—La buscaré aunque tenga que descender hasta las puertas del infierno.

—Ya te encuentras en ellas —le advirtió el anciano—, aunque aún no lo sepas.

Senenmut se resistió a dar fe de cuanto escuchaba.

—Nada de esto es posible. Cuanto me dices solo forma parte de un sueño.

—Me temo que hayas despertado de él. Astarté me pidió que te dijera que no intentaras ir en su busca, que nunca la encontrarás. Se ha ido para siempre, como ocurrió con otras muchas diosas que, como ella, ocuparon en su día esta casa.

—No comprendo —señaló el escriba, ofuscado.

—Este lugar tiene su propia historia, como yo. Está maldito, pues solo trae infortunio, y únicamente los corazones podridos pueden habitar en él.

—¿Y tú?

—Toda mi vida he huido de este palacete, aunque siempre termine por regresar. Mi alma está atrapada entre estas paredes, donde hubo un tiempo en el que fui feliz. Sin embargo, todo es engañoso. Aquí solo hay sitio para el mal.

—Hablas muy bien mi lengua —apuntó el joven, con curiosidad.

—Como otras muchas. Mis pasos me condujeron una vez a la tierra de los faraones. No existe un país que se le pueda comparar. Kemet rezuma sabiduría y magia. Por eso sé que entenderás mis palabras. Astarté se fue, y con ella lo mejor que pudiste ofrecerle.

—¿Cómo sabes...?

—Las reinas de este palacio devoran los corazones de los hombres —interrumpió el anciano—. Ese es el triste destino de mi casa.

Senenmut se llevó ambas manos al rostro para ahogar un sollozo.

—No te aflijas, pues el incauto que ofrece su alma por amor siempre obtiene el perdón de los dioses —le animó el extraño—. Vuelve a Egipto y envuélvete en su misticismo. Solo de este modo conseguirás olvidar a Astarté.

—Astarté —musitó el escriba, en tanto sacudía la cabeza con pesar—. Vi el amor reflejado en sus ojos. Ella me ama, ¿acaso crees que no es cierto, que me engañó?

—Fuiste tú quien te engañaste a ti mismo. Ella siempre se mostró tal y como es, pero tu corazón no quiso verlo. Se resistió a aceptar una realidad inconcebible para una persona de bien. Las mujeres como Astarté no pueden amar; por eso se marchó.

—¿Qué quieres decir? —inquirió el joven, turbado.

—En su oscura naturaleza no puede haber sitio para el sentimiento más hermoso. De alguna manera lo alumbraste, aunque solo fuese durante un instante, pero tu luz sucumbió ante unas tinieblas que jamás hubieses podido vencer.

Senenmut volvió a llevarse ambas manos al rostro, descorazonado.

—Ahora debes irte —le aconsejó el anciano—. Regresa a la Tierra Negra y olvida este lugar y lo que representa. Sepulta a Astarté en lo más profundo de la necrópolis. Ella solo representa un sueño. El peor que se puede tener.

Dicho esto, aquel extraño dio la vuelta para volver sobre sus pasos. Mientras arrastraba sus pies con pesar, el candil se fue alejando por aquella estancia en la que Senenmut había conocido la felicidad, hasta que la luz desapareció consumida por la oscuridad. Esta se abrazó al escriba con ferocidad, puede que para recordarle que en el fondo él ya era una de sus criaturas, que había vendido su *ba* a cambio de efímeras caricias, falsas promesas o apasionadas convulsiones. Era un ser despreciable que se había mostrado capaz de llevar a cabo la peor blasfemia que un egipcio pudiera perpetrar: despreciar a los dioses creadores y sus enseñanzas, a todo lo que representaba Egipto.

Al salir de la casa una ráfaga de viento lo abofeteó con dureza. El aire era cálido y espeso, como el aliento de Set. El iracundo dios creaba remolinos de polvo en el jardín, en tanto que con su siniestro lenguaje daba la bienvenida a aquel renegado merecedor de castigo. El señor del caos ululaba sembrando la noche con los peores presagios. Su cólera andaba suelta, dispuesta a fustigar con ella al caminante que se atreviera a desafiarle. Senenmut sintió como aquel hálito le abrasaba los pulmones. Él conocía las palabras de Set, así como el mensaje que este le enviaba en aquella hora. Desconcertado, avanzó por el jardín dando traspiés, protegiéndose del viento lo mejor que podía, con el corazón abrumado por un pesar que le resultaba insoportable. Andaba entre tinieblas, y a sus oídos llegaban las voces de los dioses que lo acusaban sin piedad para advertirle que su alma estaba maldita. El escriba era un ciego perdido en la noche del desierto, incapaz de mantenerse en pie. Tras trastabillarse cayó al suelo, en tanto la arena arrastrada por el ventarrón le fustigaba como si se tratara de un reo. Sin poder evitarlo gimió, como lo haría un condenado a quien los cuarenta y dos jueces del tribunal de Osiris hubieran despreciado por su iniquidad, pues en verdad que se sentía desamparado. Entonces notó como unas manos se aferraban a su cuerpo para ayudarle a levantarse. Eran unas manos fuertes, curtidas, surcadas de callosidades, que al joven le parecieron como una cuerda a la que agarrarse en medio de su frenética caída.

—Señor, señor —oyó que le decían—. ¿Estás bien?

—Sehem —respondió Senenmut—. ¿Eres tú?

—Sí, soy Sehem. No temas que yo te protegeré.

El veterano envolvió al escriba con su frazada en tanto le ayudaba a caminar hasta un muro cercano donde protegerse del viento. No necesitaba explicaciones para saber lo que había ocurrido, pues todos los días, en alguna parte, un corazón bondadoso era despedazado por las hienas. Así eran las cosas y, en su opinión, así seguirían siendo mientras hubiese hombres y mujeres sobre la tierra. La vida enseñaba a bastonazos, y el que tenía la suerte de llegar a viejo aprendía de ellos. Para el soldado en eso radicaba la verdadera sabiduría, y por ello respetaba a los ancianos; daba igual los pecados que estos hubiesen podido cometer. Lo habían hecho lo mejor que habían podido, y lo que diferenciaba a unos de otros eran las circunstancias en las que habían vivido; claro que también había gente de la peor condición. Él había conocido a muchos desalmados, aunque el veterano estuviera convencido de que estos se iban quedando por el camino, y nunca llegaban a viejos. En este particular tanto hombres como mujeres se daban la mano, y al ver el estado en el que se encontraba el escriba director se convenció de que le habían atravesado el corazón de lleno. Aquel tipo de heridas eran difíciles de curar, y siempre dejaban cicatrices, aunque al final el tiempo aplicara su bálsamo milagroso para terminar por arreglar las cosas, sobre todo si uno era joven.

Aquel palacete le había hecho desconfiar desde el primer momento. Nada bueno podía esperarse de él, aunque el veterano no fuese nadie para dar su opinión a un *imira sesh*, y mucho menos aconsejar sobre lo que debía hacer. Este ahora ahogaba su pena como mejor podía, a pesar de que la noche no acompañara para mejorar el ánimo. Hacía un tiempo de perros, y el vendaval que se había desatado parecía cosa de demonios, pues había llegado de repente, emitiendo unos bramidos capaces de atemorizar a cualquiera. Con semejante escenario sintió compasión por el escriba, que permanecía a su lado, sin moverse, como si fuese una estatua. El veterano no tenía duda de que la profesión iría por dentro, y que lo mejor sería dejarla pasar cuanto antes, aunque no hubiese más remedio que escuchar sus cánticos.

Y así transcurrieron las horas, el uno junto al otro, absortos en sus pensamientos, sin más palabras que las que tuviera que decir el viento. Una vez descargada su ira el vendaval comenzó a amainar, hasta que el tiempo se encalmó para mostrar el cielo estrellado en toda su magnitud. Sehem lo observó durante un rato, pues siempre le había sobrecogido la visión de la bóveda celeste, y luego se volvió hacia el escriba, que continuaba a su lado.

—Señor —dijo el soldado—. Set se marchó. Creo que deberíamos regresar al campamento.

11

—Sehem, ¿crees en los dioses?

El aludido se encogió de hombros, sin saber qué contestar por temor a equivocarse.

—Entiendo. Eres afortunado, Sehem, pues a los ojos de los dioses no hay mayor verdad que la del ignorante. A la postre ellos sienten compasión por él, ya que el desconocimiento no alberga mala fe, algo que los padres creadores no toleran. Fíjate si no en mí. Fui educado en las antiguas enseñanzas y el *maat* rigió mi comportamiento. ¿Qué crees que pensará de mí la diosa de la justicia?

—Si ella tiene corazón, nada.

Ante semejante razón Senenmut se quedó petrificado, sin saber qué responder.

—Los dioses viven en un mundo que no es el nuestro, pero si como se dice ellos nos observan, no se sorprenderán de nuestras debilidades, y menos si estas son debidas al amor —aseguró el soldado con una elocuencia que asombró al escriba.

—Esa no es razón para que no cumplamos sus máximas —añadió este último, tras recapacitar un instante.

—Su señoría las conoce porque las estudió en los templos, pero en los caminos hay otras leyes, y nadie se detiene a pensar de dónde salieron.

—¿Eres fiel a ellas?

—Mi vida depende de ello —contestó el veterano con un deje de ironía.

—En cambio, yo no lo fui a las mías —se lamentó el joven, con gravedad.

—Los juicios de este pobre *w'w*, soldado raso, no son nada comparados con los del escriba director. Seguramente, me haya ganado con creces mi viaje al Amenti, aunque nunca me hayan dado opciones para ir a otro lugar.

—Al menos viajarás sin remordimientos.

—Francamente no sé dónde acabará mi alma, aunque sí puedo decir cómo me gustaría terminar mis días.

Senenmut observó al soldado con interés, pues le había tomado estima. Hablaba con el aplomo de quien sabía todo cuanto tenía que saber, y sin el menor temor a la vida de ultratumba. A su manera Sehem era feliz, y el escriba se sintió ridículo.

—¿Tienes añoranza de Egipto? —quiso saber Senenmut.

—Después de pasar media vida guerreando y arrastrar mis pies por los desiertos de Nubia, no hay visión que se pueda comparar a nuestro bendito Valle.

—Comprendo.

—Yo acompañé al dios Aakheperkara, vida, salud y fuerza le sean dadas, hasta Kurgus, más allá de la cuarta catarata, un lugar infernal. Dudo que el Amenti resulte peor que aquellas tierras.

—Entiendo. Esperas encontrar tu paraíso en esta vida.

—Si es posible, junto al Nilo. Sentado bajo los palmerales para ver como el sol del atardecer arranca reflejos de la superficie de las aguas, mientras una mujer me espera en casa, para compartir la cena conmigo y acompañarme en mi sueño. Así son los Campos del Ialú en los que algún día me gustaría encontrarme. En ellos mis heridas quedarían restañadas y podría irme en paz, sin temor alguno hacia la monstruosa Ammit, ni a esos cuarenta y dos jueces de los que tanto habláis los que creéis en ellos.

—¿Dices que no los temes? —preguntó el joven con curiosidad.

—¿Por qué debería? No conozco sus nombres y dudo mucho que ellos tengan ningún interés por el mío.

—Dime, Sehem, ¿has amado alguna vez?

—Claro. Los *menefyt*, los veteranos, también amamos, como el resto de los soldados, aunque estemos sujetos a las reglas de la guerra y su barbarie. Ese sentimiento los dioses nos lo otorgan a todos, aunque en muchas ocasiones hagamos mal uso de él.

Senenmut asintió, pensativo, asombrado ante las razones de aquel hombre que se había distinguido por cortar todas las manos que había podido. Sin duda, ambos pertenecían a mundos contrapuestos, pero no obstante el viejo soldado se había mantenido fiel a sus principios, a lo que este consideraba que estaba bien, para desgracia del escriba, que se sentía despreciable.

Durante el viaje de regreso a Egipto, el joven mantuvo frecuentes conversaciones de este tipo con Sehem. Con ellas, Senenmut iniciaba su propio peregrinaje hacia la redención, en busca de una piedad que no podía darse a sí mismo. El faraón atravesaba victorioso las tierras de Canaán al son de la fanfarria, convertido en un dios conquistador, pero para el escriba no había lugar en su alma para la alegría, ni trompetas o timbales capaces de levantar su ánimo. El rostro de Astarté se le aparecía en cada recodo del camino, en la soledad de su tienda, con aquella mirada profunda, desasosegadora, que le había esclavizado creía que para siempre. La veía tendida sobre sus almohadones, envuelta en el misterio, deseable hasta la locura, altiva y dominante, como correspondía a una diosa. Ante semejante visión Senenmut gemía como lo haría un animal errante que nunca conocería el descanso. Él no podía engañarse, pues sabía que si ella se presentaba, el escriba volvería a correr a sus brazos para entregarse de nuevo sin condiciones y ofrecerle cuanto poseyera. Esa era la realidad. Allá donde se hallara la reina, esta continuaría ejerciendo su poder sobre el joven, sin piedad, deseosa de que este se postrara a sus pies para mostrarle pleitesía, para ofrendarle su corazón como alimento. Astarté era insaciable, y el veneno que esta había inoculado en su alma le permitiría cobrar su tributo, aunque jamás volvieran a encontrarse.

Las noches se convirtieron en un tormento en el que el sentimiento de culpa y la pasión exacerbada se entrelazaban para producir en el joven un gran sufrimiento. En vano imploraba a unos dioses a los que había ofendido, consciente de que se había convertido en un hombre sin identidad de quien nadie sabía nada. Simplemente, había perdido su *ka* y tan solo era una fachada hueca que sobrevivía bajo una máscara que apenas era capaz de llevar.

Durante las marchas, a veces se le presentaba Nakht en el imaginario. El viejo maestro clavaba sus ojos en él para desnudarlo con la mirada. No había disfraz para esconderse de ella, y Senenmut sentía como lo peor de sí mismo salía de su corazón para mostrarse sin ambages. Allí no había lugar para las sutilezas; su traición tomaba cuerpo para manifestarse en toda su magnitud.

—¿Qué hiciste con los útiles que te regalé? ¿Por qué los despreciaste?

Aquellas preguntas eran como martillazos con los que hacía añicos su conciencia, la poca que le pudiese quedar. Le producían un dolor insoportable del que, no obstante, Nakht estaba lejos de apiadarse.

—Thot se hallaba en aquella tablilla. ¿Tan pronto olvidaste lo que el dios representa? ¿Qué será de ti sin su favor?

Senenmut se rebelaba contra sí mismo, contra su ineptitud y su traición. Pero al poco Astarté volvía a manifestarse, para reír como solía y suplicarle que volviera a penetrarla.

Era un dolor insoportable con el que debía aprender a vivir. El precio que había tenido que pagar por amar a su diosa había sido mucho más alto de lo que pudiera imaginar, y Nakht nunca dejaría de recordarle su deslealtad y felonía. En cierto modo todos le acusaban: los dioses, los sabios maestros, los sacerdotes purificados e incluso Astarté, que se mofaba de su ingenuidad, de su candoroso comportamiento. Tenía razón el anciano desconocido al decirle que le habían devorado el corazón, y no obstante el escriba volvería a jugar aquella siniestra partida con tal de amar otra vez a la dueña del reino del olvido.

Sehem fue testigo directo de aquel sufrimiento que el escriba sobrellevaba lo mejor que podía. Padecía en silencio, lo cual, en opinión del veterano, era lo más acertado ya que algunas heridas solo pueden ser curadas por uno mismo. Él, por su parte, jamás cayó en la indiscreción, ni trató de consolar a su superior con palabras que solo le producirían más pesar. Apiadarse del escriba director era la peor idea que se le podía ocurrir, aunque a su manera le hizo compañía con su silencio y comprensivas miradas que, estaba convencido, el *imira sesh* agradecería.

Lo que sí consiguió el soldado fue sorprenderle con un regalo formidable. Un obsequio que impresionó a Senenmut sobremanera, y que tenía un profundo significado: un mono.

El escriba nunca supo de dónde salió aquel animal, pues la respuesta había que buscarla en el intrincado mundo en el que se movía Sehem. Aquel era un microcosmos tan enrevesado, que era preferible no aventurarse en él si uno quería vivir en paz. Los asuntos de la soldadesca era mejor que se dirimieran entre ellos, aunque en muchas ocasiones los escribas militares no tuvieran más remedio que intervenir para mantener la disciplina. Por todos eran conocidos los durísimos castigos que podían llegar a imponer, pero entre los soldados existían reglas, y el que más o el que menos debía algún favor. En este particular, como bien era sabido, Sehem era una autoridad. Pocos había en el campamento que no tuvieran algo que agradecerle, y el veterano, con la habilidad que le caracterizaba, siempre solía cobrarse las cuentas cuando debía.

Ahora que andaba a la sombra del escriba director, se había convertido en toda una autoridad entre sus camaradas, ante los que se daba importancia con su acostumbrada retórica.

—¿Es cierto que comes de su mesa? —le preguntaban, admirados.

—Todos los días, compañero; y en alguna ocasión hasta me da pan y queso durante las marchas.

Aquellas eran palabras mayores, no por el alimento en sí, sino por el hecho, debido a las desavenencias que solían surgir entre los soldados y sus escribas. Como Sehem mantenía su vieja afición de zascandilear por el campamento siempre que podía, una tarde se encontró con un viejo camarada, que cumplía funciones como *medjay*, y estaba en deuda con él desde hacía tiempo al haberle sacado de un asunto feo que podía haber traído funestas consecuencias. Los *medjays* solían ir acompañados por feroces babuinos durante sus labores de policía, y aquel día Sehem vio llegado el momento de cobrar lo que se le adeudaba. Una de las hembras había tenido dos crías hacía ya casi un año, y el veterano se las agenció para hacerse con una de ellas, asegurando que no era para él sino, nada menos que, para el *imira sesh*, quien lo tendría muy en cuenta a la hora de hacer efectivo el reparto de los botines a la llegada a Kemet.

Al *medjay* le pareció bien, y así fue como Sehem se presentó ante Senenmut con su regalo, un babuino, con el que esperaba que su superior levantara su ánimo dadas las circunstancias.

Sin lugar a dudas, el escriba quedó profundamente impresionado, al tiempo que agradecido, ya que aquel mono tenía un significado muy especial. A pesar de que el babuino era considerado una criatura solar dentro de la religión egipcia, también se la tenía como una representación de Thot, el dios de la sabiduría, dentro de su contexto lunar. No existía un dios con una reputación de integridad mayor que la suya, pues no en vano Thot, al que en Kemet llamaban Djehuty, era el encargado de anotar y dar fe del veredicto en el momento de pesar el corazón del difunto durante el juicio final.

Senenmut se emocionó al ver al animal y reconoció en este a una manifestación del dios de la sabiduría, quien, de este modo, le abría una puerta a la esperanza. No había duda; aquello era una señal, y el escriba corrió a abrazar al viejo soldado para estrecharlo, con la mirada iluminada con singular fulgor. Entonces se juró regresar y hacer penitencia para retomar el camino, a fin de tener «una vida recta y verdadera como Thot».[38]

Aquel mono tendría un especial significado en su futuro. De alguna manera representaría un antes y un después en su existencia, tras la aventura en la que se había visto inmerso. El simio se había convertido en una esperanza a la que aferrarse en su frenética caída, un rellano salvador desde el que poder regresar al lugar que nunca debería haber abandonado. ¿Cómo era posible semejante sinrazón?

Senenmut no tenía respuestas para ello, aunque estuviese convencido de la significancia de un hecho en el que veía la mano de los dioses. Un simple babuino había sido capaz de despertar en él valores que creía perdidos para siempre, al tiempo que percibía como los juicios regresaban del Inframundo al que habían sido desterrados para hacerle sentir aún más culpable por sus actos. Todo era demasiado sencillo, a la vez que complicado, como para hallar una respuesta que le condujese al arrepentimiento. Este se presentaba empujado por el pensamiento virtuoso, mientras que el corazón seguía mostrándole la imagen de Astarté en todo su esplendor, requiriéndole para que la amara hasta la extenuación. Así era el escenario en el que aquel mono había aparecido para tenderle una mano que, al escriba, se le antojó surgida de la sutil magia que impregnaba el país de Kemet.

El papión se hizo muy popular entre los generales que acompañaban al dios, e incluso este se interesó por él cuando preguntó a Senenmut por el nombre que le pondría.

—Se llamará Djehuty, gran Tutmosis —dijo el *imira sesh* sin dudarlo.

—Un nombre muy apropiado para el babuino de mi mejor escriba. Thot te acompañará, no hay duda, buen Senenmut —sentenció el dios, complacido.

Cuando por fin las tropas pisaron la tierra de Egipto, la euforia se desató entre los bravos. Atrás quedaban meses de penurias y encarnizados combates, de los que regresaban con la miel del triunfo en sus labios y un cuantioso botín, como no se conocía. La riqueza llegaba a las Dos Tierras gracias al ejército de Aakheperkara, y Menfis se engalanó para recibirlo entre vítores y loas a los inmortales dioses que procuraban la abundancia para su pueblo. Hubo fastos y grandes celebraciones en las que se ensalzó la figura del Horus reencarnado que velaba por sus súbditos para procurarles bienestar y riquezas. «¡Gloria a Tutmosis! —exclamaban al ver desfilar a los soldados victoriosos—. ¡En verdad que la Tierra Negra nunca tuvo un señor como él!»

Parte del contingente volvió a los cuarteles de Menfis, la ciudad del muro blanco, en tanto el resto embarcaba para remontar el Nilo hacia Tebas, la capital del dios Amón. A bordo del *Halcón*, la nave real, Senenmut volvió a sentir emociones olvidadas, que creía perdidas para siempre, pero que no obstante salieron a su encuentro de forma espontánea, quizá para recordarle que era un hijo del país de Kemet, y que este se hallaba grabado en el interior de cada uno de sus *metus*. El escriba se dejó llevar por ellas hasta embriagarse por completo. Entrecerrando los ojos, respiraba con fruición aquel aire que era un bálsamo para sus pesares, que le insuflaba vida, como si Isis, la gran maga, lo inyectara en sus pulmones para resucitarlo, igual que había hecho con su esposo Osiris en el principio de los tiempos. El río revitalizaba sus sentidos, y a su alrededor Egipto explotaba en una sinfonía de colores sin fin ante los que no cabía más que rendirse. Aquella era su tierra, la que los dioses creadores habían elegido para manifestarse y guiar a los hombres por el camino que les era grato, para mostrarles lo que esperaban de ellos, para enseñarles cuál era el significado del *maat*.

Senenmut entendía todo esto y, sin poder evitarlo, los ojos se le velaron de lágrimas que a duras penas pudo contener. Detrás de cada recodo de aquel río parecía esconderse un nuevo misterio, y de los fértiles campos surgía como por ensalmo la figura de Min, el dios de la abundancia, para saludar al señor de las Dos Tierras que volvía de conquistar el mundo. Las aguas cantaban al paso de la flota, animadas por Hapy, su señor, y su séquito de diosas ranas, que de este modo bendecían a los bravos que regresaban a casa, en tanto los cocodrilos que sesteaban en las orillas se incorporaban para verlos pasar, tan enigmáticos como de costumbre, conocedores del poder que les confería Sobek, el dios que los representaba. Ellos eran los señores del río, y a su manera daban la bienvenida al faraón que regía los destinos de la Tierra Negra, la suya, en la que también eran adorados.

En Tebas los esperaba la apoteosis, y cuando los barcos atracaron en Waset, se revivieron las escenas de júbilo de las pasadas campañas, como preámbulo a unas celebraciones que serían recordadas durante muchos años. El botín era de tal cuantía, que la ciudadanía se miraba incrédula al paso de tantas riquezas, mientras el clero de Amón asistía estupefacto a la ingente cantidad de bienes que iban a recibir. Los tributos conseguidos en las guerras contra el país de Kush no eran nada comparados con los que Tutmosis había conseguido en Retenu. Aquel día Karnak se hacía inmensamente rico, y Amón pasaba definitivamente al olimpo de los dioses como el rey de reyes. En el futuro de la milenaria historia de Egipto no existiría un dios más poderoso que él. El Oculto se elevaba para mirar hacia la corona en la distancia, sabedor que el tiempo le pertenecía, así como el temor de los hombres.

Senenmut asistió a cuantos actos solemnes tuvieron lugar, así como a las fiestas de palacio en honor del dios Aakheperkara. Su nombre ya era conocido, y muchos fijaron su atención en aquel joven que parecía tener la confianza del señor de las Dos Tierras.

Como escriba director supervisó el reparto de los botines tal y como dictaba la ley. Muchos soldados se licenciaban, y Senenmut fue justo con todos ellos, decidido a cumplir el *maat*. Cuando le llegó el turno a Sehem, Senenmut se emocionó, pues aquel abandonaba el ejército.

—Bien, Sehem —dijo el escriba, sobreponiéndose a sus sentimientos—. Tu dura vida de soldado toca a su fin.

El aludido asintió. Había pasado la mayor parte de su existencia al servicio de las armas, casi siempre despotricando, suspirando junto a sus camaradas por el momento en el que se viera libre de ir donde mejor le pareciera, y ahora que el día había llegado sentía una tristeza con la que no había contado. Se veía desvalido, temeroso de lo que pudiera llegar a ser de él fuera del ejército. Senenmut le adivinó el pensamiento.

—Supongo que estarás feliz —continuó el escriba—. ¿Adónde irás, ahora que eres libre?

—No sé —señaló Sehem, encogiéndose de hombros.

—Seguro que habrás pensado en regresar a tu casa.

—El ejército era mi casa, gran Senenmut. No conocí otra.

—Al menos podrás volver a tu pueblo. Allí tendrás alguna familia.

—No sé dónde nací, y mi única familia han sido mis compañeros de armas.

—¿No conoces tu lugar de nacimiento? —inquirió el escriba, estupefacto.

—No. Dicen que lo mío fue un milagro.

El escriba director soltó una carcajada ya que aquello sonaba a burla.

—Eso dijeron todos cuando me encontraron en el campo, cerca del río —se apresuró a aclarar el veterano—. Nadie se explicaba cómo no había sido devorado por alguna alimaña, o incluso por los cocodrilos.

—¿Te encontraron en el campo?

—Cerca de la localidad de Qus. Una familia de labradores me crio hasta que me escapé para enrolarme.

—¿Te trataron mal?

—Cuando ingresé en los ejércitos del dios ya llevaba el cuerpo curtido por los bastonazos que había recibido. Hasta el *sesh neferu*, el escriba de los reclutas, se sorprendió por mi indiferencia a los castigos.

Senenmut asintió, circunspecto, pues el ejército estaba repleto de hombres con pasados sorprendentes, y muchos habían vivido fuera de la ley. Él sabía lo que les ocurría cuando se licenciaban, ya que sin medio de vida los más subsistían como podían, y los había que se echaban a los caminos para robar y no morir de necesidad. Sin embargo, todo aquello iba a cambiar.

—Entonces no tienes a donde ir —dijo el escriba, con gravedad.

—La vida dirá.

Senenmut guardó silencio unos instantes en tanto observaba al veterano, antes de continuar.

—Durante todos estos años has mostrado cierta tendencia al enredo y a las habladurías, y también a las pendencias. Sin embargo, has servido bien al dios, con lealtad y valentía, y nunca retrocediste ante el infortunio.

Al escuchar toda aquella retahíla, Sehem tragó saliva, pues cualquier cosa podría ocurrirle; hasta pudiera ser que le dejaran sin la parte del botín que le correspondía. El escriba, al ver su semblante, esbozó una media sonrisa.

—Por todo ello, buen Sehem, el señor de las Dos Tierras, vida, salud y fuerza le sean dadas, quiere mostrarse generoso contigo —continuó el joven.

Lo de buen Sehem al veterano le llegó muy adentro, ya que no estaba acostumbrado a que le llamaran así, y era un buen preámbulo para lo que tuvieran que decirle, por lo que no pudo por menos que dibujar un gesto expectante.

El escriba sacó un papiro y al punto comenzó a leer.

—El dios Aakheperkara —pronunció Senenmut, con solemnidad—, ha decidido ser magnánimo con el *menefyt* Sehem, y por tal motivo le concede un *arura* de la mejor tierra en la población de Madu, en propiedad hasta que Osiris determine la hora de su juicio, para que la trabaje y la haga germinar para mayor gloria de Kemet. Asimismo, dicha propiedad pasará a manos de sus descendientes, si los tuviera, siempre que estos cumplan con sus deberes de soldado e ingresen en el ejército del dios; y así durante generaciones.

Senenmut hizo un inciso para ver la cara que ponía el veterano, quien pensaba que estaba siendo víctima de una broma colosal y del peor gusto que pudiese imaginar. ¿Una tierra en propiedad? Imposible.

—¿Comprendes las palabras del dios? —inquirió el escriba, complacido, al reparar en el semblante de incredulidad del soldado.

—¿Estás seguro de que están dirigidas a mí? —preguntó Sehem, no sin temor—. A lo mejor se trata de alguien que lleva mi mismo nombre, pero tenga un rango superior; un *seshena-ta*, quizá.

Senenmut arrugó el entrecejo.

—Yo mismo transcribí la orden, y la escritura de propiedad no es para ningún comandante de la región, sino para ti, Sehem. ¿Conoces mi sello?

El escriba le mostró el papiro y al punto el veterano reconoció la firma del *imira sesh* que había visto en múltiples ocasiones. Al comprobar que no se trataba de ninguna burla, Sehem no supo si reír o llorar, pero se mantuvo en su sitio, no fuese a fastidiarlo todo en el último momento. Senenmut volvió a fijar su atención en el documento, ya que aún no había terminado de leer.

—Asimismo —continuó este—, y como reconocimiento a su valentía e insistencia en el combate contra el vil mitannio en las orillas del Éufrates, en las que cortó veinte manos y consiguió dos caballos, el dios en persona le condecora con una mosca de oro.

Sehem no daba crédito a lo que escuchaba, mientras el escriba director continuaba leyendo.

—Ejem... Además, y por recomendación del muy alto Senenmut, *imira sesh* de mis ejércitos, y hombre muy grato a mi Majestad, se otorga al soldado Sehem el derecho sobre una esclava cananea, como es costumbre con los valientes, pues tales son las leyes de la guerra. Esta es la palabra del dios Aakheperkara. Que se cumpla.

Semejantes palabras eran más de lo que un hombre como Sehem podía soportar sin perder la compostura. Sin poder evitarlo, el viejo soldado se lanzó sobre Senenmut dispuesto a besarle la mano o incluso los pies, si era preciso. Si aquello no era un sueño solo podía significar que los Campos del Ialú, de los que tanto se hablaba, se habían materializado por causas que se le escapaban, para abrirle sus puertas como les ocurría a los que Osiris declaraba como «justificados de voz». Senenmut tuvo que apartarlo para que no lo besuqueara en tanto Sehem sollozaba, vencido por la emoción.

—¡Una esclava cananea! —exclamaba el veterano, entre hipos—. Nunca pensé que pudiera vivir un momento como este. ¡Una esclava cananea!

Senenmut lo observó, divertido, ya que el soldado no parecía dar ningún valor a la condecoración que le había sido concedida, y que representaba el anhelo máximo de cualquier soldado. Solo tenía palabras para la esclava, aunque Senenmut pensara que él no era la persona más indicada para el reproche, dadas las circunstancias.

—Una esclava —dijo Sehem, algo más calmado—. Qué inesperado honor. ¡Gracias, gran Senenmut! —exclamó de nuevo, en tanto volvía a hacer ademanes de besar la mano del escriba.

Este la retiró al momento, pero el veterano era incapaz de controlar la emoción.

—Pero dime, Thot reencarnado. ¿Tú la has visto? ¿Sabes cómo es esa esclava? ¿Tiene buen carácter? Las mujeres de esa región suelen ser temperamentales.

—¿Aún no la conoces y ya piensas en los inconvenientes? Buen soldado estás hecho.

—No es eso, gran Senenmut. Me siento abrumado por tu favor ante el dios. Me faltan las palabras.

—Solo has de cumplir con lo que Aakheperkara ha dispuesto para ti. El dios desea crear una colonia de veteranos en Madu, para que las sucesivas generaciones puedan servir en el ejército del faraón. El tiempo de ampliar las fronteras de Egipto ha llegado, y para ello se necesitarán soldados que no teman al desamparo, que puedan vivir su vejez en paz, en la tierra de sus padres, bajo la protección del señor de Kemet.

De este modo fue como aquellos dos hombres separaron sus caminos. Uno conducía hacia la quietud de un merecido retiro y el otro a un territorio inexplorado en el que debería encontrarse a sí mismo. Sin embargo, ambos lo hacían con un regalo inesperado que nunca olvidarían. Daba igual lo alejados que pudiesen ser sus rangos, ya que el corazón no conoce de empleos. Sehem descansaría en paz en un pedazo de tierra desde el que podría ver como Ra Atum se ponía cada atardecer, junto a una mujer que cuidaría de él, y Senenmut lo recordaría cada vez que mirara a aquel babuino que le había traído un rayo de esperanza. Djehuty siempre permanecería a su lado, y con este una parte del viejo veterano quedaría en su memoria.

12

Senenmut siguió su camino, el único que podía tomar, pues su senda se había perdido la noche en la que una diosa reencarnada se había cruzado en su vida. De alguna manera Astarté no se había ido del todo. El escriba sabía que todavía permanecía en su corazón, oculta en alguno de sus desvanes, pero tan vívida que su solo recuerdo causaba en el joven un profundo pesar. Él, por su parte, luchaba contra su recuerdo con desigual fortuna, ya que Astarté había terminado por convertirse en un fantasma al que le parecía imposible poder doblegar. A los momentos de pensamientos juiciosos seguían otros en los que su razón se lanzaba a las aguas del Nilo para desaparecer, río abajo, envuelta en los remolinos que conducían a las profundas pozas. Entonces era cuando surgía ella, voluptuosa, para envolverle con el manto del deseo, tan tupido que la pasión del joven se encendía hasta consumirle por completo. Senenmut llevaba inoculado su veneno, y decidió que solo en el interior de los templos sería capaz de encontrar el antídoto que devolviera la paz a su alma.

Por dicho motivo pidió licencia para retirarse por un tiempo al santuario de Montu, algo que agradó mucho al faraón, quien veía en el joven escriba los auténticos valores de un buen egipcio: valentía y espiritualidad.

Senenmut se dirigió a Iuny, su tierra natal, para recluirse en el templo en el que se había iniciado junto a su viejo maestro. Antes visitó a su familia, a la que tanto amaba, para celebrar junto a los suyos todo lo bueno que el señor de las Dos Tierras les había procurado. Sus hermanos estaban vinculados a los cleros, así como a la Administración, y sus padres vivían felices su vejez, en paz con los dioses a los que tanto reverenciaban.

Para el joven la vuelta al templo de Montu significó una prueba más dolorosa de lo que hubiera pensado. Nakht, el anciano que había intentado atemperar su naturaleza, había partido definitivamente hacia el lugar del que nadie regresa. Senenmut sintió un gran dolor al enterarse de la noticia y también al conocer que, a menudo, el sabio maestro hablaba acerca de su persona con singular cariño. Este particular le hizo sentir aún más despreciable, al pensar en la forma en que se había desprendido de su valioso regalo. No se le ocurría un modo más artero de hacerlo, sobre todo por el hecho de que un objeto tan sagrado como aquel hubiese terminado en las manos de alguien que jamás lo honraría. Este era su pecado, y por eso se encontraba allí, aunque dudaba que algún día pudiera llegar a ser perdonado.

Durante meses, Senenmut se recluyó entre los muros de aquel santuario para observar las reglas de los hombres santos. Como si fuese un *web*, un sacerdote purificado, hacía sus abluciones diarias a la vez que depilaba su cuerpo por completo cada dos días. Su dieta era la de un asceta, y en la oscuridad de su celda, entre volutas de incienso, pedía perdón por sus actos al tiempo que se preguntaba quién era en realidad y cuál el lugar que en verdad le correspondía. A menudo tenía visiones, y en su introspección se encontraba con la figura de su viejo maestro quien con su indescifrable mirada le producía un dolor que le laceraba el alma. Nakht era una figura inalcanzable que aplastaba su conciencia con una integridad tallada en el más duro granito. El escriba nunca se le podría comparar, pues su débil naturaleza solo le procuraría apariencia, una pátina bajo la que se escondía la ambición y una pasión que le era imposible refrenar.

En sus paseos diarios el escriba creía encontrarse con Nakht en aquellos rincones en los que solían conversar. El joven le hablaba en voz queda, como era costumbre en los lugares sagrados, en busca de sus consejos o sus sabias palabras. Mas no recibía contestación, ni admonición alguna que le ayudara a encontrar la paz. Y así, el rostro impenetrable de Nakht se convirtió en un muro infranqueable ante el que se estrellaba cualquier atisbo de arrepentimiento, pues el joven había ofendido a los dioses. Montu le mostraba su cólera al atormentarle muchas noches con aquello que el escriba deseaba olvidar: Astarté. Senenmut luchaba contra aquella visión para terminar por sucumbir ante ella. La diosa se le ofrecía, tendida sobre el lecho de perfumados almohadones, con aquella mirada que encendía su lascivia, y él se entregaba a ella con ímpetu irracional, incapaz de contenerse, hasta derramarse por completo. Luego, al retomar el juicio, el escriba se lamentaba, horrorizado por su fragilidad, para sumirse en la desolación más absoluta.

Una mañana, mientras paseaba por uno de los patios del templo, un viejo sacerdote se aproximó a Senenmut. Se trataba de un *medity*, «el jefe de los secretos», quien se encargaba a diario de atender a las necesidades del dios. Era por tanto el elegido para entrar en lo más profundo del santuario para lavar, vestir y perfumar a la estatua de Montu, al tiempo que le presentaba los alimentos. El sacerdote era un reputado mago y profundo conocedor de las ceremonias de origen iniciático, y al reconocerlo el escriba lo saludó con evidente respeto.

—Tu visita a este templo nos es muy grata, Senenmut —dijo el viejo con calidez, en tanto se unía al paseo.

—Una parte de mí siempre permanecerá aquí, gran *medity* —contestó el joven, respetuoso.

—Aún te recuerdo cuando ingresaste en la Casa de la Vida, siendo un niño. Ahora sirves al señor de las Dos Tierras. Aprendiste bien.

El escriba frunció los labios, ya que las últimas palabras le produjeron un gran pesar.

—Lástima que Nakht ya haya sido justificado ante Osiris. Te quería como a un hijo y le hubiese gustado verte de nuevo —continuó el sacerdote.

Senenmut hizo verdaderos esfuerzos por no derramar las lágrimas, aunque no pudo evitar que sus ojos se velaran. Al verlo, el viejo asintió, comprensivo.

—Si Nakht estuviera aquí se sentiría decepcionado al comprobar lo poco que aprendí —se lamentó el joven.

—La vida es un continuo aprendizaje. Quizá ese sea el motivo por el que te encuentres en este templo.

—Vine en busca de enseñanzas que olvidé demasiado pronto —se sinceró el escriba.

—Al menos existe un lugar en el que poder refugiarte. Todos necesitamos de él alguna vez. Ahora permite que tome tu brazo para continuar nuestro paseo. Me es muy grata tu compañía.

Senenmut se apresuró a hacer lo que le decían, pues en verdad que aquel sacerdote caminaba con dificultad.

—Dime, Senenmut, ¿encontraste lo que te trajo hasta aquí? —quiso saber el anciano tras una pequeña pausa.

El joven hizo un gesto ambiguo antes de contestar.

—Temo hallarme sumido en la confusión, gran *medity*.

—Ah, la confusión. Forma parte de nuestra ceguera.

El joven miró al sacerdote con curiosidad, pues conocía lo aficionados que eran los maestros a la sutileza.

—Je, je. Sabes bien a lo que me refiero, Senenmut. Miramos pero no vemos. Estoy seguro de que Nakht te lo enseñó.

—Como ves olvidé lo que no debía, noble sacerdote.

—Hum... Puede que no estés mirando en el lugar adecuado.

—Me he convertido en un penitente al que de poco vale su arrepentimiento.

—Lo sé —dijo el anciano con calma—. Hace tiempo que he reparado en tu sufrimiento. Sientes que tu lucha es en vano.

Senenmut no pudo ocultar su sorpresa, pues el sacerdote había definido con precisión lo que le ocurría. Luchaba en vano contra un enemigo que parecía no ser de este mundo.

—Me olvidé del *maat*, y mi *ka* se perdió en el Inframundo —dijo el escriba en tono enigmático.

—Dejemos el Inframundo para el designio de Osiris y permite que tu *ka* regrese a ti.

—Solo los genios del Amenti son capaces de causarme tal aflicción.

—Eres tú quien provoca tu dolor. Juzgaste tus actos y te condenaste.

—¿Qué otra cosa podría esperar? Fueron acciones vituperables.

—Comprendo; sin embargo, fías tu esperanza al buen criterio de los dioses, a su compasión.

—Quién si no podría reparar mi pecado.

—Tú.

Senenmut se detuvo un instante, turbado ante aquella reflexión.

—En mí se encuentra la causa. ¿Cómo puedo remediar lo que hice?

—No existe el remedio, pero sí la expiación.

—¿Expiación? Llevo demasiado tiempo buscándola.

—Recuerda la ceguera de la que te hablé. Todos sufrimos de ella en algún momento; incluso hay quien la padece durante toda su vida.

Senenmut asintió, cabizbajo.

—Tienes razón, gran *medity*, y temo que acabe por convertirme en uno de esos ciegos de los que tan sabiamente hablas.

—La juventud nos conduce a la exageración en demasiadas ocasiones. Forma parte del desconocimiento. Luego la vida se encarga de hacernos ver cuál es la medida de las cosas.

—Dime entonces qué he de hacer, venerable maestro. Escucharé tu consejo, cualquiera que estés dispuesto a ofrecerme.

El anciano se detuvo un momento para escrutar al joven. La desazón de este era tan evidente, que sopesó sus palabras antes de continuar con el paseo.

—Este lugar es el más indicado para la búsqueda de la quietud —dijo el *medity*, con gravedad—. Pero el verdadero templo en el que encontrarás las respuestas que anhelas se halla dentro de ti. Es ahí donde debes indagar. Todos llevamos en nuestro interior un santuario.

—Cuando miro en mi corazón solo encuentro las puertas del Amenti —se lamentó el escriba.

—Sin embargo, ese santuario existe, aunque muchos no lo visiten jamás. Pero si tocas a su puerta esta se abrirá. Entra en él sin miedo y descarga tu pesar. Allí averiguarás quién eres en realidad y lo que los dioses esperan de ti.

Senenmut guardó silencio, en tanto asimilaba las palabras del sacerdote.

—Seguiré tu consejo, aunque como te dije temo sentirme perdido.

—Ayuna por dos días, y luego reclúyete en una de las cámaras del templo. Yo me encargaré de que la dispongan para ti. En la soledad de tu habitáculo encontrarás las respuestas que necesitas. Pero recuerda que solo si miras a la cara de tus fantasmas podrás aliviar tu *ba*.

El joven quedó impresionado por las recomendaciones del anciano y, tal y como este sugirió, guardó ayuno para después acudir a una de las salas más apartadas del santuario, donde un sacerdote lector le esperaba. Se trataba de un *hery seshta*, «el gran celebrante de Montu», profundo conocedor de todos los ritos prescritos por el dios de aquel templo y responsable de la lectura y transcripción de los textos sagrados. Aseguraban que la magia no tenía secretos para él y, como ya le ocurriera en su día con Nakht, al cruzar su mirada con aquel sacerdote, Senenmut se sintió insignificante.

La umbría estancia se encontraba apenas iluminada por débiles bujías, y en las esquinas se quemaba incienso en unos pequeños pebeteros desde los que se elevaban sutiles volutas de humo que creaban caprichosas formas. Olía a santidad, o puede que a milenios, pues en el ambiente flotaba una fragancia que el joven no fue capaz de identificar, pero que junto al perfume del olíbano le invitaba a abandonarse, a dejarse llevar a donde quiera que fuese.

El *hery seshta* se aproximó a él y le ofreció un pequeño cuenco para que bebiera. Senenmut se tomó el contenido sin hacer una sola pregunta, y acto seguido vio como «el gran celebrante» desenrollaba un papiro y comenzaba a leer con voz cavernosa extrañas fórmulas de invocación. Al principio el joven trató de prestarle atención, pero paulatinamente notó como su mente se dispersaba y le resultaba imposible mantener la concentración. Escuchaba frases, palabras que no podía entender, en tanto tenía la sensación de haber perdido el control sobre sí mismo, sobre su capacidad para razonar, atrapado en un vacío que lo absorbía sin remisión.

Sin embargo, aquella nada en la que se hallaba el joven pareció cobrar vida, y poco a poco la estancia empezó a mostrársele como un lugar recorrido por pasillos que conducían a nuevas salas cuyas puertas permanecían abiertas. Era un escenario lúgubre donde los hubiera, en el que imperaba el silencio más absoluto, como si perteneciese a otra dimensión en la que los sentidos carecieran de importancia. La línea que separaba lo real de lo imaginario parecía intranscendente, como si todo fuese medido por unidades desconocidas de las que nada se sabía. Lo concreto y lo intangible se habían fusionado para crear un laberinto desde el cual el escriba observaba un nuevo mundo con los ojos del peregrino.

Entonces el joven vio como el *hery sesheta* desaparecía por uno de aquellos pasillos que se perdían en el imaginario. Senenmut lo llamó, pero el sacerdote continuó su camino, sin inmutarse, como si no hubiera oído nada. El escriba se estremeció al creerse abandonado, y al momento se dispuso a seguir los pasos del «gran celebrante», donde fuese que quisieran llevarle. De este modo se vio en un corredor que le condujo hasta una puerta que se hallaba entreabierta. Al momento percibió un sonido que procedía del interior y le resultaba familiar. Sin temor empujó aquella puerta para descubrir una pequeña habitación en la que un niño garabateaba sobre un papiro, mientras su maestro lo vigilaba. Senenmut tuvo una grata sensación de bienestar y sin dilación se aproximó hacia los extraños. Entonces estos volvieron sus rostros hacia el escriba y este los reconoció al instante. Allí estaba él, tal y como era cuando, siendo aún un niño, ingresó en el templo, y frente al pequeño se hallaba Nakht, corrigiendo sus primeras lecciones, como solía hacer, envarado y con el gesto adusto. Ambos le miraban de forma extraña, pero Senenmut se aproximó a ellos presa de una gran emoción. Entonces distinguió el cálamo con el que aprendió a escribir, y su esfuerzo por llegar a asimilar los símbolos sagrados.

Sin embargo, había una clara recriminación en aquellas miradas que Senenmut percibió al instante. El niño le reprochaba su presencia, su atrevimiento a presentarse ante él después de haberlo convertido en un ser despreciable, de haberlo condenado por su debilidad. ¿Qué derecho tenía a haberle apartado del *maat*? Había verdadera inquina en aquellos ojos, rabia por encadenar su destino a unas pasiones de las que se creía lejano y, no obstante, terminarían por devorarle al no cuidar su templanza. ¿Es esto lo que nos enseñó el maestro? —le reprobaba el chiquillo—. Yo solo quería ser escriba. Aprender todo el conocimiento oculto en nuestros templos. Vivir con arreglo al *maat*; y ¿adónde me condujiste tú? Al reino del olvido, como tú lo llamaste, para venderme como un esclavo a una hechicera a la que bautizaste como diosa. Sí, sí, no cambies el gesto. La adoraste igual que haría un pagano para refocilarte en la lascivia. Lo malo no fue que entregaras el alma a tu reina, lo peor fue que con aquella también iban las nuestras, sin que tuviéramos oportunidad de evitarlo. Nuestro *ka* se perdió, errabundo, por caminos que no le correspondían, los peores que nadie pudiera desear. Traicionaste a cuantos te mostraron cuál debía ser esa senda. A los sabios que te abrieron las puertas del conocimiento, a nuestra familia, piadosa donde las haya, a los dioses creadores, a todo cuanto representa Kemet. Ahora ya sé lo que me espera y solo me queda soportar la vergüenza y mi eterna condena. Vete y expía tus culpas. Devuélveme mi *ka* tal y como yo lo quería.

Entonces Nakht se levantó, y con el semblante demudado por la indignación señaló con un dedo la salida.

—Vete —repitió—. Ya no perteneces a este lugar.

Senenmut sintió que su corazón se partía en mil pedazos, y como con cada uno de ellos se perdía una parte de sí mismo, de su propio ser, para caer en el olvido. Se había convertido en un no vivo, en un ente obligado a vagar eternamente sin nombre por el que pudiera ser recordado, tal y como si nunca hubiese existido. Eso era lo que había venido a decirle aquel niño cuyo destino él se había encargado de transformar para conducirle hacia la destrucción. Era mejor que desapareciera para siempre, que perdiera su identidad, para de este modo devolver al pequeño al camino que le correspondía, recto a la mirada de los dioses, el que siempre había deseado.

Su viejo maestro lo expulsaba para que no regresara jamás, y Senenmut rompió en sollozos, ante la magnitud del daño que había cometido. Las lágrimas se desbordaron en su interior hasta abarrotar sus *metus*. Estos rezumaban toda la amargura que llevaban dentro y Senenmut notó como su hiel traspiraba por cada poro de su piel, como si se estuviera pudriendo. Era un ser nefando, infame, abominable, y mientras abandonaba aquella sala sintió como desde lo más profundo de su ser surgía el arrepentimiento, no para sí, sino para los demás, por todo el daño que les había infringido.

El escriba deambuló por un nuevo corredor durante un tiempo imposible de determinar, pues allí este no parecía tener valor, hasta encontrarse ante otra puerta, también medio abierta, de cuyo interior salía una melodía que el joven conocía bien. Alguien tañía el arpa, y al poco la dulce voz de una cantora llegó a sus oídos envuelta en el embeleso. Con mano trémula, Senenmut empujó aquella puerta para asomarse, otra vez, al reino del olvido. Al punto se fijó en los almohadones con los que soñara en tantas ocasiones, y sobre ellos, reclinada como acostumbraba, su diosa lo miraba como solo ella sabía, para mostrarle el camino a la perdición.

—Pasa, Senenmut, te estaba esperando.

El escriba ahogó un juramento, ya que la visión era tan nítida que al momento notó como la vieja pasión volvía a abrirse paso desde sus entrañas. La reina lo observaba, divertida, tan solo cubierta por una vaporosa túnica que dejaba a la vista su desnudez.

—Ja, ja. ¿Estás sorprendido de verme?

El joven se acercó, sin ocultar su sorpresa.

—¡Cómo es posible! —exclamó este con voz trémula—. ¿Por qué te marchaste?

—Siempre serás un iluso. Olvidaste mis palabras demasiado pronto. Nunca daré mi corazón a ningún hombre, ¿recuerdas?

—Pero lo nuestro fue diferente. Vi el amor reflejado en tu mirada mientras te tomaba una y otra vez.

—Admito que me diste placer. Eres un buen amante, pero nada más podías obtener de mí.

—Mientes. Sé que me amaste aquella noche.

—Quizá tengas razón. Pero eso nunca lo sabrás.

—Ahora comprendo. Te fuiste por temor a sucumbir al amor. Esa fue la razón —señaló Senenmut, ofuscado.

—Ja, ja. Me halaga que pienses así. Pero he de recordarte otra vez que mi amistad se mide en talentos.

—Te di cuanto poseía; lo más preciado.

—Lo sé, buen escriba. Pero dime, ¿te gustaría tomarme de nuevo?

El joven gimió desde lo más profundo de su ser presa de un gran dolor. Astarté lo observó con jocosidad.

—¿Crees que la tablilla sagrada fue tu mejor regalo? —inquirió ella con ironía.

El escriba se llevó ambas manos al rostro, con desesperación.

—No fueron los útiles tu ofrenda más valiosa —aseguró la reina con malicia.

—¿No? ¿Qué fue entonces? —quiso saber el joven, exasperado.

—Fue tu alma. Tu corazón sin mácula. Tu inocencia. La sabiduría de la que tanto alardeáis en Kemet. La que recibiste en los templos de la mano de los justos. Esa fue tu mejor ofrenda. Yo me llevé todo eso de ti, y ya nunca lo podrás recuperar.

Senenmut volvió a rebelarse, furibundo, contra aquella naturaleza que le había encadenado a los pies de la diosa. Esta miró al escriba con voluptuosidad.

—Luchas contra un poder al que jamás podrás vencer —aseguró Astarté.

—Fue el amor quien desenfrenó mi pasión —se defendió el joven.

—Es un sentimiento hermoso, que muy pocos comprenden, y que suele ir acompañado de desgracias —advirtió ella—. Como te pasó a ti, ja, ja.

Senenmut cerró los ojos justo para sentir como algo le revolvía las entrañas. Era una percepción angustiosa, surgida de lo más profundo de su ser, que le causaba náuseas, cual si tuviera la necesidad de vomitar y no pudiera. Al abrir de nuevo los ojos el joven se encontró con la mirada de Astarté, insondable y tan oscura como de costumbre, dispuesta a escudriñar en el fondo de su alma. Pero en esta ocasión el escriba vio en ella algo nuevo que le había pasado desapercibido hasta entonces. En aquella mirada habitaba la noche. Una noche sin luna en cuya bóveda celeste no había lugar para las estrellas, carente por completo de luz, opaca, como si formara parte de la nada; un vacío opresivo que, no obstante, se mostraba presto a engullir cualquier atisbo de vida. Aquel abismo inescrutable necesitaba su alimento, un poco de claridad que alumbrase al tenebroso corazón que habitaba dentro. Lo precisaba para subsistir, para poder sobrevivir en el lóbrego reino para el que había sido creado. Se trataba de un monstruo revestido con brillantes oropeles, maestro en el ardid y listo para atraer con sus cantos de sirena. Un tramposo formidable cuyas estafas le proporcionaban la única felicidad a la que podía acceder. De ahí su voracidad, su permanente búsqueda de almas de las que nutrirse, su necesidad por esclavizar a su yugo la virtud, allá donde se hallase.

Súbitamente, Astarté se mostraba ante los ojos de Senenmut tal y como era en realidad: un ser surgido del Inframundo, en cuyas cavernas señoreaba entre las ánimas de los condenados. Ese era su verdadero reino, el lugar en el que se alzaba su templo, aquel en el que el escriba la había adorado, y al que había estado dispuesto a servir. Pero ahora el joven lo observaba en su verdadera magnitud para horrorizarse ante su propia ceguera. Los muros de aquel antro estaban fabricados con podredumbre, con bloques extraídos de la miseria humana, y en lo más profundo de su santuario, el altar de las ofrendas se erigía tallado en el maleficio, teñido por el vicio de los hombres, malvados o inocentes, sin que eso importara demasiado, pues todos habían accedido a él libremente, dispuestos a ofrecer su sacrificio. Allí se había entregado Senenmut, y al descubrir la auténtica esencia de aquella mujer por quien había llegado a enloquecer, el escriba notó como su angustia le producía arcadas, y de su boca surgían incontrolables vómitos, amargos y fétidos, cargados de ponzoña. El joven se vio invadido por un olor nauseabundo que procedía de su propia náusea. Entonces sintió repugnancia de sí mismo, de su infame naturaleza, la que le había conducido hasta aquel lugar de perdición. ¿Cómo podía haber amado a Astarté? Sin poder evitarlo Senenmut se repetía la misma pregunta, una y otra vez, sin encontrar una contestación. Quizá todo fuese obra del encantamiento, o puede que Shai, el destino, deseaba ver al joven descender a los infiernos para mostrarle lo que se ocultaba tras la temible serpiente Apofis.

Al rato el escriba se sintió mejor. Las arcadas cesaron y el joven notó un paulatino alivio, como si toda su desazón hubiese desaparecido. Entonces levantó su rostro dispuesto a mirar de nuevo a la diosa ante la que había sucumbido. Sin embargo, y ante su sorpresa, allí no había nadie. Astarté había desaparecido, de forma misteriosa, como si fuese parte de un espejismo. Senenmut se frotó los ojos, sorprendido, perplejo ante aquel nuevo ensueño en el que parecían hallarse. De forma inconsciente volvió a buscarla con la mirada, todavía incrédulo, pero no había el menor rastro de ella. Astarté se había ido para siempre, envuelta en su propio hechizo, al tenebroso reino en el que habitaba, y del que no volvería jamás. Senenmut tuvo plena consciencia de ello, así como de que su corazón regresaba a la vida tras liberarse de las cadenas que le habían condenado a vagar por una senda que no le correspondía. La reina del olvido no había sido más que un sueño que se había esfumado, y con este el recuerdo de un amor que nunca fue tal, y le hizo comprender el abismo al que puede empujar la ceguera. Tenía razón el *medity* al asegurar que, en ocasiones, miramos pero no vemos. Sabias palabras para un mundo en el que los ciegos de corazón se precipitaban una vez tras otra por inescrutables precipicios.

Senenmut abandonó aquella sala con el ánimo ligero y el convencimiento de haber recuperado su alma. De nuevo se vio en el extraño corredor que le conducía a través del laberinto. Este se le antojó intrincado, pues el pasillo le llevaba de izquierda a derecha y daba la impresión que desandaba el camino. Avanzaba entre penumbras que convertían en ilusorio cada paso que daba. Las paredes se mostraban desnudas, sin ninguna señal que pudiese servir de referencia al joven. Sin embargo, este continuaba su marcha de forma mecánica, cual si de manera inconsciente supiese hacia dónde debía dirigirse. Al doblar una esquina, el pasillo se iluminó justo al fondo. Un haz de luz se abría paso desde una de aquellas puertas, y Senenmut apretó el paso hasta detenerse frente a ella. Como ocurriera con anterioridad también se hallaba entreabierta, y de la habitación a la que daba acceso partía un gran resplandor, de inusitado fulgor, que sobrecogió al escriba. Cauteloso, este empujó aquella puerta en tanto la luz del interior se desbordaba cual si Ra surgiera desde el horizonte. Senenmut protegió sus ojos con el dorso de la mano, para dejarse abrazar por aquellos rayos que parecían provenir del padre de los dioses. ¿Sería aquel el lugar por el que cada mañana la barca de Ra regresaría de su viaje nocturno? En aquel laberinto todo parecía ser posible, y el escriba se convenció de haber sido elegido para participar de un enorme conjuro, por causas que desconocía, que le habían conducido hasta aquella nueva puerta que se abría ante él. El joven penetró en la estancia sin temor alguno, atraído por la claridad que tanto le reconfortaba. Era una luz purísima, a la que enseguida se acostumbró, que le hacía experimentar sensaciones de quietud que le parecían olvidadas. La procedencia de semejante luminosidad se le antojaba un misterio, y Senenmut llegó a la conclusión de que, sin conocer el motivo, la habitación poseía luz propia. Entonces reparó en la figura sentada en un taburete, justo al fondo de la estancia. Lo esperaba, pues al momento hizo un ademán con la mano animándolo a que se acercara. El escriba hizo lo que le pedían, y al punto reconoció al hombre que le invitaba a aproximarse; era Nakht.

—Desanduviste el camino que elegiste libremente. ¿Qué te trajo hasta aquí? —preguntó el viejo maestro, con una voz profunda como el joven no recordaba.

—La búsqueda de aquello que perdí —contestó este, convencido.

Nakht asintió complacido por aquella respuesta.

—¿Qué te llevó a extraviarte?

—Mi vanidad. Ella hizo que olvidara todo lo que me enseñaste.

—¿Qué descubriste durante tu andadura?

—Mi naturaleza; y la esclavitud a la que puede encadenarte.

—Sin embargo, te creíste un dios.

—Así es, maestro. Su mano me mostró una ilusión y sobre ella edifiqué mi templo.

—¿Qué te impulsó a hacer semejante cosa?

—La pasión por una diosa.

—Pero solo se trataba de una mujer.

—A tal extremo llegó mi locura.

—Te dejaste arrastrar por esta sin importarte el precio que tuvieses que pagar.

—Ahora soy consciente de mi traición. Fue el arrepentimiento el que me trajo hasta aquí.

—¿Crees que será suficiente para obtener el perdón de los dioses? Los desairaste.

—De una u otra forma ellos me castigarán. En esta vida o en la Sala de las Dos Verdades, cuando llegue mi hora.

—Es su privilegio.

—No vine aquí en busca de justificación, sino de mi alma.

—¿La encontraste?

—Entré ciego en este extraño lugar y ahora puedo ver con claridad.

—Ah, tu corazón recuperó el discernimiento.

—He sido testigo de mi ceguera. El monstruo al que me entregué era mil veces peor que Ammit, la «devoradora de los muertos». Ahora la conozco.

—Ella se apoderó de tu luz, de tu esencia, de todo lo valioso que te donaron nuestros templos.

—Ese es el motivo de mi peregrinaje —se lamentó el joven, compungido.

—Sé que tu arrepentimiento es verdadero.

—Al menos, sapientísimo maestro, otórgame tu perdón.

—Lo tienes, buen Senenmut. Este templo en el que te encuentras conoce cuál es la verdad que anida en tu corazón. Montu, con su inmenso poder, ha iluminado esta sala con el brillo de las estrellas, para que te sumerjas en su centelleo y limpies tu alma de cualquier atisbo de oscuridad.

El joven hizo un amago por acercarse a su maestro y besarle la mano, pero este se lo impidió con un gesto.

—Son muchos los caminos que te aguardan, Senenmut, no te los cierres por tu intemperancia —le advirtió Nakht—. La pasión es un don recibido de los dioses para emplearlo como corresponde. Si te arrastra hacia las tinieblas te destruirá.

—No regresaré a ellas jamás —sentenció el escriba con determinación.

—Ve pues en paz, Senenmut. Vuelve a la senda marcada por el *maat* y no te apartes de ella nunca más. No olvides que siempre velaré por ti.

El joven notó como sus lágrimas se desbordaban para velar sus ojos por completo. En ellas llevaba implícito el arrepentimiento y el júbilo por el perdón obtenido de su amado maestro. Él le había dado una nueva lección que el escriba no olvidaría jamás.

Al enjugarse las lágrimas Senenmut descubrió que el escenario había cambiado, y Nakht desaparecido. Ahora la estancia se encontraba en penumbra, sin vida, como parte de aquel laberinto tenebroso en el que el joven se encontraba. Este volvió sobre sus pasos y de nuevo se vio en el umbrío corredor que le había conducido hasta allí. Sin embargo, el escriba tuvo la impresión de que aquella oscuridad le resultaba menos opresiva. Por algún motivo era capaz de atisbar entre la negrura sin dificultad, y al doblar una esquina observó como el pasillo desembocaba en otra cámara, débilmente iluminada, de la que provenía un olor a incienso que el joven percibió al momento. Al entrar en la sala, Senenmut reconoció la estancia a la que había sido conducido por el «gran celebrante», y los pebeteros en los que se quemaba el olíbano. El lugar se hallaba solitario, envuelto en el silencio más absoluto, como si se tratase de una irrealidad más de aquel extraño viaje. No obstante, el escriba reparó en un pequeño jergón dispuesto junto a una de las paredes, y al instante Senenmut sintió como el sueño lo consumía. El cansancio se apoderaba de sus miembros hasta el extremo de creer desvanecerse. A duras penas llegó hasta el camastro, y al tenderse su mente se nubló para caer presa de un sopor que lo adormeció de inmediato, de manera profunda; un letargo como no conocía.

Al despertar el escriba se sintió extrañamente confuso. Era como si saliera de un sueño en el que hubieran tenido lugar hechos imposibles, disparatados, en escenarios que se le antojaban difusos a la vez que sobrecogedores. Sin embargo, se notaba liviano, ausente de preocupaciones o penas que le afligieran el alma. Tenía dificultad para aclarar sus ideas, y al punto se incorporó para reconocer la estancia en la que se encontraba. Era la habitación a la que había acudido en compañía del *hery sesheta*, cuya figura se le presentaba vaga e imprecisa, como todo lo demás. En realidad, no supo si esta era una parte más de su sueño hasta que tuvo consciencia plena de haber despertado de él. Poco a poco la razón fue abriéndose paso, y de lo más profundo de su memoria surgieron imágenes y escenarios inauditos que, no obstante, explicaban cuanto le había ocurrido. Todo parecía obra de un sortilegio fabuloso, pero al tiempo tan real como lo era su despertar sobre aquel jergón solitario en lo más recóndito del templo de Montu. Los lúgubres pasadizos, las salas fantasmagóricas, el laberinto por el que había deambulado, formaban parte de una dimensión en la que su *ka* y su persona física habían vuelto a encontrarse de forma misteriosa, para devolver a la vida un alma que el joven creía perdida. Recordó las invocaciones del «gran celebrante», el embriagador perfume de aquella estancia, la pócima que se tomó... Escenas que le habían inducido a un sueño tan vívido que ahora le llevaban a comprender todos los porqués. Se había convertido en un hombre nuevo, sin duda, y al disponerse a abandonar aquella cámara, Senenmut tuvo la seguridad de que lo hacía como un ser renacido. En aquel solitario lugar había vuelto a la vida para retomar su senda completamente fortalecido, cual si todo lo que le había ocurrido sirviera para leer con claridad lo que podía esperar detrás de cada recodo del camino, la verdadera naturaleza del ser humano, sus propios límites, aquellos que nunca debería cruzar, las reglas inmutables que regían por designio de unos dioses que, a la postre, se encargaban de ordenarlo todo como correspondía. Su ceguera había desaparecido y, gracias a la sabiduría del anciano *medity*, ahora miraba y era capaz de ver.

13

Senenmut abandonó aquel santuario para dirigirse a otro en el que se instalaba el verdadero poder. De nuevo el templo de Karnak le abría sus puertas para darle la bienvenida como si se tratara de uno de sus hijos más amados. Así era considerado en Ipet Sut, ya que la figura del escriba representaba a una buena parte de los valores que siempre habían caracterizado a su clero. La permanente búsqueda del conocimiento y el fiel cumplimiento de los ritos religiosos de los que el escriba hacía gala eran motivo de complacencia en aquel santo lugar. Senenmut llevaba impresa en su piel una pátina de misticismo que le hacía atractivo al tiempo que enigmático a los ojos de los demás. Llevaba el sello de los sacerdotes grabado a fuego y, no obstante, en su persona podían adivinarse las ambiciones y naturaleza propias de quienes están dispuestos a gobernar sobre los demás. Se trataba de una extraña simbiosis que realzaba su figura, allá donde se encontrara, dotándole de un magnetismo que a nadie dejaba indiferente.

Así fue como Senenmut se instaló durante un tiempo en Karnak, donde su hermano mayor, Minhotep, cumplía labores como sacerdote *web* al servicio de Amón. El escriba era un gran amante de su familia, y el tiempo que compartió con su hermano le ayudó a mantener vivo el recuerdo de sus queridos padres. Perfeccionó sus conocimientos acerca de la arquitectura sagrada y, como ocurriera antaño, Senenmut se enclaustró en el interior de la «casa de los libros» dispuesto a estudiar hasta el último papiro que cayera entre sus manos. De este modo profundizó en los viejos manuscritos que hablaban de lo ocurrido en el Valle hacía miles de años, para hallar en ellos una sabiduría que se creía perdida y que él examinó con vivo interés. Todo estaba allí, escrito desde el principio, y el joven se embebió de cada una de aquellas máximas transcritas por mandato de los dioses.

Por las noches, cuando el cielo se mostraba despejado, Senenmut acompañaba a los sacerdotes horarios para escrutar los luceros. De estos sabios aprendería sus arcanos conocimientos, su precisión en el cálculo de los movimientos celestes, su capacidad para leer en las estrellas lo que estaba por venir.

—Los cielos nos hablan cada noche en su singular lenguaje —le aseguraban aquellos maestros.

Senenmut sabía muy bien a lo que se referían, pues ya era un buen conocedor del fascinante mundo que Nut plasmaba sobre su vientre. Todo se hallaba en continuo movimiento, y junto a los sacerdotes horarios descifró los mensajes que los cielos les enviaban. Llegó a conocer la posición de los astros el día de su nacimiento, y los oficiantes horóscopos le enseñaron a configurar su carta astral y lo que la bóveda celeste tenía decidido para él.

—Mil caminos que tuviese Egipto, mil que recorrerías, pues los dioses te enviaron para que te hagas eco de su inmenso poder. La Tierra Negra te mostrará sus secretos, y tú la honrarás de modo que su memoria nunca pueda ser olvidada —le auguraron una noche.

El hermetismo que, de ordinario, exhibían aquellos hombres agradaba al escriba, quien comprendía la necesidad de guardar los conocimientos solo para aquellos que pudiesen entenderlos. Cada persona debía velar por su propio templo, y Senenmut honraba su santuario instruyéndose junto a aquellos sabios hasta bien entrada la madrugada, cada noche, o durante el día en compañía de los viejos bibliotecarios. Sin duda, su existencia hubiera transcurrido feliz entre los muros de Karnak, pero Shai tenía otros planes para él, designios que el joven nunca hubiese sido capaz de imaginar.

Una tarde se topó con Hapuseneb justo a la entrada del templo, como por casualidad, aunque no lo fuera en absoluto. A Senenmut le gustaba ver atardecer desde la orilla del río, y Hapuseneb insistió en acompañarlo, ya que hacía mucho que no se veían y tenía al escriba en gran estima.

—Bendito Thot que te trajo de vuelta a Ipet Sut, amigo mío. Tu estancia entre nosotros es del agrado del Oculto —dijo el cuarto profeta mientras caminaban.

—Sería feliz si pasase el resto de mis días en su santuario. Créame si te digo que en el interior de su templo me siento purificado. En sus patios me resulta sencillo ser fiel al *maat*.

—Hallarse aislado del mundo que nos rodea ayuda a cumplir con la diosa de la justicia, ¿no te parece?

Ambos rieron.

—Tienes razón, Hapuseneb, quizá por ese motivo me encuentre a gusto aquí.

—Sin embargo, he oído que cumpliste fielmente con tu cometido en Retenu. Dicen que como escriba director no tienes igual.

Senenmut se sintió algo turbado, y al momento pensó que aquel comentario pudiera tener alguna doble intención, después de la aventura que le había tocado vivir. No obstante, disimuló su azoramiento en tanto su acompañante continuaba hablando con naturalidad.

—Me hubiera gustado felicitarte personalmente, pero me dijeron que habías partido hacia Iuny, al poco de regresar, para ver a los tuyos y honrar a Montu en su santuario.

—A él debo mi aprendizaje.

—Hiciste bien. Al fin y al cabo, Montu ha representado al dios guerrero tebano durante muchos siglos, aunque ahora haya quedado asimilado a nuestro padre Amón. Su poder es inconmensurable.

—Lo sé, Hapuseneb; por ese motivo me recluyo en su templo.

El sacerdote asintió, circunspecto, antes de proseguir con la conversación.

—Me alegro de que tuvieras en consideración mi consejo y

marcharas a Retenu con el ejército del faraón. ¿Recuerdas nuestra conversación?

—La recuerdo muy bien. Hace ya cinco años de aquel encuentro.

—Sin embargo, parece que fue ayer. Nuestra charla me pareció reveladora y me complace decirte lo acertada que fue aquella entrevista. Ambos tuvimos oportunidad de conocernos y he de confiarte que desde ese momento el Oculto no ha dejado de observarte.

El escriba se sintió cohibido y no dijo nada.

—Conoces bien su omnisciencia. Amón todo lo sabe. Él ve donde nadie más puede, y por ese motivo ha decidido fijarse en ti.

Senenmut disimuló su vergüenza lo mejor que pudo, pues nadie como él conocía sus injurias a los dioses.

—No creo ser merecedor de la confianza de nuestro padre Amón; por eso me dedico a servirle como un simple acólito en su santuario —se atrevió a decir el escriba.

—Muy al contrario, estimado Senenmut. No hay como la reserva para que el Oculto haga honor a su nombre. Él se fija en aquellos que parecen impenetrables; por eso te ha elegido.

—¿Elegido? Te burlas, Hapuseneb.

—El hermetismo forma ya parte de tu personalidad. Ni el primer profeta, Perennefer, puede superarte. Por eso debes escuchar lo que Amón tenga que decirte.

Ambos habían llegado al lugar donde Senenmut solía detenerse a ver atardecer. Corría una suave brisa y los dos amigos se sentaron a disfrutar del paisaje y la sutil fragancia que desprendían unos arbustos de alheña, muy próximos a ellos.

—¿Qué desea de mí nuestro padre Amón? —inquirió el joven.

—Tu servicio.

—Yo le honro a diario desde el anonimato, en cada rincón de Ipet Sut.

—No olvides lo que te dije. Él vela por la Tierra Negra, por todas sus criaturas, por el futuro de estas. Él predice y provee. Karnak es un microcosmos que no se parece al mundo exterior.

—Lo sé. Conozco ese mundo, Hapuseneb.

—Entonces sabrás que su influencia debe ser tenida en cuenta. Lo que hoy está arriba, mañana puede encontrarse abajo. Conoces mejor que yo las viejas admoniciones.

—Así es —señaló el escriba con prudencia, pues a aquellas alturas de la conversación no tenía la menor duda de que el sacerdote le iba a proponer algo de especial calado.

—Como te decía, Amón se encuentra muy interesado en los futuros acontecimientos. Egipto se dirige hacia una nueva época en la que debe asentarse sobre sólidos cimientos. Qué puedo explicarte a ti acerca de la arquitectura sagrada.

El escriba se limitó a asentir, pues estaba muy interesado en ver hacia dónde derivaba la conversación.

—El faraón tiene un dilema —señaló el sacerdote sin más preámbulos—, un dilema que le confunde y nos atañe a todos.

—He de confiarte que mi camino me ha mantenido alejado de las cuestiones palaciegas. Siempre me interesaron más los dioses, aunque me gusten particularmente los dilemas.

Hapuseneb rio quedamente, convencido de que su amigo intuía algo de lo que quería proponerle.

—Su sucesión no está clara. Su hijo mayor, Amenmose, como bien sabes pasó a la otra orilla, Osiris lo haya justificado, y me temo que Uadjemose siga pronto su mismo camino.

—He oído hablar de él. Al parecer vive en el mundo de los espíritus. Por este motivo algún día será glorificado.

—Confío en ello, buen Senenmut, siempre ha ocurrido así. Pero, regresando al mundo de los vivos, alguien tiene que suceder a Aakheperkara. He aquí el dilema.

—El Horus reencarnado tiene otro hijo, llamado Tutmosis.

—Así es. Un pequeño príncipe un tanto... particular.

Senenmut arqueó una ceja con gesto perspicaz.

—Entiendo. Solo quedaría la princesa Hatshepsut, a la que ya se designó como sucesora por medio de un oráculo, si no recuerdo mal —señaló el escriba.

—Yo mismo presencié el acto. Amón, por medio de su oráculo, la declaró sucesora al trono.

—Ya veo —indicó Senenmut, conciso.

—Podríamos llenar el Gran Verde de conjeturas, ¿no te parece? Aunque tal cosa no nos corresponda a nosotros.

—Solo el gran mago tiene el poder para invocar. Sus palabras llegan a todos los oídos, como un soplo enviado por Heka desde la barca solar.

—No existe mejor confidente —aseguró Hapuseneb, satisfecho.

—Amón tiene un especial interés en el dilema del faraón —apuntó el joven con ironía.

—Como no podía ser de otra forma. Sin embargo, él observa y observa, como te dije antes, para adecuar a los mortales según convenga a Egipto.

Aquella reflexión hizo que Senenmut esbozara una sonrisa.

—Lo que hoy está arriba, mañana puede estar abajo —observó el escriba, volviendo a parafrasear al sacerdote—. Esa es una gran verdad.

—Sabía que lo entenderías, amigo mío. Pero no era del futuro de la corona de lo que quería hablarte, sino de algo más tangible, del presente.

Senenmut hizo un ademán con el que animaba a Hapuseneb a continuar, ya que le encantaba el sesgo que había tomado la conversación y deseaba averiguar a dónde conduciría esta. El cuarto profeta le leyó el pensamiento, pues rio quedamente antes de proseguir.

—El faraón te tiene en gran estima, Senenmut. Te ha tomado aprecio. Algo difícil y a la vez peligroso, como seguramente comprenderás.

—Sé a lo que te refieres, aunque ignoro el motivo por el que Aakheperkara me tenga aprecio.

—Los motivos forman parte de su naturaleza divina, y solo podríamos especular acerca de ellos. Al fin y al cabo, somos mortales, por mucha que sea la devoción que demostremos ante nuestro padre Amón.

—El gran Tutmosis fue generoso al admitirme en su ejército como *imira sesh*. Ejercí mis funciones lo mejor que pude para así honrarle.

—Y las cumpliste a su plena satisfacción. Incluso sus hombres de confianza se hicieron eco de tu buen hacer. Llevar la logística de un ejército del dios no es tarea fácil.

El escriba volvió a recordar los episodios vividos en Retenu y se maldijo por su debilidad ante la figura de Astarté.

—Amosis Penejbet se deshizo en alabanzas ante tu persona y, como sin duda sabes, este es el mejor amigo del dios, su hombre de confianza. Él te recomendó vivamente para mayores empresas.

Senenmut se mostró sorprendido, ya que su relación con Amosis había sido meramente profesional y nunca habían intimado. Él tenía al bravo guerrero en muy alta consideración, aunque desconocía cuál era la opinión que este poseía acerca de él.

—Como comprenderás, a Karnak le satisface vivamente que un hombre educado entre sus muros obtenga el cariño del Horus reencarnado, y a mí me produce un particular orgullo. Nos honras con tu amistad, Senenmut, y por ese motivo me encuentro hoy aquí, dispuesto a hacerte una proposición.

—Eres tú quien me honras a mí con tu confianza. Dime pues qué es lo que deseas proponerme.

—Ser mayordomo de la casa de Hatshepsut.

Senenmut no pudo reprimir un gesto de extrañeza, ya que nunca hubiera esperado un ofrecimiento como aquel. Al ver su expresión, Hapuseneb soltó una risita.

—¿Qué dirías si fueses elegido para ese empleo? —inquirió el sacerdote, mordaz.

—Que Shai me estaría gastando una de sus habituales bromas, a las que me temo sea tan aficionado.

—El dios del destino siempre tan desconcertante, ja, ja, aunque en esta ocasión puede que no esté bromeando.

—Mayordomo de la princesa —dijo el joven, como para sí.

—Llevarías su casa, toda su hacienda, y te convertirías en poco menos que su confidente.

—Un puesto de gran responsabilidad, sin duda —señaló el joven, pensativo.

—De enorme influencia, dados los tiempos que corren.

Senenmut asintió mientras pensaba a tal velocidad, que al poco tenía un claro bosquejo del alcance del ofrecimiento y los beneficios que este podría procurarle.

—Si no me equivoco semejante honor corresponde a Amosis Penejbet —matizó el escriba, en tanto continuaba calculando hasta dónde le podría conducir un cargo como aquel.

—Precisamente. El valiente Amosis es un hombre de armas, como sin duda ya sabes, y el dios prefiere tenerle a su lado de forma permanente para las futuras campañas que acometa. El propio Amosis está de acuerdo con la necesidad de encontrar un sucesor que le libere de su cometido como administrador de la casa de Hatshepsut.

—Hatshepsut —murmuró Senenmut con cierta ensoñación.

—No hay nada oficial al respecto, aunque Amosis haya susurrado tu nombre a los oídos del dios, seguramente por voluntad de Amón.

—Él pone la palabra justa en nuestros labios —dijo el escriba, para recordar una frase a menudo repetida en Ipet Sut.

—Por eso le llaman el Oculto. Todo se encuentra dispuesto. Nuestro divino padre siente una gran curiosidad por lo que acontezca.

—Intuyo ambigüedad en tus palabras, Hapuseneb. En Karnak pueden albergarse los pensamientos más dispares.

—Forma parte de la naturaleza humana, aunque a la postre Amón siempre decida lo que más convenga a Kemet.

Ahora fue Senenmut quien rio con suavidad.

—Me siento honrado por el afecto que me demuestra el dios, y también por tu confianza, buen Hapuseneb. Mi corazón siempre permanecerá abierto al divino Amón. Cómo podría negarme a su voluntad.

—Él sabe que nunca harías semejante cosa, y que tanto tú como yo le serviremos con el buen juicio que se merece esta tierra —apuntó el sacerdote, muy serio.

Senenmut clavó su mirada un instante en el profeta, para leer en su alma todo cuanto necesitaba saber. Aquella tarde, junto a la orilla del río ambos amigos sellaban un pacto mutuo que los conduciría de la mano hasta un nuevo escenario del que hablarían los tiempos.

—Todo queda pues en manos del Oculto —señaló Hapuseneb—. Y él desea que conozcas a alguien que le resulta muy querido.

14

Senenmut acudió a aquella cita con el convencimiento de que su destino dependía de ella. Le era sencillo imaginar el escenario al que se dirigía, así como los personajes con los que iba a participar en la que sería la gran obra de su vida. El otro Egipto, el de las ambiciones mundanas, se preparaba para recibirlo, siempre presto para la dentellada, y el escriba se encaminó hacia él sin temor, confiado en sus capacidades, con la seguridad de quien se sabe educado por los dioses.

Él ya conocía a Nefertary, pues no en vano la madre del joven, a la que cariñosamente llamaban Tiutiu, había trabajado para su casa dejando un buen recuerdo. Sabía de la ascendencia que la reina madre tenía sobre las cuestiones palaciegas y la importancia que el faraón daba a sus palabras. Aquella dama representaba al Egipto profundo que, renacido de sus cenizas tras una cruenta guerra, se resistía a sucumbir de nuevo a manos de los poderes que tanto daño le habían causado. De su esfuerzo había surgido un estado poderoso, libre de los pequeños jerarcas que habían ejercido su influencia en los nomos para desangrar el país, y ahora que había llegado a la vejez, la gran dama trataba de salvaguardar los intereses de su sangre ante los nuevos poderes que, no tenía duda, se originarían en la Tierra Negra. La historia se repetía una y otra vez, y Senenmut la conocía mejor que nadie.

Su larga estancia en el interior de los templos, siempre enfrascado en el estudio y permanente búsqueda del conocimiento, habían forjado en él una personalidad que dejaba traslucir con su apariencia. Todo el saber oculto quedaba expuesto al primer vistazo, pues en verdad que el joven se hallaba revestido de un halo misterioso que era para él como una segunda piel. Resultaba imposible eliminar aquel sello de misticismo que todos le atribuían, y a él le parecía bien, ya que se hallaba orgulloso de portarlo, como si se tratara de su fortuna más preciada.

Sin embargo, nadie mejor que Senenmut era consciente de su verdadera naturaleza. Había un peligro cierto en ella, que el escriba sabía hasta dónde podía conducirle. Era un hombre apasionado cuya ambición siempre planearía sobre sí mismo, como una sombra indeleble de la que nunca se podría desprender. Ella lo acompañaba aquel día, junto a todo lo demás, al palacio de Nefertary, ansiosa por descubrir nuevos caminos que le procuraran el alimento que necesitaba.

Por todo ello, al escriba no le fue difícil hacerse una composición de lugar mucho antes de cruzar la primera palabra con la reina madre. Poseía la facultad de adelantarse a los demás y el don de la elocuencia, un valioso patrimonio del que era consciente y que le acompañaría donde quiera que fuese.

Su conversación con Nefertary transcurrió como el joven esperaba. Los dioses habían hecho ya su tirada, y en aquella partida el escriba jugaba con fichas señaladas por el triunfo. Él se mostró como debía ante la reina madre, y ambos abrieron sus corazones para reconocerse como justos a los ojos de Amón, el dios al que reverenciaban. Sus *kas* formaban parte del mismo mundo, el Egipto que los dos deseaban, esencias vitales que entendían la complejidad que en realidad dormía bajo la Tierra Negra.

Lo que ocurrió ya es conocido. Nefertary y Senenmut sellaron su propio tratado. Un acuerdo que iba más allá de un nuevo formalismo y que abría la puerta a un espacio sin construir en el que todo resultaba posible. Para la vieja dama, aquel día nació un nuevo baluarte, un bastión tras el que poder guarecerse en las noches de tormenta. No se le ocurría un fortín mejor para su amada nieta y, al despedirse del joven, ella se convenció de que el divino Amón, de quien había sido esposa, le enviaba a uno de sus hijos para que cuidara de su casa, para que protegiera a su querida Hatshepsut.

Senenmut tardaría muy poco en estudiar el terreno en el que se encontraba, un nuevo Egipto para un joven de veintiséis años que se había convertido en mayordomo de la primogénita del faraón. Era un mapa fascinante, que se había transformado en un tablero en el que participaban los más avezados jugadores, a quienes se unió de inmediato. La reina madre lo había invitado a entrar en aquel juego, y él no tardó en ver la disposición de cada una de las piezas y hacia dónde podría derivar la partida. Entonces visualizó el resultado y los movimientos precisos para ganarla. Se trataba de un final complejo, al tiempo que sencillo, pues todo radicaba en el equilibrio perfecto, como ocurría en el vientre de Nut con los cuerpos celestes que cada noche se asomaban a la tierra de Egipto para enviar su mensaje.

Su nuevo cometido le acercó a los verdaderos poderes que gobernaban la Tierra Negra y particularmente al faraón, quien lo observaba con particular atención. Como preceptor de su hija, Senenmut tuvo oportunidad de aproximarse a la figura del señor de las Dos Tierras para rendir cuentas de sus funciones, y también para conocerlo mejor. Para el nuevo mayordomo no fue difícil ganarse su confianza, y mucho menos indagar en el corazón del monarca. El gran Horus reencarnado poseía debilidades humanas que el joven descubrió sin dificultad, para su regocijo, ya que le procuraron una idea inequívoca de lo que acontecería en el transcurso del tiempo.

A pesar de sus dilemas la personalidad de Aakheperkara carecía de doblez. El problema del gran Tutmosis nacía de su ilegitimidad, hecho este que acompañaría en general a todos los tutmósidas y que el nuevo mayordomo sabría utilizar en su beneficio y en el de su causa. Aquella falta de linaje divino era un baldón que pesaba sobre la conciencia de Tutmosis, y por ello influía en sus decisiones políticas, así como en sus preferencias. En cierto modo, el dios buscaba su propia santidad a través de un desmedido interés por acercarse a los dioses, y en particular a Amón, con quien las mujeres de su dinastía habían sellado un pacto. El Oculto representaba para el faraón la esencia que debía transmitirse de forma divina a todo aquel que quisiera gobernar el país de Kemet. El nombre de Amón debería estar inscrito en su sangre por decisión del rey de los dioses, que de este modo se convertía a su vez en padre del soberano de Egipto. Aakheperkara no albergaba la menor duda acerca de tales derechos, y en su fuero interno padecía por el hecho de haber alcanzado el trono de Horus a través de su matrimonio con Ahmés Tasherit. Esa era la realidad, y sobre ella se sustentaba su reinado y todo lo que pudiese acontecer en él.

En cierta forma su belicosidad iba acompañada por un atávico deseo de sentirse próximo a los dioses, y en particular a Amón, quien englobaba a otras divinidades a las que había terminado por absorber. Montu estaba en su brazo, con el poder que le conferían los siglos de historia en los que había representado al dios de la guerra; y también Ra, el padre de todas las divinidades egipcias, que se había unido al Oculto para ambos ser adorados en un mismo nombre: Amón Ra. Por este motivo todo lo que provenía de Karnak tenía un especial significado para el monarca, y también una velada influencia.

La llegada a la corte de Senenmut produjo en el monarca una gran impresión. Era evidente que el escriba llevaba implícita en su persona toda aquella espiritualidad que tanto impresionaba a Tutmosis, y que representaba todo lo que este buscaba en la parte divina que su cuna no le había transmitido. A sus ojos el escriba era un hombre santo a quien Amón había prohijado para transmitirle todos los conocimientos de su templo, así como las claves que conducían al equilibrio cósmico que los dioses deseaban imperara en la Tierra Negra. En su fuero interno se sentía fascinado por la sabiduría y buen juicio que demostraba el joven en cualquier asunto que le fuese consultado, y se felicitaba por haber escuchado el consejo de su amado Amosis Penejbet, y el de la reina madre, para que accediera a nombrarle mayordomo de Hatshepsut. El faraón quería tanto a su hija, que en muchas ocasiones se obligaba a hacer esfuerzos por disimular sus preferencias a los ojos de los demás. La princesa representaba todo lo que él no había podido heredar: legitimidad y sangre divina. Ese era el meollo de su dilema; sus deseos como rey se enfrentaban a los de los hombres, igual que haría un sueño con la realidad.

Senenmut fue perfectamente consciente de ello desde el primer momento. Él comprendía al faraón, al tiempo que calibraba los enemigos ocultos a los que en realidad se enfrentaba. Estos eran legión, y estaban tan enmascarados que el escriba se sintió vivamente interesado por el desarrollo de unos acontecimientos que, de una u otra forma, habrían de tener consecuencias. Él, por su parte, supo desde el principio el camino que debía seguir y cómo influir sobre las decisiones de Tutmosis a favor de su primogénita sin levantar suspicacias entre los grandes de Egipto. Como mayordomo de Hatshepsut debía velar por los intereses de esta, aunque enseguida comprendiera que desde aquel momento su vida quedaba atada a la de la princesa. Se trataba de un juego que lo embriagó desde el primer instante y al que ya nunca podría renunciar. En cierta forma se trataba de un combate formidable en cuya desigualdad estribaba el verdadero interés por librarlo. Senenmut se enfrentaba a la concepción de un mundo en cuyo gobierno no cabía una mujer, al menos de manera abierta, y en su fuero interno se felicitó ante la posibilidad que le daban los dioses de demostrar lo contrario gracias a su valía y al poder de su ambición.

Gracias a sus palabras justas, Senenmut hizo posible que Tutmosis regresara al Delta en compañía de Hatshepsut, para completar el viaje que la guerra había interrumpido de manera prematura. ¿Acaso no se veía en aquel hecho la voluntad de los dioses? El faraón se había visto obligado a batallar en el lejano Retenu para asentar su poder y regresar victorioso envuelto en la gloria. De este modo los dioses le habían demostrado un favor que no hubiera sido posible si el peregrinaje junto a su hija no hubiese sido del agrado de los padres creadores.

—Ellos desean que lo completes, gran Aakheperkara, pues te pusieron a prueba para luego otorgarte su bendición —aseguró Senenmut una tarde en tono misterioso.

—Amón hizo que mi brazo no desfalleciera —indicó el faraón como para sí—. Tú estuviste allí para contemplar mi triunfo.

—Así es. Nuestro divino padre, a quien llevo en mi corazón, te eligió para que lo engrandecieras ante los pueblos extranjeros. Lo mismo ocurre con Hatshepsut, a quien el Oculto ama como a una hija.

—Su oráculo le fue favorable —señaló Tutmosis, pensativo.

—El señor de Karnak la ama profundamente. Sé que su deseo sería que continuaseis vuestro viaje, allá donde lo interrumpisteis, para que la princesa sea presentada a los otros cleros del país de Kemet. El Oculto siente predilección por la divina Hatshepsut, pues encarna el Egipto en el que los dioses quieren gobernar.

Tutmosis se limitó a asentir con la mirada perdida, quizá en el fondo de su propio dilema. Un problema que el escriba sabía que tenía difícil solución y que solo el tiempo resolvería.

Sin embargo, el dios escucharía sus palabras, ya que al poco decidiría proseguir su viaje por el norte, para regocijo de su hija y consternación de todos cuantos no eran afines a su causa. Nefertary brindó por ello bajo el sicomoro de su jardín, en tanto Hapuseneb miraba al futuro con el convencimiento de que el nuevo mayordomo abriría para la Tierra Negra caminos insospechados, en los que muchos se perderían.

La primera vez que Senenmut se presentó ante su señora, tomó plena consciencia del terreno que pisaba, así como de la magnitud de lo que habría de venir. Al cruzar su mirada con la de la princesa, el joven la interpretó al instante, sin ninguna dificultad, pues ya la conocía. Senenmut había visto antes aquella mirada, en sí mismo, la tarde en la que contempló a Astarté tendida en su templo de perfidia, voluptuosa, dispuesta a atraparlo para siempre. Él había caído rendido a sus pies al instante, presa de la locura, enamorado por primera vez en su vida.

Ese era el mensaje que el joven podía leer en los ojos de la primogénita real: fascinación y la luz del embeleso. Hatshepsut se había enamorado a primera vista, igual que le ocurriera a él, y el escriba pudo medir sin dificultad la autenticidad de aquel sentimiento, así como su alcance. No había ninguna duda, la princesa le abría su corazón, de manera espontánea, para dejar traslucir una parte de sí misma que guardaba con celo y que jamás había evidenciado con anterioridad. Senenmut conocía las consecuencias de aquella mirada, el torbellino de pasiones que podía traer aparejada, el abismo al que era capaz de conducir. Él ya se había asomado a aquel vacío, y ahora sabía lo que ocurriría al precipitarse empujado por los impulsos del corazón. En aquella caída la noche amenazaba al incauto, y él nunca volvería a alimentar a las tinieblas. Tomar aquella mano podría conducir a otro reino del olvido y el escriba optó por colocarse su mejor máscara, la que más le convenía en aquel momento.

Hatshepsut disimuló su propio azoramiento lo mejor que pudo, haciendo uso de todas las artimañas a su alcance. Y así, trató de mostrarse altiva, orgullosa, distrayendo el tono de su voz para hacerlo parecer distante. Como acostumbraba, levantaba su barbilla mientras hablaba, cual si dictara órdenes que solo cabía cumplir, sin olvidar dejar claro que ella era la hija de un dios a la que se debía reverenciar. Sin embargo, Senenmut no se dejó impresionar. La careta utilizada por Hatshepsut no tenía consistencia, y con cada una de sus miradas el disfraz se resquebrajaba sin que la princesa pudiese recomponerlo. Él era un hombre que había regresado de los infiernos, y ella una joven diosa a la que no le atemorizaba descender a conocerlos.

Mas allá de aquellas consideraciones, al escriba la princesa le pareció hermosa, con unos ojos de extraordinaria viveza que señoreaban en un rostro de rasgos felinos. Senenmut pensó unos instantes en ello, e imaginó en Hatshepsut la simbiosis perfecta que podía darse entre dos diosas tan dispares como eran la gata Bastet, dulce protectora del hogar y la familia, y la leona Sekhmet, feroz y sanguinaria cuando la invadía la ira. La primera podía transformarse en la segunda sin la menor dificultad, y el escriba no albergó ninguna duda de que ambas vivían en el corazón de la princesa, de forma permanente, como una parte más de su personalidad. Senenmut era un hombre de los templos que accedía al mundo de una joven diosa diez años menor, cuyo sueño era gobernar sobre los mortales al precio que fuese. Tales fueron las palabras que de forma natural se dijeron sus *kas*. Estos se reconocieron, y el escriba salvaguardó el suyo con prudencia para no responder a las miradas de su joven señora. Todo tenía su medida, y Senenmut se mantuvo fiel a la palabra justa, al misticismo que desprendía con cada gesto y a su misteriosa elocuencia.

Fascinada, Hatshepsut escrutaba en el interior de su mayordomo en un intento por penetrar en su corazón, deseosa de averiguar cuanto pudiera de él, de conocer sus secretos, sus pecados inconfesables, sus debilidades, sus emociones. Sin embargo, no podía. Por algún motivo, el escriba había levantado un muro infranqueable tras el que escondía sus pensamientos más profundos, su alma inmortal. Eran tan altas las murallas, y tantos los guardianes que las protegían, que Hatshepsut se sintió atraída de inmediato, y dispuesta a desentrañar hasta el último misterio que pudiese esconder el escriba. Conforme transcurría la conversación con aquel hombre su turbación aumentaba, sin que ella pudiese evitarlo, pues Thot parecía hablar por su boca y Heka envolvía sus frases en magia, para que la princesa las recibiera como si se tratara de un brebaje embriagador al que se abandonaba sin oposición alguna. Aquel hombre llegaba a su vida para cambiarla por completo, estaba segura. Venía desde tierras extrañas, un lugar ignoto que solo el corazón podía alcanzar y que convertía a Senenmut en un peregrino enviado por los dioses. No se le ocurría nadie mejor que él para que se hiciese cargo de su casa, para que la protegiera, para que se ocupara de un corazón que había despertado de su letargo.

15

Durante la ausencia de su señora, Senenmut tomó plena consciencia de lo que le esperaba en aquella corte a la que había accedido de forma inesperada. En cierto modo él era un intruso del que poco se sabía en palacio y que, por tanto, provocaba una gran desconfianza. No existe peor enemigo para un cortesano que desconocer el escenario en el que ha de actuar, y la naturaleza del resto de los actores que le acompañarán en el transcurso de la obra. Porque a eso se reducía su estancia en la corte, a un permanente peregrinaje por salas y pasillos en busca de la supervivencia a través de la intriga. Muy pronto resultó evidente que el nuevo mayordomo de la princesa no participaría de sus juegos usuales. Aquel tipo era hermético por los cuatro costados, enigmático hasta el fastidio, y demostraba unas ínfulas que eran motivo de constantes críticas entre una buena parte de la aristocracia.

—Como si él fuera el único que hubiese estudiado en la Casa de la Vida —criticaban algunos—. Sus conocimientos no son para tanto.

—Qué ingenuos sois —aseguraban muchas damas—. Detrás del nombramiento de ese escriba hay una mano que no veis. ¿Os habéis fijado? El joven es apuesto, y una buena fuente de palacio me asegura que la princesa lo ve con buenos ojos.

—¡Hathor bendita! —exclamaban quienes escuchaban semejantes rumores—. ¿Os imagináis que fuesen amantes? Él es mucho mayor que ella. Ahora lo entiendo todo.

Chismes de este tipo eran moneda corriente en una corte con bien ganada fama de intrigante. En el pasado, Egipto había sido conocido de sobra por su natural tendencia a la maquinación, y eran tantos los complots que habían sido urdidos en palacio, que aquel tipo de comentarios apenas tenían importancia. Kemet era la tierra de los maestros envenenadores, y los cortesanos se sentían muy orgullosos de tan deshonrosa fama.

Para Senenmut todos aquellos dimes y diretes carecían de valor. No eran más que palabras huecas tras las que unos y otros se parapetaban para seguir viviendo. En cada reunión social, dentro de los corrillos habituales, se subastaban cargos y prebendas de segunda o tercera mano, y hasta en ocasiones se los inventaban. Una palabra perdida, la interpretación de algún gesto, eran suficientes para elucubrar ideas asombrosas e incitar a los nobles a posicionarse debidamente ante lo que pudiese pasar. El nuevo mayordomo no demostró el menor interés por participar de aquel juego. Este no conducía a ninguna parte, y mantenerse al margen favorecía los intereses de la princesa, así como los suyos propios.

Su imagen de hombre distante hizo que se interesaran por él aquellos que en realidad se encontraban cercanos al poder. Perennefer, primer profeta de Amón, Ineni, el príncipe Tutmosis... El escriba nunca olvidaría la primera vez que se encontró con el visir, y el efecto que este le causó. Ineni era, después del dios, el hombre más poderoso de Egipto, y no dejó de recordárselo durante la breve conversación que tuvo lugar entre ambos, una tarde en la que se encontraron por casualidad.

—Me complace conocerte, Senenmut —indicó el visir a modo de salutación—. Dicen que te educaste en los templos y hasta que posees ciertos conocimientos.

—Nuestro divino padre Amón, siempre tan misericordioso, gran *tiaty* —contestó el escriba con su acostumbrada calma.

Ineni asintió mientras escrutaba al joven, para reconocer al momento su máscara. Era digna de encomio, sin duda, aunque en su opinión no pudiera compararse a la suya.

—Conozco hasta dónde puede llegar su compasión —indicó el visir, con aquel tono melifluo que solía emplear con frecuencia—. No en vano soy el mayordomo de su casa, como tú el de la divina Hatshepsut. Todos deseamos que te hagas cargo de ella como corresponde.

—Así lo espero yo también, gran *tiaty*. Ten por seguro que velaré por su causa —indicó Senenmut, enigmático.

El visir volvió a asentir, con aquel semblante en el que no dejaba traslucir la menor emoción. Él conocía de sobra todo acerca de Senenmut, su pasado y las puertas que le habían sido abiertas para que pudiera llegar a ocupar el cargo de preceptor de la princesa. Sabía que el dios le tenía en estima y que aquel joven advenedizo había tenido la habilidad de influir en el monarca para que retomara su viaje por el Delta en compañía de su primogénita. De forma inesperada había vuelto a dar vida a las viejas aspiraciones de Hatshepsut, para disgusto de la mayor parte de los poderes de Egipto. Sin duda, había sabido aprovechar bien la ocasión que le brindaba la muerte del príncipe Amenmose, así como que Uadjemose padeciera una manifiesta incapacidad mental. Con aquel joven cerca de la princesa, el mapa político cobraba una nueva dimensión, pues Ineni percibía sin dificultad la fuerza que Senenmut ocultaba bajo su disfraz. Aquel hombre era peligroso, y había demasiados intereses en juego como para menospreciarlo. Después de servir a las órdenes de dos faraones, el visir sabía lo frágiles que podían llegar a ser las alianzas en Egipto, y lo caprichoso que Shai acostumbraba a mostrarse cuando el destino parecía incierto.

Senenmut imaginó sin dificultad lo que pensaba el visir. Se trataba de un hombre taimado donde los hubiera, escurridizo, una criatura surgida desde las profundidades de la Administración a quien Amón había admitido a su mesa. Para Ineni las intrigas de la corte no tenían secretos, y se movía por palacio con la naturalidad de quien sabía que controlaba hasta el último cuchicheo. No era un tipo de fiar, ya que se servía a sí mismo antes que a los demás. Senenmut no tuvo la menor duda al respecto, así como que el *tiaty* sacaría partido de la alternativa que más le conviniese. Indudablemente, no se llegaba a ocupar un cargo como aquel sin los debidos apoyos y aptitudes, y el escriba se dio cuenta de que, para el visir, él representaba una amenaza con la que no contaba y que, tarde o temprano, llegarían a enfrentarse. Ambos defendían causas distintas y nunca podrían ser amigos. Resultaba evidente el enorme poder que Ineni ostentaba; gobernaba Kemet *de facto* y, detrás de aquel tono de voz, suave y amable, se escondía una personalidad soberbia y prepotente que Senenmut no tuvo dificultad en percibir. Ese era su punto débil, y el escriba se congratuló de haberlo descubierto después de unas pocas palabras de conversación.

—Espero que los dioses te sean favorables —dijo Ineni a modo de despedida—. No olvides que Amón siempre nos observa.

—Lo sé, gran *tiaty*. No en vano fue él quien me trajo hasta aquí.

Así se dijeron adiós, lo cual fue más de lo que el escriba nunca hubiera podido esperar. Este permaneció pensativo durante un rato, imaginando la red de intereses que confluían en Ineni y el poder que representaban. Hatshepsut se hallaba frente a una muralla ciclópea, cuyos cimientos habían sido fraguados hacía milenios. Senenmut no dudó un instante que, para franquearlos, la princesa necesitaría algo más que la bendición del Oculto, y ello le hizo esbozar una sonrisa, fascinado ante la magnitud de la empresa. Sin embargo, no debía dejarse llevar por las apariencias. Todo era posible en el camino del *maat*. Como muy bien había recordado Hapuseneb, lo que hoy estaba arriba, mañana podía estar abajo.

Aquella frase que tanta significancia había tenido en su pasado, siempre estaría presente en su vida, y también que las apariencias a menudo terminaban por convertirse en humo. Durante un tiempo, el escriba se tomó un gran interés por conocer cuál era la verdadera valía de las piezas que participaban en el gran juego. Por ello resultó determinante el breve encuentro que tuvo con el príncipe Tutmosis a su salida del *kap*, en compañía de su preceptor, mientras ambos cruzaban los jardines de palacio. Senenmut, que se hizo el encontradizo, nunca olvidaría la penosa impresión que le causó el pequeño, de tan solo siete años de edad.

—Mi príncipe parece hoy tan radiante como la mañana —lo alabó el escriba, después de saludar a su tutor—. No hay duda de que Ra Horakhty lo bendice con sus rayos.

El niño hizo una mueca que podía significar cualquier cosa, aunque al momento rompió a reír de forma compulsiva.

—Qué nombre tan raro —señaló al cabo, el chiquillo—. Me explican cosas de él que no entiendo. ¿Conoces a Horus?

—Lo conozco, mi príncipe.

—Es el único nombre que me gusta. Mis maestros me dicen que puede volar, y mi madre me asegura que toma la forma de mi padre. ¡Qué disparate! —gritó, al tiempo que volvió a reír como si le abandonara el juicio.

Senenmut miró al preceptor un instante, el cual puso cara de circunstancias.

—El *sa nisu* debe ir a descansar —dijo el tutor al ver hacia dónde podía derivar el comportamiento del hijo del rey, que era dado a desvariar.

—¿De dónde crees que habrá salido ese Horus? —preguntó Tutmosis al escriba, sin hacer caso a los requerimientos de su preceptor.

—De la magia de Kemet, mi señor.

A oír aquella frase, el príncipe abrió los ojos de forma desmesurada, como si hubiese visto una aparición, a la vez que empezó a gesticular cual si se hallase en el mundo de los espíritus.

—Magia, magia. Ahora lo entiendo —aplaudió el pequeño—. ¿Acaso eres mago?

—No, mi príncipe.

—Sí, sí lo eres. ¿Conoces historias sobre magia?

—Conozco historias de todo tipo, mi príncipe.

—¿De todo tipo? ¿Cómo puede ser?

—Las estudié en la Casa de la Vida, mi señor.

—Ja, ja. Qué pérdida de tiempo. Yo prefiero jugar. ¿Cómo te llamas?

—Mi nombre es Senenmut.

—Buah, qué nombre tan raro, ja, ja. ¡Senenmut el *heka*!

—No soy mago, mi señor, soy preceptor de la princesa Hatshepsut.

El chiquillo volvió a poner cara de asombro.

—No me gusta esa mujer. Mi madre dice que es una bruja.

Su tutor hizo un gesto de desaprobación e invitó al niño a que le siguiera.

—No es ninguna bruja. Se trata de tu hermanastra, mi príncipe —dijo Senenmut, con una media sonrisa.

—¿Hermanastra? ¿Eso qué es? —inquirió el pequeño, resistiéndose a marcharse—. Tú no puedes engañarme. Eres un mago, Senenmut, pero me caes bien. ¿Me contarás un día alguna de tus historias?

16

El jardín era tan espléndido que no se conocía otro que se le pudiera comparar en toda la tierra de Egipto. Ni siquiera el del palacio real, con el que colindaba, podía aproximarse en magnificencia a aquel vergel sin igual. Aseguraban los que habían tenido la oportunidad de visitarlo que solo los árboles que allí crecían sumaban un total de cuatrocientos ochenta ejemplares, lo que daba una idea de la magnitud de la finca, aunque solo fuese aproximada. Las plantas pertenecían a las más diversas variedades, tanto autóctonas como foráneas, ya que el propietario de semejante edén era aficionadísimo a la botánica, y había puesto un especial cuidado al reunir especies traídas de los más diversos puntos del mundo conocido. Él llevaba la cuenta con una exactitud de la que se vanagloriaba, al tiempo que enumeraba a la menor oportunidad. A saber: setenta y tres sicomoros, treinta y una perseas, ciento setenta palmeras datileras, ciento veinte palmeras dum-dum, cinco higueras comunes, dos mirobálanos, doce vides, cinco granados, dieciséis algarrobos, cinco azufaifos, nueve sauces y diez tamariscos, a los que había que añadir ocho *kesebet*, cinco *teieuen*, dos *het-des*, tres *ienea* y un buen número de *ieh*.[39]

A tan meticuloso listado, el propietario no perdía ocasión de añadir la ingente cantidad de flores y arbustos que salpicaban con su heterogéneo colorido cada rincón del jardín, así como de hacer hincapié en el tamaño de sus caballerizas, palomares, graneros, corrales o su más que generoso estanque.

Todo un logro para un funcionario de carrera como era él, al que había que añadir una mansión que hacía palidecer de envidia al mismísimo faraón, su divino vecino.

Así era el espléndido paraíso en el que vivía Ineni, un lugar sin parangón en el país de Kemet y del que el visir se sentía particularmente orgulloso, pues no en vano en él se concentraba todo cuanto había conseguido en la vida a costa de un indudable esfuerzo. Para Ineni no había mayor reconocimiento que recibir la visita del dios para escuchar sus alabanzas. A Tutmosis le fascinaba aquel jardín, y a menudo le gustaba reunirse en él con su visir para discutir los asuntos de Estado.

Aquel oasis sin par había sido erigido a golpe de constancia. El *tiaty* había hecho uso de ella para labrar su fortuna, amparándose en una personalidad reservada y una astucia de la que siempre había hecho buen uso. Ineni no era especialmente brillante, aunque eso solo lo supiese él, pero sí práctico, y tan discreto que se había ganado sin dificultad la confianza de los dos últimos faraones. Siempre se había mantenido alejado de los escándalos, cuidando de que su nombre pudiera verse salpicado por algún caso de corrupción. Cumplía con fidelidad aquello que el dios le requería, al tiempo que llevaba con escrupulosidad las cuentas del Estado, como director de la Doble Casa del Oro y de la Plata de las Dos Tierras, así como las de Karnak, en su función de mayordomo de Amón. La alcaldía de Tebas representaba otro más de sus logros, que él atribuía a su gran valía y sagacidad, ya que Ineni se tenía en gran consideración, por muy comedido que quisiera aparentar ser. Obviamente, para el visir las cosas estaban bien como se encontraban, y era contrario a cualquier cambio que pudiera producirse en Kemet, dadas las circunstancias.

Aquella tarde conversaba plácidamente con Perennefer a la sombra de uno de los palmerales, en tanto disfrutaban de un zumo de granada, una bebida que se había puesto de moda durante los últimos tiempos. Ambos contertulios eran amigos desde hacía muchos años y solían verse a menudo, siempre en los mejores términos.

—He de reconocer que el frescor de tu jardín es como un regalo para mis viejos huesos —aseguró Perennefer, con deleite—. En este lugar es fácil reponerse de los rigores de nuestras responsabilidades.

—Al menos nuestros corazones pueden olvidarse durante un tiempo de ellas.

—Esa es una gran verdad, aunque como bien sabes el servicio a los dioses deja poco margen para la abstracción. Como primer profeta que soy, Amón hace que mis oídos siempre se hallen bien dispuestos.

Ineni asintió, comprensivo.

—Lo mismo me ocurre a mí, buen Perennefer —aseguró el visir—. De una u otra forma no puedo distraer mi atención.

—Son los tiempos que corren, amigo mío. Resulta difícil liberarnos de la incertidumbre.

—Así es, aunque nadie mejor que Amón para evadirnos de ella. Qué puedo decirte.

—A veces el Oculto nos sorprende con sus juicios, sin que seamos capaces de interpretarlos como corresponde.

—Comprendo, yo sirvo a sus intereses. Sin embargo, estos parecen difusos, hasta confusos me atrevería a decir, y ciertamente contrarios a nuestras viejas tradiciones.

—Es lógico. No olvides que la naturaleza divina escapa a nuestro entendimiento.

—Es cierto, aunque convendrás conmigo que ello dé origen a distintas interpretaciones.

—Tienes razón, buen Ineni, pero ya conoces a nuestro padre Amón, y lo reacio que suele mostrarse a la hora de cerrar los caminos.

—Y en una verdadera encrucijada nos hallamos.

—Al referirnos a Amón, resulta arriesgado adelantarse a los acontecimientos.

—Precisamente. Pero me temo que, en esta ocasión, las diferentes interpretaciones de las que hablaba puedan producir lecturas equivocadas que provoquen cambios indeseados.

—Al servir al Oculto siempre existe ese riesgo, aunque al final el divino padre elija lo más adecuado.

—No pondré en duda la omnisciencia de Amón, pero sí la nuestra. Existe un peligro cierto para la Tierra Negra, tal y como la conocemos.

—Te refieres a Hatshepsut. Ya veo...

—Su estrella se ha elevado más allá de lo esperado. Ha regresado de su viaje al Delta convertida en heredera de la corona a los ojos de todos. Aunque el dios no la haya nombrado aún corregente, cumple labores como tal junto al Horus reencarnado. Tutmosis no oculta el gran amor que siente hacia ella, y temo que pueda sucumbir a la tentación de declararla su sucesora. ¿Entiendes el alcance de mis palabras?

—Perfectamente, amigo mío, pero piensa que si fuese por amor el gran Aakheperkara ya hubiese hecho pública esa decisión. Si no la ha tomado es porque en su corazón existen dudas, seguramente iguales a las nuestras. Él es Egipto.

—Y yo le sirvo como el primero de sus súbditos —se apresuró a decir Ineni— y cumpliré sus designios.

—¿Te preocupa que la princesa pudiese gobernar las Dos Tierras?

—Egipto, tal y como lo conocemos, cambiaría. Pocas dudas tengo acerca de ello. Sabes bien a lo que me refiero.

—Y por lo que veo, crees probable que algo así pudiese ocurrir.

—Me temo que sí. Ya conoces los poderes que abogan por Hatshepsut en la sombra. Tiene partidarios que no deberíamos desdeñar. Incluso en Karnak dispone de adeptos.

—Así es. No olvides, buen Ineni, que Amón favoreció a la princesa a través de su oráculo. Es lógico que haya quien desee que se cumpla.

—Hapuseneb se muestra favorable a ello. No es ningún secreto.

—Ah, sin embargo, es muy respetado en Karnak. Hapuseneb realiza sus funciones como cuarto profeta del templo a satisfacción. Es muy del agrado del Oculto. Dejemos que guarde uno de los muchos caminos que Amón pueda tomar.

El visir asintió, imperturbable, pues conocía a la perfección el terreno que pisaba y lo que podían esconder las palabras del sumo sacerdote. No albergaba dudas acerca de lo que pensaba este. Perennefer era contrario a que una mujer pudiese sentarse en el trono de Horus, pero no obstante se mantenía fiel a la vaguedad con la que solía hacer política Karnak. Todo podía ser tan sencillo o complejo como dictaminara Amón, y en verdad que su voluntad podía llegar a ser un verdadero enigma. Él conocía bien a Hapuseneb, sus movimientos y también sus ambiciones, aunque a la postre todos se encontraran participando del mismo juego. Como mayordomo de Amón, Ineni debía extremar aún más la prudencia, independientemente de salvaguardar el resto de sus intereses. A su memoria vino la breve conversación mantenida con Senenmut, y quiso aprovechar la ocasión para indagar acerca de él.

—Oh, Senenmut —dijo Perennefer, con tono pausado—. Un hombre interesante, sin duda.

Ineni sonrió para sí, ante la reserva de su amigo.

—Me pareció hermético y distante, con los atributos propios del templo —señaló el visir.

El sumo sacerdote rio la ocurrencia, y luego continuó.

—Pertenece a una familia piadosa, fiel cumplidora del *maat*. Como seguramente ya sabrás, Senenmut se educó en el templo de Montu antes de ingresar en Karnak, donde uno de sus hermanos ejerce funciones como sacerdote *web*. En el templo Senenmut es considerado un sabio.

—El dios le tiene gran estima, y más ahora que ha sido nombrado mayordomo de la casa de su divina hija.

—Así es, y entiendo que estés preocupado por este motivo. Posee las bendiciones de Amón y también las de Nefertary.

—No tengo duda de que ese hombre es capaz de ver allá donde la princesa no puede.

Perennefer no dijo nada, e Ineni volvió a abstraerse por un momento en sus pensamientos. Conocía muy bien a Hatshepsut y todavía recordaba los tiempos en los que acudía a visitarle en compañía de su augusto padre. A la princesa la fascinaba aquel jardín, pasear entre las arboledas, oler el perfume de las flores o sentarse junto al estanque para observar los lotos. En ocasiones, hasta se había aupado a la valla que separaba la finca del palacio real para disfrutar de la belleza de aquel vergel sin par; pero con los años la relación entre ambos había cambiado hasta convertirse en distante, carente de empatía. Hatshepsut se había transformado en una joven hermosa cuyo carácter al visir se le asemejaba más próximo a Sekhmet que a Hathor, la diosa de la belleza. Hacía tiempo que la princesa había dejado constancia de sus convicciones. Ella se veía con inequívocos derechos al trono, e Ineni estaba seguro de que nunca renunciaría a ellos. La aparición de Senenmut hacía que aquellas intenciones tomaran un nuevo sesgo con el que no contaba y que convertían al escriba en un enemigo peligroso.

Perennefer sacó a su amigo de sus cavilaciones.

—No hay como dar los pasos justos, sin caer en la precipitación; tú lo sabes mejor que nadie.

—Habrá que mantenerse vigilante y más próximo al dios que nunca.

—Me parece bien; pero no olvides que ese hombre lleva a Thot en su corazón —advirtió el primer profeta con suavidad.

Ineni pareció considerar aquellas palabras.

—Permitámosle entonces que se haga cargo de la casa de la divina princesa como corresponde a un buen administrador, y apartémosle en lo posible de las cuestiones de palacio —indicó el visir.

—Como siempre eres poseedor de la palabra certera —alabó el sacerdote—. El poder de Egipto pasa por tus manos. Obrarás sabiamente. Además, el dios te ha honrado de manera especial al encargarte la construcción de su tumba.

—Aakheperkara, vida, salud y fuerza le sean dadas, me ha señalado entre todos los demás para que me haga cargo de su última morada y, como bien sabes, me ha encomendado la erección de dos obeliscos en el templo de Karnak para su mayor gloria y la de nuestro divino padre Amón.

—Como arquitecto real que eres, espero que pronto puedas erigir los dos obeliscos en Ipet Sut. Entonces tu influencia sobre el dios será mayor, y ello ayudará a cumplir nuestros propósitos.

Ineni asintió, pues ya había pensado largamente sobre ello.

—Como verás, amigo mío —prosiguió Perennefer—, son muchos los caminos que conducen a Karnak. Sigamos el que nos corresponde y dejemos que el resto acabe por perderse en el desierto; allí, los peregrinos solo pueden orar.

—Sea la voluntad de Amón.

—No olvides, viejo amigo, que soy su primer profeta y hablo con el Oculto todos los días.

TERCERA PARTE

LA SONRISA DE LA HIENA

1

Hatshepsut se miraba con atención a través del espejo. Era magnífico, de bronce pulido, engarzado en marfil, cuyos laterales mostraban espléndidos grabados de cabezas hathóricas con relevantes orejas de vaca, muy apropiadas para un objeto como aquel, utilizado para dar culto a la belleza. Se trataba de un espejo muy antiguo que había pertenecido a la bisabuela de la princesa, la legendaria Iahotep, y que Nefertary le había regalado por su quince cumpleaños. La reina madre aseguraba que a él se habían asomado todas las reinas de la dinastía, aunque Hatshepsut supiera lo exagerada que podía ser su abuela cuando se lo proponía. No obstante aquel espejo era una joya, y la joven lo tenía en tal estima que no utilizaba otro a la hora de acicalarse.

Aquella mañana Hatshepsut le prestaba la mayor atención. En él se miraba y miraba sin descanso en tanto se maquillaba y hacía mohines. La joven era una entusiasta seguidora en el uso de la malaquita para colorear los párpados, el famoso *udju* que había sido de uso corriente durante el Imperio Antiguo y que luego había caído en desuso. Ella sentía pasión por la malaquita verde, aunque aquel día se hubiera decidido por emplear el tradicional *khol*, la galena que recibía desde Asuán, la cual había mezclado con lapislázuli, miel y ocre en partes iguales, lo que le aseguraba poder mantener maquillados sus ojos durante toda la jornada si era preciso. En ocasiones también le gustaba mezclar el *khol* con un poco de grasa de ganso, aunque en su opinión el lapislázuli y el ocre le dieran un toque que hacía a los ojos más atractivos.

—Creo que dentro de poco me saldrán arrugas —se lamentó la princesa en tanto movía la cabeza una y otra vez para observarse con mayor atención en el espejo.

—¿Cómo dices eso? Tienes la piel tersa como un tambor —le aseguró Ibu, mientras ayudaba a su hermana a acicalarse.

—La bruja de Mutnofret tiene a todos los *heka* a su servicio para que no sea bella. No puede soportar verme hermosa; lo sé muy bien.

—Ja, ja. Pues me temo que no lo conseguirá. Te encuentro radiante.

—Por si acaso ayúdame a aplicarme mi remedio infalible; ya sabes cuál es.

—Desde luego, hermanita: goma de incienso, un poco de cera de abeja y aceite de moringa. Todo ello mezclado con jugo de planta fermentada. ¿Acierto?

—Eres única, Ibu. Qué haría yo sin tu ayuda.

—Llevas aplicándote ese ungüento desde que regresamos de nuestro viaje por el Delta, lo cual me parece un poco exagerado.

—No bajaré la guardia ante la posibilidad de que puedan aparecer arrugas en mi rostro. Sé que la pérfida Mutnofret tiene a la mitad de los magos de Tebas haciendo conjuros contra mí, aunque ya te adelanto que no servirán de nada.

—Estoy convencida de ello, ja, ja. No hay hechizo capaz de mancillar tu belleza. Te encuentro guapísima.

—¿Tú crees?

—Sin ninguna duda. Esta mañana parece que Hathor se haya reencarnado en ti, hermanita. La pobre Mutnofret rabiaría si te viese.

—¿Qué color de labios utilizarías hoy? —quiso saber la princesa en tanto continuaba haciendo gestos delante del espejo.

—Yo me aplicaría ocre rojo. Tus labios se convierten en irresistibles cuando los pintas con ese color.

—Creo que es una buena idea. Es imposible no fijarse en ellos cuando uso el ocre. Ayúdame a colorearlos con la espátula.

Ibu hizo lo que le pedían, en tanto esbozaba una sonrisa.

—¿Esperas una visita hoy? —inquirió esta, maliciosa.

—Bien sabes que sí. A veces eres malvada, aunque te quiera igual.

—Ja, ja. Cuidado, hermanita. Esta mañana parece que Hathor tiene un especial interés en tu persona. Estás espléndida.

—¿Me ves hermosa?

—Más que nunca. Creo que tu visita te hallará irresistible.

—¿Se fijará en mí?

—Ja, ja. Estoy convencida de que ya lo ha hecho. Pero hoy te encontrará arrebatadora.

—No seas exagerada. Ese hombre parece tener una piedra de diorita en vez de corazón. Se muestra imperturbable en cada ocasión que le recibo.

Ibu volvió a reír.

—Solo es disimulo. Recuerda que es un hombre educado en los templos. Ellos son diferentes.

—Pero no dejan de ser hombres —señaló la princesa sin apartar su vista del espejo.

—Por ese motivo te mirará. Como bien dices no deja de ser un hombre.

Hatshepsut pareció considerar aquellas palabras mientras continuaba con sus afeites.

—Los sacerdotes son maestros a la hora de enmascarar sus emociones. Mi madre siempre dice que llevan una careta sin la cual no sabrían vivir. Pero tienen las mismas inclinaciones que el resto.

—Espero que no —indicó Hatshepsut, mordaz.

—Ja, ja. Me refiero a que admiran la belleza como cualquier persona; incluso pueden llegar a ser apasionados.

—¿Cómo sabes tú eso? —se escandalizó la princesa, con ironía.

—Eres perversa, hermana, ja, ja. Conoces tan bien como yo las historias que corren por palacio. Ha habido casos de sacerdotes que han perdido cualquier atisbo de santidad que pudiesen tener llevados por la pasión.

—¿Piensas que pueden dejarse consumir por ella, como lo haría cualquier soldado del ejército de mi padre?

—Sin ninguna duda y hasta es posible que más.

Hatshepsut volvió el rostro hacia su hermana, como si estuviera escandalizada.

—Ja, ja. No pongas esa cara. Ten en cuenta que no están acostumbrados a la vida licenciosa y son presa fácil para unas manos hábiles.

—Hablas como si regentaras alguna «casa de la cerveza» —dijo Hatshepsut, divertida.

—Sabes que tengo mi virtud tan bien guardada como la tuya, pero he escuchado tantas historias acerca de los hombres, que estoy segura de no equivocarme ni un ápice.

—¿Crees entonces que son todos iguales? —se escandalizó la princesa.

—No; pero son hombres.

—¿Y eso qué significa?

—Que se mueven por impulsos diferentes a los nuestros.

—¿Cómo de diferentes?

—Ellos son cazadores y nosotras recolectoras.

—Vaya. Nunca se me hubiese ocurrido una reflexión semejante.

—Eso dice nuestra madre, que ha visto en el harén todo lo que hay que saber acerca de la cuestión.

—La dama Sat Ra siempre tan observadora.

—Él te mirará, ya lo verás, aunque no lo demuestre.

—¿Piensas que le gusto?

—De eso no tengo la menor duda, aunque como comprenderás tenga que mostrarse prudente. Es tu mayordomo.

—En tus labios suena como algo verdaderamente malévolo.

—Solo añade más madera al fuego.

—No quiero imaginar que se haya dado cuenta de lo que me ocurre —señaló Hatshepsut, alarmada.

—De eso no te quepa la menor duda, hermanita.

—¡Apofis me lleve! ¡Qué vergüenza!

—Todo lo contrario. Yo diría que es una buena noticia. Un hombre como él nunca se atrevería a dar el primer paso.

—Eso es cierto —señaló la princesa, pensativa—. Seguro que tendrá experiencia.

—Claro, hermana. Es diez años mayor que tú.

—Sin embargo, nunca ha estado casado, ni se le conocen hijos. Mi abuela me habló de él como una persona íntegra, poco dada a los escándalos.

—Bueno, nunca se sabe. A veces ese tipo de hombres son los peores.

Hatshepsut hizo un gesto de espanto e Ibu rio con ganas.

—Solo bromeaba, queridísima hermana. La divina Nefertary sabe muy bien de lo que habla.

—Alguna vez lo habrá visitado Hathor —continuó la princesa.

—Y hasta puede que sea un buen amante —apostilló Ibu, con picardía.

—Hoy te encuentras particularmente pérfida. ¿Acaso vino Bes a verte?

—Ja, ja. Ya sabes lo que opino del dios enano. Me resulta el más simpático de todos; por eso tengo labrada su imagen en el cabecero de mi cama.

—Si nos oyera mi abuela se avergonzaría de nosotras. El cargo de mayordomo implica grandes responsabilidades.

—Pero ahora no estamos hablando del mayordomo, ¿verdad?

—Es guapísimo, ¿no te parece?

—Yo diría que su atractivo radica en otro lugar.

—Tienes razón, Ibu. Me llega desde su interior a través de la mirada. Me desarma con ella.

—Te hallas en un terreno peligroso, ja, ja. Estás enamorada, hermanita.

—Llevo mucho tiempo intentando quitar de mis pensamientos a ese hombre, pero me es imposible. ¿Crees que él podría amarme?

—Naturalmente; pero no olvides que eres una princesa de Egipto.

—Es verdad, y eso me desespera. En ocasiones he pensado que de no ser así mis posibilidades serían mayores.

—Ese no es el modo de hablar de una futura reina que sueña con gobernar la Tierra Negra.

—Es cierto, pero me temo que esto poco tenga que ver con mis derechos. Cuando ese hombre me mira me siento empequeñecida. Mi sangre divina parece diluirse en la corriente del Nilo, y me convierto en una mujer insegura; como cualquier otra que estuviera en mi lugar.

—Aprenderás a hacer frente a esa mirada de la que me hablas. Senenmut terminará por caer rendido a tus pies.

—Senenmut —suspiró la princesa—. Hasta su nombre me resulta misterioso.

Durante unos minutos ambas hermanas guardaron silencio, hasta que Hatshepsut terminó de maquillarse.

—Creo que hemos hablado con demasiada ligereza —señaló la princesa tras apartar su vista del espejo—. Percibo una fuerza en Senenmut que trasciende todo lo que mi corazón pueda sentir hacia él. Es como una luz que alumbra mi esperanza y me invita a dar vida a mis sueños. Sé que él me protege.

—Amón continúa rezando por ti, hermana. Eres su esposa, y el Oculto te ha enviado al mejor preceptor posible.

—¿Afirmas que en ello se encuentra la mano de mi divino esposo?

—No tengo duda.

—Sí. El señor de Karnak nunca me abandonará. Senenmut es una señal más de sus deseos.

—Creo que estás bellísima —dijo Ibu, cambiando de conversación— y, si quieres mi consejo, deberías llevar este collar de cornalina y los pendientes a juego, y el vestido plisado que tanto te gusta. Será imposible que Senenmut no se fije en ti.

2

Senenmut necesitó poco tiempo para adaptarse a su nuevo empleo. Los dioses le habían otorgado la facultad de organizar y prever, y Thot la de administrar y saber calcular el alcance de cada uno de sus pasos. Los templos de antaño poco tenían que ver con las costumbres palaciegas pero, no obstante, el escriba no tardó mucho en tomarles el pulso e incluso en participar de él. En el fondo era una cuestión sencilla en la que primaban las ambiciones, y de estas Senenmut andaba bien sobrado. Para él resultaba sencillo imaginar las intrigas y traiciones que podían llegar a perpetrarse para ascender en la gran pirámide social que se extendía a los pies del dios. Los egoísmos se lanzaban cuchilladas para subir, aunque fuese un solo escalón, y según aumentaban las expectativas, mayores eran las maquinaciones. Junto al verdadero poder se hallaban auténticos maestros del ardid, cada uno con sus intereses, representando el papel que más les convenía, y aquel juego atrajo al escriba de manera singular desde el primer momento.

A un hombre con sus conocimientos le resultó sorprendente comprender cómo muchas personas sin capacidad alguna ocupaban puestos relevantes. Observaba una patente mediocridad entre algunos de los grandes que dirigían la administración del Estado, y ello hizo que sus ambiciones personales se tornaran mayores de lo esperado. Senenmut se veía a una distancia sideral de todos aquellos relamidos funcionarios, tan escasos de conocimientos, y eso le llevó a diseñar su propia estrategia. Sin lugar a dudas, que esta pasaba por la figura de la princesa. Ser su mayordomo era todo un privilegio que estaba decidido a aprovechar por el bien de todas las partes. En su opinión, Hatshepsut tenía sus razones para reclamar la sucesión que el propio Amón le había adjudicado mediante su oráculo. Estas eran legítimas, y como preceptor de la princesa él abogaría por ellas utilizando todas las capacidades que Thot le había concedido. Se trataba de una empresa formidable, cuajada de obstáculos que parecían insalvables y convertían aquel reto en lo más parecido a un sueño.

No obstante, semejante quimera no dejaba de ser un acicate más para Senenmut. Estaba decidido a ponerse a prueba, convencido de que él solo podría derrotar a cuantos poderes ocultos pudieran oponerse a las pretensiones de la princesa. Evidentemente, el mayordomo ya había calibrado lo frágiles que, por sí solas, estas podían llegar a ser. Hatshepsut necesitaría de un verdadero paladín para hacerlas realidad, y este podía ser él. En realidad, Senenmut era la única opción que la joven tenía para salir triunfadora de la compleja guerra que habría que librar, y pronto ella misma sería consciente de ello, como lo era Nefertary o incluso el mismo Hapuseneb. Todos le necesitaban, y si los dioses le ayudaban a actuar con clarividencia, el escriba ocuparía un puesto estelar que sería recordado por la historia.

Contrariamente a lo que opinaban los afines a la causa de la princesa, la figura del faraón carecía de importancia. Senenmut estaba seguro de que el gran Tutmosis no facilitaría la llegada al trono de su amadísima primogénita. Existía un equilibrio de poderes en la Tierra Negra que era imposible vencer por Aakheperkara sin poner en riesgo la estabilidad del país. En cierto modo, el señor de las Dos Tierras era prisionero de ellos, y para conseguir sus objetivos Hatshepsut debería hacerse con las servidumbres apropiadas a fin de que aquel equilibrio le resultara favorable. Sin lugar a dudas, necesitarían tiempo, y también dar los pasos adecuados en cada momento, pero Senenmut se felicitó por su perspicacia convencido de que la victoria era posible.

Aquella mañana, el mayordomo se presentó ante su señora para darle cuenta de su trabajo. La princesa poseía su propia casa por designio real; un buen número de propiedades y bienes que era necesario administrar y de los que Senenmut se ocupaba con celo. Como preceptor, su misión era aconsejar del mejor modo a la joven, a fin de salvaguardar sus intereses y cuidar de que sus decisiones no la expusieran a situaciones indeseadas. El escriba ya conocía el fuerte carácter que se ocultaba detrás de la felina mirada de la joven, y lo incierta que podía llegar a ser su posición si se dejaba llevar por la imprudencia. Debía mantener alejada su naturaleza de cualquier impulso, al precio que fuera, y con ese ánimo entró Senenmut en la sala.

Hatshepsut se encontraba al fondo de la estancia, de espaldas, frente a una de las terrazas que daban al río. La luz que entraba por esta dibujaba la figura de la joven a través de su vaporoso vestido, como si se tratara de una ilusión. Eran formas bien contorneadas que parecían sacadas de las viejas estelas que Senenmut tan bien conocía. El mayordomo pensó en ello al instante y se sintió turbado ante la belleza del cuadro que se presentaba ante sus ojos. Al escuchar sus pasos, la imagen cobró vida para volverse hacia él, acariciada por el trasluz. Había verdadera magia en aquella silueta, y al punto el escriba pensó que bien podía tratarse de la metamorfosis de alguna diosa esculpida en la piedra.

—Sé bienvenido, Senenmut, te estaba esperando —oyó este que le decía, con una voz tan ilusoria como la estampa que se presentaba ante él.

El mayordomo se inclinó, como dictaba el protocolo.

—Dejemos a un lado los formalismos y acércate. ¿Eres portador de buenas noticias? Hace un día demasiado hermoso para el pesimismo.

El escriba se aproximó en tanto la claridad se abría paso para conducirle hasta una nueva realidad: un escenario rebosante de color en el que Hatshepsut lo aguardaba envuelta en verdadera majestad. A Senenmut la princesa se le antojó esplendorosa, y enseguida se colocó una de las habituales máscaras que utilizaba para encubrir sus emociones. Ambos se sentaron junto a aquella terraza de donde parecía surgir la vida, y el escriba no pudo evitar experimentar una íntima desazón que le trajo viejos recuerdos. Hatshepsut estaba bellísima, embaucadora, como si hubiese sido extraída de uno de aquellos viejos papiros que Senenmut había leído en innumerables ocasiones, en los que se hacía referencia a las antiguas reinas, sublimes, inalcanzables, que en verdad no parecían pertenecer a este mundo. Si la divinidad procedía de alguien, sin duda era de ellas, y el escriba pensó que nadie como Hatshepsut para ser dueña de una herencia semejante. Hasta se había maquillado como lo haría una de ellas, al utilizar cosméticos ya en desuso que, no obstante, le parecían capaces de transmitir al rostro de la princesa la esencia de una belleza rescatada del olvido, y que no debía morir nunca. En el semblante de Hatshepsut renacía aquella mañana el sabor del Egipto milenario, el de las antiguas tradiciones, los genuinos afeites empleados por las diosas. Hathor no los hubiese utilizado mejor, y el escriba se dijo que en verdad no podría haber en la Tierra Negra una reina más apta que aquella para gobernarla.

Sin embargo, Senenmut supo disimular el efecto que le causó la princesa y se revistió aún más de su misticismo. Aquel disfraz cautivó a la joven, quien acarició con su mirada al mayordomo de forma medida, sin menoscabo de su dignidad real, en tanto recibía detalles acerca de su hacienda. Hatshepsut le escuchaba con atención, mientras trataba de adivinar lo que se ocultaba en el corazón de aquel hombre. Cualquier detalle podría constituir la llave con la que abrir la puerta que le permitiera acceder a sus propósitos, pero Senenmut se mostraba firme, como el granito, y la princesa se sintió aún más seducida por él. Su voz profunda y su lúcida elocuencia la hechizaban. El escriba la conquistaba por el oído, y, sin embargo, la intuición de la joven le decía que detrás de aquella enigmática careta se ocultaba una naturaleza apasionada, quizá dormida, que estaba dispuesta a descubrir. Ella debía aprender a mirarle, a descifrar cada uno de sus gestos, a interpretar el tono de sus palabras. Un impulso irracional le decía que aquel era el amor de su vida, aunque se tratase de un plebeyo del que desconociera sus sentimientos; daba igual que fuese un sueño imposible, que ella hubiese nacido para desposarse con algún príncipe de su familia. La princesa sabía todo eso, y no obstante su corazón no podía engañarse. Nunca lo haría. En Senenmut se encontraba todo aquello en lo que creía, el Egipto que llevaba dentro. Hatshepsut se sentía capaz de dibujar su propio camino, y de una u otra forma estaba decidida a seguirlo. Ahora percibía con claridad que aquel hombre la ayudaría en su empresa. Ibu tenía mucha razón al asegurar que Amón lo había enviado para protegerla; y ella lo amaba, sin saber por qué, o puede que la razón estuviera escrita por Shai desde el mismo momento en que la joven viniera al mundo.

Durante el resto de la conversación mantenida, Hatshepsut utilizó todas las armas a su alcance para atraer la atención de su mayordomo. Gestos, mohines, miradas... sin dejar de mostrar cuando así le convenía lo altiva que podía llegar a ser, y lo acostumbrada que se hallaba a que la obedeciesen. Senenmut leyó sus mensajes como correspondía, al tiempo que hacía ver a la joven la magnitud de su compromiso, así como su buena disposición a la hora de asesorarla.

—Mi padre, el Horus viviente, te trajo a mi casa para que cuides de ella. Él escuchó tu consejo, y yo también lo haré, pues aseguran que eres sabio —dijo Hatshepsut con cierta solemnidad.

—El gran Aakheperkara, vida, salud y fuerza le sean dadas, me ha honrado con su confianza, y tú, divina Hatshepsut, también me ennobleces con la tuya. Sin embargo, ahora mi consejo será para ti. Es por tus intereses por los que debo velar.

Al escuchar aquellas palabras la princesa se sintió complacida.

—¿Mis intereses? —inquirió, al tiempo que levantaba la barbilla, altiva, como solía hacer a menudo—. ¿Conoces su verdadero alcance?

Senenmut mantuvo su gesto, impertérrito, disimulando el efecto que le causaban las palabras de su señora. En su opinión, Hatshepsut había dejado ya muy atrás la pubertad para convertirse en una mujer de profundas convicciones y marcado carácter. La joven estaba a punto de cumplir dieciocho años, y no obstante su comportamiento era el de una adulta, una princesa empeñada en la búsqueda del reino que creía le correspondía.

—Lo conozco, divina Hatshepsut —contestó el escriba, sin inmutarse—. Estoy aquí para ayudarte a conseguir tus propósitos.

La princesa estuvo a punto de ahogar un grito, aunque se contuvo. Aquel hombre era un osado, al tiempo que mostraba una presunción que no dejaba de sorprender a la joven. Sin embargo, su respuesta la satisfizo íntimamente y le hizo experimentar una sensación de seguridad desconocida hasta ese momento.

—Eres atrevido, Senenmut, al asegurar que conoces cuáles son mis deseos —dijo Hatshepsut, maliciosa.

El mayordomo percibió aquel tono al instante, pero continuó inalterable.

—Son los de la reina que llevas dentro, divina Hatshepsut. En mi opinión legítimos.

La princesa no pudo disimular su agitación, ya que había convertido aquella causa en el verdadero sentido de su vida.

—¿He de dar gracias a los dioses por enviarme a un mayordomo que comprende mis razones? —quiso saber ella, mordaz.

—Ellos no te sentarán en el trono de Horus —aseguró el escriba, enigmático.

—¿Ah no? ¿Entonces en manos de quién se encuentra mi destino, si no puedo confiar en los dioses? ¿Acaso en las tuyas?

—En las de los hombres que les sirven —indicó Senenmut, impasible.

La princesa se sintió impresionada por la flema que le mostraba su mayordomo, quien le pareció más seductor todavía.

—Ya veo —indicó la joven—. ¿Conoces quiénes pueden ser esos hombres? —quiso saber la primogénita real, sin abandonar su tono irónico.

—Se encuentran entre nosotros, divina Hatshepsut. Solo hay que acceder a su corazón.

—¿Solo? —indicó la princesa tras lanzar una carcajada—. Reconozco que me asombra tu ligereza.

—Ese es el camino —insistió el escriba, sin alterarse.

—Me temo que esos hombres a los que te refieres no me sean particularmente propicios.

—Por ese motivo me encuentro aquí.

Hatshepsut parpadeó repetidamente, perpleja ante semejante audacia.

—En tal caso reconoces la intervención de los dioses. Fue la voluntad de Amón, mi divino esposo, la que te condujo hasta mí.

—El Oculto provee para que sean otros quienes cumplan sus deseos.

—Amón hizo saber hace años cuál era su voluntad a través de un oráculo —matizó la joven, algo molesta.

—La divina Hatshepsut seguro que comprende lo frágiles que pueden llegar a ser los buenos propósitos. Es una característica de los humanos. Por eso los dioses se ofenden con nosotros a menudo y nos castigan.

—No hay duda de que te educaste en la piedad de los templos, Senenmut. ¿Fue allí donde adquiriste la llave que me abra la puerta que se me cierra? —inquirió la princesa, sarcástica.

—Adquirí algo mucho más valioso, divina Hatshepsut: el conocimiento.

La joven se sobrecogió ante el tono empleado por su mayordomo. Nunca antes había escuchado a nadie hablar así, pues las palabras del escriba se le antojaban bañadas en magia, embaucadoras, prendidas del misterio que acompañaba a Senenmut en cada uno de sus movimientos, en su turbadora mirada. Había verdadera fuerza en todo cuanto hacía aquel hombre que invitaba a la princesa a acercarse a él, de forma instintiva, en busca de una protección que ya sabía podría encontrar a su lado. No tenía dudas. El escriba representaba una fortaleza en la cual podría sentirse segura, una muralla construida para la batalla, que poco tenía que ver con las piedras de palacio. En este siempre se hallaría perdida, daban igual las razones que pudieran asistirla. Luchaba contra un mundo creado por hombres que la devoraría sin remisión. Para combatir la infamia necesitaba un baluarte desde el cual poder enfrentarse con sus mismas armas, y Senenmut estaba allí para ayudarla en aquella empresa. De pronto comprendió la verdadera naturaleza del monstruo al que se oponía y el alcance de los juicios de su mayordomo. Había sido una ilusa al pensar que su futuro se encontraba en las manos de su padre, el dios, al que amaba profundamente. Sin proponérselo él también formaba parte de aquel monstruo, por mucho que quisiera velar por los intereses de su querida primogénita.

Por un momento se sintió desfallecer, aunque enseguida se repusiera, animada por su indomable coraje, para mirar de nuevo al escriba. La ilusión que había despertado en ella cobraba una fuerza insospechada. Su atracción se convertía en algo mucho más profundo que ahora percibía con claridad. No solo se trataba de amor, sino también de necesidad, el ancestral impulso que había llevado a hombres y a mujeres a refugiarse los unos en los otros para hacer frente a su propia existencia. Senenmut era un enviado de Amón, y la joven no lo dejaría ir jamás. Él era su elegido, y ella una princesa de Egipto dispuesta a cambiar su historia.

Hatshepsut abandonó sus pensamientos para centrar su atención de nuevo en el escriba. Este la observaba en silencio, parapetado tras su antifaz, admirando en secreto su belleza. Por un instante, la princesa adivinó lo que ocultaba aquella mirada, y al momento le regaló uno de aquellos gestos seductores en los que era maestra.

—Intuyo que esos corazones de los que me hablabas pueden ser tan duros como la piedra —dijo la joven, retomando la conversación.

—Como el granito —matizó Senenmut.

Hatshepsut hizo un mohín de fastidio, y el escriba sonrió con calma.

—Pero recuerda, divina Hatshepsut, que hasta la diorita puede ser tallada por los maestros que dan la vida[40] para convertirla en hermosas estatuas.

La joven rio.

—Olvidaba que eres un experto en la extracción de la piedra. Mi padre te envió a las canteras del sur, y al parecer quedó muy satisfecho con el resultado de tu trabajo —alabó la joven.

—Sirvo al dios y ahora a la divina Hatshepsut.

Esta hizo un gesto de satisfacción, pues le gustaba escuchar de labios de aquel hombre su título de divina.

—Lo malo es que en esta ocasión no podrás utilizar el martillo y el cincel —matizó la joven.

—Thot dispondrá lo necesario. Es el dueño de la palabra justa.

La princesa observó a su mayordomo con curiosidad. Tenía fama de piadoso, y hasta de místico, y había quien aseguraba que podría vivir apartado del mundo durante el resto de sus días en compañía de viejos papiros, o recitando incomprensibles letanías. Ahora Hatshepsut creía que todo aquello podía ser cierto, y no le extrañó que Senenmut pasase la mayor parte de su tiempo junto a un babuino a quien consideraba la reencarnación del dios de la sabiduría. Tener por asistente a un mono no dejaba de poseer su significado, aunque ella prefiriera la compañía de sus leopardos.

—Sé que sugeriste al dios la conveniencia de que retomáramos nuestro viaje por el norte —dijo Hatshepsut, de repente, cambiando de conversación.

—Fue deseo de Amón que el faraón me escuchara, mi señora. Ese viaje ha sembrado dudas entre nuestros enemigos.

Escuchar como el escriba hacía suya su causa llevó a la princesa a esbozar un leve gesto de complacencia.

—¡Ammit devore sus almas! —exclamó la joven acto seguido.

—Sí. Pero mientras ese día llegue, debemos estar atentos a nuestro juego, divina Hatshepsut. Recuerda que las dudas suelen dar pie a las equivocaciones.

La princesa asintió. Las razones del escriba la reconfortaban y por vez primera supo lo que significaba tener un verdadero aliado.

—Ha llegado hasta mis oídos que en ocasiones te ves con mi hermano —indicó la joven, algo más seria.

—Así es, mi señora. El príncipe Tutmosis me ha tomado cierta estima.

Hatshepsut endureció el gesto, ya que aborrecía a su hermanastro. Senenmut percibió al momento el malestar que aquel hecho causaba en la princesa, pero continuó como si nada ocurriese.

—Se trata de un joven muy particular que parece reacio a abandonar su nido.

—Su incapacidad mental es notoria y por todos conocida —indicó Hatshepsut, crispada.

El escriba la observó un momento, y le pareció aún más hermosa cuando se enfadaba.

—Le gusta que le relate historias, como a la mayoría de los niños. Busca mi compañía.

—Su lugar está junto a su madre. Esa...

La princesa prefirió morderse la lengua.

—En mi opinión es una bendición que el príncipe me tenga confianza.

—Él representa un gran peligro para mí. No es necesario que te lo explique.

—Sin embargo, no es tu enemigo —precisó el escriba.

Hatshepsut lo miró con asombro.

—No tiene capacidad para serlo; nunca lo será —matizó Senenmut—. Los verdaderos enemigos se hallan cobijados a su sombra.

La princesa se quedó pensativa.

—Fomentar mi amistad con el joven Tutmosis puede suponer una gran ventaja —advirtió el mayordomo.

Hatshepsut asintió. Senenmut no se parecía nada a ella, ni poseía la furia de Sekhmet en su corazón. Nunca se dejaría llevar por la vehemencia. Todo en él era medido, y la princesa se agitó al comprobar que el escriba ya se hubiera adelantado a los acontecimientos y forjado sus propios planes. Sin duda, aquel hombre era ambicioso, aunque no lo demostrara, pero no le importó pues en su opinión esto representaba un acicate más para poder llevar a efecto sus sueños. De nuevo se sintió turbada al ver como Senenmut le leía el pensamiento.

—Será como jugar al *senet*, divina Hatshepsut. A veces es preciso retroceder algunas casillas para poder ganar la partida.

3

Hatshepsut reflexionó acerca de aquella conversación durante unos días. Sin duda, había resultado reveladora pues le ofrecía una nueva perspectiva de la situación, distinta a la que ella veía. Sus legítimas expectativas y derechos divinos estaban muy bien, aunque podían convertirse en humo. La obcecación por la pureza de su sangre habían llevado a la princesa a creer que, en verdad, los dioses usarían su inconmensurable poder para hacer justicia y colocarla donde le correspondía: en el trono de Horus. Sin embargo, ahora se daba cuenta de su error y de lo delicada que podía llegar a ser su posición. Senenmut le había abierto los ojos y ahora era capaz de vislumbrar un camino diferente en el que le sería factible alcanzar sus metas. Sobre este particular Hatshepsut nunca había albergado dudas; de una u otra forma se saldría con la suya, pues su fuerte carácter y determinación no le permitían considerar ninguna otra posibilidad. Pero todo era más complejo de lo que había imaginado, ya que para conseguir sus propósitos necesitaría la ayuda de hombres adecuados en los que poder apoyarse. Si vivía en un mundo de hombres, estos debían ser quienes la auparan hasta el vértice de la pirámide, siempre bajo la mirada de unos dioses que ya le habían dado sus bendiciones. Era hora de emplear la astucia y sobre todo de prestar atención a todo cuanto Senenmut tuviera que proponerle. Su mayordomo era como el aliento de Amón, la fresca brisa del norte que aplacaba los rigores del estío. El Oculto lo había enviado a palacio para renovar un aire demasiado viciado que amenazaba con asfixiar todas las esperanzas de la princesa. Esta podía calibrar la talla de aquel personaje sin temor a equivocarse, al tiempo que alimentaba su admiración hacia él. En cierto modo se sentía empequeñecida ante el escriba, lo cual no dejaba de ser una paradoja para alguien que se creía dios. Sin embargo, así era, y aquella fascinación que experimentaba al escuchar las razones del mayordomo encendían aún más sus emociones, el amor que ella sabía que sentía hacia él. No tenía dudas; sus vidas corrían parejas, así como sus destinos, y lo que estos quisieran depararles.

Ambos se veían casi a diario, y en cada ocasión Hatshepsut le abría un poco más la puerta de su corazón para que Senenmut se asomara a él sin miedo, invitándole a que entrara a su mundo, un cosmos bien diferente, reservado solo para los inmortales. Ese era el lugar que le correspondía, como la princesa ya había adivinado la primera vez que sus miradas se cruzaron. No se había equivocado ni un ápice; si ella llevaba la Tierra Negra en sus venas, Senenmut era Egipto.

—Sufro desde el momento en el que le veo aparecer cada mañana para escuchar mi palabra, y en el instante en que se marcha para cumplirla —se lamentó Hatshepsut ante su hermana.

Esta se hallaba emocionada ante el cariz que tomaba aquel asunto en el que no dejaba de participar con sus consejos.

—Ese hombre es una tentación. No creo que haya otro igual en todo Kemet —aseguró Ibu, quien disfrutaba mucho al echar más leña al fuego.

—¿Crees que me mira? ¿Que se fija en mí como mujer?

—¡Claro que te mira! Pero lo disimula de maravilla, el muy taimado.

—En ocasiones tengo la certeza de ver en sus ojos la mirada del hombre. Pero luego termino por convencerme de que se trata de una impresión equivocada, que a Senenmut mi mundo se le queda pequeño.

—¿Pequeño? ¿Cómo puedes decir eso? Eres la primogénita del dios.

—Temo que ese sea un impedimento demasiado grande para él. Ya te lo he dicho en muchas ocasiones.

—Él te mira, te lo garantizo, y hasta estoy convencida de que piensa en ti cada noche.

Hatshepsut hizo un gesto de sorpresa.

—¿Estás segura?

—Te niegas a escucharme, querida hermana —señaló Ibu, burlona—. Ya te lo he dicho muchas veces. Senenmut es un hombre; y está solo.

—Me lo imagino rodeado de papiros. De documentos que debe supervisar y no se acaban nunca. Siempre velando por mis intereses.

—Sí; en compañía de su babuino. Ese mono al que ha bautizado como Djehuty, nada menos, ja, ja.

—Eres perversa.

—Ja, ja. Te advierto que hay quien dice que ese babuino es listo como el mismísimo Thot. Hace honor a su nombre. Puede que hasta le haya enseñado a escribir.

Ambas hermanas rieron con ganas por la ocurrencia, y Hatshepsut pensó que su amado sería muy capaz de convertir al mono en un escriba.

—Imagínate al babuino como un reputado escribano al que acudir en caso de necesidad. Toda Tebas se rendiría a sus pies, ja, ja —volvió a reír Ibu—. Se haría inmensamente rico.

—Puede que Senenmut reciba a alguna mujer por las noches —indicó Hatshepsut, cambiando de conversación.

—¿Visitas femeninas? Bien sabes que no. Ese hombre parece un asceta.

—No es ningún asceta —aseguró la princesa, pensativa.

—Eso forma parte de su misterio, e incluso le hace más atractivo.

—Cuesta creer que no le acompañe nadie en el lecho —continuó la princesa, como para sí.

—Tú le acompañas. Estoy segura de que cada noche sus últimos pensamientos son para ti, ja, ja.

Hatshepsut no pudo evitar ruborizarse.

—Tu perfidia va camino de ser proverbial —se quejó la

princesa—. En vez de burlarte harías bien en buscarte un marido. ¡Pronto cumplirás los diecinueve! —exclamó Hatshepsut—. Menudo vejestorio; y encima maliciosa.

—Ja, ja. Ya te lo he dicho, hermanita. Mi destino es cuidar de ti.

—¿Cómo puede ser que nunca te hayas enamorado? —se quejó la princesa.

—Me guardo para aquel que Hathor disponga.

—Qué cosas dices. Nadie en Kemet hace eso.

—Nosotras sí lo hacemos, ¿no es verdad? Solo daré mi corazón al enviado de la diosa. Amón ha cruzado a Senenmut en tu camino y Hathor hará lo mismo conmigo, si así está dispuesto.

—Hablas como una mojigata. Además, Senenmut se mantendrá en su lugar.

—Hazle ver sus posibilidades. Da tú el primer paso. A algunos hombres hay que darles un pequeño empujón.

—¡En verdad que me asombras! —exclamó la princesa—. Hablas de los hombres como si fueses una experta en las artes amatorias. Sí, ya sé que tu madre, la dama Sat Ra, nuestra nodriza, te da buenos consejos, y que estás al tanto de las tórridas historias que circulan por los harenes.

—Ja, ja. Qué exagerada eres, hermanita. Recuerda que en realidad soy esposa del sabio Kagemni, la señora Nebtinubjet. Así me llamabas hasta hace bien poco por mi prudencia y buen juicio.

—Eso era antes. En cuanto han aparecido los hombres me temo que has sufrido una transformación —aseguró Hatshepsut, asintiendo con la cabeza.

—Ja, ja. Ahora soy tu confidente.

—No sé por qué hablamos de este tema —se lamentó la princesa—. Una relación semejante sería imposible. La hija del dios, amante de su mayordomo. ¡Qué escándalo!

—¿Quién dijo que yo era una mojigata? El palacio está lleno de amantes clandestinos que vienen y van. Si las paredes hablaran nos sorprenderíamos. Amoríos de todo tipo. En Kemet no nos asombramos por estas cuestiones.

—Tienes razón —reconoció la princesa—. Hasta Mutnofret estuvo en entredicho.

—Aquel sí que fue un asunto oscuro de verdad; y nada menos que con uno de los heraldos reales. Dicen que fueron amantes durante un tiempo.

—De Mutnofret poco me puede extrañar. En este asunto no comprendo a mi padre.

—Al final no dejan de ser rumores. De ser cierta esa historia, el dios hubiera ordenado empalar al atrevido amante.

—Esa mujer tiene la facultad de hechizar. Todo lo que toca lo emponzoña —masculló la princesa.

—No es nada nuevo. Mira por sus intereses.

—Unos intereses bastardos. El dios no la conoce como yo.

—Él está sentado en el trono de Horus. El resto carece de importancia.

—Es cierto. Todos le pertenecemos. Sin embargo, mi madre, la Gran Esposa Real, ha tenido que sufrir en silencio desaires que iban contra su propia dignidad. Se quedó sin lágrimas.

—Lo sé, querida hermana. Lo que ocurre es que nuestra dignidad también pertenece al dios —dijo Ibu, como si se tratara de una verdad sobre la que no cabía la menor discusión.

—En ocasiones pienso que mis sueños no tienen el menor sentido en una tierra en la que no existen posibilidades para la sorpresa.

—No seas pesimista. Además, ahora tienes a Senenmut —aseguró Ibu en tanto miraba a su hermana con picardía—. Sé que él lo cambiará todo. Es como las aguas del Nilo en la crecida; nadie las puede parar.

—Sí —añadió la princesa con ensoñación—. Si él quisiera convertiría el día en noche, o haría que Ra saliera cada mañana por el oeste.

—Y muy pronto te mostrará su corazón. Junto a él nunca desfallecerás, hermana mía. Lo sé muy bien.

—Ardo en deseos de mirarme en sus ojos. De sentir como

su brillo me atraviesa y nuestros *kas* conforman uno solo. Dentro de mí hay una llama que no puedo apagar.

—Antes de lo que piensas Hathor te sorprenderá.

—Cada noche le rezo con devoción —se lamentó Hatshepsut.

—La gran diosa os bendecirá muy pronto. Ya lo verás.

4

Sin embargo, Egipto seguía su camino, adormecido en un sueño milenario. Se trataba de un paso cansino, para el que el tiempo carecía de importancia, que buscaba hacer inmutables las antiquísimas tradiciones sobre las que se había forjado su civilización. Mantener estas conforme las habían dispuesto los dioses creadores era cuanto importaba, y por tal motivo los habitantes del Valle recelaban a la hora de efectuar cualquier cambio que pudiera alterar su forma de vida, su microcosmos tal y como lo habían heredado. En Kemet todo se hallaba medido de antemano, y cada ciclo vital tenía su razón de ser. No había lugar para los experimentos, y la idiosincrasia de sus gentes alababa el hecho de que cada día fuese igual al siguiente.

En el séptimo año de reinado de Aakheperkara, las Dos Tierras se sentían bendecidas por la mano de aquel poderoso faraón que había hecho caer sobre Egipto la gracia de sus dioses.

Hapy, el dios del Nilo, se había mostrado generoso en las crecidas anuales, y las buenas cosechas se habían ido sucediendo como una prueba más de que el *maat* imperaba en la tierra de Egipto. ¿Qué era pues necesario cambiar en Kemet? Nada. Todo discurría como debía, y hubiese sido una ofensa a los padres creadores opinar lo contrario. El gran Tutmosis había demostrado que representaba el perfecto nexo de unión entre estos y su pueblo, y era el momento de glorificarlo, y también de que su visir se beneficiara por ello.

Toda Waset, la legendaria Tebas, asistió enmudecida al acontecimiento en el que Ineni daba pruebas de su genio al tiempo que dejaba escrito su nombre para la posteridad. Justo frente a la puerta de Ipet Sut, «el más selecto de los lugares», el arquitecto real hizo erigir los dos obeliscos tallados en granito a ambos lados de la entrada al templo de Karnak, para que quedara constancia en los tiempos venideros de quién fue Tutmosis I, así como del poder de su visir. La soberbia de este último se dio un baño de multitudes al ver como ambos obeliscos, de diecinueve metros de altura y ciento cincuenta toneladas de peso cada uno, se alzaban desafiantes en la misma casa de Amón, ante todo aquel que osara elevar la mirada hacia ellos. Él era Ineni, gran amigo del dios, su *imeju*, a quien habían encargado la delicada misión de excavar su tumba real con la mayor cautela.

Sin lugar a dudas, aquel era el momento de su triunfo. Aakheperkara reconocía a su visir ante las Dos Tierras al tiempo que hacía saber quién las gobernaba en realidad. Si Tutmosis era el dios sin el cual la vida en el Valle sería imposible, Ineni era la mente que se encargaba del buen funcionamiento del país. Sus influencias lo abarcaban todo, y en los templos su figura era respetada, a la vez que su política. La opinión de un visir tan poderoso como aquel era motivo de atención para cualquier clero que quisiera fortalecer su posición, y los círculos de poder conformados por las viejas oligarquías alababan la figura de Ineni, que les garantizaba su lugar dentro de una jerarquía estatal compleja y repleta de servidumbres.

Durante todos aquellos años en los que Ineni había ejercido su visirato para dos faraones, el alto funcionario se había encargado de tejer una sinuosa red de clientela política en la que los favores se compraban o vendían al precio que estipulaba el *tiaty*. Ello, claro está, le llevaba a acumular más poder en una Administración que controlaba por completo y le hacía parecer indispensable ante los ojos del dios. Si este estaba interesado en emprender campañas militares para sojuzgar Retenu, a Ineni le parecía bien, pues a la postre significaba una mayor dependencia de los poderes fácticos que él mismo controlaba, al hacer llegar a Egipto inmensos botines después de las victorias conseguidas. Un faraón guerrero como era el gran Tutmosis significaba toda una bendición para las clases dirigentes, y tanto los altos mandos militares como los cleros más importantes celebraban aquella política expansionista que los hacía más poderosos, y de la que ya no tenían intención de prescindir. Ineni les garantizaba el futuro que ellos deseaban, y por tal motivo las alabanzas al visir se elevaron por todo el país, al tiempo que se aseguraba que Kemet nunca había sido conducido por una mano más sabia desde los tiempos del divino Imhotep.

Senenmut supo ver las consecuencias que podían acarrear aquellos actos, al tiempo que extraía sus propias conclusiones. Como mayordomo de la primogénita real asistió en su compañía a todas aquellas conmemoraciones, imbuido en su mejor disfraz, impertérrito, sabedor de la gran jugada protagonizada por el taimado Ineni. Con aquel movimiento podría dominar el tablero, aunque el escriba pensara que aún se encontraba lejos de ganar la partida; incluso semejante alarde de fuerza podía inducir a la confianza, y así se lo hizo ver a una Hatshepsut que se veía incapaz de controlar su ira. Sekhmet rugía en aquel corazón indómito, y Senenmut la tranquilizó como solía al asegurarle que, algún día, ella erigiría sus propios obeliscos en Karnak, más grandes incluso que los que se había encargado de elevar Ineni.

Sin embargo, el escriba no dejaba de reconocer la valía de su enemigo. Este tenía la absoluta confianza del dios y, por lo que sabía, el visir llevaba personalmente la dirección de las obras de su tumba. Para ello el *tiaty* había elegido un lugar apartado, casi inaccesible, en la orilla occidental del Nilo, en los acantilados de un valle que haría historia. Se trataba de un lugar magnífico, sin duda, lleno de simbología, y en el que él mismo ya se había fijado. En aquel paraje Ineni había decidido dar vida a su obra, para gran satisfacción de Tutmosis, quien acompañó a su visir y arquitecto real para supervisar los trabajos. Este había hecho excavar un gran lago con hermosos árboles para recibir la embarcación real en la que un día navegaría el difunto rey camino de su morada eterna. Nada escapaba al control del visir, y Aakheperkara lo ensalzó públicamente, pues en verdad que se sentía satisfecho por sus grandes servicios.

En realidad, Tutmosis se maravilló al visitar las obras que Ineni había realizado para él. Admiró la sala de pilares construida en el interior del templo de Karnak, la *iunit*, con sus magníficas figuras osíricas erigidas en su interior que daban réplica a los dos obeliscos situados en el exterior.[41] Además, el jefe de obras del faraón había levantado para el dios otros dos obeliscos en la isla Elefantina, con el fin de conmemorar la gran victoria conseguida en el país de Kush, de la que Tutmosis se hallaba particularmente orgulloso. En semejante escenario, ¿quién osaría oponerse a Ineni?

Eso era lo que pensaba Mutnofret, que se animaba a sí misma ante el cariz que tomaba su causa. Los años pasaban, y para su desgracia su belleza hacía tiempo que había empezado a declinar. La reina veía enemigos en cada rincón de palacio, posibles rivales capaces de engatusar al faraón y con las que le sería difícil competir. Sin embargo, ella continuaba recibiendo la visita del dios, y en cada ocasión Hathor le concedía su favor a la hora de complacer al señor de las Dos Tierras. La muerte de su primogénito había supuesto para la segunda esposa real un duro golpe del que apenas se había repuesto, y ahora todas sus esperanzas se hallaban depositadas en el pequeño Tutmosis, un niño con evidentes limitaciones mentales que, a diferencia de sus otros hermanos, crecía robusto. La vejez se asomaba ya por el horizonte, y Tutmosis era la única garantía que le quedaba si no quería terminar condenada al olvido. Se hallaba dispuesta a hacer a Ineni cuantas concesiones fuesen precisas, mientras este trazaba su propia estrategia, para que su poder no se viese menguado ni un ápice en el futuro.

Hatshepsut se desesperaba, aunque participara de las celebraciones en compañía de su padre sin dejar traslucir lo que sentía, imperturbable como una diosa. Senenmut la había convencido de la necesidad de mantenerse fría ante los acontecimientos que se estaban viviendo, a la vez que le mostraba los pasos que, en su opinión, le convenía dar.

—No es el momento de enfrentarse al visir —le dijo el escriba, una tarde en que la princesa se sumía en el desánimo.

—Ese hombre es como una serpiente —masculló Hatshepsut con rabia contenida—. Le aplastaría la cabeza.

—Habrá que esperar. Ahora no le venceríamos.

—Mi padre tiene la solución en sus labios. Solo tendría que hacer pública mi corregencia —se lamentó la joven.

—El dios quisiera hacerlo, pero no se atreve. Ya hemos hablado de eso, divina Hatshepsut.

—Pero ¿por qué? —se preguntó la princesa—. Ya lo acompaño en sus funciones, como haría cualquier príncipe corregente.

—Aunque no lo creas, el tiempo es nuestro mejor aliado. Él nos despejará el camino.

—Ineni envenena al dios con sus palabras —se lamentó la joven.

—No olvides que es su visir, como también lo fue de tu tío, y Aakheperkara está muy satisfecho con él.

—Ineni ostenta el poder en Egipto. Él es quien lo gobierna en realidad —se quejó la princesa—. Jamás me apoyará.

—Hagámosle creer que aceptamos su autoridad —dijo Senenmut, con calma.

Hatshepsut se enervó.

—¿Acaso olvidas quién soy? Amón es mi esposo. ¿Cómo crees que puedo rebajarme ante ese individuo?

—Hemos de evitar cualquier desafío, divina Hatshepsut —aconsejó el escriba, con suavidad.

La princesa entrecerró los ojos, como acostumbraba cuando se encorajinaba, y Senenmut pensó que la luz que estos despedían era capaz de horadar la piedra.

—Es fácil enfadarse cuando no debemos —aseguró el mayordomo al ver la expresión de su señora.

Esta pareció considerar aquellas palabras unos instantes, para luego cambiar su gesto. Senenmut tenía la virtud de desarmarla cuando se lo proponía, y ella volvió a sentirse invadida por sus sentimientos hacia él. Aquel hombre la atraía de tal modo, que cualquier juicio que saliese de sus labios tenía la facultad de hacer que olvidase sus desventuras. Sin embargo, tenía razón. La princesa caprichosa y consentida de antaño había quedado atrás, y ahora su perspicacia de mujer le hacía ver el Egipto en el que se encontraba en toda su dimensión. Este era como un enorme ovillo de hilos entrelazados que era preciso desenredar, y para hacerlo necesitaría de manos hábiles y tanta paciencia como el divino Amón quisiera concederle. Las guerras llevadas a cabo por su padre hacían llegar a Kemet oro, plata, cobre, buena madera, aceite, esclavos..., en tales cantidades que el país se estaba enriqueciendo como nunca antes en su historia. La Tierra Negra era próspera, y no había nadie que deseara el final de semejante bendición.

Sin embargo, Hatshepsut se aferraba a sus sueños. Ella quería un Egipto en paz, en el que los dioses se viesen enaltecidos y las orillas del Nilo se recrearan con la vista de grandiosos templos, un Kemet en el que florecieran las artes y primara el bienestar de su pueblo, sin necesidad de ir a la guerra. Así eran las Dos Tierras en las que soñaba gobernar, y Hatshepsut estaba convencida de que algún día podría hacerlo.

5

Senenmut era plenamente consciente de la posición en la que dentro de aquella partida se hallaba su divina señora. Sus movimientos eran limitados y su alcance incierto, por lo que debía mantener su posición y, si acaso, avanzar alguna casilla. No era el momento de hacer alardes de fuerza, y mucho menos el de desafiar a Ineni; y así se lo hizo ver una mañana a Hapuseneb cuando ambos se encontraban en Karnak. Su amistad era de sobra conocida por todos, y nadie se extrañó al verlos conversar tranquilamente en uno de los patios que daban a los almacenes en los que se guardaban los avituallamientos, justo en la parte meridional del templo.

—Sé que el dios, vida, salud y fuerza le sean dadas, escucha tu palabra. Qué más podemos esperar dada la situación —señaló Hapuseneb en tono conformista.

—Aakheperkara ama profundamente a su hija; ella ocupa el primer lugar en su corazón.

—Me temo, buen Senenmut, que aquí el amor paterno de poco valga. En ocasiones me pregunto qué es lo que desea en realidad el Oculto.

—Tanto tú como yo sabemos que es impenetrable, por ello debemos ceñirnos a lo que en verdad podamos calibrar.

El cuarto profeta asintió, pensativo, ya que estaba al corriente de todo lo que ocurría en la Tierra Negra.

—En realidad, el gran Tutmosis otorga a su primogénita el trato propio de cualquier corregente. Como bien sabes no duda en inscribir a Hatshepsut junto a su cartucho real, y presentarla como a una princesa heredera. Pero estoy convencido de que no le sucederá en el trono —vaticinó el escriba casi sin inmutarse.

—Tus palabras me llegan llenas de pesar, cargadas de malos presagios.

—Las leo en la mirada del dios en cada ocasión que me abre su corazón. En él puedo atisbar hasta dónde es posible avanzar, los peligros que aguardan entre las sombras y cuál el camino que nos conviene tomar.

—Karnak se encuentra indeciso, y me temo que en tales circunstancias no sea proclive a las aventuras. Los ojos más avezados lo sopesan todo, y estos nunca arriesgan —se lamentó Hapuseneb.

—El poder de Ineni es incuestionable y sé que aspira a aumentarlo todavía más. Soy testigo de ello a diario, aunque el visir sea parco en palabras.

—Como mayordomo de Amón vela por los intereses del templo, a la vez que lo enriquece. Hasta los dioses son sensibles al brillo del oro. Perennefer y el segundo profeta no permitirán ningún cambio, y nada es posible sin el apoyo de Karnak —aseguró Hapuseneb—. Ipet Sut coronará al próximo faraón.

—Es inevitable. El rey tiene las manos atadas, y a su edad solo busca la continuidad de su casa. Evitará cualquier enfrentamiento que la ponga en riesgo. Sin embargo, de una u otra forma, Hatshepsut intervendrá en lo que esté por venir.

Hapuseneb volvió a asentir, ya que sabía lo que encerraban aquellas palabras.

—Quizá sea lo mejor para sus intereses —apuntó el sacerdote.

—Así es. Aunque pueda parecer lo contrario, la infinita prudencia del divino Amón favorecerá nuestros propósitos —matizó Senenmut de forma enigmática—. Él ordena el tiempo en su justa medida y algún día hará que se cumpla su oráculo.

—El paso silencioso siempre resulta grato al Oculto. Ese es el que debemos seguir.

—De otra manera la andadura de Hatshepsut sería efímera, quedaría condenada al llanto eterno.

—Todo ha de seguir su curso —dijo Hapuseneb tras recapacitar durante unos instantes—. Solo si la princesa amolda sus pretensiones a las circunstancias podrá algún día hacer valer sus legítimos derechos.

—Hagamos que ese camino sea fructífero y preparémonos para el momento en el que Amón nos muestre sus designios.

El profeta esbozó una sonrisa, pues ambos amigos sabían que no solo era el sueño futuro de Hatshepsut el que estaba en juego, sino también los suyos. En aquella senda de la que hablaban todos eran peregrinos, y pocas cosas resultaban más placenteras a los ojos del señor de Karnak que los penitentes dispuestos a glorificar su nombre. ¿Qué ambición podría ser más lícita que aquella que hiciese aumentar el poder del Oculto?

6

Dicen que el amor no atiende a razones; que ningún juicio puede refrenar al sentimiento más elevado; que los sabios, en su presencia, se convierten en seres desprotegidos, en ignorantes, pues sus máximas de poco valen a la hora de controlar una emoción tan pura, surgida de lo más profundo del corazón. No existen leyes que puedan doblegar un impulso tan noble, ni admoniciones a las que recurrir cuando el amor surge de improviso; simplemente este se abre paso, incontenible cuando es verdadero, con la misma fuerza que el Nilo en la crecida, cuando sus aguas son capaces de cubrir Egipto entero hasta dar de beber al mismísimo desierto, pues tal es su generosidad. La prodigalidad va implícita en los amantes como parte sustancial del milagro. El individuo resurge convertido en un ser de luz capaz de alumbrar la oscuridad más profunda. Renace para dar lo mejor de sí mismo, para mostrar lo más hermoso de la vida, sin que nadie pueda oponerse a ello; igual que le ocurre al loto cada mañana cuando emerge desde las entrañas del río.

Quizá los dioses participen en este prodigio, pues no en vano ellos parecen siempre dispuestos a contribuir en todo cuanto nos ocurre, o puede que simplemente disfruten al presenciar como los humanos también son capaces de dar lo mejor de ellos mismos, y dejar a un lado la barbarie a la que en demasiadas ocasiones se sienten tan inclinados. Una obra en la que solo es partícipe el amor es digna de ser representada en el mejor escenario, y este solo puede ser pintado por las manos de unos dioses que conocen los colores de los que brota esa magia. De este modo nacerá la paleta donde se mezclarán las pinceladas maestras que harán florecer lo impensable. Dibujos que unirán corazones, que convertirán los *kas* en una sola esencia y los *bas* en almas en las que no habrá lugar para el pensamiento mezquino. Y así, Bes dará rienda suelta a su risa, a su alegría desmedida, a todo lo bueno que encarna el dios danzarín, mientras que Isis envolverá con su eterno hechizo a los enamorados para entregárselos a Hathor, la gran diosa, madre del amor, a fin de que esta los bendiga y procure su favor para siempre.

En semejante argumento no hay lugar para la racionalidad. Por ello Thot no podrá elegir ningún papel, ni siquiera para declamar el más mínimo diálogo, relegado a un simple notario de aquello que los sentimientos son capaces de escribir para la historia.

Tales reflexiones llevaban a Senenmut a verse atrapado en la vorágine. Un torbellino de emociones del que se sentía prisionero y contra el que se había defendido con todas sus fuerzas. Sin embargo, se veía inmerso en un embudo del que cada día le resultaba más difícil salir. Era un vórtice que le succionaba, lenta pero inexorablemente, al tiempo que le obligaba a girar sobre sí mismo hasta hacerle perder cualquier contacto con los juicios a los que inútilmente se aferraba. Él conocía cuál era el significado de aquella espiral y hasta dónde podría conducirle si se dejaba arrastrar por ella. Una vez había perdido su alma para verse obligado a descender hasta los mismísimos infiernos, en una búsqueda desesperada. Allí era a donde conducía aquella fuerza devoradora contra la que se había jurado no enfrentarse jamás. Sin embargo, ahí estaba él de nuevo, como cualquier incauto, frente a frente, con el temor de quien se sabe débil, sin encontrar el modo de dar la espalda a tan formidable enemigo. Sus pies no le respondían, y su mente había vuelto a verse huérfana de razones, como si otra vez Thot quisiera burlarse de él. Ni sus plegarias ni sus responsabilidades diarias le daban respiro. La llama estaba viva, y el dios de la sabiduría nunca podría apagarla.

En ocasiones él mismo se sorprendía hablando con su babuino, como si este pudiera darle la solución a sus cuitas. Pero Djehuty se limitaba a mirarlo fijamente, quizá para hacerle comprender que si Bes, Isis y Hathor se hallaban en el fondo de aquel embrujo, él poco tenía que decir, por mucho que le consideraran una representación de Thot. Senenmut entendía el significado de aquella mirada y, en la soledad de su cuarto, rebuscaba en su interior con la esperanza de encontrar la llave que le hiciera recuperar el buen juicio.

En realidad, aquel torbellino que amenazaba con engullirlo poco se parecía con el abismo al que una vez se asomara el escriba, aunque a la postre pudiera verse atrapado de nuevo en una caída insondable. Los escenarios eran distintos, como también lo eran los protagonistas, así como el modo en que Senenmut había accedido a ello. Todo había ocurrido de forma paulatina, sinuosa si se quiere, como si se tratase de un zigzagueo que, no obstante, no cejaba en su avance. Cada día, este parecía dispuesto a recorrer, aunque fuera un codo, y el escriba se daba cuenta de que con el tiempo aquella distancia podría verse convertida en *iterus*.

Sin lugar a dudas, en esta ocasión no existía ningún reino olvidado, ni diosa a quien pagar con lo más preciado que un hombre pudiera poseer. Ahora el reino era tangible y su reina una diosa a quien muchos preferían verla como mortal, al menos hasta que Osiris tuviera a bien llamarla a su presencia. Nada tenían que ver, por tanto, lo uno con lo otro, aunque ambas reinas hubiesen poseído la potestad de conducir a Senenmut al mismo lugar.

Astarté hacía ya mucho tiempo que se había convertido en un triste recuerdo para el escriba, pero el corazón de este, una vez atribulado, volvía a sentirse vulnerable ante lo que no dejaba de ser un regreso al camino que un día juró no volver a recorrer. Senenmut no fue consciente de ello hasta verse otra vez en la senda que tan bien conocía, y que recordó al instante; así de simple había sido. Se había enamorado de Hatshepsut, perdidamente, sin saber cómo ni cuándo. Claro está que existía una explicación, aunque en el caso del escriba esta viniera de la mano de la sutil magia que arropaba a toda la tierra de Egipto.

No había sido la belleza de la princesa la que había conquistado el corazón de Senenmut ni tampoco el poder que esta le confería al tenerlo como administrador de su casa ni siquiera saber que ella se sentía atraída por él. Era algo mucho más profundo, nacido de sus esencias vitales, de unos *kas* que habían tenido la virtud de reconocerse sin dificultad desde el primer momento. Senenmut era capaz de leer en el corazón de la joven hasta alcanzar su *ba*, y esa lectura le había transmitido cuanto Hatshepsut atesoraba en su interior, la fuerza arrolladora con que los dioses la habían distinguido para que un día señoreara entre los hombres. Se trataba de un papiro escrito por manos divinas con cálamos milenarios, en cuya tinta impregnada de ancestral historia iba el sello de los inmortales, aquellos que han sido llamados para gobernar sobre los tiempos y cuya memoria permanecerá incólume.

Así era Hatshepsut, y cada día que Senenmut acudía ante su presencia para despachar con ella, la cobra que los faraones portaban en su frente, el *ureus*, clavaba con suavidad uno de sus colmillos en la piel del escriba de forma imaginaria para inocularle una pequeña porción de su veneno, con el cual le comunicaba el tipo de mujer a quien servía, la grandeza que encerraba aquella joven que no temía a nada ni a nadie. Aquel poder oculto fue dejando su marca, jornada tras jornada, para asombro de un hombre sabio, que terminaría por caer rendido ante razones que superaban cualquier juicio al que pudiera aferrarse. Sin proponérselo, Senenmut se vio ante una mujer cuya talla superaba cualquier monumento erigido en la Tierra Negra. Debajo de aquel carácter que podía parecer caprichoso y fútil se escondía, agazapada, una fiera capaz de devorar a quien quisiera desafiarla, una mente preclara y justa, pero a la vez ávida de ambición, los ingredientes precisos con los que preparar el elixir del triunfo. El escriba leyó todo aquello, capítulo a capítulo, cada día, hasta verse atrapado por una personalidad que le subyugaba. Nakht tenía razón, y por ese motivo quizá fuese su propia ambición la que le llevara a reconocer la auténtica valía de la princesa. Él amaba todo cuanto encerraba aquella mirada de felino, la verdadera naturaleza de Hatshepsut, y no podía hacer nada por evitarlo.

El país de Kemet cabalgaba hacia su futuro con bríos hasta entonces desconocidos. Las conquistas en las tierras de Canaán lo habían convertido en un Estado permeable a nuevas influencias que, no obstante, abrían las puertas de la Tierra Negra a un nuevo mundo que le reportaba poder y riquezas. Otras culturas se asomaban a las orillas del Nilo, y con ellas se hacían necesarias políticas que nada tenían que ver con las utilizadas por los dioses que gobernaran Egipto milenios atrás. Ahora todo era diferente, y ello obligaba a considerar aspectos que complicaban aún más el tablero en el que se dirimía la lucha por el poder.

Senenmut había pensado en todo ello largamente. En su mente, las piezas que daban vida a aquella partida se habían movido en todas las direcciones posibles, con la complejidad que esto conllevaba. Allí participaban generales, sumos sacerdotes, visires, altos dignatarios, virreyes, gobernadores, reinas, príncipes, princesas y hasta miembros del bajo clero. Todos tenían cabida en aquel juego del que esperaban sacar algún beneficio, y al escriba se le antojaba que semejante jauría no estaba dispuesta a ceder ni un ápice en la presión de sus dentelladas. Resultaba obvio que las casillas conquistadas no serían las mismas para unos que para otros, e imaginaba sin ninguna dificultad el semblante de muchos de ellos ante la posibilidad de que aquel complicado tablero pudiera ser gobernado por una mujer. Sin duda, tal posibilidad a la mayoría le parecía impracticable, y el mayordomo se regocijaba por ello, ya que ahí radicaba su ventaja. Ahora conocía la verdadera fuerza que ocultaba Hatshepsut, su auténtica valía, el alcance de sus movimientos. Su poder no se encontraba en la predilección que le demostraba su augusto padre, sino en el favor que le habían conferido los dioses desde su nacimiento. Estos la habían dotado de un coraje en apariencia dormido, pero que él sabía podía acabar con cualquiera que se le enfrentara. Lo veía con claridad. Sekhmet alentaba a aquella princesa, y no existía enemigo capaz de hacer frente a la ira devastadora de la diosa leona.

Aquella situación le producía una íntima admiración por la joven, al tiempo que un interés insospechado. El hecho de que Hatshepsut pudiese llegar a doblegar algún día a todo el universo que se le oponía, le causaba una excitación que a él mismo sorprendía, pero a la que pronto se acostumbró. Esta iba mucho más allá de lo carnal, y no obstante se hallaba particularmente unida al deseo. No era el cuerpo de Hatshepsut lo que Senenmut soñaba poseer, sino su esencia más profunda.

Durante muchas noches el escriba pensó en la similitud que semejante anhelo pudiera tener con su vieja aventura con Astarté. Tal como a él le ocurría, la reina del olvido estaba interesada en su corazón, aunque el mayordomo enseguida desestimara cualquier posibilidad de parecido. Él no deseaba apropiarse del alma de la princesa, sino fundirse en su esencia; participar de su yo profundo, de su fuerza vital, para de este modo conformar una sola que alimentara a ambos. Amaba a Hatshepsut y estaba dispuesto a ayudarla a conseguir el fin para el que había sido creada.

Con el paso del tiempo, aquel amor fructificó en el corazón del escriba hasta llevarle al padecimiento. Cada día que veía a su señora, Senenmut se mantenía impertérrito, emboscado tras su habitual máscara, sintiendo como la mirada de su amada lo atravesaba para decirle que ella también lo amaba. En aquella mirada no había doblez, ni lugar para el engaño; era limpia, verdadera, cargada de mensajes que hacían estremecer al escriba. Pero ¿cómo podía ser?, ¿por qué Shai se empeñaba en conducirle a encrucijadas en las que se encontraría perdido?, ¿cuál era el destino que habían preparado para él?

Tales cuestiones lo desesperaban, y tumbado sobre la cama pasaba las noches en vela, haciendo mil conjeturas que solo le llevaban a aumentar su zozobra. ¿Acaso no había tenido que pasar ya la peor de las pruebas? ¿Qué más le tenían preparado? Él había dado sobradas muestras de su debilidad, de hasta dónde podía llegar su infamia al caer prisionero de la pasión. ¿Por qué querían destruirlo?

Este último pensamiento tomó fuerza sobre todos los demás. Si cedía a la tentación y corría a arrojarse a los brazos de Hatshepsut, ¿qué sería de él?, ¿adónde le conduciría semejante locura? Esta pregunta lo atormentaba de una forma particular, ya que sabía que su amor por la princesa no tenía ningún viso de futuro. Era imposible mantener una relación de aquel tipo, como ya pensara el día que conoció a la joven. En el peor de los casos Hatshepsut estaba destinada a convertirse en Gran Esposa Real del príncipe que sucediese a su padre. ¿Qué sería entonces de él? ¿Debería otra vez iniciar un viaje al Inframundo en busca de su alma perdida? ¿Quién le estaría aguardando entonces en aquellos laberintos que tan bien conocía? Seguramente que Astarté, para reírse de nuevo de su ingenuidad, o puede que hasta Nakht, para reprocharle su exacerbada ambición. «¿Pretendes convertirte en príncipe?», le recriminaría con razón el viejo maestro. Aquel regreso a los infiernos sería su fin, pues estaba convencido de que no podría encontrar la salida salvadora por segunda vez.

En su desasosiego, Senenmut se rebelaba, al tiempo que se animaba a dibujar un escenario distinto, aquel que más le convenía, el que arrojaba luz sobre su corazón y le animaba a perseguir el sueño más valioso que pudiese alcanzar el hombre: el amor verdadero. Sí, esto podría ocurrir, y mientras daba vueltas y más vueltas sobre las sábanas de lino de su catre, el escriba bosquejaba un Egipto diferente, una Tierra Negra en la que su amada princesa señorearía como lo haría un verdadero Horus reencarnado, y ante la que todos se postrarían para mostrarle sus espaldas. Entonces él amaría a una diosa en la que no cabrían los espejismos, una señora de las Dos Tierras a quien serviría hasta el final de sus días. Sí, eso era posible, y sin embargo...

No debía dejarse vencer por la falsa ilusión. Aun en semejante escenario Hatshepsut jamás podría convertirse en su esposa. Esa era la realidad, y él quedaría condenado a vagar por una tierra en la que la soledad siempre estaría aguardándolo. Si llegaba a amar a la princesa nunca podría querer a otra mujer, pues su destino quedaría marcado para siempre. De una u otra forma todas las miradas recaerían en él, y le resultaba fácil adivinar las envidias o las burlas que levantaría la sola mención de su nombre: Senenmut. Con suerte podría acabar sus días en algún templo en el que aún imperara la piedad, o puede que terminara como el peregrino que él ya sabía habitaba en lo más profundo de su alma. Entonces, algún día, en el reino del desamparo, Nakht volvería a presentarse para recordarle todos los buenos consejos que Senenmut se había negado a escuchar. Si Thot, el dios de la sabiduría, lo había prohijado, ¿por qué volvía a entregarle en manos de las emociones?

El alba lo devolvía de nuevo a la realidad, al camino en el que se encontraba y no debía abandonar. Sudoroso, Senenmut se asomaba a la terraza para contemplar como Ra regresaba de su viaje nocturno para alumbrar otro día al país de Kemet. Contemplar aquel milagro lo reconfortaba, al tiempo que le devolvía el juicio para proseguir su propia andadura. Él era un simple escriba, y debía guardarse de abandonar la senda que le correspondía.

Egipto olía a abundancia, a beneplácito divino, a cosecha lista para ser recogida. El dios Min había decidido mostrarse magnánimo, y así los campos de la Tierra Negra parecían a punto de reventar, saturados de grano, cubiertos por la vida misma. En el ambiente flotaba el olor a mies, el perfume preferido de los *meret*, aquellos que trabajaban la tierra desde tiempos ancestrales y que representaban la esencia del país de Kemet. Este no sería nada sin ellos, y por tal motivo todos los habitantes del Valle elevaban sus loas en agradecimiento a sus dioses y a la fertilidad, la misma que las gentes que araban los campos convertían cada año en un nuevo milagro.

El ciclo anual finalizaba, y los campesinos se felicitaban ante la proximidad de la recolección que aseguraría, una vez más, la vida en las riberas del Nilo. Los viejos aseveraban que nunca habían visto espigas como aquellas y que los silos no serían capaces de almacenar tal cantidad de cereal. Un prodigio más en el que se veía la mano de los dioses, sobre todo la de Min, el patrón de Koptos, la divinidad de la abundancia por excelencia, que en aquella ocasión había unido su voluntad a la del señor de las aguas del Nilo, el divino Hapy, para procurar una cosecha como no se conocía.

En realidad, aquella fragancia que emanaba de los feraces campos llegaba a cubrir toda la tierra de Egipto, para convertirla en sinónimo de vida, en un verdadero edén del que se haría eco la historia, rendida ante semejante prodigio.

Al aroma de la tierra renacida se unían los cánticos de las cuadrillas dispuestas para la siega, hasta conformar una atmósfera que impregnaba cada rincón de Kemet con la alegría de quien se siente santificado por los padres creadores, quienes, de este modo, reconocían el trabajo bien hecho, el cumplimiento del *maat* y el esfuerzo de su pueblo por mantener incólumes las viejas tradiciones. Todo se encontraba donde debía, y la felicidad se desbordaba desde los corazones, rebosantes de orgullo, al verse recompensados con tanta prodigalidad.

Hasta el palacio llegaba toda aquella euforia, y poder respirarla suponía para Hatshepsut todo un regalo, tan valioso como el oro del país de Kush. La princesa entrecerraba los ojos al tiempo que henchía sus pulmones para embriagarse con el aroma de su tierra. Ella comprendía cada uno de los matices que encerraba aquel prodigio, y ello la llevaba a insuflar nuevas fuerzas a sus sueños, a convencerse de que no existía nadie en Kemet capaz de entender mejor que ella lo que significaba ser parte de aquel país y cómo gobernarlo. Comprendía lo que encerraba cada brizna de hierba, lo que se ocultaba en un simple dátil, el lenguaje de las bestias que habitaban en el valle, el vuelo de las garzas, o la sabiduría de los cocodrilos que sesteaban sobre las arenas de las numerosas islas que se formaban cuando el Nilo languidecía. La princesa podía hablar con Hapy y también con la madre que conformaba los roquedales del oeste, donde algún día se enterraría. Allí la esperaba Hathor, a quien reverenciaba, la misma que le había susurrado que muy pronto su corazón sería tomado por primera vez.

Por este motivo Hatshepsut se sentía agitada. Su carácter impetuoso le hacía desesperarse ante la proximidad de un momento que ella llevaba esperando desde hacía demasiado tiempo. Ahora lo veía cercano, y esto la entregaba en manos de una impaciencia que se le hacía insoportable, y llegaba a devorarla con la fuerza de su propia naturaleza. Sin embargo, todo se encontraba a punto. Hathor en persona así se lo había comunicado en sueños durante las últimas noches. La diosa se le había presentado para decirle que sus plegarias habían sido escuchadas y que nadie podría detener sus designios. No habría *heka* ni hechicera capaz de vencer su magia, y esta se aproximaba para envolver el corazón de la princesa con lienzos que Hathor le aseguraba serían eternos. Senenmut quedaría enfundado en ellos, como una momia en su mortaja, de la cual jamás podría desprenderse, pues así estaba escrito. El lugar que le correspondía estaba junto a la joven, y a su lado desafiaría cualquier tempestad que naciera de la mano del hombre.

Hatshepsut había escuchado aquellas palabras a la vez que visto la dulce mirada de la diosa al otorgarle su favor. Ella sabía que todo cuanto le había comunicado se cumpliría, que su intuición de mujer no se había equivocado al fijarse en aquel hombre desde el primer momento. Se hallaba convencida de que le estaba predestinado, aunque ella careciera de experiencia en el amor. No la necesitaba. ¿Acaso no se trataba de una diosa cuyo esposo era el señor de Karnak? Su corazón recibía los mensajes adecuados, las palabras justas, y su determinación no precisaba de más. Amaba a Senenmut, y ahora estaba segura de que él la correspondía. Hacía tiempo que el mayordomo la quería, por mucho que quisiera disimularlo. Las múltiples máscaras que el escriba había utilizado para disimular sus sentimientos de nada le habían valido. Esta vez no habían podido evitar que ella escudriñara en su corazón, a través de aquella mirada misteriosa que tanto la subyugaba. Su vínculo se había estrechado de forma sorprendente, como si una fuerza sobrenatural los empujara paulatinamente al entendimiento. Hatshepsut se había hecho mujer, y tenía la certeza de que aquel hombre conformaba la otra mitad que la completaría. Su enigmática personalidad la fascinaba, pues ocultaba aspectos inquietantes que ella ansiaba conocer, tortuosos pasadizos que sabía existían y deseaba ver hasta dónde conducían. Todo le resultaba tan excitante que la joven se dejó mecer por la luz del atardecer, en tanto se abandonaba a sus sentidos. Estos la condujeron hacia el río, que fluía sediento y perezoso a la espera de la próxima inundación. Desde la terraza, la princesa lo veía discurrir cual si en verdad el tiempo se hubiera detenido unos instantes para mostrarle el cuadro que ella deseaba admirar. Ra Atum ya se anunciaba y, como ocurría siempre en primavera, su luz resultaba particularmente vivificadora, quizá para arrancar de aquella tierra sus auténticos colores. Los cerros del oeste se volvían rojizos y el río se empeñaba en palidecer por los reflejos de los rayos de un sol mortecino que se resistía a ocultarse. En el aire miles de pájaros trinaban, incansables, hasta componer una orquesta formidable en la que no parecía faltar ni un instrumento, y desde el cercano jardín, las flores despertaban del sesteo para permitir que sus fragancias cobraran vida propia.

Hatshepsut suspiró, feliz de poder formar parte de tan grandioso escenario. Aquella tarde se sentía particularmente sensible, pues todo podía desencadenarse. Como de costumbre, Ibu se había encargado de agitar su ánimo con sus habituales comentarios perspicaces, algo que la princesa venía sufriendo desde hacía ya muchos meses.

—Qué poco me equivoqué, hermanita —le había dicho Ibu esa misma mañana—. Tu mayordomo sufre como si se hallara a las puertas del Amenti, ja, ja.

—Qué disparate —contestó la princesa, al tiempo que esbozaba una mueca de disgusto.

—Lleva mucho tiempo así, tratando de superar en silencio lo que siente por ti. Se encuentra atrapado en su fortín, ja, ja.

—Me muestra respeto —se defendió Hatshepsut, que no deseaba que se burlaran del escriba.

—Se guarda bien —continuó Ibu, maliciosa—. Los hombres como él son difíciles, pero está a punto de claudicar.

—Hablas de mi mayordomo como si se tratara de algún animal doméstico —se quejó la princesa—. Alguien cuya confianza es posible ganar con argucias.

Aquel comentario hizo que Ibu lanzara una carcajada que al poco contagió a su hermana.

—Ja, ja —se burló Ibu—. Ahora entiendo por qué ese hombre vive solo, en compañía de su mono.

—Sí, Djehuty parece ser su mejor amigo —señaló Hatshepsut sin poder aguantar la risa.

—Claro, se entienden; como dos buenos animales domésticos, ja, ja. Mis espías me han asegurado que hablan entre ellos como si tal cosa.

—Ja, ja. Ammit devore tu malicia, Ibu. Si Senenmut nos escuchara. Qué vergüenza.

—Sí, sí. Conversan sobre los temas más diversos; claro, como es un hombre tan sabio.

Aquello hizo que ambas hermanas se abrazaran sin poder contener la risa, pues hasta se les saltaron las lágrimas.

—¡Bes bendito, cuánta perversidad! —exclamó la princesa, ya que conocía de sobra el cariño que Senenmut profesaba a su babuino.

—Esos monos son listos como Thot —indicó Ibu con su gracia acostumbrada—. No me extraña que los consideremos como su reencarnación. Quizá le aconseje, y ello le ayude a decidirse de una vez.

Semejante consideración llevó a las jóvenes al paroxismo, sin poder parar de reír, ya que los babuinos eran bien conocidos por su descomunal potencia sexual y su frenética afición a la cópula.

—Qué barbaridad —apenas pudo decir Ibu entre carcajadas—. Un hombre tan docto. Imposible.

—Ja, ja. Pobre Senenmut. Pagaremos por esto cuando nos presentemos ante los cuarenta y dos jueces en la Sala de las Dos Verdades.

—No hay nada malo en conversar con un mono, hermanita.

—Ja, ja. Tu malicia hará que te envenenes. Quién lo hubiera podido imaginar de la esposa de Kagemni.

—Ja, ja. Solo trato de velar por tus intereses.

—Como hace mi mayordomo.

—Así es, pero convendrás conmigo que ya va siendo hora de que cambie al mono por tu Majestad.

—¡Cómo te atreves! —exclamó la princesa, todavía riendo—. Debería ordenar que te azotaran y luego te echaran a los cocodrilos.

—Ja, ja. Pero no lo harás, hermanita, porque sabes que te quiero.

Durante un buen rato ambas jóvenes hicieron nuevas chanzas a costa del escriba, hasta que por fin recondujeron la conversación, y es que esa misma noche se celebraría una fiesta en palacio a la que acudiría la familia real en pleno, así como lo más granado de la aristocracia local, pues no en vano Hatshepsut cumplía dieciocho años; todo un acontecimiento.

—Esta noche estarás espléndida, irresistible, lo sé —aseguró Ibu.

—Sí —dijo la princesa, como para sí—. Hathor me acompañará. Hoy no puede abandonarme.

—Nunca lo hace, aunque no lo creas. Tiene preparado un regalo para ti.

—Llevo demasiado tiempo esperándolo —dijo Hatshepsut con ensoñación. Luego, mirando fijamente a su hermana, continuó—. ¿Crees que me ama?

—Estoy convencida de ello. Ese hombre ha sufrido una transformación, aunque te cueste reparar en ello.

La princesa negó con la cabeza para lamentarse.

—A menudo lo observo —señaló Ibu, ahora con gravedad—. Presta atención a tus razones con un brillo desacostumbrado en la mirada. En ella puedo leer la admiración que siente por ti, así como el efecto que le causas.

—¿Piensas que me ve hermosa?

—Claro, pero tu belleza no es lo que más le interesa —aseguró Ibu—. No es de ese tipo de hombres. Su corazón solo puede ser conquistado por un igual. Alguien que porte en su interior la esencia de Egipto.

Hatshepsut se sobresaltó.

—¿Eso es lo que Senenmut ve en mí? —inquirió la princesa, algo sorprendida por el hecho de que no la admirara por su hermosura.

—¿Te parece poco? No hay fuerza que se le pueda comparar. Tú representas para él lo más valioso de esta tierra.

Hatshepsut desvió la mirada unos instantes, pensativa.

—Cualquiera puede recrearse en tu belleza —prosiguió Ibu—, pero él prefiere indagar dentro de ti, descubrir tu verdadera valía, la que nunca envejecerá.

Aquellas palabras estremecieron a la princesa, pues ya conocía a su hermana cuando adoptaba una compostura admonitoria.

—Ha leído en mi corazón desde el principio, y sabe lo que siento —se lamentó Hatshepsut, cariacontecida.

—Senenmut es un hombre con experiencia, ¿qué esperabas? Eso no debe preocuparte. Ya te he dicho muchas veces que ello le ayudará a decidirse.

—Quisiera que me viera como mujer —señaló la princesa, con disgusto, ya que era muy vanidosa.

—Senenmut es diferente a los demás, pero estoy segura de que es un hombre apasionado; puede que tú misma te sorprendas.

—No hay nada en su persona que deje de sorprenderme —musitó la princesa, como para sí.

—¡Esta noche lucirás espléndida! —exclamó Ibu, que deseaba dar por zanjada la cuestión—. Toda Tebas te admirará. Nadie exhibirá razones más poderosas que las tuyas.

Hatshepsut asintió, abstraída en sus pensamientos.

—Tienes razón, querida Ibu —le aseguró la princesa—. Senenmut no es un hombre como los demás. Lleva Egipto en sus *metus*.

Así había transcurrido la conversación con su hermana y, ahora que se aproximaba la hora de la celebración, Hatshepsut percibía que habría un antes y un después de aquella velada, que esa noche estaba señalada por los dioses con tinta sagrada, quizá en los cielos, impresa en el vientre de Nut junto a las estrellas imperecederas.

8

Si hubiera que haber elegido una noche, Nut no lo habría hecho mejor. La diosa cuyo vientre conformaba la bóveda celeste lucía esplendorosa, pletórica, dispuesta a mostrar hasta el último de los luceros. Cada estrella se antojaba un suspiro, y el azul profundo en el que titilaban creaba un misterioso lienzo que abarcaba toda la tierra de Egipto. Con él se arropaba el país de Kemet, al tiempo que se miraba en el infinito para dar gracias a los padres creadores por haberlo concebido a su imagen y semejanza. La habitual brisa del norte parecía haber quedado atrapada en el imaginario, y la quietud era tal que la ciudad de Waset se mostraba carente de pulso, adormilada, como si el tiempo se hubiese detenido por unas horas para asistir a aquel acontecimiento; todo estaba en calma.

Sin embargo, la situación era distinta en palacio. La mansión del dios bullía de vida, de alegría incontenible, cual si Bes hubiese dado rienda suelta a su genio y corriera descarriado por pasillos, salas y jardines, para contagiar con su júbilo a cuantos asistían a la celebración. Sin duda, se trataba de una fecha señalada, ya que la primogénita del señor de Kemet cumplía dieciocho años, una edad respetable, en la que las mujeres de la Tierra Negra solían alcanzar el culmen de su belleza, la mayoría convertidas ya en madres, y muchas con varios hijos a sus espaldas.

Pero en aquella ocasión el escenario era diferente. La princesa Hatshepsut permanecía soltera, y sin interés por cambiar de estado, como bien sabían todos los miembros de aquella corte. Semejante particular había sido motivo de conversación y no pocas veces hasta de crítica, sobre todo por el hecho de que a la joven no se le conocieran amantes, ni aventura alguna sobre la que chismorrear. No obstante, todos los altos dignatarios tebanos, acompañados por sus esposas, habían acudido al festejo. El mismo dios, Aakheperkara, presidiría el convite, y ello revestía al acto de una solemnidad de la que nadie quería dejar de participar.

En realidad, el acontecimiento daría pie a un sinfín de lecturas. Allí el que más o el que menos tenía sus intereses, y aquel era el lugar idóneo para saber hasta dónde podrían alcanzar estos, e incluso lo que Shai pudiera tenerles reservado para el futuro. Cada mirada sacaba sus conclusiones, y el menor gesto podía tener un significado tan valioso como el oro. Entre tantos jerarcas había pocas amistades, por mucho que fingieran sonrisas y buenas palabras, pues las ambiciones eran soberanas y todos las poseían en mayor o menor grado. Las distintas facciones se hacían inevitables, y era un buen momento para tener conciencia de su poder. Comerían de la mesa del faraón, y sus copas se llenarían con los mejores vinos del Delta, en tanto se harían eco de los mil rumores que circulaban por palacio, todos vagos pero dignos de la máxima consideración. Las intrigas nunca descansaban, aunque aquella noche lo hicieran al ritmo de los mejores músicos o abrazadas a las más bellas bailarinas.

Ese sería el ambiente en el que las damas pondrían el color de sus variopintos atuendos: los más finos linos, los plisados más elegantes, las gasas más etéreas, tal y como dictaba una moda que hacía furor. El contacto con Oriente había traído consigo el uso de nuevas costumbres, el amor por el lujo, la afición por las joyas más refinadas. La mayoría alardeaba de su posición a la vez que se abandonaba a la risa y a los excesos sin que ello tuviera la menor importancia. «Hoy beberé hasta perder el sentido», aseguraban sin recato. Y a fe que lo conseguían, pues Bes solía apadrinar aquellas celebraciones hasta las últimas consecuencias.

La familia real permanecía en un aparte. En compañía de su Gran Esposa Real, el dios disfrutaba del convite en tanto la reina madre no perdía detalle de cuanto ocurría. Su vista certera tenía la virtud de desnudar a los que allí se encontraban, y ello le producía una íntima satisfacción mientras saboreaba el vino blanco que tanto le gustaba. Generales, altos jerarcas, sacerdotes, Ineni... todos eran motivo de su atención, y se hallaba convencida de poder adivinar cuanto estaban hablando.

A Nefertary este juego le resultaba sencillo, aunque aquella noche sus preferencias fueran para su amada nieta. Hatshepsut estaba espléndida, ataviada como lo haría una princesa de las primeras dinastías, con un vestido ceñido sujeto por una cinta a uno de sus hombros que realzaba su figura y le confería un porte regio que todos alababan. Incluso su maquillaje era el adecuado, con los ojos pintados con *udju*, la malaquita verde extraída en el Sinaí, y los labios carmesí, plenos y seductores, como lo era ella. La reina Hetepheres, esposa del legendario Snefru y madre del faraón Keops, se habría visto representada por la princesa aquella noche, pues de seguro que alabaría su atuendo y sobre todo el espectacular collar que Tutmosis le había regalado, que encendía las miradas de todas las damas invitadas a la celebración. Los mejores orfebres lo habían creado para la ocasión, y a fe que habían dado a luz una joya magnífica y plena de significado. Se trataba de una cobra del más puro lapislázuli, exquisitamente engarzada en oro, y cuyos pequeños ojos de cornalina tenían la propiedad de parecer dos piedras incandescentes a través de las cuales el reptil parecía vigilar cuanto le rodeaba. La cobra portaba sobre su cabeza la *hedjed*, la corona del Alto Egipto, también de oro, y en semejante detalle muchos creyeron ver cuál era la voluntad de Aakheperkara. ¿Acaso la cobra no conformaba el *ureus* que llevaban los faraones sobre la frente? ¿Qué mayor prueba que aquella podría haber? El collar era una verdadera obra maestra en la que, no obstante, los detalles cobraban una capital importancia. La corona del rey del Alto Egipto era un buen ejemplo de ello. Tutmosis se disponía a nombrar corregente a su hija, ante el estupor de gran parte de los asistentes. No cabía otra explicación.

Indudablemente, Hatshepsut se hallaba convencida de lo mismo. Aquel regalo representaba algo mucho más valioso que cualquier joya que pudiese ser creada por la mano del hombre. Era la llave con la que abrir por fin la puerta que conducía a la sala en la que se encontraban sus sueños, para darles vida y hacer realidad el propósito de su existencia.

Sin poder evitarlo la princesa se mantuvo altiva, llevada, sin duda, por la euforia que le había producido aquel regalo cargado de simbolismo. Su hora se hallaba próxima y ella se mostró como lo haría una reina lista para saldar cuentas, distante y a la vez poderosa.

No obstante recibió con agradecimiento los parabienes de sus invitados, feliz ante tantos regalos, y poder ver la alegría reflejada en los rostros de sus seres queridos. Todos la felicitaron, y la fiesta se convirtió en una celebración en la que se dio rienda suelta a la alegría, a la música y a la danza, en la que los más exquisitos manjares y los mejores vinos eran servidos por gráciles muchachas, tan solo ataviadas con un pequeño delantal, como era usual en aquel tipo de fastos. Hathor y Bes señoreaban esa noche en palacio, y este se llenó de risas, de algarabía, de desenfrenado alborozo. El sonido del arpa, las flautas, sistros y tamboriles llegó hasta los jardines para que, desde el cielo, los dioses fuesen también partícipes de la euforia desbocada que se vivía en palacio. Sin duda, que lo celebrarían, pues su princesa preferida cumplía años bajo los mejores auspicios.

Sin embargo, no todos los asistentes cantaban y bailaban al ritmo de los crótalos. Discretamente abstraído, Senenmut se mantenía ciertamente ausente, en el lugar que le correspondía, pero sin abandonar aquel aire meditabundo que en ocasiones solía caracterizarle. Su semblante le hacía parecer apartado de cualquier emoción aunque, naturalmente, se encontrara lejano a ello. El mayordomo no perdía detalle de cuanto ocurría, y durante toda la velada se había dedicado a traducir cada mirada, cada gesto y hasta el significado de las risas de quienes le interesaban. En aquella celebración, más que nunca, él continuaba siendo el mayordomo de Hatshepsut, el preceptor de su casa, su «padre nutricio», y todo lo que ocurriera en palacio le parecía de vital importancia. Cruzó miradas con Ineni, Perennefer y alguno de los generales que conversaban con ellos, para saludarse en la distancia, como harían los que se profesan poca simpatía; era lo usual. Allí no cabían más que las buenas formas debidas a la etiqueta, pues conocían de sobra sus antagonismos. El habitual disfraz formaba parte del protocolo, y el que más o el que menos lo respetaba.

A Senenmut le causó una íntima satisfacción ver como los semblantes de los miembros de aquel grupo tan heterogéneo se demudaban cuando el faraón hizo entrega a la princesa de su espléndido regalo. Sin duda, se trataba de un collar magnífico, cuyo simbolismo hizo que muchos de los asistentes intercambiaran miradas de desconcierto, y hasta de velado temor. Todos conocían las consecuencias que podía tener una apuesta equivocada, y Senenmut las conocía todas. Este particular le produjo una íntima satisfacción, a pesar de que en su fuero interno estuviera convencido de que todo se reducía a un golpe de efecto. No obstante adivinaba cuáles serían las repercusiones que traería el susodicho collar en los acontecimientos que se avecinaban, así como lo que se vería obligado a hacer. El mismo Ineni no pudo evitar desviar su vista hacia él un instante, aunque por lo demás no dejase traslucir la menor emoción. El visir se limitó a alabar el regalo, como correspondía, aunque el escriba supiese que el *tiaty* estaría calibrando, uno a uno, los pasos que debería dar.

En cuanto a Hatshepsut, su mayordomo la veía espléndida, radiante, como si Hathor hubiese acaparado hasta el último rayo de Ra para después reencarnarse en la figura de la princesa. Su belleza se le antojó intemporal, como si el tiempo se hubiese detenido hacía milenios para extraer de la memoria a una reina legendaria. El verdadero poder de los dioses que gobernaron Egipto en la edad de las pirámides se hallaba impreso en aquella joven que cumplía dieciocho años. Su esencia invitaba a trasladarse a un tiempo ignoto que, no obstante, era capaz de resucitar sabores tal vez olvidados, pero que hablaban del auténtico significado de lo que representaba ser egipcia. Todas las tradiciones nacían de aquel aroma sin igual que embriagaba a los presentes con un perfume que muchos ya eran incapaces de reconocer, pero que, sin embargo, tenía la virtud de atraparlos para dejarse abandonar en él. Las primeras dinastías se hallaban presentes esa noche para dar sus bendiciones a una princesa que había decidido recuperar el alma de la auténtica Tierra Negra, y Senenmut se vanagloriaba de ello, quizá porque inconscientemente él también se viese representado en cada uno de los pliegues del vestido de su señora, en los trazos del *udju* con los que esta había decidido embellecer aún más sus ojos, en su elaborado peinado, más propio de la legendaria reina Nitocris, que de los tiempos que corrían, o en la dignidad con la que Hatshepsut apabullaba a los allí presentes.

Todo resultaba perfecto en la princesa, y cuando esta se colocó el collar que su padre le había regalado, el escriba tuvo la impresión de encontrarse ante una de aquellas escenas que él mismo había imaginado al leer los antiguos papiros en los que se relataba la historia de su pueblo. Él conocía mejor que nadie cuáles eran sus orígenes y Hatshepsut conminaba a retroceder a ellos, a los albores en los que los dioses gobernaban Kemet. Aquella noche ella era Hathor en persona y de forma inconsciente hasta el último de los invitados se doblegaba ante su autoridad. Egipto jamás tendría una reina como aquella y, sin poder evitarlo, Senenmut sintió como su corazón se inflamaba y su *ka* abandonaba su cuerpo para correr junto a la mujer que amaba y ante la que se rendía sin paliativos en aquella hora. Toda la fuerza que Hatshepsut poseía se hacía presente para someter a aquella sala repleta de cortesanos, para apresarlos a todos y dominarlos como haría Sekhmet entre rugidos. Él mismo era consciente de su propia debilidad, de su condición de mortal. Sus conocimientos no significaban nada ante la jerarquía de aquella joven de la que se había enamorado. Solo cabía servirla, aunque ello le deparara el sufrimiento.

Ambos se miraron a hurtadillas, una y otra vez, conscientes del papel que representaban. Ese era el precio que debían pagar por su audacia. Los dioses así lo habían impuesto, celosos como eran del equilibrio de las cosas. Les advertían que su felicidad tendría un coste del que no se podrían librar jamás, pues en el mundo de los hombres no era posible mezclar el agua con el aceite. Sin embargo, los dioses les sonreían, bromistas como siempre, para ser testigos de un amor que ellos mismos habían decidido alumbrar.

Senenmut sabía lo que tenía que hacer, qué era lo que Hathor esperaba de él, y así, aguardó pacientemente a que los ecos de la música cesaran, el estrépito de la danza tocara a su fin y los últimos invitados fuesen ayudados a abandonar el palacio, abrazados a los efectos del vino o el *shedeh*, aquel licor que embriagaba hasta el alma, para encaminarse en silencio hacia la escalinata del jardín que daba a los aposentos de la princesa. Apoyado en la balaustrada, Senenmut esperó, en tanto se fundía en la quietud de la noche, bajo el manto de unas estrellas que tan bien conocía. En su mano portaba un papiro que él mismo había transcrito en la soledad de su cuarto. Ese sería su regalo, tan diferente a los demás y a la vez tan suyo. Olía a alheña, a jazmín, a misterio, pues todo cuanto le rodeaba invitaba a la ensoñación. En la lejanía aulló un chacal, y el escriba miró hacia los lejanos cerros del oeste, al otro lado del río, justo para observar como Aah, la luna, se asomaba a la necrópolis justo por la cúspide de la montaña donde habitaba la diosa Meretseguer, la que ama el silencio, la patrona del valle en el que se enterrarían los reyes. Al escriba le pareció que aquel era un buen augurio, que todas las fuerzas naturales que gravitaban sobre Egipto querían estar presentes en aquella hora para ser testigos de lo que ocurriría; o quizá para conformar el escenario que los dioses deseaban para ellos.

Senenmut suspiró. Ahora se hallaba en el borde de aquel embudo en el que tantas veces había pensado y al que se había resistido a caer. Sabía muy bien a dónde le conduciría si se deslizaba por él, y no obstante ya no le temía. Su naturaleza nada tenía que ver con el abismo por el que una vez se había precipitado. Allí no le esperaba la oscuridad, sino una luz, una luz purísima que él reconocía sin dificultad y con la que no dudaría en envolverse, ya que serviría de alimento a su alma.

En aquel lugar su *ba* estaría a salvo, como también su propia esencia, su corazón, todo lo valioso que los dioses creadores le habían confiado. Llegaba el momento, y Senenmut pensó que los años que había pasado en lo más profundo de los templos no habían sido más que una preparación para cuando llegara aquella noche. Necesitaba de todo el conocimiento de Egipto para poder aguardar, junto a la escalinata, el instante que Shai había escrito en su libro. Una vez más el destino se hallaba a punto de atraparlo; entonces escuchó su nombre.

—Senenmut, Senenmut, Senenmut...

Su nombre llegó al escriba como envuelto en un eco repetitivo que parecía no ser de este mundo.

—Senenmut, Senenmut, Senenmut...

Volvió a oír el mayordomo, como si le llamaran desde la lejanía.

—Senenmut —escuchó de nuevo—. Te estoy esperando.

Este sintió una extraña punzada en el estómago al reconocer aquella voz que le invitaba a traspasar una puerta por la que no cabía el retorno, y por un momento tuvo la impresión de que las fuerzas le fallaban, que sus pies se volvían torpes, reacios a moverse, cual si se hallara a punto de desvanecerse. Sin embargo, al poco sus dudas se disiparon, como si su corazón le diera el impulso que necesitaba para deslizarse, al fin, por aquel embudo imaginario en busca de su destino.

Con paso firme ascendió los peldaños de la escalinata que conducían a la terraza. Esta se encontraba en poder del claroscuro que la luz de la luna creaba de forma caprichosa, para dibujar una suerte de irrealidad que sobrecogió al escriba. Este volvió a escuchar su nombre, y seguidamente vio como una figura surgida de la oscuridad se recortaba frente a él como nacida de un imposible, envuelta en la magia. A Senenmut se le antojó que semejante visión solo era un enigma más, de los muchos que encerraba aquella tierra, que una forma intangible se presentaba ante él como enviada por los dioses para hacer escarnio de su vanidad, para mostrarle que él no era más que un simple mortal. Hathor lo llamaba, pues solo una diosa podía tener la facultad de aparecer desde los sueños.

—Senenmut —volvió a repetir aquella voz, tañida por el embrujo.

Entonces el escriba vio como unos brazos se extendían hacia él, para atraerlo con un magnetismo que le resultaba desconocido. El escriba se aproximó, y tras soltar el papiro tomó las manos que se le ofrecían para sentir como Egipto abría para él unas puertas que le conducían hacia la inmortalidad. Al punto se vio arrastrado hacia el nuevo mundo que Shai tenía preparado en el interior de una cámara donde todo comenzaría. Aquellas manos se deshicieron de las suyas para abrazarse a su cuello en tanto unos labios aparecían desde la penumbra dispuestos a ofrecérsele. Senenmut los observó un instante, suavemente perfilados por la pálida luz de una luna que ahora se alzaba sobre la terraza, para luego cerrar los ojos y abandonarse a ellos, primero con ternura, con delicadeza, hasta que el pesado cofre en el que un día había decidido encerrar su pasión para siempre se abrió de nuevo para dar salida a la estampida.

Un torbellino surgió de repente para envolver a los amantes en la vorágine. Este giraba y giraba de forma trepidante para arrastrar a aquellas dos almas que gemían cual si se hallaran perdidas. La habitación se había transformado en un mundo desconocido en el que aquellas ánimas daban rienda suelta a sus esencias sin temor a cuanto pudiese ocurrir. Era una pasión desmedida, como Senenmut nunca pensó que pudiera existir, en la que Hatshepsut se entregaba por primera vez con la furia de la leona que llevaba dentro. Ella se dejaba hacer por aquel hombre venido para devorarla mientras gemía, como lo haría un felino, al descubrir el placer que le tenían reservado. La naturaleza de la princesa se desbocaba, en tanto, tendida sobre su lecho, sentía como el escriba la conducía al paroxismo con sus caricias, una y otra vez, entre oleadas de un placer desconocido hasta entonces y al que ya no estaba dispuesta a renunciar. En cada ocasión la joven notaba como la vida se le iba, cual si quisiera abandonarla, para luego regresar con cada nueva caricia, en tanto se entregaba a su propio sueño.

Enardecido, Senenmut se dejaba llevar por sus instintos para embriagarse con el perfume de la princesa, con su verdadero olor, ante el que se sentía desfallecer. Su cuerpo le enloqueció, y al verlo desnudo, suavemente perfilado por la luz de la luna, apenas pudo ahogar un lamento que parecía provenir del mismísimo Amenti. Ella esbozó una sonrisa de satisfacción, y al observar su virilidad hizo ver a su amante que había llegado el momento, que era la hora de que los dos se hiciesen completos, de formar un solo cuerpo, pues así estaba escrito que debía ocurrir. Hatshepsut tomó su miembro y Senenmut la hizo suya con infinita ternura, dejando por un instante al margen aquella pasión a la que se habían esclavizado. Era el momento supremo en el que sus *kas* se unirían para siempre en el templo que Hathor había creado en el vientre de la princesa, el más sagrado que ningún hombre podría encontrar en Egipto. Hatshepsut abría de esta forma su sanctasanctórum, y Senenmut penetró en él como lo haría el peregrino más devoto, como solo sería capaz el iniciado, el purificado elegido por la diosa; el elegido.

Así fue como ambos iniciaron su viaje, una carrera que terminaría por convertirse en alocada y que parecía no acabar nunca. A cada etapa le seguía otra, apenas separadas por un breve respiro en el que los amantes se decían cuánto se querían. Allí no había lugar para la tregua, pues los dos se necesitaban como si se hubiesen convertido en una fuente de agua salvadora de la que precisaban beber para mantenerse con vida. Al sentirle dentro de sí, Hatshepsut tuvo plena consciencia de que todo el misterio de la Tierra Negra llegaba a su interior para impregnar hasta el último de sus *metus*, que todo el profundo conocimiento de Kemet trascendía en ella para hacerla más sabia. No se había equivocado en absoluto; Senenmut era Egipto y juntos conformaban su verdadero significado, pues comprendían el pulso que lo animaba. Ella nunca renunciaría a él y, mientras alcanzaba el éxtasis una y otra vez, notaba como su determinación se reafirmaba ante la seguridad de que, junto a Senenmut, nadie podría oponérsele. Con él su círculo se cerraba para siempre.

El escriba corría en la misma dirección. Ahora conocía todo lo que debía saber, hasta el último detalle. Bañado en el vientre de su amada, el corazón de esta ya no tenía secretos. Era un paisaje asombroso, pletórico de fuerza, lleno de vida, de ambición desmedida, pintado rabiosamente por las poderosas garras de Sekhmet, en el que imperaba el *maat*. Por fin había llegado a su hogar. Senenmut no albergó la menor duda. Aquel era el lugar que le correspondía, junto a la mujer que, sabía, amaría durante el resto de su vida. Ambos estaban hechos el uno para el otro, independientemente de que él fuese un simple plebeyo. Eso no importaba, pues en las leyes de los creadores los *kas* no entienden de jerarquías. La princesa era su alma gemela, y una vez que estas se encuentran no pueden separarse jamás. Aquella noche los dos se habían entregado sin reservas. En cada embate, con cada jadeo, ambos habían firmado un pacto con una tinta que nunca podría ser borrada y que portarían dentro de sí hasta que Osiris los llamara a su tribunal. Daban igual los avatares que la vida les tuviese preparados y las trampas que en su camino Shai pudiese reservarles; ellos se mantendrían siempre unidos, y no existiría poder en la tierra capaz de evitarlo.

Sin duda, Senenmut se vio sorprendido ante la fogosidad de la princesa, aunque a la postre se felicitara ante el hecho de que ambos poseyeran una naturaleza apasionada ante la que sucumbirían sin ninguna dificultad. Al tomar a Hatshepsut, el escriba había accedido a un reino que nada tenía que ver con el que gobernara Astarté. Eran dos mundos diferentes en los que, finalmente, la luz había vencido a la oscuridad; una oscuridad espantosa que se perdía definitivamente en la memoria del escriba, tal y como si nunca hubiese existido. Ya no tendría que encerrar su pasión en ningún cofre, ni temería la visita del viejo Nakht para reprenderle por su impiedad. Ahora era libre de amar con arreglo al *maat*, con la verdad en su corazón y la justicia en sus actos. No volvería a haber otra mujer en su vida, estaba convencido de ello; esa noche comenzaba una nueva andadura, y pensaba seguirla hasta el final.

El alba sorprendió a los amantes abrazados sobre unas sábanas todavía empapadas por sus cuerpos sudorosos. La pasión los había consumido de tal modo, que habían terminado por quedarse dormidos sin apenas haberse dado cuenta. Senenmut fue el primero que se despertó, y durante un rato observó el cuerpo desnudo de la princesa, que aún dormitaba. Sin poder evitarlo se recreó en su visión, en sus pechos turgentes, en sus areolas sonrosadas, en su estrecho talle, en sus caderas sinuosas, en sus piernas bien formadas... Todo le pareció tener la proporción justa, aunque a él le gustase más la parte que Hatshepsut llevaba dentro. En ello radicaba su auténtico atractivo, si bien esto no evitó que Senenmut sintiera nuevos deseos de poseerla. Sin embargo, se contuvo. Debía marcharse. Ra ya despuntaba, y era mejor mantener la discreción, pues la partida en la que se encontraban inmersos continuaba. Y así se vistió, para salir a la terraza a respirar el aire de la tempranada. Aquella mañana le pareció más límpido que de costumbre, y no pudo evitar cerrar los ojos con satisfacción ante lo que le ofrecía el nuevo día. Tras unos instantes suspiró resignado por tener que marcharse, y luego fue a recoger el papiro que había preparado como regalo para su amada. Sigiloso, regresó a la habitación para dejar junto a la princesa su presente, pero esta se despertó y, al verlo vestido dispuesto a irse, protestó.

—Quédate un poco más —rogó ella, mimosa.

—No debo, amor mío. Ra ya se anuncia y pronto se elevará en el horizonte.

—Hum —se quejó la joven—. Solo un poco más.

—Prometo visitarte esta misma mañana. Como cada día.

—Los dioses te castigarán por no obedecer a tu princesa.

—Sí; pero ahora es mejor que me marche, amor mío.

—Está bien; pero no tardes en regresar. Hay asuntos que atender.

Senenmut rio con suavidad y luego besó a su amada con ternura.

—Antes de irme quiero entregarte mi regalo de cumpleaños —le susurró el escriba.

—¿Qué es? —quiso saber Hatshepsut, incorporándose levemente—. ¿Un papiro?

—Así es.

—¿Y qué contiene? —inquirió ella, interesada, en tanto lo desenrollaba.

—En él están dibujados todos los astros que se asomaron anoche a la ciudad del cetro, nuestra querida Tebas.

—¿Un mapa astronómico? —se asombró Hatshepsut.

—Completo, tal y como Nut lo mostró en su vientre. Yo mismo lo hice para ti hace días.

La princesa miró a su amado con incredulidad, y este le sonrió.

—Todos los planetas y constelaciones visibles se encuentran representados en este papiro. Guárdalo, pues esas son las estrellas que alumbraron nuestro amor.

Hatshepsut se abrazó al cuello del escriba y lo besó con pasión.

—Lo guardaré cerca de mí; para siempre. No hay nada tan valioso como la bendición de tu magia.

9

Hatshepsut no se equivocaba al pensar que con Senenmut su círculo se cerraba para siempre. Junto a su mayordomo la vida cambiaba de color, los palmerales se antojaban más frondosos, el río más lleno de vida, y hasta los roquedales de la lejana necrópolis parecían capaces de sonreír a la princesa. Desde sus aposentos esta se extasiaba ante la vista que le regalaba su tierra. El río se desbordaba y, según aseguraban los nilómetros de Elefantina, Khnum estaba dispuesto a regalar una inundación perfecta. El siguiente año sería próspero y los campos volverían a verse atiborrados de hermosas espigas que asegurarían el pan a los habitantes del Valle. Todo parecía hallarse en perfecto orden, pues hasta las estaciones se comportaban como debían. El invierno y el verano no se confundían, ni tampoco el otoño y la primavera, que se mostraban con arreglo a lo estipulado por los dioses. No habría por tanto que temer al «año cojo», aquel en el que el tiempo atmosférico se desordenaba y tantas desgracias ocasionaba. Los campos usados producirían una cosecha, y los nuevos incluso dos; qué más podría pedirse a la magnificencia de Min, el dios que representaba la fuerza regeneradora de la naturaleza.

Para Hatshepsut no existían las casualidades. En su opinión todo en Egipto se encontraba relacionado y por tal motivo una cosa llevaba a la otra. Su situación amorosa era una buena prueba de ello. El cosmos ordenaba todo cuanto ocurría en la Tierra Negra, y el bienestar de Kemet redundaba en ella misma, pues así estaba escrito. Si el Nilo era un regalo de los dioses, Senenmut representaba otro con el que Hathor dejaba claro cuál era el deseo de los padres creadores para con la princesa. Ella estaba señalada, y la llegada de aquel hombre a su vida suponía la prueba fehaciente del favor que recibía, y que debía aprovechar si no quería herir su orgullo en lo más profundo.

Eso era lo que opinaba la joven, y por ello no le extrañaba que su corazón se sintiese henchido de júbilo, saltarín y atrevido, pletórico de optimismo, como suele ocurrir cuando da cobijo al amor. Su encuentro con Senenmut había supuesto para ella una nueva visión de las cosas. Todo adquiría otra perspectiva a la que ya no estaba dispuesta a renunciar. Amaba al escriba con locura, con los ojos de la mujer que él había terminado de despertar. Ahora la joven tenía plena consciencia de que había permanecido dormida durante demasiado tiempo, la mitad de su existencia si es que se cumplía la esperanza de vida de la mayoría de las mujeres del Valle. Pocas alcanzaban los treinta y seis años, pero ella estaba convencida de que, junto a su mayordomo, podría ser inmortal. Este le aportaba juicio, serenidad, cariño, seguridad, al tiempo que había abierto una ventana en su interior por la que se desbocaba toda la pasión que albergaba su naturaleza, para que saliera al mundo, para hacerla sentir viva. Al fin se notaba plena, dominadora, poseedora de un equilibrio que le hacía percibir con mayor facilidad cuanto la rodeaba, el lugar que ocupaba, y cuáles eran los verdaderos caminos que se abrían ante ella. Senenmut tenía la facultad de templar su ánimo, de insuflar el soplo adecuado que invitaba a la prudencia, de aprender a medir el tiempo como más convenía a sus propósitos; le había enseñado a mirar y a ver.

El empleo como mayordomo le había facilitado las cosas. Cada día, ambos amantes se entregaban a la pasión que compartían sin reservas, pues esta procedía de la misma fuente, como si por algún extraño motivo sus *kas* hubiesen sido configurados de igual forma: un prodigio, sin duda, solo al alcance de Mesjenet, la encargada de elaborarlos, y también de Khnum, que era quien terminaba por darles forma en su torno de alfarero. Hatshepsut estaba segura de que ambos dioses se habían puesto de acuerdo en aquella hora para que los dos *kas* terminaran por encontrarse algún día, en el transcurso de los años, y hacer posible de este modo que el milagro tomara cuerpo para su mayor gloria; así eran los dioses de Egipto.

Tras amarse por primera vez, Senenmut había acudido cada noche al encuentro de su amada para compartir su lecho, para abandonarse entre sus brazos y entregarse a ella sin reservas. Como si se tratase de un furtivo, el escriba ascendía por los peldaños de aquella escalinata que le conducía al templo de una verdadera diosa, para luego penetrar en su sanctasanctórum con la devoción del primero de sus servidores. Allí sus ansias se desbocaban hasta la extenuación, para terminar ambos por dormirse, arropados por un lienzo tejido por los susurros del amor, por las más bellas palabras que solo el corazón puede musitar, hasta que el alba los devolvía al mundo del que habían escapado.

Sin embargo, Egipto seguía su curso, como las aguas del Nilo. Aakheperkara envejecía y, tras la celebración del cumpleaños de la princesa, un manto de ambigüedad había terminado por cubrir las ambiciones de muchos de los grandes del país de Kemet. Ineni había reflexionado largamente acerca de ello para acabar por extremar aún más su prudencia. En política nunca se sabía. Él era el mortal más poderoso de las Dos Tierras, y precisamente por eso debía mostrarse ajeno a cualquier indiscreción que pudiese perjudicarle. De hecho, había adoptado una actitud conciliadora con la que trataba de ganarse la simpatía de la causa de la princesa. Hatshepsut había vuelto a quedar claramente señalada como sucesora al trono, y él solo se opondría abiertamente en el caso de que tal sucesión llegara a concretarse.

No obstante todo era distinto en la sombra. El visir conocía mejor que nadie las dificultades que Hatshepsut encontraría para ser coronada. Ni los generales, ni el primer profeta de Amón apoyarían semejante aventura que, estaba convencido, pondría en riesgo la bonanza económica que imperaba en

Egipto; por no hablar de las repercusiones que un hecho como ese tendría sobre las ambiciones de los grandes del país. En Kemet las influencias estaban entrelazadas con pactos demasiado complejos como para ser suprimidos de forma aleatoria. Resultaba imposible y, de llevarse a efecto, la situación podría desembocar en un conflicto que nadie deseaba, pues conduciría al país al caos. El visir sabía que el faraón había pensado en todo aquello. Una guerra entre los poderes de Egipto podría acabar fácilmente con la continuidad de su casa, algo a lo que Tutmosis jamás se arriesgaría. En su opinión todas aquellas demostraciones públicas a favor de su hija no eran más que fuegos de artificio, y un modo de aferrarse a lo que su corazón en verdad deseaba, ya que amaba a Hatshepsut sobre todas las cosas. Sin lugar a dudas, esta se había hecho más poderosa. Ahora era una mujer, de gran determinación, que contaba con un grupo de afectos a los que no convenía infravalorar. El *tiaty* estaba seguro de que no todos en Karnak se hallaban en contra de la princesa, y que la aparición de Senenmut había supuesto un problema con el que no contaba y que no sería fácil de resolver. Si Ineni había llegado hasta su actual posición era porque nunca se había engañado a sí mismo. Él podía apreciar con facilidad la enorme valía del mayordomo de la joven y el genio de estadista que ocultaba bajo su acostumbrada máscara. Aquello no era de extrañar, pues iba implícito en quienes ocupaban algún cargo de relevancia. Senenmut participaba de su mismo juego, y si Ineni quería sacar adelante sus planes debería pactar con él, de un modo que resultara favorable para las partes, aunque supiese que nunca llegarían a ser amigos.

Desde su posición de privilegio, el visir destiló las palabras justas a quienes debían escucharlas, siempre invitando a la mesura, pero sin dejar de mantener la presión necesaria para poder alcanzar un acuerdo. Era el mejor medio de resolver un problema que ya duraba demasiado pero que, no obstante, sabía cómo solucionar a su debido tiempo.

Sus encuentros con Mutnofret se habían dilatado durante los últimos meses. En parte por su poca disponibilidad debido a los grandes proyectos que el *tiaty* se había visto obligado a acometer, pero también por prudencia. Desde la muerte de su primogénito, la reina había caído en un estado de desolación que no ayudaba al visir en el desarrollo de sus planes. Sin embargo, era el momento de que Mutnofret volviera a ser de utilidad. Debía retomar la influencia que siempre había tenido sobre su esposo, y así se lo explicó Ineni una tarde en la que se hizo el encontradizo con ella, mientras la dama se refrescaba a la sombra del jardín. La reina no había perdido ni un ápice de su astucia, y comprendió la imperiosa necesidad de un último esfuerzo que impulsara su causa, que ella veía perdida de forma irremediable. Aquella desesperación le venía bien a Ineni, pues sabía que solo de ese modo Mutnofret jugaría sus bazas con resolución.

Así fue como la reina consiguió que, después de mucho tiempo, el dios volviera a visitarla. Mutnofret siempre había conseguido levantar la pasión en su augusto esposo y, al verla de nuevo, Tutmosis sintió hacia ella los viejos deseos de antaño, como si la conexión carnal que invariablemente habían tenido se mantuviera incólume. Aquella mujer poseía algo que encendía el apetito sexual de Aakheperkara, un poder oculto que parecía no morir nunca y el faraón percibía con facilidad. Él la seguía viendo hermosa, a pesar de los años, y cuando aquella noche lo atrajo a su lecho, se sintió como un adolescente en busca desesperada de sus caricias, pues Mutnofret siempre había tenido la facultad de conducirle al desenfreno. Cuando se hallaba entre sus brazos Tutmosis se sentía joven, vigoroso, como el toro que había añadido a su titulatura real. Entre sus piernas perdía el sentido de la realidad, de su propia esencia divina, para convertirse en un simple mortal fustigado por sus instintos más primarios. Junto a Mutnofret se olvidaba de cuanto le rodeaba, de la parte del mundo que aborrecía, y quizá en este detalle se encontrara la respuesta a su inextinguible deseo hacia ella. La reina lo sabía; en realidad había sido consciente de ello desde el primer momento, y con mano sabia había conducido a su esposo hacia donde este anhelaba. Ella entendía su naturaleza, y durante todos los años que habían pasado juntos se había encargado de satisfacerla de forma conveniente, consciente de que su propio destino iba unido a ello.

Los dioses le habían otorgado el don de saber amar, de poder enloquecer a un hombre en el lecho sin dificultad, y cuando, exangüe, Tutmosis se tendió a su lado, ella lo observó en silencio durante unos momentos, mientras el faraón trataba de recuperar la respiración, para luego dibujar suavemente con la yema de los dedos imaginarios arabescos sobre su pecho, como sabía que a él le gustaba. Así estuvieron un rato, durante el cual Tutmosis entrecerró los ojos vencido por un placentero sopor. Satisfecha, ella se acurrucó sobre la almohada para mordisquearle la oreja, como había hecho en tantas ocasiones.

—Sigues siendo la reina que mejor me ha amado, la que me hace volver a ser príncipe —dijo Tutmosis, con evidente placer.

—La que más te ha querido —le susurró ella.

El faraón se giró hacia su esposa.

—Yo también te amo, aunque no te haya visitado desde hace tiempo —quiso aclarar el rey.

—Tú eres el dios de la Tierra Negra y tu tiempo es diferente al nuestro —señaló ella, con suavidad—. Me siento honrada por tu visita.

—Debería haberlo hecho antes. Sé que la muerte de Amenmose te sumió en la desolación; como a mí. Era generalísimo de mis ejércitos, pero eso apenas le importa a Anubis.

—Ya solo quedan dos príncipes, aunque como bien sabes Uadjemose pronto irá a reunirse con su hermano. Hace tiempo que ya no se encuentra entre nosotros —se lamentó Mutnofret.

—Solo quedará el pequeño Tutmosis —indicó el rey, en tono enigmático.

—El único príncipe que lleva tu sangre. En él están puestas todas nuestras esperanzas —se atrevió a decir la reina.

El faraón afirmó en silencio, pensativo.

—Ya ha cumplido nueve años; pronto se hará un hombre —prosiguió la reina, con astucia.

—¡Nueve años! —suspiró el dios, como si no hubiese sido consciente de ello hasta aquel momento.

—Así es, mi señor. A esa edad muchos príncipes acompañan a sus padres a la guerra.

El faraón no dijo nada. Conocía las limitaciones mentales de su hijo, así como la fragilidad de su salud, aunque el pequeño se hubiera desarrollado con normalidad.

—A veces me cuenta sus ilusiones —continuó Mutnofret—. Habla de su padre con orgullo y sueña con poder aprender de ti cuanto sabes acerca de esta sagrada tierra. Su preceptor asegura que ha hecho grandes progresos. Él es el único príncipe que queda en Kemet, mi señor, y es lógico que desee estar junto a ti.

Tutmosis asintió, pues no en vano había pensado mucho acerca de aquella cuestión.

—Yo represento el *maat* en Egipto —reconoció el faraón—, y él lleva mi sangre.

Mutnofret se humedeció los labios para disimular su agitación.

—Tú, mi señor, conoces mejor que nadie cuál es el lugar que le corresponde. La diosa del orden y la justicia sonreirá si lo ve a tu lado. Siempre ha sido así —se aventuró a señalar la reina, sabedora de que no tenía el menor derecho a hablar así.

—Los años pasan —musitó el soberano, como abstraído en sus propios pensamientos—, pero Anubis nunca desfallece.

Su esposa lo observó un instante, pensativa, calibrando lo que encerraban aquellas palabras, y luego volvió a acurrucarse junto a su señor, en tanto le dibujaba nuevos arabescos con sus dedos.

—Tu hijo necesita de ti, mi señor —susurró Mutnofret al rato—. Solo de este modo aprenderá a ser príncipe de Egipto.

—Príncipe de Egipto —repitió Tutmosis con tono misterioso.

—El único que quedará de los tres que te di —se lamentó Mutnofret, en tanto se aferraba con fuerza al cuello de su esposo.

—Shai no parece haberles sido propicio.

—Sin embargo, su destino se puede alterar, mi señor. Él vela por nuestras tradiciones.

Tutmosis miró inquisitivamente a la reina. Sabía muy bien lo que esta quería decirle. Durante toda la historia de Egipto, los príncipes habían acompañado al rey para aprender las cuestiones de Estado y así estar preparados cuando les llegara la hora de gobernar; pero Aakheperkara había dado sobradas muestras de las dudas que lo embargaban. Sin embargo, su esposa tenía razón, el tiempo pasaba de forma inexorable.

10

Ibu estaba segura de asistir a una verdadera revolución. Desde su aventajada posición, como dama de confianza a la derecha de la princesa, cada día era testigo de los profundos cambios que se estaban fraguando en palacio, unos cambios que solo los dioses sabían lo que acarrearían en el futuro. Sin embargo, todo se disimulaba; ocultos bajo una pátina de apariencia Hatshepsut forjaba sus planes, en compañía de su fiel mayordomo, el hombre que se había convertido en su amante.

En realidad, Senenmut se había erigido en la piedra angular sobre la que se sustentaba aquella casa. Por algo el escriba tenía fama de ser un reputado arquitecto aunque, bromas aparte, su genio pareciese encontrarse en todas partes, y no cabía duda de que velaba por la buena marcha de los intereses de su señora. Junto a esta, ambos habían configurado sus planes, que mantendrían larvados hasta que llegara la hora de la crisálida.

A Ibu el sesgo que tomaban los acontecimientos le parecía bien. En un ambiente como el de la corte, en el que las damas quedaban relegadas a convertirse en meras intrigantes, su real hermana alzaba la voz para rebelarse, con los derechos que le correspondían, dispuesta a hacerlos valer utilizando todas las armas a su alcance. Senenmut había supuesto una bendición para ella, e Ibu no albergaba la menor duda de que en esto se veía la mano de Amón, el divino esposo de la princesa. Solo de este modo podía entenderse lo que la joven consideraba como un milagro. Ahora un hombre misterioso gobernaba la nave, y esta navegaba con el rumbo adecuado. Indudablemente, la buena marcha de los asuntos de su hermana no era lo único que había cambiado. Senenmut había llegado al corazón de Hatshepsut para quedarse, para darle la tranquilidad que le faltaba, para amarla como ella se merecía.

Sobre este particular no había lugar para la duda. El cariño que ambos se profesaban saltaba a la vista, pues es imposible que el amor verdadero no salga de estampida para pregonar su felicidad. Resulta inútil querer aprisionarlo, y ellos lo mostraban a su manera, con la discreción que les era posible, y siempre alejados del escándalo.

Como era de esperar Ibu se había convertido en partícipe de aquella situación, e incluso se encargaba de que los encuentros amorosos discurrieran dentro de la mayor reserva, aunque supiera que semejante relación terminaría por ser bien conocida por todos. La joven consideraba al mayordomo un hombre extraordinario, y se complacía por el hecho de que su hermana hubiera encontrado en él la felicidad que tanto se merecía. Hatshepsut estaba radiante, como si hubiese vuelto a la vida, llena de optimismo y con una serenidad que a Ibu no dejaba de sorprender. Ahora Sekhmet no salía a rugir al mejor contratiempo, ni lanzaba zarpazos a quienes contrariaban a la princesa. La dulce Bastet había tomado su relevo, y para Ibu resultaba sencillo imaginarla con su habitual cesto repleto de gatitos, como correspondía a la diosa que representaba la armonía del hogar.

Ibu había vuelto a convertirse en la dama Nebtinubjet, la legendaria esposa del sabio Kagemni, que tantas chanzas había provocado de labios de su hermana. La joven había retomado su papel y, desde la introspección, velaba por el buen curso de aquel amor que tanto bien había traído a la princesa. En realidad se trataba de algo sencillo para ella. Ibu era una mujer romántica y particularmente sensible, y en lo más profundo de su corazón guardaba su mundo, oculto bajo cámaras selladas, que solo ella conocía y algún día esperaba liberar, cuando Hathor la favoreciera con la llegada del amor. Ella también rezaba a la diosa, en la soledad de sus noches, convencida de que, sin duda, existiría un hombre con el que poder caminar de la mano, aunque no fuese tan sabio como el buen Kagemni.

Hatshepsut le aseguraba que ese hombre aparecería un día cuando Hathor así lo decidiera, igual que le había ocurrido a ella misma, e Ibu trataba de imaginar cómo sería ese momento, y los nuevos colores con los que pintaría su vida.

En ocasiones ambas hermanas compartían confidencias, e Ibu la advertía de las consecuencias de un embarazo.

—¿Olvidas que soy la esposa de Amón? —inquiría Hatshepsut, jocosa.

—El señor de Karnak es muy aficionado a las sorpresas —aseguraba Ibu, sabedora de la cantidad de embarazos no deseados que se producían en Kemet, y el temor que tenían las mujeres ante el parto, ya que muchas morían.

—Ja, ja. Yo determinaré el momento en el que conciba, hermanita.

—Seguro que recurres a las fumigaciones de trigo rojo —se burlaba Ibu— y a las cocciones de apio, aceite y cerveza dulce.

—Eres perversa; pero, como te dije, no necesito ningún remedio, ni siquiera los preservativos de lino.

—Ja, ja. Espero que Tueris no se presente de improviso —aseguraba Ibu, maliciosa.

—Requeriré a la patrona del embarazo a su debido tiempo, pero me encanta que te preocupes por mí.

Ibu terminaba por cambiar de tema, ya que creía a su hermana capaz de desafiar hasta al acto de concebir. Sin embargo, en algo no se había equivocado; por la corte ya empezaron a circular los primeros rumores acerca de aquella relación, de la que incluso se hacían conjeturas.

Para Nefertary la cuestión era bien distinta. Ella había estado al tanto de lo que ocurría desde el primer momento. La reina madre había leído las miradas que su nieta dirigía al escriba mucho antes de que estos mantuvieran su primer encuentro amoroso. La gran dama no se escandalizó al enterarse de ello. La historia de Egipto se encontraba repleta de aventuras amorosas entre princesas y plebeyos, o incluso reinas. Hatshepsut ya era una mujer, y el hecho de que se hubiese enamorado de su mayordomo solo indicaba la valentía y decisión que la princesa demostraba en todo cuanto hacía. Hatshepsut no había nacido para ser la esposa de nadie. Ningún príncipe tendría la suficiente talla para desposarla, y mucho menos para gobernarla. Ella sería quien elegiría a su esposo, aunque en su caso mucho se temía que lo tomaría debido a las circunstancias. A Nefertary le gustaba Senenmut; siempre había sido de su agrado, desde la primera vez que lo vio, y ahora que la vejez la acuciaba de forma irremediable, se felicitaba por el acierto de haberle convertido en preceptor de su nieta. Una relación amorosa entre ambos se le antojaba una bendición ante los tiempos que se avecinaban, y si Anubis venía a buscarla, Nefertary podría irse tranquila al saber en qué manos se hallaba la princesa.

Con Senenmut su causa se encontraba a salvo, y no dudaba que el escriba limpiaría de impedimentos el camino que su nieta tenía por delante. La vieja dama también era una romántica, a pesar de las duras pruebas que la historia le había obligado a vivir. El amor era el sentimiento más noble creado por los dioses, aunque supiera que siempre sucumbiría ante el juego del poder. Este era un animal sin entrañas, capaz de fagocitar cuanto encontrara a su paso; un devorador de emociones que no dudaría en engullir hasta el último plato de la mesa a la que estuviera sentado con tal de presidirla; un papiro en el que no había lugar para transcribir admonición alguna, y mucho menos máximas morales que engrandecieran al hombre. Su conquista requería impiedad y el firme propósito de prevalecer ante los demás, de luchar con denuedo para conservarlo, una vez conseguido. A su sombra el amor se convertía en mero folclore, sujeto a la música que hubiese que danzar. Un escenario terrible en el que, no obstante, los hombres deseaban participar sobre todas las cosas, para escribir sobre el entramado su nombre con tinta indeleble.

Nefertary conocía mejor que nadie el alcance de aquellos pensamientos, tan dolorosos para el corazón bondadoso.

Pero así era el mundo que les habían dejado los dioses. Ellos mismos habían combatido con ferocidad por la soberanía hasta las últimas consecuencias.

El amor entre Hatshepsut y Senenmut nunca podría abandonar los dominios de Hathor. Ese era el reino en el que quedaría recluido, pues Egipto nunca permitiría una unión semejante. Resultaba imposible, y en su renuncia estaba el precio que la princesa había de pagar si quería obtener el poder. El escriba lo entendería bien, aunque terminara sufriendo por ello. Aquel individuo era diferente: un hombre de los que nacían de vez en cuando, en cuya personalidad convivían el peregrino con el guerrero, el sabio con el ambicioso, la pasión con la templanza. La reina madre percibía esa gran ambición, y aquella particularidad era la que podría ayudarle a sobrellevar su renuncia a una vida plena.

Así eran las cosas, y en su fuero interno Nefertary se vanagloriaba de haber predicho hacía años lo que estaba por venir. Aquel tablero imaginario que ella había diseñado para su particular partida tenía nuevos jugadores, y muchas piezas que quedaban subordinadas en la sombra. Sin embargo, el juego continuaba y los movimientos que se avecinaban eran evidentes a la vez que necesarios; de hecho la partida parecería perdida, aunque aquel fuese el único modo de poderla ganar. Debía avisar a Senenmut para que lo preparara todo.

11

Aquella mañana Senenmut paseaba por los patios de Karnak recibiendo la luz de su santidad. Siempre que atravesaba los venerables pórticos se sentía un bienaventurado, a quien Amón sonreía cada vez que volvía a visitarlo. Ipet Sut desprendía un perfume especial, y al escriba le gustaba respirarlo en tanto entrecerraba los ojos con evidente placer. Él era un hombre de los templos, y quizá ese fuese el motivo por el que en el interior de aquellos muros encontrase la paz para su espíritu, como si regresara al lugar al que en verdad pertenecía.

Al caminar, el escriba admiró las obras que estaban engrandeciendo Karnak. Ineni había hecho un buen trabajo y tanto los nuevos pilonos, como la sala de la *iunit* y los espléndidos obeliscos, habían conferido al templo una majestuosidad ante la que había que rendirse. Sin embargo, el motivo de su visita nada tenía que ver con los trabajos realizados. Sus pasos le dirigían hacia la parte meridional del santuario, en la que se hallaban los almacenes, talleres y panaderías, y donde trabajaba un sujeto de incalificable naturaleza.

Eso era lo menos que se podía decir de él, pues en verdad que Hapu era un tipo anacrónico en sí mismo, capaz de lo mejor y de lo peor, aunque esto no tuviera la menor importancia. Su nombre no significaba nada, pero sí el apodo con el que se referían a él, eso sí, de forma encubierta, ya que le llamaban Efty, o lo que es lo mismo, cervecero, por motivos que a todos les resultaban obvios. Su devoción por esta bebida era proverbial y, dado lo aficionado que eran los egipcios a los sobrenombres, habían elegido para el buen hombre el que mejor le iba. Pero si su propensión a la bebida resultaba proverbial, su inclinación hacia las mujeres llegaba a ser legendaria. Estas le gustaban una barbaridad, sin medida alguna, y de ahí su conocido apego a las «casas de la cerveza», lugar en el cual podía encontrar ambas cosas, y en donde se entregaba a ellas sin ningún remordimiento de conciencia, o nada que se le pudiera parecer. En Tebas se las conocía todas, y en muchas de ellas su figura había llegado a formar parte del mobiliario habitual sin menoscabo para sus intereses. Hapu era un cliente cabal, de lo mejorcito que se pudiera desear, ya que pagaba religiosamente las ingentes cantidades que trasegaba, y era muy sistemático a la hora de «levantar tiendas», frase con la que se hacía referencia al acto sexual. En este particular era muy metódico y hasta puntilloso, ya que no dejaba pasar la ocasión, aplicándose a ello con una regularidad que no dejaba de causar asombro, pues así era de concienzudo el personaje. No había tarde en la que no se hubiese entregado a sus aficiones, y así llevaba años, incansable, como si aquel tipo de vida fuese una penitencia impuesta por el divino Bes.

Semejante libertinaje le había generado una bien ganada fama, y hasta una indudable popularidad. Enemigos no se le conocían, aunque extrañara sobremanera que un tipo como él pudiese trabajar en el templo de Karnak. Esta particularidad provocaba no pocas opiniones encontradas, alguna de ellas próxima al escándalo, ya que un sujeto como aquel no parecía el más apropiado para tonsurar los cráneos sacerdotales.

Esa era la función que Hapu desarrollaba en Ipet Sut, la de barbero, y llevaba tantas cabezas rapadas en su vida, que el tipo había llegado a convertirse en toda una institución en el templo, a pesar de su licenciosa existencia. No había sacerdote que no hubiese pasado por sus manos, ya que hasta el primer profeta acudía de forma regular a que le afeitase aquel dechado de virtudes. Bien era cierto que Hapu era un buen profesional, el mejor del Alto Egipto, según aseguraban los entendidos, y que a pesar de sus deshonrosas inclinaciones era un gran devoto del Oculto, al que honraba públicamente a la menor oportunidad, y siempre que sus facultades así se lo permitieran.

En Karnak afirmaban que Amón lo tenía en gran estima y se hacía cargo de sus debilidades, y si el señor de Karnak se apiadaba de él, era porque veía en su alma visos de bondad y hasta de arrepentimiento por sus innumerables pecados. Quizá esto último fuese cierto, pues durante su larga carrera como barbero, el buen hombre siempre había acudido sobrio a su trabajo, sin visos de exceso alguno, cual si solo bebiera agua o como mucho leche de cabra.

Cada mañana Hapu se presentaba como lo haría cualquier sacerdote purificado, con el ánimo sereno y el pulso inalterable, para blandir su famosa navaja de bronce, bien afilada, y sus vasijas en las que preparaba los ungüentos con los que trabajaba. Había quien afirmaba que en ellos radicaba el éxito de su oficio, y que a la habitual natrita le añadía grasa de ganso en proporciones que solo el barbero conocía y que guardaba para sí con particular celo. Si ese era su secreto a todos les parecía bien, pues no en vano el ganso era uno de los animales en los que Amón se veía representado, lo cual, sin duda, sería motivo de satisfacción para el Oculto.

Junto a uno de los almacenes Hapu plantaba su banqueta de tres patas y allí iba desfilando su clientela, uno tras otro, hasta que Ra Horakhty daba aviso de declinar y comenzaba a caer la tarde. Durante toda su jornada laboral el buen hombre apenas abandonaba los monosílabos. El sí y el no eran sus palabras favoritas, y de ahí no acostumbraba a salir a no ser para pronunciar alguna alabanza. Qué duda cabe que semejante actitud le había reportado grandes beneficios, sobre todo porque en Karnak pocas cosas se valoraban más que la discreción. Obviamente, jamás había discutido con nadie, ni pensaba hacerlo, pues no tenía ninguna necesidad.

Senenmut conocía a aquel individuo de toda la vida. Hapu ya ejercía de barbero cuando el escriba ingresara en el templo en sus años mozos. Aquel había heredado el oficio de su padre, cosa habitual en aquel tiempo, y pensaba trasladárselo a su hijo, el único ser querido que le quedaba después de que Anubis se hubiese llevado a todos los demás en un solo día. El mayordomo apreciaba a aquel hombre, a quien jamás había juzgado por sus aficiones, y cuya filosofía de vida le parecía consecuente con sus inclinaciones.

Sin embargo, aquella mañana su interés no estaba en la figura de Hapu sino en la del hijo de este, un muchacho de apenas veinte años que desde hacía ya tiempo lo acompañaba, y a quien había enseñado el oficio. Se trataba de un joven inteligente, de mirada viva, en cuyo corazón Senenmut había leído una gran sensibilidad, así como las virtudes de las que carecía su padre. Se le veía listo y bien dispuesto, con la misma discreción que Hapu y una reserva que había terminado por llamar la atención del escriba. Por algún motivo el mayordomo se había fijado en él, aunque años después se convenciera de que tal impulso no había sido casual, que todo estaba ordenado de aquella manera.

Como es lógico la vida de aquel muchacho se hallaba unida a la de su padre, a quien muchas noches se veía obligado a ir a buscar a la «casa de la cerveza» de turno, para llevarlo al chamizo en el que habitaban, en uno de los arrabales de Tebas. Allí era donde ambos vivían, sin más compañía que la de los gatos, a los que eran tan aficionados. Al menos estos mantenían su humilde vivienda libre de roedores, y hasta les procuraban el poco calor hogareño que aún les quedaba. Su historia era una de tantas, aunque no por ello carente de singular infortunio. La tragedia se había ensañado hacía años con aquella familia sin que existieran más razones que las que el caprichoso Anubis hubiese determinado, como ocurriera en demasiadas ocasiones. El dios de los muertos era un enigma para el mismo faraón, y mucho más para el pobre barbero, quien nunca comprendería la saña con la que se empleó el señor de la necrópolis.

Los hechos habían ocurrido hacía casi dos lustros, durante la celebración de la Fiesta del Valle, en la cual las gentes acostumbraban a honrar a sus antepasados muertos, visitando las tumbas en la orilla occidental. Era usual atravesar el Nilo en todo tipo de embarcaciones, que daban un colorido especial a una festividad particularmente señalada en el calendario. Cada uno lo hacía como buenamente podía, y la familia de Hapu se acomodó lo mejor que supo en un pequeño esquife, hecho de papiros, de los que acostumbraban a utilizar la mayoría de los pescadores. La travesía discurría con normalidad hasta que, sin motivo aparente, la embarcación volcó y el río se cubrió con el espanto. Los cocodrilos surgieron de todas partes, como si por alguna causa supieran de antemano lo que iba a ocurrir y estuvieran esperando aquel momento. Eran unas bestias enormes, y al verse en el agua Hapu agarró a uno de sus hijos, el más próximo a él, para ayudarle a subir a la quilla de la canoa en tanto las aguas se convertían en un torbellino. El río parecía estar hirviendo, y desde su posición el pequeño vio como su madre y sus hermanos desaparecían en las profundidades entre aterradores remolinos y espeluznantes gritos que se ahogaban sin remisión. Todo ocurrió tan deprisa, que cuando Hapu pudo a su vez subirse al pequeño casco, ya no quedaba nadie en el agua. Sobek se los había llevado a todos para siempre y, cuando las embarcaciones próximas acudieron a ayudar a los supervivientes, uno de los cocodrilos asomó su cabeza sobre la superficie para mirarlos fríamente, como acostumbraba a hacerlo, con aquellos ojos vidriosos que ya nunca olvidarían.

Así fue como Hapu perdió a su familia, sin que pudiese hacer nada por evitarlo. Solo conservaría la vida el menor de sus hijos, quien debido a la impresión que le produjo cuanto vio, se quedaría mudo, sin que el paso de los años le ayudara a recuperar el habla.

Semejantes hechos ocurrían con frecuencia. En aquel valle la vida y la muerte iban de la mano, y a diario esta lanzaba sus golpes bajos. Sin embargo, la historia de Hapu consternó a Senenmut al tiempo que le llevó a simpatizar con el muchacho. Este hacía demasiado que había perdido su nombre y todos le llamaban Neferheru, lo cual no dejaba de ser una crueldad, pues significaba «el de la bonita voz».

Sin embargo, al escriba aquel nombre le parecía magnífico, e incluso poderoso, y estaba convencido de que, de poder hablar, el joven tendría una voz melodiosa, acorde con el espíritu sensible que poseía y adecuada a su inteligencia. Hacía meses que el mayordomo pensaba en él, pues Senenmut había trazado planes para los que el muchacho podría resultar de utilidad, aunque semejante idea pudiese parecer un disparate.

Como de costumbre el escriba se movió con gran cuidado, con el sigilo del felino antes de cobrar la presa, pues todo debía permanecer en secreto. Solo dos personas estaban al corriente de sus propósitos: Hapuseneb y un viejo maestro a quien el mayordomo conocía desde sus años de juventud, y en quien confiaba plenamente. Ellos se encargarían de llevar el plan con la mayor discreción, como correspondía a los servidores del templo. Se trataba de una labor que duraría varios años, pero que Senenmut estaba convencido de que sería provechosa; Neferheru debía aprender a escribir.

Indudablemente, una pretensión como aquella no se encontraba al alcance de cualquiera, y mucho menos del hijo de un barbero. El joven no dio crédito a lo que le proponía, e incluso pensó que se enfrentaba a una de las habituales bromas que tenía que soportar a diario. Llegar a entender las palabras de Thot era la mayor quimera que el muchacho podía imaginar, y fue necesaria toda la persuasión de Senenmut para que el incrédulo joven tomara conciencia de que no se trataba de ningún juego.

—No hay la menor burla en lo que te propongo, y sí una puerta que te conducirá al buen servicio para con nuestros dioses —le aclaró Senenmut con gravedad en tanto le miraba fijamente a los ojos.

El muchacho se mostró sereno, aunque no pudiese ocultar su incredulidad, como no podía ser de otro modo.

—Créeme si te digo que me hago cargo de tu zozobra, y que entiendo las dudas que acuden a tu corazón, pero lo que te propongo es verdadero y es mi deseo que pronto puedas entrar a mi servicio —le aseguró el escriba.

Semejante posibilidad terminó por abrumar al rapaz. Que el gran Senenmut, mayordomo de la casa de la divina Hatshepsut, estuviera dispuesto a enseñarle a escribir para posteriormente incorporarle a su servicio, representaba una entelequia de difícil asimilación; y más para él, que encima era mudo. ¿Un mudo escribiendo las palabras sagradas? Imposible. Sin embargo, el escriba hablaba en serio, como el joven pudo comprobar al observar el tono recriminatorio que el mayordomo le dedicó al ver su expresión atónita.

—Los dioses suelen dar pocas oportunidades para que les demuestren pleitesía, y aún menos para que podamos variar nuestro camino —le advirtió Senenmut—. Harías bien en considerarlas, pues los padres divinos suelen ser vengativos.

En esto el escriba tenía toda la razón, qué le iban a contar a él. Si algo había sentido el muchacho era la ira de los dioses creadores al enviarle a Sobek y a sus secuaces para arruinar su vida y la de toda su familia. Así pues, el joven barbero hizo de tripas corazón para aceptar cuanto le proponía, convencido de que sería incapaz de poder aprender el complicado arte de la escritura. Aquello era un despropósito de dimensiones colosales.

Obviamente, Senenmut adivinó lo que pensaba el rapaz, pero le dio igual. Tenía el firme propósito de llevar adelante aquel asunto, y estaba seguro de que resultaría más sencillo de lo que creía. En realidad no necesitó de gestos o interpretaciones para sellar el acuerdo. Él podía escrutar en el pensamiento del joven, y en este no distinguió más que luces y buena disposición.

—No es necesario que hables para que me sirvas bien —le aclaró el mayordomo—, pero para entrar en mi casa deberás cumplir el *maat* y estar dispuesto a agradecer durante el resto de tus días el favor que Amón te otorga en esta hora, pues él se encuentra detrás de todo lo que te propongo.

El muchacho pareció abrumado, apesadumbrado por el peso de lo que parecía esconderse tras aquellas palabras; no obstante se sintió excitado, pues nunca pensó que el Oculto estuviera dispuesto a fijarse en él y menos que le encomendara cumplir una misión. Él de dioses entendía poco, aunque ya supiese cómo se las gastaban, pero el Oculto era cosa aparte. De su templo había vivido su familia desde hacía generaciones, y si el rey de los dioses estaba dispuesto a darle la oportunidad de prosperar, el joven no la desaprovecharía.

Senenmut asintió satisfecho al conocer la buena predisposición del muchacho, a la vez que volvía a advertirle acerca de lo que esperaba de él. Todo debería desarrollarse en el mayor de los secretos, y ni siquiera Hapu sabría lo que se traía entre manos. Cada día Neferheru acudiría ante la presencia del muy alto Hapuseneb, a quien afeitaría, para luego recluirse en una discreta cámara donde el viejo maestro le enseñaría los símbolos divinos.

—Deberás esforzarte en aprenderlos —le advirtió el escriba con severidad—, pues el futuro de Egipto puede encontrarse en tus manos. Si así lo haces la recompensa de Amón será grande, pues él nunca olvida a quienes le sirven bien.

Y así fue como quedó cerrado el asunto, para complacencia de Senenmut, quien tuvo unas palabras con el pobre Hapu para ponerle al corriente.

—Tu hijo resulta grato a los ojos del Oculto —le dijo muy serio el mayordomo antes de despedirse—. Él conoce cuanto se oculta en nuestros corazones y sabe que Neferheru es grato a Maat.

El barbero se quedó estupefacto, ya que no tenía ni idea de que Maat anduviera detrás de su vástago, y menos que Amón se hallase interesado en el muchacho, que para más desgracia era mudo.

—Neferheru entrará al servicio personal del gran Hapuseneb, a quien afeitará a diario. Al cuarto profeta le complace el trabajo de tu hijo, y este acudirá a sus dependencias para mayor gloria de Amón. El Oculto ha decidido bendeciros con su confianza y espera que no le decepcionéis.

El bueno de Hapu no daba crédito a lo que escuchaba, aunque se felicitó interiormente, ya que el muchacho había aprendido bien el oficio; en su opinión algún día sería un verdadero maestro, y se sintió orgulloso de que hombres tan sabios como Senenmut o Hapuseneb se hubiesen interesado por Neferheru. No le cabía duda de que este sabría aprovechar la confianza que le brindaban, y se dijo que tanta suerte habría que celebrarla en la primera «casa de la cerveza» que encontrara, ya que días como aquel solo se presentaban una vez en la vida.

Senenmut le leyó el pensamiento, y antes de despedirse del barbero sacó un pequeño anillo de oro de entre los pliegues de su faldellín y se lo entregó al barbero. Este se quedó atónito, y al momento la mirada se le iluminó de codicia, pero no se atrevió a tomarlo, temeroso de lo que esto pudiera ocasionarle.

—No tengas miedo —señaló Senenmut—. Es mi presente. Sobek me pidió que te lo entregara, apenado por todo el mal que te causó. Me dijo que lo emplearas bien, pues toda tu familia fue justificada ante el tribunal de Osiris, y esperan poder volver a verte algún día. Coge el anillo y cumple con el *maat*.

De este modo Senenmut se despidió del barbero, que se quedó llorando junto a su vieja banqueta, la misma que habían empleado sus ancestros desde que tenía memoria de ellos, abrumado por la desgracia de su pasado y feliz por el milagro que aquel día había bajado de los cielos, donde aseguraban que moraban los dioses. Qué podía decir. Aquella noche les rezaría, aunque fuera por primera vez en su vida.

12

Egipto parecía dormido en su sueño, mecido por una quietud en la que el tiempo se había detenido, cual si se encontrara a la espera de acontecimientos. Estos eran los usuales, los acostumbrados del día a día para la buena marcha de las cosas. Kemet vivía en paz, o puede que todo se tratara de una ilusión, de las muchas con las que los dioses solían adornar sus caprichos antes de mostrar sus verdaderos propósitos. Estos eran irrefutables y Senenmut los intuía en la lontananza, próximos a aparecer por el horizonte. Habían pasado casi dos años desde que pusiera sus planes en marcha, y durante todo ese tiempo Neferheru había demostrado al escriba lo poco que este se había equivocado en su elección. El joven era mucho más inteligente de lo que todos se pensaban y había aprovechado su oportunidad de la mejor manera posible, para gran satisfacción del mayordomo. Por tal motivo este se sentía optimista, e incluso expectante, a la vez que deseoso de afrontar lo que habría de venir. Todo se hallaba preparado, y en su fuero interno se felicitaba por el hecho de haberlo previsto con tanta antelación.

Su relación con Hatshepsut se había consolidado, a pesar de la irremediable clandestinidad y los cambios de humor que se producían en la princesa debidos principalmente a su impaciencia. El dios había continuado distinguiéndola con su confianza y, con la ayuda de su mayordomo, la primogénita había conseguido que el faraón la tratara como a su corregente a los ojos de todo el país en cada acto que tenía lugar, aunque siempre de manera oficiosa.

Aquella tarde Senenmut se encaminó a la residencia de la reina madre, donde esta lo esperaba, acompañada por Hapuseneb, quien había aumentado su influencia entre el clero de Amón de forma considerable. Nefertary ya era sexagenaria, una edad muy avanzada para la época, y en la que podía esperarse la visita de Anubis en cualquier momento. La vieja dama deseaba dejar todo bien encarrilado, y por ello había citado a las dos personas que podían hacer posible que su viejo sueño se cumpliera. Al ver aproximarse al escriba por el jardín, la reina hizo un mohín de complacencia, aunque al momento se lamentara de sus achaques.

—Ya lo dijo el sabio Ptahotep, la vejez es mala y, como le ocurriera a él, a mí también me duelen los huesos, buen Senenmut —dijo Nefertary a modo de salutación.

Senenmut hizo un gesto de comprensión, con el que se hacía cargo de aquellas palabras, tras lo cual cumplimentó a su viejo amigo, quien lo observaba con simpatía. Tras los acostumbrados preámbulos que dictaba la cortesía, los tres guardaron silencio unos instantes hasta que la reina madre continuó.

—Me temo que no pueda ver cumplidos mis deseos, aunque espero que vosotros sí lo hagáis y brindéis ese día por mi memoria —señaló Nefertary, con cierta resignación.

—Con vino blanco del Delta, tu preferido —apuntó Hapuseneb.

—Es de Hamet, de la octava vez —matizó la señora.

Ambos asintieron antes de que interviniera Senenmut.

—No veo razón por la que no podamos celebrarlo los tres juntos —dijo el escriba, con su acostumbrada convicción.

—Agradezco tu generosidad, Senenmut —aseguró la reina—. Aunque no creo que Anubis sea tan fácil de persuadir.

—Lo veo factible. A pesar de que parezca imposible, el señor de la necrópolis a veces escucha nuestras plegarias.

—Mi buen amigo siempre tan elocuente —indicó Hapuseneb, con una media sonrisa—. Estoy seguro de que, llegado el caso, sería capaz de convencer al dios de los muertos.

Nefertary hizo un gesto con el que invitaba a dar por zanjado el tema.

—Regresemos a la orilla oriental, donde habitamos los vivos, para tratar lo que hoy nos preocupa —sugirió la dama, algo reflexiva—. Ha llegado el momento de tomar una decisión que sé resultará muy dolorosa para mi nieta.

—Es la que corresponde, dadas las circunstancias —añadió el cuarto profeta.

—Para ello hemos estado trabajando —apuntó Senenmut, como si fuese lo más natural del mundo.

Sus dos acompañantes lo miraron con extrañeza, ya que aquello produciría en Hatshepsut un gran sufrimiento.

— Me refiero al hecho de poder elegir el momento, y sobre todo de la forma de hacerlo —quiso aclarar el mayordomo.

—Siempre admiré de ti tu maestría con la criptografía —contestó Hapuseneb, jocoso, ya que conocía la gran afición de su amigo por las claves y las frases cifradas.

—Senenmut tiene razón —intervino la reina—. El tiempo se ha cumplido. Hatshepsut debe casarse.

Sus invitados asintieron, circunspectos, pues ya sabían que ese momento tenía que llegar.

—Pero... el príncipe Tutmosis apenas tiene once años —objetó el sacerdote, que prefería dilatar un poco más tomar una decisión como aquella.

—Precisamente —matizó Senenmut—. Es solo un niño. Si se casa ahora, la princesa tomará ventaja. Es fácil imaginar qué tipo de relación mantendrán, y quién dominará en ella.

—El príncipe se rodeará de preceptores poderosos, los que ya le apoyan en la sombra desde hace años. Cuando muera Aakheperkara, Ineni se hará el dueño absoluto de Egipto —aseguró Hapuseneb.

—No si obramos con astucia. El visir es viejo, y una unión con tanta diferencia de edad entre los príncipes nos dará margen para acaparar poder —señaló el escriba, seguro de lo que decía.

—Ya conocemos a Hatshepsut. ¿Os imagináis cómo sería una relación con un esposo de once años? El palacio entero temblará cuando Sekhmet ande suelta —arguyó la reina en tono festivo—. Mi nieta devorará a ese pobre niño en un pispás.

—Sin embargo, no es eso lo que interesa a la princesa —se apresuró a decir Senenmut, que conocía de primera mano cómo era el carácter de su amada—. La boda debe ser pactada bajo términos favorables. Es a lo que aludía cuando hablaba de la forma.

—¿A qué términos te refieres? —inquirió el sacerdote.

—A aquellos que aseguren mantener el poder en la sombra —señaló el escriba.

—Una corregencia —musitó Nefertary en voz queda—. Siempre se ha hecho así cuando el faraón no tenía edad para reinar.

—Pero Tutmosis aún no es dios de esta tierra —quiso aclarar Senenmut—. Aakheperkara debe decidirse y nombrar corregente a su hijo, el príncipe Tutmosis, pero también a Hatshepsut. De este modo ambos estarían legitimados para gobernar a la muerte de su padre.

Nefertary observó al escriba con atención, pues comprendía el alcance de lo que este proponía.

—Cuando el gran Aakheperkara fuese justificado ante el tribunal de Osiris, su hijo Tutmosis se convertiría en faraón y Hatshepsut en Gran Esposa Real y corregente —señaló Nefertary.

—Así es, gran reina, pero corregente por derecho propio —matizó Senenmut.

—No hay duda de que Thot alumbra tu entendimiento en todo lo que te propones —intervino Hapuseneb, con causticidad.

—El pequeño Tutmosis no tiene la menor capacidad para el discernimiento —señaló la reina, sin hacer caso al comentario del sacerdote—. Y nunca lo tendrá. Aún permanece en su nido, como les ha ocurrido al resto de sus hermanos, y me temo que jamás lo abandone.

—Se trata de un niño sin malicia alguna. Él no supondrá ningún obstáculo para la princesa, quien podría controlar el país desde una posición aventajada —aseguró Senenmut.

—Olvidaba que el príncipe te tiene en gran estima —apuntó el profeta, con cierta malicia.

—Tutmosis es frágil y escucha mis palabras; y su salud no garantiza que pueda sentarse en el trono de Horus durante muchos años —indicó el escriba—. A su lado Hatshepsut se hará más fuerte.

—Incluso podría tener un heredero —apuntó Nefertary, pensativa—. Esto sería lo más natural, y hasta conveniente, pues aseguraría su línea de sangre.

Senenmut ya había pensado en ello, y aunque sabía las repercusiones personales que algo así le acarrearía, se mantuvo en silencio.

—Debemos recordar que el fin principal de las mujeres de esta dinastía es garantizar la continuidad de su casa. Hatshepsut nació para convertirse algún día en Gran Esposa Real, independientemente de que Amón pueda llegar a trazar otros planes más ambiciosos para ella —continuó la vieja dama.

—Con ello acallaríamos los soterrados rumores de palacio y tranquilizaríamos a los seguidores de Tutmosis. No olvidemos que estos prefieren un príncipe disminuido a una mujer con coraje —aseguró Hapuseneb.

—Así es, amigo mío —intervino Senenmut—. Terminarán por confiarse, seguros de poder continuar manteniendo sus influencias. Pero todo eso cambiará si obramos con habilidad. El tiempo juega a nuestro favor, aunque parezca lo contrario.

—Por fin Aakheperkara respirará aliviado —precisó Nefertary, conocedora como era de la gran preocupación que abrumaba el corazón del monarca—. Este jamás pondrá en riesgo la estabilidad del país por un problema sucesorio. El ejército siempre apoyará al príncipe y el faraón lo sabe.

—El dios no pondría impedimentos a un nombramiento como este. El pequeño Tutmosis sería su corregente *de facto*, aunque supervisado por su hija, en quien confía plenamente —añadió el mayordomo.

—Solo quedaría el visto bueno de Ineni —apuntó el sacerdote en tanto se acariciaba la barbilla, pensativo.

—El visir aceptaría encantado —se apresuró a decir Senenmut—. Un pacto semejante le mantendría al frente de la Administración. Su deseo es convertirse en *imeju*, amigo verdadero del futuro faraón. De este modo salvaguardaría sus intereses y tendría el final deseado. Sería visir nada menos que durante el reinado de tres dioses, y se construiría una tumba a tono con su descomunal soberbia, donde sería enterrado como si se tratase de un Horus reencarnado. A su edad es su mayor aspiración.

—El primer profeta de Amón se alegrará al conocer la noticia —aseguró Hapuseneb—. Sin embargo, debemos prepararnos para elegir los relevos adecuados.

—Amón nos ayudará a hacerlo —dijo Senenmut, en tanto sonreía de forma enigmática—. Él nos guiará para llevar a cabo la política que más nos conviene. Evitaremos los enfrentamientos, pues no nos interesan.

—Mi hija Ahmés Tasherit aprobará esta unión, y Mutnofret dejará de intrigar de una vez. El futuro de Hatshepsut depende de dar este paso. En ocasiones los mejores caminos resultan sinuosos —concluyó Nefertary—. Hablaré con el dios.

13

Años más tarde muchos asegurarían que los gritos de la princesa se escucharon desde Ta-Dehenet, «la santa cima», la cumbre de la montaña que vigilaba la necrópolis real, justo al otro lado del río, y que no quedó en pie ni una sola vasija en la habitación en la que la joven se encontraba. Si Sekhmet tenía tendencia al rugido, aquel día pudo explayarse a sus anchas, sin oposición alguna, para dar lo mejor de sí misma, sin miedo a las consecuencias que su iracundia trajera aparejadas. En aquella hora se mostraba desmelenada, con los ojos inyectados en sangre y las garras más afiladas que nunca. No estaba dispuesta a hacer concesiones, ni a escuchar juicios de ninguna clase, y ya por la mañana había mandado azotar a varios de sus sirvientes, que en mala hora habían tenido la desgracia de cruzarse en su camino. «La poderosa», nombre por el que también era conocida la diosa leona, andaba suelta por palacio, y lo mejor era escapar de su ira hasta que se calmara y la princesa volviese a convertirse en Bastet, la dulce gatita.

—¡Cómo es posible! —rugía la primogénita, fuera de sí, cegada por la frustración—. ¡Nunca imaginé mayor traición, y menos de mi padre!

Hatshepsut maldecía y maldecía mientras iba de acá para allá en sus aposentos, con paso rápido, incansable en sus juramentos.

—¡Ammit os maldiga a todos, y Apofis devore la barca de

Ra con sus tripulantes dentro! —exclamaba sin control—. Nunca me casaré con mi hermano. Os detesto con toda mi alma.

Allí había insultos para toda la familia, desde el faraón a su abuela, pasando por su madre y hasta por Senenmut, al no haber sido capaz de evitar semejante afrenta, pues de este modo se lo había tomado la princesa. Aakheperkara había decidido que su bienamada hija tomara por esposo a un príncipe al que aborrecía y que, además, era ocho años menor que ella; un niño con evidentes trabas mentales al que gracias a su sangre divina ella convertiría algún día en señor de las Dos Tierras; demasiado castigo para un corazón indomable como el suyo. ¿Qué clase de burla era aquella? ¿Acaso Amón no había hecho público su oráculo en el que la designaba sucesora al trono de Egipto?

Hatshepsut se resistía a aceptar lo que su augusto padre había determinado, daba igual que su palabra fuese la ley en Kemet. Resultaba inaceptable, sobre todo después de haberla paseado por todo el país, junto a él, presentándola ante los demás como si fuese la elegida para heredar la corona. «He aquí a la señora de las Dos Tierras», llegó a decir Aakheperkara en alguna ocasión, como correspondería a un corregente oficial. El gran Tutmosis se había reído de ella, y su madre lo había aceptado desde su habitual inoperancia. Todo su entramado se desplomaba, al tiempo que sus sueños eran arrojados al Nilo para que se perdieran, río abajo, hasta que el Gran Verde los engullera por completo.

Desde la distancia Ibu fue testigo de aquella pena, así como Senenmut. Ambos sabían que era mejor mantenerse apartados hasta que la rabia se transformara en sollozos y estos en desconsuelo. Cuando por fin Sekhmet se apaciguó, ahíta de su propia cólera, el mayordomo trató de hacer comprender a la princesa la verdadera magnitud del asunto.

—¿Por qué? —inquirió Hatshepsut, desolada—. ¿Cuál ha sido mi culpa para que los dioses me hayan abandonado? Me habéis dejado sola. Tú también, Senenmut; mi gran amor.

Este se mantenía imperturbable, como solía, aunque en su

fuero interno sufriera un gran dolor al ver a su amada en aquel estado.

—Eso no es cierto, amor mío —le aseguró el escriba—. Yo jamás te abandonaré.

—¿Cómo puedes decir eso? —se lamentó la joven—. Mira lo que ha ocurrido.

—Es el precio que has de pagar para poder sentarte algún día en el lugar que te corresponde —trató de calmarla el mayordomo.

Hatshepsut negó con la cabeza.

—Todo han sido mentiras —se quejó ella—. Me habéis condenado.

Senenmut se aproximó a la princesa para tomarle la mano.

—Nuestros intereses se hallan intactos —dijo el escriba con suavidad—. Saldrás beneficiada, te lo aseguro.

—Terminar convertida en la esposa de un niño retrasado es más de lo que puedo soportar.

—No se puede librar una guerra a sabiendas de que se va a perder.

—No podré vivir así.

—Algún día rememorarás mis palabras, amor mío. Entonces comprenderás que tuviste que dar este paso para llegar a convertirte en una gran reina, en un dios que hará historia en esta tierra. Los milenios te recordarán a ti, no a tu hermano Tutmosis.

—¿Y nosotros? —preguntó ella con la mirada velada por las lágrimas.

—Siempre permaneceré a tu lado, ocupando el lugar que Shai ha pensado para mí, sin dejar de amarte hasta que Anubis venga a buscarme.

Hatshepsut se abrazó a su cuello y se estrechó contra el escriba.

—Ahora presta atención a cuanto tengo que decirte, pues dibujaré tu camino —aseguró el mayordomo.

Ella se limpió las lágrimas con el dorso de la mano y escuchó con interés cada una de las palabras del hombre al que tanto amaba. Este le explicó los pasos que debería dar, el alcance de sus planes y, más calmada, la princesa asistió atónita a una clase magistral en la que una suerte de prestidigitador proyectaba lo que sería su vida, lo que le depararían los años, uno por uno, como si estuvieran engarzados en una cinta de la que el mayordomo iba tirando hasta conseguir cerrar el círculo. Un círculo en el que ella señorearía, resplandeciente en su majestad. Senenmut parecía haberlo pensado todo, hasta los menores detalles, y, sorprendida, Hatshepsut tuvo que claudicar ante su genio, una vez más, para sentir como la sangre volvía a correr por sus *metus* con la fuerza acostumbrada, y su corazón retomaba las ambiciones que creía perdidas para siempre. La tenebrosa oscuridad en la que se había precipitado se convertía así en una luz purísima que la reconfortaba hasta hacerle experimentar una verdadera metamorfosis.

Su gran amor la conducía de la mano para mostrarle cómo era Egipto en realidad. La sagrada tierra de los dos mil dioses se encontraba en poder de una jauría que solo entendía de dentelladas, y Hatshepsut los atemorizaba. Esa era la realidad. Tenían miedo de su rugido, de la deslumbrante luz que desprendía; temían a aquella princesa a quien creían capaz de cambiar la Tierra Negra para siempre.

—Hoy puedes convertirte en reina, sentarte en tu trono. Está dispuesto para ti, aunque no lo veas. Solo tienes que ir en su busca. Es lo que los dioses esperan de ti —dijo Senenmut en un tono que embrujó por completo a la princesa.

—¿Qué clase de mago eres? —le preguntó ella entre susurros—. ¿De dónde procedes?

El escriba sonrió.

—De la misma madre que tú. La Tierra Negra nos parió a los dos. A ti para que la gobernaras, y a mí para ayudarte a hacerlo —señaló él en tono enigmático.

—Señores de Egipto —musitó la princesa, con ensoñación—. Los dioses se alegrarían de ello; lo sé.

—Ellos nos envían su favor; hagámonos merecedores de él.

—Algún día cubriré Kemet de templos en los que se les honre, para que los padres creadores graben sus muros con bendiciones eternas.

—Ellos sonreirán satisfechos —aseguró Senenmut.

Hatshepsut asintió y luego cambió su expresión para mirar con gravedad a su amante.

—Tienes razón, Senenmut. Solo con sufrimiento se alcanza el poder. Esa es su grandeza.

—Así es. Pero no olvides nunca que la grandeza no se hereda; se gana.

14

Senenmut no se equivocó en sus expectativas, y el guion bosquejado en el jardín de Nefertary junto a sus aliados se cumplió de manera sorprendente, como si se tratara de algo natural. El mayordomo vio en esto la intervención divina y no albergó ninguna duda de que sus planes se cumplirían tal y como los había pensado. Thot dirigía sus ideas mientras que Amón lo envolvía con su hálito divino, como solía hacer con sus hijos más preclaros. En el fondo el escriba no era más que un vagabundo en busca de la piedad de los dioses, y a estos les agradaba saber que todavía quedaban en Egipto peregrinos temerosos de su poder, incansables en buscar la santidad de sus almas, o en el cumplimiento del *maat*, que tan grato les era. Senenmut les gustaba, y estaban dispuestos a procurarle su favor en tanto el mayordomo no los ofendiera.

En el décimo año de reinado de Aakheperkara, la Tierra Negra decidió que era el momento de variar el rumbo. La hora de los cambios había llegado, y todo el país se preparó para la nueva andadura que ya se anunciaba en el horizonte, eso sí, bajo los mejores auspicios. El señor de las Dos Tierras había dado su bendición al enlace, y todo el país se felicitó por tener un heredero que salvaguardara el equilibrio de las cosas, que pudiera velar por la buena marcha del país cuando Aakheperkara pasase a la otra orilla, un rey que se convertiría en el nexo de unión entre el pueblo y los dioses a fin de mantener el orden en Kemet.

Tal y como Senenmut había adelantado el faraón respiró aliviado, ya que su horizonte quedaba libre de sombras al tiempo que su corazón se descargaba de piedras que le resultaban demasiado pesadas y le hacían padecer desde hacía ya muchos años. Todo se desarrolló con arreglo a las antiquísimas tradiciones de las que ningún rey se hallaba a salvo, y por ello su memoria no se vería menoscabada al haberse decidido por no sentar a su preciada hija en el trono de Horus. El dios era perfecto conocedor de la incapacidad del pequeño Tutmosis para llevar las riendas de Egipto, y la idea de poner a su lado a la princesa le garantizaba que la Tierra Negra estaría bien dirigida, con arreglo a los principios que encarnaba el *maat*. Hatshepsut actuaría de corregente junto a su hermano antes de que Aakheperkara abandonara el mundo de los vivos y ello, en parte, devolvía la paz a una conciencia que sabía estaba manchada. El gran rey no había tenido el suficiente valor para hacer realidad sus deseos, y su hija lo sabía.

Como era de esperar la corte se regocijó por el dictamen, y los nobles del país se felicitaron, ya que aquel enlace les garantizaba que todo continuaría tal y como estaba. El hecho de que Hatshepsut fuera a su vez declarada corregente no les suponía un problema. Era un nombramiento puramente testimonial, una hábil maniobra para desbloquear una situación que no convenía a nadie. La princesa quedaría subordinada al pequeño Tutmosis, y una vez se coronara este, los poderes de Kemet se encargarían de que la altiva joven ocupara el lugar que le tenían reservado; ellos jamás consentirían que los gobernara ninguna mujer.

Ni que decir tiene que Mutnofret estaba exultante. Por fin se podría convertir en *mut nisut*, madre del rey, y cuando su hijo se sentara en el trono de Horus se cobraría las cuentas pendientes, los desprecios de toda una vida, para que todos supieran quién era Mutnofret y cuáles sus derechos ganados tras años de obligado silencio.

En realidad, eran muchos los que tenían que brindar por aquel matrimonio, empezando por el viejo Perennefer, que veía de esta forma asegurados los intereses de su templo, así como los suyos, ya que permanecería al frente de Karnak bajo la protección del futuro rey, un soberano que confiaban que siguiera con la política de expansión iniciada por su padre. A Amón las guerras le habían ido muy bien, y así se esperaba que continuase. Era obvio que a los militares les ocurría lo mismo. Durante el último reinado habían acaparado tal poder, que ahora había que tener en cuenta su opinión en cualquier decisión transcendente que se tomara. En cuanto a los nomarcas y altos funcionarios, estos formaban una amplia familia de estómagos insaciables para quienes mantener sus privilegios suponía el principal fin de su existencia.

En la cúspide de aquella imponente pirámide se encontraba Ineni. El ambicioso visir se veía como el verdadero piramidión que él mismo se había encargado de erigir tras una vida de intrigas y hábiles manejos. Él brillaba sobre todos los demás, y haberse aupado hasta lo más alto ya era suficiente premio, pues quién podía aspirar a más. Ahora se veía poderoso, inalcanzable, el verdadero engranaje por el que Egipto se movía. Aquella boda significaba su triunfo más absoluto, su victoria ante las sórdidas pretensiones de gran parte de la casa reinante, que había terminado por caer derrotada merced a su genio. En lo sucesivo esta ocuparía el papel que le correspondía, el de simples figurantes sin más valor que el del disfraz con el que se revestían. Suya era la victoria; o al menos eso era lo que creía el visir.

Sin pestañear de más, Senenmut fue testigo de todo aquello, imbuido en su portentosa máscara y con la complacencia de quien era conocedor de otra realidad. La inmensa estructura sobre la que señoreaba Ineni tenía los cimientos de barro. En su opinión era tan frágil, que todo aquel edificio podía ser derribado sin dificultad, que sus muros se resquebrajarían en cuanto el viento se entablara con la fuerza adecuada, y que las aguas del Nilo podrían arrastrarlo como si se tratara de un aluvión.

Junto con Hatshepsut, Nefertary o Hapuseneb, el escriba representaba al ejército vencido, las tropas cautivas que se verían obligadas a pagar su tributo si querían continuar formando parte de la Tierra Negra. Eso era lo que Senenmut leía en las expresiones de los que se creían vencedores, la misma mueca que le dedicó Ineni cuando todo estuvo decidido: la sonrisa de la hiena.

Los fastos se celebraron con arreglo a la etiqueta habitual, y tras el acontecimiento los príncipes se fueron a vivir a un palacio próximo al templo de Mut, muy cerca del de Karnak. Dada la diferencia de edad de la pareja, ambos hacían vidas diferentes y solo coincidían cuando así lo exigían sus obligaciones. Ni que decir tiene que Hatshepsut tomó posesión del palacio desde el primer momento, para controlar todo lo que ocurría en este, como hiciera con su antigua casa. Enseguida nombró a su mayordomo «aquel que gobierna la Puerta del Palacio del Príncipe», un título de la mayor importancia, pues este era el encargado de abrir las puertas de la residencia por la mañana, y de cerrarlas cada noche, por lo que controlaba diariamente el acceso al recinto, y llevaba una cuenta exacta de quién visitaba al príncipe y en cuántas ocasiones. Además, aquel cargo le permitía dormir en palacio, con lo que ya no se veía obligado a esconderse cada vez que visitaba a su amante. Ahora eran libres de amarse cada noche, sin temor a la alborada. Fue una época en la que su pasión se desbordó aún más, si ello era posible, como si aquella jugarreta preparada arteramente por el destino no hubiese conseguido, sino que se quisieran todavía más. Hatshepsut se aferraba al escriba con desesperación, cual si en él se hallase representada la única tabla salvadora a la que poder asirse para capear las embravecidas aguas a las que la habían arrojado. Ella no podía vivir sin Senenmut, y cuando en las ardientes noches lo sentía dentro de sí, la princesa notaba como ambos iniciaban un viaje que los llevaba lejos, quizá a los Campos del Ialú, donde no existía la intriga, ni la mezquindad de los ambiciosos. Era una barca estelar en la que sus *kas* huían empujados por el poderoso viento de su amor, y que atravesaba las regiones en las que solo tenían cabida los dioses, donde no había sitio para la maldad, ni para la amenaza de Apofis. Ese era el lugar que les correspondía, el único mundo en el que les sería posible abandonarse a sus caricias, sin importarles todo lo demás. Allí podrían amarse hasta desfallecer, sin que ello importara, pues Hathor los alumbraba. Luego, cuando regresaban de su largo viaje, los dos amantes firmaban sus alianzas para forjar nuevos planes que les permitieran continuar queriéndose durante el resto de sus días.

Cuando la realidad los alcanzaba, Hatshepsut se desesperaba ante la situación que le tocaba vivir.

—Mi esposo es aún más retrasado de lo que me pensaba —se lamentó ella, una noche en la que se habían visto superados de nuevo por la pasión.

—Es un espíritu feliz; igual que le ocurre a Uadjemose, me temo que el príncipe Tutmosis nunca abandonará su nido. Al menos no existe maldad en su corazón —apuntó Senenmut.

—Es un buen bagaje para gobernar las Dos Tierras —ironizó la princesa.

—No está en su mano regir sus destinos. Otros lo harán por él.

—Ni siquiera hemos yacido juntos. ¿Cómo podría? —se rebeló la joven, ante este pensamiento.

—Me temo que tendrás que hacerlo algún día —se lamentó el mayordomo.

—¡Todavía es un *kerenet*![42] —se escandalizó Hatshepsut—. ¿Me imaginas copulando con él? ¡No está circuncidado!

—Muy pronto realizará la ceremonia del *sebi*. Los sacerdotes de Karnak ya le aguardan con sus curvos cuchillos de sílex —bromeó Senenmut.

—Pero apenas tiene doce años. Ese rito se suele celebrar a los catorce —señaló la princesa con cierto disgusto, ya que prefería dilatar el mayor tiempo posible el momento de verse a solas con su esposo.

El escriba rio con suavidad al escuchar el tono de su amada.

—Su miembro dejará de ser *kerenet* dentro de poco. Tu padre, el dios, está impaciente por tener descendencia —apuntó Senenmut, que sabía muy bien de lo que hablaba.

—¿Mi padre? Hubo un tiempo en el que pensé que me amaba.

—Y continúa haciéndolo. ¿Qué esperabas? El dios quiere ver asegurada la continuidad de su casa antes de que Osiris le llame.

Hatshepsut se removió incómoda junto a su amante, ya que en sus planes no estaba el gozar de las caricias de su hermanastro.

—Copular con Tutmosis —musitó ella, horrorizada.

—El príncipe ha crecido mucho —indicó Senenmut, malicioso—. Y te adelanto que al parecer muestra una inusual procacidad.

—¿Cómo puedes hablarme de ese modo? —dijo Hatshepsut, molesta, en tanto se incorporaba ligeramente.

—Bien sabes que no quiero ofenderte, amor mío. Discúlpame. Hemos de ser conscientes de la realidad que nos rodea, y de la que no es posible escapar.

La princesa volvió a tenderse, con gesto malhumorado.

—Escucha —señaló Senenmut con ternura—. Debes tener un hijo.

Hatshepsut se incorporó de nuevo, esta vez impulsada por un resorte.

—¿Un hijo? ¿Te has vuelto loco?

Él hizo un gesto con la mano para apaciguarla.

—Así es. Un hijo nuestro, naturalmente.

La princesa abrió sus ojos de felino como si hubiese visto una aparición.

—Es obvio que Thot te ha abandonado esta noche. ¿Sabes lo que me estás proponiendo?

—Cuando finalice la cuarentena del *sebi* deberás quedarte encinta. Tu hermano te requerirá y yacerás con él. Luego le harás creer que la criatura es suya.

Hatshepsut se quedó atónita al escuchar las palabras de su amante, pero enseguida pareció considerarlas, y su mirada adquirió el brillo del depredador.

—Los dioses te dieron la facultad de la astucia. Me das miedo, Senenmut.

—Un hijo de los dos, amor mío, a quien educaríamos, y que algún día gobernaría esta tierra con arreglo a las ideas con las que siempre has soñado.

—Nuestro hijo —repitió la joven, ahora con la mirada perdida.

—Tú me nombrarías su «padre nutricio», su preceptor, así tus objetivos se harían realidad. Nadie en Egipto se te podría oponer.

—Una criatura fruto de nuestro amor —apuntó la princesa con embeleso, todavía abstraída.

—Que llevaría Egipto en el corazón así como tu sangre divina.

—Y la tuya, amor mío. ¿Qué otra cosa podríamos desear? Los dioses han sido generosos con nosotros al haber hecho posible nuestro amor, al tiempo que nos han impuesto una pena difícil de cumplir. Sé muy bien que ellos nos dan y nos quitan, y que tu lugar junto a mí representa sufrimiento para tu alma. Solo nuestros *kas* serán libres para ir donde les plazca, sin verse sujetos a las leyes de Kemet.

Senenmut guardó silencio, pues hacía ya mucho tiempo que había asumido lo que le esperaba.

—Un hijo —volvió a decir Hatshepsut, como si se tratara de un milagro—. Elegiremos bien el momento adecuado.

—Las estrellas nos lo harán saber. Yo hablaré con ellas.

—Sí; tú eres el mago que convierte los cielos en papiros, para luego escribir cuanto ha de ocurrir.

—Todas las respuestas se encuentran allí. Solo hay que conocer su lenguaje, y rogar a Nut que permita mostrárnoslo.

—Nut... Cuántas veces he visto en su bóveda reflejado el llanto. Muchas noches cada estrella se me antoja una lágrima, pero ahora todo será diferente.

—Los astros nos serán propicios. Todo Egipto nos observa. La auténtica Tierra Negra está pendiente de que demos el paso que la libere de la mezquindad urdida por intereses bastardos. No podemos defraudarla. Ya no tengo dudas de que hemos nacido para eso.

En un acto instintivo Hatshepsut se abrazó al escriba.

—Sí —le susurró al oído—. Juntos conseguiremos que Kemet vuelva a ser el país que un día nos legaron los dioses. Una tierra en la que las grandes magas vuelvan a mostrarse como antaño para sembrar otra vez el Valle con su magia. ¿Qué sería Egipto sin Isis, Hathor o Sekhmet? Un lugar baldío, como tantos otros, en el que no habría sitio para el misticismo del que brota nuestra identidad.

—El misterio de los misterios. El poder de lo oculto que subyace en las Dos Tierras.

—El que tú llevas dentro, amor mío; y ahora ámame de nuevo, pues no quiero dejar nunca de formar parte de él.

15

Neferheru pensaba que Shai se burlaba de él, el caprichoso dios jugaba a su antojo con su destino, como si ello no tuviera la menor importancia. A la divinidad representada por una cabeza humana de la que surgía un ladrillo, como los utilizados en el momento del parto, le daba lo mismo lo que Neferheru pudiera opinar, pues sus reglas no tenían que ser comprendidas y no había más remedio que aceptarlas. Él representaba la suerte del individuo, y Neferheru no podía sino acatarlas, como les ocurría a los demás. Ahora que comprendía el significado de los símbolos sagrados, y lo que estos representaban al verlos grabados en los muros de los templos, el joven barbero se admiraba de que solo unos pocos en Egipto fueran capaces de conocer cuál era el verdadero alcance de aquellos misterios que con tanto celo se ocultaban al corazón de los neófitos. ¿Por qué razón Shai había decidido quitarle la venda de sus ojos? ¿Cómo era posible que el dios del destino se hubiera interesado por él para sacarle de la ignorancia? Obviamente, desconocía las respuestas, y en su fuero interno pensaba que si los dioses hubieran decidido serle propicios, jamás le hubiesen privado del habla.

Indudablemente, existían otros porqués, aunque él no los conociese, motivos que le habían conducido hasta lo más apartado del templo para convertirle en un hombre letrado. Durante todo el tiempo que había pasado dedicado al estudio, el joven se había visto sometido al rigor de los exigentes métodos de enseñanza, así como a la severidad de un maestro que se había mostrado inflexible con él hasta el extremo. El viejo no había dudado en hacer vibrar la vara cuando así lo creía oportuno, sin importarle en absoluto que su alumno fuese ya casi un hombre que, además, cumplía las funciones de barbero con la mayor pulcritud. Sin embargo, todo había sido para bien. Neferheru había resultado ser un buen estudiante; en opinión de su maestro mejor que muchos de los jovencitos relamidos que terminaban por acaparar algún puesto dentro de la administración local. Senenmut se felicitó por ello, aunque ya supiera que el joven era inteligente. Este poseía buenas cualidades, que el escriba fue descubriendo con el transcurso de los meses, para su satisfacción y la de Hapuseneb, quien diariamente estaba al tanto de los progresos del peculiar alumno. Ser mudo era un gran inconveniente, pero el barbero poseía una memoria prodigiosa, y fue capaz de diferenciar los sonidos así como comprender y transcribir fragmentos de obras literarias, y las viejas instrucciones de Jety, en las que pudo comprobar lo poco que valía el hombre que no poseía conocimientos.

Neferheru se convirtió en una persona distinta. Su gran sensibilidad y dotes de observación le hicieron reparar en aspectos que le habían pasado desapercibidos hasta entonces, un hecho que le ayudó a esforzarse aún más en sus estudios. La vida apenas le dio tregua, ya que además de cumplir con sus labores como barbero, y dedicar muchas horas al aprendizaje, debió ocuparse de su padre, cuyos malos hábitos iban de mal en peor, a pesar de sus buenos consejos. Hapu no tenía solución, y rara fue la noche en la que Neferheru no tuvo que ir en su busca para encontrarlo embriagado en alguna «casa de la cerveza». Ni que decir tiene que el viejo no poseía hacienda alguna, y que los últimos meses había bebido gracias a la caridad de los taberneros que lo conocían de toda la vida. Hapu no tenía un *quite*,[43] aunque en su cuerpo se llevara lo que había sido incapaz de ahorrar cuando Anubis fue a buscarlo. Una noche, tras paladear el último sorbo del vino infame que le dieron a beber, el barbero soltó un suspiro y se desplomó como si fuera un fardo, con el gesto risueño y el convencimiento de que en este mundo ya no le quedaba nada por hacer. Anubis le tomaba de la mano para llevárselo, y al hombre le pareció bien, o al menos no puso mala cara.

Dadas las circunstancias, difícilmente podía darse sepultura a quien no tenía un *deben*. Como mucho algún alma caritativa se prestaría a enterrarlo en las lindes de la necrópolis, próximo a una tumba de la que pudiera recibir alguna buena influencia, aunque todos supiesen que al final los chacales terminarían por desenterrar el cadáver para darse un festín. Así eran las cosas.

Sin embargo, Neferheru volvió a recibir muestras de la gracia divina que, por algún motivo, no se olvidaba de él. Al conocer el triste suceso, Senenmut se hizo cargo de las exequias para que el bueno de Hapu tuviese un funeral decente. El hombre hasta sería embalsamado, aunque le evisceraran a base de lavativas, lo cual ya era más de lo que nunca hubiese podido esperar. Además, Hapuseneb envió a un sacerdote a fin de que ayudara a Neferheru en la ceremonia de apertura de la boca para que, de este modo, Hapu pudiera recuperar todos sus sentidos en la otra vida. Hasta hubo una plañidera, aunque lo que más emocionó al joven fuera el papiro repleto de letanías con el que enterraron a su padre. Gracias a él podría pasar con bien las puertas que le aguardaban en el Inframundo, aunque nadie garantizaría lo que ocurriría en la Sala de las Dos Verdades, cuando pesaran su corazón. Muy pío no es que hubiese sido, el pobre Hapu, pero todos esperaban que Maat se apiadara de él y Osiris lo justificara para permitirle reunirse junto a su mujer e hijos que, de seguro, estarían esperándolo en el paraíso. Hapu había tonsurado a tantos hombres santos, que indudablemente algo de santidad se le habría pegado.

No era de extrañar que después de todos aquellos acontecimientos Neferheru pensara que Shai tenía planes indescifrables para él, aunque a aquellas alturas no albergara dudas de que su destino quedaría ligado al de Senenmut, de una manera u otra. Su agradecimiento al mayordomo superaba lo razonable, pues no en vano le había convertido en otro hombre; como si hubiese vuelto a nacer. El joven sabía que el sapientísimo escriba había seguido sus pasos con la discreción que caracterizaba a todo cuanto hacía. Senenmut era un gran personaje, cuyas influencias abarcaban todo Egipto, y en quien el joven veía a un hombre cuyos conocimientos no podían ser superados por nadie. En Karnak no existía ningún maestro capaz de comparársele, y su figura era tan respetada que muchos aseguraban que algún día llegaría a formar parte del alto clero.

Por otra parte Neferheru se había convertido en un hombre apuesto, de bellas facciones, y con una mirada cautivadora. A través de ella era capaz de hablar, quizá porque a la postre Sobek estuviera arrepentido del mal que causó a su familia, y hubiese intercedido ante Amón Ra para que permitiera al joven expresarse por medio de sus ojos. Estos eran grandes y oscuros, pero brillantes como Ra Horakhty en el mediodía, y podían transmitir cuanto se propusieran de la forma más natural. Su carácter reservado se encontraba en el fondo de ellos, así como el halo misterioso que también le acompañaba y le hacía parecer interesante. Era de buena estatura, y había adquirido la costumbre de rasurarse la cabeza a menudo, pues no en vano era barbero en el templo de Karnak, el cual había terminado por impregnarle con su proverbial misticismo, como le ocurría a la mayoría de las personas que servían al Oculto. Neferheru acababa de cumplir veintidós años y tenía el convencimiento de que el taimado Shai le había reservado nuevas sorpresas.

Estas no tardaron demasiado en presentarse, para gran alivio del joven, quien al menos pudo hacerse una idea del camino que le esperaba. Este se hallaba festoneado de doradas ilusiones, tantas como nunca imaginara que pudiese encontrar, en cuyo final se le antojó vislumbrar una luz purísima hacia la que sintió irreprimibles deseos de dirigirse. Senenmut le animaba a que se encaminara hacia ella sin temor, y Neferheru solo tuvo que dejarse llevar de la mano de aquel escriba que iba a cambiar su vida para siempre.

La mañana que se presentó Senenmut ante el joven, fue para hacerle saber que su suerte estaba echada.

—Tus días en este templo están cumplidos, buen Neferheru. Es deseo de los dioses que cambies de horizonte —señaló el mayordomo con la mayor naturalidad.

Neferheru se quedó de una pieza, sin saber qué pensar, sobre todo por el hecho de que aquel escriba tan ilustrado se presentase como si fuese un enviado de los dioses para transmitirle sus deseos. ¿Qué podía hacer el joven? Si los poderes divinos determinaban que debía cambiar de horizontes no había más que hablar, sobre todo si su portavoz era aquel hombre cuya sabiduría iba camino de convertirse en legendaria.

—Karnak te agradece tus servicios y siempre gozarás de su simpatía. Amón nunca olvida a quienes le sirven bien —dijo Senenmut, que se hacía cargo del azoramiento que demostraba el joven.

Este hizo un gesto de resignación, ya que si el mismísimo Amón se hallaba por medio, quién era él para oponerse a sus designios; y más cuando le aseguraban que el Oculto estaba satisfecho con él.

—Desde hoy entrarás a mi servicio; para ser más exactos al de la casa de la divina Hatshepsut, a quien deberás lealtad —indicó el escriba con gravedad.

Neferheru solo fue capaz de abrir los ojos como si se encontrara ante alguna aparición. Aquello le parecía inaudito, sin explicación posible para alguien que había aprendido el oficio de barbero. Pero qué otra cosa podía hacer sino asentir. Shai se reía de él a carcajadas y el joven aún no entendía el porqué.

Así fue como Neferheru abandonó Karnak, como si fuera lo más natural del mundo, después de que su familia llevara afeitando barbas y cráneos desde hacía generaciones, en compañía de un hombre que lo llevaba nada menos que al palacio real, donde habitaban los príncipes corregentes, a cumplir con el servicio que al parecer ya le tenían dispuesto, y del que nada sabía. De la noche a la mañana dejaba su humilde vivienda en los arrabales de Tebas para instalarse en la mansión que ocupaban los futuros dioses de Kemet, un cambio que le parecía inconcebible y que tendría un precio. Sobre este particular pocas dudas albergaba, y mientras caminaba junto a Senenmut, trataba de calcular cuál sería su cuantía, y sobre todo cómo lo pagaría. Un día había llegado a Ipet Sut de la mano de su padre, mudo e ignorante, y ahora se marchaba de allí conociendo las palabras de Thot, y con la capacidad de hacerse entender.

—Escucha —le dijo Senenmut, tras instalarle en palacio—. ¿Recuerdas mis palabras cuando te abrí las puertas de la Casa de la Vida de Karnak?

Neferheru asintió, ya que jamás olvidaría aquel día, ni lo que le dijo el escriba.

—Yo acudí a verte, como me pidió nuestro divino padre Amón, pues él había puesto su mirada en ti. Si me sirves a mí, le servirás a él y también a la Tierra Negra.

Neferheru asintió, no sin cierto desasosiego.

—No tengas temor, pues el Oculto no espera nada que no cumpla el *maat* —le aclaró el mayordomo—. Tu misión te será revelada a su debido tiempo, cuando el rey de los dioses así lo determine.

El joven volvió a asentir, abrumado ante lo que parecía que le estaba destinado. Senenmut le puso ambas manos sobre los hombros y le sonrió.

—Ahora te encuentras bajo mi protección. Has sido elegido y harías bien en sentirte dichoso, buen Neferheru. Tu labor en palacio será la que con tanta maestría te enseñó Hapu, que esté justificado. Serás nombrado barbero real; en mi opinión un gran honor.

Neferheru se sintió agitado, ya que ser nombrado barbero en palacio en verdad que resultaba un honor, y hasta suponía una gran responsabilidad.

—Ya ves la consideración que te tengo, y solo espero de ti fidelidad. Confío en que aceptes lo que te propongo —señaló el mayordomo, en tono bondadoso.

El joven hizo intención de postrarse en señal de gratitud, pero Senenmut se lo impidió al instante.

—Cumplirás con tus obligaciones diarias, pero nadie puede enterarse de que sabes escribir. ¿Entiendes? Aunque te resulte difícil creerlo, el futuro de Egipto puede depender de ello —le advirtió Senenmut con gravedad.

Neferheru notó un fogonazo en su interior, como si de repente una luz se abriera paso para alumbrarle el entendimiento. En ese momento se dio cuenta de que formaba parte de un plan urdido hacía años del que nada sabía, y para el que había sido preparado con el mayor sigilo, nada menos que en el templo del Karnak. Por algún motivo había aprendido a escribir, aunque siguiese sin entender por qué le habían elegido. Él era la pieza de un engranaje que desconocía, pero del que percibía su magnitud. Sin poder evitarlo sintió temor, al tiempo que se vio empequeñecido, casi insignificante ante un poder que le era imposible calibrar y le utilizaría a su antojo. De algún modo ya no era dueño de su vida, y por un momento pensó que aquella luz que había imaginado al final de su camino quizá le condujese al mismísimo Amenti.

Neferheru se sobrecogió aún más al comprobar como Senenmut le leía el pensamiento sin ninguna dificultad.

—El miedo no ha de ocupar un lugar en tu corazón. De alguna forma todos somos dirigidos, pues los dioses son caprichosos, pero solo el *maat* puede imperar en esta casa.

Neferheru se mostró apesadumbrado por el hecho de mostrar desconfianza al único hombre que se había preocupado por él en su vida. Su valedor trataba de sellar un pacto y el joven solo podía aceptarlo. Al momento así se lo transmitió al escriba, y este le sonrió con franqueza.

—Solo yo sabré que conoces las palabras de Thot —volvió a advertirle Senenmut—. Amón te procuró la luz del conocimiento en el interior de su templo, en el mayor secreto, y espera que lo guardes hasta que Osiris te llame.

Neferheru asintió al tiempo que se llevaba una mano al corazón. El mayordomo le observó, satisfecho, pues sabía que podía confiar en aquel joven en quien se había fijado hacía ya mucho tiempo.

16

El día en que se conocieron el mundo se detuvo un instante para observar cómo se miraban, pues tal era su curiosidad. Para ellos los pájaros dejaron de cantar, el Nilo de fluir, y el aire se volvió tan sutil que se vieron suspendidos de unos hilos que los invitaban al abandono, hasta hacerles sentirse desfallecer. Egipto tomaba una nueva dimensión y sus días se pintaban con los vívidos colores que solo el amor puede crear. Otra vez Hathor tocaba con su magia a los corazones para embrujarlos como solo ella sabía, al compás de su sistro, la música que los enamorados nunca se cansaban de escuchar. Ese fue el efecto que causó en ambos el sonido emitido por la diosa del amor; el hechizo. Por causas que no atendían a ninguna razón, los *kas* volaron libres para unirse, como ocurriese en tantas ocasiones, aunque todavía no conocieran sus nombres. Así era el amor, y hasta Senenmut se sorprendió al reconocer la presencia de Hathor mientras lo afeitaban. El mayordomo tuvo que volverse hacia el barbero, e incluso sujetarle la mano, al ver la expresión de su rostro, absolutamente embobada, y el poco control que, presuponía, tenía sobre la navaja de bronce. Tampoco era cosa de que por causa de un sentimiento elevado corriera peligro su cuello, y a fe que ello le pareció posible al escriba, al comprobar la cara de pasmado que exhibía el susodicho, con la boca entreabierta y la mirada entregada, como si se tratara de un ternero. Neferheru se había enamorado, y al observar a su musa Senenmut no pudo evitar sorprenderse, pues a ella le ocurría lo mismo que al joven, algo que le regocijó al instante, ya que esta no era otra que la buena de Ibu.

A Senenmut, Ibu siempre le había parecido un ser de luz a quien los dioses habían colocado a la vera de Hatshepsut para atemperar su carácter. Todo en aquella joven le parecía genuino, y le resultaba indudable que su posición obedecía a criterios divinos al haber podido compartir con la princesa la misma leche materna. Él sentía un gran respeto por la nodriza real, Sat Ra, y también por su hija natural, en quien reconocía grandes valores así como una magia seductora que ella guardaba con celo, pero que el escriba percibía. Ambos mantenían una magnífica relación, basada en el respeto mutuo, aunque quizá fuese el hecho de compartir alguna similitud lo que les hiciese congeniar. Los dos eran peregrinos, cada uno a su manera, y esto los llevaba a ver el mundo de la misma forma.

Al escriba nunca le había extrañado el hecho de que Ibu no estuviera casada. Él conocía muy bien los motivos, ya que eran análogos a los suyos, y solo un alma envuelta en el hechizo de la Tierra Negra podría conquistar sus corazones. No cabía duda de que Ibu era especial, aunque hasta aquel momento Senenmut no hubiera reparado en que Neferheru pudiese ser su alma gemela. Ahora, al leer sus miradas, el escriba no albergaba ninguna duda al respecto y, tras la sorpresa inicial, esto le satisfizo íntimamente ya que dicho hecho le ofrecía nuevas posibilidades en las que nunca había reparado. Daba lo mismo que Neferheru fuese mudo; Hathor los había atraído a su regazo, y ello era digno de su consideración.

A Ibu su mundo se le vino abajo. Ante ella se presentaba un nuevo escenario que no comprendía bien y al que se vio empujada sin previo aviso, cual si su opinión de nada valiese. De pronto se encontró en un entramado para el que no estaba preparada y que al punto la hizo sentirse insegura, vulnerable, perdida entre un tumulto de emociones ante las que sucumbía sin poder hacer nada por evitarlo. ¿Qué tipo de embrujo obraba en aquella hora? ¿Cómo era posible perder su voluntad de semejante forma? ¿Quién era aquel mago que la había despojado de su armadura con una simple mirada? ¿Por qué se había quedado prendada de él con solo verle? ¿Adónde había ido a parar su reticencia hacia los hombres? ¿Qué iba a ser de ella?

Tales preguntas cayeron sobre su corazón al unísono sin que tuviera oportunidad de contestarlas. ¿Cómo podría? Le resultaba imposible, sobre todo porque sus ojos seguían fijos en el joven, y su mirada entrelazada con la de él, formando miles de lazos urdidos a velocidad prodigiosa. Aquello iba mucho más allá de una mera ilusión; se trataba de un arrobamiento que la llevaba al pasmo y del que le era imposible salir. Se había convertido en piedra, como si fuese una de aquellas estatuas ciclópeas que adornaban Egipto, y seguramente ese era el motivo por el cual sus pies se negaban a moverse y sus labios permanecían sellados, pues poco tenían que decir. Su mirada expresaba todo cuanto era necesario, igual que la de aquel joven, de hermosas facciones y ojos grandes y oscuros, que la habían subyugado desde el primer pestañeo.

Ibu nunca supo con exactitud el tiempo que tardó en recobrar el juicio. De forma misteriosa aquel decidió pararse, quizá para permitir que su *ka* saliera en busca del hombre que se había cruzado en su camino, para vivir una nueva realidad, un universo que se le antojaba ficticio y en el que, no obstante, deseaba permanecer para siempre, junto a un joven del que nada sabía y del que se había enamorado perdidamente.

A Neferheru, Hathor lo maniató con el mismo sortilegio. Era lo natural; aquellos dos jóvenes estaban predestinados, y la diosa se limitó a insuflarles su hálito para que los sueños se hicieran realidad. Estaba escrito, y el barbero se encontró ante un nuevo camino que habría de recorrer en compañía de una desconocida cuya esencia lo esclavizó por completo. Para él también era la primera vez que el amor se asomaba a su corazón, y sus emociones fueron de tal magnitud que, como le ocurriese a Ibu, perdió la noción de cuanto le rodeaba, de quién era y hasta de lo que se encontraba haciendo. Solo tuvo consciencia para percibir como su *ka* corría al encuentro de su alma gemela, a fin de fundirse con ella para no separarse jamás. De este modo ambas se darían la vida a la vez que unirían a aquellos dos extraños que, sin embargo, habían nacido para amarse.

Así de caprichoso era el destino. Si Shai se burlaba de los mortales lo hacía en compañía del resto de los dioses, pues estos no dejaban de estar vinculados, los unos a los otros, y llegaban a formar un coro formidable del que salían estruendosas carcajadas cuando se lo proponían. Un joven nacido en los arrabales de Tebas, a quien Sobek privó de sus seres más queridos, mudo por más señas, llegaba a palacio a lomos del viento de lo inverosímil, impulsado por una utopía que lo había convertido en un hombre nuevo, con el fin de que se produjese aquel encuentro. Neferheru no tenía dudas acerca de ello, pues ahora estaba convencido de que la única finalidad en su vida era la de amar a aquella mujer que el destino le tenía reservada. Ya solo quedaba embriagarse de aquel dulce licor destilado por Nebtuu, la diosa vaca, cuyo nombre significa «la Dorada», una de las múltiples formas de Hathor a quien los dos amantes se encomendarían. Nebtuu escuchaba a todos los enamorados, y Neferheru le escribiría poemas en los que le rogaría que nunca los abandonara, pues su amor era verdadero, aunque resultara imposible que ambos jóvenes pudiesen cruzar ni una sola palabra.

Para «la Dorada» este inconveniente carecía de importancia, ya que de otro modo hubiera sido utópico cuanto pasó. Aquellos enamorados contaban con la bendición divina, y eso era todo lo que necesitaban. Como era de esperar, Hatshepsut aprovechó la ocasión para hacer sus habituales chanzas.

—¿Cómo puede ser, hermanita? Enamorarse sin mediar palabra.

—Ay, querida. Su lenguaje es mucho más profundo, aunque dudo que lo entiendas. Neferheru no necesita hablar para hacerme sentir amada.

La princesa hizo esfuerzos por aguantar la risa, aunque acabó por lanzar una carcajada.

—Perdóname, Ibu —se disculpó, todavía riendo—. Pero tienes que comprender que con ese nombre... Neferheru, el de la bonita voz, qué mala es la gente.

—Tú sí que eres perversa, aunque siempre lo supe —indicó Ibu algo malhumorada.

—Ja, ja. Bueno, al menos nunca discutiréis, ni pronunciará palabras inadecuadas —se burló la princesa.

—En eso llevas razón, divina hermana. Pocas cosas hay peores que aguantar las tonterías de un marido incapaz.

Hatshepsut frunció el ceño, ya que sabía que Ibu hacía referencia a su hermanastro, Tutmosis, con quien no había tenido más remedio que casarse. Aquel comentario era un golpe bajo donde los hubiera, aunque ambas hermanas estuvieran acostumbradas a las puyas que de vez en cuando se lanzaban.

—Es cierto —acabó por admitir la princesa—. Al menos tú tienes la posibilidad de elegir libremente. Mi amor está condenado a permanecer siempre oculto.

Ibu prefirió morderse la lengua y no zaherir a su hermana con aquella cuestión. Conocía de sobra sus ambiciones y cómo todo lo demás se supeditaba a estas, incluido el amor. Hatshepsut amaba a Senenmut con todas sus fuerzas, pero sus pretensiones eran todavía mayores.

—He de reconocer que es un hombre muy guapo, y que hacéis una buena pareja —dijo la princesa, conciliadora—. Sabes que tenéis mi bendición.

Ambas hermanas se abrazaron, como solía ocurrir cuando terminaban sus bromas. Hathor había escuchado las plegarias que, cada noche, Ibu le elevara esperanzada, y al fin había decidido enviarle a Neferheru envuelto en el mejor perfume que la diosa poseía. Así era como al menos se sentía Ibu. Aquel hombre le hablaba con la mirada, y ella lo comprendía, aunque pareciese sorprendente. Ibu ya había elegido y no albergaba la menor duda de que no se equivocaba.

Si Sobek le había privado un día de la palabra, Thot le había recompensado con un corazón lúcido como pocos e Isis con la magia de poder expresarse sin necesidad de mover los labios. Neferheru mostraba su luz a través de sus ojos, y la pasión con sus caricias, cargadas de sentimientos; siempre solícito, el barbero amaba a Ibu sobre todo lo demás, y ambos terminaron por entregarse el uno al otro dispuestos a pasar el resto de sus días juntos, convencidos de que serían inmensamente felices. Y así fue como se casaron, bajo los mejores auspicios, con la bendición de los dioses a quienes servían, y también con la de los creadores, quienes sonreían satisfechos por haber resarcido a Neferheru de la tragedia que tanto había marcado su vida. En cierta forma hacían justicia, al tiempo que señalaban a su bien amada Ibu con su favor. Hathor se encargaría de todo ello para otorgarles la felicidad hasta el final de sus días.

17

—¿Crees que soy de naturaleza divina? —quiso saber el príncipe Tutmosis, mientras mostraba una de aquellas expresiones tan suyas que le hacían parecer alelado.

Senenmut lo observó unos instantes, en tanto asentía.

—No tengo la menor duda de ello, mi príncipe —le respondió.

—¿Notas algún tipo de emanación de mi cuerpo?

—Todos lo percibimos, mi señor. Tu divina esposa te ha glorificado con su esencia.

—Yo también lo siento, no te vayas a pensar —dijo Tutmosis en tono festivo—, y muy pronto esa naturaleza se hará aún más notoria ante vosotros, que sois simples mortales.

Senenmut arqueó una de sus cejas, en un intento por adivinar lo que pensaba el príncipe. Este rio de forma nerviosa.

—Cuando finalice la ceremonia del *sebi* tomaré a mi hermanastra; entonces absorberé toda su esencia divina, ¿entiendes? Estoy deseando hacerlo.

Senenmut permaneció impasible.

—Sin duda que algún día serás un gran dios de la Tierra Negra —aseguró el escriba.

—Como mi padre. Un toro poderoso que someterá al vil *kushita* y a los pueblos de Retenu que no se postren ante mí.

—Amón guiará tu brazo, mi señor —alabó Senenmut.

—Sí, será invencible, ja, ja, y tendré muchas esposas.

—Como corresponde a un Horus reencarnado —dijo el mayordomo con respeto.

—A ti te lo puedo decir, ¿sabes? Te aprecio mucho, Senenmut, y por eso te confío cuánto me gustan las mujeres, ja, ja.

El escriba hizo un gesto de sorpresa, pues no en vano el príncipe solo tenía doce años. Al ver su expresión, este lanzó una estruendosa carcajada, verdaderamente exagerada.

—Pero te prometo que Hatshepsut será mi preferida —quiso aclarar el muchacho, entre risas.

—Amón te favorecerá si así lo haces —indicó Senenmut, muy serio.

Tutmosis miró al escriba con perplejidad, como pasmado.

—Es que dentro de poco ya seré un hombre, ¿sabes?, aunque no pienso abandonar mis juegos.

—Me parece lo más juicioso —señaló Senenmut con suavidad—. Espero poder seguir contando con tu confianza, gran príncipe.

—Cuando gobierne la Tierra Negra me relatarás tus historias todos los días, buen Senenmut. Me gusta escucharte.

El escriba hizo una profunda reverencia y luego continuó.

—Como hombre y príncipe corregente necesitarás personas que te sirvan bien, fieles y de la mayor confianza.

—Sí, tienes razón. Sirvientes fieles que no me traten como a un niño —dijo Tutmosis, pensativo.

—En efecto. Para empezar resultará indispensable que te atienda un buen barbero, el mejor que haya en Egipto —indicó el escriba, convencido.

—Claro, ¿qué sería de un dios en Kemet sin un barbero en quien confiar? ¿Y tú conoces a alguno? —inquirió el príncipe claramente interesado.

—Al mejor de todos. No hay otro que se le pueda comparar. Me sirve con gran lealtad y, además, es honesto, y muy escrupuloso con su trabajo; de toda confianza.

Tutmosis asintió, boquiabierto.

—Mi señor me honraría si accediese a que formara parte de su servicio —prosiguió Senenmut.

—¿Harías eso por mí? ¿Me prestarías a tu barbero? —quiso saber el príncipe, asombrado.

—No habría nada que deseara más. Mi príncipe me otorgaría un gran favor si aceptara mi oferta.

Tutmosis se dio unas palmadas en los muslos en tanto hacía muecas graciosas.

—¡Un barbero! —exclamó el príncipe, alborozado—. ¡Cómo no se me había ocurrido antes! Gracias Senenmut, lo aceptaré encantado. ¡Por fin tendré un barbero! ¡Y el mejor de Kemet!

Luego Tutmosis volvió a lanzar otra carcajada.

—Y dime, Senenmut, ¿cómo se llama tu barbero?

—Neferheru, mi señor.

—¿Neferheru? Ese sí que es un buen nombre. ¡Neferheru! El de la bonita voz.

—Así es, mi príncipe. Aunque por desgracia nunca la podamos escuchar, ya que es mudo.

—¿Mudo?

Senenmut asintió, y Tutmosis lanzó una nueva carcajada cuyo estruendo superó a las anteriores.

—Nunca me había reído tanto —aseguró el príncipe sin poder contener la risa—. ¡Neferheru es mudo!

—Lo cual resulta una evidente ventaja, gran señor, ya que jamás podrá contar lo que oye. Todo cuanto digas en su presencia estará a salvo de los maliciosos. Es la persona adecuada para servir a un dios como tú.

Tutmosis hizo un gesto que no dejaba dudas acerca de lo que le complacía aquel detalle. Senenmut era muy sabio, de eso no tenía el príncipe la menor duda, y se sintió muy dichoso ante el hecho de que Neferheru se convirtiera en su barbero.

—No se hable más, buen Senenmut. Tu barbero estará a mi servicio; dentro de muy poco ya seré un hombre.

18

El príncipe no bromeaba en absoluto al asegurar que deseaba tomar a su hermanastra. Tras celebrar la solemne ceremonia del *sebi* y recuperarse de la intervención, Tutmosis requirió con insistencia la compañía de Hatshepsut, pues en verdad que el rapaz se veía a sí mismo como un toro poderoso capaz de procrear a pesar de la edad. Claro que el pequeño no contaba con la predisposición de la princesa. Esta sería quien elegiría el momento oportuno para un encuentro como aquel, y desde el primer instante no dejó lugar a la duda sobre quién mandaría en aquella relación. Hatshepsut ya había contado con la petición de su hermano mucho antes de que Senenmut se lo comunicara y por tanto se hallaba preparada, e incluso había llegado a calcular la hora en la que visitaría a Tutmosis. La princesa tenía plena certeza de los días en los que podría concebir. Siempre se había vanagloriado de ello, y para esta ocasión, además, contaba con la ayuda de Senenmut. El mago entre los magos certificaría sus días fértiles con su sabiduría. Él descifraba los cielos cada noche, y Nut determinaría lo que habría de venir.

La hora en la que los dioses decidieron bendecirlos, Tebas se adormeció cubierta de estrellas. Había luna nueva, y por ello Nut se presentaba esplendorosa, con su vientre tachonado de luceros. Mirar a la bóveda celeste era todo un espectáculo, pues por algún motivo los astros pugnaban por asomarse a los balcones de sus lejanos reinos para mostrar su brillo al sagrado valle que se postraba ante ellos. Desde allá arriba titilaban sin temor a palidecer, y los dos amantes se aferraron a aquel fulgor para dejarse llevar hasta donde quisiera conducirlos, decididos a transformarse en luz, quizá algún día, una suerte de metamorfosis que los conduciría a alumbrar la Tierra Negra para mantenerla pura a los ojos de los padres creadores.

Hatshepsut y Senenmut se amaron aquella noche con inaudito frenesí; convencidos de que todos los dioses de Egipto los empujaban a hacerlo. Una atmósfera especial gravitaba sobre palacio. Un ambiente saturado de sensualidad que ambos amantes percibían, y en el que se sumergieron como si se tratase de las aguas del Nilo, dispuestos a no salir de ellas, a empapar cada poro de su piel con su misterio, a dejarse llevar por la corriente hasta que esta feneciera en algún remanso, si Hapy así lo permitía. En aquella hora Hathor gobernaba sus pasiones con inusitado brío, y la princesa y su mayordomo convirtieron su lecho en un altar como no se conocía, erigido por la inconmensurable magia que solo la diosa del amor poseía, y ante la que los dos se postraron para entregarse hasta el último aliento. La noche les llegaba cargada de enigmas que ellos debían desentrañar, de los que dependía no solo su suerte, sino también la de Egipto. Era la hora de mirar dentro de sí mismos para saber quiénes eran en realidad y hasta dónde los conduciría el camino que habían decidido tomar juntos.

Quizá por todo ello su pasión se convirtiese en desaforada, o puede que el iracundo y tormentoso Set quisiera a su vez participar como el resto de los dioses en aquel encuentro. Todo era posible, pues cuando los cuerpos de aquellos amantes se unieron empujados por el ensalmo, dio comienzo un combate en el que dos guerreros colosales se enfrentaban dispuestos a no hacerse la menor concesión. Si las ánimas perdidas habían gemido cuando ambos se amaron con anterioridad, ahora fueron los genios del Amenti los que aullaron, lastimeros, en tanto los dos se desbordaban con generosidad entre frenéticas convulsiones. Sus cuerpos se arqueaban, una y otra vez, como si mantuvieran una carrera que no sabían a dónde los conduciría y mucho menos cuándo se detendría. Hatshepsut notaba la virilidad de su amado muy dentro de sí, como metal fundido, candente, cual si inundara sus *metus* con un bálsamo para su alma. Era como si la munificencia de la Tierra Negra se abriera paso para impregnar sus entrañas con el germen de la vida. El limo benefactor que abonaba los campos con la avenida llegaba a ella a fin de disponer la siembra, para que la semilla fructificase en la mejor de las cosechas, bajo los buenos auspicios de Min, el dios de la fertilidad, Hapy, el señor del Nilo, y Senenmut, el único hombre capaz de hacerla enloquecer.

Tanto Hatshepsut como Senenmut estaban seguros de sus cálculos. La vida se abriría camino en el vientre de la princesa, y tras haberse amado con desesperación hasta la llegada del alba, ambos amantes cayeron rendidos sin separar su abrazo, para dejar que la ilusión volara hasta aquel cielo que tanto reverenciaban y en el que reinaban las estrellas imperecederas. Estas también les sonreían, y los dos enamorados fantasearon con el nombre que pondrían a la criatura, así como con el futuro que le esperaría a esta. Nunca en sus vidas olvidarían aquella noche, convencidos de que no existía nadie que pudiese amarse más de lo que ellos se amaban.

Una semana[44] más tarde, Hatshepsut decidió que había llegado el momento de visitar a su hermanastro. Al enterarse este de la noticia anduvo festejándolo con saltos y cabriolas, así como con exclamaciones de todo tipo y risas desaforadas. De un tiempo a esta parte Tutmosis sentía deseos hacia su hermana, y había imaginado más de una escena escabrosa con ella, lo que le había enardecido de forma particular. De este modo el príncipe contó las horas que faltaban para que la princesa se presentara en sus aposentos sin poder evitar mostrarse nervioso ante la magnitud de lo que se avecinaba.

En esto último el rapaz no andaba descaminado, aunque fuese incapaz de hacerse una idea aproximada de lo que se le venía encima. Aquello poco tenía que ver con los habituales juegos a los que estaba acostumbrado, y menos con los escenarios que el príncipe había imaginado para la ocasión. Todo se hallaba dispuesto con arreglo a sus fantasías, pero al entrar Hatshepsut en su cámara el teatrillo se desvaneció como un suspiro, sin dejar el mejor rastro que ayudara a recuperarlo.

La princesa no olvidaría el semblante alelado de su hermanastro cuando la vio entrar, ni la expresión de pasmo cuando observó cómo avanzaba hacia él, apenas vestida con un etéreo lino bajo el que mostraba todas sus formas. Con veinte años Hatshepsut estaba espléndida, y desde su pubertad Tutmosis apenas fue capaz de tragar saliva en tanto la veía aproximarse, dando muestras de un poder que podía sentir sin dificultad. La princesa lo miró con evidente desdén, pero al momento esta se sobrepuso al desagrado que le producía aquel encuentro.

—Hola, hermanito. Me han asegurado que ya eres todo un hombre —indicó ella, sin más, al tiempo que se sentaba junto a él.

El príncipe no supo qué decir, y se limitó a asentir con la cabeza, a la vez que esbozaba una mueca indefinible, que repelió de forma particular a la princesa.

Sin embargo, Tutmosis se repuso enseguida y se acercó más a su hermana para manosearla.

—Veo que no sabes nada sobre las mujeres —le reprendió ella al momento, con altivez—. ¿Acaso no te han enseñado lo que se espera de ti?

Tutmosis se encogió de hombros, pero con audacia se despojó de su faldellín para mostrar la considerable erección que tenía. La princesa permaneció impertérrita y él hizo ver que se sentía muy orgulloso por su alarde. La actitud dominadora de su hermana le enardecía aún más, e incluso se atrevió a emitir un gruñido que Hatshepsut al punto le recriminó con la mirada. El príncipe estaba excitadísimo, y la princesa se dijo que lo mejor sería terminar con aquello cuanto antes, dadas las circunstancias, pues dudaba que el rapaz mantuviera aquella erección por mucho tiempo.

—Ahora harás lo que te diga —advirtió ella, a la vez que elevaba el dedo índice con gesto autoritario.

—Sí; te obedeceré en todo cuanto quieras —señaló el muchacho, casi atropellándose.

Hatshepsut clavó sus ojos de felino en su hermano, y luego se tumbó para ofrecerse. Al verla en aquella posición, el príncipe volvió a emitir un gruñido y al punto se precipitó hacia ella.

—Serás un buen esposo y dejarás que sea yo quien te muestre el camino —volvió a advertirle la princesa con cierta severidad.

Tutmosis se quedó arrodillado ante ella, sin saber qué hacer, y entonces esta tomó su miembro para conducirlo hacia donde debía. El rapaz se atolondró y fue a arrojarse sobre su hermana de forma atropellada. Al sentirse dentro de ella gimió de forma lastimera, y no había dado ni cuatro embates cuando eyaculó sin poderse contener, al tiempo que su rostro adquiría una expresión de desconcierto que al poco se convirtió en un gesto de clara insignificancia. Se vio tan intranscendente que enseguida se hizo a un lado, avergonzado por no haber sido capaz de contener su eyaculación. Hatshepsut se incorporó, imperturbable.

—Has dejado tu simiente en mí, esposo mío —señaló la princesa, sin parecer dar importancia a lo ocurrido.

Tutmosis la miró sin comprender nada.

—Quizá dentro de poco haya un heredero —continuó Hatshepsut—. Entonces los dioses estarán satisfechos.

—¿Un heredero? —masculló el príncipe, asombrado.

—Sí. Un hijo nuestro, portador de mi sangre divina.

—¿Vamos a tener un hijo? —quiso saber Tutmosis, atolondrado.

—Eso Hathor y Tueris lo decidirán.

El jovencito puso cara de extrañeza, como si algo semejante no entrara en sus cálculos. Hatshepsut esbozó una sonrisa.

—Serás un toro poderoso —le dijo ella con suavidad—. Pero ahora debes descansar para que tus *metus* se fortalezcan.

—Sí, debo ir a dormir —aseguró el príncipe, convencido por las palabras de su hermana—. Y comeré lechugas,[45] para poder endurecer mis huesos. Así no desfalleceré cuando te ame.

Hatshepsut le dirigió otra mirada de desdén, y luego se encaminó hacia la puerta. Antes de abandonar la estancia se volvió para mirar a su hermano.

—Dentro de poco te haré saber cuál es el designio de los dioses.

19

En esta ocasión los dioses tardaron poco en manifestarse. Hatshepsut estaba embarazada, y todo el palacio se llenó de alborozo, empezando por el dios, quien de esta forma veía asegurado el futuro de su dinastía. Tutmosis I se felicitaba al haber concretado aquella boda, que por otra parte tantos disgustos le había traído; ahora se hallaba eufórico, pues no se había equivocado con su decisión. Un nuevo vástago estaba en camino, y solo le quedaba dar gracias al Oculto por sus bendiciones. El príncipe, por su parte, continuó tan alelado como de costumbre, y el hecho de ser padre solo le hizo pensar en la posibilidad de poder jugar con su heredero.

—¡Un compañero de juegos! —exclamaba entusiasmado a la menor ocasión—. Voy a ser padre. Por fin tendré con quien jugar.

Esa era la idea que el rapaz tenía acerca de la paternidad, y por tal motivo el príncipe se alegró mucho, ya que sus primeras experiencias como hombre no le agradaban demasiado. Se cernían sobre su cabeza demasiadas responsabilidades, y él prefería dedicarse a sus juegos, y también a visitar su pequeño harén, al que por otra parte se había vuelto muy aficionado.

Hatshepsut era inmensamente feliz. En sus entrañas llevaba un retoño del único hombre a quien estaba dispuesta a amar, una criatura a la que transmitiría su naturaleza divina así como toda la esencia del verdadero Egipto que Senenmut atesoraba. Un ser perfecto, lleno de luz, llamado a gobernar algún día sobre las Dos Tierras.

El escriba por su parte no cabía en sí de gozo. Era un hombre que adoraba a los niños, y el hecho de que su simiente hubiera germinado en el vientre de una diosa reencarnada le llevaba a considerar aspectos que iban mucho más allá de lo que era usual. Un ser ungido por la sangre divina y educado en el más profundo misticismo, que solo Egipto poseía, estaba llamado a convertirse en un Horus reencarnado como nunca conocerían los tiempos. Él mismo se encargaría de mostrarle el auténtico poder que poseía aquella tierra sin igual, la única que era grata a los dioses, para que aprendiese hasta el último de sus ancestrales misterios.

Hatshepsut no estaba dispuesta a esperar al momento del nacimiento para conocer el género del hijo que llevaba dentro, y por este motivo orinó sobre las semillas de trigo y de cebada que ella misma había dispuesto con cuidado sobre un lienzo de lino. Todo lo llevó en secreto, y cuando por fin germinaron las de cebada, la princesa supo que tendría una niña, hecho este que la hizo volver a retomar sus viejos sueños. La sangre de la legendaria reina Iahotep renacería con fuerza, y Hatshepsut construiría para ella el Egipto que tanto deseaba.

Solo Senenmut estuvo al corriente de aquel secreto. Sería padre de una niña, y aquel sentimiento lo emocionó de tal forma, que su corazón se pintó con nuevos colores que daban un nuevo sentido a su vida y también a los planes que con tanto cuidado había ido forjando para el futuro. Su paternidad era el mejor regalo que su divino padre Amón pudiera ofrecerle, pero al mismo tiempo significaría un pesar con el que tendría que convivir durante el resto de sus días, una carga de la que nunca se podría liberar, pues ese era el precio que el Oculto le requería por su favor. Senenmut jamás podría reconocer a su hija, ni siquiera tratarla como tal. Él siempre sería un extraño para la criatura; si acaso un preceptor a quien amar, o un viejo amigo de quien escuchar un consejo. Ella sería princesa, la hija de Tutmosis, un muchacho con profundas limitaciones mentales a quien Senenmut debería felicitar por la buena noticia, a la vez que servir a su casa como correspondía a un buen mayordomo. Así era la vida, y también la última broma que Shai había dispuesto para él. Su relación con el dios del destino nunca dejaría de ser tormentosa, o puede que todo se resumiera a una paradoja con aparentes contradicciones de las que le resultaba imposible librarse.

Sin embargo, ella sería su hija, y sobre su figura él siempre gravitaría para protegerla, como haría un padre, para velar por el último de sus intereses; daba igual contra quién tuviese que enfrentarse. En cierto modo Senenmut había sido un visionario. La niña llegaría al mundo que él había preparado de antemano, y algún día podría brillar en él con luz propia.

La buena nueva dio lugar, sin duda, a no pocos comentarios, aunque muchos se hicieran en voz baja y con cuidado de no salir a la luz. La reina madre, por ejemplo, estaba segura de conocer quién era el padre de la criatura. A ella era imposible engañarla, y más cuando se presuponía que la paternidad correspondía al joven Tutmosis. Aquel joven imberbe era incapaz de dejar en estado a una hembra como Hatshepsut, y no se refería con ello a una traba fisiológica, sino al hecho de que su nieta jamás permitiría verse preñada por semejante engendro, apenas un niño, que, además, se había convertido en un obstáculo para llevar a cabo sus planes. Nefertary se imaginó cómo debió haber sido la escena sin ninguna dificultad, y también el modo en que su nieta despacharía el asunto. El padre no podía ser otro que Senenmut, hecho este que la alegró sobremanera, ya que garantizaba la buena marcha de sus planes, así como el futuro de la princesa y sus intereses cuando la vieja dama hubiese pasado a la otra orilla para tratar con Osiris lo que este tuviera a bien proponerle. En aquel juego Senenmut suponía todo un aval, pues aseguraría los movimientos más adecuados, sobre todo ahora que tendría un descendiente con sangre divina. Particularmente, pensaba que aquella noticia era un verdadero regalo de los dioses. En su opinión el pequeño Tutmosis no duraría demasiado en el mundo de los vivos, y sin la figura de este todos los clanes ávidos de poder quedarían descabezados para terminar por diluirse como le ocurría al agua estancada después de la avenida, al abrir los *denyt*, los diques de contención. En eso acabaría convirtiéndose el príncipe, en un dique; o puede que en una simple barrera, un *meryt*, como los utilizados por los campesinos para las labores de regadío. Amón se encontraba detrás de aquel milagro, y Nefertary brindó a la salud del Oculto, dándole gracias por su omnisciencia, con su vino preferido, un *Amer* del Delta tres veces *nefer*, excelente, que paladeó con verdadera satisfacción.

Si la reina madre había desconfiado sobre la paternidad de la criatura que estaba en camino, Ibu no le fue a la zaga. Su certeza era absoluta, y solo la incomodó el hecho de que su hermana no le confiara la verdad, aunque con el tiempo comprendiese sus razones. Senenmut era el verdadero padre, y ello la llevó a vislumbrar las consecuencias que esto reportaría, así como la magnitud del escenario que se preparaba. Si los dioses se hallaban detrás de aquello, su obra superaría cualquier expectativa. A Ibu se le antojó que podría ser de una complejidad extraordinaria, y lo peor de todo era que su propio esposo representaría su papel en ella. Que el mayordomo era un individuo maquiavélico ya lo sabía la joven desde el primer momento. En la mente de Senenmut cabía Egipto entero, algo que no podía dejar de asustarla, sobre todo ahora que Neferheru estaba a su servicio. Ella intuía que existían planes de los que no sabía nada, en los que participaba su marido, y que la atemorizaban. Sin embargo, sentía una viva simpatía por el escriba, siempre había sido así, desde el día que lo conoció; mas pensaba que si alguna vez este cayese en desgracia, los arrastraría a todos sin remisión, seguramente hasta las profundidades del Amenti, o puede que terminaran en el desierto del Sinaí, que era mucho más terrenal. El hecho de que Neferheru no pudiera hablar la invitaba a ser aún más temerosa, ya que le resultaría difícil averiguar si le ocultaba algo. Desde hacía algún tiempo su esposo trabajaba al servicio del príncipe corregente, un honor al alcance de muy pocos, pero en el que percibía la mano de Senenmut. Este utilizaba al barbero, e Ibu solo rogaba a Hathor que velara por él, que se lo conservara toda la vida, pues lo amaba con locura.

Sobre este particular Ibu se había sorprendido a sí misma al descubrir una parte de su naturaleza que había permanecido dormida durante demasiado tiempo. Su caso era similar al de su hermanastra. Un mago se había presentado para despertarla y encender una pasión que había terminado por convertirse en una pira a la que ambos se arrojaban a la menor oportunidad. Neferheru le hablaba con cada roce, con cada caricia; y a través de las yemas de sus dedos le transmitía las palabras más hermosas que una mujer pudiera escuchar. Era un lenguaje mágico, sin duda, cargado de enigmas, que procedía de lo más profundo de su corazón, envuelto en los sentimientos más puros, en la verdad de quien bien ama. Sin saber cómo, Ibu era capaz de repetir las palabras que él no podía decirle, pero que dejaba grabadas en su piel hasta llegarle al alma. Sus *kas* se hablaban en el silencio, mientras sus cuerpos se convertían en un único ser en el que poder encontrar cobijo. Ambos se amaban cada noche hasta quedar exangües, quizá porque de este modo podían contarse todo cuanto sentían sin olvidar ni una sola frase, sin que existiera ninguna posibilidad de que se mintieran. Al lenguaje de los sentimientos se unía el de los sentidos, y cuando Ibu se sentía inundada por el *mu*, el esperma, de su gran amor, imaginaba que juntos daban la vida a aquel campo en el que se habían establecido, del que se nutrirían y en el que permanecerían juntos para siempre, sin importarles que otros no los comprendieran.

Neferheru trabajaba para que así fuera. Shai lo había enviado a recorrer un camino en el que había encontrado la verdadera felicidad, la que le procuraba Ibu, la mujer que jamás soñó encontrar. Si todos los hombres poseían un sueño, ella era el suyo. Un sueño imposible, si se quiere, que no obstante se había hecho realidad, quizá debido a que los milagros existen, aunque nos neguemos a aceptarlo. Solo cuando nos sorprenden los reconocemos, aunque ignoremos que en muchas ocasiones pasan junto a nosotros sin que seamos capaces de reconocerlos.

Neferheru llegó a consideraciones de este tipo después de pensar largamente. Su vida le parecía un juego de azar del que desconocía las reglas pero que, no obstante, le había conducido hasta la casilla que todo jugador quisiera ocupar. El viaje había resultado proceloso, sin duda, pero cada mañana daba gracias a Amón por permitirle ver el rostro de su esposa mientras ella todavía dormía. Para Neferheru el Oculto había sido el artífice de su milagro, aunque otros se hubiesen ocupado de hacerlo posible. El señor de Karnak le había bendecido, y el barbero estaba convencido que lo había enviado a palacio para ofrecerle el mayor regalo que nadie pudiese desear, Ibu. Amón siempre los protegería, y él lo honraría hasta el último de sus días, al tiempo que cumpliría todo aquello que el rey de los dioses le demandara. Ahora sabía que el interés de Senenmut por su persona tenía un propósito, y que detrás de su servicio al príncipe existían otros planes que desconocía por completo. Sin embargo, Senenmut era un hombre apegado a Karnak, alguien que siempre velaría por Ipet Sut, y ello era suficiente para que el barbero cumpliese sus designios.

Para Neferheru era evidente que su misión tenía un riesgo. Detrás de su labor en palacio se escondía un espía, con el peligro que ello conllevaba. En un principio aquella palabra le pareció algo grandilocuente, aunque luego hubiera de reconocer que su cometido no sería otro que el de dar cumplida cuenta a Senenmut de todo cuanto escuchara o viera en los aposentos de Tutmosis; y a eso se le llamaba espionaje. Si por obra de la terrible serpiente Apofis era descubierto ya sabía lo que le esperaba; probablemente lo descoyuntarían, aunque también podrían empalarle. No obstante no se dejó vencer por el temor, aunque se cuidara mucho de que su esposa tuviese conocimiento de su labor, ya que ni siquiera estaba al tanto de que supiera escribir. Solo de este modo podría protegerla, aunque le doliera tener que ocultárselo.

Respecto a Senenmut, Neferheru no albergaba dudas de que algún día aquel hombre sería el dueño de Egipto. Si el escriba era capaz de leer las miradas, él también. El hecho de no poder hablar le había enseñado a hacerlo, aunque a veces, por prudencia, lo disimulara. Esta era la palabra bajo la que se cobijaba, prudencia, y no pensaba abandonarla por mucho que la euforia o la buena suerte le invitara a hacerlo. Era indudable que dicha suerte lo había favorecido, aunque su trato con Tutmosis fuese cuanto menos peculiar. El príncipe no dejaba de ser un niño al que se pedía ser hombre antes de tiempo, y ello tenía sus singularidades.

—Muéstrame cómo depilabas a los sacerdotes. Quiero parecer un hombre santo —le pedía el rapaz de vez en cuando—. ¿Crees que pronto me crecerá la barba?

Como es lógico el barbero accedía a realizar lo que le pedía, al tiempo que aseguraba con gestos que muy pronto se haría un hombre.

—No sé por qué te pregunto si eres mudo, ja, ja —solía burlarse el muchacho—. Vaya nombre te han puesto; me divierte mucho escucharlo.

Neferheru se limitaba a hacer alguna mueca, se suponía de agradecimiento, ya que el futuro Horus reencarnado se dignaba a hablarle, aunque al barbero aquellas befas no le hiciesen la menor gracia. Sin embargo, se creó una buena relación entre ellos, hasta el punto de que el príncipe no dudase en hacerle confidencias, como haría cualquier niño con sus amigos. De este modo Neferheru profundizó en la verdadera naturaleza del príncipe, en cuáles eran sus gustos y hacia dónde se dirigían sus aficiones. Resultaba evidente que Tutmosis sufría un retraso mental de notables proporciones, así como que su salud no era todo lo buena que cupiese esperar, a pesar de parecer robusto. Con frecuencia hablaba con el barbero de su gusto por las mujeres y lo aficionado que se había vuelto a visitarlas en el harén. Pronto cumpliría trece años, y aseguraba que ya era capaz de satisfacerlas, aunque ellas lo sobrepasaran ampliamente en edad.

—No olvides que soy un toro poderoso —repetía a la menor oportunidad—. Soy como Kamutef, una divinidad fértil y creadora. Mira si no a Hatshepsut. Solo necesité una noche para preñarla. Dentro de poco tendré un hijo, ¿sabes?

Neferheru se limitaba a asentir, pues qué otra cosa podría hacer, lo que levantaba las risas del príncipe.

—Ja, ja. Qué puedes tú decir acerca de eso —se burlaba el rapaz—. Pero me gusta tu compañía. A ti puedo contarte mis secretos sin miedo a que los divulgues.

Neferheru solía hacer un gesto de agradecimiento y luego continuaba con su labor como si nada. En el fondo apreciaba a aquel príncipe que, como aseguraba Ineni, continuaba dormido en su nido, sin visos de que fuera a despertar nunca. El barbero sentía cierta pena hacia él, y más cuando escuchaba las mofas de sus preceptores y los falsos halagos del visir durante sus visitas. La relación de este con el muchacho era estrecha, y resultaba obvio que el día que Tutmosis gobernara Kemet, Ineni sería inmensamente poderoso.

—Te nombraré *imeju* ante la corte. Para que todos sepan que eres mi mejor amigo, el único en el que puedo confiar —le decía el príncipe en múltiples ocasiones—. ¿Crees que me sentaré en el trono de Horus? —preguntaba el rapaz con insistencia.

—Estoy convencido de que los dioses te sonreirán, gran príncipe —afirmaba el astuto visir—. Confiemos en su sabiduría.

—Mi madre asegura que Amón me bendecirá, y que mi hermana tendrá que limitarse a ser mi esposa.

—El Oculto vela por ti, gran Tutmosis.

—¿En serio? ¿Y tú cómo lo sabes?

—Hablo con el señor de Karnak a diario. No olvides que soy su mayordomo.

—¿Le pedirás su favor para mí?

—Ya lo hago, mi señor. Como te dije antes el Oculto vela por ti.

Aquel tipo de conversaciones se daban a menudo, y Tutmosis solía terminar por tocar las palmas o dar algún salto de alegría. Luego le contaba a Neferheru sus diálogos con el visir, como si aquel fuera su confidente. El muchacho conocía la historia de su barbero, y en ocasiones le hacía preguntas ciertamente morbosas que Neferheru no tenía más remedio que aceptar.

—¿Cómo pudiste librarte de los cocodrilos? Cuéntamelo

—insistía el príncipe—. ¿Cómo te miró Sobek al ver que no te podía devorar?

Neferheru le escenificaba un teatrillo, para acabar por abrir los ojos imitando al cocodrilo que había engullido a su familia. Esto es lo que más le gustaba al chiquillo, que terminaba por fantasear con aquella aventura.

No cabe duda de que esta relación amistosa ayudó a Neferheru a sobrellevar su tarea, al tiempo que le dio la oportunidad de conocer lo que se tramaba alrededor de la figura del príncipe. Senenmut estuvo al corriente de todo desde el primer momento, y supo adivinar con facilidad los acontecimientos que estaban por venir, así como los efectos que estos provocarían. De aquellas conversaciones pudo extraer conclusiones muy valiosas, al tiempo que conoció por boca del príncipe la magnitud de los poderes que le respaldaban. Dentro de poco nacería su hija, y ello obligaría al escriba a hacer nuevos movimientos sobre un tablero más complicado que nunca.

20

Egipto se llenó de alborozo al compás de las fanfarrias de los dioses que tocaban a rebato. Un nuevo vástago real llegaba a la Tierra Negra, y esta se vistió con sus mejores galas para recibirlo, como correspondía a una criatura por cuya sangre corría la esencia del mismísimo Amón. En Karnak se elevaron loas e himnos de agradecimiento, en tanto en todos los templos de Kemet se quemaba el mejor incienso en los pebeteros, al tiempo que se daban gracias por el nuevo don que el país de las Dos Tierras recibía de manos de los padres creadores.

En «el lugar del nacimiento», situado en una de las azoteas de palacio, Hatshepsut había traído al mundo la niña más hermosa que cupiese imaginar. Todas las diosas protectoras de los alumbramientos se habían dado cita en aquella hora para acompañar a la princesa en un momento tan delicado. Ellas no la abandonarían jamás, y así, Mesjenet, Renenutet y Shepset se encargaron de que el parto fuese *hotep*, satisfactorio, ante la atenta mirada de Tueris y Hathor, y las muestras de alegría del grotesco Bes, quien cuidaría de la criatura y alejaría cualquier genio maligno del *mammisi*, el nombre por el que también era conocido el lugar en el que se llevaba a cabo el parto.

Toda la magia de Egipto se conjuraba para envolver al retoño con sus misteriosos lienzos, y en verdad que al verlo por primera vez Hatshepsut dejó que su felina mirada se desbordara para empaparse de una felicidad imposible de medir, que brotaba desde lo más profundo de su corazón en forma de lágrimas teñidas de amor. Al tomar por primera vez a su hija entre sus brazos Hatshepsut creyó desfallecer, y al ver su rostro sintió que verdaderamente Hathor se había reencarnado en la pequeña, pues se le antojaba el más bello que nunca hubiese visto. El semblante de la niña irradiaba luz, un brillo sin mácula, como si Ra estuviera en lo más profundo de su *ba* dispuesto a iluminar la vida de la recién nacida. Al observarla, absorta, la princesa no tuvo la menor duda acerca del nombre que pondría a su pequeña. Se llamaría Neferura, pues no existía un nombre mejor para definir tanta belleza. Sin poder evitarlo Hatshepsut trazó mil planes, nuevos sueños en los que Neferura ocuparía un lugar preponderante, el que le correspondía por designio divino, y que ella se encargaría de que se hiciese realidad. Amón le insuflaba nuevas fuerzas, y la princesa haría uso de ellas hasta que le faltara el aliento.

La alegría se desbocó por palacio para correr en todas direcciones. El dios brindó, satisfecho, al conocer que tenía su primera nieta; una princesita que seguiría otorgando la realeza cuando algún día tomara esposo, mientras que Ahmés Tasherit se ocupaba, emocionada, de que su hija estuviese bien atendida durante los catorce días de cuarentena que Hatshepsut se vería obligada a pasar.

Al príncipe Tutmosis la noticia no le hizo demasiada gracia. Al parecer su hermanastra había tenido una niña, y él deseaba un hijo con quien poder jugar. Claro que en su fuero interno pensaba que aquello no tenía mucha importancia. Él era un toro poderoso y tendría más hijos, cien como poco, y así se lo hizo saber a Neferheru aquella mañana mientras lo afeitaba.

Para la reina madre el asunto era bien distinto. La vieja dama había permanecido junto a su hija, la Gran Esposa Real, Ibu, y las comadronas reales, presta a asistir en el parto. Hatshepsut le había dado una biznieta, y al ver lo hermosa que era no tuvo ninguna duda de que su padre no era Tutmosis. Saltaba a la vista que la criatura era hija de otro hombre, y este no podía ser otro que Senenmut, como ya había conjeturado. Sin duda, que un varón hubiera dado por terminado el juego en el que se hallaba inmersa desde hacía años, aunque enseguida supo ver las ventajas que podría reportar aquella niña tan preciosa. Las hembras de la familia seguirían siendo las únicas en poseer la divinidad, y por tanto solo ellas podrían otorgarla. Una nueva princesa en manos de Hatshepsut y bajo el amparo de Senenmut abriría nuevos caminos, que podrían resultar insospechados, en los que todo era posible.

Para Ineni también resultó una buena noticia, aunque por diferentes motivos. Sentado a la sombra, en su magnífico jardín, brindó con el primer profeta de Amón, su buen amigo Perennefer, por el feliz alumbramiento. Hatshepsut había tenido una niña, y eso les garantizaba poder continuar con su política sin miedo a que las cosas pudieran cambiar. La nueva princesa nunca poseería la suficiente fuerza para hacerlo, y ellos, o los poderes que representaban, encontrarían algún príncipe a quien poder sentar en el trono. El Nilo seguiría fluyendo, como de costumbre, y todo permanecería inmutable.

Como mayordomo de aquella casa, Senenmut tuvo la oportunidad de ver a la criatura durante unos instantes, los cuales quedarían grabados en su memoria para siempre. Aquel día tuvo que hacer acopio de todas sus máscaras para no caer rendido ante las emociones que lo embargaban. Nunca había sentido nada semejante, y al ver por primera vez el rostro de la pequeña pensó que toda la belleza de la Tierra Negra se había reencarnado en ella, alumbrada por Ra Horakhty, el sol en su cénit. Por un momento pensó que las piernas no lo sostendrían, que se vendría abajo y se descubriría su engaño. En sus brazos se encontraba toda su vida, los porqués de cuanto le había ocurrido y también lo que estaba por suceder. Todo se hallaba representado en aquella carita de diosa, Neferura, el más bello nombre que ninguna mujer podría portar en Egipto, pues hablaba de la belleza de Ra, el padre de todos los dioses. Luego, en la soledad de sus aposentos, Senenmut dio rienda suelta a sus sentimientos. Ahora tenía una hija de una mujer a quien no sería posible tratar como a una esposa, por la que no podría preocuparse como hombre ante los demás, sino como mayordomo de su casa. Viviría en un perpetuo disimulo, siempre embutido en los mil disfraces que se vería obligado a utilizar, pues su condición así se lo exigía, igual que los dioses que le habían colocado en el lugar que ocupaba. Todo se basaba en el equilibrio, bien lo sabía él, y solo le quedaba aceptar aquel regalo maravilloso que, sin embargo, siempre le dejaría un sabor agridulce con el que tendría que aprender a vivir.

Por el contrario, Hatshepsut se hallaba exultante. Neferura representaba la continuidad de unos planes forjados hacía ya muchos años, que con aquel nacimiento cobraban una nueva dimensión. Ahora la princesa estaba feliz de haber dado a luz una niña. En ello veía la mano de Amón, quien, de este modo, intervenía de forma directa para mostrar a Hatshepsut cuál era el camino que debía seguir. Así, su gran determinación se veía fortalecida por el hálito de su divino esposo, el cual le enviaba una señal inequívoca acerca de la naturaleza de sus deseos. El gran pacto sellado antaño debía prevalecer a toda costa, para que solo el Oculto tuviese la potestad de dar a conocer, a través del vientre fecundado de su esposa, quién era el elegido para sentarse en el trono de Horus.

Hatshepsut podía leer aquel mensaje con claridad meridiana, al tiempo que comprendía el verdadero alcance de un designio que, algún día, afectaría directamente a su hija. Con Neferura todo cambiaba. La vida de la princesa tomaba una nueva razón de ser en la que sus sentimientos se proyectaban de forma distinta. Senenmut continuaba siendo su gran amor pero, no obstante, su pequeña se convertía en el centro hacia el que convergían no solo sus emociones, sino también la política que debía desarrollar en el futuro. Neferura era ahora su principal prioridad, y Hatshepsut no tardó en trazar las líneas maestras que le garantizaran el poder sobre Kemet, un poder que debería heredar su hija. De repente sus viejas ambiciones se veían alimentadas por una fuerza descomunal que le invitaba a no desfallecer en su empresa. La corregente no era sino un eslabón más de una inmensa cadena que debía perdurar en el tiempo. Neferura era una prueba palpable de esto, y por ella Hatshepsut no dudaría ni un instante en dar rienda suelta a la Sekhmet que llevaba dentro si así era necesario. Estaba dispuesta a devorar a cuantos osaran cruzarse en su camino, sin mostrar piedad alguna, y no dudaría en servirse de todos los medios a su alcance para conseguir sus fines. Se rodearía de los mejores hombres de Egipto, los más sabios entre los sabios, quienes, no obstante, bajarían sus cabezas ante ella, pues solo Hatshepsut gobernaría la Tierra Negra. Peldaño a peldaño ascendería por aquella pirámide hasta alcanzar su vértice, sin desfallecer, con la astucia del felino y la sinuosidad de la serpiente. Junto a Senenmut colocaría a Neferura en la cúspide. ¿Quién mejor que su padre para ayudarla?

21

En verdad que la diosa del amor parecía dispuesta a mostrarse especialmente pródiga. Por algún motivo había fijado su atención en palacio, o puede que todo se debiera a un simple capricho. No había duda de que Hathor andaba suelta en aquella hora, y de resultas de ello Ibu se quedó encinta. A sus allegados esto no les extrañó en absoluto. La joven llevaba tanto tiempo rezando a la diosa, que qué otra cosa podía hacer esta, sino bendecir su amor con la llegada de un vástago. Hubo una gran alegría en la casa de Hatshepsut, y la antigua nodriza real, Sat Ra, aseguró con rotundidad que la criatura que estaba en camino sería un niño.

Neferheru no cabía en sí de gozo, aunque solo pudiese manifestarlo por medio de gestos y alguna que otra cabriola, pero ello no fue óbice para que recibiera la felicitación del mismísimo príncipe Tutmosis.

—Hasta mis oídos ha llegado la buena noticia —le dijo el príncipe una mañana mientras Neferheru le afeitaba la poca barba que ya apuntaba—. Vas a ser padre. Te felicito por ello.

El barbero hizo un gesto de agradecimiento, y hasta se atrevió a sonreír.

—Quién lo hubiese podido imaginar —prosiguió Tutmosis, como si un hecho de aquella naturaleza no pudiese estar reservado para su barbero—. Neferheru tendrá un hijo; y encima varón.

Aquello le sonó al susodicho más a una recriminación que

a otra cosa, pero qué podía decir él; nada, ni aunque se lo hubiera propuesto. Sin embargo, el hombre estaba acostumbrado a las habituales burlas del joven corregente, quien no obstante apreciaba mucho a su barbero.

—¿Crees que será mudo, como tú? —le preguntó Tutmosis, con verdadera curiosidad.

Neferheru se encogió de hombros, con cara de resignación.

—No pongas esa cara. Al final tendrás más suerte que yo, que seré dios algún día. Tu esposa te dará un heredero, mientras que la mía solo pudo parir una niña. No me explico cómo ha podido ocurrir algo así, al ser Ibu y Hatshepsut hermanas de leche —aseguró el príncipe.

Neferheru agachó la cabeza, apesadumbrado, pues qué otra cosa podía hacer.

—Te lo digo porque, durante un tiempo, tuve la idea de que yo fuese el culpable de no haber tenido un varón —prosiguió Tutmosis, que era muy aficionado a explayarse con su barbero—. Imagínate lo que supondría para mí no ser un toro poderoso.

Neferheru asintió, haciendo ver que lo entendía perfectamente.

—Incluso llegué a tener pesadillas, ¿sabes? Bes se me presentaba para hacerme burlas y sacarme la lengua, como acostumbra. Me vi obligado a llamar a mis magos para que me ayudaran a expulsarle de mis sueños, y hasta tuve que quitar sus imágenes del cabecero de mi cama. ¿De qué podían valerme si ya no me protegían?

El barbero realizó otro gesto con el que daba a entender que se hacía cargo de la situación. Estaba tan acostumbrado a las peroratas del rapaz, que tenía una mueca para cada caso con la que se hacía comprender.

—No me gusta hablar de esto con nadie, aunque contigo sea diferente —señaló el príncipe con ironía—. Ahora sé que estoy libre de hechizos, y vuelvo a ser un toro poderoso, ja, ja.

Neferheru hizo ver que se alegraba.

—Soy Kamutef, el toro fecundador, ja, ja —volvió a reír Tutmosis—, y tengo un secreto que nadie más sabe.

El barbero miró al príncipe, sorprendido, y este lanzó una carcajada.

—Doy gracias a Sobek por dejarte mudo, ja, ja. Es una suerte poder hablarte sin miedo a que luego puedas contar chismes por la corte. Cuando sea faraón te nombraré portador del abanico, ja, ja, o puede que confidente personal.

Neferheru hizo una profunda reverencia, y Tutmosis continuó con sus risas.

—Tengo una prueba que confirma que no fue culpa mía que Hatshepsut me diera una niña —aseguró el muchacho con mirada pícara.

Neferheru hizo un gesto de sorpresa.

—Como te dije antes oculto un secreto —continuó el príncipe—, pero a ti te lo puedo contar. Tengo que decírselo a alguien, ¿sabes?, y sé que tú me guardarás la confidencia, ja, ja.

El barbero miró a Tutmosis con perplejidad, y este se hizo de rogar antes de volver a hablar.

—Buen Neferheru —dijo en voz baja—, voy a ser padre de nuevo, y esta vez será un niño.

Esa misma tarde Senenmut leía impertérrito el informe en hierático que el barbero le había preparado.

—¿Estás seguro de que no se trata de algún desvarío del príncipe? —quiso saber el mayordomo.

Neferheru negó con la cabeza, pues estaba convencido de la veracidad de aquella noticia.

—Ya veo —dijo Senenmut, como para sí—. El horizonte vuelve a teñirse de nubarrones. Verdaderamente, los dioses disfrutan con nuestra aflicción.

Hatshepsut apenas se inmutó al conocer la noticia. De un tiempo a esta parte su humor había cambiado y se mostraba mucho más reflexiva. Ella conocía mejor que nadie cómo era la vida en el harén, y recordaba cuando, en su niñez, en compañía de Ibu, espiaba lo que ocurría entre los muros del *per khener*, el harén real.

Allí todas las mujeres eran rivales, a pesar de la jerarquía establecida, pues siempre aparecería alguien capaz de sobresalir sobre las demás a los ojos del faraón, y conquistar su corazón. Llegar a tener un hijo del dios era el mayor premio que podían obtener, y Hatshepsut imaginó sin dificultad el escenario en el que aquel príncipe de trece años se abría al mundo de los sentidos.

Como es lógico la princesa pensó en la posibilidad de que un nuevo actor saliera a escena. Un hijo del rey siempre representaba un problema, aunque en su fuero interno se convenciese de que ningún nuevo bastardo evitaría que alcanzara la meta que se había propuesto. En su opinión Amón tenía la última palabra, y este ya había decidido.

Sin embargo, Senenmut no era de la misma opinión. El peligro que representaba un vástago de Tutmosis para sus planes era cierto. No convenía infravalorar el hecho de que fuese ilegítimo. Si Tutmosis tenía un hijo varón lo nombraría su heredero, y bien sabía el mayordomo cuáles serían las consecuencias. Aquel secreto pronto se vería desvelado, y lo mejor sería prepararse ante lo que Shai tuviera predeterminado.

Con la discreción que le caracterizaba, Senenmut movió sus hilos, y así fue como se enteró de la auténtica naturaleza del asunto. En aquella ocasión fue su viejo amigo Hapuseneb quien le puso al corriente, sin que ello extrañase al escriba en absoluto. Si había alguien capaz de leer los rumores en el viento, ese era el Oculto, y por ende su clero.

—La noticia es real —dijo Hapuseneb al mayordomo al poco de enterarse—. Por sorprendente que parezca el príncipe ha sido capaz de engendrar dos vástagos antes de cumplir los catorce años.

—Los tutmósidas siempre parecen dispuestos a maravillarnos —apuntó Senenmut, jocoso.

Hapuseneb rio quedamente.

—Los dioses se muestran predispuestos a darles su favor —señaló el sacerdote con ironía—. En este caso de la forma más inesperada.

—¿Adivino que conoces el nombre de la madre? —inquirió el escriba, enarcando una de sus cejas.

—Ja, ja. Existen pocos magos en Egipto capaces de superarte, amigo mío. En efecto, conozco el nombre de la afortunada. Una mujer de la que poco se sabe, alguien verdaderamente insignificante.

Senenmut interrogó al profeta con la mirada, extrañado por sus palabras.

—Ni siquiera forma parte de las esposas de su harén. Se trata de una simple concubina —matizó el sacerdote.

—¿Una concubina?

—Resulta curioso, sin duda, que con solo trece años el príncipe haya ido a refugiarse a los brazos de una concubina.

Senenmut se acarició la barbilla, pensativo.

—Al parecer es una joven muy hermosa —prosiguió Hapuseneb— que atiende al nombre de Isis.

El escriba observó a su amigo en silencio, e imaginó la afrenta que recibiría Hatshepsut al enterarse de que una oscura concubina pudiera dar al príncipe un heredero. Ahora fue el sacerdote quien le adivinó el pensamiento.

—Dentro de poco el anuncio se hará oficial aunque, como comprenderás, sea pronto para hacer conjeturas.

—Un heredero —susurró el mayordomo—. ¿Crees que será un niño?

Hapuseneb se encogió de hombros.

—En estos temas Khnum tiene la última palabra. Mis fuentes aseguran que Isis no ha tardado mucho en orinar sobre las semillas, y que germinó el trigo.

—Un niño —masculló Senenmut.

—Claro que de ser cierto tampoco deberíamos preocuparnos antes de tiempo. Nadie puede garantizar la vida de nuestros pequeños en Kemet. Ya sabes lo aficionado que es Anubis a llevárselos a la menor oportunidad.

Senenmut asintió en silencio, ya que la mortalidad infantil en la Tierra Negra era atroz.

—Dejemos que las aguas fluyan, buen escriba, solo así sabremos cómo será la cosecha que podremos obtener.

Después de aquella conversación el mayordomo no se equivocaba al adivinar cuál sería la reacción de su amada. Un nuevo bastardo era más de lo que esta podía soportar, y más aún teniendo en cuenta que la madre era una insignificante concubina. Su impasibilidad inicial al conocer la noticia se convirtió en ira contenida al enterarse de los detalles, sobre todo por el hecho de que la criatura pudiera ser un varón. Era obvio que su lucha no terminaría nunca, pero estaba dispuesta a combatir hasta la última dentellada.

Claro que para muchos aquella nueva era la mejor que podían recibir. El cielo se aclaraba de tal manera que ya no había duda de que los dioses habían decidido intervenir para dar por zanjadas aquellas cuestiones tan disparatadas, y que tanto desagrado causaban entre la mayor parte de la clase política. ¿Una mujer gobernando Kemet? Nunca se les hubiera ocurrido un despropósito semejante. Afortunadamente, los padres creadores parecían dispuestos a poner un poco de juicio en todo aquello, y así se lo hacía ver Ineni a su buen amigo Perennefer en una de sus acostumbradas tertulias, a las que ambos eran tan aficionados.

—Conviene ser prudente —advirtió Ineni con su acostumbrada flema—. Pero si la criatura es un niño no habrá nada más que escribir sobre el papiro. Este acabará en las aguas del Nilo, para que se pierda en el Gran Verde. Ni Set, el señor de aquel infame lugar, querrá saber de él. Nadie volverá a leer una historia semejante. Será el final de las ambiciones imposibles de una princesa que ha ido demasiado lejos.

—Es el epílogo que corresponde, pero tienes mucha razón. Hemos de obrar con cautela. Como te dije un día: Amón siempre se encarga de mostrar cuál es el camino correcto.

—Y al parecer ha determinado que una concubina pueda ser la madre del heredero al trono. Una paradoja que, presiento, sería demoledora para Hatshepsut.

—Ello la obligaría a reconducir sus pasos —aseguró Perennefer con suavidad.

—Naturalmente. Sin duda, está llamada a convertirse en Gran Esposa Real. La mejor que se me ocurre. Es el papel que le tocará desempeñar y para el que nació.

—Quizá ello la invite a tener más hijos —dijo Perennefer con malicia.

Ineni asintió, pues eran muchos los que sospechaban que Neferura era hija de Senenmut.

—Sería magnífico —señaló el visir—. Ello daría definitivamente por concluidos los sueños de la princesa, y todos dormiríamos tranquilos.

Perennefer rio la ocurrencia.

—¿Qué dicen los magos del templo? —quiso saber Ineni.

—Los augurios no pueden ser mejores. Vaticinan la llegada de un príncipe hermoso y fuerte como el granito rojo, lleno de esplendor, que cubrirá la Tierra Negra con una luz que se convertirá en deslumbrante. Un rey guerrero que gobernará sabiamente. Mis *hekas* aseguran que no habrá otro faraón en nuestra historia que se le pueda comparar. Está escrito en los cielos.

22

Senenmut obró con presteza. Como acostumbraba, supo leer el camino mucho antes que los demás, y se dispuso a acomodarse a la nueva situación a fin de poder librar los obstáculos que se le presentarían. Por ello estrechó todavía más las buenas relaciones que mantenía con el príncipe Tutmosis, a quien asesoraba en todo aquello que le requería, al tiempo que le hablaba de los misterios ocultos que guardaba aquella bendita tierra. El joven se interesó mucho por las historias de los viejos profetas, así como por los remotos tiempos en los que los dioses gobernaron Egipto. Senenmut era un maestro en tales materias, y el rapaz escuchaba con atención lo que aquel erudito tuviera a bien explicarle, aunque no lo entendiese bien del todo. El mayordomo sabía cómo acaparar la atención del muchacho, así como la de su padre, el faraón, quien lo estimaba sobremanera.

Por todo ello, y aprovechando su rango y proximidad al dios, Senenmut le sugirió la posibilidad de que nombrara «padre nutricio» de Neferura a uno de los hombres que más quería, un personaje de la mayor confianza que le había acompañado a todas las guerras que había emprendido: Amosis Penejbet. Aquella era una buena jugada, sin duda, ya que el veterano soldado era toda una leyenda en el ejército del dios, y su nombramiento como preceptor de la pequeña princesa significaría todo un gesto a los ojos de los generales, así como la llegada de un aliado que podía resultar muy valioso en el futuro. Era necesario conseguir la autorización de Aakhe-perkara antes de que naciese su nuevo nieto, pues de no ser así corría el riesgo de que el faraón pudiese nombrar a Amosis Penejbet preceptor del chiquillo.

Su posición como padre no podía resultar más ambigua. En la intimidad Senenmut pasaba todo el tiempo que le era posible junto a su hija, por quien sentía un amor que hacía desbordar sus emociones. En ocasiones se sorprendía a sí mismo mientras observaba, embobado, la carita de la criatura, que le sonreía en tanto tomaba alguno de sus dedos con las manitas. Resultaba difícil no dar rienda suelta a sus sentimientos, y todo un suplicio tener que mantenerse distante a los ojos de los demás. Su sufrimiento no acabaría nunca, y en las noches tebanas Hatshepsut lo animaba con el calor de sus palabras, con el inmenso amor que sentía hacia él. Arropados bajo el manto de Nut, ambos dejaban que sus pasiones se desbordaran, al tiempo que forjaban nuevos planes de los que Neferura ya formaba parte. La pequeña se había convertido en una suerte de faro que los guiaba por donde correspondía. Ella era la pieza maestra que los unía en su caminar, y juntos se sentían invencibles. Daban igual las tempestades que Set hubiera dispuesto contra ellos, o lo caprichoso que Shai decidiera mostrarse; nunca desfallecerían, pues combatirían contra la adversidad con el ímpetu de los príncipes tebanos de los que Hatshepsut descendía. La sangre del gran Kamose corría por sus venas, pura como ninguna otra, y ello era suficiente para salir triunfante, independientemente de los bastardos que se cruzaran en su camino.

Senenmut había obrado con sabiduría, ya que el dios consintió en la petición del mayordomo de la casa de su hija y nombró a Amosis Penejbet «padre nutricio» de Neferura, ante la satisfacción de Hatshepsut, que vio en aquel hecho una buena señal para el futuro de la pequeña princesa. Junto a Senenmut madre e hija se sentirían seguras, y Hatshepsut asistió complacida a la demostración por parte de su amado de las grandes dotes de estadista que poseía. El escriba continuó tejiendo a su alrededor, incansable, con la mirada puesta en los años venideros, adivinando lo que estaba por venir, vislumbrando lo que otros no podían. Y así, comenzó a rodearse de hombres capaces, que atrajo a su causa, con los que poder erigir el edificio que él y Hatshepsut habían pensado en tantas ocasiones. Todo llevaría su tiempo, como los ciclos a los que se encontraba unida la naturaleza de Egipto.

Una vez más Ibu sería testigo de cuanto ocurrió. En su opinión el palacio se había convertido en un campo de batalla en el que dioses y hombres se aprestaban a sostener una lucha sórdida, sin cuartel, que amenazaba con engullirlos a todos. Allí los derechos y los intereses valían por igual, y el final resultaba tan incierto que, seguramente, ganarían ambos. Dentro de muy poco nacería su hijo, e Ibu pensaba en el Egipto que este se encontraría y en el que le tocaría vivir. Por motivos que se le escapaban se sentía angustiada, quizá por temor a que algún día su pequeño fuese víctima de las ambiciones ajenas, y de las consecuencias que se derivarían de ellas. Su embarazo la había cambiado de tal manera que ahora veía la vida de otra forma, presintiendo peligros que antes se le antojaban inexistentes, o simplemente considerando circunstancias en las que nunca había pensado. Sin embargo, era feliz, y quizá ese fuera el motivo que le produjera inquietud, seguramente por miedo a perder su felicidad. Amaba tanto a su esposo que a veces se sorprendía a sí misma navegando por el mar de silencio al que les habían condenado. Sobek se había mostrado cruel, y no obstante ella había aprendido a dejarse llevar por aquella plácida corriente en la que no cabía el susurro, para atender a las únicas palabras que podía escuchar de Neferheru, las que le dictaba su corazón. Ahora Ibu comprendía cada uno de sus latidos y, de forma inexplicable, le respondía de la misma manera, quizá porque hacía tiempo que ambos formaban ya una sola persona. Vivían en un mundo diferente al de los demás, pero era su mundo, y ahora que lo conocía no sentía añoranza del que había dejado atrás. Muchas veces Ibu se había preguntado cómo sería la voz de su amado si el dios cocodrilo no se la hubiese arrebatado, pero ahora estaba convencida de conocerla, y le resultaba tan melodiosa que no sentía ningún deseo de que pudiese cambiar algún día.

Sin poder evitarlo Neferheru también formaba parte de la contienda, aunque sirviera a ambas partes. A Ibu no le importaba que fuese un simple barbero, pero sabía que su posición era tan frágil como quisiera dictaminar Montu, el dios de la guerra. En su opinión su esposo no necesitaba haber acudido a la Casa de la Vida para ser un hombre ilustrado. Había una luz de conocimiento en su mirada que Ibu era incapaz de precisar, pero que percibía de una forma clara y en ocasiones desazonadora. En cierto modo atisbaba en él aquel sello que llevaban impreso en su piel quienes habían sido educados en Karnak. Hapuseneb o Senenmut eran portadores de él, aun sin proponérselo, y sin poder evitarlo Ibu creía ver en Neferheru su misma marca. Sin duda, aquella idea resultaba disparatada, y no obstante ella estaba convencida de que su esposo poseía la gracia que Amón otorgaba solo a los elegidos. Ciertamente, el barbero se hallaba imbuido en un halo de misterio, y quizá eso fuese lo que le hacía no pasar desapercibido. Había en él enigmas sin resolver que desataban la curiosidad de su esposa, pues su intuición le decía que Neferheru guardaba secretos de los que ella nada sabía.

Naturalmente, poco tenía que ver la actual casa de Hatshepsut con la de antaño. Las responsabilidades eran otras, así como las pretensiones. Ibu era perfecta conocedora de ellas y comprendía la actitud de su hermanastra así como los cambios que se habían operado en ella. Ambas seguían amándose como siempre, y a pesar de dichos cambios sabían que nunca podrían separarse. Ahora que estaba próxima a tener un hijo, Ibu recibía todo el cariño que le tenía Hatshepsut, con quien pasaba largos ratos hablando de la felicidad que Hathor les había regalado por medio de dos hombres tan distintos.

Senenmut siempre había sentido gran simpatía hacia ella. El escriba tenía a Ibu en un gran concepto. Esta era sumamente discreta, y muy inteligente, y ahora que conocía un poco mejor a su esposo comprendía por qué se habían enamorado. Neferheru había superado todas las expectativas que el mayordomo había puesto en él, hasta convertirse en un hombre de su total confianza. En cierto modo Senenmut se vanagloriaba íntimamente de ello, pues consideraba al barbero como una criatura que había creado de la nada, y cuyo servicio resultaría de gran importancia para la propia Hatshepsut. El príncipe Tutmosis lo estimaba de manera abierta, y si algún día tuviera un heredero, la posición de Neferheru se hallaría consolidada en la casa del dios, donde podría continuar siendo de la mayor utilidad para sus planes. Estos no finalizarían hasta verlos cumplidos, daba igual el tiempo que tardara en hacerlos efectivos. Algún día Hatshepsut reinaría en las Dos Tierras, y su hija la sucedería. Esta era la idea que bullía en el corazón de Senenmut, y por la que no dudaría en emplear todos sus esfuerzos, aunque ello le llevara toda su vida.

Neferheru era plenamente conocedor de esto. Si en algo no se equivocaba el escriba era en las capacidades que atesoraba el barbero. Estas habían permanecido dormidas demasiado tiempo, y ahora que habían despertado hacían de Neferheru un hombre al que pocas cosas se le escapaban. Comprendía a la perfección cuál era su posición, lo que se esperaba de él, así como la naturaleza de lo que se encontraba en juego. Su tara se había convertido en su salvoconducto, y de este dependía no solo su futuro, sino también el de su familia. Dentro de poco sería padre, y su papel redundaría en el vástago que estaba a punto de llegar. Él también tenía sus planes, y estos le obligaban a participar en aquella partida que estaban manteniendo los poderes de Egipto. Jamás traicionaría a Senenmut; sin embargo, él jugaría a su manera, para salvaguardar los intereses que ahora poseía, tan valiosos como lo fuera un imperio.

23

Aakheperkara se encontraba eufórico. Después de toda una vida guerreando, los dioses venían a colmarle de dicha para otorgarle cuantos favores pudiese desear. Por fin todas las sombras que habían planeado sobre él se disipaban para dejarle ver con claridad cuál era el verdadero horizonte que se dibujaba sobre Kemet, y cómo debía ser el futuro de su país cuando el rey ya no estuviera en él. Una simple concubina, oscura donde las hubiera, le había hecho abuelo de un niño tan hermoso que no cabían, sino las alabanzas hacia Khnum, el dios alfarero. El señor de Elefantina había creado en su torno una criatura fuerte en la que el faraón había visto reflejada su propia imagen, como si en verdad se tratara de una reencarnación. Aquel nacimiento, que en otras circunstancias apenas hubiese tenido transcendencia, cobraba una gran importancia, ya que se trataba del único varón que algún día podría dar continuidad a su casa. Al señor de la Tierra Negra le parecía un milagro que alguien como el príncipe Tutmosis, delicado de salud y limitado de entendederas, hubiera podido engendrar con solo catorce años a un niño como aquel. Solo cabía pensar en la intervención directa de los dioses para realizar semejante prodigio, y en particular la de Amón, que de este modo le manifestaba con claridad cuál era su voluntad, lo que esperaba de él.

Durante la milenaria historia de Egipto, los harenes reales siempre se habían encontrado repletos de príncipes ansiosos de sentarse en el trono. Él mismo era una buena prueba de ello;

sin embargo, ahora la situación era distinta. El recién nacido era el único descendiente varón, y aunque se tratase de un bastardo parido por una vulgar concubina, representaba un tesoro que era necesario cuidar. Al fin su decisión estaba tomada, y así fue como el dios nombró a su hijo Tutmosis como sucesor oficial, ante el alborozo general de los grandes de Egipto. El soberano ya no tendría que temer por las evidentes discapacidades de su hijo. Con su nieto la sucesión quedaba garantizada, y con ello evitaría cualquier lucha por el poder dentro de su dinastía, que de seguro terminaría por debilitar al país. La figura de su amada hija, la princesa Hatshepsut, se le antojaba crucial para llevar a buen puerto la nave del Estado cuando él faltara. Ella continuaría sus funciones como corregente en la sombra, para velar por la adecuada marcha de Kemet, y como Gran Esposa Real se encargaría de controlar las ambiciones de unos cortesanos que intentarían acaparar más poder.

Ahora el gran Tutmosis podría dedicarse a visitar de nuevo la tumba que Ineni había construido para él en la «gran pradera», el Valle de los Reyes, donde se enterrarían tres dinastías, así como la *iunit*, la sala del templo de Karnak en la que no se cansaba de admirar los enormes pilares osiríacos erigidos en su nombre. Todo se encontraba dispuesto para el día en que Osiris lo llamara a su presencia y, no obstante, aún se vio con fuerzas para emprender una última campaña contra el vil *kushita* en compañía de su hijo, todavía no coronado. En realidad, aquella operación sería dirigida por Seny, el virrey de Nubia, debido a la corta edad y las limitaciones del príncipe, y en ella los ejércitos del dios volverían a resultar victoriosos, consiguiendo un cuantioso botín y regresando a Tebas con numerosos prisioneros, que fueron puestos a los pies del señor de las Dos Tierras para que hiciese con ellos un gran escarmiento. La rebelión de Ta-Seti, el país de Kush, fue de nuevo sofocada, y así constaría al quedar grabado el hecho en los roquedales de Asuán.

Para Hatshepsut todo aquello no significó más que un nuevo paréntesis. La decisión de su padre no la sorprendió en absoluto, aunque en su alma sufriese una gran desilusión. Sentía verdadera veneración por el faraón, y por ello su resolución le causaba un profundo dolor. Sin embargo, ahora comprendía que su camino debía pasar por aquella suerte de infierno que, al parecer, los dioses habían dispuesto para ella. Era el único medio de conseguir cuanto se proponía, y se sentía capaz de hacerlo. Percibía que la vida de Aakheperkara se apagaba, y ahora veía con claridad lo fácil que le resultaría controlar a su esposo y esperar a que se presentara su momento. No tenía dudas de que antes o después este llegaría, y ella lo sabría aprovechar, pues no en vano Amón la ayudaría. La princesa estaba convencida de que el Oculto le otorgaría la realeza, y que el gobierno de su hermanastro solo era un mal necesario que la haría aún más fuerte. Junto a Senenmut se sentía pletórica, invencible, sin temor a cuantos ardides e intrigas quisieran prepararle. El recién nacido no significaba nada para ella. Un nuevo bastardo engendrado por otro bastardo al que no estaba dispuesta a reconocer. No había más heredera al trono que Neferura, y a ello dedicaría sus fuerzas. Nadie la doblegaría, pero ahora más que nunca debía emplear su astucia.

Senenmut era la herramienta perfecta para llevar a cabo sus planes. La simbiosis existente entre ambos hacía que se entendieran con una simple mirada. Él tejía para ella el mejor manto que pudiese desear, entramado de brillantes ideas, cosido con hilos que solo él podía enhebrar. Su genio lo convertía en un malabarista para quien no parecía haber nada imposible, siempre presto a sorprender con su magia.

La ocasión se presentó de improviso, y no obstante él ya se hallaba preparado. Entre los fastos de una entronización que había embriagado a muchos de los grandes de Egipto ocurrió algo inesperado, con lo que nadie contaba. Una tarde el taimado Anubis se presentó en Karnak para llevarse a su primer profeta, sin previo aviso, como más le gustaba al dios de los muertos. Todo fue tan repentino que muchos asegurarían que vieron salir por una de las puertas a Perennefer agarrado de la mano del señor de la necrópolis, raudo, como si tuviese prisa por presentarse en la Sala de las Dos Verdades. Obviamente, todo fue una exageración, debido seguramente a que el sacerdote se desplomó mientras paseaba por uno de los patios para morir de repente, sin exhalar ni un suspiro. Si Perennefer estaba esperando la llegada de Anubis, solo lo sabría él, aunque para Senenmut la cuestión era bien diferente. El escriba tardaría muy poco en sacar provecho de tan luctuoso suceso, y a la mañana siguiente se presentó ante el dios como mayordomo de la casa de su hija para hacerle una petición a la que, sabía, no se negaría.

Senenmut no tenía dudas de que, dados los últimos acontecimientos, el faraón estaría dispuesto a compensar a Hatshepsut en cuanto fuese posible. En su fuero interno el rey no podía evitar sentir una cierta culpabilidad por la decisión que, en su opinión, se había visto obligado a tomar, y ello le animaría a conceder a su amada hija lo que el mayordomo venía a sugerirle; eso sí con el mayor tacto.

Era competencia del faraón nombrar al primer profeta de Amón, y por este motivo, tras el fallecimiento de Perennefer, la princesa Hatshepsut proponía a su augusto padre que considerara la posibilidad de nombrar como sumo sacerdote a Hapuseneb, hombre sabio donde los hubiera, devoto del Oculto y profundo conocedor del funcionamiento del templo de Karnak.

El dios no tuvo reparos en atender la petición de su hija, que incluso le pareció acertada. Hapuseneb era una persona muy bien considerada, perteneciente a una conocida familia que había servido con fidelidad a la corona y que, además, ostentaba el cargo de cuarto profeta en Karnak, un puesto de gran responsabilidad que le había dado la posibilidad de conocer los entresijos y funcionamiento del templo durante años. Así pues, Tutmosis nombró al susodicho primer profeta de Amón, un cargo de enorme influencia, para satisfacción de Hatshepsut y, cómo no, de su amado Senenmut, quien, además, era amigo personal del sacerdote. Cuando el nombramiento llegó a oídos de Ineni, este tuvo que hacer verdaderos esfuerzos por disimular su cólera, aunque a la postre no tuviera más remedio que reconocer la buena jugada urdida por Senenmut. Hapuseneb se convertiría en uno de los hombres más poderosos de Egipto, así como en un pilar fundamental para Hatshepsut en el que poder apoyarse para la consecución de sus objetivos. Sin lugar a dudas, la pareja formada por Hapuseneb y el mayordomo resultaba formidable, y aquella misma noche la princesa y su enamorado se amaron con desenfrenada pasión, azuzados tal vez por la euforia que les había producido aquel nombramiento. Ellos darían forma al Egipto que deseaban, y Hapuseneb solo significaba el primer paso.

En los días sucesivos Ineni se dio cuenta del alcance de la situación. Hatshepsut había forjado los cimientos de su templo ante él sin que el visir hubiera reparado en ello. Habían sido movimientos maestros, ejecutados en lo que parecía una retirada que, ahora se percataba, se hallaba plagada de trampas. Muchos de los hombres más capaces de Kemet habían estrechado lazos con la princesa, a la que se unía de forma oficial el sumo sacerdote de Amón, un enemigo formidable con quien Ineni no debía ni podía luchar. De pronto, el tablero en el que durante tantos *hentis* había señoreado le pareció menos propicio. Su soberbia no le había permitido leerlo con claridad, y ahora que lo volvía a estudiar con detenimiento el visir se daba cuenta de que era mejor enrocarse y salvaguardar su posición en lo posible. Su actual victoria solo había sido un espejismo, y haría bien en mostrarse conciliador si quería continuar controlando la administración del Estado. En la soledad de su magnífico jardín reflexionó acerca de los pasos que debería dar, para luego brindar por su suerte, pues no en vano continuaría siendo *tiaty* bajo el gobierno del próximo faraón, quien, además, lo nombraría *imeju*, amigo personal de su Majestad.

Con respecto a Mutnofret, esta había alcanzado las metas que se había propuesto. Uno de sus hijos sería dios y, por ende, ella se convertiría en *mut nisut*, madre del rey, un título de gran importancia que la llevaba a encaramarse en lo más alto de la corte. En lo sucesivo no tendría nada que temer de la rama familiar a la que tanto aborrecía; ni siquiera la Gran Esposa Real podría ejercer su poder sobre ella. Ahora era libre de mostrar su desprecio a todos aquellos que la habían vilipendiado durante años, sin temor a las represalias. Las antiguas reinas solo serían figuras decorativas, y ella así se lo recordaría a la menor oportunidad que tuviera. Su triunfo resultaba absoluto, independientemente de los movimientos oscuros y ardides que quisiera emplear la zorra de Hatshepsut. Que Hapuseneb hubiese sido nombrado primer profeta de Amón no le importaba en absoluto. Su hijo se convertiría en Tutmosis II, y junto a él ella pasaría a la historia. Ya no se vería obligada a atar a su lecho al viejo faraón, ni a conseguir sus propósitos con el movimiento de sus nalgas. Por fin se liberaba del papel de amante de un rey al que, en su opinión, le quedaba poco de vida. El gran Tutmosis estaba señalado, y muy pronto recibiría la visita de Anubis, para mayor gloria de su hijo. Solo tenía motivos para la carcajada, y la aparición inesperada de su nieto la llevaba a experimentar una especie de éxtasis desconocido en el que pensaba recluirse el resto de sus días.

A la reina no le faltaba razón. Su esposo, el faraón, se encontraba enfermo, y la tumba que se había hecho construir con tanto secreto, muy pronto lo acogería para siempre. Nefertary se daba perfecta cuenta de ello, así como de los agitados tiempos que esperaban al país de Kemet. Como le ocurriese a Ineni, ella también valoraba el alcance del nombramiento de Hapuseneb, así como las consecuencias que esto reportaría en el futuro. La actuación de Senenmut había sido magistral y, ahora que se había convertido en una anciana, la vieja dama pensaba que podría acudir a la Sala de las Dos Verdades en paz, con la tranquilidad de saber que los intereses de su nieta se hallaban en las mejores manos. A no mucho tardar, esta se convertiría en una mujer tan poderosa que todo Egipto contendría el aliento al observar su mirada. Hatshepsut sería una reina formidable y, por primera vez en su larga existencia, Nefertary vio posible conseguir todo por lo que tan duramente había luchado. Su corazón se regocijó por ello, en tanto alzaba su copa a la salud de todas las reinas que la habían precedido y que, con gran determinación, habían levantado Egipto de sus cenizas. Hatshepsut era obra suya.

24

Tal y como se esperaba Ibu fue madre de un niño, después de un parto tan satisfactorio que hubo que considerar incluir la palabra hotep en el nombre que se pusiera a la criatura. La diosa rana Heket, patrona de las parturientas, «la que hace respirar», había dado vida al niño formado en el seno materno después de que Khnum lo hubiese moldeado en su torno de alfarero. El pequeño había mostrado tantas ganas de venir al mundo, que todos vieron en ello una señal divina, cuyo significado creían se hallaba relacionado con la antigua tragedia sufrida por Neferheru. Este apenas albergó dudas al respecto; arrepentido, Sobek le devolvía una parte de lo que le había arrebatado al entregarle una criatura robusta, capaz de llorar con una fuerza inusitada. Aquel niño llevaba el poder en sus pulmones, y Neferheru no tuvo ninguna duda de que nacía con la bendición del dios cocodrilo. Este le había insuflado su vigor, e Ibu, la encargada de bautizar a su hijo, estuvo de acuerdo en llamarlo Sobekhotep.

Aquel nombre era verdaderamente poderoso y, dada la importancia que los habitantes del Valle daban a sus nombres, todos se alegraron por la elección, empezando por Senenmut, que comprendía mejor que nadie las implicaciones que encerraba una gracia como aquella. Hatshepsut se sintió sumamente dichosa por el alumbramiento de su hermana y determinó que el recién nacido se amamantaría de la misma nodriza que su hija Neferura, tal y como les había ocurrido a ellas cuando

Sat Ra las alimentó. De este modo su vínculo continuaría vivo cuando Osiris las emplazara en la sala del Juicio Final.

Neferheru se emocionó de tal manera, que durante un tiempo anduvo disperso, como alelado, cual si hubiese sido testigo de un prodigio que le hubiera nublado las entendederas. El joven Tutmosis disfrutó mucho al verle así, y como de costumbre le hizo blanco de sus bromas.

—Ja, ja. Mi barbero tiene un hijo de Sobek —se burló el corregente, malicioso, cierta mañana.

Y es que Sobek era considerado como poseedor de un considerable apetito sexual, al tiempo que se le tenía como «señor de la semilla, el que quitaba las esposas a sus maridos cuando lo deseaba».[46]

—No te aflijas, buen Neferheru, que Sobek te hizo un gran honor con su regalo, ja, ja.

Como de costumbre el barbero apenas varió el gesto. En el fondo Tutmosis tenía razón, pues le había otorgado un presente de un valor inconmensurable.

—A mí también me gustan los cocodrilos, no te vayas a pensar —le aseguró el príncipe—. Son los auténticos señores del río. Fuertes y resistentes al tiempo que sabios. Creo que los dioses han dispuesto que tengas similitudes con ellos.

Como Neferheru pusiera cara de no saber a qué aludía su señor, este lanzó una de sus acostumbradas carcajadas.

—Me refiero a que, como los cocodrilos no tienen lengua, tampoco podrían hablar, como te ocurre a ti, ja, ja.

En eso al príncipe no le faltaba razón, ya que los cocodrilos habían sido castigados por los dioses con la amputación de su lengua después de que uno de aquellos reptiles hubiera devorado el falo de Osiris, tras haber sido este despedazado por su hermano Set, quien posteriormente arrojaría sus restos al río.

—No te aflijas, buen Neferheru; piensa que ahora podrás jugar con tu hijo.

El barbero asintió de forma mecánica, y Tutmosis lo miró como si hubiera recibido una revelación.

—Ya sé lo que haremos —dijo, entusiasmado—. Traerás a tu hijo para que juguemos los cuatro. Tú, yo, Sobekhotep y mi pequeño príncipe. Así se conocerán, y hasta puede que se hagan amigos.

Cuando Senenmut tuvo noticia de esta conversación permaneció pensativo durante un buen rato. En aquella andadura los caminos surgían de improviso para determinar nuevas sendas por las que hacer más sencillo el viaje. La omnisciencia de Amón sobrepasaba cualquier juicio que el escriba pudiera discurrir, a quien solo le quedaba alabar su nombre.

Desde que Neferheru había sido padre, en él se hacía patente un misticismo que agradaba mucho al escriba. Este comprendía las emociones que embargaban al barbero, y por ello no le extrañó que este le expusiera el deseo de visitar el templo de Sobek que se erigía en Khenu, «el lugar del remo», localidad que Senenmut conocía tras haber pasado allí un tiempo a cargo de las canteras de arenisca de Gebel Silsila. Tal y como señalaba Neferheru en su escrito, en Khenu se veneraba al dios cocodrilo y le pareció un gesto digno de encomio que el barbero deseara rezar a aquel dios después de la desgracia que había padecido. Senenmut se sintió conmovido y aseguró a su confidente que él mismo se encargaría de comunicárselo a los sacerdotes de aquel templo para que lo acogieran debidamente durante su visita.

Y así fue como el buen Neferheru se dispuso a vivir una aventura insospechada en la que, otra vez, Shai le tenía reservada una de sus habituales sorpresas. Tras recibir el beneplácito de Tutmosis, a quien le fascinó la idea de que su barbero fuese a dar gracias a Sobek después de que este le hubiera dejado mudo, el barbero partió hacia el sur, a la «tierra de arco», Ta-Kentit, en el límite del primer nomo del Alto Egipto, donde se encontraba Khenu. Viajó por el río, bajo la tutela del gran Senenmut, para descubrir un Egipto que no conocía y del que terminó por caer rendido. Nunca olvidaría los atardeceres que le dedicó el Nilo, ni la magia de una luz que reverberaba sobre las aguas y que lo atrajo para siempre. Hapy le daba la bienvenida y, mientras navegaba río arriba, el señor del Nilo le hizo ver que todas aquellas criaturas que habitaban en su reino formaban parte de un equilibrio del que Neferheru también participaba, y que las leyes que lo regían no estaban hechas por el hombre. En aquel valle tocado por la magia de los dioses la vida y la muerte iban de la mano, por designio divino, y no cabía sino aceptarlo. Desde las profundidades del río, y en las soleadas islas de arena que emergían a la superficie, los cocodrilos los saludaban en tanto Sobek, complacido, se disponía a abrirle las puertas de su templo para recibir la devoción del peregrino.

Neferheru nunca sabría con certeza cuál era la naturaleza del escenario que vivió. Siempre tendría la impresión que el sueño y la realidad habían estado separados por apenas un suspiro, que su imaginación lo había transportado a otra dimensión en la que lo humano y lo divino conformaban una única verdad en la que mirarse, en la que descubrir la auténtica esencia de las cosas. En la penumbra de aquella sala del templo, Neferheru tuvo la oportunidad de mirar dentro de sí para medir el alcance de sus sentimientos, cuanto de verdad había en ellos, el peso de sus tribulaciones y hasta dónde estaba dispuesto a creer.

Años más tarde las imágenes vividas le parecerían tan difusas que en ocasiones le harían dudar. Sin embargo, él había estado allí, rodeado por el perfume que desprendía el olíbano al quemarse, en lo más recóndito de un santuario en el que Sobek lo aguardaba. Neferheru siempre tendría la certeza de que el dios cocodrilo lo esperaba, como si tuviera que arreglar con él cuentas pendientes desde hacía ya demasiado tiempo. Es potestad de los dioses sorprendernos a veces con sus caprichos, cuestiones que no acertamos a comprender pero que, no obstante, planean sobre nosotros, irresolubles, y terminan por mortificarnos. Ellos nos las presentan a su manera, y no nos queda más que aprender a vivir con ellas, con la esperanza de que no lleguen a afligirnos. Solo correspondería a la fe saber si Sobek estuvo presente en aquella hora, aunque Neferheru tratara de convencerse a sí mismo de que en verdad había escuchado su voz, y de que sus inquietantes pupilas se habían clavado en él para hacerle revivir los momentos más atroces de su vida.

Neferheru recordaba con precisión las manos del viejo sacerdote que le ofrecían de beber. Era un brebaje de sabor extraño, una tisana que le abriría las puertas a un mundo nacido de la alucinación pero que, no obstante, terminó por parecerle real.

—No temas —le había asegurado el sacerdote—. Nada malo te ocurrirá. Este es el único medio para que puedas hablar con el dios. Él te aguarda. La mandrágora te ayudará a encontrarle.

Neferheru apuró aquel cuenco y luego el anciano desapareció para dejarle solo en la lúgubre habitación. Por un momento el barbero tuvo una sensación de abandono, difícil de explicar, y enseguida se dejó invadir por el temor. Entonces fijó un poco más su atención en la tétrica sala. Sus paredes se hallaban cubiertas de bajorrelieves, por inscripciones que elevaban loas al dios cocodrilo. Se dio cuenta de que las imágenes de Sobek se encontraban por todos lados, hasta cubrir los muros desde el suelo hasta el techo, rodeado de ofrendas y otras divinidades que lo reconocían como a un igual. Había verdadera magia en aquellas imágenes grabadas de las que, por algún motivo, Neferheru parecía incapaz de apartar su mirada. Era como si estas recabaran su atención para decirle algo, cual si de repente cobraran vida, deseosas de hablarle. Súbitamente, las paredes comenzaron a moverse y el barbero se encontró inmerso en un torbellino que giraba y giraba cada vez a mayor velocidad, hasta hacerle perder el equilibrio. La sala daba vueltas a su alrededor, y Neferheru se cubrió los ojos con las manos en tanto la cámara se llenaba de voces inconexas, de frases que era incapaz de entender. Atemorizado, el peregrino se hizo un ovillo en el suelo, tratando de protegerse de aquella vorágine que parecía surgir del Inframundo. El infierno se abría bajo su cuerpo, y tuvo la certeza de que Maka, un demonio del Más Allá con el que en ocasiones se identificaba Sobek, se le aproximaba con un cuchillo de pedernal en las manos. Neferheru se creyó perdido, y comenzó a gemir de forma lastimera con el sentimiento del condenado. Experimentaba un gran dolor que le laceraba el alma, y al punto tuvo una visión que le hizo lanzar un grito desgarrador. Se vio en el río, junto a su padre, encaramado a un frágil esquife hecho de papiros, rodeado de unas aguas que gorgoteaban, agitadas entre terribles remolinos. En ellas su madre y hermanos lo miraban, suplicantes, en tanto tendían sus manos hacia él para aferrarse a la vida; pero nada podía hacer por ellos, esta se les escapaba, pues la muerte había venido a buscarlos. Las temibles colas cubiertas de escamas fustigaban la superficie del río con una furia inaudita, cual si se hallasen dispuestas a crear una tempestad, y entonces, de entre la agonía, surgió la enorme cabeza de un cocodrilo para observarle durante unos instantes, sin emoción alguna, para decirle que era él quien se llevaba a quienes más quería, pues aquellas aguas le pertenecían.

Luego la escena se esfumó y, durante un tiempo imposible de precisar, Neferheru permaneció tendido en el suelo, sin poder reprimir los sollozos, desconsolado. Cuando estos se calmaron sintió frío, un frío que le calaba los huesos y le hizo incorporarse. Al momento tuvo la impresión de que no estaba solo, que había alguien más en aquella umbría sala. El barbero oteó entre la penumbra para, seguidamente, fijar su atención de nuevo en uno de los muros, ahora extrañamente iluminado por una débil lámpara que hacía resaltar la figura de un hombre con cabeza de cocodrilo de la que salían unos cuernos retorcidos, y sobre ellos un disco del que brotaban dos plumas y dos *ureus*. Portaba en una mano un cetro *was*, y en la otra una llave de la vida; era Sobek, y Neferheru tuvo el convencimiento de que el dios lo observaba.

Sin poder evitarlo este se estremeció; Sobek lo miraba, y desde la fría pared de piedra caliza era capaz de transmitirle todo su poder, su temible fuerza, su salvaje naturaleza. Al notar su vista clavada en él, Neferheru cayó de bruces, aterrorizado, sin atreverse a levantar los ojos hacia el dios. Toda la magia de Egipto parecía gravitar sobre aquella cámara, pues no cabía otra explicación. El barbero sentía verdaderamente la presencia del señor del río, sin que tuviera necesidad de buscar otra interpretación. En aquella hora Sobek se manifestaba, y todo cuanto podía hacer Neferheru era alabarlo, postrarse ante él como correspondía hacer a un peregrino. Sobek había marcado su vida, y ahora que se encontraba ante él solo quería pedirle por su hijo, a quien había bautizado con su nombre, para que le diera su tenacidad y su fuerza, para que le permitiera adentrarse en sus dominios sin temor a su furia, para que lo protegiese. El dios ya había recibido el sacrificio de su sangre con generosidad, y ahora le elevaba sus preces para que velara por Sobekhotep, el último vestigio de su pobre linaje.

Sin atreverse a erguir la cabeza, las letanías del barbero se perdieron por el enlosado a través de la penumbra. Se sentía tan agitado que sin poder evitarlo era presa de convulsiones que le hacían gimotear de forma irremediable. Su cuerpo tiritaba, y él rogaba, incansable, hasta ofrecer su vida si era preciso como pago por la de su hijo. Sí, él, Neferheru, estaba dispuesto a sacrificarse para salvar a su retoño, para conseguir lo que una vez no pudo: socorrer a los suyos.

Entonces, de improviso, una voz que parecía surgir de las entrañas de la tierra retumbó en la sala, y el barbero se llevó ambas manos a la cabeza, atemorizado.

—Yo soy el *ba* de los dioses y el *ka* de Ra, y tan antiguo como este —tronó aquella voz—. Surgí de la colina primigenia, del *nun*, para crear la luz en la noche. Mis ojos abarcaron las aguas para moldear a todas las criaturas, hombres, plantas, animales, las montañas y todas sus riquezas. Soy el dios eyaculador que alimenta la crecida, el que hace crujir los huesos como si fuesen carne. Mi nombre determina el norte, y habito en el Nilo, donde tengo poder sobre la vida y la muerte.

Durante unos instantes se hizo el silencio, e inmóvil el barbero trató de recuperar el aliento.

—Yo te conozco —volvió a retumbar la voz—. Tú eres Neferheru, a quien una vez dejé sin familia. ¿Crees que me apiadé de ti?

El barbero fue incapaz de moverse, atenazado por el temor.

—No hay lugar para la piedad en mi reino —bramó la voz de nuevo—. Mas los dioses somos caprichosos. Quizá quise probarte, y veo que no me equivoqué. Hoy has venido hasta mí como lo haría un peregrino, para mostrarme tu devoción. Mis leyes nunca te llevaron a abominar de mí, y a pesar de tu desgracia has impuesto mi nombre a tu hijo: Sobekhotep. Será un gran hombre y yo lo protegeré.

Neferheru trató de emitir algún sonido gutural que hiciese ver su agradecimiento, pero aquella voz se lo impidió.

—Tu hijo siempre será bienvenido a mis aguas, y tú también. Un día me llevé tu habla para imponerte un nombre, Neferheru, y ahora yo te la devuelvo. Mas cuídate de hacerlo público, pues ello puede ser causa de tu desgracia.

Entonces la voz se apagó, así como la bujía que alumbraba el bajorrelieve en el que se veía representado al dios, y la habitación volvió a sumirse en la penumbra, rodeada de un silencio sobrecogedor. Todavía tumbado de bruces, Neferheru intentaba acompasar la respiración. Estaba tan impresionado, que tenía el presentimiento de que cuanto había ocurrido en aquella lóbrega estancia no era más que producto de su imaginación, quizá inducido por algún sueño que no acertaba a comprender, o puede que debido al brebaje que había ingerido de manos del sacerdote. Poco a poco el barbero se incorporó y al momento se sintió mejor. Inconscientemente, trató de poner algún orden en sus pensamientos y recordó una por una todas las palabras que había creído escuchar. Sobek se le había manifestado, y sin saber por qué Neferheru tuvo la impresión de que era un hombre diferente al que había entrado en aquella sala, que la voz que había retumbado en la cámara había penetrado en sus *metus* para insuflarle una fuerza extraña. Era algo indefinible y, sin embargo...

Neferheru permaneció un buen rato perdido en sus disquisiciones; luego, suspiró profundamente, y entonces habló.

25

«El halcón ha volado. Osiris lo haya justificado ante su tribunal.» De este modo se hacía pública la muerte de Aakheperkara, que pasaba a la otra orilla después de doce años y nueve meses de reinado. Su sucesor, el príncipe Tutmosis, el segundo que gobernaría con este nombre, se convertía pues en el nuevo dios de la Tierra Negra, entronizado como Aakheperenra, o lo que es lo mismo: «Hermosas son las formas de Ra». Con este título sería coronado en Karnak con solo catorce años en presencia de todos los notables y, cómo no, de su Gran Esposa Real, Hatshepsut, quien asistió impávida a la consumación de lo que ella calificaría como la gran traición. Un bastardo sin entendederas ocupaba el trono de Horus, y ella no podía sino rebelarse en su fuero interno para maldecir a todos cuantos habían apoyado aquella causa que, finalmente, había terminado por salir triunfante. Con mirada serena y corazón fiero, la nueva reina tomó buena nota de todos los que en la sala de la *iunit*, en lo más sagrado del templo, elevaron enfervorecidos sus loas al Oculto por la elección que ellos deseaban, y por la que tanto habían intrigado. Tutmosis I ya era historia, y aunque deberían guardarse los setenta días de luto de rigor, Tutmosis II era ahora el nexo de unión entre su pueblo y los dioses, además de la garantía para que todos aquellos cortesanos mantuvieran sus privilegios. Era necesario conservar las prebendas a toda costa, e Ineni sería el garante de ello. El viejo visir iba a ser confirmado en

— 547 —

el cargo, después de haber servido a dos faraones con fidelidad, y nombrado *imeju* del nuevo rey, un título que invitaba a todos al optimismo.

Ineni había demostrado con creces su prudencia y habilidades políticas, y hasta el último momento siguió sirviendo al difunto faraón, al encargarse personalmente de sus exequias. Todo el cortejo fúnebre cruzó el Nilo hasta la orilla occidental, en la que el visir había creado un lago artificial para recibir el cuerpo embalsamado de su señor y efectuar los ritos pertinentes en un pequeño templo, antes de conducir los restos hasta su sepultura. Tutmosis II, su sucesor, se encargó junto al viejo visir de efectuar con la azuela de hierro meteórico el ritual de la apertura de la boca, a fin de devolver los sentidos al difunto en la nueva vida, como correspondía al heredero, para luego regresar a Tebas junto al resto de los acompañantes, ya que el fallecido iba a ser enterrado en el mayor de los secretos, en un lugar desconocido y apartado del que solo Ineni tenía noticia, al haberlo construido con sigilo. Durante años, el visir se había encargado de las obras en el mayor secreto, y ahora que el gran Tutmosis había sido justificado se encargaría de sellar su sepulcro y hacer que este cayera en el olvido, para que no fuera objeto de pillaje por parte de los ladrones, como solía ocurrir en la mayoría de los casos. Ineni estaba dispuesto a llevarse el secreto a su tumba, e íntimamente se enorgulleció de ello, ya que era un hombre fiel a las tradiciones y muy devoto de los dioses.

Para Hatshepsut el sepelio fue bien distinto. Más allá de las ceremonias de Estado que se llevaban a cabo a la muerte de un rey de Egipto, su corazón lloraba desconsoladamente por la pérdida de su padre, un hombre a quien reverenciaba, independientemente de la gran desilusión que había sufrido. Las lágrimas de la nueva reina eran reales, y tan amargas como correspondían a un alma que se sentía engañada.

Sin embargo, su camino no había hecho sino comenzar. Una nueva etapa se iniciaba en Egipto y era preciso posicionarse adecuadamente a la espera de la llegada de su momento. Hatshepsut lo adivinaba próximo, y ello le producía una ansiedad que trataba de controlar con todas sus fuerzas. Hacía tiempo que había aprendido a llevar su máscara, y la mantendría cuanto fuese preciso.

En realidad, los acontecimientos se precipitaron. El nuevo rey era tan solo un niño con pocas posibilidades de gobernar, y todos los que se encontraban cercanos a él afilaron sus colmillos para obtener la mayor preponderancia. Como se esperaba, Ineni continuó ejerciendo como visir, y por tanto controlando la administración del Estado con la habilidad que siempre le había caracterizado. Sin embargo, su situación era engañosa. Nuevos hombres se situaban discretamente a su sombra, a la espera de asaltar el poder. La fragilidad de Tutmosis resultaba patente, y Hatshepsut se aprovechó de ello para tomar la medida a su augusto esposo, a quien se acercó con astucia. El tiempo de combatirlo había pasado, y la reina se dio cuenta de que una mayor proximidad a su hermanastro la ayudaría a acaparar más poder. El joven faraón carecía de luces, y Hatshepsut las poseía todas. A esta le resultó sencillo aprender a controlar a su esposo, a quien terminó por manipular con facilidad. Nunca existiría entre ellos el menor rastro de amor conyugal, ni acercamientos carnales; sin embargo, la reina terminaría por sentir una cierta lástima por la figura de su hermano, quien, como aseguraría Ineni, «siempre permanecería recluido en su nido», como si se tratase de un niño que jamás crecería.

A Senenmut aquel reinado le pareció un regalo de los dioses. La obra que junto a su amada soñaba erigir necesitaba de tiempo, y el joven Tutmosis se lo proporcionaría en su justa medida. Su amistad con el faraón se estrechó aún más, y de este consiguió nombramientos de gran importancia que aumentaron su influencia en la corte, ante la mirada de un Ineni ocupado en fraguar nuevos planes con los que garantizar su futuro. Así, el dios lo elevó a gobernador de los títulos de propiedad y mayordomo de la Alta Casa, es decir, del rey, lo que llevaba al antiguo escriba a administrar los intereses de la casa real y controlar cuanto ocurría en palacio. Ineni tenía ahora ante él a un enemigo formidable, contra el que no le interesaba luchar, y de este modo se creó entre ambos personajes una relación de fingido respeto y paciente espera que Senenmut supo aprovechar en su beneficio. Ahora había dos nuevas piezas de gran valor sobre el tablero, y el mayordomo estaba dispuesto a jugarlas con la maestría que le habían otorgado los años. Una era la figura del hijo del dios, un niño de quien se debía ocupar, pues si Anubis no dictaba lo contrario podía llegar a convertirse en un serio problema para las aspiraciones de Hatshepsut. Senenmut era capaz de captar su fuerza, a pesar de que el pequeño solo contaba con un año de edad, así como la magia con la que los dioses solían envolver a los elegidos. La otra era Neferheru, un hombre de la mayor importancia que con la llegada de Tutmosis al trono se había convertido en barbero real, un título sumamente codiciado y que el escriba había planeado para su sirviente desde hacía años. El mayordomo se vanagloriaba íntimamente por ello, ya que Neferheru quedaría adscrito a la casa real de por vida y daría cuenta a Senenmut de todo lo que llegara a sus oídos. Sin duda, este se sentía satisfecho, pues no en vano había respetado el *maat*, aceptando todas las decisiones contrarias a la legitimidad de su amada reina, sin que esta perdiera ni un ápice de sus posibilidades por alcanzar algún día el trono.

En cuanto a Neferheru, el escriba sentía un gran afecto por él. Su visita al templo de Sobek en Khenu parecía haberle proporcionado una nueva luz a su mirada, más radiante, como si en verdad hubiese encontrado la felicidad. Senenmut estaba al corriente de cuanto allí había ocurrido, del trance en el que, sin duda, debió entrar el barbero, de sus gemidos lastimeros a consecuencia de la introspección que sufrió. Neferheru buscó dentro de sí el camino para librarse de su pena, y a fe que lo encontró, ya que había regresado convertido en otro hombre. Ello le complacía, y también el hecho de que hubiera pedido la bendición para su hijo. Para alguien tan unido a los templos como era Senenmut, este particular adquiría una singular importancia. Tenía planes para el pequeño, pues estaba convencido de que en un futuro Sobekhotep podría ser de utilidad; hasta su nombre le gustaba.

Como era de esperar Mutnofret señoreaba por palacio a su antojo, aunque solo fuese para hacer notar su presencia y zaherir a la otra rama familiar. Justo era reconocer que en parte lo conseguía, ya que su gran rival, Ahmés Tasherit, andaba presa de una depresión que le devoraba las entrañas. Su amado esposo había pasado a la otra orilla, y ella quedaba apartada de sus antiguas funciones, aunque conservaba el respeto de la corte. Su carácter, dulce y callado, la llevaban a recluirse en su mundo, alejada de unos poderes que ya poco significaban para ella. Sin embargo, no ocurría lo mismo con su madre. La vieja dama continuaba tan activa como de costumbre, a pesar de su avanzada edad, y era capaz de urdir nuevas intrigas para llevar a cabo sus propósitos. Su lucidez se haría legendaria, y desde su posición asistía fascinada al desarrollo del juego que ella misma había iniciado hacía ya muchos años. Soñaba con poder presenciar el último movimiento algún día, ser testigo de su triunfo antes de verse con Anubis, para luego descansar satisfecha en la necrópolis situada en los cerros del oeste. Su *ka*, tan inquieto como ella, recorrería su tumba de acá para allá en busca de sustento, y confiaba en que algún día se fundiera con su *ba*, para así terminar por convertirse en *akh*, un ser bienaventurado que habitaría en el Más Allá. A esto se reducían sus anhelos, que no eran pocos, en tanto disfrutaba de su preciado jardín y su devoción por el vino del Delta.

Con la llegada del joven Tutmosis al trono, Ibu tuvo la impresión de que el ambiente en palacio se distendía, que el tiempo volvía a medir su paso con cierta mesura, si acaso con la tranquilidad de antaño, cual si quisiera darse un respiro. Se le antojaba que no había tanta premura, que las cosas habían vuelto al lugar que les correspondía, que podía disfrutar de los atardeceres sin la crispación prendida en los rostros. Ahora no había lugar para la prisa, y solo deseaba gozar de la compañía de Hatshepsut, ser amada por su esposo y ver crecer a su pequeño para mostrarle la magia de Egipto. A Ibu el Nilo se le antojaba perezoso, y las noches más estrelladas. Su marido había regresado de Khenu envuelto en una suerte de misterio que había terminado por atraparla de forma irremisible.

Había algo diferente en Neferheru que no acertaba a definir, pero que se hacía patente con cada uno de sus gestos, incluso con su caminar. Su mirada parecía emplear otro lenguaje distinto al habitual, como si en la intimidad de aquel templo Sobek le hubiese mostrado lo que ocultan las profundidades del río, enseñado el habla de los cocodrilos, o puede que accediera a aliviarle la pena por lo que una vez le arrebató. Todo resultaba un enigma, y no obstante Ibu sabía que había una explicación para aquel cambio que nada tenía que ver con el misticismo. Ahora, mientras la amaba, Neferheru la cubría con una luz a la que ella se abandonaba sin remisión, que le transmitía aspectos de su esposo desconocidos hasta ese momento. Era como si nuevas palabras surgieran desde su alma y, mientras la penetraba, ella percibía con claridad como algo en el interior de su amado cobraba vida después de haber permanecido en el olvido. Se trataba de una especie de renacimiento, como el que Ra experimentaba cada mañana animado por Khepri, el dios escarabajo. Su *ka* danzaba gozoso, entusiasmado por alguna razón que ella ignoraba. Sin embargo, lo sentía, sin la menor duda, y en ocasiones hubiese jurado haber escuchado sus palabras, como parte del hechizo en el que parecía encontrarse, sin que pudiese hallar ninguna explicación para ello.

26

Tal y como Ibu percibía, el advenimiento al trono del joven Tutmosis trajo aparejada una calma que, aunque engañosa, sirvió para que las aguas dejasen de agitarse y los protagonistas de la historia tomaran conciencia del lugar que realmente ocupaban. Hubo noticias luctuosas, como la desaparición de Uadjemose, a quien Osiris terminó por llamar a su presencia, quizá compadecido de su sufrimiento. Anubis se llevaba a un espíritu luminoso, pues de este modo muchos se referían al príncipe, y su madre, la reina Mutnofret, pidió que se edificara un templo para su difunto hijo, en el que se honraría su memoria, a lo cual accedió el faraón.

Hatshepsut, por su parte, apenas atendía a semejantes cuestiones. Su ascenso parecía imparable, ya que aumentaba su poder día a día, dictando órdenes y nombramientos a los que su augusto esposo y hermanastro no se oponía en absoluto.

De este modo fue como nombró a Senenmut nuevo «padre nutricio» y preceptor de su hija, en lugar de Amosis Penejbet, que deseaba retirarse por un tiempo a su tierra, el-Kab, después de años de servicio en las guerras que emprendiera el anterior soberano, para disfrutar de un más que merecido descanso. El leal guerrero intuía los derroteros hacia los que se encaminaba Kemet, y se consideraba un hombre demasiado conservador y afecto a las tradiciones como para permanecer en palacio. Su tiempo como cortesano había terminado, y era su deseo pasar el resto de sus días abrazado a los recuerdos.

Para Senenmut aquel nombramiento era la vida misma, pues significaba la posibilidad de poder permanecer cerca de su hija sin temor a las indiscreciones, para encargarse personalmente de su educación. Neferura era la alegría de su corazón, carne de su carne, a quien ahora podría demostrar el inmenso cariño que le profesaba. Él también había construido sus sueños alrededor de la pequeña, como le ocurriera a su madre, y estos le conducían a ser más ambicioso que nunca. De vivir el viejo Nakht, su antiguo maestro quedaría, sin duda, escandalizado. Sin embargo, Senenmut se convencía de que toda la influencia que deseaba obtener redundaría en beneficio de Neferura, para quien estaba decidido a conseguir el poder.

El escenario que él mismo se había encargado de montar iba tomando la forma deseada y ahora, más que nunca, era preciso que los actores interpretaran el papel adecuado.

—Debemos pensar en tener otro hijo —le dijo Senenmut a su amada reina una noche, después de haberse amado hasta caer rendidos.

Hatshepsut se incorporó levemente para observarle un poco mejor a la luz de las débiles bujías.

—¿Otro hijo? ¿No piensas que podría resultar peligroso? —inquirió ella, pensativa.

—Creo que tendrías que considerarlo.

—¡Estás loco! Dada nuestra situación resultaría demasiado arriesgado.

—Si los dioses se avinieran podría ser una jugada maestra.

—Supongo que no me estarás proponiendo que engendre una criatura de mi hermano —señaló Hatshepsut, escandalizada—. Eso resultaría imposible. Contrario por completo a mi naturaleza.

Senenmut no dijo nada, ya que conocía muy bien el rechazo que su amada sentía por Tutmosis.

—Volver a ser penetrada por Tutmosis es una experiencia por la que no estoy dispuesta a pasar —aseguró ella con rotundidad.

—Lo comprendo muy bien, amor mío. Sin embargo, podría significar el golpe definitivo que destruyera a tus enemigos.

—En verdad que puedes convertirte en un ser perverso, Senenmut. Capaz de caricaturizar a la mismísima Apofis.

—Es probable. Pero no olvides que velo por tus intereses; y también por los de nuestra hija. ¿Te imaginas a Neferura acompañada por un príncipe de su misma sangre? Tu triunfo sería absoluto y tu casa perduraría durante millones de años. Dos verdaderos hermanos gobernando la Tierra Negra. Egipto entero se doblegaría ante ellos.

Hatshepsut permaneció unos instantes mirando a su amado como embobada. Pero al poco sus ojos felinos parecieron considerar aquella cuestión, y la leona que llevaba en su interior pudo divisar la caza que se le ofrecía en la sabana.

—Otro hijo —musitó ella, mientras volvía a acurrucarse entre los brazos de su amante.

—Una criatura tuya y mía que ayudaría a Neferura a velar por sus intereses, por los de tu casa.

Hatshepsut continuó pensativa, en tanto acariciaba el pecho de su mayordomo.

—La llegada de un varón eliminaría para siempre las posibles expectativas del pequeño Tutmosis —vaticinó Senenmut.

—¿Crees que puede resultar peligroso? —inquirió ella, dubitativa.

—Todo príncipe de Egipto tiene pretensiones, amor mío. Ese niño posee una fuerza bien diferente a la de su padre. He leído su magia y sé que Montu está en su corazón. No olvides que soy devoto del dios de la guerra, en cuyo templo me instruí.

Al escuchar aquellas palabras Hatshepsut se sobresaltó, y al punto volvió a incorporarse para mirar a los ojos de su amado.

—Nuestro camino nos sorprende con nuevos obstáculos, ¿no es así? —le preguntó ella, con cierta resignación.

—Los dioses nos ponen a prueba. No en vano queremos cambiar Egipto para siempre.

—Una Tierra Negra que recupere el poder de las grandes magas, las diosas madres sin las cuales Kemet jamás hubiera existido.

—Dentro de poco las estrellas nos serán favorables —señaló Senenmut con gravedad.

—Un nuevo príncipe —matizó Hatshepsut como para sí.

—He leído los cielos y estoy seguro de que muy pronto podrás concebir.

—Sí —musitó ella—. Hathor, Heket y Tueris me serán propicias. Tendremos otro hijo; tuyo y mío; qué mayor regalo podríamos esperar de la mano de los dioses.

—No existe un bien más preciado que ese en nuestra tierra. Hathor nos bendecirá y Amón volverá a crear nuevas sendas para nosotros.

—Mi divino esposo siempre velará por mí —profetizó Hatshepsut—. Debemos, pues, prepararlo todo.

—Así es, ya que llegará un día en el que los acontecimientos se precipitarán. Habría que pensar en nombrar un gobernador para la casa de nuestra hija.

—Entiendo. Ello te daría más tiempo para permanecer cerca del faraón.

—Aakheperenra escucha todos mis juicios. De este modo podría aumentar mi influencia. Senimen sería muy adecuado para ocupar ese puesto. Es un hombre de mi mayor confianza que te servirá bien.

—Veo que lo tienes todo calculado de antemano. Como de costumbre —indicó Hatshepsut con evidente ironía.

—Siempre para conducirte al lugar que mereces, amor mío. Vine al mundo para servirte. No hay para mí mayor ventura que esa.

—Entonces ámame otra vez; hasta que la aurora nos sorprenda con el regreso de Ra de su viaje nocturno, todas las noches; a la espera de que Hathor me envíe su señal.

Dicha señal no tardó mucho en llegar, y en apenas un mes Hatshepsut llevó a cabo los preparativos pertinentes, tal y como hiciese años atrás. El dios volvió a copular con su hermanastra, en su opinión esta vez de forma más satisfactoria, aunque para la Gran Esposa Real resultase igual de desagradable. Detrás de aquel acto se escondía una cuestión de Estado, y a ello se aferró la reina mientras cohabitaba. El faraón sentía una suerte de fascinación hacia ella que no se preocupaba en disimular. A sus ojos Hatshepsut se le presentaba como una verdadera diosa, y poder amarla suponía el anhelo máximo al que podía optar su naturaleza. Era una mujer bellísima que siempre se le había antojado inalcanzable, y a la que nunca se le ocurriría desairar. Junto a ella Tutmosis se veía empequeñecido, y no le importaba en absoluto el hecho de haber permitido que, poco a poco, su esposa tomara las riendas del poder. En realidad, Hatshepsut se había convertido en regente, algo que al rey aliviaba sobremanera, pues no entendía el alcance de la mayoría de las medidas que de ordinario el Estado debía emprender. Al rey le parecía bien todo lo que Hatshepsut le proponía, y no tuvo el menor problema en aceptar la sugerencia que su Gran Esposa Real le hizo tras el fornicio que ambos mantuvieron.

—¿Mi señor el dios de las Dos Tierras tendrá a bien concederme un deseo? —le preguntó ella con el tono que solía emplear cuando esperaba un sí por respuesta.

Todavía tratando de recuperar el aliento, Tutmosis asintió de buena gana.

—Me alegro, esposo mío, pues no hay mayor grandeza en un dios de Kemet que la de mostrar su generosidad. Deseo construirme una tumba, y espero que no te opongas a ello.

—¿Una tumba? Claro, cómo podría negarte una petición semejante —se apresuró a contestar el soberano, de forma entrecortada.

—Muy bien —señaló Hatshepsut, en tanto se disponía a marcharse—. Nuestro divino padre Amón te lo agradecerá.

—¿Tú crees? —inquirió el rey, sin entender el significado de aquellas palabras.

La reina lo observó un instante, no sin cierta lástima.

—No albergo la menor duda al respecto, gran Tutmosis. El Oculto espera que tu simiente haya prendido en mí, y yo también.

Estas fueron las últimas palabras de Hatshepsut antes de abandonar los aposentos del faraón. Ya nunca volvería a visitarlos.

Cuando se supo que Hatshepsut volvía a estar embarazada, el palacio se convirtió otra vez en un escenario en el que la alegría general se vio acompañada por los inevitables rumores. Estos formaban parte, desde antiguo, de la idiosincrasia de una corte cuya capacidad para las intrigas llegaría a ser legendaria. Con los siglos adquiriría tal maestría a la hora de extender las murmuraciones que, a ciencia cierta, nadie sabría nunca de donde provenían. Era lo habitual, y al conocer la noticia Tutmosis se mostró entusiasmado por el hecho de que la hermosa Hatshepsut fuese a hacerle padre de nuevo. Claro que si el rey se encontraba eufórico, Senenmut se sentía verdaderamente señalado por los dioses. Otro hijo suyo venía en camino de la mano de la mujer por la que estaba dispuesto a dar su vida, y para un hombre como él, procedente del Egipto profundo, semejante posibilidad se le antojaba como un milagro que jamás hubiese podido imaginar. Hatshepsut comenzaba a llevar en su mano las riendas de Egipto, de manera fáctica, y en su vientre se encontraba la simiente de un escriba del sur, procedente de una familia tan humilde que solo un prodigio podría explicar cuanto estaba ocurriendo.

La influencia de Senenmut sobre Aakheperenra era tan notoria, que Ineni no tuvo más remedio que plegarse a aquella situación para no perder su preponderancia. Este era *imeju*, la persona de mayor confianza de todo Kemet a los ojos del rey, y trataría de conservar dicha distinción con la prudencia que siempre le había caracterizado. Era necesario rendirse a la evidencia: Hatshepsut gobernaba Egipto, sin duda, a su manera, pero apoyada en dos hombres cuyo poder crecía día a día. Con Hapuseneb al frente del clero de Amón como valedor de la reina, al visir solo le quedaba refugiarse en lo que resultaba políticamente correcto, en las milenarias tradiciones y, sobre todo, en el ejército. Esta era su gran baza, la que pensaba que le permitiría poder colocar la pieza que aún manejaba en la casilla vencedora.

Sin embargo, todo se encontraba suspendido de unos hilos que podrían resultar tan frágiles como dispusieran los dioses. Más que nunca, el futuro de la Tierra Negra se hallaba en sus manos, y buena prueba de esto era el hecho de que la reina se encontrara embarazada. El visir sabía mejor que nadie las consecuencias que ello ocasionaría en el caso de que Hatshepsut alumbrara un varón, y lo delicada que sería su situación. En tal caso Egipto ganaría un príncipe que se convertiría en señor indiscutible de las Dos Tierras, y el visir tendría que ir pensando en un honroso retiro. El ascendente de la reina sobre el faraón era tan evidente que este le había permitido construirse una tumba a su capricho, en un lugar verdaderamente singular y algo alejado del que un día sería conocido como el Valle de los Reyes. Ineni se encontraba al corriente de ello; un emplazamiento excavado en la pared de un acantilado que dominaba un *wadi* conocido como Sikkat Taquet Ez-Zeid,[47] nada menos que a veintiocho metros de altura, y en el que la entrada al túmulo estaría orientada al oeste, con el fin de que los rayos del sol al atardecer iluminaran el interior de la tumba cuando se produjese el equinoccio de otoño. Una empresa más que notable, sin duda, en la que se habían ya puesto a trabajar, y que al visir le daba que pensar. Hatshepsut era tan ambiciosa como él, y su premura podía estar bien justificada.

De un tiempo a esta parte la salud de Tutmosis se resentía. Ineni despachaba con él a diario y su intuición le decía que aquel faraón no sería tan longevo como los anteriores a quienes había servido. Más pronto que tarde Anubis fijaría su vista en él, y, sin duda, Hatshepsut quería asegurarse su morada eterna antes de que llegase ese momento, una tumba digna de un rey, pues nadie podía saber qué ocurriría cuando quedara vacante el trono de Egipto. Ahora la reina había adquirido experiencia, y era consciente de lo quebradizo que podía llegar a ser el camino que determinara el destino. Todo era tan sutil como la magia que envolvía al país de Kemet, la tierra de los dos mil dioses.

27

En cierto modo la existencia de Neferheru se había convertido en un continuo sobresalto. Su vida había cambiado, aunque eso solo lo supiese él, y conforme pasaban los días dudaba de poder mantener a buen recaudo su secreto. No era necesario recordar las palabras que estaba convencido que Sobek le dedicara; él sabía el riesgo que correría si llegaba a conocerse que había recuperado el habla. Si en Egipto era posible que ocurrieran los milagros, el suyo era de consideración, incluso inaudito, capaz de pasar a la historia de lo que resultaba imposible. En su opinión debían haber intervenido varios dioses para que se produjese tan colosal prodigio. Sobek le había demostrado su generosidad y el porqué era considerado como grande entre los grandes; sin embargo, nada hubiese podido concretarse sin el concurso de Thot, el señor de la palabra, compendio de toda sabiduría, y por supuesto de Amón, el dios a quien de una u otra forma su familia había servido durante generaciones. El barbero era hijo de su templo, y si Thot se había avenido a enseñarle la escritura sagrada era por intercesión directa del Oculto, quien lo había cobijado en la quietud de su reino. Ahora era consciente del alcance de su omnisciencia, de la profundidad de su pensamiento. Todo resultaba complejo a la vez que simple, y cuanto le había ocurrido era una buena prueba de ello. El señor de Karnak lo había conducido hasta el templo de Sobek después de hacerle vivir sucesos poco menos que inauditos, que ahora se le antojaban como meros vehículos para recuperar lo que una vez perdiera. Neferheru no dejaba de verse a sí mismo como el campeón de la peripecia, ya que un cúmulo de acontecimientos habían llegado a cambiar su vida sin apenas proponérselo, siempre empujado por una mano oculta que se había encargado de él. No tenía ninguna duda de que Amón se había conmovido de su tragedia hasta apiadarse de él; y esa piedad la había trasladado hasta el corazón del dios cocodrilo, duro donde los hubiera, para ablandarlo como solo el Oculto podía. A los ojos de este, Sobek hacía justicia al permitir que volviese a hablar, pues hasta los dioses deben cumplir el *maat*.

Semejantes elucubraciones ocuparon los pensamientos del barbero durante muchos días, ávido por encontrar una explicación a lo inexplicable. Solo en la voluntad de los dioses de Egipto se hallaba la respuesta, y el barbero se sintió tan insignificante que se prometió a sí mismo no separarse jamás de la senda de la justicia dictada por Maat. Sin embargo, él no era más que un hombre, y como tal debería vivir, sujeto a unas obligaciones y sobre todo a una familia con la que se vería obligado a fingir.

Esta idea fustigó su corazón sin remedio. Ahora deseaba con todas sus fuerzas decir a Ibu cuánto la amaba, cómo había sido su vida, mostrarle el timbre de su voz para arroparla con sus sentimientos, musitar su nombre una y otra vez mientras formaban un solo cuerpo, abrazados por la pasión; quería que escuchara de sus labios lo hermosa que era, que siempre permanecería a su lado, que cuidaría de su hijo, a quien enseñaría a ser un hombre. Juntos podrían admirarse al contemplar los colores de Egipto, hablar de las estrellas que los alumbraban en las profundas noches tebanas, jurarse amor eterno y hacer que ella ya nunca olvidara su voz para continuar diciéndose cuánto se querían el día en que alcanzaran los Campos del Ialú.

Sin embargo, la aflicción le reconcomía las entrañas. Vivía una paradoja en la que su comportamiento se contradecía con lo que en realidad deseaba. No podía hablar; y la advertencia que le hiciese Sobek la llevaba impresa de tal modo en su corazón, que en ocasiones se descubría a sí mismo luchando por evitar que, de forma inesperada, se escapara alguna palabra que pudiera comprometerlos a todos. En cierto modo su vida se convertía en un infierno en el que se hallaba condenado a una eterna vigilancia, aunque luego se convenciera de que si Amón le había permitido recuperar la voz era porque deseaba que pudiese volver a utilizarla, pues no en vano ordenaba el tiempo y las circunstancias, y en esto se refugiaba el buen barbero.

Pero era imposible que Neferheru pudiese enmascarar su alegría después de lo acontecido. Era otro hombre, y aunque disimulase ante los demás su alborozo, a su esposa no la podía engañar. Ella leía su corazón como nadie, pues a la postre este había sido el único medio por el que se habían comunicado. Había algo diferente en él que Ibu supo descubrir desde el primer instante, aunque ignorara todo lo que le había ocurrido a su esposo.

Durante un tiempo Neferheru mantuvo su hermetismo a duras penas, en una lucha feroz contra sí mismo y sus anhelos por poder compartir su felicidad. Pero Ibu indagó e indagó en busca de aquella luz desconocida que ansiaba desentrañar. Las paredes se resquebrajaban poco a poco, y la hermanastra real comenzó a atisbar en el interior de la cámara en la que su esposo ocultaba celosamente su secreto. Había una clara aflicción en el corazón de este, e Ibu intuyó que el enigma que escondía le causaba un gran pesar del que, por algún motivo, no se podía librar. Ella percibía aquella nueva alegría y también un gran temor, un miedo que sabía los alcanzaba y Neferheru quería alejar levantando un muro ante los suyos, ya que él los protegía.

Aquella noche ambos se amaron con la pasión del primer día. Como en tantas ocasiones Tebas dormía envuelta en la quietud que sus templos habían tejido para ella. En lo alto las estrellas brillaban, incansables, y desde los jardines de palacio el jazmín regalaba su perfume a quien quisiera embriagarse con él. Ibu se dejaba impregnar con aquella fragancia que tanto le agradaba, mientras su esposo la tomaba una y otra vez, sin que el tiempo tuviese importancia, como a ella le gustaba. Entonces el mundo se detenía, el Nilo dejaba de fluir, y Egipto parecía quedar suspendido de los hilos trenzados por su propio misterio. Era el momento en el que sus *kas* se encontraban para formar uno solo, para correr al encuentro de sus *bas*, sus almas, a fin de convertirse en *akhs*, seres bienaventurados, aunque no se hallaran todavía en el Más Allá. Su paraíso era terrenal, pues ambos conformaban sus propios Campos del Ialú, sin temor a los dioses, sin sentirse irreverentes, ya que todo lo hacían por amor.

Entonces fue cuando Ibu descubrió una voz. Alguien le había hablado, quizá entre murmullos, o puede que el *ka* de su amado se hubiese desprendido de la angustia que un día le produjese la tragedia para manifestarse libremente. El corazón de Neferheru había hablado, de eso no tenía duda, con un tono melodioso, rebosante de ternura, con las palabras más hermosas que ella pudiese imaginar, que le llegaron hasta el alma para cubrirla de miel. Ibu se aferró al cuerpo de su esposo como impulsada por un resorte, cual si quisiera indagar a través de la piel de su amado la naturaleza de su nuevo lenguaje. Parecía obra del imaginario, o quién sabe si de algún *heka* oculto, de los muchos que pululaban por palacio. El hechizo pintaba el lecho con el color de los sueños, y estos se hacían corpóreos sin que nadie los hubiera llamado, de manera altruista, seguramente por querer dejar de serlo. Todo era real, tan tangible como las caricias que la enloquecían, los besos que cubrían su cuerpo o el placer que la devoraba. A este le resultaba sencillo abandonarse, pero aquella voz surgida del imposible le hizo experimentar una sensación para la que no estaba preparada. Ibu vibró, y durante unos instantes difíciles de medir se vio abandonando su cuerpo, como suspendida, en un intento de visualizar si en realidad era cierto cuanto estaba ocurriendo. Su esposo le susurraba, e Ibu separó con las manos su rostro para mirarle a los ojos mientras la penetraba; a sus labios, incrédula al ver como estos musitaban las palabras más hermosas, aquellas que ninguna mujer se cansaría de escuchar. Los sentimientos de Neferheru se desbordaban impetuosos, como el Nilo en la estación de las aguas altas, para cubrir el corazón de su amada con el limo más fecundo que cupiese imaginar. No existían diques capaces de detener semejante avenida, ni barreras de contención, los famosos *meryt*, que pudieran oponerse a la fuerza de aquellas emociones. Su ímpetu nacía de lo más profundo de los misterios que albergaban los templos, pues llegaba de la mano de los dioses, de aquellos que en realidad gobernaban la Tierra Negra, los inalcanzables, ante los cuales los hombres solo podían postrarse para aceptar su fragilidad. Ellos ordenaban la existencia en aquel valle surgido de su voluntad, y solo quedaba alzar los brazos para darles gracias por la vida, por el aire que respiraban, por hacer posible que los milagros pudiesen formar parte de aquella bendita tierra.

Al escuchar otra vez a aquellos labios, Ibu los besó como si de ellos dependiera su propia subsistencia. No había lugar para las preguntas, ni para explicaciones que solo alimentarían pensamientos confusos; era el momento de dejar que el corazón se explayara para permitirle descargarse de sus miedos, para hacerle ver que no tenía nada que temer, que la vida en la oscuridad no era posible para los seres que se amaban como ellos. Las plantas renacían, y solo con el sol era posible que creciesen, como correspondía a una buena cosecha. El campo que con tanto amor habían sembrado ahora germinaba, esplendoroso, con fuerza inusitada, animado por una nueva luz que creían perdida para siempre.

Entrelazados en medio de aquel conjuro, los dos alcanzaron el éxtasis entre convulsiones que se les antojaron inacabables, y al derramarse Neferheru le dijo a su amada cuánto la quería, que su vida le pertenecería para siempre, que Amón deseaba verlos juntos el resto de sus días, bajo la bendición de Sobek, el dios cocodrilo. Luego, arrullados por el embrujo de la noche, ambos se dijeron las más tiernas palabras, como cualquier enamorado, tendidos sobre el lecho que había sido testigo del poderoso influjo de Hathor, en tanto las estrellas les regalaban sus parpadeos. Neferheru relató entonces todo lo que le había ocurrido: su visita al templo de Sobek y el prodigio que allí tuvo lugar. Ibu le escuchó con atención.

—Nadie puede conocer nuestro secreto —murmuró Neferheru, temeroso.

—Lo sé, amor mío.

—Ni siquiera tu hermana. Debes guardarte de caer en el descuido.

—Tú eres quien debe cuidarse —replicó Ibu, con calma—. Cualquier detalle puede hacer sospechar a Senenmut.

—Cada mañana pido al Oculto que sujete mi lengua. Sé el peligro que corro, pero confío en que Amón nos proteja.

—Son muchos los oídos dispuestos a escuchar en palacio. Nada se escapa a quienes rodean al dios.

Neferheru asintió en silencio.

—Si llegara a saberse caeríamos en desgracia —le advirtió Ibu—. Solo podrás hablar conmigo cuando nos encontremos en el lecho; la noche será nuestro único testigo.

—Sobekhotep —se lamentó el barbero.

—Tampoco podrás hablar con él.

—Grande es el precio que he de pagar por mis palabras —dijo Neferheru con tristeza.

Ibu le puso un dedo sobre los labios.

—No te aflijas —señaló ella con suavidad—. Tu poder se encuentra en tu silencio. Sobek te lo otorgó.

—Tienes razón. Solo si sigo tu consejo podré protegeros.

Ibu se acurrucó entre los brazos de su esposo y le mordisqueó el cuello.

—Ahora amémonos de nuevo —susurró ella—. Quiero escuchar tus palabras mientras me tomas hasta que Ra despunte en el horizonte. Es tal y como me la había imaginado. Eres Neferheru, el de la bonita voz.

28

Como hombre experimentado en los asuntos de gobierno, Ineni reconsideró su posición para colocarse su mejor máscara. Era el momento de presentar otro rostro ante Hatshepsut, a quien, en su fuero interno, había terminado por admirar. Había verdadero coraje en el corazón de aquella mujer, así como grandes dotes para gobernar. Sin embargo, él estaba educado en las viejas tradiciones y estas disponían que eran los hombres quienes debían sentarse en el trono de Horus. El visir era demasiado mayor para cambiar de parecer, y su apego por el poder le decía que nunca debería apoyar aquella causa si deseaba conservarlo. Tenía que fingir, e incluso mostrarse solícito, a la espera de poder introducir en el cesto la fruta envenenada que tenía preparada. Ante el resto de los notables de palacio se mostró conciliador, y con interés por participar en todos los proyectos que tuviera a bien emprender la reina, como así se lo hizo ver una mañana al dios, quien se hallaba en compañía de Senenmut.

—En mi condición de *imeju* me atrevo a solicitar el favor de su Majestad —dijo el visir con su acostumbrada solemnidad.

Tutmosis rio, pues le hacía gracia el tono que Ineni solía emplear en su presencia.

—Eres el mejor amigo que tengo —señaló el faraón—. Puedes pedirme lo que desees.

—El señor de las Dos Tierras me honra con sus palabras —alabó Ineni, antes de continuar—. Tengo entendido que la

Gran Esposa Real, la reina Hatshepsut, soberana de Egipto, quiere excavar su tumba en la orilla occidental, y representaría para mí, como arquitecto real, un gran honor poder encargarme de las obras.

Senenmut disimuló su sorpresa al escuchar aquellas palabras, e imaginó la cara que pondría Hatshepsut al enterarse. Ineni era un reputado constructor, una verdadera autoridad en la materia, y, sin duda, con su ofrecimiento quería tender su mano a la reina, aceptando en cierto modo su autoridad. En opinión del mayordomo Hatshepsut no podía negarse, ya que hacerlo representaría una ofensa para el visir, además de una evidente declaración de guerra.

—¡Claro, buen Ineni! —exclamó Tutmosis, como si asistiera a uno de sus habituales juegos—. Quién mejor que tú para ese trabajo. Ya excavaste la tumba de mi padre y espero que pronto continúes con la mía. ¿No crees, Senenmut, que Ineni sería la persona apropiada?

—Sin ninguna duda, Majestad —señaló el escriba con cortesía.

—Me parece una buena idea —corroboró el faraón.

—Si la gran Hatshepsut así lo quiere, también me encargaría de fabricar su sarcófago —indicó Ineni, con reverencia—. De la mejor cuarcita.

—¡Naturalmente! —volvió a exclamar el faraón—. Qué buena idea, ¿no te parece, Senenmut?

—El visir demuestra su gran generosidad, Majestad —aseveró el escriba—. La Gran Esposa Real se complacerá al saberlo.

Tutmosis tocó las palmas y dio por zanjado el asunto como si se tratase de una nueva diversión, e Ineni hizo una profunda reverencia antes de marcharse. Al verle abandonar la sala, Senenmut se convenció de que el visir había elegido el momento para hacer aquella petición. Quería que el mayordomo lo escuchara, que fuese testigo de su deseo de acercamiento a la reina. El escriba pensó en la conveniencia de dejar una salida honrosa a un enemigo como aquel, aunque al punto se dijera que nunca podrían fiarse del visir, quien, de seguro, continuaría intrigando en la sombra.

Después de dos años de reinado, Aakheperenra había distinguido a Senenmut de tal modo, que la ascensión de este último resultaba imparable. El dios lo había nombrado grande entre los grandes y juez supremo de Egipto. Era obvio que tras semejantes títulos se encontraba Hatshepsut, aunque fuera el faraón quien los autorizara de forma oficial. El mayordomo iniciaba de este modo su carrera para cambiar el país de Kemet, como pronto le demostraría al ser elegido director de obras y crear junto con Hatshepsut un nuevo estilo artístico en la estatuaria. Ambos comenzaron su propia revolución al poner de nuevo en funcionamiento los talleres de los que «daban la vida», los escultores, que habían permanecido en el ostracismo desde los tiempos en que gobernaron los *hiksos*. Las estáticas piezas de antaño cobraron nueva vida, y buena prueba de ello fueron las estatuas cubo, habituales durante el Imperio Medio, austeras donde las hubiese, que de la mano de Senenmut cobraron un nuevo significado capaz de transmitir emociones que nacían de lo más profundo del corazón del escriba. De este modo fueron talladas cinco espléndidas imágenes en las que Senenmut aparecería en compañía de la princesa Neferura,[48] su bien más preciado, siempre entre sus brazos, para dejar cincelado en la piedra el gran amor que sentía por su hija, a quien de este modo podría reconocer a los ojos de la posteridad.

Sin embargo, no todo salió como hubiera deseado. Desde el principio Hatshepsut lo guardaría en gran secreto, aunque para su infortunio las predicciones se cumplirían de nuevo. La reina volvió a ser madre de una niña, a la que puso por nombre Merytra Hatshepsut; otra princesa que dejaba el camino plagado de incertidumbre, ante la resignación de una mujer que sabía que había nacido para luchar. Ese era su sino; y el de Senenmut mantener siempre viva la llama que alumbrara sus sueños, junto con Hapuseneb, convertido ahora en un aliado formidable. Muchos eran los que se habían entregado a su causa, atraídos, sin duda, por la luz cegadora que surgía de la unión de aquella pareja creada para la historia: Senenmut y Hatshepsut, la diosa sin trono.

CUARTA PARTE

LA DIOSA SIN TRONO

1

La alegría se apagó como una lamparilla a merced del viento, y el palacio del dios se cubrió de sombras espesas y pestilentes, sin duda, llegadas desde la necrópolis. Aakheperenra se moría, y ni los más reputados *sunus* de Egipto, de donde procedían los mejores médicos, ni los magos más poderosos podían hacer nada por evitarlo. El superior de todos los *sunus* de Kemet, el «Doctor Jefe del Norte y del Sur», trataba de combatir un mal que, como ya había adelantado, no era posible curar, mientras que el gran *heka*, para quien los conjuros no tenían secretos, invocaba a la poderosa Sekhmet, la diosa que enviaba las enfermedades, para que librase al faraón de la afección que lo estaba devorando. Tutmosis sufría grandes padecimientos, y los médicos se esforzaban en aliviar aquel sufrimiento con cocciones de amapola tebana, un narcótico que paliaba en parte los dolores del dios. Anubis había puesto su mirada en él, y su hálito macabro corría ya por las estancias reales, a la espera de que el dios chacal se decidiera a cumplir su voluntad. Era tan lamentable el estado en el que se hallaba Tutmosis, que hasta Hatshepsut se compadeció de él. Este tenía la piel cubierta de escabrosas manchas[49] que daban la impresión de consumir su cuerpo, poco a poco, de forma inexorable, sin que hubiera la menor posibilidad para la esperanza.

Con apenas diecisiete años de edad, el señor de Kemet se disponía a pasar a la otra orilla para luego fundirse con Ra, como correspondía a los dioses que gobernaban la Tierra Negra; mientras, Egipto se preparaba para la sucesión.

Ineni, el visir que había tenido la fortuna de servir a tres faraones, *imeju* o, lo que es lo mismo, gran favorito del rey, se movía en silencio con la presteza que le procuraban los largos años de experiencia para llevar a cabo su jugada final, la que tenía preparada desde hacía tiempo y de la cual dependía el futuro del país que deseaba. Aun sin la fuerza de antaño, Ineni continuaba siendo el visir, el hombre que gobernaba *de facto* Kemet, y el poder que todavía conservaba sería suficiente para vencer en aquella partida. Todo se hallaba preparado, y en esta ocasión estaba seguro de haberse adelantado a sus enemigos.

Senenmut, por su parte, leía con claridad lo que iba a ocurrir. La prematura muerte del dios llegaba en un momento en el que Hatshepsut todavía no disponía de suficiente poder como para desafiar a las milenarias tradiciones. El tiempo había jugado en su contra y los temores del escriba habían terminado por hacerse reales. Un niño de cuatro años de edad, nacido de una simple concubina, tenía a su alcance el futuro trono de Horus, e intentar arrebatárselo supondría toda una aventura de incierto final que, en todo caso, iría contra la propia idiosincrasia de la Tierra Negra. La gran influencia del mayordomo, junto con la preponderancia que ejercía la Gran Esposa Real, no bastaban para acometer una empresa que llevaría al país a la confrontación. Si Tutmosis fallecía, la más rancia oligarquía con Ineni a la cabeza se apresuraría a nombrar a su pequeño príncipe faraón de Egipto, a pesar de su ilegitimidad. Era una jugada perfecta, que el visir había estado preparando desde el momento en que el dios había enfermado y que al escriba no le sorprendía en absoluto; incluso había pensado largamente en el asunto para llegar a la conclusión de que aquel nombramiento podía favorecer a su amada. Debían negociar; y era preciso apresurarse.

Senenmut estaba convencido de poder llevarlo a efecto desde una posición de predominancia. Él era un hombre con una gran jerarquía, a quien el año anterior Aakheperenra había autorizado a construirse un cenotafio en Gebel Silsila, un lugar de profundo significado, lo cual suponía un honor que muy pocos habían disfrutado. Tutmosis II lo había distinguido de esta forma ante el resto de los grandes de Kemet, y su hijo, el pequeño príncipe, le había hecho obsequio de un considerable donativo de tierras cuando contaba con solo tres años. El mayordomo se había preocupado de frecuentar la compañía del pequeño desde que este diese sus primeros pasos, y por este motivo su casa se había sentido muy honrada, ya que era consciente de su falta de derechos así como de la colosal talla de Hatshepsut y su ascendencia divina.

Sellarían un pacto, pues no existía otra opción que condujera hacia la senda que la reina había buscado con tanto ahínco durante toda su vida.

—De nuevo los dioses ponen a prueba mi suerte, así como mi paciencia —se lamentó Hatshepsut, con tristeza, ante el pequeño grupo de allegados que se encontraba aquella tarde junto a ella.

—Ellos siempre siguen su camino —indicó Senenmut, encogiéndose de hombros—. Al final somos meros actores que han de representar la obra que ellos han escrito para nosotros.

Hapuseneb asintió en tanto observaba a Nefertary, quien parecía muy circunspecta. Todos se habían reunido en aquella hora en la que se encontraba en juego el destino de Egipto, y la reina madre tomó la palabra, con el conocimiento que le daban los años.

—El camino que conduce hasta la consecución de nuestros sueños no siempre es como esperamos —aseguró la dama—. Con frecuencia se halla plagado de encrucijadas que nos sumen en la confusión. Tú, mi querida hija, estás en una de ellas, y por ese motivo deberías sentirte satisfecha.

—No puedo sentirme complacida al ver como otro bastardo vuelve a tomar lo que por ley divina me corresponde, abuela —dijo Hatshepsut en tono irritado—. Tú mejor que nadie deberías saberlo.

Nefertary asintió con una mueca de ironía.

—Hija mía —continuó la reina madre—, la ley divina de la que hablas nada tiene que ver con la de Ineni. Los hombres poseen las suyas propias, y son esas las que esta tarde nos han traído hasta aquí.

—La gran reina tiene razón —intervino Senenmut—. La encrucijada a la que se refiere puede conducirnos a la eliminación de todos los obstáculos con los que nos hemos enfrentado.

—Me atrevería a decir que tu posición, divina Hatshepsut, resulta envidiable —matizó Hapuseneb, que aparentaba estar muy complacido.

—Me exaspero al ver la maestría con que tratáis a la paciencia —respondió la Gran Esposa Real, con aquella mirada fiera con la que solía mostrar su contrariedad—. Los *hentis* pasan mientras mis derechos se marchitan.

—Los años pasados de los que hablas han resultado de gran valor para ti —destacó Nefertary—. El buen Hapuseneb tiene mucha razón, y estoy segura de que ahora comprendes lo que se vio obligado a hacer tu padre, el gran Aakheperkara.

Hatshepsut miró un instante a su abuela con fulgor, pero no dijo nada. Hacía tiempo que entendía los porqués que habían llevado a Tutmosis I a tomar sus decisiones. Resultaba imposible que ella sola pudiese echar abajo aquel muro contra el que, una y otra vez, se topaba; era necesario tiempo y los mejores canteros para demolerlo, y su augusto padre solo había podido conducirla hasta sus pies. No le resultaría fácil cambiar las costumbres de su reino, y mucho menos ir contra ellas. La solución se hallaba escrita en el tiempo, así como en la sabiduría y en su determinación. Nadie mejor que Aakheperkara conocía a su querida hija, y por ese motivo la había nombrado corregente, para evitarle tener que enfrentarse a una pared que jamás podría derribar. Si quería alcanzar el poder debería rodear aquella muralla franqueada por no pocas ambiciones, y la encrucijada a la que se refería Hapuseneb era el comienzo para poder verse libre de obstáculos.

—El primer profeta siempre tan sabio —indicó Hatshepsut, tras salir de sus pensamientos—. Mi divino esposo, nuestro padre Amón, se siente complacido por tener a Hapuseneb al frente del gobierno de su templo. Lo sé muy bien. El Oculto está en mí y me confía sus deseos. Velaré por Karnak y sus intereses hasta el día que me una a Ra —prosiguió la reina con ensoñación—. Solo espero de ti, gran sacerdote, tu ayuda y tu consejo.

—Ambos están contigo desde mucho antes de que Amón dictara su oráculo en tu favor. Yo estuve presente ese día, y desde entonces te sirvo —le recordó el primer profeta con gravedad.

—Lo sé muy bien, y por ello te doy las gracias ante el dios de quien ambos somos devotos. Si él confiere fuerza a mi brazo, yo haré que su casa refulja con los destellos del oro, y que su voluntad sea reconocida por el último habitante de esta sagrada tierra —prometió Hatshepsut.

Hapuseneb inclinó levemente la cabeza en señal de agradecimiento mientras Nefertary sonreía para sí, pues nada sería posible sin el concurso del clero de Karnak.

—No debes oponerte a la sucesión del pequeño Tutmosis —sentenció la vieja dama con tono imperturbable.

—Así es —continuó Senenmut—, pero, a cambio, sellarás un pacto.

Hatshepsut frunció el gesto, sabedora de que tendría que pagar un precio si quería continuar en pos de lo que consideraba justo.

—Deberás ser nombrada regente del faraón niño hasta que este alcance la edad para gobernar —señaló Nefertary, al tiempo que elevaba el dedo índice al cielo.

—Lo cual tardará años en suceder —matizó Hapuseneb, con su habitual pragmatismo.

—Muchos *hentis*, diría yo —intervino Senenmut—. El tiempo suficiente para que puedas afianzar tu poder de forma definitiva.

—Por fin gobernarías las Dos Tierras, aunque sea de una forma diferente a la que habías imaginado —indicó Nefertary, con rotundidad.

—Piensa que tus derechos continuarían incólumes a los ojos de Amón —precisó el primer profeta—, y que Karnak siempre respetaría tus decisiones. Nunca nos opondríamos a tu voluntad.

—No olvides que el futuro rey necesitará de ti. Aunque fuese coronado se vería obligado a mezclar su sangre con la tuya para adquirir verdadera legitimidad. Su futuro quedaría ligado a tu casa por razones de Estado, así como por su propio interés —dictaminó Senenmut, convencido.

—No hace falta que te explique la situación en la que se encontraría el nuevo Tutmosis —observó la reina madre, complacida.

—De suma debilidad —manifestó Hapuseneb.

—Harías y desharías a tu antojo, al tiempo que mostrarías ante todo Egipto tu respeto hacia sus leyes ancestrales. Nadie podría alzar su voz contra ti, y con la autoridad que ejercerías te resultará sencillo eliminar a todos tus enemigos —continuó Senenmut—. Podrás allanar tu camino de cualquier obstáculo que te incomode.

—Cuanto dice tu mayordomo es cierto —apuntó Nefertary—. Es difícil arrebatar el poder a quien lo ostenta cuando se utiliza con sabiduría, niña mía.

—La gran reina tiene razón —prosiguió el escriba—, y no conozco en Kemet nadie que pueda igualar el coraje de la divina Hatshepsut.

—Solo deberás mantener tu devoción a los dioses —advirtió Hapuseneb.

Hatshepsut entrecerró los ojos para mirar con fulgor al sacerdote, como acostumbraba a hacer.

—El Egipto con el que sueño siempre caminará por la senda trazada por Maat —sentenció la Gran Esposa Real.

—Siempre he estado convencido de ello —concluyó el primer profeta—. Por ese motivo Amón te eligió.

—Este es el escenario que vislumbró tu augusto padre, y al que dirigió tus pasos, el único modo de que pudieses obtener lo que legítimamente te correspondería —recalcó Nefertary—. De seguro que hoy nos sonríe, satisfecho, desde el lugar que ocupa junto a las estrellas imperecederas. Brindemos en su honor con el mejor vino que tengas. Hoy pienso acompañar a Bes hasta donde el pequeño dios disponga llevarme. La partida toca a su fin, niña mía, y tú serás la auténtica vencedora.

Hatshepsut nunca olvidaría aquel día. Ante ella se abría una puerta que le daba acceso a un paisaje deslumbrante que no se parecía nada a los umbríos parajes por los que había deambulado con anterioridad. Su vida se disponía a cambiar, no le cabía ninguna duda, y con ella todo lo que la rodeaba. De repente las imágenes de sus hijas surgían de la nada para convertirse en figuras estelares de sus ambiciones. Ambas cobraban protagonismo, y para la ensoñadora reina resultó sencillo construir sus primeras esperanzas. Las dos formarían parte de la historia de Egipto, una historia que Hatshepsut estaba decidida a escribir con su propio cálamo, sin intromisiones de bastardos ni cortesanos ávidos de poder. Sus hijas serían reinas y se convertirían en herederas de una línea de sangre divina. Era preciso pensar más en ello; a Senenmut le gustaría.

2

«Partió hacia el cielo y se unió a los dioses. Su hijo se irguió en su lugar como rey de los Dos Países. Gobernó en el
trono de quien le había engendrado. Su hermana, la esposa del
dios, Hatshepsut, dirigía los asuntos del país de acuerdo con
su propia voluntad. Se trabajaba para ella, manteniendo Egipto la cabeza gacha.»[50]

De este modo Ineni dejaría inscrito para la posteridad en
un muro de su capilla la muerte de Tutmosis II y el nuevo orden implantado sobre la Tierra Negra.

El tercer día de *Pashons*, primer mes de *Shemu*, la estación
de la recolección, Aakheperenra pasaba a la otra orilla para ser
justificado antes de cumplir su cuarto año de reinado. Kemet
se cubría de luto ante la desaparición de aquel dios que había
permanecido la mayor parte de su vida recluido en su nido, en
ocasiones en el mundo de los espíritus, y que por fin había
decidido abandonarlo para fundirse con el disco solar. Egipto
quedaba así desprotegido, sin nexo de unión con los dioses,
vulnerable a las desgracias o a los peores desastres. Por todo
ello, al día siguiente de la desaparición de Aakheperenra, un
nuevo faraón fue entronizado en la *iunit*, la sala de coronación edificada por Tutmosis I en Karnak, con el nombre de
Menkheperra, o lo que es lo mismo, «duradera es la manifestación de Ra», con tan solo cuatro años de edad, para satisfacción de cuantos habían apoyado su causa.

Todo había transcurrido tal y como Hatshepsut y sus más

allegados habían previsto. Ineni y las fuerzas que el viejo visir representaba aceptarían unas condiciones que se hacían necesarias para el buen gobierno del país de Kemet. La reina dio así su beneplácito, y reconoció a su sobrino como rey del Alto y Bajo Egipto condicionado a su regencia.

Durante algún tiempo las dudas habían asaltado su corazón hasta llegar a poner en entredicho la paternidad de su difunto esposo en aquel caso. Ella conocía muy bien los entresijos de los harenes, en los que no dejaban de correr rumores, a veces ciertos, en los que salían a la luz engaños e inconfesables encuentros de alcoba. Isis era una concubina de tan oscura procedencia, que Hatshepsut llegó a pensar que cualquier cosa era posible, sobre todo teniendo en cuenta las pocas luces que había demostrado poseer su hermanastro. Sin embargo, su opinión cambió al presentarse su sobrino ante ella en los solemnes actos que tuvieron lugar tras el fallecimiento de Aakheperenra. El pequeño Tutmosis era la viva imagen de su abuelo y, al verlo, el corazón de Hatshepsut se colmó de emociones que a duras penas pudo disimular. El gran Tutmosis I se hallaba frente a ella, con su misma mirada autoritaria, con el porte de gran soldado, con los mismos rasgos. Aquel niño era la reencarnación de un hombre a quien la reina había venerado y no olvidaría jamás: su padre.

Sin poder evitarlo sus sentimientos cambiaron. Algo en su corazón hizo que la consideración hacia su sobrino variase, para llegar a aceptarlo como verdadero hijo de su difunto esposo. Ella no podía engañarse; aquel chiquillo llevaba la misma sangre que Aakheperkara, y en cierto modo esto fue suficiente para interesarse por él y soportar su presencia en el trono de Horus, aunque solo fuera de forma testimonial. Ella se responsabilizaría de dirigir la educación del niño de forma adecuada, una educación de la que ya se había encargado Senenmut el año anterior, al recomendar enviar al príncipe a la Casa de la Vida de Karnak, con apenas cuatro años de edad. El mayordomo había pensado en la posibilidad de orientar al pequeño hacia el clero de Amón, como una manera de poder controlar, o al menos influir sobre él en el futuro. Sin embargo, la muerte de Tutmosis II hacía que aquellos planes tomasen una importancia capital.

Como venía siendo habitual, Senenmut amoldó su estrategia a las circunstancias. Ahora que Hapuseneb era primer profeta de Amón, el nuevo faraón debía educarse en su templo, a fin de alejarle en lo posible del influjo de un buen número de funcionarios que siempre demostrarían su oposición por Hatshepsut. Era preciso limitar dichas influencias, y no se le ocurría nadie mejor que el clero de Amón para conseguirlo. Él mismo se encargó de obtener la confianza del pequeño con su natural facilidad para ganarse el cariño de los niños, y como también hiciese con su padre, el mayordomo narró al chiquillo todo tipo de cuentos e historias fantásticas, aunque lo que más le gustara a Tutmosis fuesen los relatos de guerra. El nuevo faraón demostraba ya su interés por la vida militar, y Senenmut le contó cómo acompañó a su abuelo en alguna de sus campañas, y los combates en los que intervino.

—¿Y dices que Aakheperkara llegó hasta el Éufrates? —le preguntó el niño en cierta ocasión, impresionado por aquel nombre.

—Así es, mi señor.

—¿Está muy lejos ese río? ¿Dónde se encuentra? —quiso saber el chiquillo, con ojos de asombro.

—En los confines del mundo, Majestad. En sus orillas el gran Aakheperkara erigió una estela para conmemorar su hazaña. Yo estaba allí, después de que el rey hubiera conquistado Retenu.

—Algún día seré como mi abuelo —aplaudió Tutmosis—. Promete que me acompañarás.

—Siempre estaré al servicio del señor de Kemet.

Luego Senenmut le habló de las cacerías de elefantes que tuvieron lugar al regreso de las tropas del dios, mientras el niño parecía atender a cada detalle, pues le gustaban mucho aquellas aventuras.

Entre ambos personajes se creó un vínculo afectivo que, curiosamente, tendría una inesperada importancia muchos años después; así de caprichoso llegaría a ser el destino.

A pesar de la muerte de Tutmosis II, el bueno de Nefer-heru continuó vinculado a la Alta Casa, sin decir una palabra. Este siguió ocupándose de las necesidades del pequeño dios, y se encargó de afeitar su cabeza con asiduidad manteniendo, eso sí, el mechón de la infancia que acostumbraban a llevar los vástagos reales. El barbero permaneció, no obstante, fiel al mayordomo en su cometido, y fue el vínculo que hizo posible que el nuevo rey y Sobekhotep se conocieran y se hiciesen grandes amigos. A la salida del *kap*, la escuela en la que los príncipes e hijos de los grandes de Egipto acudían a estudiar los primeros símbolos sagrados, Sobekhotep corría hasta Karnak al encuentro de Tutmosis para jugar a convertirse en soldados y luchar contra enemigos imaginarios. Ambos contaban con la misma edad, y también tenían los mismos ideales. Desde pequeños soñaban con ser generales, y nunca cambiarían sus intenciones.

Durante los setenta días de luto que siguieron a la muerte de su esposo, Hatshepsut trazó las líneas maestras de los pasos que debería seguir. La Gran Esposa Real se había convertido en una mujer capaz de tomar sus propias decisiones. En todos aquellos años había aprendido los entresijos de la política de la mano de grandes maestros en los que no dudaría en apoyarse, pues sabía que los necesitaría. Sin embargo, llegaba el momento de confirmar que se había transformado en una leona capaz de rugir más fuerte que nadie.

La reina demostraría sus aptitudes públicamente durante las exequias reales. El día del entierro una gran comitiva salió del palacio real para dirigirse a la necrópolis a fin de dar sepultura a Aakheperenra, el faraón que apenas había gobernado cuatro años. Así, el cortejo funerario cruzó el río, encabezado por la nave que contenía el féretro del difunto monarca al que acompañaban las plañideras, encargadas de exteriorizar con sus llantos y gemidos el dolor que Egipto sentía en aquella hora al tener que dar sepultura a uno de sus dioses. Toda una flota seguía la estela del barco fúnebre, conducida por el clero de Amón, al que se unía la embarcación de la solitaria viuda, la reina Hatshepsut, pues no había permitido que el pequeño

Tutmosis la acompañara, al alegar que era demasiado niño para participar en el sepelio. Luego bogaba la barca encargada de transportar el rico ajuar funerario destinado a la vida del difunto en el Más Allá, para finalizar con las embarcaciones que llevaban a los grandes del país a dar su último adiós al señor de las Dos Tierras, a quien habían servido.

Se trataba de una comitiva tan solemne, que hasta el Nilo parecía contener el aliento. Sin duda, Hapy, el señor de las aguas, también se despedía del rey, cuyo séquito cruzaba a la otra orilla, al reino de las sombras, donde habitaba Meretseguer, «la que ama el silencio», la diosa protectora de las tumbas tebanas excavadas en su montaña. «La misteriosa del oeste», como también se la conocía, sería testigo de los ritos que tendrían lugar a continuación, con los sacerdotes a la cabeza, derramando leche purificadora en honor de Hathor, la diosa encargada de amamantar al difunto cuando renaciera en la otra vida. A estos los seguía el luctuoso cortejo, en el que la reina y los notables acompañaban al trineo, tirado por bueyes, que portaba el catafalco con los restos del rey hasta la entrada de la tumba. Allí los esperaban los bailarines *muu*, con sus faldellines y coronas de juncos, y se realizarían sacrificios en tanto los porteadores colocaban el ajuar funerario en el interior del túmulo, así como las ofrendas florales. Todo quedaría listo para oficiar el ritual mágico por el cual se devolverían al difunto sus sentidos en la otra vida: el rito de la apertura de la boca.

El ataúd antropomorfo fue depositado en la «casa del oro», la cámara funeraria, y a continuación Hatshepsut se introdujo en ella acompañada por un sacerdote *sem*, para presidir una ceremonia complejísima compuesta por setenta y cinco pasos en la que tendrían lugar los pronunciamientos de misteriosos conjuros, entre volutas de incienso quemado y aplicaciones de ungüentos. Se trataba de un acto de piedad durante el cual el oficiante tocaría una a una diversas partes del cuerpo de la momia con una azuela de hierro meteórico, para darle de nuevo la vida. La reina fue testigo de todo ello, y cuando reparó en la pata derecha de uno de los bueyes sacrificados colocada junto al ataúd del difunto, no pudo sino enmascarar una mueca de sarcasmo, ya que aquella pata transmitiría por medio de la magia toda la energía del animal a un joven cuya naturaleza había sido enfermiza.

Cuando finalizó la ceremonia Hatshepsut sonrió para sí, satisfecha. Todo había ocurrido tal y como había planeado. La ceremonia de la apertura de la boca tenía un profundo significado, no solo religioso, sino también político, ya que el sucesor al trono de Egipto era el encargado de oficiarlo cuando fallecía su predecesor. Bien era cierto que la corta edad de Tutmosis no le había permitido hacerlo, y de ello se aprovechó la reina, para dejar implícitas sus aspiraciones al trono y preparar así el camino que la condujese hasta la corona.

3

Hatshepsut tardó poco en hacer saber a Egipto quien lo gobernaba, así como lo que se podía esperar de ella. Era el momento de comenzar a cobrar las cuentas pendientes, y en el corazón de la reina había tantas que no dudó en empezar cuanto antes. Y así fue como, una mañana, en presencia de su mayordomo y de Nebamón, escriba de los contables reales ante su Majestad, Hatshepsut llamó a Ineni a su presencia.

—Me satisface verte hoy en esta sala, buen visir —lo saludó la reina en un tono carente de emociones.

Ineni hizo una reverencia.

—Soy tu servidor, como antes lo fui de tres reyes. Mi único deseo fue siempre velar por la buena marcha de la Tierra Negra —quiso aclarar el visir, respetuoso.

—Y ella te lo agradece, buen *tiaty* —contestó la reina en tanto miraba fijamente al visir.

Este se incomodó al instante y sintió un escalofrío que a duras penas pudo reprimir. Entonces fijó su vista en Senenmut, que le observaba con curiosidad, y al punto Ineni reconoció en aquella mirada la del depredador dispuesto a dar el golpe de gracia.

—Mis pasos trataron de no abandonar nunca el camino de la diosa Maat, gran reina, y espero haberlo conseguido —se atrevió a decir el visir.

—Esos pasos te llevaron demasiado lejos, me temo —señaló Hatshepsut en un tono que amedrantó al *tiaty*.

Al momento toda su soberbia y habitual prepotencia se esfumaron como por ensalmo, y por primera vez en su vida Ineni se vio desamparado.

—Mi Majestad siempre sintió tu afecto. Todos los aquí presentes conocemos tu fidelidad, así como tu inquebrantable fe en las viejas tradiciones —continuó ella.

—Gran reina —intentó apuntar Ineni.

Pero Hatshepsut elevó una de sus manos instándole a callar.

—La palabra de los dioses no debe ser ignorada, lo sabes bien, visir —continuó la regente—. Cuando los hombres la utilizan conforme a sus deseos, los padres divinos terminan por hacerles sentir hasta dónde puede llegar su poder.

Al escuchar aquellas palabras Ineni cayó de bruces al suelo, sin atreverse siquiera a mirar a la reina. Entonces se hizo el silencio, un silencio que al visir le pareció espantoso y cargado de los peores augurios.

—Me complace ver como muestras tu respeto a mi Majestad —dijo por fin Hatshepsut—. Serviste bien a mi padre, el dios Aakheperkara, de quien fuiste *imeju*. Sin embargo, el país de Kemet no te necesitará más. Él te da las gracias por tus largos años de desvelos y espera que disfrutes de un merecido retiro.

Ineni apenas se inmutó, postrado como estaba con el rostro pegado al enlosado.

—Es mi voluntad —señaló Hatshepsut con tono autoritario— que abandones la corte para siempre. Desde este instante quedas relegado de tu cargo como visir, aunque podrás conservar el de mayordomo de Amón si es tu deseo. Que así se escriba y así se cumpla.

Antes de dejar la sala, Ineni miró de soslayo al mayordomo, quien, de pie junto a la reina, observaba como el visir se disponía a abandonar el palacio sojuzgado públicamente. El templo que este había levantado con gran esfuerzo, e innegables intrigas, se desmoronaba después de más de veinte años de control sobre la administración del Estado. Senenmut estaba convencido de que el depuesto visir abominaría en su fuero interno ante la gran injusticia que se cometía con su persona, pues él se había encargado de mantener la burocracia de Kemet, convencido de que debía salvaguardar la Tierra Negra de la tormenta que la amenazaba. La lucha por el poder tenía esas cosas, e Ineni había apostado por el bando equivocado. El mayordomo podía adivinar con facilidad los pensamientos que embargaban el corazón del viejo *tiaty*. Este había dado toda su vida por Egipto y, ya entrado en la vejez, Kemet le pagaba de la peor forma que pudiera imaginar un funcionario que había ocupado la cúspide del poder durante nada menos que tres reinados.

Aquel día Ineni salía de la partida que él mismo se había encargado de iniciar, y lo hacía con el amargo gusto de verse eliminado de ella tras creerla ganada. El juego seguiría, sin duda, pero lo haría sin su participación. Había medido mal, y a la postre su visión de la realidad había sido distorsionada por su propia vanidad. Hatshepsut era fuerte, mucho más aún que su augusto padre a quien Ineni llegó a conocer bien. Ella era Egipto y su mayordomo un superdotado para la política. Senenmut le había vencido en todos los terrenos, incluida la astucia, disciplina en la que el viejo visir se creía invencible.

Nefertary ya no tendría contra quién intrigar y el *tiaty* no tuvo duda de que la echaría de menos. Ahora solo le quedaría su jardín, el lugar en el que había invertido los honores de toda una vida. Allí debería refugiarse, entre sus amadas plantas, quizá para recordar bajo la sombra de alguno de sus reverenciados árboles quién fue y el error que cometió al infravalorar a una diosa. Ahora sabía muy bien que Hatshepsut sería implacable y perseguiría su memoria. Ser apartado de la corte, que durante tantos lustros Ineni había controlado, tan solo era el principio. Pronto se vería abandonado por todos, y ya solo le quedaría invocar a los dioses para que su nombre no cayera en el olvido, tal y como si no hubiese existido nunca.

Antes de salir de aquella sala, Ineni fue invitado a que se desprendiera de su *shenpu*, el exclusivo collar distintivo de su rango, cuyo precioso cierre en forma de cartucho real no podría volver a admirar. Asimismo no tendría potestad para vestir la larguísima falda, sujeta a la altura de las axilas, y abombada a la altura del vientre, que le había acompañado durante gran parte de su vida. Ya no tendría derecho a llevarla, y cuando por fin Ineni abandonó las estancias reales tuvo la impresión de verse desnudo, despojado de una indumentaria que no solo cubría su cuerpo, sino su propia esencia. Ahora no era nadie.

Hatshepsut tenía preparado el relevo, y aquella misma tarde nombró a Amosis Aamityu nuevo visir, ante la complacencia de sus más allegados, ya que el nuevo canciller era un hombre de plena confianza. El final de Ineni no sería más que el comienzo de una verdadera purga en la que caerían todos los altos cargos contrarios a los intereses de la reina. Esta fulminaría a muchos de los grandes de Egipto, pero se abstuvo de tomar acciones contra aquellos que ocupaban puestos de responsabilidad en los templos, para disgusto de Senenmut, que la advirtió del error que cometía al no hacerlo.

—Nunca interferiré en la política de los templos —señaló Hatshepsut para dar por cerrado el asunto.

Senenmut lamentaría siempre esta decisión, y también Hatshepsut al final de sus días. Sin embargo, ella era una mujer de profundas convicciones religiosas, incapaz de perseguir a quienes servían a los dioses. De este modo, personajes como Ruru, superintendente de los sacerdotes de Min, o Nebuaui, gran profeta de Osiris en Abydos, continuarían ejerciendo sus funciones, junto a otros muchos que llegarían a ocupar empleos de la máxima responsabilidad y fingirían una fidelidad que sería falsa.

Senenmut siempre desconfiaría de todos ellos, pero Hatshepsut estaba decidida a tender puentes a quienes la ayudasen a crear el Kemet con el que soñaba. Un país que viviese en paz, en el que la abundancia llegara a todas las casas, bajo las bendiciones de unos dioses en los que creía firmemente y a los que nunca se cansaría de honrar. De hecho, entre sus proyectos estaba el de recuperar del abandono los templos que habían sufrido un gran deterioro durante la edad oscura en la que gobernaron los *hiksos*. Nadie mejor que Senenmut para restaurar aquellos santuarios; su profundo conocimiento le hacía ver la auténtica medida del misticismo que encerraba la Tierra Negra.

Fue en ese tiempo cuando Hatshepsut decidió cambiar de residencia. Ella poseía varias en el nomo, pero eligió la que había utilizado su querido padre durante años, y en la que ella misma había pasado gran parte de su vida. Sin duda, se trataba de su lugar preferido, situado junto al templo de Karnak, y cuya entrada, conocida como la «doble gran puerta del señor del Doble País», se encontraba justo frente a la avenida que conducía al santuario de Amón, la llamada «ruta de las ofrendas».

Eran tantos los recuerdos que le traía aquel palacio, que a nadie extrañó el nombre con el que Hatshepsut siempre se referiría a él: «Nunca me separaré de ti». En aquella mansión la imagen de su padre se le presentaba en cada sala, en cada corredor, en los jardines... Una parte de Aakheperkara siempre moraría allí, y la reina estaba segura de poder percibirla, de sentir el *ka* del gran faraón tal y como si en verdad el rey se encontrara junto a ella, para transmitirle el gran amor que siempre profesó a su primogénita; sin duda, la persona que más había querido en su vida.

En aquel palacio había nacido su amor por Senenmut y allí se había entregado a él por primera vez. Ahora, juntos, volverían a vivir en el lugar en el que su pasión se había desatado, en donde habían nacido sus proyectos, bajo cuyo techo podrían ser felices. Ambos habían luchado denodadamente para llegar hasta la cúspide, y esta se mostraba tan próxima que sentían poder alcanzarla con la mano. Era un buen sitio desde el cual acometer el final de su ascenso, emplazado muy cerca de Karnak, cuyos sagrados muros casi era posible tocar. Hatshepsut residiría junto a la morada de su divino esposo, Amón, convencida de que este la ayudaría en todas sus empresas. Había tanto por hacer...

Cerca de Hapuseneb, una de sus más poderosas áncoras, la reina se sentía invencible, siempre con el apoyo de su gran amor, el hombre que se elevaba por encima de los demás, la mente más preclara que jamás conocería, el gran Senenmut. Era preciso colocarle en el lugar que le correspondía y la reina lo haría paso a paso, como había aprendido que debían llevarse a cabo los propósitos en el país de Kemet. Por de pronto Hatshepsut lo nombraría «depositario del sello del rey del Bajo Egipto», o lo que es lo mismo: responsable del tesoro de esa región. De este modo, y como parte de las funciones que le serían encomendadas, Senenmut esperaría cada mañana la llegada del visir, junto a la oriflama norte de palacio, para luego presentarse ambos ante la regente a dar cuenta de la marcha de las Dos Tierras y recibir las consignas de la reina. Un nuevo Egipto se disponía a nacer, alentado por anhelos que por fin cobraban vida.

4

—El luto ha concluido. Es hora de acometer el proyecto de mi difunto esposo —murmuró una noche Hatshepsut al oído de su mayordomo, después de que se hubiesen amado apasionadamente.

Senenmut guardó silencio un instante, antes de contestar.

—¿Te refieres a los obeliscos que deseaba erigir Aakheperenra?

—Así es, amor mío. Quiero demostrar mi reconocimiento a los dioses que han gobernado esta tierra, que mi regencia no se fundamentará en el rencor.

—Se trataba de ilusiones forjadas por el corazón de un niño que nunca llegó a crecer del todo —dijo Senenmut con cierta tristeza.

—No importa. Es mi intención colocarlos frente a los que levantó mi padre en Karnak —indicó ella con determinación.

Senenmut pareció reflexionar un momento.

—Dos nuevos obeliscos en Karnak —musitó al poco—. Si lo llevaras a cabo demostrarías un gran poder.

—Serían dos rayos solares petrificados que engrandecerían el templo. Simbolizarían todo aquello en lo que creemos —aseguró Hatshepsut.

—Representarían a Amón y Ra unidos, convertidos en Amón Ra, la fuerza única que no se puede medir.

—¡Tus enseñanzas plasmadas en la piedra! —exclamó ella, con entusiasmo.

—Sin embargo, no podrías consagrarlos con tu nombre. No eres la señora oficial de las Dos Tierras —objetó Senenmut.

—Por desgracia lo sé muy bien; aunque solucionaré esa cuestión con una dedicatoria conjunta.

El mayordomo esbozó una sonrisa.

—Comprendo —dijo él con suavidad—. Inscribirás tu nombre junto al de tu sobrino Tutmosis. Ello te legitimará.

—También quiero recordar a mi padre en ellos —aseguró Hatshepsut, como solía cuando ya había tomado una decisión.

—He de confesar que me rindo ante tu astucia —dijo él, complacido—. Veo que lo tienes todo pensado.

—Como te dije antes, amor mío, me gustaría colocarlos frente a los que Ineni levantó para mi padre.

—No se me ocurre un lugar más apropiado. Justo delante de la *iunit*, la sala de pilares de Karnak —señaló Senenmut algo circunspecto, ya que sin proponérselo calculaba la magnitud de la obra.

—Serán los obeliscos más grandes que se hayan levantado nunca en Kemet. Al menos han de medir cincuenta y cinco codos.[51]

Senenmut se incorporó al escuchar la cifra y miró a su amada con cierta incredulidad.

—¿Cincuenta y cinco codos? —inquirió él.

—Eso he dicho; y del mejor granito.

El mayordomo volvió a tumbarse, pensativo, ya que se trataba de un tamaño considerable, pues equivalía a unos veintiocho metros.

—Calculo que un obelisco de esas dimensiones puede llegar a pesar cerca de trescientas cincuenta toneladas —recalcó el tesorero real.

—Me parece apropiado.

—Vaya. Una pareja de setecientas toneladas. Me alegro de que Thot haya insuflado toda su sabiduría en tu corazón —dijo Senenmut, divertido—. Sin, duda te habrá convencido de lo fácil que resultará transportar los dos monumentos por el Nilo.

—Me complace que lo veas de ese modo, ya que no serán los únicos, querido mayordomo —aseguró ella, mordaz.

—¿Ah no? —preguntó el escriba, burlón.

—Esto solo será el principio. Levantaré más obeliscos y mayores que los que ningún otro dios haya erigido en la historia de Egipto, y lo haré por derecho propio, como soberana de las Dos Tierras —advirtió la reina.

—Embellecerás Karnak a la mayor gloria de Amón y... a la tuya propia —precisó Senenmut.

—Y tú me acompañarás en mi aventura —señaló ella, en tanto se acurrucaba junto a su amante—. Desde ahora te nombro «director de las obras del rey». Serás tú quien se encargue de llevar a cabo el proyecto.

—Tendrás los mejores obeliscos que Egipto haya visto jamás. De granito rosa, el más puro a los ojos de Ra. Dentro de un año y medio, dos agujas divinas se elevarán hacia el sol y la Tierra Negra alabará tu nombre, Hatshepsut.

Senenmut se percató de inmediato de la gran importancia de aquel proyecto y enseguida se hizo cargo de él. Con su habitual genio conformó el equipo adecuado y la logística precisa para llevar a cabo una empresa que solo podía calificarse como colosal. Él mismo se desplazó a los pocos días hasta Asuán, para ordenar grabar en unos roquedales de granito, apartados de la vista de todos, la importante tarea para la que era requerido por la gran Hatshepsut, a quien dio el título de rey del Alto Egipto, aun no habiendo sido coronada, y en la que el escriba se hizo inscribir con el mismo tamaño de la reina, a quien declara amar a la vez que asegura ser amado por ella. Egipto sería testigo del gran amor que se profesaban, y no obstante guardaría silencio acerca de ello, quizá por respeto, o puede que por el hecho de no querer pregonar el inmenso cariño surgido entre un simple mortal y una diosa.

Durante el tiempo que llevó realizar aquella obra, Senenmut tuvo que ocuparse de tantos detalles, que Hatshepsut llegó a arrepentirse de haber encargado a su amante el proyecto. La soledad en las frías noches de invierno le resultó poco menos que insoportable, y no dudó en hacer llamar a su mayordomo cuando no pudo aguantar más su ausencia.

—Los obeliscos han de estar listos para ser embarcados

cuando lleguen las aguas altas —le advirtió él una de aquellas noches, tras haberse amado con su habitual desesperación—. La embarcación que los transporte debe aprovechar la estación de la inundación para situarse junto a las agujas solares y así facilitar su carga a bordo.

—Lo sé, amor mío. Recuerdo que mi padre me explicó una vez cómo acarrearían los obeliscos.

—Estos serán más grandes. Tanto que Karnak en pleno enmudecerá cuando los vea aparecer para alzarlos sobre los zócalos. Nadie habrá contemplado algo semejante. Tu idea ha sido brillante y te procurará la gloria a los ojos de tu pueblo.

—Es mi deseo poder ocuparme de él —dijo Hatshepsut con ensoñación—, y me complace que tú te encargues de mí. Tu estela en los roquedales de Asuán así parece demostrarlo.

—Confío en que no te haya incomodado —señaló Senenmut, incorporándose levemente—. Está grabada en un lugar inaccesible, pero puede que cometiera un atrevimiento al...

Hatshepsut puso un dedo sobre los labios de su mayordomo, para que no continuara.

—Declaraste nuestro amor a los dioses que habitan en la isla Elefantina, aunque eso ellos ya lo sepan —musitó la reina al oído del escriba—. Y también les confiaste que soy rey del Alto Egipto.

—Solo me adelanté a los tiempos, amada mía. Dentro de poco nadie reparará en ese detalle.

—En verdad que sabes halagarme como nadie —indicó ella, apretándose un poco más contra su cuerpo—, pero estoy segura de que sí se percatarán del tamaño de nuestras imágenes. Te igualaste a la mía.

Senenmut no supo qué responder, ya que en aquella ocasión se había dejado llevar por los sentimientos, por primera vez después de tantos años. La reina advirtió su azoramiento y rio quedamente.

—No me incomoda lo que hiciste. A veces pienso en lo triste que puede llegar a ser tu situación. Amarme te condena de por vida a la soledad, un precio que ninguno de los dos deseamos, pero que sabes que has de pagar. Mas siempre confiaré en tu discreción para que te hagas representar como más convenga. Nunca renunciaré a nuestro amor, y quisiera dejar pruebas de él por todo Kemet, para conocimiento de aquellos que sepan interpretarlas. Quizá algún día, dentro de millones de años, haya alguien que escriba acerca de nosotros, del cariño que nos profesamos, de la historia de amor sobre la que edificamos nuestras vidas, de los obstáculos que nos vimos obligados a vencer, o de lo sarcástico que puede llegar a ser el destino.

—Me temo que Shai sea un dios poco dado a los sentimientos —se lamentó el mayordomo.

—Tienes razón, pero aun así recorreremos nuestro camino juntos, siempre de la mano, y al mismo tiempo con una inevitable sensación de alejamiento. Un rey siempre está solo.

Senenmut abrazó a la reina, y luego la besó con ternura, como a ella le gustaba. Al desprenderse, Hatshepsut suspiró con resignación.

—Ahora háblame de los obeliscos —le pidió la reina—. ¿Serán grandes?

—Tanto como deseabas. Alcanzarán los cincuenta y cinco codos y tocarán el cielo de Karnak —aseguró Senenmut, con orgullo.

—Amón se complacerá al verlos junto a los que erigió mi padre. Y dime, amor mío, ¿estarán libres de cualquier imperfección? No quisiera que la menor grieta estropeara nuestro proyecto.

—Nacerán impolutos, libres de marcas, pulidos para que refuljan como espejos bajo los rayos de Ra. Solo las inscripciones dejarán su huella en ellos.

—Sí. Dos agujas solares en las que Ra pueda reconocerse.

—Los arquitectos ya trazaron las líneas maestras de los monumentos en las canteras de Sehel, donde encontré el granito rosa más puro. Perforaron la piedra de la forma habitual, con bolas de dolerita que hicieron girar con su habitual maestría sobre los abrasivos. Las cuñas de madera ya se hallan insertadas en las cavidades, y están siendo humedecidas para poder desprender los bloques —explicó Senenmut con entusiasmo—. Dentro de poco los escribas acudirán a marcar con tinta roja todas las dedicatorias para que luego puedan ser esculpidas por los maestros.

Hatshepsut entrecerró los ojos para imaginarse cuanto le contaban. Se sentía particularmente eufórica, pues empezaba a ser consciente de su poder.

—Será necesario un barco enorme para poder transportar el granito —apuntó, pensativa.

—Será mayor que el que utilizó Ineni cuando levantó los obeliscos de tu padre, el gran Aakheperkara.

—Ciento veinte codos de eslora por cuarenta de manga —señaló Hatshepsut, admirada, ya que recordaba el día en el que Tutmosis le habló de ellas.

—Los sesenta y tres por veintiún metros, esta vez se quedarán cortos. Tus obeliscos serán mucho mayores. Dos bloques de setecientas toneladas, tal y como te adelanté. El Nilo nunca vio navegar por sus aguas nada parecido.

Hatshepsut gruñó complacida como la leona que era. Todo cuanto tocara debía ser grandioso.

—La embarcación está siendo construida en los astilleros de Elefantina, por los habitantes de Uauat, cuyas manos son las más hábiles que conozco para llevar a cabo este trabajo. ¿Imaginas el tipo de nave necesaria para poder transportar unos obeliscos de semejante tamaño?

—No; pero estoy segura de que tú sí lo sabes —indicó la reina, jocosa.

—No te aburriré con los detalles —prosiguió Senenmut, sin hacer caso al tono de su amada—. Solo te diré que el casco deberá estar reforzado con sólidas vigas superpuestas en un sinfín de hileras, y que para poder gobernar la embarcación serán necesarios cuatro enormes remos gobernalle.[52]

—Ardo en deseos de verlos aparecer por el río —dijo la reina, con entusiasmo.

—En verano los tendrás en Karnak. Hapy nos ayudará con la crecida de las aguas para colocar los rayos petrificados al pie de sus basamentos.

Hatshepsut se volvió hacia su mayordomo, claramente complacida por lo que había escuchado, y comenzó a besarlo con su pasión acostumbrada. Se sentía enardecida, y al poco su corazón de felino rugió con el poder que los dioses le habían conferido. Esa noche se desataron sus instintos más primarios hasta convertir el lecho en un campo en el que no había lugar para la tregua. Tenía lugar una cacería en la que ambos participaban, al tiempo que resultaban ser víctimas de su propia voracidad. Se encontraban hambrientos y no cejarían hasta devorarse por completo. Sus impulsos carecían de razones, como si una necesidad atávica los arrojase a los pies de su lado más salvaje para convertirlos en fieras, unas fieras que no pararían hasta sentirse ahítas, atiborradas después de llenar sus *metus* con la esencia de sus naturalezas, hasta quedar inermes ante el poder de sus garras.

La llegada del alba alumbró la devastación. Sobre el lecho los cuerpos amanecieron entrelazados, formando todavía uno solo, olvidados de cuanto los rodeaba, aferrados a la fuerza vital que ambos se proporcionaban. Juntos conformaban Egipto, y si se separaban su magia se perdería.

5

Todo discurrió tal y como Senenmut había dispuesto, hasta el último detalle. La Tierra Negra se preparó para ser testigo de un espectáculo al que los dioses no deseaban faltar y que pasaría a los anales para estupor de futuras generaciones. El Nilo se engalanó para la ocasión, y a sus orillas las gentes acudieron para ser testigos de lo que parecía un prodigio.

En realidad, todo podía considerarse como parte de un milagro, desde el mismo momento en el que comenzaron las obras. Los trabajos se habían desarrollado como Senenmut le explicara a la reina, aunque fue la precisión la que hizo que Egipto entero se rindiera ante el genio de aquel hombre. Como muy bien se había calculado, el mayordomo real esperó a la llegada de la inundación para poder llevar a cabo el final del proyecto. Para entonces, la embarcación que transportaría las inmensas agujas solares petrificadas estaba ya preparada, con el fin de que la subida de las aguas le permitiera amarrar cerca de la cantera en la que los obeliscos se hallaban dispuestos sobre narrias para ser subidos a bordo. Ambos fueron colocados longitudinalmente a lo largo de la nave, opuestos por su base, justo donde debían, a la espera de iniciar su asombroso viaje.

Al verlos pasar muchos asegurarían que Thot reía satisfecho al comprobar el buen uso del conocimiento que había legado a su pueblo, y que Amón detenía la brisa del norte, su famoso aliento, para arrobarse al admirar como setecientas toneladas del mejor granito de Egipto bajaban por el Nilo al compás de los cánticos y loas a los dioses, navegando con una precisión prodigiosa. Este era uno de los adjetivos que se podían utilizar, aunque también valiese el de portentoso, extraordinario, increíble, inconcebible y, por qué no, hasta el de sobrenatural, pues por algo se hallaban en el país de los dos mil dioses.

Sin embargo, todo era producto del ingenio y, como Thot sabía muy bien, del conocimiento.

Dos de aquellos ribereños observaban el paso de la flota con evidente emoción. Se trataba de un noble del lugar y de su hijo, de poco más de siete años, que como otros muchos de sus paisanos habían acudido a la orilla del río para presenciar lo que consideraban un milagro.

—¡Son enormes, padre! —exclamó el chiquillo al comprobar el tamaño de los obeliscos.

—El gran Senenmut los extrajo de las canteras de granito.

—¿Cómo pudo hacer algo semejante? —inquirió el pequeño, asombrado.

—Es el hombre más sabio de Egipto, hijo mío. Por eso la reina lo eligió para que cuidara de su casa.

—¿Él fue quien construyó las naves? —preguntó el niño, impresionado.

—Senenmut proyectó todo cuanto vemos. Thot le reveló el modo de hacerlo.

—La nave que transporta los monumentos debe ser muy poderosa para no hundirse. Además, navega como si las piedras no pesaran nada —se admiró el rapaz.

—Sin embargo, no es así. Dicen que entre ambas alcanzan las setecientas toneladas. Una cifra difícil de concebir.

—¿Setecientas toneladas? Mi corazón no es capaz de imaginar un peso semejante. ¿Por eso necesita que le ayuden tantos barcos?

—Si no le resultaría imposible poder avanzar. Para hacerlo precisa de las tres hileras de remolcadores que tiran de ella.

—¡Tres hileras! ¡Y en cada una hay diez embarcaciones!

—Así es, y como verás van amarradas unas a otras por

medio de una maroma que une la proa de cada barcaza con el mástil de la que la precede.

—Es cierto. Veo una soga que va desde el mástil de cada nave hasta la proa de la siguiente, dejando libres las popas.

—Para que les resulte más sencillo maniobrar. Ahora fíjate en los remolcadores. Son todos iguales menos el último de cada hilera, los que se hallan más próximos al navío que transporta los obeliscos.

El chiquillo hizo lo que le pedían y al poco lanzó una exclamación.

—¡Son más grandes que el resto! ¿Por qué motivo? —preguntó muy interesado.

—Deben soportar una fuerza mayor, hijo mío. Además, llevan a bordo a las personalidades y encargados del proyecto. Si te fijas bien podrás observar los estandartes que enarbolan.

—Es verdad, padre. Cada embarcación lleva uno diferente. El situado a la derecha de la gran nave luce un toro, el del centro una esfinge, y el más próximo a donde nos encontramos un león. También puedo divisar lo que parece un trono y sobre él un enorme flabelo.

—Representa al *ka* de la reina.

—Te refieres a la gran Hatshepsut.

—A la misma. Su nombre lo puedes ver representado en aquellos grandes jeroglíficos, y justo debajo, aunque con símbolos más pequeños, también se encuentra el de Tutmosis, el nuevo faraón que todavía es un niño; Menkheperra, vida, salud y fuerza le sean dadas.

—Ahora los distingo, padre, y también la fuerza que los remeros tienen que hacer para poder avanzar.

—¿Cuántos crees que puede haber?

El niño miró a su padre con cara de imaginar lo inimaginable.

—Miles y miles —dijo, convencido.

—Ja, ja. Sin duda, son muchos, hijo mío, aunque no lleguen a tantos. En total unos novecientos remeros.

—Novecientos —musitó el chiquillo, perplejo—. ¡Eso hace que haya trescientos por hilera! —exclamó.

—Más o menos es lo que conforma cada tren de remolcadores. Como verás son suficientes para arrastrar la gran barcaza.

El niño asintió y al momento señaló con el dedo.

—¿Y aquellas embarcaciones que navegan a la cabeza? —preguntó el pequeño, con curiosidad—. ¿Por qué no van amarradas a las otras?

—Son las encargadas de trazar la ruta, la que más convenga para una navegación segura. Sus capitanes conocen cada palmo del río. Son excelentes pilotos y toda la flota confía en ellos. Van acompañados de algunos soldados por si ocurriera cualquier incidente.

—¡Entonces los obeliscos dependen de ellos! —volvió a exclamar el chiquillo, entusiasmado.

—Por eso van a la cabeza. El resto de la flota hará lo que ellos digan.

—Deben ser muy sabios y amigos de Hapy —dijo el niño, convencido.

—Ja, ja. Aseguran que son capaces de hablar con el señor del Nilo. Solo ellos conocen el lenguaje de las aguas y por eso saben lo que estas ocultan en cada momento.

—También puedo ver una pequeña nave junto a la que transporta los obeliscos —volvió a señalar el rapaz.

—Sirve de enlace entre todas las embarcaciones para que no quede nada al azar. Si te fijas, un poco más allá se encuentran otras tres naves que acompañan al resto.

—Ahora las veo, y parece que tampoco van amarradas.

—No lo necesitan, ya que cumplen otra misión. En ellas van los sacerdotes que se encargan de oficiar las ceremonias pertinentes durante la travesía. Como bien sabes, hijo mío, los obeliscos son símbolos divinos del dios Ra, y es preciso rendirles culto desde el momento que quedan liberados de la piedra de la cual se extrajeron.

El niño asintió, pues ya conocía aquellos detalles.

—¿Adónde se dirigen, padre?

—A Waset, la ciudad santa de Amón, en cuyo templo serán erigidos.

—¡Van hacia Karnak!

—A Ipet Sut, «el más selecto de los lugares». Allí aguardan su llegada.

En esto último poco se equivocaba el lugareño. Tebas en pleno se agolpaba junto a las márgenes del Nilo para presenciar el espectáculo sin igual que les brindaban en aquella hora. Ante la inminente llegada de la flota la música había tomado las calles y la ciudad en pleno se entregaba a los innumerables festejos y ceremonias religiosas que tendrían lugar. Se celebraban desfiles en los que se desplegaban estandartes de todas las corporaciones participantes, en tanto el pueblo, enfervorecido, elevaba sus loas ante el hecho de que Amón y Ra se uniesen para siempre a través de aquellos rayos petrificados con los que toda Tebas obtendría su protección eterna.

Durante días los rumores se habían extendido de tal forma que no existía límite para la exageración.

—Sé de buena tinta que los obeliscos son tan grandes que no cabrán en Karnak —aseguraba uno de los asistentes que tenía fama de bien enterado.

—No es posible —decían algunos, impresionados.

—Como te lo cuento, hermano. Al parecer han tenido que fabricar una embarcación que necesitó de toda la madera de Egipto.

—Mucha madera me parece esa —señaló otro, con gracejo, a lo que siguieron las risas.

—¿Y tú cómo lo sabes? —preguntó alguien.

—Me lo ha dicho un amigo que vio pasar la flota por Iuny. Al parecer nadie se explica cómo no se ha hundido la barcaza que transporta las piedras solares. Son monstruosas.

—¿Monstruosas? Amón nos asista —indicó una señora, con preocupación.

—Senenmut sabrá qué hacer con ellas —añadió otro de los presentes, convencido.

—Aseguran que ese hombre posee la sabiduría de Thot —abundó un tipo que se tenía por ilustrado.

—Conoce todos los misterios ocultos de nuestra tierra desde que la gobernaron los primeros dioses —indicó un anciano.

—No me extraña que la reina lo tenga al cargo de las más altas instituciones —volvió a intervenir la señora.

—Puede que no sea humano. A lo mejor es un semidiós —se le ocurrió decir a otro de los presentes.

Aquello despertó la risa general aunque la señora, que parecía hablar con conocimiento de causa, torció el gesto y al momento volvió a hacerse escuchar.

—¿Qué podría extrañaros si fuera así? Es el favorito de Hatshepsut, y no olvidemos que ella es una diosa ya desde su nacimiento.

Aquellas palabras fueron bien consideradas y las risas cesaron de inmediato, ya que los tebanos eran poco dados a jugar con las divinidades al tenerse como los más devotos de Egipto.

—Es cierto —añadieron desde la multitud—. Hatshepsut nos proporcionará abundancia.

Hubo exclamaciones de alabanza a aquellas palabras, pero enseguida se oyó una voz que gritaba.

—Ya llegan, ya llegan. Los obeliscos ya están aquí.

Todos volvieron sus miradas hacia el río y corrieron a apretujarse junto a la orilla. La flota se aproximaba al puerto, y al ver el espectáculo que esta les brindaba, muchos enmudecieron, impresionados ante la magnitud de aquella hazaña sin igual.

—¡Fijaos! —exclamaron—. ¡Esos obeliscos tocarán el cielo!

—¡Gloria a Hatshepsut!, señora del Alto Egipto —se atrevió a vociferar la mujer.

Cuantos la rodeaban estallaron en vítores y al poco estos se convirtieron en un clamor que llegó hasta los muelles donde la reina aguardaba con expectación la entrada de la flota.

—Vida, fuerza y estabilidad sean dadas a la señora del Alto Egipto —oyó Hatshepsut que decía su pueblo.

Parte de los nobles que la acompañaban se miraron al escuchar las aclamaciones, sin saber qué decir, en tanto Senenmut y Hapuseneb sonreían en silencio, y Hatshepsut sentía como su corazón galopaba espoleado por el alborozo. Junto a ella el pequeño Tutmosis observaba la entrada de la flota en el puerto, como lo haría un niño de su edad, con ojos de asombro, admirado por el poder que exhibía su madrastra ante el pueblo de quien él era monarca. Menkheperra se encontraba en el lugar que le correspondía, portando sus atributos reales, en compañía de su tía, la regente ante quien debía agachar la cabeza. Tutmosis se sentía abrumado ante la figura de la reina, a quien reconocía su sangre divina. Con casi seis años de edad, el joven rey comenzaba a ser consciente de la insignificancia de su linaje, de la oscuridad de la que procedía este, de la grandeza que exhibía Hatshepsut en todos los actos en los que esta participaba, así como de la autoridad que destilaba por cada uno de los poros de su piel. Era una verdadera diosa de Egipto, y el pequeño se prometió que algún día sería como ella.

Cuando sonaron las trompetas el clamor se fue acallando, hasta convertirse en un rumor sordo producido por la expectación general. Entonces tronaron las órdenes, cual si Set en persona rugiera a la tempestad, y todos contuvieron el aliento.

—¡Dejad de remar!

De este modo resonaron en el ambiente las palabras que todos deseaban escuchar. Allí finalizaba el viaje de los obeliscos, los más grandes que Kemet hubiese visto nunca, después de navegar por el río impulsados por novecientos remeros; setecientas toneladas del mejor granito se acercaron a los muelles, al lugar que se había dispuesto para su mejor descarga, y lo hicieron con una precisión que cortó el aliento. La enorme barcaza se deslizó por las aguas con calculada lentitud, como si se tratara de un simple esquife de papiros, hasta detenerse justo donde debía. Por fin había llegado a su destino, y desde cubierta lanzaron una maroma que Hatshepsut se apresuró a tomar como divina receptora de aquellas agujas sagradas. Luego, los tres elegidos que habían estado al mando de aquella aventura descendieron a tierra para ser recibidos calurosamente. Tetiemre, Minmés y Satepkau, responsables de haber llevado a buen puerto aquella empresa, fueron felicitados por los reyes y agasajados como merecían. Entonces el clamor volvió a desatarse y los cielos de Tebas se abrieron para que los dioses pudiesen asomarse a contemplar semejante prodigio. En aquella hora estos colmaban de bendiciones a su pueblo, en tanto se sonreían al ver a su hija predilecta conducirse como lo haría un gran faraón. Ella era grata a sus ojos, pues velaba por su culto y honraba a sus templos.

6

Aquellos acontecimientos supusieron el comienzo de una transformación en Hatshepsut. Era como si la reina, por fin, hubiera tomado conciencia de su verdadero poder, el que ya ejercía, y sobre todo el que podía llegar a ostentar. La Tierra Negra en pleno se había rendido a sus pies junto a los muelles de Karnak y, cuando poco después los dos gigantescos obeliscos fueron erigidos junto a las puertas del templo, la regente se vio elevada a los altares reservados para los dioses que gobernaban Kemet, animada por las loas de su pueblo, así como por un clero de Amón que le mostraba su reconocimiento al tiempo que alababa su piedad y su gran generosidad. Aquella reina los enriquecería, y así se lo hizo ver su primer profeta a los dignatarios del templo. Hapuseneb era uno de los mayores valedores de la reina, pero a la vez resultaba evidente que, con Hatshepsut en el poder, Karnak podría llegar a ser inmensamente poderoso.

—Proseguiré mi labor constructiva en las provincias del sur —adelantó la reina una tarde a Hapuseneb y a Senenmut, mientras departía con ellos—. Mi augusto padre hizo un gran esfuerzo por pacificar Nubia, y yo remodelaré sus templos al tiempo que aseguraré el abastecimiento de oro desde las minas de Kush.

Dichas palabras resultaron música divina a los oídos de Hapuseneb, pues sabía que gran parte del preciado metal terminaría siendo donado a su templo. Aquel era, sin duda, el mejor argumento para que dentro de su clero no hubiese oposición a que la reina se mantuviese en el poder. Ello facilitaría la labor del primer profeta, y también la de Senenmut.

El mayordomo veía con los mejores ojos la política que había decidido tomar su amada reina. Reconstruir los templos de Nubia, algunos tan antiguos que se remontaban a los lejanos tiempos de Sesostris I, durante la XII dinastía, era un modo de mostrar no solo la religiosidad que anidaba en el corazón de la regente, sino su compromiso por mantener vivas las tradiciones de siempre y el buen uso del poder que era capaz de hacer. Aquella reina se mostraba dispuesta a cuidar de su pueblo, a ocuparse de los dioses y a restituir a los templos su pasado brillo; ¿quién mejor que ella para gobernar Egipto? Además, Hatshepsut tuvo el acierto de no condenar al ostracismo a su sobrino Tutmosis, de cuya buena educación se ocupaba personalmente, y a quien hizo representar como rey del Alto y Bajo Egipto en múltiples registros en los que reconocía su figura. Durante años, Hatshepsut no dudaría en emplear la ambigüedad en un juego que ella misma diseñó para poder mantenerse por encima del joven faraón. Nadie, jamás, podía acusarla de no haber considerado los derechos de Menkheperra; sin embargo, los suyos estarían siempre por encima. Con calculada astucia, la reina diseñaría un escenario en el que Tutmosis interpretaría el papel del eterno aprendiz. Sería rey *de facto* a su debido tiempo. Hatshepsut, más de veinte años mayor que su sobrino, disponía del margen suficiente para crear el entramado que necesitaba, sin dejar en ningún momento de mostrarle su aceptación.

En Miam, la antiquísima capital de los virreyes de Nubia, Seny, su actual mandatario, se encargó de llevar a efecto los deseos de la regente. Y así, fue santificada la capilla rupestre excavada en la roca de Kasr-Ibrim, erigido un templo en la isla de Sai, situada entre la segunda y la tercera catarata, y reconstruida la imponente plaza de Buhen y su templo, baluarte estratégico contra las habituales agresiones de los pueblos *kushitas*. En Semna se restauraron los santuarios que Aakheperkara ya había remodelado en su día, y Hatshepsut ordenó que se hiciese en nombre de su sobrino, Menkheperra, a quien se representó en compañía del dios Khnum y frente al difunto Sesostris III.

Senenmut asentía, satisfecho, al escuchar de labios de su amada su juiciosa política. Desde el primer momento él conocía la gran reina que habitaba en aquel corazón indomable del que siempre estaría enamorado. Ella había nacido para gobernar y quizá ese fuese el motivo que le había inducido a emplear su vida en que lo consiguiese. Hatshepsut había recibido un don divino y el escriba jamás osaría desairar a los dioses. Juntos continuaban viviendo su propia historia, la que Hathor les había regalado, sin que en ella tuviera cabida nada más. Su relación, ya de sobra conocida, había llegado a ser aceptada como algo natural, alejada del escándalo, probablemente por el hecho de que no existiera en la Tierra Negra otro hombre capaz de estar a la altura de Hatshepsut. Nadie podía igualarse a Senenmut, y si una diosa tenía que elegir en Kemet a alguien que la pudiese amar, este solo podía ser el mayordomo real.

Cada noche ambos compartían el lecho para decirse cuánto se amaban, para dormirse abrazados al hechizo que entre los dos habían sido capaces de crear, para despertar cada mañana dispuestos a hacer de las Dos Tierras el país próspero que tantas veces habían soñado, y lograr que su misticismo prevaleciera a través de los tiempos.

—He pensado largamente en ello, amor mío, y creo que es hora de dar un paso más —dijo Hatshepsut una noche en la que Aah, la luna, parecía querer entrar por la terraza que daba a los aposentos de la reina. Era tan hermosa y brillaba de tal modo, que su resplandor iluminaba el lecho en el que se hallaban ambos amantes para hacerles parecer fundidos en plata—. He decidido tomar el nombre que me correspondería como rey —señaló la reina.

Senenmut apenas se inmutó, pues llevaba tiempo esperando ese momento. La autoridad que ya ostentaba su amada era casi absoluta, y aquel hecho resultaba un paso inevitable que, no obstante, era preciso calcular.

—Tu nombre como soberana de las Dos Tierras —musitó el escriba.

—Así es. El que me corresponde desde hace demasiado tiempo.

—Sabes muy bien que es privilegio del clero de Amón otorgarlo.

—En esta ocasión me lo daré a mí misma. No esperaré a ser coronada.

—Pero no será oficial —advirtió Senenmut.

—Yo lo haré oficial —apuntó ella, autoritaria.

—Entiendo. Adquirirás el mismo tratamiento que tu sobrino Tutmosis. ¿Me equivoco?

—Siempre me gustó lo poco que necesito explicarte mis ideas para que las entiendas —añadió la reina con ironía.

—Ambos figuraréis con el título de rey del Alto y Bajo Egipto.

—Es posible; aunque he pensado que de momento podríamos reservar para el joven Menkheperra el quinto nombre de la titulatura real: Sa Ra.

—Hijo de Ra —repitió Senenmut, pensativo.

—De esta forma constaría en las inscripciones detrás de mí, pues yo sí me haría representar como rey del Alto y Bajo Egipto. Si soy regente debo ser considerada como su soberana. ¿No crees que es de justicia?

—Hace mucho que deberías haber sido consagrada —le aclaró el escriba—. La regencia solo es un medio para que puedas llegar a ceñir las dos coronas. Tutmosis no es más que un niño.

—Sin embargo, jamás levantaré mi mano contra él —se apresuró a contestar la reina—. Ha sido investido en Karnak, y, además, es la imagen de mi padre.

—Me parece bien que uses tus derechos, amor mío, pero deberás ser sigilosa, de tal modo que llegue el día en el que a nadie le extrañe en Egipto que seas considerada como un dios.

Ella se estrechó más a él, en tanto le acariciaba con suavidad.

—¿Crees que sería grato al clero de Amón? —preguntó la reina.

—El Oculto te favoreció un día con su oráculo. Si engrandeces su casa, su clero te será favorable; al menos mientras Hapuseneb lo gobierne.

—Tienes razón, obraré con prudencia, pero nunca desandaré el camino —advirtió ella, como para sí.

Senenmut asintió, y al punto se incorporó levemente para mirar a su amada.

—Si precisas utilizar un título como rey, dime al menos cuál has elegido —inquirió el escriba, con curiosidad.

—Me haré llamar Maatkara —dijo ella, con orgullo.

—Maatkara —repitió él—. Es un nombre poderoso, sin duda. Resulta magnífico. Me parece acertado que continúes con la tradición iniciada por tu divino padre, el gran Aakheperkara, de añadir el término Ra al nombre de entronización. Maatkara.

—Maat es el *ka* de Ra[53] —matizó Hatshepsut con ensoñación—. Hace años que mi padre y yo pensamos en ese nombre. Es el momento de que Egipto lo sepa.

7

—Nunca imaginé que los dioses pudieran someterme a semejantes pruebas. ¿Qué ven en mí que les pueda llevar a burlarse? —preguntó Neferheru a su esposa, casi entre susurros como era costumbre en él, una noche mientras compartían el lecho.

—No digas eso —se apresuró a contestar ella en voz baja, el tono que ambos se habían acostumbrado a utilizar—. Mira todo lo que te han entregado.

Neferheru esbozó una mueca de resignación.

—Tienes mucha razón. Jamás pensé en poder permitirme una mujer como tú, ni llegar a ser padre de un niño como el nuestro —reconoció él—. Sin embargo, todo resulta engañoso a mi corazón.

—¿Cómo puedes hablar así? —se escandalizó Ibu—. Yo te amo y...

Neferheru hizo un gesto con la mano para que le permitiera continuar.

—Lo sé; el amor de mi familia es lo más valioso que poseo. En él reside mi felicidad pero, no obstante, debes comprender que mi vida es una farsa. Tan solo soy un personaje creado por la mano de un mago, a quien los dioses han insuflado el hálito de la vida para representar un papel que poco tiene que ver conmigo y me condena al silencio.

Ibu negó con la cabeza.

—No es cierto. Thot me enseñó sus secretos y Amón te

bendijo para traerte hasta mí. Él fue el artífice de un milagro —señaló Ibu.

—Un prodigio, sin duda, que ha terminado por producirme un gran sufrimiento. Devolverme el habla se ha convertido en un tormento con el que he de vivir el resto de mis días. Solo tú puedes escuchar lo que ansía expresar mi corazón, pues ni siquiera a mi hijo tengo el privilegio de hablar. Vivo en constante vigilancia para evitar decir lo que tanto deseo. Hubiese preferido continuar mudo para así no padecer este sinvivir.

—Comprendo tu aflicción, esposo mío, pero piensa solo en lo dichosa que me haces al escuchar tus palabras. Siéntete alegre por ello y piensa en las penas que muchos han de soportar. Nadie en Egipto es completamente feliz, ni siquiera mi querida hermana.

Neferheru miró a su esposa con cierta perplejidad.

—Los dioses no han procurado a Hatshepsut todo lo que desea. Ella nació para ser dios de esta tierra. Parece tener el trono a su alcance pero, no obstante, no es capaz de terminar por sentarse en él. Así son las leyes de los padres creadores. No podemos entenderlas, pero todos estamos sujetos a ellas. No reniegues de ellos o perderás su favor. Los dioses son vengativos —aseguró Ibu.

—Sé muy bien lo vengativos que pueden llegar a ser —se lamentó el barbero.

—Olvida tu rencor. Mira si no a Senenmut. Es el hombre más poderoso de Egipto, un compendio de sabiduría pero, sin embargo, jamás podrá reconocer públicamente a sus hijas.

Neferheru guardó silencio mientras consideraba las palabras de su esposa. Esta tenía razón, sin duda, y no obstante ello no le aliviaba el desaliento que experimentaba. Mantener un silencio permanente le convertía en otra persona, alguien obligado a engañar a cuantos le rodeaban, a representar un papel que creía podía conducirle a la locura. Convertirse en guardián de sí mismo durante toda la vida se le antojaba una empresa colosal, sobre todo ahora que servía a un nuevo faraón. Neferheru estaba adscrito a su casa y entre ambos había nacido una corriente de sincera empatía que le había dado que pensar. Aquel niño no era como su padre. El pequeño poseía magia; había verdadero poder detrás de su mirada, en la que el barbero también podía leer el valor y la determinación que el rapaz llevaba dentro de sí. A pesar de su corta edad Tutmosis le había otorgado su confianza, y en ocasiones le hacía partícipe de sus sueños, como si fuese el único a quien pudiese confesar sus ideales y aspiraciones.

—Conozco tu historia, buen Neferheru. El dios cocodrilo te causó un gran daño el día que se llevó a los tuyos; él es así. Pero aunque tú no lo sepas, Sobek te hizo más fuerte para poder enviarte junto a mí. Solo los elegidos permanecerán a mi lado.

Eso le había dicho Tutmosis una mañana, y aquellas palabras produjeron al barbero tal efecto, que ya nunca las olvidaría. El joven faraón le ofrecía un puesto a su lado con la sinceridad propia de un niño, a la vez que le hacía ver que sus ilusiones no eran otras que las de llegar a ejercer su papel como rey cuando llegara el momento; y todo por el hecho de que Neferheru fuese mudo.

Este no podía evitar sentirse abrumado. Los dos hombres más poderosos de la Tierra Negra le habían otorgado su confianza y él se vería obligado a traicionar a ambos para salvaguardar sus propios intereses. Era un juego deleznable, sin duda, contrario a su naturaleza, del que nunca se podría librar. Por razones obvias Neferheru se había abstenido de contar a su esposa lo que Tutmosis le había dicho. Ibu continuaba unida a su hermana, como siempre, y ambas se profesaban un cariño que estaba por encima de las interminables intrigas de una corte que parecía insaciable. El vínculo entre la reina e Ibu era insobornable, y por ello Neferheru debía obrar con gran prudencia, aunque esto le produjese momentos de una profunda aflicción.

—Tienes razón —le confió el barbero a su esposa, tras salir de sus pensamientos—. Los dioses nos dan al mismo tiempo que nos quitan. Pero hemos de pensar en nuestro hijo. Él, al igual que tú, pagaría cualquier imprudencia por mi parte. Esa es la carga que he de soportar.

—Lo sé muy bien, amor mío, pero yo te ayudaré a sobrellevarla, y los dioses continuarán sonriéndonos como hasta ahora. Sobekhotep es una prueba de ello. Nunca hubiésemos podido elegir un hijo mejor.

—Es cierto. El joven faraón lo honra con su amistad. Como sabes se han convertido en inseparables compañeros de juego. Estoy convencido de que unirán sus caminos como te ocurrió a ti con Hatshepsut.

—Sobekhotep estrechará más lazos que yo. En el *kap* es amigo de la mayoría de los príncipes e hijos de la nobleza que acuden allí. La misma Neferura siente cariño por él. En la escuela se suelen sentar juntos y a mi divina hermana le parece bien, pues es un niño despierto.

—Aunque algo revoltoso.

—Un niño, al fin y al cabo, que sabe hacerse respetar entre los demás.

Ibu estaba en lo cierto. Su hijo era sumamente espabilado y el más travieso de la clase, lo que le hacía llamar la atención del maestro más de lo deseable. El viejo escriba conocía de sobra cómo se las gastaban aquellos pillastres, y no dudaba en utilizar su vara a la menor oportunidad, siguiendo el antiguo lema que aseguraba: «Las orejas del alumno se encuentran en su espalda».

Senenmut hacía tiempo que se había fijado en el chiquillo. Saltaba a la vista que era inteligente, y más fuerte que la mayoría de los niños de su edad. Además, era arrojado, y el mayordomo vio con claridad que podría resultar útil en el futuro, sobre todo debido a la buena amistad que el rapaz mantenía con el faraón. Hacía años que el escriba se había interesado por la educación de Tutmosis, quien no en vano estudiaba en Karnak de la mano de maestros de la total confianza de Senenmut. Él mismo se encargaba en ocasiones de explicar al joven rey los porqués que hacían a la Tierra Negra tan diferente a las demás, al tiempo que le revelaba misterios que permanecían ocultos para la mayoría, pero que el monarca debía saber. Entre ambos se forjó una buena relación y, más allá de los avatares del destino, Tutmosis siempre senti-

ría un profundo respeto por aquel hombre a quien considera-
raba Thot reencarnado.

Senenmut necesitó poco tiempo para descubrir la auténtica naturaleza de Tutmosis. Este había heredado el ardor guerrero de su abuelo, como el escriba ya había adivinado al poco
de tratar con el chiquillo, y con el paso de los años fue plenamente consciente de que haría carrera en el ejército. Aquel
niño había nacido para ser militar, y este detalle fundamental
obligaba a colocar nuevas piezas en el viejo tablero en el que
se dirimía una partida que amenazaba con no tener final. Las
viejas fichas eran reemplazadas por otras nuevas, pues así era
el juego por el poder.

Como en tantas ocasiones Senenmut volvió a estudiar con
detenimiento aquel tablero del que, sabía, nunca podría retirarse del todo. Hatshepsut lo dominaba con claridad, y su posición de relevancia la llevaría al control absoluto del juego.
La victoria era suya pero, no obstante, Senenmut se convenció de lo útil que llegaría a ser ocultar una última jugada a los
ojos de los demás, tal y como había aprendido en los templos.
La prudencia era una virtud inconmensurable a los ojos de los
dioses, y el escriba siempre se distinguiría como su hijo más
devoto.

8

En realidad, aquella virtud no lo abandonaría nunca. La prudencia era algo implícito a la naturaleza del escriba que, junto a la discreción, conformaba las señas de identidad del hombre que, poco a poco, tomaba el control de las instituciones de Egipto. Sus pasos siempre obedecían a un motivo, y sus adversarios políticos no tuvieron más remedio que doblegarse ante aquella nueva forma de gobierno encubierto a cuya cabeza se hallaba una regente. Cada acción llevada a cabo por Senenmut suponía un aumento de poder para Hatshepsut. Ambos formaban una pareja formidable ante la que muchos se veían empequeñecidos, sin otra respuesta que la de agachar la cabeza, tal y como el viejo Ineni aseguraba que ocurría.

Por ello nadie levantó la voz cuando, por primera vez, Senenmut hizo inscribir el nombre de Maatkara en el templo de Montu en Tebas, al norte de Karnak, como rey del Alto y Bajo Egipto, aunque fuera en compañía de su joven sobrino, Menkheperra. El mayordomo real midió con cuidado semejante atrevimiento al transcribirlo dentro de una estela de granito rosa en la que manifestaba hacer una donación sumamente generosa al clero de Amón, consistente en campos de labor de la mejor tierra y otras propiedades de singular valor. Hapuseneb se sonrió al verlo por primera vez, al tiempo que se congratuló por la gran habilidad demostrada por su buen amigo, ya que Senenmut hacía aquella donación en nombre de Tutmosis III, como restitución de lo que el joven faraón le diera en su día, siendo aún muy niño. De este modo el escriba ensalzaba la figura de Menkheperra y le daba muestras de su agradecimiento al devolverle su presente, para, además, ensalzar a Amón al hacerle entrega de él; y todo con la bendición de Hatshepsut, convertida en señora de las Dos Tierras.

Karnak recibiría satisfecho la donación de estos bienes, y no diría nada acerca de aquella sorprendente autoproclamación. Hapuseneb sabía que esto tan solo era el principio de un plan en el que él mismo participaba desde hacía muchos años. El país de Kemet pronto se acostumbraría a escuchar aquel nombre, Maatkara, como algo habitual, y ahora que gobernaba Karnak como su primer profeta, el sacerdote reflexionó sobre los inmensos beneficios que podría conseguir su templo si daba los pasos adecuados. En aquella hora, más que nunca, Hatshepsut y Hapuseneb se necesitaban, y era justo que los intereses que ambos representaban acapararan todo el poder posible.

—Tu reinado ha de ser el de la innovación —le había advertido un día Senenmut a la reina—. Por ello no has de olvidarte de inscribir siempre el nombre de Tutmosis junto al tuyo.

—Así es, gran Hatshepsut —había corroborado Hapuseneb—. De no hacerlo correríamos el riesgo de provocar una guerra civil.

La reina lo había comprendido. Ella seguiría los sabios consejos de sus fieles y guardaría el respeto debido a su sobrino, aunque solo en apariencia. Ahora que había saboreado las mieles del poder no permitiría que nadie se las arrebatara.

Sus sueños comenzaban a cumplirse y Hatshepsut decidió que era el momento de retomar el viejo proyecto ideado con su mayordomo.

—Karnak está incompleto —dijo la reina un día a Senenmut—. Es hora de ordenarlo, tal y como propusiste una vez.

El escriba asintió, ya que había pensado en ello largamente. Para un hombre cargado de misticismo como él, y tan apegado a la simbología, el templo de Amón siempre le había parecido estar concebido de espaldas a la luz. Todo Ipet Sut, sus grandiosos pilonos, sus majestuosas puertas, el complejo templario, se hallaban orientados al oeste, a los cerros que daban cobijo a la necrópolis, al reino de las sombras. Desde el templo podía contemplarse como Ra se ponía por el horizonte cada tarde, pero el santuario no recibía la salida del sol de igual forma. La luz resbalaba al amanecer por sus pétreos hombros y Hatshepsut creyó que el escriba tenía razón, que Karnak debía ser bendecida por Ra Khepri cada mañana al regreso de su viaje nocturno, y que ella era la elegida para que esto se cumpliese.

—Recuperaré el culto solar y de este modo reforzaré mi vínculo con Ra.

Senenmut observó a su amada en silencio, pues ya habían hablado de aquella posibilidad cuando erigieron los obeliscos dedicados a Tutmosis II. Aquella idea no solo daría la oportunidad de unir a Amón y Ra con la fuerza de la simbología sagrada, sino que también haría de Hatshepsut una verdadera hija del sol, como rezaría en su titulatura real si un día llegaba a ser coronada.

—Ordenaré levantar dos obeliscos, mucho mayores que los que consagré a mi hermano; y al este, en el exterior de la muralla, detrás de ellos, construiré un templo en el que mi imagen será representada en compañía de mi divino esposo Amón, sentados, quizá tallados en alabastro —aventuró la reina.

—Los obeliscos se erigirán a ambos lados del eje de Ipet Sut —prosiguió Senenmut—, y serán grandiosos. Forrados de electro.[54]

—Sí —corroboró Hatshepsut entrecerrando los ojos—. Superarán los cien codos de altura, y mi fiel Thutyi envolverá el sagrado granito con el electro más puro, para que se conviertan en agujas de fuego cuando nuestro padre Ra refleje sus rayos en ellos. En su base grabaré el nombre del Oculto, y en toda la Tierra Negra hablarán de mis obeliscos como el verdadero nexo de unión entre Ra y Amón.

—Y todo gracias a ti, Maatkara —alabó Senenmut—. Entonces podrás ser considerada como la hija de Amón Ra.

Aquella idea entusiasmó a Hatshepsut, quien exhaló un suspiro al tiempo que tocaba las palmas.

—Me convertiré en la hija de Amón Ra —repitió ella, alborozada—, y edificaré para ellos mi propio templo, como te adelanté. Un verdadero santuario en el que se honre mi figura y la de mis divinos padres.

—Y en el que el pueblo pueda acercarse a ti —interrumpió el escriba.

Hatshepsut lo miró sin ocultar su perplejidad, ya que los ciudadanos no tenían acceso al interior de los templos.

—Una nueva idea para un faraón decidido a crear un Egipto nuevo —precisó Senenmut.

La reina pareció considerar aquellas palabras durante unos instantes para luego sonreír abiertamente.

—Los genios andan sueltos por tus *metus*, siempre listos para verter ideas —musitó Hatshepsut, como si analizara en profundidad lo que su mayordomo proponía—. Un lugar de culto al que el pueblo pudiera acudir a elevar sus súplicas, sin necesidad de entrar en Karnak.

—Tus obeliscos se convertirían en antorchas de piedra a cuyo reclamo se presentarían los fieles para mostrarte su devoción. Serías bendita ante tu pueblo, y toda Tebas alabaría tu poder.

—Sí —volvió a repetir ella, con ensoñación—. Un lugar al que ir para aliviar el alma. Sería conocido como «el templo de Amón que atiende las plegarias». Sin embargo...

Senenmut observó la expresión de incertidumbre de su amada.

—Sé lo que te preocupa —dijo este con calma—. Dudas que Hapuseneb acepte una idea semejante.

—Su clero no admitirá ser apartado de sus funciones como intermediario entre los hombres y los dioses —señaló la reina.

—Se trata de un concepto revolucionario para unas tradiciones que, como las nuestras, son milenarias. No obstante, es preciso continuar adelante con él. Tú representas el cambio que Kemet necesita, amor mío. En cierta forma, romper con determinadas costumbres te engrandecerá a los ojos de tu pueblo. Piensa que serías venerada al proporcionarle un medio con el que poder dirigirse a los dioses cuando así lo desee. Tu nombre correrá por toda Tebas.

Hatshepsut pareció considerar aquellas palabras.

—Sin duda, el clero de Amón pondrá reticencias al proyecto, pero Hapuseneb les hará ver la ventaja que supondrá un nuevo santuario anexo a Karnak. El Templo del Este sería un buen nombre, y añadiría el culto solar a la casa de Amón, para hacerla aún más poderosa —matizó el mayordomo.

—Veo que lo tienes todo pensado —se felicitó la reina.

—Amón me envió a ti para servirte —se apresuró a decir el escriba—. Lo sabes muy bien. Como ya apuntaste Karnak está incompleto, y es hora de que dejes tu sello en él. Ese nuevo templo llevará tu impronta, amada mía. Ipet Sut mira al reino de los difuntos, pero a la vez al Nilo, al reino de Hapy, para que con cada inundación traiga la abundancia de su crecida hasta los muros de Karnak. Ese es el simbolismo que subyace en la concepción de este templo. Con tu proyecto el ordenamiento de este santuario estará completo, y Amón quedará asimilado con Ra para convertirse en un dios de dioses.

—Entiendo. Hapuseneb se lo hará ver a sus acólitos tal y como tú lo has pensado.

—Si me autorizas hoy mismo enviaré a Amenhotep, el mejor jefe de obras que conozco, a Sehel, para que comience la labor de extracción de tus obeliscos, y muy pronto los verás alzarse al este de Karnak vestidos de fuego.

Y así fue como se gestó la edificación de aquel nuevo monumento que venía a revolucionar, en cierto modo, los viejos conceptos que siempre habían primado en Kemet. Tal y como deseaba Hatshepsut, los obeliscos serían aún mayores que los que ella misma había ordenado erigir en nombre de su hermano y a la vez esposo. Esta vez alcanzarían los cincuenta y cuatro metros de altura, y Thutyi los revestiría con refulgente electro.

Apenas dos años después, las dos gigantestas agujas solares quedarían emplazadas en Ipet Sut, junto a su muralla este, para pasmo de la ciudad de Tebas.

Aquel sería el comienzo de una carrera que llevaría a Hatshepsut a hacer realidad su viejo sueño de engrandecer Egipto. Todos los santuarios tenían su lugar en él, y quizá ese fuese el motivo por el cual los caprichosos dioses convinieran en otorgar su favor a aquella reina, audaz donde las hubiera, que se hallaba decidida a combatir contra el poder de los hombres hasta su último aliento, para así hacer valer sus derechos. Ella se haría fuerte ante la mezquindad, sin apartarse ni un palmo de la senda del *maat* en el que tanto creía. Las mentes más preclaras de Egipto lucharían a su lado y, de este modo, a Hapuseneb se le unieron el genial Thutyi; Nebamón, escriba real e inspector de los graneros; el muy alto Puiemra, que ostentaría cargos tan prominentes como los de arquitecto real, supervisor de los orfebres y segundo profeta de Amón; el inspector del tesoro Djehuty; el intrépido Nehesy; Inebny; y siempre, por encima del resto, Senenmut, quien en aquellos momentos ya ostentaba nada menos que sesenta y seis cargos, y al que acababan de nombrar «Superior de la Casa de la Mañana», un título que le responsabilizaba de recibir cada día las instrucciones pertinentes de boca de los reyes cuando estos despertaban.

Sin embargo, Anubis se mostraría ajeno a cuanto la reina quisiera emprender. El dios de la necrópolis no descansaba nunca y, mientras Hatshepsut forjaba su propio camino en compañía de los más ilustres hijos de Egipto, el dios chacal aprovechó para llevarse a su madre. En el cuarto año de reinado de Menkheperra, la reina Ahmés Tasherit murió como había vivido, de forma discreta, casi sin hacer ruido, en el callado mundo en el que se había recluido hacía ya demasiado tiempo. Su delicada belleza y dulce carácter no estaban hechos para las tarascadas de la corte, y al pasar a la otra orilla solo dejaría para la historia una existencia salpicada por las penas, y una hija que rugiría al mundo. La relación entre ambas no había dejado de ser distante en demasiados momentos, sin duda, debido al inmenso amor que Hatshepsut había sentido hacia su padre y el gran apego que tenía a su figura. Sin embargo, el fallecimiento de su madre le produjo una honda tristeza, pues con ella se marchaba el penúltimo eslabón que la unía a sus gloriosos antepasados. Ya solo le quedaba Nefertary, la vieja dama, que ya anciana se mantenía como una roca ante el embate de las olas, imperturbable al tiempo que desafiante.

La reina madre conocía bien a Anubis, puede que mejor que nadie, pues no en vano había sido testigo directo de cómo el señor de la necrópolis se había ido llevando, uno tras otro, a todos sus seres queridos. Padres, esposo y sus siete hijos habían sido ya justificados ante el tribunal de Osiris, mientras ella se aferraba a la vida de una forma que causaba admiración, ya que continuaba su existencia como si los años no tuvieran importancia, apegada a sus viejas costumbres y con la mente tan clara como cuando era una jovencita. Todavía no podía morir, y cada mañana, al despertar, hablaba de ello con Anubis para hacerle comprender que aún tenía cuentas pendientes en la orilla oriental, la de los vivos. Sus ojos no podían aún cerrarse para siempre, ya que debían ver cumplido su sueño, una ilusión que hacía demasiados años formaba parte de sus esperanzas, y que había terminado por convertirse en la fuerza que permitía a su corazón continuar palpitando. Quienes la conocían bien aseguraban que tenía un pacto con el dios chacal, y puede que fuese cierto; Nefertary no podía presentarse ante Orisis antes de tiempo, pues en tal caso su vida no hubiera tenido sentido.

Los *hentis* pasaban para todos, y con ellos las inexorables leyes que regían la vida. A un período de luto le seguía otro, y a este otro más. Las gentes del Valle estaban de paso y solo el Nilo parecía ser inmortal. Antes o después habría que cruzarlo para dirigirse al reino de las sombras, y eso fue lo que le ocurrió a Mutnofret. Al poco de la desaparición de la que fuese su gran rival, Mutnofret también pasaba a la otra orilla, tras una vida de constantes sobresaltos, intrigas y no pocos ardides con los que asegurar su supervivencia. Sin embargo, nadie sobrevivía y, al enfrentarse al gran juicio en la Sala de las Dos Verdades, los cuarenta y dos jueces, insobornables, le harían ver la realidad que había ocultado su corazón. A la postre

Mutnofret no había sido feliz, aunque hubiera conseguido sentar en el trono de Horus a uno de sus hijos y ver como su nieto heredaba la doble corona. A su manera había pasado la vida en una lucha permanente en la que no había dudado en emplear cualquier arma que tuviera a su alcance.

A Nefertary esa victoria siempre le parecería efímera, pues la gran reina estaba convencida de que, al pesar su alma, Mutnofret sería condenada y su corazón devorado por la terrible Ammit; ese sería el precio que tendría que pagar.

9

De pronto la Tierra Negra se vio sorprendida por usos que no eran los habituales. Era como si el tradicional movimiento que mecía al país hubiera cambiado su paso para convertir a este en vertiginoso, cual si existiera una imperiosa necesidad por establecer un nuevo orden de marcha con el que poder acometer los desafíos que Hatshepsut estaba decidida a emprender.

En realidad, nunca el tiempo pareció tan efímero. Seshat, «la señora de las bibliotecas», la diosa encargada de contabilizar todas las cosas, así debía haberlo dispuesto, pues los acontecimientos se precipitaron en Kemet como si acuciara la premura por dotarle de un impulso que lo situara en la senda que la reina había diseñado hacía ya muchos años.

Los meses amenazaban con solaparse, y las estaciones discurrían con tal rapidez, que los años empezaron a pasar con una celeridad desconocida, alimentados, sin duda, por los continuos cambios que tenían lugar.

El poder en las Dos Tierras daba muestras de encontrarse establecido bajo la égida de una regencia que en verdad gobernaba Egipto con insuperable diligencia. El nombre de Maatkara había terminado por ser reconocido, a pesar de no haberse celebrado ninguna coronación, y todos se plegaban a sus designios como si se tratase del verdadero Horus reencarnado.

Muchos de sus vasallos se miraban, sorprendidos, incapaces de comprender los cambios que aquella reina trataba de imponer en las viejas tradiciones, al tiempo que desconcertados al tener sobre sus cabezas a una mujer capaz de llevar con mano firme las vidas del país de Kemet. ¿Cómo era posible?, se preguntaban. ¿Qué pacto oculto existía para recibir el favor de los dioses?, porque estos, sin duda, se mostraban pródigos, tanto como lo hubiesen podido ser con el gran Aakheperkara, y buena prueba de esto era el bienestar que se respiraba en Egipto. Las gentes alababan a las divinidades ante la abundancia que la regente había traído a su tierra, y los comunes se hacían lenguas por la determinación que la reina mostraba en todo cuanto emprendía, así como por la devoción que demostraba hacia todo lo sagrado; daba igual que se llamara Hatshepsut o Maatkara. A ellos este último nombre les parecía bien, sobre todo porque desde que aquella mujer se había hecho cargo de los destinos de la Tierra Negra, las cosechas no habían hecho más que mejorar. Nadie tenía duda de que las benéficas inundaciones se debían al influjo de la regente, a cuya sombra se encontraba Senenmut, el hombre más sabio de Egipto, de quien el pueblo aseguraba que era capaz de hablar con Khnum y con Hapy, para de este modo controlar la crecida en su justa medida.

—Es un mago entre los magos —aseguraban los paisanos—. No ha existido nadie igual desde los lejanos tiempos del divino Imhotep.

Esta era la creencia general, y los *meryt*, los agricultores encargados de la labranza de los campos, bendecían aquel nombre como el artífice de que las espigas de trigo crecieran hasta estar a punto de reventar. Senenmut —se decían—, con él los campos jamás languidecerán. Si aquel sabio servía a la prudente Maatkara, ellos rezarían a Min, el dios de la fertilidad y la abundancia, para que la mantuviera en el trono de las Dos Tierras por toda la eternidad, si eso fuese posible.

Para el pueblo los nombramientos que Hatshepsut tuviera a bien realizar poco importaban; todo sería, sin duda, para la mejor marcha del país, y por ello, cuando en el año quinto de reinado del joven Tutmosis III la regente designó a un nuevo visir, las gentes del Valle pensaron que ello redundaría en una vida mejor para los habitantes de la Tierra Negra.

Hatshepsut era de la misma opinión, y ese fue el motivo de que eligiese a Useramón como *tiaty* del Alto Egipto. En realidad, aquel nombramiento significaba una continuidad en la política de la reina, ya que Useramón, al que todos llamaban User, era hijo de Amosis Amityu, a quien relevaba en el cargo. Maatkara necesitaba a un hombre joven y capaz para llevar adelante los planes que tenía para el futuro de Egipto, y User era el indicado para hacerse cargo del control de las cerca de treinta administraciones que conllevaba su nombramiento. Una gran responsabilidad que solo podía acometer alguien de su plena confianza, a quien en presencia de la corte entregó el *shenpu*, el collar que le distinguía como visir.

Hatshepsut estaba decidida a actuar como verdadera señora de las Dos Tierras, y a nadie extrañó que ese mismo año tomara la decisión de organizar una expedición al Sinaí, con el propósito de reabrir las minas de cobre y turquesas que durante demasiados años habían quedado abandonadas a merced de los beduinos, quienes las mal explotaban para luego comerciar con los odiados *hiksos*. Maatkara dejó en las canteras el sello de su nombre, junto al de Menkheperra, pues nunca olvidaría los consejos que en su día le hicieran Hapuseneb y su gran amor, Senenmut. Este último alentó aquella sabia decisión, ya que los yacimientos del Sinaí representaban una gran fuente de riqueza que se hacía necesario recuperar. Era preciso explotar los recursos de Kemet de forma adecuada para pintar después a este con el color que ambos amantes habían soñado, el de la grandiosidad.

—Desde las estrellas circumpolares tu padre te sonríe, hermanita —le dijo Ibu una tarde con su acostumbrada ironía.

Entre ambas se mantenía la confianza de antaño, pues sus lazos nunca podrían romperse.

—Lo sé muy bien. Muchas noches, antes de cerrar los ojos, creo ver su imagen que me sonríe, al tiempo que me alienta para que acometa mis deberes. Siempre estará a mi lado para guiarme.

—Recuerdo que juntos elegisteis tu nombre, Maatkara.

No conozco uno más hermoso que ese en toda la titulatura real de nuestra historia.

Hatshepsut sonrió a su hermana, agradecida por su alabanza. Esta conocía de sobra el poco apego que la reina sentía por su nombre. Desde bien jovencita la regente se había referido a él con cierto desencanto, ya que no dejaba de ser plebeyo. El nombre de Hatshepsut no hacía referencia a ningún dios, sin duda, debido al hecho de que, en el momento de nacer, su padre no hubiera sido aún coronado como señor de las Dos Tierras. Ese había sido motivo de no poco disgusto para quien afirmaba poseer sangre divina, y era la causa principal por la que había añadido a su nombre el epíteto *jenemet imen*, unida con Amón.

—Siempre estarás a la derecha de Maatkara —señaló Hatshepsut con cariño—. Ambas formamos parte del mismo Egipto. El que soñamos cuando aún éramos niñas.

—Y al fin el destino accede a darte lo que te es legítimo. Jamás desfalleciste, hermana mía.

—Shai es un dios extraño de quien es difícil hablar; es capaz de poner a prueba nuestras más profundas convicciones.

—Al menos nunca pudo con tu coraje, y no quebró la senda de tu amor.

—Es cierto. En esto convino en ser generoso con nosotras. Sé que eres feliz con Neferheru.

—Más de lo que hubiera podido esperar. Hathor ha sido pródiga conmigo al cruzar a ese hombre en mi vida. Un pobre barbero que, además, es mudo. No se me ocurre un personaje más alejado de los sueños que construyera siendo niña.

—Ja, ja. Recuerdo que pensabas en príncipes o apuestos guerreros. Sin embargo, Neferheru es un buen hombre, mejor que cualquier aristócrata que te hubiese querido pretender, e incluso que el faraón con el que no tuve más remedio que desposarme —añadió Hatshepsut con tristeza.

Ibu le tomó ambas manos con las suyas.

—No digas eso. Naciste para cumplir un designio divino, las dos lo sabemos, y para conseguirlo los dioses te impusieron un gran sacrificio. Sin embargo, Hathor tampoco te abandonó. Mira tu corazón. Eres amada por un hombre único; y, además, tienes dos hijas en las que poder mirarte. El Egipto que estás construyendo será para ellas.

Hatshepsut observó a su hermana de forma extraña, y luego permaneció pensativa durante unos instantes.

—En ocasiones te envidio —dijo la reina al fin—. No de forma malsana, naturalmente. Es solo que, por un momento, me gustaría aparecer de la mano de Senenmut junto a mis hijas ante todo el pueblo de Egipto, para mirarle como quisiera, como una esposa enamorada.

Ibu guardó silencio, apenada por aquellas palabras.

—Quizá estemos condenados a lo efímero —suspiró Hatshepsut—. Nada permanece eternamente en el lugar que deseamos.

Ibu observó de soslayo a su hermana, ya que conocía su tendencia a filosofar cuando tramaba algo. Hatshepsut se dio cuenta al instante y lanzó una carcajada.

—Perdóname, hermana mía —dijo la reina con franqueza—. A veces olvido que hemos mamado del mismo pecho. He de pedirte algo que sé te producirá pesar, y no tengo valor para hacerlo.

—¿Pesar? —inquirió Ibu—. Sabes que siempre he estado a tu lado y cuentas con mi ayuda para lo que necesites; puedes pedirme lo que desees.

Hatshepsut asintió con evidente pesar, antes de proseguir.

—Me temo que tu esposo tenga que abandonarte por un tiempo.

Ibu hizo un gesto de sorpresa.

—¿Neferheru? ¿Abandonarme?

—Así es. Sé el dolor que te causarán mis palabras, por eso te las digo como hermana y no como reina.

—¿Por qué razón ha de abandonarme mi esposo? —quiso saber Ibu, en tanto fruncía el entrecejo.

—Menkheperra se marcha a Menfis, a la Escuela de Oficiales en la que iniciará su carrera militar. Es como mi padre, y algún día se convertirá en un gran guerrero. Mi deber como regente es ocuparme de su educación, hermana mía. Su tiempo en Karnak está cumplido y ahora debe continuar instruyéndose en el norte.

—Pero... —se rebeló Ibu.

—Ya sé lo que vas a decirme —le interrumpió la reina—, pero créeme que ha sido idea de Tutmosis requerir la presencia de tu esposo. Al parecer le tiene un gran afecto, tanto que desea que lo acompañe para ocuparse de sus necesidades.

Ibu pareció desorientada.

—Pero hermana... —volvió a protestar—. El rey posee una legión de servidores para ese cometido.

—Ha elegido a Neferheru y su palabra no admite discusión.

—Menfis —balbuceó Ibu, desolada.

—Te prometo que me ocuparé de que regrese a Tebas con frecuencia. Además, tendrás mi licencia para visitarle cuando desees. Siento disgustarte de este modo.

Ibu asintió en tanto se secaba las lágrimas que asomaban a sus ojos, y Hatshepsut sintió como su corazón se afligía.

Todo era como le había relatado; Tutmosis partía hacia Menfis para formarse como oficial, algo común entre los príncipes y miembros de la realeza. Sin embargo, no le había contado toda la verdad. Había sido Senenmut quien había insistido en la conveniencia de que Neferheru acompañara a su señor, sobre todo ahora que iba a rodearse de militares entre los que, sin duda, encontraría apoyos. Desde hacía un tiempo Hatshepsut conocía el secreto que guardaba el barbero; al parecer este sabía escribir, algo que había llenado de asombro a la reina, al tiempo que le había hecho caer rendida de nuevo ante la prodigiosa previsión de su amante. Ella sabía el dolor que causaría la noticia a su hermana, pero el trono de Egipto no admitía sentimentalismos.

—No todo son malas noticias —trató de consolarla la reina—. Piensa en el inmenso honor que el niño rey hace a tu esposo. Tutmosis le otorga su confianza ante toda la corte. Neferheru se convertirá en un personaje relevante y, con los años, recibirá autorización para construirse una tumba en el Valle de los Nobles.

—Tienes razón, querida hermana, el servicio a Egipto requiere de nuestros sacrificios. Montu, el dios guerrero, ha de tener a sus acólitos siempre prestos —indicó Ibu con amargura.

Hatshepsut esbozó una sonrisa.

—Todos debemos alabarle, incluida tú —aseguró la reina—. El dios tebano también se fijó en tu hijo, y desea que este escuche su palabra.

Ibu hizo un gesto de sorpresa y luego perdió su mirada por la sala, con evidente preocupación.

—No pongas esa cara —señaló Hatshepsut, divertida—. Sobekhotep también acompañará al niño rey a Menfis, donde se hará un hombre. Algún día dirigirá ejércitos, pues tal fue la voluntad de Khnum cuando lo moldeó. Es fuerte como un toro, y vive obsesionado con la posibilidad de convertirse en soldado. Tutmosis se la proporciona en esta hora. En la Escuela de Menfis harán de tu hijo un gran oficial y te enorgullecerás de ello. Después de tantos años volveremos a estar juntas y podré disfrutar de tu compañía como antaño.

10

Si en algo no se equivocaba Hatshepsut era en el hecho de que con la marcha de sus seres queridos la vida de su hermana cambiaba por completo. De pronto el corazón de esta quedaba abandonado a su suerte, tan solitario como un nómada perdido en el desierto, sin ninguna otra referencia que la del recuerdo de los suyos y la compañía de su hermana de leche. Todo sería para bien, le aseguraban; una auténtica bendición divina que todavía no podía calibrar, pues el destino se había encargado de dibujar el horizonte más esplendoroso que cupiese imaginar, sobre todo para Sobekhotep, y algún día ella comprendería cuál era el verdadero alcance de aquella gracia. Así eran las cosas; los dioses le otorgaban el favor de poner a prueba el valor de sus dos hombres al tiempo que su paciencia. Una demostración de las insospechadas consecuencias que solían derivarse de cada decisión tomada por los padres creadores.

Sin embargo, su nueva situación permitió a Ibu ver cuál era la realidad del Egipto que le rodeaba, un escenario que la llevó a reflexionar acerca de lo engañosa que había sido su existencia durante los últimos tiempos. Corría el sexto año del reinado del pequeño Tutmosis. Seis años en los que Hatshepsut había terminado por hacerse con el control absoluto de la Tierra Negra. Ahora que Ibu permanecía junto a la reina la mayor parte del tiempo y la acompañaba mientras ejercía sus labores como regente, la dama pudo tomar una clara conciencia de cuál era el escenario de Kemet. Hatshepsut no solo gobernaba Egipto, sino que estaba dispuesta a cambiar su faz para siempre.

Bien pensado, a Ibu no le extrañó demasiado, pues pocos conocían a su hermana mejor que ella. La reina llevaba gobernando las Dos Tierras desde que se desposara con el difunto Aakheperenra, aunque fuese de forma velada, y los seis años de regencia le habían servido para afianzar su poder por completo con el fin de dar vida a los proyectos que tenía preparados. Sus ambiciones eran las de la diosa que aseguraba ser, y por tanto llegaban hasta las estrellas. ¿Quién mejor que Senenmut o Hapuseneb para pilotar aquella nave estelar en la que Hatshepsut se había embarcado? Nadie, sin duda, pues a Ibu aquellos dos personajes se le antojaban seres inalcanzables, muy por encima del resto, seguramente porque hubiese algo de divino en ellos. Estos se habían encargado de reclutar para su señora la mejor tripulación imaginable, los más capaces de Egipto, al tiempo que habían despejado el camino de cualquier sombra que pudiera amenazarles. En aquella singladura no se encontrarían con la temible serpiente Apofis, como sí le ocurría a Ra en su proceloso viaje nocturno; la barca ascendería hasta el sol y Hatshepsut se convertiría en una estrella.

Ibu tardó poco en comprender que todo el país se postraba ante su hermana, que no existía nadie capaz de oponerse de forma abierta a sus decisiones. Tuvo el convencimiento de que muy pronto se coronaría, sin oposición alguna, y que en cierto modo el país de Kemet que ya regentaba era el mismo que aquel contra el que había combatido. En realidad, Hatshepsut se había encargado de eliminar cualquier oposición que le impidiese gobernar con todo el poder que le confería su rango divino, igual que había sucedido antaño cuando otras fuerzas se resistían a que tomara aquello que anhelaba sobre todo lo demás: el trono de Horus. Ahora este se encontraba a su alcance, e Ibu sabía que no existía fuerza en Egipto capaz de enfrentársele.

La dama situada a la derecha de la reina imaginó sin ninguna dificultad lo que luego ocurriría. Hatshepsut mostraría cuál era su auténtica naturaleza, y de esta surgiría Sekhmet, más poderosa que nunca, cuyas afiladas garras no dudaría en enseñar a quienquiera que osara desafiarla. Ese sería su privilegio. La regente había nacido para dominar a los hombres e Ibu, mejor que nadie, sabía que disponía de la fuerza y el coraje suficiente para conseguirlo. En su hermana tanto Sekhmet como la dulce Bastet iban de la mano, dos armas formidables para gobernar. Mas lo que Ibu ignoraba era el alcance de unos sueños que no habían parado de crecer, algo que descubrió una tarde, mientras departía con Hatshepsut acerca de su pasado.

—Aún recuerdo nuestro viaje a el-Kab y el homenaje que nos dieron —señaló Ibu con un deje de nostalgia.

—Fueron días maravillosos en los que la Tierra Negra se nos mostró por primera vez. Aún me acuerdo de Amosis, hijo de Abana, y las historias que nos contaba.

—Amosis Penejbet era tu preceptor entonces. Tu padre lo amaba más que a ningún otro hombre. Era su amigo más fiel.

Hatshepsut asintió.

—Por eso lo eligió como mi «padre nutricio». Amosis me enseñó muchas cosas. Con él comencé a comprender cómo era en realidad el alma de esta tierra —aseguró la reina.

—Por aquel entonces ya soñabas con gobernarla —apuntó Ibu con jovialidad.

—Ja, ja. No sabía a lo que habría de enfrentarme.

—Sin embargo, te has convertido en señora de las Dos Tierras. Maatkara. A la postre tus sueños se cumplieron.

—Aún no —dijo Hatshepsut, en tanto torcía el gesto—. Primero he de consagrar ese nombre.

—Pero... Tutmosis ya fue entronizado —se atrevió a señalar Ibu con cautela.

—Mi sobrino ha sido coronado por el simple hecho de ser un varón, no porque tuviese ningún derecho a ello.

—Es cierto, hermana mía. Así son las leyes en Kemet —matizó Ibu con evidente pesar.

—Yo las cambiaré —aseguró Hatshepsut con tono autoritario—, aunque me lleve toda la vida conseguirlo.

—¿Cambiarás nuestras tradiciones? —se sorprendió Ibu.

—Las adecuaré a los tiempos. ¿No me crees capaz de hacerlo?

—Ja, ja. No tengo dudas de que lo harás —aseguró la dama, divertida, conocedora de hasta dónde podía llegar su real hermana.

—El niño rey no es más que un bastardo, y siempre lo será. Da lo mismo las aptitudes que algún día pueda demostrar. De una u otra forma necesitará que lo legitimen ante los dioses. Su sangre solo es agua, sin ningún poder.

—Ya veo, hermanita. Todo el mundo piensa que Neferura le proporcionará esa sangre de la que carece.

—Mi hija es su única opción —indicó Hatshepsut con rotundidad—. No pensarás que me case con mi sobrino, ¿verdad?

Ibu lanzó una carcajada que al punto contagió a la regente.

—Ya tuve bastante con un bastardo como para desposarme con otro —aseguró la reina, entre risas.

—Y encima es hijastro tuyo. Te convertirías en madrastra, esposa y tía al mismo tiempo. La Tierra Negra nunca habría presenciado algo semejante.

—¡Un disparate colosal! —exclamó la regente—. Imagínate. Tendría por suegra a la concubina más oscura de Egipto. Nadie sabe a ciencia cierta de dónde apareció esa mujer. ¡Y encima se llama Isis! Como te dije, un disparate.

—Puede que te diera un heredero —apuntó Ibu con malicia, ya que le encantaban las conversaciones escabrosas.

Ahora fue Hatshepsut quien lanzó la carcajada.

—Sí; soy capaz de imaginarme la escena sin ninguna dificultad —dijo esta—. Seguro que disfrutarías mucho viéndome en ese trance.

—Ja, ja. Ya sabes que solo deseo lo mejor para ti —recalcó Ibu con picardía.

—Eres malvada, pero me temo que en esta ocasión ambos os quedaréis con las ganas. Mis planes son bien diferentes.

Ibu arqueó una de sus cejas en tanto hacía una mueca burlona.

—No pongas esa cara, querida. Me gustaría que mi abuela viviera para verlo —subrayó la regente—. Ella fue la fuente de la que manaron todos mis sueños.

—Nefertary es la piedra sobre la que se levantó esta dinastía.

—Y sobre ella deberá continuar manteniéndose. Estoy decidida a hacer realidad su pensamiento divino. ¿Te imaginas que al fin ello pudiese ser posible?

—¿Qué quieres decir?

—Me refiero a que sea una mujer la que se siente en el trono de Horus.

—¿Por encima de los príncipes reales?

—¿Acaso no somos las princesas quienes les otorgamos la legitimidad? Solo nosotras podemos transmitirles la divinidad.

—¿Pretendes establecer una nueva dinastía gobernada por mujeres? —inquirió Ibu, con perplejidad.

—Ja, ja. Resulta tentador, ¿no te parece? ¿Imaginas que el viejo deseo de mi abuela pudiera llevarse a cabo?

—Lo que puedo adivinar es la cara de los generales y sacerdotes si te oyeran, hermanita. Tu hija, la princesa Neferura, convertida algún día en reina de las Dos Tierras.

—No habría nada que me gustara más, ja, ja.

—Entonces Set andaría suelto por toda la tierra de Egipto creando el caos, como acostumbra a hacer cuando se le invoca.

—Dejemos a Shed Keru en su reino del desierto. «El Chillón» no tiene sitio en el país que quiero construir.

Ibu sacudió la cabeza con una media sonrisa pues siempre le había hecho gracia la forma con la que Hatshepsut se refería al dios de las tormentas: «El Chillón».

—Sé muy bien que no me consideras una estúpida —continuó Hatshepsut—, pero mis días como regente pronto tocarán a su fin. Ahora soy Maatkara, querida hermana; no lo olvides. Es hora de pensar en coronarme.

—¿Compartirás el trono con Tutmosis? —preguntó Ibu con incredulidad.

—Solo he de pasar de regente a corregente, querida. Gobernaremos juntos; yo, Maatkara, como señora del Alto

Egipto, y Menkheperra como rey del Bajo. Me parece que de momento sería lo más acertado. Estoy convencida de que Amón, mi divino esposo, no pondrá objeciones.

—Nada puedes temer del Oculto. El dios de Karnak te reconoció en su oráculo cuando apenas tenías doce años. Lo recuerdo como si fuera ayer.

—Hace mucho que mi divino padre me mostró quiénes eran en realidad mis enemigos. Ellos han urdido sin descanso, tejiendo y tejiendo a mi alrededor para inmovilizarme. Pero he aquí que mi naturaleza no es como la suya, y han olvidado que formo parte de la familia de los dioses. Estos y solo estos son los que me han creado y, como padres y esposos míos que son, protegen cada uno de mis pasos; da igual hacia dónde me lleven. Por eso mis adversarios nada podrán contra mí, y tendrán que agachar sus cabezas para acatar mi voluntad, como corresponde a un buen súbdito. Es tiempo de desenmascararlos y hacerles ver cuál es la realidad a la que se enfrentan.

Ibu no dijo nada. A pesar de su silencio, la dama sentía verdadera veneración hacia su hermana, a quien amaba profundamente. En su opinión esta se hallaba sobrada de razones para llevar a cabo sus sueños. Unos sueños legítimos que debían haberse hecho realidad hacía ya mucho tiempo, y que se encontraba en condiciones de reivindicar. Ahora Hatshepsut poseía la carta de la fuerza, y con ella podría acometer la empresa que se propusiera. Ibu siempre estaría a su lado.

Lo que ocurrió a continuación no fue sino una consecuencia de los planes que Hatshepsut ya tenía diseñados desde hacía años. Debía demostrar a toda la Tierra Negra el tipo de regente que la gobernaba, y también el porqué de su permanencia en el poder. Aquella regencia, en opinión de muchos, se estaba alargando demasiado, y Maatkara entendió que era el momento de que todos supieran que el tiempo de aquel reinado lo decidiría ella, que un poderoso faraón ya se sentaba en el trono de Horus y no había necesidad de deponerlo. Ella, Hatshepsut *jenemet imen*, Maatkara, demostraría a Kemet que la sangre guerrera de su augusto padre, Aakheperkara, corría por sus *metus* con fuerza desbocada y que su pulso se mantendría firme a la hora de combatir a los enemigos de Egipto.

Por este motivo la reina se alzó en armas contra el levantisco *kushita*. Era lo habitual, lo que venía ocurriendo cada vez que un nuevo soberano subía al trono de la Tierra Negra. Las tribus del sur se rebelaban, deseosas de conocer la valía del rey que las sojuzgaba, en busca, sin duda, de la aparición de grietas que les dieran alguna esperanza. Mas en aquella ocasión, como ocurriera tantas veces, la roca era firme, y tan dura que los nubios no tardaron en arrepentirse de su audacia. En Egipto se alzaba una mujer que era tan valerosa como cualquier otro guerrero, una reina que sobrepasaba en fuerza y determinación a la mayoría de los hombres, como pronto les demostrara al hacer un gran escarmiento.

Hatshepsut en persona se puso al frente de su ejército para sentar la mano entre los *kushitas*, que apenas daban crédito a lo que veían. ¿Cómo era posible? Quienes aseguraban que Sekhmet acompañaba a aquella mujer dondequiera que fuese se hallaban en lo cierto. Maatkara les enseñó el alcance de su famoso rugido, así como la dureza que podía llegar a tener su corazón. En Nubia hizo ver que este estaba revestido de diorita, y que no existía herramienta capaz de resquebrajarlo. Hatshepsut no tuvo piedad, y ante el estupor de cuantos la acompañaron hizo un gran escarmiento entre los pueblos sublevados. De este modo aseguró el abastecimiento de oro para muchos años, y el botín llegó a ser de tal cuantía, que en Karnak su clero se deshizo en alabanzas al comprobar las riquezas con las que regresó la regente a Tebas, y las largas filas de esclavos que, maniatados por los codos, esperaban atemorizados la suerte que habrían de correr.

A nadie extrañó la famosa frase que Hapuseneb, como primer profeta de Amón, acuñó para la historia: «El oro se encuentra bajo mi sello»; pues en verdad que Hatshepsut enriqueció en aquella hora a Karnak, para demostrarle qué tipo de faraón se alzaba en Egipto y de lo que sería capaz.

Tiy, el gobernador del sur, a quien muchos conocían por el sobrenombre de «aquel que se ocupa de los botines», grabaría para su señora la gesta en un roquedal de la isla de Sehel, en la que dejó para la posteridad su triunfo en aquella campaña militar que comparó al conseguido por el gran Aakheperkara.

Sin duda, aquellos hechos corrieron por todo Egipto llevados por las aguas del Nilo. Kemet poseía una regente capaz de ponerse al frente de las tropas para combatir a todo aquel que amenazara a las gentes del Valle. Ella era su protectora, esposa divina de Amón, y para atestiguarlo Hapuseneb erigiría un nuevo pilono en el que quedaría inscrita la figura de la reina, erguida, blandiendo su maza sobre sus enemigos.[55]

A su regreso Hatshepsut ordenó erigir en Elefantina dos templos dedicados a su tríada divina, Khnum, Satet y Anukis, así como dos nuevos obeliscos. El designado para llevarlo a cabo fue Amenhotep, a quien nombró sacerdote de dichas divinidades, pues la reina había quedado muy satisfecha por su trabajo anterior cuando se ocupó de extraer las agujas solares para su templo del este. Hatshepsut se comportaba como lo haría un verdadero dios de Kemet. Cuidaba de su pueblo y de sus dioses, al tiempo que demostraba la mano férrea con la que podía gobernar el país de las Dos Tierras.

De hecho, Hatshepsut tardó poco en embarcarse en una nueva aventura. Los tiempos oscuros todavía andaban frescos en la memoria de su pueblo. Los odiados *hiksos*, por cuya causa tanta sangre se había derramado, aún conservaban viejos intereses entre las jerarquías locales de algunas áreas del país, sobre todo en el Egipto Medio. Desde el nomo catorce del Alto Egipto, Naref-Khent, «el árbol de la víbora del sur», llegaban inquietantes noticias acerca de desórdenes provocados por asiáticos que habían quedado establecidos en la zona después de la derrota de los reyes de «los pueblos extranjeros». Era el momento de confirmar el poder que Hatshepsut había acaparado y mostrar a los nomos del norte qué tipo de mujer se ocupaba del buen gobierno del Valle. Y así, con su acostumbrada determinación, Maatkara se ocupó de expulsar de Egipto a las células rebeldes y pacificar determinadas provincias del Delta que mantenían aún claras influencias asiáticas, debidas a los asentamientos producidos durante los siglos anteriores. Con ello Hatshepsut certificaba su disposición para hacer frente a cualquier peligro que amenazase a su tierra, a cualquier amenaza que pusiera en riesgo su identidad, sus sagradas creencias y su bienestar. Su mensaje llegó a todos los rincones de Egipto, y muchos se miraron, desconcertados, ante la grandeza de la que daba muestras aquella mujer.

11

Postrado en su camastro, Neferheru pensaba que la vida se le escapaba por el ano. Así era al menos como se sentía, con un pertinaz dolor de cabeza y una debilidad que le hacía imposible levantarse, a no ser que se viera obligado por la infame diarrea. Por este motivo las piernas le soportaban a duras penas, para su desgracia, algo que los *sunu* que le trataban encontraban de lo más natural.

Sin embargo, él renegaba de ellos, de su suerte, de no poder mandarlos a todos al mismísimo Amenti por el hecho de ser mudo, y por el sorprendente afecto que le había tomado el faraón. Este era el principal problema, sin duda, y el que le había conducido hasta el estado en el que se encontraba.

Todo había comenzado con aquella dichosa campaña en la que se había visto obligado a participar, una expedición infame, como lo eran todas las que invitaban a la guerra, en la que el pequeño Tutmosis había sido empujado a participar, como soberano que era, para que tomara conciencia de lo que le esperaba. Diez años eran más que suficientes para una empresa de aquel tipo, y Menkheperra la acogió entusiasmado, ya que la vida militar le gustaba una barbaridad. Lo más florido del ejército lo acompañaba para la ocasión, su primera experiencia, en la que realizaría una incursión por Retenu para castigar a algunos príncipes locales que se habían mostrado levantiscos e incitaban a la revuelta.

No se trataba de una situación grave, pero Egipto no quería dejar pasar la oportunidad de mostrar que no estaba dispuesto a perder su influencia en la zona, y por ello envió a su ejército con el rey niño a la cabeza, para que las tierras de Canaán supieran qué tipo de soberano sería Menkheperra.

Neferheru no había visto nunca a tantos valientes juntos, desde *w'w*, simples soldados, hasta *mer mes*, generales, pasando por los *hunu neferu*, bisoños, *menefyt*, veteranos, *tay srit*, portaestandartes, o los *tent heteri*, los soldados de carros que comenzaban a convertirse en una poderosa fuerza de choque. Al barbero estos últimos le parecían unos tipos orgullosos, aunque para prepotentes ya estuvieran los *kenyt nesu*, los valientes del rey, a quienes daba miedo mirar.

Sin lugar a dudas, Neferheru estaba acostumbrado a la soldadesca. Su vida en Menfis discurría rodeado de ella, aunque sus labores le mantuviesen prudentemente alejado de las prácticas diarias a las que se sometían. Pero en campaña la cosa había resultado bien diferente. El ejército en pleno marchaba a través de parajes que a él se le antojaban infames, en los que en cualquier momento podría presentarse Set de improviso para fustigarles con sus torbellinos de arena; y luego estaba el agua, que había que extraer de pozos que parecían haber sido alimentados desde el mar, pues esta era salobre y hasta fétida. Pero no había más remedio que beberla, como aseguraban los veteranos, quienes parecían encontrarse como en casa. En ese momento comenzaron sus padecimientos, y a no mucho tardar Neferheru se vio presa de la diarrea viva, una descomposición que se presentó con una saña que daba miedo ver. El barbero no comprendía cómo sus *metus* podían contener tal cantidad de inmundicia, y enseguida pensó que aquel mal tendría un origen demoníaco, pues no encontraba otra explicación.

Al segundo día el buen hombre se sintió morir, y tiempo después juraría haber visto a Anubis inclinado sobre él, con la mirada fija y una sonrisa sardónica que jamás olvidaría. El dios chacal vino para llevárselo, aunque por algún motivo decidiera cambiar de parecer en el último momento, algo que el pobre barbero le agradeció sinceramente.

Afortunadamente, viajaba en compañía del rey y, al ver este el estado en el que se hallaba Neferheru, ordenó encarecidamente a sus médicos que se encargaran de él, advirtiéndoles que le era muy grata la compañía de su barbero. Estos hicieron uso de sus conocimientos, pues por algo tenían una merecida fama, y recetaron al enfermo una cocción a base de un octavo de pulpa de vaina de algarrobo fresca, aceite, un cuarto de miel, un octavo de gachas frescas de avena y un dieciseisavo de cera, convencidos de que en cuatro días notaría una franca mejoría. El barbero se mostró muy agradecido, aunque se cuidara de abrir la boca, y tras pasar un par de días infernales, al cuarto se sintió mejor, como los *sunu* le habían asegurado, ya que la diarrea remitió, aunque Neferheru pensara que quizá sus *metus* se habían quedado definitivamente secos y no había nada más que expulsar.

—Parece que los demonios se han ido —se dijo mientras permanecía en el catre—. Me temo que no esté hecho para la guerra.

Todos se felicitaron al ver la mejoría experimentada por el buen hombre, por quien el faraón parecía sentir tan gran estima. Su figura se había hecho popular entre las tropas, debido a las increíbles historias que contaban acerca de él, y sobre todo porque era mudo y por tanto persona de fiar.

—Ese nunca hablará mal de ti —bromeaban los soldados, y hasta los oficiales de alta graduación, en cuanto le veían pasar—. Seguro que el dios tiene en Neferheru a un amigo para toda la vida.

Frases jocosas de este tipo eran cosa de todos los días, aunque lo que más gustara fuesen los asombrosos relatos que circulaban sobre el pasado del barbero, que iban desde la epopeya hasta la fantasía.

—Sé de buena tinta que se enfrentó a los cocodrilos el día en que perdió a su familia —aseguraban los veteranos, que todo lo parecían saber, mientras se calentaban junto al fuego del campamento durante la noche.

—Es cierto. Hay quien dice que agarró a su propia madre en tanto el cocodrilo se la llevaba a las profundidades del río, y que se quedó con uno de sus brazos en la mano —señaló uno de los soldados.

—Bes bendito. Eso es tener entrañas. No me extraña que se quedara mudo —añadió otro.

—Desde ese día no ha abierto la boca el pobre hombre. Al parecer se encargó de dar sepultura al brazo de su amadísima madre. Lo único que había quedado de ella —continuó otro más.

—Eso es ser un buen devoto de los dioses. Osiris haya justificado a la pobre mujer —precisó el primero para proseguir con lo que ya era tema de conversación.

—De ahí viene su fama de invulnerable. En Karnak, donde ejercía de barbero, terminaron por santificarle.

—Qué exageración. Yo creo que lo que ocurrió fue que Sobek se apiadó de él.

—En Ipet Sut están los hombres más sabios de Egipto, y si ellos decidieron santificarle por algo será. Aseguran que Sobek protege al barbero y nadie puede alzar su brazo contra él.

—Algo de verdad hay en ello —confirmó el que parecía llevar la voz cantante—. Fijaos si no en lo que le ha ocurrido estos días.

—Es cierto. Una diarrea terrorífica estuvo a punto de conducirle hasta la otra orilla. Sin embargo, no pudo con él.

—Anubis se ha llevado unos cuantos en el campamento por este motivo. Pero él ha sobrevivido, y ya anda por ahí como si nada hubiese ocurrido.

—Eso es porque posee la fuerza de Sobek. Tened en cuenta que el barbero le ofrendó nada menos que a su madre y hermanos. Semejante sacrificio es difícil de igualar.

—Seguramente Sobek tendrá algo que ver —sentenció el más veterano de todos—, aunque yo me inclino porque los *sunus* fuesen los artífices de su mejoría.

—Tienes razón, hermano. Son los médicos del dios. No existen mejores en Egipto. Lo que ellos no solucionen no lo soluciona nadie.

—Yo por lo pronto trataré a ese hombre con respeto. Es mudo, protegido de Sobek, y encima amigo del faraón. Os digo que ese tipo tardará en ser justificado. Ni Anubis se atrevió a llevárselo.

—No hay como tener a los dioses de tu parte. Muchos aseguran que ese poder que le transmitió Sobek es la causa de que tenga el hijo que tiene.

Los allí presentes se miraron con perplejidad, ya que al parecer no tenían noticia de ello.

—¡Cómo! ¿No habéis oído hablar de él? —inquirió el cabecilla.

Sus camaradas se encogieron de hombros, algo azorados.

—Pues ya ha adquirido cierta fama en los cuarteles de Menfis. Se llama Sobekhotep y dicen que es una fuerza de la naturaleza.

—¿Sobekhotep? Ah, sí. Creo saber algo acerca de él. ¿No se trata de uno que dejó atrás al resto de su compañía durante una marcha de un *iteru* por el desierto? Me contaron que él estaba tan fresco como al principio; y eso que solo tiene once años.

—Ahí tienes la prueba, hermano. Al parecer ni el agua quiso probar. Eso es obra de Sobek, sin duda.

—El dios le transmitió el poder a través de su padre; de eso estoy seguro. Ese muchacho llegará a general, ya lo veréis. Dentro de poco lo veremos como *mer mes* junto a nosotros, conduciéndonos a la batalla. Creo que tiene una fuerza portentosa.

—No es de extrañar que el dios Menkheperra sea amigo suyo. Al rey le gusta rodearse de hombres de verdad.

—Pues me temo que tenga un problema en casa —señaló uno que ya había bebido más *shedeh* de la cuenta.

Aquel comentario hizo que sus compañeros estallaran en risotadas, aunque enseguida volviera a intervenir el que parecía ser más respetado.

—Chss. ¿Estáis locos? Como nos oiga el *sesh mes* mañana mismo nos manda empalar al borde del camino.

—Bueno, no es algo que no sepamos. Todo Kemet conoce la historia. La gente se hace lenguas sobre el valor de esa mujer. Un primo mío que la acompañó en la campaña al país de

Kush me dijo, en confianza, que él mismo presenció cómo le cortó el cuello a un jefe de los *nehesyu*. No le tembló el pulso lo más mínimo.

—Ja, ja. Por ahí corre el rumor de que, en realidad, Hatshepsut tiene *ineseway*, testículos. Que se trata de una extraña criatura con dos sexos a la vez.

—Claro, por eso es divina.

—¡Callaos os digo! —se exasperó el mandamás—. Como vuelvas a pronunciar ese nombre seré yo quien te deje sin tus *ineseway*. El *shedeh* os ha borrado el poco conocimiento que tenéis. Es una mujer de arriba abajo, pero hay que reconocer que tiene un par de huevos.

—¿Tú crees?

Aquel comentario volvió a levantar risotadas, y varios soldados hasta se dieron palmadas en la espalda.

—Ella es una digna hija de su padre —continuó el veterano—. Sé de lo que hablo. No olvidéis que yo acompañé a Aakheperkara hasta el Éufrates, cuando vosotros todavía erais unos simples *hunu neferu* que llorabais porque os acordabais de vuestras madres.

Sus compañeros no supieron qué decir.

—Si regenta el país de las Dos Tierras es porque así lo han querido los dioses. Ellos saben mejor que nosotros lo que nos conviene.

—Entonces... Menkheperra tendrá que obedecerla —se quejó alguien—. ¡A una mujer!

—No seas estúpido. Ningún rey que conduce un ejército obedece a nadie —vaticinó el cabecilla—. Ella lo prepara para cuando llegue su momento.

—¿Cómo sabes eso?

—Si no fuese así Tutmosis no estaría aquí.

Aquella conversación celebrada alrededor del fuego no era sino un ejemplo del sentir general entre las tropas. La regente era leal a su sobrino, y deseaba que este se convirtiera en un gran guerrero, como también lo había sido su padre, Aakheperkara.

Neferheru conocía aquella opinión. Sus oídos llegaban

hasta donde su palabra no podía, y su viaje a través de Retenu le llevaría a considerar de nuevo el escenario en el que se encontraba. Más allá se anunciaba un horizonte que él era capaz de vislumbrar, y sobre este emergía la figura de un joven rey que era vivamente aclamado por sus tropas. El pequeño Tutmosis contaba con la lealtad de estas, y conforme pasaba el tiempo su nombre adquiría una mayor relevancia.

El corazón del barbero comenzó a sentirse dividido. Ser leal a dos señores no era una tarea sencilla, incluso pareciendo mudo. Él debía cuanto poseía a Senenmut, aunque ahora supiese que el escriba había actuado por interés. Se había convertido en una herramienta más al servicio de una causa en la que, por motivos del destino, también se encontraba su esposa; incluso su hijo se hallaba involucrado. Ambos representaban su única ambición, la verdadera razón de ser de su existencia, y en lo más profundo de su alma solo ansiaba su felicidad y poder disfrutarla con ellos en paz.

Sin embargo, el endiablado Shai había venido a complicar las cosas, como ya había acostumbrado a hacer durante el transcurso de su vida. ¡Qué podía esperar! Aquel parecía su sino, y al barbero no le quedaba más que aceptarlo y extremar su prudencia. Su relación con Menkheperra había llegado a estrecharse de tal forma, que Neferheru había terminado por cogerle cariño. El buen hombre no veía más que nobleza en aquel corazón que percibía atribulado. En realidad, no era para menos, ya que el joven rey debía de aceptar no solo verse doblegado por la autoridad de su tía, sino también hacer frente a su oscura procedencia, al humillante hecho de que su madre fuera una simple concubina sin relevancia alguna.

Tutmosis amaba profundamente a su madre, pero a su edad ya era plenamente consciente de la poca legitimidad de su sangre para ocupar el trono. El rey niño admiraba a su tía. En la figura de Hatshepsut veía todo aquello de lo que él carecía. Ella llevaba a Egipto en sus *metus* como parte de una herencia divina conferida por el mismísimo Amón. Era reina por derecho propio, y él un mero bastardo a quien el caprichoso destino había colocado en un lugar inesperado. Por todo ello Tutmosis se sentía abrumado y Neferheru era plenamente consciente de esto. En el fondo el joven faraón se había convertido en un superviviente, como también lo era el barbero, y puede que ese fuese el motivo por el que los *kas* de ambos se hubieran reconocido y convertido en amigos. Ahora que Neferheru sabía lo que significaba ser fiel al *maat*, se vería obligado a traicionarse a sí mismo, pues nunca podría decir ni una sola palabra al rey niño.

Menkheperra en persona se había interesado mucho por su estado de salud, visitándole para darle ánimos, al tiempo que le aseguraba que él mismo había hecho ofrendas a Sekhmet para que no descargara su furia sobre el barbero, algo que a este último emocionó profundamente, ya que estaba muy preocupado ante la posibilidad de que la diosa leona, la que provocaba las enfermedades, le hubiese introducido algún ser demoníaco. Como Neferheru no podía hablar, los *sunus* se veían obligados a imaginar las respuestas del buen hombre, que se había especializado en el arte de la mímica a fin de hacerse entender.

—La diarrea remitió, buen Neferheru. Esta era una enfermedad que podíamos tratar —le diagnosticaron los médicos, utilizando su acostumbrada fraseología—. Tus *metus* se hallaban llenos de *wehedu*, sustancias dañinas.

Como Neferheru emitiera algunos sonidos gangosos al tiempo que se llevaba la mano al trasero, los *sunu* apenas pudieron evitar que se les escapara la risa, ya que el barbero los observaba con los ojos desmesuradamente abiertos.

—Este hombre tiene un gran temor —dijo uno de los médicos con solemnidad, algo que despertó las carcajadas de sus colegas, quienes al poco recobraron la compostura e incluso se disculparon ante el barbero.

—Seguramente, tendrá dolor en el ano —señaló otro.

Neferheru asintió vivamente con la cabeza.

—Piensa que es un mal de origen demoníaco —aseguró un tercero—. ¿Me equivoco?

El barbero les hizo ver al momento que estaban en lo cierto, y hasta respiró aliviado.

—He aquí otra enfermedad que podemos tratar —dijo el *sunu* que hablaba con tono solemne—. El ajenjo eliminará el problema.

Todos los médicos asintieron, convencidos.

—Te prescribiremos algo que te aliviará el ano al tiempo que expulsará cualquier demonio pertinaz. Será una receta infalible.

Neferheru hizo un gesto de complacencia que los *sunu* comprendieron al instante, ya que el ano le dolía una barbaridad.

—Propongo un brebaje que contenga un octavo de ajenjo, un dieciseisavo de bayas de enebro, un treintaidosavo de miel, y diez *ro*[56] de cerveza dulce. ¿Qué os parece, queridos colegas?

—Muy apropiado, sin duda —señaló el más pomposo—. Todo ello bien filtrado, claro está. Me inclino porque lo tome durante cuatro días.

La fórmula fue muy bien acogida por los médicos, que dieron el asunto por terminado para despedirse seguidamente del paciente, quien se mostró sumamente agradecido e incluso aliviado de su dolor anal.

—No hay nada mejor para un enfermo que su buena disposición —le reiteraron los médicos mientras se marchaban—. El dios Menkheperra se alegrará mucho al saberlo.

Y en verdad que aquel remedio resultó ser como un bálsamo divino, ya que en poco tiempo Neferheru empezó a notar un claro alivio en la zona anal.

—Los demonios están saliendo —se dijo el buen hombre con satisfacción, pues no en vano se había visto sometido a un sufrimiento infernal, un verdadero tormento—. No hay como un médico del dios —pensaba, convencido—. No existe ente maligno que se les resista.

Afortunadamente, Neferheru se vio libre de sus temores justo cuando se cumplían los cuatro días que le habían prescrito. Aquello era puntualidad, no cabía duda, claro que al barbero tampoco le extrañó, ya que aquellos *sunus* también eran sacerdotes de Sekhmet, y de seguro que habían pedido la intervención directa de la diosa para que aliviara su mal.

Por otra parte la expedición punitiva fue todo un éxito.

Un par de enfrentamientos y el escarmiento a uno de los príncipes rebeldes fueron suficientes para pacificar la región, al tiempo que servía para enaltecer el nombre de Tutmosis III, el gran guerrero cuyo brazo guiaba Amón. Pronto el reino de Mitanni temblará ante la sola mención de aquel nombre —se decían los generales—, ya que estaban seguros de que el nuevo dios conquistaría toda la tierra conocida.

El regreso fue celebrado como una gran victoria, e incluso hubo quien se atrevió a proponer al joven faraón dirigirse hasta Naharina para cazar elefantes, igual que hiciera su abuelo, Aakheperkara, una hazaña sin igual que tuvo gran aceptación entre los altos oficiales y, sobre todo, por Tutmosis, que deseaba convertirse en un digno sucesor de su antepasado y emular sus conquistas.

A Neferheru semejante idea le pareció tan disparatada como cabría imaginar en un corazón sensato como el suyo. Adentrarse hasta los confines de Retenu para cazar paquidermos no era algo que le sedujera en absoluto, sobre todo porque ardía en deseos de regresar a Egipto y beber el agua del Nilo hasta saciarse. Como acostumbraban muchos de los que abandonaban la Tierra Negra, el barbero guardaba luto por este motivo, y por ello se había abstenido de afeitarse y cortarse el cabello hasta que no regresara a su amado valle. Ansiaba sobremanera volver a ver a su esposa, abrazarla, amarla como se merecía y recuperar de nuevo el habla. Cada noche, al acostarse, elevaba sus plegarias y pedía a Isis, la gran maga, que le permitiera estar de nuevo junto a Ibu para embriagarse con la magia de las noches de Waset, y a Hathor, la diosa del amor a quien tanto debía, que mantuviese encendida la llama de la pasión en el corazón de su amada, para que no se olvidase nunca de él, a pesar de la distancia.

La diosa, complacida por la devoción que demostraba aquel simple barbero, decidió escuchar sus plegarias y, así, una tarde se presentó un emisario con un correo urgente para el rey: Tutmosis debía regresar a Tebas a la menor brevedad para ser testigo de la coronación de su tía, Hatshepsut Maatkara.

12

Todo Egipto se miraba, entre incrédulo y asombrado, ante el acontecimiento que se avecinaba. Nadie había presenciado algo semejante, y los más instruidos aseguraban que en la larga historia del país de Kemet no había tenido lugar un hecho parecido. La regente, Hatshepsut, iba a coronarse como rey del Alto y Bajo Egipto aun existiendo un rey que ya ocupaba el trono. ¡Inaudito!

En palacio se había desatado una febril actividad para la ocasión, pues todo debía estar preparado para que la reina por fin se ciñera la doble corona, del norte y el sur, que la reafirmaría como señora de las Dos Tierras.

Hatshepsut se sentía devorada por la impaciencia. Ella tenía sus razones para dar un paso como aquel, con el que pasaría de desempeñar sus funciones como regente a ser rey con los mismos derechos que su sobrino, instaurando por tanto una corregencia conjunta. Esos eran sus planes. Como había hecho hasta entonces, Hatshepsut continuaría respetando la consagración de Tutmosis como monarca, pero con la diferencia de que ella obtendría el derecho a ser considerada como faraón, igual que su sobrino, y por tanto su sello tendría el mismo valor para cualquier decisión que tuviese que tomar el Estado. Ambos firmarían de forma compartida cualquier documento, y se representarían en los monumentos el uno junto al otro, aunque Hatshepsut ya tuviera decidido que ella siempre figuraría por delante de su joven hijastro.

Aquella solemne celebración permitiría a la reina oficiar los ritos sagrados con arreglo a sus atributos como rey, y por ello sumo sacerdote de todos los dioses de Egipto. Luciría, pues, los emblemas reales públicamente y, sobre todo, ocuparía el lugar en la historia que le correspondía, después de veinte años de espera.

Esa cifra nunca se borraría de su corazón, y con treinta y dos años cumplidos y toda la Tierra Negra a sus pies, la reina vio llegado el momento de tomar lo que le pertenecía. Ella ya era Maatkara, y lo demás solo sería la confirmación de un deseo que Amón ya había hecho público hacía demasiado tiempo.

Para los grandes de Egipto resultaba obvio que aquella ceremonia se convertiría en una mera representación en la que Hatshepsut se coronaba a sí misma, sin ninguna razón que lo legitimara, ya que el faraón niño todavía vivía. Sin embargo, nadie se atrevió a levantar la voz, ya que la reina continuaría reconociendo a su sobrino, y a la vez hijastro, sus derechos como rey.

No había duda de que para llevar a efecto un fasto como aquel era necesaria una puesta en escena acorde con la solemnidad del momento, una función en la que todo Kemet se viera involucrado y aceptase la voluntad de Amón Ra como algo irrebatible, como no podía ser de otra forma.

Para preparar aquel escenario Hatshepsut contaba con los artistas apropiados, los dos únicos hombres que podían encargarse de algo semejante: Senenmut y, sobre todo, Hapuseneb. El papel de este último se antojaba crucial para poder realizar las ceremonias que tendrían lugar, pues solo con la aquiescencia del clero de Amón sería posible acometer un acto de semejante envergadura. Con ayuda del hábil Senenmut, el primer profeta escribió el argumento apropiado en el que Hatshepsut representaría el papel de su vida.

Ambos hombres estuvieron de acuerdo en la necesidad de escenificar un verdadero golpe de efecto, una manifestación divina que impresionara a los presentes y no les dejara otro camino que postrarse ante la evidencia. Para ello contaban con un arma infalible, ante la que no cabía la oposición: el oráculo.

Así fue como, el primer día del mes de *Thot*, primero de la estación de la inundación, del séptimo año de reinado de Tutmosis III, y ante todos los poderes de Kemet y el pueblo de Tebas, Amón salió de Karnak en su barca sagrada portada por sus sacerdotes, en compañía de su Enéada, dispuesto a formular un gran oráculo. Muchos dirían después que Waset entera dejó de respirar en aquella hora, pues tal fue el silencio con el que la ciudad se cubrió para escuchar la palabra del Oculto. Sin embargo, al recalar en la parada donde el dios solía manifestarse, junto a la entrada del templo, este permaneció callado. Todos los presentes se miraron sin comprender muy bien por qué Amón no les hablaba, pero entonces la comitiva sagrada prosiguió su marcha hasta las proximidades del canal situado frente a Karnak, donde volvieron a detenerse en espera de los juicios del dios. Mas este continuó impenetrable, hasta que ordenó encaminarse a la «vía de las ofrendas», donde se encontraba la residencia real, muy próxima al santuario. Ante sus puertas la comitiva volvió a detenerse, pues por fin el Oculto se disponía a hablar. En ese momento los portones de palacio se abrieron, y ante el estupor general Hatshepsut apareció ataviada con su atuendo de esposa divina, hermosa como una diosa, para dirigirse hacia la embarcación sagrada y caer de bruces frente a ella, diciendo: «Mi señor, ¿qué deseas ver realizado? Actuaré de acuerdo con lo que hayas ordenado».[57]

Entonces, ante los allí presentes, Amón se manifestó.

Tebas entera fue testigo del prodigio; la voz del Oculto resonó como si surgiera de los cielos, y las gentes, atemorizadas, se inclinaron sin atreverse a levantar las cabezas. El señor de Karnak formulaba al fin su oráculo, y en él ordenaba a su amada esposa Hatshepsut que se pusiera al frente de la procesión, para encabezar de este modo la marcha hacia Ipet Sut en compañía de todos los grandes de Egipto. Esa era su voluntad y así había que cumplirla.

De este modo fue como el sagrado séquito regresó a Karnak, precedido por la reina, para dirigirse hacia la gran morada de Maat, el sacrosanto lugar dentro del templo en el que se encontraban las salas de las ofrendas. Allí Amón dio a conocer sus oráculos, su deseo de que Hatshepsut fuera coronada, en presencia de la diosa Hathor, la creadora de la belleza. Luego, acompañada por Horus y Thot, la reina se dirigió a la *iunit*, la sala de pilares construida por su padre, donde quería consumar los actos de coronación. Ella deseaba que el gran Tutmosis I estuviese presente en aquel día que ambos tanto habían deseado. Hatshepsut simbolizaría su presencia por medio de su *ka* real, para que en cierto modo presidiera el acto ante todos los nobles de Egipto, a quienes ella había reunido para que fuesen testigos directos de cuál era la voluntad de Amón.

Llegaba el momento de la investidura por parte de la diosa Ureus, y para ello Atum y Amón fueron los encargados de llevar a la reina ante su presencia para que «la grande en magia», *uret hekau*,[58] epíteto por el que era conocida la diosa Ureus, le colocara una por una las nueve coronas reales. Así fue como Hatshepsut fue investida con el *nemes*, la *jeperesh*, la *ibes*, la *atef*, la *hemu*, la «*corona de Ra*», la blanca del Alto Egipto, *hedjet*, la roja del Bajo Egipto, *deshret*, que, junto a la blanca, componía la *pasejemty*, la doble corona, a la que siglos más tarde se llamaría *pschent*.

Hatshepsut había sufrido una transformación divina. Su tiempo como esposa del dios había finalizado, pues ahora portaba las coronas del norte y el sur ante el estupor general de una corte que veía como aquella mujer se apoderaba del trono de Egipto con el consentimiento de los dioses.

Solo restaba el protocolo en el que se designarían los cinco nombres reales elegidos por Amón para Hatshepsut, la titulatura que protegería mágicamente al rey de sus enemigos. La voz del *heryhebet*, el sacerdote encargado de aquel solemne ritual, se alzó sobre los allí presentes para proclamar los nombres del nuevo dios de Kemet:

Su gran nombre de Horus: *useret kau*, «la que es fuerte en *kas*».
Su gran nombre *Nebti*, el de las Dos Damas: *uadjet renput*, la de reinado floreciente.

Su gran nombre de Horus de Oro: *neteret khau*, la que es
«divina de apariciones».
Su gran nombre de rey del Alto y Bajo Egipto, o nombre
de trono: Maatkara, viviendo eternamente.
Su gran nombre de nacimiento, hija del sol: Sat Ra,
Hatshepsut.

Al finalizar el ritual del nombramiento, Karnak guardó silencio durante unos instantes hasta que Amón volvió a manifestarse para dirigirse a Maatkara, su esposa divina, que había terminado por convertirse en rey.

Estarás destinada por mí a crear fundaciones, a llenar
los graneros, a aprovisionar los altares, a introducir los sacerdotes en sus oficios, a hacer eficaces las leyes...

Con estas palabras comenzó Amón a enumerar sus instrucciones en medio de una atmósfera de recogimiento. No se escuchaba nada que no fuese aquella voz que había designado a Hatshepsut como rey del Alto y Bajo Egipto en el lugar más sagrado de su templo, el Castillo de Maat, donde residía su barca sagrada. Los dignatarios del país, sobrecogidos, entrecerraban los ojos para dejarse envolver por la voz del rey de los dioses. Amón había decidido hacerse presente ante su pueblo, y siempre recordarían las últimas palabras que el Oculto dirigió a Hatshepsut.

Un rey es un dique de piedra. Debe oponerse a la crecida y recolectar el agua de modo que luego fluya hasta la desembocadura. Es el único que cuida de sus padres.[59]

La reina había sido entronizada ante los grandes de Egipto, y así tomó asiento en su trono de oro convertida en Maatkara, en la hija de Ra, para dar gracias a su divino padre, Amón Ra, y consagrarle ofrendas, al tiempo que el incienso saturaba el ambiente con su perfume divino.[60]

13

Acomodado en el lecho, Neferheru escuchaba los sonidos de la noche. Acurrucada junto a él, su esposa dormía profundamente después de que ambos se hubieran amado hasta quedar desfallecidos. Las caricias, tanto tiempo esperadas, habían terminado por desbocarse para hacer vivir a los amantes la pasión de siempre, la que todavía no habían perdido a pesar de su separación. Hathor continuaba velando por ellos, y con ese sentimiento Ibu había terminado por cerrar los ojos después de susurrarse mil palabras que significaban lo mismo: amor.

Sin embargo, Neferheru no podía dormir. Sentía su mente particularmente despejada, como si su corazón ordenara que no había lugar para el sueño, que deseaba embriagarse de nuevo con el perfume de la noche tebana, aspirar sus matices, arroparse con su cielo, observar las estrellas que milagrosamente nunca llegaban a caerse. Desde aquel cuarto podía escuchar el rumor de las aguas, el fluir eterno del río que daba vida a aquel valle, así como atender a los lejanos aullidos de los chacales que le llegaban desde la distante necrópolis, al otro lado del Nilo. Todo ello conformaba el escenario en el que el barbero se sentía feliz, en el cual se encerraba cada noche de forma imaginaria en su aventura menfita. Él era un hombre del Alto Egipto; allí se encontraban sus trágicas raíces, su presente y todo su futuro. Su vida entera pertenecía a Waset, la capital del Cetro, donde siempre sería gobernada por la mano de la maga que había dado un verdadero significado a su existencia: Ibu. Todo lo demás no era más que una ilusión, incluso su amistad con Tutmosis. Su esposa era el áncora sobre el que se apoyaba, la estrella que le indicaba el septentrión. Sin ella estaría condenado a dar vueltas siempre sobre el mismo lugar, en el vacío más absoluto.

Su forzada separación le había valido para valorar aún más si cabe el inmenso amor que sentía hacia su esposa, al tiempo que le había hecho reflexionar acerca de la situación en la que se encontraba.

Aquella noche Neferheru rememoró la ceremonia que había tenido lugar en Ipet Sut. Como simple hombre del pueblo que era, el barbero podía calibrar el efecto que semejante acto había causado entre los ciudadanos, así como sus caras de asombro al comprobar que ahora eran dos los dioses que se sentaban en el trono de Horus y no uno, como venía ocurriendo desde que Kemet tuviera memoria. ¿Quién entonces los representaría ante los dioses? ¿Cuál de los dos serviría de nexo de unión entre estos y aquellos? ¿A quién en realidad deberían obedecer? Demasiadas preguntas para unos corazones que solo deseaban paz, bienestar y que Ra saliera cada mañana para así poder alumbrarles.

Neferheru se encontraba ante un problema que, sabía, nunca sería capaz de resolver, al tiempo que podría traerle la desgracia. Su viaje a Retenu no había hecho, sino confirmar lo que desde hacía tiempo se temía, y ahora que Hatshepsut se había convertido en rey del Alto y Bajo Egipto, el barbero creía que su situación era aún más delicada. Por este motivo había decidido extremar más la prudencia, hasta el punto de no contar todo cuanto ocurría a su esposa, por miedo a comprometerla. Por otra parte, él se había mantenido ante los demás tan hermético como de costumbre, algo a lo que, sin duda, le ayudaba su condición de mudo.

Al poco de haber llegado a Tebas, Neferheru se vio con Senenmut, algo por otra parte natural, pero que obviamente tenía sus implicaciones. El mayordomo lo recibió con cariño, y hasta con efusividad, aunque el barbero no se dejara vencer por el afecto.

—Necesito que me hagas un informe completo de lo que ha ocurrido en Retenu y, sobre todo, me cuentes cómo son las relaciones de Tutmosis con los generales, y lo que los soldados opinan de él —le había demandado el escriba casi de inmediato.

Neferheru había hecho lo que le pedían, tal y como él veía la situación, convencido de que su suerte iría de la mano de la verdad. Senenmut lo leyó con gran interés, e incluso felicitó al barbero ya que su informe coincidía con los que el mayordomo poseía, algo que Neferheru se había imaginado.

—Sé que el rey te ha tomado un singular cariño, lo cual me complace. Te felicito, buen Neferheru, pues ello te dará ocasión de profundizar más en la personalidad de Tutmosis. Todos sabemos que es reservado, algo que considero una virtud para todo aquel que desee gobernar. Pero Hatshepsut tiene su vista puesta en su divino sobrino, y le sería de gran ayuda toda la información que seas capaz de proporcionarnos. Cualquier detalle sin importancia puede convertirse en valioso. Maatkara desea hacer del rey niño un gran soberano, y tu opinión facilitará la labor. No es necesario que te diga el afecto que la señora de las Dos Tierras siente hacia ti. Eres el esposo de su hermana, y entre ellas apenas existen secretos.

Neferheru hizo ver al mayordomo que siempre contarían con su lealtad, aunque él ya estuviera decidido a cuidarse de no dar parte de cualquier detalle que pudiera comprometerle. Sobek le había enseñado la virtud que suponía saber nadar entre dos aguas, cómo mantenerse sumergido mientras sus ojos apenas sobresalían de la superficie del agua. El cocodrilo era sabio, y el barbero haría bien en aprender de él.

Justo era reconocer que Senenmut había apuntado como debía. Aquel hombre era un prodigio de intuición y percibía el resentimiento que comenzaba a anidar en el corazón del pequeño monarca. Resultaba de capital importancia conocer al detalle su magnitud y hasta dónde podría conducir al faraón su rencor. Ahora Neferheru sabía leer la mirada del dios, y durante la ceremonia de entronización en Karnak fue consciente del oprobio que sufrió el rey niño, cuyo corazón, sin duda, se debió sentir humillado. Sin embargo, Tutmosis supo mantenerse impertérrito ante el descomunal poder del que hizo gala su tía al llevar a cabo un acto como aquel ante todos los prohombres e instituciones de Egipto. Hasta Amón le demostraba su favor; mas el pequeño fue consciente de que su investidura era ilegal, y que el tiempo correría en su favor.

Por otra parte Senenmut continuaba manteniendo unas buenas relaciones con el soberano, a quien aconsejaba juiciosamente en cuanto le demandara. El escriba se había convertido en el hombre más poderoso de Kemet, y a los ojos de Tutmosis su conducta siempre resultaría intachable, pues nunca dejaría de ser un fiel cumplidor del *maat*. De todos era conocida su afinidad a Hatshepsut pero, no obstante, Tutmosis sabía que aquel hombre había insistido para que sus derechos fuesen respetados, y su nombre permaneciera junto al de su madrastra en todos los monumentos, algo que Menkheperra nunca olvidaría.

Verse envuelto en un laberinto de intereses semejante era demasiado complicado para un pobre barbero, sobre todo por el hecho de ser consciente de que le resultaría imposible encontrar una salida airosa. Cada día que pasaba se veía más atrapado si cabe, pues él a su vez se había encariñado con el pequeño Tutmosis, al que veía grandes cualidades. Además, también estaba Sobekhotep, a quien el monarca tanto quería. Su hijo se estaba haciendo un hombre de forma prematura, y Neferheru se sentía orgulloso de que todos lo alabaran en su presencia y le aseguraran que algún día se convertiría en el primer guerrero de Egipto, algo que por otra parte el barbero no sabía si sería demasiado bueno.

Ibu se agitó a su lado como si saliera de un mal sueño, y al poco se incorporó levemente para mirarle.

—¿No duermes, esposo mío? ¿Hay algo que te aflija?

—Solo sufriría si tú dejaras de amarme —respondió él con dulzura.

—Eso no ocurrirá nunca —dijo ella, en tanto volvía a acurrucarse a su lado—. Ahora debes dormir.

—Deja que mi *ka* se pierda entre los rumores de la noche.

Él pertenece a este lugar, como tú, y solo es dichoso aquí, cuando te siente cerca.

—Sí, no dejes que se aleje —murmuró Ibu mientras volvía a dormirse.

—Te prometo que siempre estará a tu lado, aunque el dios me lleve hasta los confines del mundo.

14

Aquel séptimo año quedaría registrado en los anales del reinado de Hatshepsut con especial relevancia. Durante su transcurso la reina no solo había hecho realidad el sueño de toda una vida, sino que una serie de hechos de significativa importancia vinieron a presentarse de la mano de un destino que no era proclive a descansar nunca. Shai siempre tenía sus propios planes, y era por eso que sorprendía a propios y extraños de por vida, como demostraba a diario.

Al poco de ser coronada Hatshepsut, Nefertary fue reclamada por Osiris ante su tribunal. La vieja dama cruzaba al fin a la otra orilla en compañía del infatigable Anubis, después de haberle evitado durante más años de los que nunca hubiese pensado. Sin duda, su nieta había sido determinante para que ello ocurriera. Esta representaba una continuación de la anciana reina, cuyo corazón no dejó de hablar hasta verla convertida en rey del Alto y Bajo Egipto ante los ojos de Kemet. Karnak había reconocido al fin sus derechos, y aquella misma noche Nefertary lo celebró brindando con su mejor vino, satisfecha al ver que los planes de toda una vida habían terminado por concretarse aquel día, complacida de por fin poder descansar. Ahora le sería posible abandonar el mundo de los vivos con una sonrisa en los labios y el convencimiento de que Hatshepsut gobernaría Kemet como un gran faraón: con firmeza y sabiduría.

Seguramente, este sentimiento de alivio fue el que desencadenó su final. La reina ya no tenía por qué luchar, y poco a poco su vida empezó a apagarse, hasta que la pequeña llama que apenas ya la alumbraba terminó por consumirse. Ahmés Nefertary murió, y con ella la historia viva de una generación de valientes tebanos que habían devuelto la libertad a su pueblo. Pronto sería declarada justificada de voz en la Sala de las Dos Verdades, pues no podía ser de otro modo, y alcanzaría los Campos del Ialú orgullosa de haber cumplido los anhelos de toda una vida.

Fueron muchos los que lloraron aquella pérdida, pues la vieja dama era muy querida en la Tierra Negra, y todos convinieron en que era digna de ser divinizada, como de hecho así ocurriría. Senenmut y Hapuseneb, sus grandes aliados, lamentaron amargamente su pérdida, pues para ellos Nefertary siempre representaría el auténtico Egipto, el que estaba por encima de los *hentis*, el de los millones de años, aquel que nunca moriría.

Para Hatshepsut la muerte de su abuela tenía un mayor significado. La anciana lo había sido todo para ella, y sin su concurso Maatkara jamás hubiera recorrido la senda que la había aupado hasta el trono de Horus. Nefertary había sido la artífice de todo cuanto había ocurrido, la mujer que le había hecho comprender el verdadero misticismo que se ocultaba en la Tierra Negra, al tiempo que le había enseñado cómo luchar contra una injusticia impuesta por absurdas tradiciones. Ella era portadora de su sangre, y ahora que Osiris se la había llevado Hatshepsut lloró desconsoladamente la pérdida de aquella mujer irrepetible.

Maatkara decretó luto oficial, y Egipto despidió a Nefertary como si se tratara de un dios. La nueva necrópolis en la que se enterrarían las familias reales durante los siguientes cuatrocientos años recibió sus restos, y, además, se le preparó una capilla funeraria en el templo que su hijo, Amenhotep I, había erigido junto al de Mentuhotep II, un lugar que muy pronto formaría parte de la historia de Hatshepsut y que sería conocido como Deir el Bahari, el Convento del Norte.[61]

Aquel no sería el único hecho luctuoso del año. Anubis se mostraba deseoso de hacer honor a su fama, y poco después del fallecimiento de la vieja dama se presentó en casa de Ineni para acompañarlo a ver al señor de los difuntos. Así era el dios chacal, insobornable, y muy puntilloso a la hora de hacer su trabajo. Sin embargo, la partida de Ineni apenas tuvo repercusión. El que durante muchos años fuera el hombre más poderoso del país de Kemet se marchó sin que nadie se acordara de él. El antiguo visir llevaba siete años apartado de cualquier actividad pública, recluido en su fastuosa mansión, dedicado a su famoso jardín y a cumplir con sus funciones como mayordomo de Amón, el único título que le quedaba. Sus viejos amigos hacía tiempo que habían desaparecido y pocos eran los que se atrevían a relacionarse con él. Había caído en desgracia ante una mujer cuya fuerza y determinación había subestimado, y sus últimos años los había ocupado refugiado en sus recuerdos y con la amargura de haber sido abandonado por todos.

Ineni no solo se había enfrentado a Hatshepsut, sino también al destino. Su última jugada en aquella partida que durante tanto tiempo había mantenido, sin duda, había irritado a Shai, un enemigo demasiado poderoso contra el que era imposible luchar; y así, el precio por haber impuesto al pequeño Tutmosis como faraón, el visir jamás podría pagarlo.

En vida, Ineni se había construido una tumba espléndida en los cerros del oeste,[62] una morada eterna en la que gozar de su descanso en el Más Allá tras haber servido a cuatro soberanos. En ella tenía escenificada gran parte de su vida: su lujosa mansión, de la que estaba tan orgulloso, los tesoros de Karnak que como mayordomo de Amón gestionaba, la pesca en los pantanos, las cacerías, así como las representaciones propias de su cargo; incluso se había encargado de erigir cuatro figuras sedentes en las que él mismo se hacía acompañar por su esposa, su hijo y su nuera. Allí era donde pensaba ser enterrado.

Sin embargo, sus restos nunca descansarían en aquel lugar. El rencor de Hatshepsut le acompañaría no solo en esta vida, sino también en la de ultratumba, pues la reina impidió que utilizara aquel túmulo al negarle su última voluntad. En realidad, Hatshepsut fue mucho más allá, ya que prohibió que el viejo visir tuviera un funeral acorde a su pasada jerarquía.

Nadie acudiría a sus exequias, salvo su familia. Maatkara se mostraría implacable, pues ordenó a Nefer, el hijo de Ineni, que enterrara a su padre en un viejo hipogeo abandonado que databa, nada menos, del Imperio Medio, en el que el *tiaty* quedaría sepultado para siempre, olvidado por todos.

La muerte de Ineni trajo consigo que Senenmut ocupara un nuevo cargo. Hatshepsut estaba dispuesta a elevar a su amante hasta el lugar que correspondía a su genio. Por ello le nombró nuevo mayordomo de Amón, para suceder de este modo al viejo visir, con lo que Senenmut se convirtió en administrador de todos los bienes de Karnak y, por tanto, en un hombre aún más poderoso.

Sus obligaciones eran tantas, que el mayordomo puso en práctica su antigua idea de nombrar a Senimen, un personaje de su total confianza, «padre nutricio» de Neferura, para que pudiese ocuparse de la casa de esta como convenía, en tanto él se mantuvo como preceptor de Merytra Hatshepsut, su hija menor, de cuya educación deseaba ocuparse. Su vida personal siempre pagaría el precio de una ambición que nunca le abandonaría, y cuyo resultado de seguro haría palidecer al viejo Nakht desde el Más Allá. Las predicciones de este se habían quedado cortas, pues a los títulos que ya ostentaba su antiguo pupilo debían añadirse los de: «Boca de Pe y Nejem», lo cual significaba que era el único que podía informar al monarca acerca de lo que sucedía en Kemet; el de «grande de los diez del norte y del sur», es decir el que estaba a la cabeza de los dos consejos de notables que gobernaban la Tierra Negra en nombre del rey; «intendente de la Doble Casa del Oro y de la Plata», lo que le otorgaba el control económico de Egipto; al tiempo que ejercía el cargo de «jefe de todas las obras del rey»; «gobernador de la Morada de la Corona Roja»; «sustituto del rey en el Bajo Egipto»; «jefe de ceremonias», lo que le llevaba a dirigir todos los actos protocolarios; «el que está sobre los secretos de Uadjet y Nekhbet», las diosas tutelares del Bajo y el Alto Egipto; «sacerdote de la barca *Userhat* de Amón»; «superior de los sacerdotes de Montu en Iuny»; «gobernador de los templos de Neith»... y así hasta noventa y dos títulos distintos que le otorgaban una autoridad desconocida hasta entonces por ningún otro hombre en la historia de Egipto. La recompensa por sus incansables servicios a Hatshepsut había sido particularmente generosa. La reina estaba dispuesta a demostrar hasta dónde podía llegar su prodigalidad con quienes le eran fieles, y a pocos extrañó que ese mismo año, el día dos de *Parmute*, cuarto mes de *Peret*, la estación de la siembra, Maatkara autorizara a Senenmut el comienzo de las obras de su tumba, en lo alto de la colina de Gurnah,[63] uno de los mayores honores que se podía llegar a recibir del faraón.

En realidad, Hatshepsut opinaba que no habría títulos suficientes en Kemet para hacer justicia con su amante. Sin duda, él se los merecía todos, y cada día le daba buena prueba de ello al demostrarle su genio con cualquier empresa que acometiera. El Templo del Este, edificado en el muro exterior de Karnak, era un ejemplo palpable de esto. Ahora que las obras habían finalizado, lucía espléndido, tal y como la reina lo había imaginado, recibiendo los rayos del sol de la mañana mientras los dos poderosos obeliscos revestidos de electro refulgían como agujas divinas que se desprendían del mismísimo Ra, como rayos convertidos en piedra. Ipet Sut brillaba majestuoso y, desde su cercano palacio, Hatshepsut no se cansaba de admirar el templo en el que ya había levantado nada menos que cuatro obeliscos. Le parecía una obra extraordinaria, y no obstante todo ello quedaría eclipsado por el proyecto más grandioso que se había acometido en Egipto desde los lejanos tiempos de Keops.

Senenmut le dio forma una mañana mientras se ocupaba de su mono. Djehuty y el escriba llevaban juntos cerca de veinte años, toda una vida en la que de forma misteriosa ambos habían estrechado sus lazos como lo harían dos buenos amigos. Senenmut siempre aseguraría que su conexión con aquel animal iba más allá de lo razonable, y seguramente tuviese razón. Eran muchos los que atestiguaban que ambos mantenían conversaciones, que el babuino era capaz de entender las palabras que le dirigía su dueño y que, a su manera, las contestaba. A nadie extrañaban semejantes historias, pues no en vano Senenmut era considerado el mortal más sabio de Egipto, y poseedor de unos conocimientos ocultos que le convertían en el mayor mago del país. Lo que no consiguiese aquel hombre no lo lograría nadie, y si hablaba con su mono era porque este comprendía cuanto le decía.

La verdad era que Senenmut amaba tanto a aquel animal, que desde hacía tiempo se había convertido en alguien en quien poder descargar sus pesares, hacer partícipe de sus alegrías e incluso consultarle sus dudas. Djehuty lo miraba con atención, sin perder detalle de aquella voz que tanto amaba, y el escriba siempre tendría la impresión de que la mirada del babuino había terminado por convertirse en humana. Este conocía gran parte de los secretos que anidaban en el corazón de su amo, y estaba al tanto de todas las intrigas fraguadas en palacio durante años. Sin lugar a dudas, nunca un nombre podría haber sido mejor elegido: Djehuty.

Durante un tiempo Senenmut llegó a pensar que el animal era, en realidad, una reencarnación de Thot. Solo así era capaz de entender cómo, al mirarlo y hablarle como si se tratase de una persona, podían surgirle muchas de las grandes ideas que luego había llevado a la práctica. Le parecía inaudito pero, no obstante, había llegado a la conclusión de que Thot había puesto a aquel animal en su camino para que, de este modo, el dios de la sabiduría pudiese permanecer cerca de su persona y así ser capaz de alumbrar en su corazón los proyectos que los dioses deseaban que el escriba desarrollara. El mayordomo no era nada sin los padres creadores, y si estos le habían otorgado un don, era justo que le ayudaran a emplearlo como correspondía. Senenmut veneraba a Djehuty, y aquella mañana, sin saber cómo y tras hablar con él durante un rato, según acostumbraba, tuvo la idea más genial de toda su vida al concebir una obra prodigiosa: el Djeser Djeseru.

15

Cuando Senenmut le presentó los planos del proyecto Hatshepsut aguantó la respiración a la vez que su mirada adquiría un inusitado fulgor. Como en tantas ocasiones, ella elevó ligeramente la barbilla, orgullosa, al tiempo que la luz hacía destacar los mechones rojizos que poseía su cabello. Estaba impresionada.

—Djeser Djeseru —susurró, emocionada—. El Sublime de los Sublimes.

—Un monumento como no existe otro en Egipto. Capaz de exaltar tu origen divino, y en el que dejarás constancia de tu legitimidad así como de la grandeza de tu reinado —señaló Senenmut, eufórico.

—Djeser Djeseru —volvió a musitar la reina—. En él quedarían grabados todos mis logros y mi nombre perduraría durante millones de años.

—Un templo que se adentraría en las entrañas de la montaña de occidente, donde habita Hathor, la gran madre que tutela a los difuntos. Un lugar en el que cada piedra rezume misticismo —matizó el escriba.

Hatshepsut ahogó una exclamación al estudiar con más detenimiento los planos y reparar en su disposición. No se trataba de un simple templo funerario, sino de una obra grandiosa compuesta por tres enormes terrazas con pórticos y columnatas unidas por dos rampas por las que se accedía a un complejo que acogería hasta siete capillas dedicadas a Hathor, Anubis y sobre todo a Amón Ra, y en las que también se rendiría homenaje a su familia, y de forma especial a su padre, Tutmosis I.

En realidad, el proyecto se fundaba en uno mucho más antiguo acometido por Mentuhotep II, un rey de la XI dinastía, que había construido su templo funerario en el mismo lugar, un área semicircular de elevados farallones cuya curiosa forma los sacerdotes habían identificado con los cuernos de la vaca Hathor. Ya en tiempos del difunto Tutmosis II habían surgido algunas ideas para levantar un santuario, aunque solo se hubieran acometido trabajos para asegurar la zona con contrafuertes.

Sería Senenmut quien concebiría la verdadera esencia del monumento que deseaba proyectar. Después de aquella mañana junto a Djehuty, el mayordomo había acudido al circo de Deir el Bahari en varias ocasiones hasta vislumbrar la complejidad de lo que quería construir. Una arquitectura que cobijara un profundo pensamiento teológico.

Siempre que con anterioridad Senenmut había acudido a aquel lugar, el escriba había admirado la obra de Mentuhotep: dos superestructuras unidas por una rampa que poseía una cripta que se adentraba en la montaña. Se trataba de un complejo magnífico. Sin embargo, fue aquella cripta y su significado lo que interesó al mayordomo. Sin duda, se trataba de un pequeño santuario para el *ka* del faraón en el que podría recibir culto eterno, como un dios regenerado que celebraría «millones de jubileos». Esa sería la auténtica inspiración que llevaría a Senenmut a acometer su idea, un santuario en el que Hatshepsut se hiciera eterna.

—Un templo surgido del recuerdo de Nebhepetra Mentuhotep —susurró la reina sin dejar de mirar los planos.

—Similar en cierta forma, aunque el tuyo será grandioso.

—Siempre sentí predilección por ese dios. Mentuhotep II luchó encarnizadamente para unificar las Dos Tierras, como hicieron mis abuelos. Él también era tebano y reinó durante cincuenta años. Su templo supone un referente para mí —aseguró Hatshepsut, muy digna.

—Hay algo que quiero mostrarte, amor mío —señaló Senenmut—. Fíjate bien. El futuro templo se encontraría justo enfrente del de Karnak, al otro lado del río.

La reina examinó el plano con atención y ahogó una exclamación. Luego miró al escriba con asombro.

—Es cierto. Ambos santuarios se hallarían unidos por una línea imaginaria —corroboró ella, perpleja.

—Un eje que desde la otra orilla del río convertiría a ambos monumentos en uno solo, en el que Amón Ra se uniría a ti. Djeser Djeseru se convertiría entonces en un lugar único, en el que confluirían fuerzas regeneradoras desconocidas hasta hoy. Hathor y Amón te tutelarían y podrías celebrar tu jubileo transformada en un dios.

—Mi ceremonia *Heb Sed* —dijo Hatshepsut como para sí. Luego miró a su amante como si tuviera una revelación—. Hemos de acometer las obras de inmediato. Pondremos a los mejores artesanos a trabajar en ello. Deberá estar terminado antes de ocho años.

—¿Ocho años? Se me antoja poco tiempo para...

—Tú lo conseguirás —le cortó ella, exultante—. Dirigirás el proyecto para mí. Crearás una obra que hará honor a su nombre: Djeser Djeseru, el Sublime de los Sublimes. Pero ha de estar listo en ese plazo, pues en tal fecha celebraré mi *Heb Sed*, mi jubileo —le advirtió.

Senenmut asintió y al momento calculó cuándo habría empezado a contar la reina los treinta años necesarios para celebrar un jubileo. Entonces se estremeció. Hatshepsut contabilizaba su reinado como si hubiese sido coronada la primera vez que Amón la había nombrado sucesora al trono mediante su oráculo, cuando ella tenía doce años de edad.

—¡Un eje que me una a Karnak para toda la eternidad! —exclamó ella, impresionada.

—Será mucho más que eso —dijo él en tanto señalaba el dibujo—. También se originará otro eje que conducirá hasta Ipet Reshut, el templo de Luxor. De este modo se creará un triángulo que una mágicamente los tres santuarios: Karnak, Luxor y Djeser Djeseru. Toda la mística de la Tierra Negra reflejada en un triángulo isósceles.

Hatshepsut entrecerró los ojos e imaginó el profundo significado mágico de lo que le explicaban. Senenmut tuvo un gesto de satisfacción y luego continuó con gravedad.

—Habrá algo más en ese templo que hará saber a Egipto cómo te convertiste en la hija de un dios —declaró él, solemne.

La reina volvió a mostrar su perplejidad.

—¿Te refieres a una teogamia? —inquirió, incrédula.

El escriba rio con suavidad.

—No pongas esa cara —señaló él, divertido—. Se trata de reforzar tu legitimidad divina convirtiéndote en hija carnal de un dios. Hace tiempo que tengo esa idea en mi corazón y Djeser Djeseru sería el marco idóneo para plasmarla. Ocuparía un lugar relevante en el templo y quedaría grabado en él para siempre. Dentro de miles de años las gentes continuarán maravillándose.

Hatshepsut pareció reflexionar acerca de lo que decía su mayordomo, y al poco su mirada volvió a refulgir como si tuviera centellas.

—Es un rito muy antiguo —prosiguió Senenmut—. La escenificación de un misterio en el que reparé hace ya algún tiempo mientras leía los antiquísimos papiros de la «casa de los libros» de Karnak. Se trata de la historia de la dama Rudye Dyedet y su esposo User Ra. ¿La conoces?

—Nunca oí hablar de ellos —se excusó la reina, interesada.

—Él era sacerdote de Ra en Sajebu, y juntos dieron lugar al mito del «nacimiento divino».

—¿Sacerdote de Ra? Entiendo. Nos remontamos a los tiempos de las primeras dinastías. Épocas lejanas en las que los faraones eran verdaderos dioses —indicó ella con evidente nostalgia.

—La historia cuenta como aquella mujer engendró tres hijos del dios Ra, que luego se convertirían en los tres primeros faraones de la V dinastía —señaló el escriba, a la vez que esbozaba una sonrisa.

—Userkaf, Sahura y Neferkara. Esos eran sus nombres si no recuerdo mal —hizo memoria la reina.

—Ellos implantaron la teogamia al convertirse en hijos carnales de Ra. ¿Comprendes adónde quiero llegar?

—En ocasiones me das miedo, Senenmut —dijo Hatshepsut, otra vez impresionada—. Dudo que Apofis pudiese contigo.

—Reviviremos el antiguo mito en tu persona —continuó él, haciendo caso omiso de aquel comentario—, y te convertirás en hija carnal de Amón.

Hatshepsut ahogó un grito, y luego miró con ansiedad a su amante.

—¡Hija de Amón! ¡Mi padre divino se convertiría en carnal! —exclamó ella, incapaz de ocultar su excitación.

—Nadie podrá discutir jamás tus derechos. ¿Qué mayor legitimidad puede haber que ser carne del Oculto?

—Sí —señaló la reina, como si se hallara ante una nueva revelación divina—. Pero... ¿cómo desarrollaríamos algo semejante?

—Con la participación de la Enéada —dijo el escriba, malicioso—. Así todos los dioses te darían su favor.

—¡La Enéada! —masculló Hatshepsut, que se hallaba sobrepasada ante el plan urdido por su amante.

—Todo se desarrollaría bajo el poder de los cielos —aventuró Senenmut, que mostraba un conocimiento exacto de cuanto habría que hacer—. Allí, tu esposo divino, Amón, reuniría a la Enéada para comunicarles su deseo.

—¿Te refieres a la de Karnak? —quiso saber la reina, ya que existía otra gran Enéada que era de Heliópolis.

—Así es. Atum, Shu, Tefnut, Nut, Geb, Osiris, Set, Isis, Horus, Neftis, Hathor, Montu... A todos ellos el Oculto anunciará tu futuro nacimiento, pues como bien sabes Amón conoce lo que ha de venir. El Oculto encargará entonces a Thot que vaya a palacio como enviado de los dioses para averiguar la identidad de la joven elegida por el señor de Karnak con el beneplácito de toda la Enéada. Thot averiguará el nombre de la designada, que no será otra que tu madre, la difunta reina Ahmés Tasherit, para seguidamente comunicar al Oculto lo acontecido y el nombre de la mujer con quien se iba a unir.

—¡Mi madre recibirá a nuestro divino padre Amón! —exclamó Hatshepsut, vivamente interesada.

—Su palacio será el lugar en el que ocurra el milagro —prosiguió Senenmut—. Amón descenderá de los cielos y tomará la apariencia de tu padre, Tutmosis. Luego se aproximará a ella, que, dormida en el lecho, despertará ante el perfume desprendido por el dios. Entonces Amón la tomará y Ahmés percibirá la esencia divina del Oculto en el cuerpo de Tutmosis, y reconocerá al señor de Karnak, quien la penetrará para entregarle el soplo de la vida.

—Sí —susurró Hatshepsut, claramente excitada—. Entonces su *ba* estará en mí.

—Profetizará el bienestar que proporcionarás a tu pueblo, así como tu reinado sobre las Dos Tierras. Luego, tras la concepción divina, Amón regresará a los cielos para ordenar a Khnum, el alfarero, que moldee tu cuerpo y tu *ka*. Entonces llegaría el momento en el que Thot regresaría de nuevo a palacio para anunciar a Ahmés que lleva una hija de Amón en su vientre.

—En verdad tuvo que suceder así —pronunció Hatshepsut, cual si se encontrara ausente y se tratase de un hecho ya acaecido.

—Khnum y Heket tomarán después de la mano a tu madre para conducirla a la sala del parto, donde tendrá lugar el milagro en compañía de las diosas Neith, Selkis, Neftis, Isis y Mesjenet, que os colmarán de bendiciones, tanto a tu madre como a ti, recién nacida. Todos los espíritus y genios protectores os rodearían para augurarte tu subida al trono y la celebración de innumerables fiestas *Heb Sed*. Tras tu divino nacimiento serás entregada a los brazos de Hathor, quien posteriormente te presentará ante tu padre, Amón.

—Mi divino padre me reconocerá —vaticinó la reina, convencida.

—Como carne de su carne. Él te mostrará al resto de los dioses, en compañía de Thot, los cuales te llevarán de la mano junto a tu *ka*. Luego Amón te bendecirá al tiempo que tu destino quedará establecido, como corresponde a los reyes de Egipto.

—¡Todo estaría ordenado de antemano! —predijo Hatshepsut, quien creía firmemente que aquel cuadro era posible que hubiese sucedido—. Será Hathor, la gran madre, quien se encuentre en el seno materno para alimentarme. Ella se convertirá en mi nodriza celestial.

—Te unirás a ella en el interior de la montaña donde habita, al excavar tu templo dentro de ella —apuntó Senenmut complacido—. Anubis se encargará de garantizar tu longevidad en presencia de Seshat, la diosa que todo lo analiza.

—El dios chacal hará rodar un disco lunar como símbolo cósmico de inmortalidad, pues nadie puede escapar del tiempo —musitó la reina, que parecía haber sufrido una transformación, mientras su mirada parecía perdida.

Senenmut asintió en tanto esbozaba una media sonrisa. Entonces la reina pareció regresar de su estado de éxtasis.

—Prometo dignificar a ese mono que tienes, y con el que aseguras que conversas —dijo Hatshepsut—. No hay duda de que Thot se manifiesta a través del babuino. Estoy impresionada.

—Gracias, amada mía. Ese templo te hará justicia. Será grandioso como también lo será tu memoria. Nadie en Egipto podrá repetir nunca algo semejante. Será tal la magia que emane de sus pórticos y los misterios que acojan sus capillas, que todo lo arcano de la Tierra Negra quedará impregnado en sus muros por toda la eternidad. Djeser Djeseru dormirá abrazado a lo insondable, y no existirá nadie que sea capaz de despertarlo.

—Tienes bien ganada tu fama, amor mío. Ahora puedo ver con claridad la repercusión que esa obra tendrá en mi reinado. No hay tiempo que perder. Mañana mismo nos ocuparemos de la ceremonia de la «extensión del cordel». Pero esta noche quiero que me ames, Senenmut, igual que la primera vez, pues mi *ka* desea empaparse de ti.

16

Todo se desarrolló tal y como Hatshepsut había determinado y, a la mañana siguiente, el séquito real se dirigió a Deir el Bahari para realizar las mediciones oportunas y establecer el perímetro de lo que un día sería el Djeser Djeseru. Como todo lo que ocurría en Kemet, nada se dejaba al azar. El proyecto de aquel monumento se ajustaría a cálculos sumamente precisos que comenzaban desde el mismo momento en el que se elegía el lugar, así como la orientación del santuario. Senenmut ya se había encargado de ello, pues conocía con exactitud la posición de *Meskhetyu*, las imperecederas, la «pierna de toro», así como la del «hombre que corre mirando hacia su espalda», a las que milenios después se conocerían como Osa Mayor y Orión, respectivamente. Todo estaba preparado para que la reina cumpliera con un ceremonial antiquísimo, que databa de tiempos de la III dinastía, y que el gran sabio Imhotep ya utilizó en sus obras arquitectónicas. Se trataba de un ritual con profundas connotaciones místicas, que Hatshepsut se encargó de iniciar al clavar ella misma las cuatro estacas que delimitarían el perímetro del monumento por medio de una cuerda atada a cada una de ellas.

Tanto el divino Amón como la diosa Seshat fueron invocados para que el rito y las mediciones fuesen precisas. Luego se procedió a realizar los depósitos de fundación, unos pozos empedrados con adobe a los que se arrojaban diversos tipos de ofrendas con las que se aseguraba la buena marcha de las obras, al tiempo que se protegía el lugar por medio de la magia. Por este motivo se depositaron las más diversas herramientas y amuletos, así como alimentos que garantizarían que nunca faltarían las ofrendas para poder dar vida al templo.

Hatshepsut se mostró muy satisfecha con el resultado del ceremonial. Allí se alzaría un día su imponente santuario, un lugar sagrado que no estaría destinado a la devoción del pueblo, sino a su regeneración divina. En Djeser Djeseru, Maatkara esperaba celebrar infinitos jubileos durante millones de años. Todo Kemet se pondría a trabajar de inmediato en la que, no tenía duda, sería la obra cumbre de su vida.

—Yo me encargaré de que Egipto se haga eco de tu procedencia divina —señaló Senenmut aquella misma noche, tras haberse amado con pasión desaforada, pues Hatshepsut parecía poseída por una euforia desmedida, que la había llevado a comportarse con un ansia amorosa que sorprendió al escriba.

—Toda la Tierra Negra debe estar al corriente de cuál es mi auténtica naturaleza —dijo ella con determinación.

—El milagro de la teogamia correrá por el Nilo, desde Elefantina hasta el Gran Verde; y en las áridas tierras de Nubia y en Retenu, sus gentes hablarán acerca de este prodigio. Nadie habrá escuchado antes nada semejante.

—Ahora que me he convertido en rey del Alto y Bajo Egipto, y seré reconocida como hija carnal de Amón, creo que es el momento de traspasar mi título de esposa del dios —consideró la reina.

Senenmut asintió en silencio, ya que resultaba anacrónico ostentar aquellos dos nombramientos al mismo tiempo.

—Es hora de que Neferura lo herede —anunció ella.

—Nuestra hija, esposa del dios —musitó el escriba con velada emoción, ya que amaba profundamente a su primogénita.

—Y, además, deseo nombrarla regente del Alto y Bajo Egipto.

—¿Sabes lo que eso significaría? —inquirió él, sin ocultar su sorpresa.

—Lo sé muy bien, amor mío. La posibilidad de que un día herede mi trono.

—Pero ello traerá consecuencias. Crearía inquietud y despertaría fuerzas que por ahora permanecen dormidas —se alarmó el escriba.

—Lo sé, pero solo sería testimonial. Hasta que mi sobrino tenga edad suficiente.

—Es una forma peligrosa de medir sus posibilidades, sobre todo con un rey como Tutmosis, ya consagrado —advirtió Senenmut—. Has de hacer que ambos se casen en cuanto sea posible. Ello aseguraría tu trono y te daría la posibilidad de tener un heredero que lleve tu sangre.

—Ya he pensado en ello —aseguró Hatshepsut, con calma—. Todo será a su debido tiempo. Tengo planes, ¿sabes?

Senenmut observó a su amada bajo la débil luz de una bujía próxima a ambos, y al ver su gesto se turbó, pues ya conocía el escriba lo que podía ocultarse tras él.

Ella rio al reparar en la expresión de su amante.

—Hoy Sekhmet anda suelta por mis *metus*, ja, ja —volvió a reír—. Pero deberías sentirte complacido, ya que tú formas parte de ellos.

—Es lo único a lo que he aspirado desde el día que te conocí. Que tus ojos me miren es más de lo que nunca pude soñar.

—Ja, ja. Sabes cómo halagarme, sin duda. Me conoces bien, mayordomo.

—Son casi veinte años juntos —le recordó él.

—¡Veinte años! —musitó ella—. Apenas un suspiro, ¿no te parece? Por eso he de hacer efectivos los planes de los que te hablé. Es hora de que tú y yo gobernemos Egipto.

Senenmut dio un respingo, ya que no esperaba que Hatshepsut le dijera algo semejante, y esta sonrió con astucia.

—Seremos los soberanos de Kemet —le aseguró ella.

—¿Soberanos? Ya gobernamos Egipto. Yo nunca podría aspirar a ser rey, y lo sabes muy bien —se escandalizó el escriba.

—Ja, ja. Me gustas cuando te desprendes de tu máscara, escriba.

—En verdad que hoy Sekhmet ha decidido escarnecerme —se lamentó el mayordomo.

—Hablo en serio, Senenmut. Quiero que tomes posesión

del trono del Bajo Egipto de la forma que mejor sabes: por medio de la magia.

Senenmut guardó silencio durante un rato. En realidad, Hatshepsut solo planteaba algo que ya ocurría *de facto*. Él mismo había sido nombrado «sustituto del rey del Bajo Egipto», un título que le otorgaba todo el poder en los nomos del norte y el cual ya ejercía desde hacía años. Toda la Tierra Negra se encontraba bajo su control, y las instituciones seguían sin la menor oposición las directrices marcadas por el mayordomo real, un hombre ante el cual todo Egipto se descubría.

Sin embargo, Senenmut podía calibrar las repercusiones que tendría una intención como aquella. Una cosa era dirigir Kemet y otra muy distinta ocupar el sillón del Horus reencarnado. Para alguien tan discreto como él, la respuesta resultaba cristalina. Jamás osaría dar un paso como aquel, por mucho que Hatshepsut insistiera en ello. No obstante la idea de su amada era tentadora: convertirse en rey por medio de la magia. No cabía duda que, si alguien estaba capacitado para acometer semejante desatino, ese era él. No existía en todo Kemet mago o *heka* que se le pudiera comparar. Senenmut conocía en profundidad los arcanos saberes ocultos en los templos desde hacía más de un milenio, así como los papiros mágicos guardados con celo en las «casas de los libros», y todo tipo de conjuros y letanías a los que, por otro lado, siempre había sido aficionado. Él era un místico, un hombre que creía profundamente en el poder de la palabra, en el de las inscripciones grabadas en la piedra que cobraban vida al ser leídas. Era un personaje misterioso, un hombre de su tiempo, educado en tradiciones que buscaban por encima de todo el cumplimiento del *maat*, el equilibrio universal que él era capaz de entender.

Senenmut reflexionó acerca de todo ello. Él podía cubrir Egipto entero con estelas en las que se viera representado como rey del Bajo Egipto sin que nadie fuese capaz de descubrirlo. Era un maestro en el arte de la criptografía, que había aprendido en los templos durante su juventud, y que ahora su amada reina le invitaba a utilizar. Sin poder evitarlo su ambición abrió las descomunales fauces dispuesta a engullirlo de nuevo, como siempre ocurría. El escriba era una presa fácil y, ni Nakht con sus admoniciones, ni ningún otro sabio podrían evitar que fuese devorado. Hatshepsut tenía razón, usaría su magia para verse convertido en rey del Bajo Egipto, aunque solo él conociera el engaño.

Tras la coronación de Maatkara, las Dos Tierras abrieron sus puertas a un período de esplendor como no se conocía. Las artes, dormidas durante demasiado tiempo, alcanzaron nuevas cotas de esplendor, al tiempo que se desató una actividad febril en la construcción. Maatkara estaba dispuesta a levantar grandiosos monumentos por todo el país de Kemet para devolverle la profunda religiosidad perdida en las épocas oscuras, cuando los *hiksos* usurparon el trono. Recuperaría los templos abandonados, dispuesta a que los dioses bendijeran su reinado como ningún otro en la historia de Egipto. Había trabajo por doquier, pues las gigantescas obras necesitaban de todos los oficios, desde carpinteros a picapedreros, desde arquitectos hasta «aquellos que daban la vida», los escultores. Un inmenso microcosmos surgía a la sombra de cada proyecto, ya que se hacía necesaria una logística que atendiera las necesidades de los miles y miles de trabajadores que se daban cita diariamente para realizar su labor. Aguadores, panaderos, pescadores, carniceros, curanderos, barberos... Todos se beneficiaban de la nueva política que Hatshepsut estaba dispuesta a impulsar. Las terribles guerras, que durante demasiados años habían causado tantas desgracias, eran cosa de un pasado que la alegría general hacía que pareciera remoto. Montu, el dios de la guerra tebano, había enterrado su maza en lo más profundo de sus templos.

Con buen criterio, Hatshepsut se decidió a modernizar el ejército para hacerlo más efectivo, al tiempo que se inclinaba a profesionalizarlo. Ella era plenamente consciente del poder de los generales que seguían a su sobrino, y les hizo ver que su gobierno no los apartaría de sus funciones, y que dotaría a sus tropas de un mejor armamento. Algún día Tutmosis se convertiría en un gran guerrero, pero mientras ella se encargaría de la buena marcha del país de los dos mil dioses.

Las gentes tardaron poco en alabar la figura de aquella reina que se había atrevido a desafiar al poder establecido para terminar por arrebatárselo. Eso era lo que había ocurrido, aunque la mayoría no entendiera cómo lo había conseguido. Para el alfarero que día tras día pasaba su vida entre el lodo, las intrigas o ardides palaciegos solo eran palabras utilizadas por aquellos que luchaban por un poder inalcanzable, en un mundo que nada tenía que ver con el de la mayoría. Esta última se encontraba en manos de los dioses, de su carácter caprichoso, capaz de enviarles apocalípticas enfermedades o desesperantes hambrunas. Los dioses siempre tenían la última palabra, y ahora que parecían empeñados en sonreír a su pueblo, el alfarero pensaba que todo era debido a la llegada de aquella mujer al trono, a quien, sin duda, bendecían los padres creadores. ¿Qué otra explicación podría existir?

Sus conciudadanos estaban de acuerdo con él. Desde que Hatshepsut se hiciese cargo de la regencia las crecidas anuales habían sido siempre beneficiosas, y las cosechas particularmente abundantes. Min había hecho florecer los campos como nunca, y los silos se encontraban llenos de grano hasta reventar. Egipto no pasaría hambre en mucho tiempo, la gente tenía trabajo y el país vivía en paz. ¿Qué más podrían desear? Maatkara era la artífice del milagro, y aquella idea se extendió por cada villorrio hasta calar en todos los corazones.

—Aseguran los sabios que Hatshepsut es hija carnal de Amón —decíanse los unos a los otros al conocer aquella noticia.

—Solo así puede explicarse tanta abundancia —aseguraban muchos—. ¿Cuándo hemos vivido mejor?

—Amón Ra la guarde muchos años. En verdad Maatkara es una diosa que vela por su pueblo —señalaban todos—. Es como una madre para nosotros.

Senenmut pensó en todo aquello. Tal y como esperaba la teogamia había corrido por Kemet empujada por las aguas del Nilo. «El río se encontraba detrás de cada uno de los milagros que ocurrían en aquella bendita tierra —se dijo el escriba—, aunque en este caso solo se tratara de una metáfora.» Egipto se preparaba para recibir todo lo que estaba por venir, una época de opulencia que quedaría para la historia, y por la que tanto habían luchado ambos amantes. Era preciso aferrarse al buen juicio, pues Senenmut estaba convencido de que los dioses los observaban.

—Haré magia para ti, amada mía —dijo el escriba tras regresar de sus pensamientos—. Nuestro pueblo nada sería sin ella.

17

El circo de Deir el Bahari se convirtió en un verdadero enjambre de trabajadores decididos a glorificar a su reina por toda la eternidad. Para acometer semejante empresa, Senenmut contó con la ayuda de los mejores arquitectos y directores de obra, cuyos trabajos se encargó de supervisar. Nombres como Thutiy, Minmes, Amenenhat, Peniaty, Uadjetrenput o Pehekamen, comenzaron una labor a la que posteriormente se les unirían otros personajes cualificados que harían donaciones al contribuir con obreros para la construcción del templo.

Egipto parecía bullir de vida, como si la tierra fuese capaz de ver crecer desde sus entrañas columnas ciclópeas o estatuas colosales. La piedra y su mágico simbolismo se abrían paso para pasmo de los tiempos venideros, mientras Senenmut contemplaba satisfecho el comienzo de su gran obra.

El escriba había iniciado con consternación la construcción de su tumba. Aquel era un gran honor, sin duda, que no obstante se había visto ensombrecido por la muerte de su madre, la dama Tiutiu, al poco de que Hatshepsut se hubiera coronado. Su padre, Ramose, hacía años que había pasado a la otra orilla, y ahora que su madre también había fallecido Senenmut había tenido la idea de sepultarlos juntos en el sepulcro que había excavado para ellos. Los padres del mayordomo habían sido muy queridos por la familia real, que lloró su pérdida. De hecho Neferura donaría un vendaje de lino con su nombre en un cartucho para cubrir de nuevo la momia de su abuelo, y Hatshepsut colocaría junto al cuerpo de Tiutiu diversos objetos que llevaban su titulatura.

Anubis, siempre fiel a su cometido, se había llevado a sus padres, y Senenmut decidió hacer uso del favor real recibido e iniciar así la construcción de su propia tumba, ya que convenía prever con tiempo la llegada del dios de los muertos. Sería una magnífica sepultura, con un acceso columnado y una capilla junto a una terraza desde la que se dominaba el río y los templos del otro lado del Nilo. El escriba aprovecharía un accidente natural en la roca para esculpir en ella una de sus características estatuas cubo, a las que era tan aficionado, en la que se haría representar, cómo no, en compañía de Neferura, la hija de la que nunca se separaría, ambos con la vista dirigida hacia el templo de Luxor, Ipet Reshut, El Harén Meridional, símbolo eterno de regeneración. Además, Senenmut pensaba rodearse de muchos de sus seres queridos, a quienes deseaba enterrar en las cercanías de su morada eterna, y entre ellos ocuparían un lugar especial su amado mono Djehuty y una pequeña yegua con la que se había encariñado.[64]

Senenmut no estaba dispuesto a que Anubis lo pillara desprevenido, y por tal motivo encargó un sarcófago magnífico, digno de un rey, con los bordes redondeados como si se tratase de un cartucho de piedra, hecho de cuarcita roja de la mejor calidad, en la que inscribiría algunos pasajes del Libro de los Muertos.

No había duda de que con el advenimiento de Maatkara Egipto tomaba un nuevo camino que, en opinión del mayordomo real, sentaría las bases de un país más fuerte al tiempo que lo abocaría a una verdadera edad de oro. Poco imaginaba Senenmut que de aquellos años surgiría la palabra con la que serían conocidos los reyes de las Dos Tierras por las generaciones venideras: faraón. Todo se debió al hastío del escriba encargado de grabar los nombres de los dos corregentes cada vez que tenía lugar un acto oficial. Por vez primera dos reyes, Menkheperra y Maatkara, eran inscritos al mismo tiempo en los monumentos, y para ahorrar esfuerzos el escriba tuvo la idea de resumir aquel engorroso trabajo y referirse a ambos monarcas con el nombre del lugar en el que residían: Per-aa, la Alta Casa. Con el transcurso de los siglos, el término Per-aa derivaría en el de Pharaa, y este sería el origen de la palabra faraón, algo que ni siquiera Senenmut fue capaz de prever.

Aquella brillante luz que envolvía al país de Kemet se convirtió en una nueva fuente de ideas que parecían brotar por generación espontánea, de forma milagrosa. Los proyectos se multiplicaban y todos asistían fascinados a aquel renacimiento con el que la Tierra Negra tomaba un impulso insospechado que la hacía parecer rebosante de vida. Egipto se encaminaba hacia la gloria, y fue durante aquellos días cuando surgió el alumbramiento de un nuevo sueño, una aventura extraordinaria que solo un gran rey podría acometer, y que llevaría a Kemet a embriagarse con el perfume de los dioses: viajar al «país del incienso».

Fueron Senenmut y Hapuseneb quienes se encargaron de proponer a Hatshepsut una idea que deslumbró a la reina desde el primer momento. Ella había oído muchas historias durante su niñez acerca de aquel exótico y misterioso país, de donde procedían los árboles de los que se extraían las resinas aromáticas utilizadas en los templos para sus ritos. Siempre había soñado con la posibilidad de viajar a aquel lugar, el legendario país de Punt. Se trataba de una región misteriosa situada al oriente, a la que los egipcios se referían como la «tierra del dios».

—Allí tiene Ra su residencia —aseguró Hatshepsut tras escuchar a sus fieles consejeros—. De ese lugar surge cada mañana, cuando amanece.

—También es la tierra de donde procede Min —dijo Hapuseneb, con gravedad—, así como la diosa Hathor.

—La gran madre —musitó la reina, como abstraída—. Por eso la conocemos con el sobrenombre de «señora del Punt».

—De allí provienen las fragancias que desprenden los dioses —indicó Senenmut.

—El incienso, el olíbano, la mirra... Hace muchos siglos que nadie se aventura a visitar esa tierra —recalcó Hatshepsut, embelesada—. Se trata de un viaje proceloso.

—Sin embargo, ya se realizó en la antigüedad —matizó Hapuseneb.

—Lo sé, buen profeta —añadió ella, sin variar el tono de su voz—. Mentuhotep III y Sesostris I enviaron muchos hombres en busca del *antyu*.[65]

—Mucho antes, durante la V dinastía, el dios Sahure trajo de Punt ochenta mil medidas de mirra —observó Senenmut, convencido de que una expedición de aquel tipo podía llevarse a efecto—. Imagina, gran Maatkara, la gloria que te reportaría traer hasta la Tierra Negra los árboles por los que respiran los dioses. Amón, nuestro divino padre, contabilizaría tu reinado como el más grato a sus ojos de cuantos han tenido lugar en Kemet.

La reina asintió en silencio en tanto mantenía la mirada perdida, y ambos consejeros parecieron pensativos. Detrás de aquel viaje se escondía algo más que una simple aventura. La mirra y el olíbano, del que se extraía el apreciado incienso, llegaba a Egipto por medio de caravanas, después de un penoso viaje de miles de kilómetros en el que se atravesaban peligrosas regiones. Desde siempre en aquel tipo de comercio participaban numerosos intermediarios que encarecían los productos sobremanera. Tutmosis I había tratado de poner fin a los abusos con sus campañas militares que le habían conducido hasta la lejana Kurgus, y los *sementiu*, los agentes comerciales dedicados a encontrar los mejores precios para las mercaderías que llegaban desde el África profunda, hacían la mejor labor posible; sin embargo, la solución se encontraba en una expedición que abriera a Egipto el mercado de donde procedían las valiosas resinas que tanto necesitaban. Si llegaban al Punt, transportarían ellos mismos los árboles de donde se extraían las fragancias, y los templos obtendrían un tesoro de valor incalculable. Senenmut, como mayordomo de Amón y por tanto responsable de sus intereses, conocía las riquezas que reportaría a Karnak una expedición como la que planeaban, y al punto Hapuseneb estuvo de acuerdo en la necesidad de embarcarse en aquella aventura.

—Plantaríamos los árboles en nuestros jardines sagrados,

en el Djeser Djeseru —señaló Senenmut tras salir de sus reflexiones.

La reina lo miró un instante para luego asentir con la cabeza.

—Donaría a mi padre Amón los preciados árboles, de cuyas resinas podrán extraer cuanto incienso precisen —aseguró Hatshepsut, sabedora de que el templo de Karnak quedaría en deuda con ella ante un regalo semejante. Su clero sabría reconocer su generosidad y ella podría contar con una alianza que le era fundamental. Sin embargo, un viaje como aquel no resultaría sencillo—. Habría que aventurarse por mar, y luego abrirse paso por rutas desconocidas —continuó Hatshepsut, pensativa.

—Tu Majestad hará que se construyan barcos capaces de desafiar la ira de Set, bien pertrechados y con los hombres más valientes a bordo. Tu nombre correrá de boca en boca durante millones de años —dijo Senenmut, convencido del éxito de aquella misión.

—Ningún otro dios de las Dos Tierras dejará un legado que pueda compararse al tuyo —especificó Hapuseneb—. Amón nunca lo olvidaría.

—Haced los preparativos —ordenó la reina, que continuaba ensimismada—. He de hablar con mi padre divino. El Oculto me revelará cuándo se ha de partir.

Como de costumbre, Senenmut se encargaría de organizar los preparativos de aquel viaje, aunque habría de pasar casi un *henti* antes de ver el inicio de la expedición al país del incienso. Este tuvo lugar en el octavo año de reinado de Menkheperra, después de que Hatshepsut tuviera un sueño.

Una mañana la reina se despertó muy excitada debido a una pesadilla que la había desasosegado sobremanera.

—Los demonios se me presentaron sin motivo alguno. ¿Acaso no soy fiel cumplidora del *maat*? ¿No muestro suficiente devoción por los dioses? ¿No es mi padre Amón motivo de mis ofrendas? —inquirió, sobresaltada, en tanto Senenmut la observaba en silencio—. No encuentro explicación, amor mío.

—Cálmate —señaló el escriba, mientras trataba de averiguar qué era lo que había ocurrido en aquel sueño tan turbador.

—Se me presentó el más execrable mortal que hubiese deseado, mil veces peor que Ammit —dijo ella, con rotundidad.

Senenmut asintió mientras trataba de hacerse una idea sobre quién pudiera haber peor que «la devoradora de los muertos», la monstruosa diosa encargada de engullir el corazón que resultaba más pesado que la pluma de la verdad durante el Juicio Final.

—Debe tratarse de un ser infernal, sin duda —intentó aclarar el escriba en un tono con el que quería quitar importancia al asunto.

—¡De ultratumba, diría yo! —exclamó Hatshepsut con exageración—. Un espectro surgido del Amenti. No se me ocurre una definición mejor.

El escriba hizo un gesto ambiguo mediante el cual se hacía cargo de la gravedad de aquella inesperada aparición.

—En verdad que siento curiosidad por saber de quién se trata —terminó por reconocer el mayordomo.

La reina lo miró un instante como si se hallara ausente, y luego se lamentó, negando con la cabeza.

—Me encontraba paseando entre las plantas más hermosas que pudiese imaginar —dijo ella, recordando su sueño—. Era un jardín digno de los dioses, repleto de árboles exóticos y flores multicolores que desprendían un perfume embriagador. Me sentía flotar mientras paseaba por aquel vergel único que me invitaba a aspirar todas sus esencias. Me dije a mí misma que podría hallarme en los Campos del Ialú, pues me sentía feliz y con el corazón ligero en tanto caminaba por aquel edén. Todo resultaba perfecto hasta que, de repente, surgió una figura de entre la espesura que me hizo ahogar un grito, pues me era sumamente desagradable: Ineni.

—¿Ineni? —respondió Senenmut, sorprendido.

—El mismo. Tal y como lo recordaba en los tiempos en los que ejercía el visirato con mi augusto padre, en el auge de su poder, con aquella expresión de falsa modestia que tanto me desagradaba y con su acostumbrada altivez. Ineni en persona me salió al paso, y enseguida tuve la certeza de que me encontraba en su jardín, que desde mi niñez siempre había admirado.

—¿Qué quería Ineni de ti? —quiso saber Senenmut, a quien siempre habían interesado los sueños.

—Se aproximó a mí con paso resuelto, y se me encaró como si fuese él quien gobernase Kemet. Luego, con tono prepotente, me advirtió.

—¿Se atrevió a aconsejarte?

—Sus palabras sonaron más bien a exhortación.

—¿Qué fue lo que te dijo el viejo visir?

—Me avisó del peligro que entrañaría una expedición al país de Punt, de la imposibilidad de realizarlo, así como de las terribles consecuencias que se derivarían si me atrevía a acometerlo.

—Y tú, ¿qué le dijiste?

—Nada. Cuando me dispuse a hacerlo aquel espectro desapareció como por ensalmo, y me dejó con la palabra en los labios —se lamentó ella, confusa.

El escriba asintió en tanto se acariciaba la barbilla.

—Me temo que se trate de un mal augurio —continuó Hatshepsut, sin ocultar su preocupación.

Senenmut miró a la reina al tiempo que esbozaba una sonrisa.

—Yo no me atrevería a asegurarlo —dijo el escriba—. Es más, creo que se trata de una magnífica noticia.

Ahora Hatshepsut lo miró con claro desconcierto.

—Ja, ja. En realidad, es el mejor augurio que podrías recibir, amada mía. *El Libro de los Sueños*, del cual me tengo por buen conocedor, es muy claro en casos como este. Lo que en verdad ocurrirá será lo contrario de lo que te ha sido revelado. Ese es el significado de tu sueño. Debes ordenar el inicio de ese viaje a la mayor brevedad.

La reina pareció reconsiderar cuanto le decía su amante.

—Hace tiempo que todo se halla dispuesto. Solo falta que tú lo autorices —señaló el mayordomo, con gravedad.

Ella se mostró pensativa. El mundo de los sueños siempre

le había parecido un territorio demasiado proceloso para alguien de su naturaleza. Un mundo lleno de *hekas* que la reina respetaba con cierto temor, y en el que, sabía, Senenmut era un maestro. Desde su más tierna infancia Hatshepsut siempre había oído que los sueños encerraban un mensaje, y que este determinaba hacer lo contrario de lo que dictaba el sueño.

—Es cierto —dijo Hatshepsut, al fin—. Recuerdo que mi abuela me hablaba acerca de la importancia de los sueños. Que estos nos mostraban el camino que debíamos tomar, y que éramos nosotros los que, por general, nos negábamos a verlo.

—*El Libro de los Sueños* es sabio —aseguró Senenmut—. Te aconsejo que vayas a Karnak y hables con el Oculto. Estoy convencido de que el padre divino ofrecerá un oráculo.

Hatshepsut hizo caso al consejo de su amante y se personó en Ipet Sut para recibir la palabra de Amón ante su clero. El rey de los dioses se manifestó sin ambigüedad alguna, y su voz resonó en el templo con la gravedad acostumbrada.

—Es mi deseo que busques los caminos que conduzcan al Punt —ordenó el señor de Karnak—, que abras las rutas que lleven hasta las regiones del incienso por mar y por tierra, para traer a Egipto las maravillas de ese país.[66]

—Padre mío. Nadie sabe con certeza cuál es la ruta que debemos seguir —dijo Hatshepsut con temor.

—Yo te ayudaré a encontrarla. Esculpirás una estatua para mí, que embarcarás en tus naves, y yo os conduciré hasta «la tierra del dios».

Hatshepsut dispuso de inmediato la salida de aquella expedición en la que su padre carnal les guiaría hasta la legendaria Punt. Así lo proclamó la reina ante sus súbditos, quienes, atónitos, prorrumpieron en alabanzas ante la magnitud de aquella aventura en la que participaría el mismísimo Amón.

Todo quedó, pues, dispuesto para la partida aquel mismo año, en la que toda Tebas se dio cita para ver como las cinco grandes naves[67] construidas para la ocasión salían desde Karnak aparejadas para poder navegar por el Gran Verde, hasta la lejana región del delta del Gash, cerca del Atbara, frente a las costas de Eritrea, con doscientos diecinueve hombres a bordo, bajo el mando de uno de los más fieles servidores de la reina, el valiente Nehesy. Senenmut, Hapuseneb y el visir Useramon acudieron a despedir a la flota junto con los monarcas, quienes se mostraban con solemnidad ante su pueblo. Hatshepsut sentía su corazón henchido de orgullo y, al contemplar como las naves salían del puerto, tuvo el convencimiento de que su nombre se encaminaba hacia la gloria. La reina se disponía a escribir su propia página para la historia.

18

La figura de Maatkara tomó tal dimensión, que esta llegó al convencimiento de que por fin Egipto la reconocía como la reina que en verdad era, capaz de regir sus destinos mejor que ningún otro dios en toda la historia. Ella era una mujer que, no obstante, había decidido vestir ropas de hombre en todos los actos oficiales que tuvieran lugar, como lo haría un auténtico faraón. Así era considerada por todos, y ese fue el motivo por el que Hatshepsut decidió que había llegado el momento de construirse una nueva tumba.

Hacía muchos años que Ineni se había encargado de excavar un túmulo para ella en la pared de un escarpado acantilado en el *wadi* Sikket Taka El Zeide, un lugar inaccesible, sin duda, que no obstante había quedado inconcluso, aunque en su interior permaneciera para siempre el sarcófago de la que en ese tiempo era Gran Esposa Real. De hecho en él se había conservado grabado este último nombramiento, así como el de señora de las Dos Tierras, princesa hereditaria, hija del rey, hermana del rey y esposa del dios. Todos ellos títulos de la mayor enjundia que, no obstante, a Hatshepsut le parecían inaceptables.

—Ninguno de estos títulos reconoce mi verdadera esencia, mi dignidad como soberana. Me corresponde un hipogeo como rey del Alto y Bajo Egipto —le dijo un día a Senenmut.

Este asintió ya que estaba de acuerdo en que su amada se hiciese excavar una tumba con arreglo a su rango divino. Hatshepsut jamás permitiría ser enterrada en un sepulcro construido por Ineni, y mucho menos reposar en un sarcófago que nada tenía que ver con la autoridad que ahora ostentaba.

—Quisiera utilizar la tumba de mi augusto padre —señaló la reina con gravedad—. Esa es mi elección.

Senenmut parpadeó repetidamente, algo extrañado, ya que no era usual que dos reyes se enterraran de forma conjunta en el mismo sepulcro. Sin duda, existirían razones para ello, y el escriba reflexionó al instante acerca de cuáles pudiesen ser estas.

Hatshepsut lo observó con curiosidad.

—Nadie conoce el paradero de esa tumba —señaló el escriba—. Ineni la excavó en el mayor de los secretos, y se marchó sin desvelar su situación. Será difícil dar con ella.

Hatshepsut asintió, ya que conocía ese detalle.

—Puede que haya alguien capaz de ayudarnos —dijo la reina.

Senenmut la interrogó con la mirada.

—Me refiero a Amosis Penejbet —aclaró ella—. Recuerda que fue el mejor amigo de mi padre.

—Es cierto —convino el escriba—. Amosis es la única persona que puede saber dónde está enterrado el gran Aakheperkara. Debe de ser ya un anciano.

—Vive plácidamente con sus recuerdos en el-Kab, su amada tierra. Estoy segura que la vida de mi padre no tiene secretos para él.

—Hum —repuso Senenmut, pensativo—. Conozco a Amosis Penejbet. En caso de que sepa dónde está sepultado Tutmosis, dudo que nos lo diga. Fue deseo del faraón que su sepulcro cayera en el olvido, y Penejbet es un hombre recto donde los haya.

—Lo sé. No olvides que fue mi preceptor antes que tú aparecieras.

—Sin embargo, quizá haya alguien capaz de convencerlo —añadió el escriba, como para sí.

Hatshepsut arqueó una ceja, como acostumbraba a hacer cuando escudriñaba en el corazón de su mayordomo.

—Hablo de Hapuseneb, naturalmente —le aclaró el escriba—. Ambos continúan siendo grandes amigos. El primer profeta es un hombre santo a los ojos de Amosis. La única persona a la que Penejbet revelaría un secreto semejante sería a él.

A Senenmut no le faltaba razón. Hapuseneb era considerado un hombre fiel a las leyes del *maat* y, como primer servidor de Amón, conocedor de grandes secretos que estaba obligado a guardar. El mayordomo habló con él, y el sumo sacerdote se ofreció para intentar resolver aquel enigma que Ineni se había llevado consigo al pasar a la otra orilla. Tal y como imaginaban Amosis Penejbet conocía la situación del hipogeo de Tutmosis I, el mejor amigo que había tenido, y al que veneraría hasta que Anubis viniese a buscarlo. Al principio se mostró reacio a revelar el secreto, ya que lo consideraba una traición. Sin embargo, Hapuseneb consiguió hacerle cambiar de opinión, pues se trataba nada menos que del deseo de una reina que, además, había sido la hija predilecta de Aakheperkara, con quien quería compartir su morada de eternidad.

La ubicación de la tumba de Tutmosis I no podía haber sido mejor elegida para los propósitos de Hatshepsut. En su empeño de buscar un lugar apartado y discreto para el eterno descanso de su señor, Ineni había excavado su sepulcro justo al otro lado de la montaña bajo la que se estaba levantando el Djeser Djeseru. Senenmut apenas pudo salir de su asombro ante semejante casualidad, y al instante pensó en la posibilidad de alinear aquella tumba con el santuario de Amón que tendría el templo de Hatshepsut, de modo que todo quedase englobado dentro del mismo complejo funerario.

—Excavaremos la tumba hasta las mismas entrañas de la montaña para situar la cámara del sarcófago en línea recta con respecto a la cripta donde se hallará la capilla dedicada al Oculto —dijo Senenmut, entusiasmado por aquella idea.

—¡Mi templo funerario y mi tumba formarán parte del mismo proyecto! —exclamó Hatshepsut, excitada—. Será una obra memorable.

En esto último a la reina no le faltaba razón. Su complejo funerario desafiaría a los tiempos pues a la grandiosidad del

Djeser Djeseru se le uniría la excavación de una tumba cuyo tamaño nunca sería superado por ningún otro rey en la historia de la Tierra Negra.

—Ampliaremos la tumba de tu padre hasta donde nos lo permita la montaña, amor mío —aseguró Senenmut, quien ya era capaz de concebir el proyecto.

—Sí. La cámara del oro, donde reposarán mis restos, se hallará próxima a la capilla de mi divino padre Amón. Allí permaneceré junto a Aakheperkara por toda la eternidad.

El escriba hizo un gesto de sorpresa y al momento comprendió el verdadero motivo por el cual Hatshepsut deseaba utilizar la tumba de su difunto padre.

—¡Quieres volver a enterrar al gran Tutmosis! —exclamó el mayordomo, sorprendido por no haber caído en aquel detalle—. Ahora lo entiendo. Sepultarás a Aakheperkara en la nueva cámara del sarcófago como haría un heredero a la corona, y con ello reforzarías la idea de que eras tú quien debía sucederle y no tu hermanastro Tutmosis II.

—¡Exacto! Un rey entierra a otro rey, y por fin mi padre descansará donde le corresponde, cerca de mí. Ordenaré que construyan un sarcófago con mi nombre, y luego depositaré la momia de Aakheperkara en él.

Senenmut la observó, sonriente, orgulloso de la talla que su gran amor había adquirido con el paso de los años. Sin duda, ahora era capaz de gobernar Egipto.

—Más adelante mandaré que esculpan otro para mí, de cuarcita amarilla. Ambos sarcófagos serán depositados en la nueva cámara mortuoria. Ese es mi deseo.

—Y así se verá cumplido, amada mía. Todo a la mayor gloria de Maatkara.

Aquel proyecto tardaría años en verse realizado, pues la ampliación de la tumba sería una obra de singular complejidad. Los cincuenta metros iniciales de que constaba el hipogeo se traducirían en doscientos trece, con un corredor descendente que dibujaría una amplia curva hasta llegar a la cámara del oro. Nadie volvería a excavar jamás un hipogeo como aquel.

Ahora que Kemet se postraba, al fin, a los pies de su reina, Senenmut empezó a experimentar cierto sentimiento de fragilidad. Sin duda, después de los soberanos, él era el hombre más poderoso de las Dos Tierras pero, no obstante, su inmenso amor por Hatshepsut le conducía hacia un escenario distinto en el que estaba condenado a sufrir. Su amada se había convertido en una verdadera diosa, un rey de las Dos Tierras cuya esencia divina era reconocida por su pueblo, mientras que él no era más que un simple mayordomo que nunca podría compartir su vida con la mujer que quería. Aquella vieja barrera tomaba una nueva dimensión para quien nunca dejaría de ser un hombre educado en los templos. Senenmut entendía como nadie la verdadera naturaleza de los dioses que gobernaban Kemet, y por tal motivo no podía dejar de sentirse insignificante ante Hatshepsut, e incluso verse abrumado por el hecho de que ella lo amara. Él ansiaba permanecer a su lado para siempre, durante toda la eternidad, como había prometido en tantas ocasiones después de haberla tomado apasionadamente. Solo existía un modo de llegar a cumplir aquel deseo: adquirir una esencia divina a través de la magia.

Hatshepsut se daba cuenta de lo que ocurría. Senenmut era el gran amor de su vida, el padre de sus hijas, el hombre sin cuya ayuda le hubiese resultado imposible alcanzar la realeza. Su genio engrandecía a Egipto, y en su opinión debería haber nacido para convertirse en rey. Claro que si esto no había ocurrido se debía al hecho de que los dioses le tuvieran preparada otra misión: sentar a Maatkara en el trono de Kemet.

Sin embargo, Hatshepsut estaba decidida a mantenerse fiel a sus sentimientos hacia el escriba. No imaginaba la existencia sin su amor, y por ello le autorizaría a encontrar la forma que les asegurara poder continuar juntos, tanto en esta vida como en el Más Allá, quizá convertidos en estrellas.

—Quiero que compartas la gloria conmigo —le dijo ella una noche mientras permanecían abrazados—. Que los dos lleguemos a ser uno.

Senenmut guardó silencio unos instantes ya que había pensado largamente en cómo poder unirse a su amada.

—Conozco el modo de hacerlo —dijo él con calma—. A través de tu templo funerario.

—El Djeser Djeseru —murmuró ella, pensativa.

—Más concretamente mediante la pequeña capilla del templo dedicada a Hathor, que como ya sabes formará parte sustancial del monumento.

—Allí seré divinizada como Señora del Cielo —musitó Hatshepsut.

—Por ello podrás otorgarme los privilegios a los que solo acceden los soberanos, como dioses de la Tierra Negra.

—¿Cómo podría compartir contigo tal cosa? —inquirió la reina, confundida.

—Mediante una cámara secreta que conecte directamente con la capilla —señaló él, con su acostumbrado tono misterioso.

—¿Una cámara secreta? —se interesó ella, al instante.

—Así es. Pero para ello habrás de autorizarme a construir un pasadizo.

—¿Bajo el Djeser Djeseru? Confieso que me sorprendes, Senenmut —aseguró la reina con jocosidad.

—En realidad, se trataría de un monumento excavado en la roca próximo a tu templo, junto a la ladera norte. Un hipogeo que se adentraría bajo tierra hasta la primera terraza.

—Entiendo —continuó Hatshepsut—. Allí situarías la cámara de la que hablas, la cual, a través de una falsa puerta, conectaría con la capilla de Hathor.

—Exacto. Se trataría de una orientación perfecta.

—¡Un eje mágico! —exclamó la reina, con perplejidad.

—El dios Mentuhotep II, cuyo templo es anexo al tuyo, ya hizo algo parecido hace casi seiscientos años. Construyó un corredor que comunicaba con una sala en la que depositó una estatua suya con la corona del Bajo Egipto, revestida con el atuendo utilizado durante los jubileos.

—¡Te inspiraste en el templo de Mentuhotep! —señaló Hatshepsut, que no salía del asombro—. ¡Pretendes excavar una capilla secreta en la que conmemorar tus jubileos como rey del Bajo Egipto gracias a los privilegios divinos que yo te proporcionaré!

—La celebración de tu *Heb Sed* generará y potenciará tu poder divino —vaticinó él, con solemnidad.

—Y así, ese jubileo te fortalecerá a ti también. Lo conmemoraríamos juntos durante millones de años —indicó la reina, impresionada por lo que había ideado su mayordomo.

—Compartiría contigo el festival *Sed*, tu ceremonia regeneradora.

—Ya veo —dijo Hatshepsut, pensativa—. Yo como rey del Alto Egipto y tú como soberano del Bajo. En verdad que eres astuto, escriba, ja, ja. Sin embargo, me gusta. Construye ese monumento, pero cuídate de que solo nosotros conozcamos el secreto.

—Cuando llegue el día, tomaré posesión de la corona roja del Bajo Egipto. Entonces conocerás el poder de mi magia.

19

El renacer de la Tierra Negra no parecía, sino haber comenzado. Las obras y los grandiosos proyectos que se acometían a todo lo largo del valle habían despertado al país de un letargo que había durado demasiado tiempo. El esplendor de antaño llamaba de nuevo a las puertas de Kemet, y estas quedaron definitivamente abiertas la mañana en la que se presentó la flota ante los muelles de Karnak, después de casi un año de proceloso viaje.

—¡Ya están aquí! ¡Han vuelto! —gritaban las gentes, enfervorecidas, mientras corrían por las calles de Waset.

—¡Mirad! —exclamaban desde la orilla—. ¡Son cinco naves! ¡Regresan todos! ¡Alabado sea el nombre del Oculto!

—Sin duda, estamos bendecidos por los dioses. Nunca se vio nada parecido. En verdad que Maatkara es la favorita de Amón —decían.

Estas y otras exclamaciones parecidas eran lanzadas a voz en grito en cada rincón de Tebas. La ciudad en pleno parecía despertar a una realidad que superaba cualquier posible sueño.

—¡Nadie recuerda nada igual! —aseguraban los más viejos.

Y a fe que tales palabras eran tomadas en su justa consideración, ya que la ciudadanía se apresuraba para acudir a Karnak a presenciar el desembarco de aquella increíble expedición que había concluido con un rotundo éxito.

—¡Gloria a Amón, rey de los dioses! ¡Gloria a la divina Hatshepsut, su hija carnal! —no se cansaban de repetir en cada esquina.

Junto a los muelles del templo todos los grandes de Egipto esperaban el atraque de las naves. Las cinco que hacía poco menos de un año habían partido desde ese mismo lugar hacia el legendario Punt, retornaban al fin sanas y salvas cargadas con hermosos presentes y las más valiosas mercaderías. Los agentes reales aseguraban que no había ocurrido ninguna incidencia reseñable, que la singladura había sido plácida y la misión, un verdadero éxito.

Hatshepsut y su sobrino, ataviados con arreglo a tan relevante acontecimiento, con sus distintivos reales, observaban orgullosos como las embarcaciones se aproximaban entre una algarabía atronadora, pues el pueblo se había declarado en fiesta para celebrar aquel acontecimiento.

—¡Habrá celebraciones en los templos! —aseguraba la muchedumbre—. ¡Y tendrán lugar desfiles de soldados! —Algo que gustaba de forma particular a la ciudadanía.

—¡Dicen que traen tesoros incalculables! —gritaban algunos—. ¡Fijaos; si hasta transportan una jirafa!

Aquello, sin duda, eran palabras mayores ya que dicho animal los sobrecogía por su imponente aspecto.

Senenmut y Hapuseneb, situados detrás de los reyes, no cabían en sí de gozo, pues no en vano aquella singular aventura nació de sus corazones, y en ella habían puesto mucho más que su empeño. El eco de semejante hazaña pasaría a los anales, pues incluso la noticia llegó a extenderse por muchos reinos tributarios, que enviaron representantes con el fin de postrarse ante Maatkara, para reconocer su grandeza ante toda la Tierra Negra. Ambos amigos conocían lo que aquellos barcos traían desde las ignotas «tierras del dios», y por tal motivo saboreaban por adelantado el gran éxito que había supuesto aquel viaje.

Nehesy, el bravo que había conducido la expedición, bajó a tierra en cuanto su embarcación fue amarrada, acompañado por una delegación enviada por el rey de Punt, para postrarse ante los soberanos en medio del fervor popular.

—Se navegó yendo en paz... Todo gracias al poder de Amón[68] —proclamó el enviado real.

Hatshepsut no cabía en sí de gozo, y cuando vio cómo desembarcaban los presentes que transportaban sus navíos, apenas pudo ahogar un grito en tanto las pupilas de sus felinos ojos se dilataban como si en verdad se tratara de Sekhmet. Oro, marfil, pieles de animales exóticos, las más preciadas maderas que cupiera imaginar, huevos y plumas de avestruz, tan apreciadas en las ceremonias, panteras, babuinos, riquísimas especias, y hasta una jirafa. La reina se extasió ante el espectáculo que se le ofrecía al ver depositar toda la carga de las embarcaciones en la gran explanada situada en la entrada de Karnak. Amón había guiado a sus hombres y los había devuelto cargados de gloria, y con el mayor tesoro que se le podía ofrecer: el árbol del incienso. Nehesy había regresado a Ipet Sut con treinta y un árboles de olíbano, todos verdes y perfectamente conservados con sus cepellones, dentro de los grandes tiestos que se habían llevado para tal fin. ¡Treinta y un árboles! Una proeza, sin duda, a la que había que añadir ingentes cantidades de resinas de este mismo árbol, así como de teberinto, envasadas en grandes sacos que desprendían una intensa fragancia que hizo enloquecer a la reina. Esta, ignorando el protocolo, se apresuró a dirigirse hacia aquellos bálsamos divinos y sin dilación se embadurnó la piel con el aceite que exudaban, que al punto chorreó por su cuerpo debido al calor reinante. Hatshepsut brillaba como el oro ante su pueblo, envuelta en el sudor del árbol de los dioses, extendiendo su perfume por todo Karnak. Se había transformado en una estrella y su pueblo se postró ante ella deslumbrado por su resplandor. Entonces Maatkara se aproximó a uno de los cuatro cofres llenos de electro para extender sus brazos sobre él.

—En verdad que no tiene igual desde que el mundo es mundo[69] —alabaron los presentes—. Ra está en ella.

Asimismo, se hizo un recuento exacto de todo el cargamento transportado por las cinco embarcaciones, y Thutiy en persona se encargó de anotar los ocho mil quinientos noventa y dos *deben* de oro que habían llegado de Punt; una cantidad respetable, sin duda, pues equivalía a setecientos noventa kilos del preciado metal.

Hatshepsut ordenó encaminarse al interior de Karnak para dar gracias a su divino padre y ofrecerle aquel tesoro encontrado en la tierra del incienso. Amón había hecho posible aquella milagrosa aventura, para entregar a la reina el país de Punt y, en contrapartida, Hatshepsut donaría la mayor parte de aquellas preciadas mercaderías al Oculto, ante la complacencia de un clero que estaba amasando inmensas riquezas.

—Plantaré los árboles de olíbano en los jardines de mi padre —proclamó Maatkara—. Gracias a él, Egipto ha abierto la ruta del comercio con el país de Punt para hacerla estable.

Se declararon varios días de fiesta en Tebas, para gran satisfacción de la ciudadanía, en tanto en palacio se sucedieron las celebraciones en medio de un ambiente de desbordada alegría. Nehesy en persona dio detalles de la aventura ante una corte entregada que se deshacía en halagos.

—El Gran Verde se mostró favorable, gran Maatkara —señaló el bravo expedicionario—, y nuestro viaje fue plácido hasta que hallamos la desembocadura de un *wadi* que llegaba hasta el mar.

Todos atendían con respeto las explicaciones de Nehesy, a quien consideraban un héroe.

—Entonces —prosiguió el aventurero—, Amón nos hizo reparar en el intenso olor que nos llegaba desde tierra. Era el aroma del incienso, el perfume divino que habíamos ido a buscar y que el Oculto nos mostró gracias a su poder.

Los presentes asintieron, pues nadie dudaba que se había producido un milagro.

—Fue en ese momento cuando decidimos desembarcar, y al poco nos encontramos con unas gentes que vinieron a recibirnos de forma amistosa para darnos la bienvenida, pues Amón los había enviado en nuestra ayuda.

Hubo comentarios de conformidad, ya que no podía haber otra explicación a lo sucedido.

—Ellos nos condujeron a su poblado, donde fuimos acogidos por sus reyes, que nos aguardaban, asombrados por nuestra llegada.

—¿Cómo habéis llegado hasta aquí? —quisieron saber—. ¿Por el cielo, por mar, o por tierra?[70]

Se escucharon nuevos murmullos de admiración antes de que Nehesy continuara.

—Soy el embajador de Maatkara, señora de las Dos Tierras. He sido enviado desde Egipto para honrar a la gran Hathor, la dueña de Punt, en busca del árbol del olíbano, por voluntad de Amón. Estas fueron mis palabras, y los reyes y su séquito se postraron al escuchar tu nombre, gran reina, y también el de nuestros dioses. El rey de aquel pueblo me dio entonces la bienvenida diciendo: «Yo soy Parehu y la reina tiene por nombre Ity. Os ayudaremos a que transportéis el perfume que suda del árbol divino hasta Egipto». Así se pronunció el rey —prosiguió Nehesy— y acto seguido nos acomodaron en sus extrañas viviendas, ya que moran en palafitos de madera cuyas paredes cubren con barro.

—¿Palafitos? —inquirió el joven Tutmosis, que parecía muy interesado con aquella historia.

—Así es, gran Menkheperra. Tienen el techo de paja, y aseguran que ese tipo de choza los protege de las serpientes y otros animales salvajes.

—¿Cómo eran los reyes? —volvió a preguntar Tutmosis.

—Parehu tenía un porte noble, con piel oscura y una pequeña barba. Vestía faldellín y llevaba una de sus piernas cubierta por aros metálicos. Su esposa, la reina Ity, era extremadamente gruesa.

—¿Dices que es una mujer muy gorda? —quiso saber Hatshepsut, interesada por este detalle.

—Verdaderamente obesa. Nunca he visto una mujer como ella —indicó Nehesy.

Aquel detalle generó más comentarios, ya que la gordura era considerada como un signo de opulencia.

—Los reyes se avinieron a que dejáramos las estatuas que portábamos en su poblado, y al verlas reconocieron el poder que transmitía nuestro padre Amón y la divina Hatshepsut. «En verdad que la reconocemos como señora de Punt» —dijeron al ver la estatua de Maatkara.

Hatshepsut asintió complacida y los presentes prorrumpieron en alabanzas.

—Para festejar nuestro acuerdo comercial propusimos celebrar un banquete al día siguiente —continuó Nehesy—, con todos los productos que llevábamos para la ocasión.

—Y de la mayor calidad, si no recuerdo mal —intervino la reina.

—Así es, gran Maatkara. Todo había sido dispuesto con esmero para que soportara la travesía. Sin duda, se trató de una celebración memorable en la que los anfitriones cayeron rendidos ante nuestro guiso de lentejas, nuestras cebollas blancas, las habas, los garbanzos y las huevas de mújol prensadas.

Hatshepsut aplaudió aquella parte del relato, muy satisfecha.

—Luego los pasteleros prepararon algunas de nuestras especialidades con miel, almendras y pistachos, aunque también les gustaron mucho los higos, pasas y los panecillos con sésamo y comino. Sobre todo a la reina, que era muy glotona.

Los presentes volvieron a asentir, complacidos, ya que se hacían una idea sobre el particular.

—¿Y el vino? ¿Probaron el vino dulce del país de Jar?[71] —intervino Hatshepsut, pues había hecho hincapié en que se transportara este elixir.

—No quedó ni una sola ánfora. Significó todo un acierto, sin duda, ya que cerramos todos los acuerdos en las mejores condiciones. El rey insistió en que nos acompañara una delegación de su pueblo para rendirte pleitesía, pues esperan estar bajo tu protección.

—Serán tratados como amigos, y devueltos cargados de presentes para sus reyes —declaró Hatshepsut con solemnidad.

—¿Fue difícil encontrar el árbol del olíbano? —volvió a preguntar Tutmosis, que no perdía detalle de nada de lo que allí se decía.

—Gran Menkheperra. Con razón llaman a aquel lugar el país del incienso. La vivienda del rey se encontraba entre uno de esos árboles divinos y una palmera. El olíbano se halla por todas partes. Su perfume envuelve aquella región. Los extrajimos de la tierra con todas sus raíces, y Peheru nos ayudó a embarcarlos adecuadamente para que llegasen vivos a Egipto.

—Treinta y uno —matizó Hatshepsut.

—Todos los que pudimos transportar en las naves, Majestad —se disculpó Nehesy.

—Hiciste un viaje memorable, noble Nehesy, del que Egipto siempre se sentirá orgulloso —declaró la reina—. La expedición al país de Punt quedará grabada en mi templo por millones de años, en el Djeser Djeseru, el Sublime de los Sublimes. Jamás se olvidará. Creaste un vínculo con la tierra del incienso, y dejaste allí una estatua de mi padre Amón para que sea alabado por las gentes de ese país como rey de los dioses. Por eso te nombro visir del Bajo Egipto y te autorizo a que te construyas un cenotafio en Khenu, Gebel Silsila. Que así se escriba y así se cumpla.

Hubo vítores y aclamaciones, y durante días Nehesy participó en los múltiples festejos que se celebraron en Tebas. Senenmut fue testigo de como su amada se elevaba por fin a lo más alto de la pirámide que tanto le había costado escalar. Ahora se encontraba en el vértice, de donde, estaba convencido, nadie la podría desalojar. El viaje al país de Punt suponía un hecho de enorme relevancia a los ojos del pueblo, y marcaba un nuevo camino que haría a Hatshepsut mucho más poderosa. Ella había convertido a Karnak en un templo inmensamente rico, y con Amón de su parte la reina sería invencible.

Cuando la recepción al valeroso Nehesy terminó, Senenmut esperó a quedarse a solas con su amada. Él tenía un regalo para ella, un obsequio que había encargado al jefe de la expedición a aquel legendario país, un presente acorde con la naturaleza de la reina, por el que, sin duda, se sentiría fascinada: dos guepardos.[72]

20

La vida en Kemet discurría como el agua del Nilo camino del Gran Verde, fiel al cumplimiento del orden propio de cada estación. A *Akhet* le seguía *Peret* y a este *Shemu*, para finalizar el ciclo anual con los cinco días sobrantes, los epagómenos, en los que se conmemoraba el nacimiento de Osiris, Isis, Set, Neftis y Horus. Ese era el orden establecido según el cual se desarrollaba la vida en el Valle, y todos sus habitantes oraban en los templos para que permaneciese inalterable. Ra debía salir cada mañana por el horizonte de oriente e iniciar su viaje nocturno por el de occidente; en julio, Hapy había de favorecer a su pueblo con una crecida de las aguas que resultara beneficiosa, para que los campos se vieran fertilizados y sus cosechas bendecidas por la abundancia, para luego ser recolectadas a fin de que el pueblo no pasara hambre. Ese era el pulso deseado en Kemet, el del cumplimiento de unas leyes naturales de las cuales los egipcios se sentían garantes y bajo las que deseaban vivir de forma inmutable.

Ahora se alzaba en Egipto un faraón bajo cuyo poder el *maat* se cumplía, y el orden cósmico que tanto veneraban se mostraba inalterable, año tras año, como un verdadero don de la providencia. Maatkara proporcionaba todo eso, y las gentes se acostumbraron a que su nombre fuese sinónimo de paz, abundancia y profundo respeto a los dioses. A una buena temporada le seguía otra mejor, en tanto Kemet continuaba engrandeciendo sus templos y acumulando riquezas. Llegó un momento en el que aquellos hechos, antaño inusuales, terminaron por convertirse en habituales, y muchos pensaron que quizá podrían llegar a ser eternos. En eso se había transformado la Tierra Negra, un país en el que el paso de los *hentis* ya apenas importaba.

Sin embargo, estos discurrían inexorables, daba igual quién gobernara las Dos Tierras. El tiempo tiene su propia medida, y esta se muestra ajena a los intereses de los hombres, ya que su paso acaba por convertirse en eterno. Al cabo, sus zancadas son demasiado rápidas, aunque no seamos capaces de percatarnos de ello hasta bien avanzada la marcha.

Senenmut recapacitaba acerca de todo ello en tanto releía el papiro. Se trataba de uno de los habituales informes que Neferheru le presentaba y en el que le daba fe de algo que el escriba ya sabía: Tutmosis pronto se haría un hombre. Era lo esperado, sin duda, aunque los importantes hechos acaecidos en Egipto durante los últimos años lo hubiesen enmascarado. La sombra de Menkheperra se alargaba, y el mayordomo no podía sino reflexionar sobre las consecuencias que, antes o después, esto depararía. Todas las obras emprendidas, las memorables expediciones, o la grandiosidad que adornaba las orillas del Nilo no eran más que un soplo en manos del tiempo y, por ende, susceptibles de desaparecer hasta convertirse en polvo.

Neferheru había cumplido bien su trabajo. Era un buen hombre, sin duda, y a través de sus asiduos mensajes Senenmut había estado al corriente de todos los cambios que se habían ido operando en la persona de Tutmosis, a quien el escriba creía conocer bien. Poco se había equivocado desde que atisbara en su corazón por primera vez, pues aquella fuerza que ya percibiera un día, ahora se hacía patente, y muy pronto se convertiría en considerable. El mayordomo sabía leer entre líneas como nadie, y se daba cuenta de la empatía surgida entre el faraón y su barbero, algo con lo que ya contaba de antemano. Así era el escriba, capaz de adaptarse a aquellas zancadas que daba el tiempo, y que nunca le cogerían desprevenido. Era algo natural en él, y al estudiar de nuevo el viejo tablero supo ver con claridad que aquella pieza que se había incorporado al juego era demasiado poderosa como para poder eliminarla. Era preciso controlar sus movimientos, y durante un buen rato estuvo pensando en cuáles debían ser los pasos a seguir, a la vez que calibraba sus consecuencias.

Neferheru le sería de gran utilidad. Senenmut podía adivinar con facilidad la naturaleza de los lazos que habían terminado por unirle al faraón. El barbero sentía cariño por Tutmosis, de eso no existía la menor duda, al tiempo que experimentaba un cierto sentimiento de culpa hacia el mayordomo por ocultarle determinados detalles que, sin embargo, este ya conocía. Senenmut imaginaba el sufrimiento del Neferheru ante el hecho de verse obligado a servir a dos señores a quienes no deseaba traicionar, así como que su esposa fuese hermana de leche de la reina. Sin duda su aflicción debía producirle un gran pesar, y el escriba vio en esta circunstancia un medio para reforzar su posición; aliviaría aquella pesadumbre con un franco acercamiento al joven rey.

Aprovechando que Tutmosis pasaba más tiempo en su palacio de Tebas, el mayordomo supo estrechar aún más sus relaciones. Estas siempre habían sido buenas, pero era su intención convertirlas en magníficas. Senenmut era ante todo un fiel servidor de Egipto, y eso era cuanto tenía que dejar grabado en el corazón del monarca, a quien por otro lado siempre asesoraría con sus mejores consejos. Menkheperra ya tenía edad suficiente para comprender que a un hombre con la capacidad de Senenmut le hubiese resultado sumamente sencillo deshacerse de él, y que no obstante había respetado su figura desde el primer instante. Era preciso que el barbero fuese consciente de la fidelidad del escriba hacia su señor con vista a los tiempos que se avecinaban, pues Neferheru podía conocer las intenciones del monarca antes que nadie.

Aquella política dio pronto resultados. La relación amistosa entre Tutmosis y Senenmut llevó al barbero a confiar en que su cometido dejaba de tener la importancia de antaño. De manera natural su corazón se abrió más a Senenmut, a quien informaba con mayor despreocupación, convencido de que apenas aportaría nada que este ya no supiera.

La relación con su esposa mejoró. Ahora que pasaba más tiempo con Neferheru, Ibu se mostraba feliz, con la mirada chispeante y la sonrisa fácil. Además, la amistad de su hijo con el soberano se había consolidado, e Ibu se sentía muy satisfecha de ello. Esta apreciaba mucho al joven monarca, a quien en el fondo consideraba una víctima de la encarnizada lucha que durante años había tenido lugar. No había que olvidar que Tutmosis era dios de la Tierra Negra, aunque Ibu siempre abogaría por los derechos de Hatshepsut, de quien no se separaba.

Ese mismo sentimiento era el que movía a Senenmut a considerar el siguiente paso ante su amada.

—Tu poder es grande, pero has de mantenerlo incólume hasta que celebres tu jubileo. Después serás invulnerable —dijo el escriba a la reina.

Esta lo miró con cierto desdén.

—¿Crees que existe alguien en Kemet capaz de desafiarme? —señaló ella.

—Tutmosis se hace hombre. Pronto será más fuerte, pues es muy querido por el ejército.

—Lo sé. Esa ha sido mi intención. Veo en él a mi padre. Algún día se convertirá en un gran general.

—Señor del Alto y Bajo Egipto a la vez que generalísimo de los ejércitos. Espero que no ocurra antes de la celebración de tu *Heb Sed* —comentó él con ironía.

—¿Qué insinúas? Mira a tu alrededor. Todo Egipto alaba mi nombre —señaló Hatshepsut, altiva.

—Escucha mi consejo si no quieres verte ante un peligro inesperado.

—¿Peligro dices? ¿Mi sobrino?, ja, ja.

—Ya es un adulto, no lo olvides. Tú misma reconoces en él a la figura del gran Aakheperkara —advirtió el escriba.

La reina pareció considerar aquellas palabras.

—¿Qué es lo que me propones? —preguntó ella.

—Tratémoslo como al hombre que es.

—Ja, ja. Me las he visto con ellos toda mi vida, amor mío. Bien sabes a lo que me refiero.

—Precisamente. Es mejor controlarlo ahora que luchar contra él algún día.

Hatshepsut observó un instante a su amante y al punto esbozó una sonrisa.

—Ya veo —dijo la reina—. Sugieres que casemos a Tutmosis, ¿me equivoco?

—Con nuestra hija. Ahora es el momento.

—Hace años que pensamos en ese matrimonio. Solo Neferura puede otorgar la divinidad a mi sobrino —aseguró Hatshepsut, pensativa.

—Ya tienen edad para casarse. Se trata de un paso que se ha dilatado en el tiempo y que es hora de dar. Neferura se convertiría en Gran Esposa Real. Ambas ostentaríais un enorme poder.

—Mantendría el título de heredera, pues esa es mi voluntad —dijo Hatshepsut para sí—. Tutmosis se vería ante dos mujeres por cuyos *metus* corre la sangre divina de Nefertary.

—Y pronto podrían darte un heredero. Quizá un príncipe que pudiese sucederte. Ordenarías tu reinado como mejor te pluguiera. ¿Quién podría oponerse a ti?

—Apofis caería rendida a tus pies, mayordomo, ja, ja. Cuando llegue el momento no necesitarás ayuda para atravesar las doce puertas del Inframundo. Tienes razón. Ha llegado la hora de que Neferura tome esposo.

De este modo quedaría concertado el enlace real entre Neferura y Tutmosis. Ella contaba con quince años, uno más que el faraón, una edad en la que la mayoría de las jóvenes solían estar casadas. Corría el décimo año de reinado de Tutmosis, y por fin este legitimaría su sangre al tomar por esposa a la hija de la divina Maatkara, entre la satisfacción general.

Sin lugar a dudas, aquella unión dio lugar a nuevos planes, a más movimientos sobre el tablero. Senenmut había fortalecido la causa de Hatshepsut con una aliada formidable que, además, era hija suya. Tutmosis quedaría supeditado a lo que los dioses tuvieran a bien designar en un país controlado por ambas mujeres.

Ante el comienzo de aquel nuevo escenario, Neferura fue enviada al Sinaí, como princesa heredera, en compañía de Senenmut y una fuerza armada para poner orden en una región de gran importancia económica para Egipto. Las minas de malaquita y turquesa eran un motivo constante de preocupación, debido a las habituales incursiones de beduinos. Neferura dejó constancia de su intervención con la erección de una estela, y luego regresó después de pacificar una zona de la que, además, se extraía cobre, imprescindible para el país de Kemet.

Tutmosis también hizo honor a lo que se esperaba de él, y en el año doce de su reinado se dirigió hacia el sur junto a su ejército a combatir al sempiterno *kushita*, cuyos levantamientos llegarían a convertirse en habituales a lo largo de toda la historia de Egipto. Esta vez Menkheperra alcanzaría Tangur, al sur de la segunda catarata, para hacer el usual escarmiento entre las viles gentes de Kush, como acostumbraban a llamarlos sus vecinos del norte. Menkheperra había nacido para la guerra, y así lo demostraría desde temprana edad. Junto a él, Sobekhotep combatió contra los pueblos nubios con la ferocidad del cocodrilo que todos aseguraban llevaba dentro. Él también había venido al mundo con una maza guerrera en la mano, aunque su padre, el buen Neferheru, solo fuese capaz de blandir una navaja de bronce.

Egipto galopaba imparable hacia nuevos horizontes bajo un cielo sin nubes y alumbrado por Ra Horakhty, el poderoso sol del mediodía. Cada cosa se hallaba en su lugar, y las gentes no salían de su perplejidad al comprobar como las bendiciones se sucedían sin cesar, pues a cada aventura le seguía otra aún mayor, como si los dioses tuvieran cuentas que saldar con un oscuro pasado que había extendido su manto sobre la Tierra Negra durante demasiado tiempo.

Entonces Khnum y Heket volvieron a anunciarse como heraldos divinos para protagonizar un hecho prodigioso, el más hermoso que cupiese imaginar. Ambos visitaron el vientre de Neferura para dar forma al pequeño que llevaba dentro, y que nacería convertido en la esperanza de las Dos Tierras.

Era un varón, y al venir al mundo rodeado por todas las diosas protectoras Senenmut no fue capaz de reprimir las lágrimas en la soledad de su habitáculo, el único lugar donde podía ser él mismo, mientras Djehuty, su mono, se hacía cargo de su emoción.

Hatshepsut presenció el parto, y al escuchar a su nieto gritar a la vida sintió como su pecho se inflamaba y sus ojos se volvían aún más felinos. Allí mismo le puso nombre, sin que nadie se atreviera a contradecirla. Se llamaría Amenemhat,[73] como los grandes faraones de la XII dinastía que la reina tanto admiraba. Él sería su heredero

21

Durante aquellos años todo Egipto se vio invadido por una fiebre arquitectónica como no se conocía. Así se remodelaron capillas, se recuperaron templos que habían quedado abandonados durante mucho tiempo y se construyeron otros nuevos para mayor gloria de sus dioses, como el impresionante Speos Artemidos, un templo excavado en una enorme gruta en el Valle del Cuchillo, próximo a la ciudad de Khemnu, Hermópolis, capital del nomo quince del Alto Egipto, dedicado a la diosa Pajet, una encarnación de Hathor poseedora de una cólera devastadora, con la que Hatshepsut se asimilaba para que protegiera a aquella región de cualquier enemigo que osara perturbar la paz que tanto ansiaba la reina.

Tebas tampoco iba a ser una excepción y la ciudad santa de Amón se encontró con un ambicioso plan urbanístico que cambiaría una buena parte de su fisonomía. Como era de esperar Senenmut fue el ejecutor de aquel nuevo proyecto, que se unía a otros muchos que el escriba había iniciado. Aquel hombre parecía incansable, y con cincuenta años de edad cumplidos mostraba una energía de la que todos se hacían eco y era motivo de encomio. El mayordomo se encargó de construir un templo dedicado a Mut, una diosa que tomaba el relevo de Amonet como esposa de Amón, muy próximo a la muralla sur de Karnak, para después unirlo a este por medio de una avenida de esfinges que alcanzaría el nuevo pilono que se estaba edificando en Ipet Sut, y al que los milenios conocerían después como el octavo.

El templo de Mut era una obra de profundo significado simbólico en el que Senenmut quiso personificar la naturaleza de la mujer por medio de un lago situado en la parte posterior del santuario en forma de creciente lunar, aunque lo que en realidad representaba eran los órganos femeninos, el Isheru. Senenmut buscaba en aquella obra una exaltación de dichos aspectos femeninos que él reverenciaba en la figura de Hatshepsut. Todo estaba pensado para elevar a la reina al lugar que legítimamente siempre le había correspondido, y por ese motivo hizo levantar un pequeño santuario justo a la entrada del templo de Mut, dedicado a Amón Ra Kamutef, «el toro de su madre», máximo exponente de la potencia sexual y por ende regeneradora. El genial escriba asimilaba a su reina con la diosa Mut, que recibía de este modo las poderosas influencias de Amón Ra para convertirse así en esposa, hija y madre a la vez. Además, se encargó de unir Karnak con Ipet Reshut, «el harén meridional del sur», más tarde conocido como templo de Luxor, por medio de una vía procesional, de algo más de dos kilómetros, en la que erigió seis capillas para que la barca sagrada de Amón pudiese reposar mientras efectuaba su peregrinaje anual durante la celebración de una de las conmemoraciones más importantes de Kemet, la fiesta Opet.[74]

Aquella festividad, en la que se regeneraba el *ka* real y por tanto sus poderes, daba comienzo el día quince de *Paope*, segundo mes de la estación de la inundación, y terminaba el veintiséis del mismo; once días durante los cuales Amón quedaría recluido en el interior de Luxor, en compañía de su esposa, donde tendría lugar la concepción divina del rey.

Hatshepsut se había encargado de instaurar aquel nuevo recorrido, ya que con anterioridad la ceremonia tenía lugar en el interior de Karnak, y durante la conmemoración se celebraba una solemne procesión a la que acudiría toda la ciudad en medio de un fervor del que participaban los grandes de Egipto. Se trataba, pues, de un día señalado para la ciudadanía, y a lo largo del trayecto había infinidad de puestos de comida en los que se podía degustar cerveza, pastelillos y, sobre todo, los apreciados polvorones llamados *shat*.

—Hoy es un día grande para mí —aseguraba orgulloso uno de aquellos vendedores a un colega situado justo en el puesto de al lado, que vendía pasteles con miel, y a quien conocía de toda la vida.

—Todos recibiremos las bendiciones del Oculto —señaló este último, convencido, ya que sus pasteles eran muy demandados por sus paisanos.

—Quizá la divina Hatshepsut se detenga frente a nosotros y desee probar mis *shat*.

—¿Y por qué no mis pastelillos?

—¡Cómo! ¿Acaso no sabes que la reina siente debilidad por los polvorones?

El interrogado se encogió de hombros, ya que desconocía semejantes particularidades, aunque enseguida llamó la atención de su compadre, pues se escuchaba un gran clamor en la distancia.

—Amón ha abandonado ya su templo. Lo han instalado en su barca sagrada y viene hacia aquí —advirtió un hombrecillo de entre el gentío.

—Va a bordo de la *Utes Neferu*, «el soporte de lo esplendoroso», a hombros de nueve sacerdotes; así es como se llama la barca, compañero —indicó con suficiencia otro de los presentes.

—¿Y dónde pararán primero? —preguntó alguien.

—En la capilla situada junto al templo de Mut, para honrar a la señora de Isheru. Allí los corregentes harán ofrendas y perfumarán la barca con incensarios. Hapuseneb velará por el buen desarrollo del ritual —dijo el que parecía saberlo todo.

—Claro —intervino el vendedor de pasteles—. Por eso es el primer profeta de Amón.

El comentario levantó risas a su alrededor, aunque el que se mostraba como más instruido de entre los presentes hiciera caso omiso para continuar con sus explicaciones.

—Detrás de los reyes viene su séquito. Con los visires y Senenmut al frente.

—Dicen que es el favorito de la reina —se atrevió a intervenir el hombrecillo de nuevo.

—No me extraña —dijo otro de los presentes—. Tiene a Thot en sus *metus*. Aseguran que hasta puede que el dios de la sabiduría se encuentre reencarnado en su persona.

—Ese hombre es el artífice de cuanto se erige en Karnak, compañero —sostuvo el más ilustrado—. Esta avenida la tenemos gracias a él, y también las seis capillas en las que descansará la barca de Amón durante la procesión, hasta que llegue a Luxor.

—Y en cada parada reposará el Oculto —señaló el vendedor de polvorones.

—Así es, hermano. Mientras descansa el dios se harán nuevas ofrendas y tú podrás vender tus *shat* —se oyó decir a alguien.

Hubo nuevas risas, aunque enseguida uno de los asistentes avisó sobre la cercanía de la comitiva.

—Ya están aquí, mirad —repitió entusiasmado.

Entonces se hizo el silencio, y la vía quedó en poder de la solemnidad que envolvía el ambiente al paso de la comitiva. Maatkara se acercaba, ataviada como si fuese un faraón, con un taparrabos y la recta barba ceremonial que se acostumbraba a utilizar en aquel tipo de celebraciones.

El séquito se detuvo ante una capilla reposadero próxima a los vendedores, la segunda, donde depositaron la barca de Amón a la vez que la incensaban entre cánticos y loas al Oculto.

—Esa capilla lleva por nombre «Maatkara es próspera en estabilidad» —susurró el que parecía más versado de todos, y a quien resultaba difícil hacer callar.

—Chss. Cierra la boca si no quieres que nos envíen a las minas del Sinaí —advirtió alguien, atemorizado.

Durante un buen rato los asistentes guardaron silencio hasta que la procesión se reinició de nuevo camino a la tercera capilla. Entonces algunos de los participantes se animaron a acudir a los puestos para comprar pastelillos y los apreciados polvorones.

—¡Son los mejores *shat* de la ciudad! —exclamaban con glotonería.

—¡Deliciosos! ¡A la mayor gloria de Amón! —sentenció el que parecía saberlo todo—. Fijaos. Ahora se dirigen hacia «Maatkara está unida a las bellezas de Amón», la tercera parada, y luego les espera la cuarta, «Maatkara es la que calma la palabra de Amón»[75] —señaló aquel hombre con suficiencia.

—¡Deberías ayudarles con el incensario! —le gritaron entre risas—. Karnak te necesita, hermano.

Entre el jolgorio general la comitiva prosiguió su marcha hacia la siguiente capilla, que, tal y como había adelantado uno de los vecinos, mencionaba a Maatkara. En realidad, salvo la primera, todas aquellas paradas hacían referencia al nombre de la reina. De este modo Hatshepsut inauguraba una nueva forma de celebrar aquella festividad que se mantendría durante los siguientes siglos, y mediante la cual reafirmaría su doble naturaleza, humana y divina, durante «millones de años».

En aquella festividad la gente solía hacer ofrendas en la medida de sus posibilidades, que depositaban junto a la entrada al templo de Luxor, aunque eran los altos dignatarios quienes acostumbraban a alardear de su poder con espléndidos regalos, como ocurrió con el intendente de los rebaños de Amón, que atendía al nombre de Amenhotep, el cual ofreció, nada menos que «un buey de siete codos de largo»,[76] una verdadera fuerza de la naturaleza que causó verdadera sensación.

A su llegada a Ipet Reshut la comitiva se detuvo, ya que solo accederían los sacerdotes que acompañarían a los corregentes hasta la última capilla, donde Hapuseneb tomaría la estatua de Amón de su barca sagrada para depositarla en un trono en el que permanecería durante once días en compañía de su esposa.

Cumplido aquel tiempo, Amón sería depositado de nuevo en la *Utes Neferu* para seguidamente ser embarcado en su navío fluvial, *Userhat*, y de este modo regresar a Karnak por el Nilo, entre música y grandes muestras de alegría de un pueblo enfervorizado, que al mismo tiempo saludaba la llegada de la inundación.

Hatshepsut volvía a dejar su sello para la historia del país de Kemet, y en verdad que, tras aquella conmemoración de la fiesta de Opet, se creyó una diosa.

22

En compañía de su esposo, Ibu se mostraba radiante. Ahora que Neferheru pasaba más tiempo en Tebas, ella se sentía feliz como nunca, cual si los dioses los compensaran por el gran sacrificio que había supuesto para ambos verse separados durante tantas noches. La vida les sonreía, pues Ra Horakhty no dejaba de alumbrarlos con sus cegadores destellos para colmarlos con sus parabienes. Ibu se había convertido en una dama sumamente distinguida a quien la corte respetaba, pues no en vano estaba hermanada con la señora de las Dos Tierras, quien hacía tiempo que la había situado a su derecha: un lugar de privilegio del que a su vez participaba Neferheru, cuya cercanía a Menkheperra le había otorgado una gran relevancia.

—Quién lo hubiese podido imaginar —le susurró él una de aquellas noches en las que el alba los sorprendía abstraídos en sus conversaciones—. Era un pobre aprendiz de barbero mudo, y mira ahora. Nunca vi tantas bendiciones.

—Ya conoces a los dioses. Quitan para luego dar con magnanimidad si no pierdes la fe en ellos. Hemos sido fieles cumplidores del *maat*, cada uno de nosotros a su manera. Como te he dicho en muchas ocasiones, ellos nos observan.

—Tienes razón, amor mío. Por fin han decidido que volvamos a estar juntos en la tierra que tanto amamos. Aquí hemos nacido, y quisiera que un día pudiésemos descansar juntos en los cerros del oeste.

—Mi hermana nos dio autorización para que excavemos nuestra tumba, tal y como deseas, para no separarnos nunca. Eligió para nosotros un lugar desde donde podremos ver el río, y en el que recibiremos los rayos de Ra cada mañana, cuando regrese de su viaje nocturno.

Neferheru asintió, emocionado, al tiempo que se abrazaba más a su esposa.

—Cada mañana temo que tengas que regresar a Menfis —continuó ella—. Que el dios decida volver al norte con sus ejércitos.

—Sé que nos quedaremos un tiempo en Tebas. Ahora no puede marcharse.

Ibu se incorporó levemente para observar a su esposo, como solía hacer cuando algo la intrigaba.

—¿Por qué dices eso? —quiso saber en tanto dibujaba sus acostumbrados arabescos con los dedos sobre el pecho del barbero.

—No se siente seguro. Tiene que ocuparse de sus intereses.

Ibu se mostró sorprendida.

—¿No se siente seguro? ¿De qué intereses me hablas? —inquirió ella en tanto fruncía el entrecejo.

—¿Qué esperabas, amor mío? Ya es un hombre.

Ibu volvió a tumbarse, pensativa. Hacía ya catorce años que Tutmosis había sido coronado. Pronto cumpliría los dieciocho, edad más que suficiente para poder reclamar el trono para él. Neferheru pareció leer el pensamiento a su esposa.

—Siente admiración por tu hermana —aclaró el barbero—. Es una gran reina, la mejor que podría tener Egipto, y el rey lo sabe. Cada día aprende de ella, sin importarle mantenerse en un segundo plano. Él estudia cada uno de sus pasos, pues algún día se convertirá en señor absoluto de las Dos Tierras.

—¿Señor absoluto? Me temo que ese no sea el plan de Hatshepsut, ja, ja.

—No te rías, amor mío. Antes o después llegará ese momento, y mientras él se prepara para ello.

—Es natural —señaló Ibu tras reflexionar durante unos instantes—. Como bien dijiste Tutmosis ya es un hombre, aunque te aseguro que nunca podrá arrebatar el poder a mi hermana.

—Él lo sabe muy bien; por eso evitará el enfrentamiento. El faraón es consciente del buen gobierno de Hatshepsut, pero en cierto modo piensa que su tía ha usurpado el poder.

—¿Te ha dicho eso? —pareció escandalizarse Ibu.

—No; pero sé que lo piensa. Es un rey cuya figura ha tomado una gran relevancia entre los generales. El ejército lo ama, y le seguirá dondequiera que sea si Menkheperra así se lo pide.

Ibu hizo un gesto de preocupación y su esposo rio quedamente.

—Nunca se atrevería a levantar la mano contra la hija divina de Amón. Tutmosis es un fiel cumplidor del *maat*, pero desea participar de todo cuanto emprenda Hatshepsut. Él figurará a su lado en cualquier acto oficial de relevancia, y espera colaborar en el *Heb Sed* de su tía para recibir su influencia regeneradora, ya que estará representado en las capillas del Djeser Djeseru.

—Mi hermana siempre ha respetado su consagración, a pesar de que no sea más que un bastardo. Podría haberse deshecho de él con facilidad si lo hubiera deseado.

—Menkheperra lo sabe muy bien. Como te dije profesa una gran admiración por Hatshepsut, quien, además, es su suegra, ja, ja.

—Dulce como Bastet e iracunda como Sekhmet. No podría haber elegido una mejor —rio ella.

—Permanecerá a su sombra, pues no en vano se casó con Neferura. Ahora que tiene un heredero extremará la prudencia. Él dispone de tiempo.

—El cuadro que dibujas se me antoja siniestro —se quejó Ibu.

—Es el acostumbrado cuando se busca el poder. Tutmosis es un faraón sin trono, y aspira a sentarse en él como por ley le corresponde.

—Ya veo, barbero, sientes gran afecto por un monarca cuya única legitimidad viene dada por su enlace con Neferura —observó ella con disgusto—. ¿Olvidas de quién soy hermana?

—No te enfades, amor mío. Siempre estaré a vuestro lado. Sin embargo, he de reconocer las grandes aptitudes que posee Tutmosis. Si Amón así lo determina, algún día será un gran rey.

—Que nos llevará de nuevo a la guerra, puede que durante interminables años —protestó Ibu.

—Si lo dices por miedo de perder a nuestro hijo ten por seguro que participará en ellas. No hay nada que podamos hacer por evitarlo.

—Sobekhotep —dijo Ibu, apenada—. Pobre hijo mío.

—Te aseguro que en Menfis se ha hecho un hombre. Su reputación es bien conocida entre las tropas y Tutmosis lo quiere como a un hermano. Sé que te resultará difícil vivir con eso. Lo han nombrado *tay srit* de los *kenyt nesu*.

—¿Portaestandarte de los valientes del rey? El divino Thot nos asista para que le dé entendederas —se lamentó ella.

Neferheru se encogió de hombros.

—Cuando Anubis viene a buscarnos da igual dónde nos encontremos —señaló el barbero—. El dios chacal no hace distinciones, y lo mismo se te lleva combatiendo en Retenu que cruzando el río en una barca de papiros.

Ibu no dijo nada, pues en aquella ocasión su esposo sabía muy bien de lo que hablaba.

—No debes preocuparte, amor mío —continuó Neferheru—. Aún nos quedan muchos años de paz. Podremos disfrutar de nuestra felicidad, aunque nos veamos obligados a servir a dos reyes. Quizá se trate de otra ventura dispuesta por los dioses; con Shai, el señor que rige nuestros destinos, nunca se sabe, aunque estoy convencido de que, donde quiera conducirnos la suerte, juntos sobreviviremos.

Esa era la palabra, sobrevivir. Algo que en el fondo todos intentaban en el Valle, desde Hatshepsut hasta el último de sus súbditos, cada uno velando por sus propios intereses. Los de la reina parecían ser los más elevados, pero no obstante todos formaban parte del juego con el que Shai sometía a su capricho a los humanos. Cada cual recorría su propio camino, tan sinuoso como lo determinase el destino. El de Hatshepsut había terminado por conducirla hasta una planicie que se perdía en el horizonte. No había en ella montañas o accidentes que la delimitaran; ni siquiera un palmeral. Se trataba de una inmensa llanura, sin la menor hondonada, en la que resultaba imposible tener referencias. Simplemente, estas no existían, lo que llevaba a aquel descampado a parecer perdido, abandonado, como si fuese un campo baldío. Allí era donde se encontraba la reina, resplandeciente, como uno de sus obeliscos recubiertos de electro, iluminada por un sol cegador, el más poderoso que cupiese imaginar. Toda la tierra le pertenecía, una extensión inabarcable que se perdía en la línea del horizonte, daba igual hacia donde mirase. Ella era el dios que gobernaba aquella vastedad, sentada sobre un trono de oro puro. Su camino la había guiado hasta él. Una senda tortuosa que tardó toda una vida en recorrer. Por fin había alcanzado la meta soñada, tras vencer obstáculos sin cuento, para sentarse en aquel trono que representaba sus mayores anhelos. Ahora su voz sería escuchada en la inacabable planicie, pues ese era su privilegio.

Sin embargo, todo resultaba engañoso. ¿Hacia dónde se dirigiría después de haber llegado hasta su ansiado sitial? La reina miraba a su alrededor en busca de nuevos caminos, pero no existía ninguno. Se encontraba sentada en un páramo que no conducía a ninguna parte y en el que se vería obligada a permanecer de por vida, rodeada del fulgor que ella misma desprendía al haberse convertido en dios. Hatshepsut acaparaba toda la luz en un lugar que parecía desierto, como si formara parte de una ilusión. Su corazón así se lo decía, pero ella era incapaz de escucharlo, probablemente por el espejismo surgido de su propia divinidad.

La reina vivía en una realidad ajena a los sentimientos humanos. Era el precio que se había visto obligada a pagar por cada uno de sus pasos, de manera inconsciente, hasta convertir su corazón en una piedra. De este modo habían quedado aprisionadas en parte sus emociones, su pasión de antaño, su romanticismo, el amor al que siempre se había entregado. Todo había pasado a un segundo plano, devorado por una ambición que buscaba la inmortalidad, el poder eterno, la divinidad que había buscado desde la niñez. Cuanto la rodeaba había terminado por convertirse en aleatorio, como parte de una historia en la que solo contaba su final, el que había perseguido desde que tuviera memoria. Hatshepsut amaba a Egipto sobre todo lo demás, pero también deseaba dejar su esencia en él para conformar un perfume que fuese eterno. De este modo su nombre quedaría grabado de forma indeleble en la Tierra Negra sin que nadie lo pudiese borrar. Maatkara y Kemet permanecerían unidos como sinónimo de un mismo significado; y ese era el único motivo por el que Hatshepsut había venido al mundo.

En cierta forma lo que hiciese por Egipto redundaría en sí misma. Nadie engrandecería las Dos Tierras, le procuraría abundancia, ni honraría a los templos como ella, pues no en vano era una diosa a quien ningún mortal podría llegar jamás a igualársele.

Sus ideales e inquebrantable determinación habían devuelto la vida a Egipto para envolverlo en una luz desconocida hasta entonces, pero ello le había hecho apartarse de forma paulatina de sus seres queridos. Sin pretenderlo se distanciaba de estos, quizá debido a aquella naturaleza que la hacía tan diferente al resto. Su alma de mujer amaba a Senenmut sobre todos los hombres. Él era el gran amor de su vida, la persona sin la cual nada hubiese sido posible. Los dioses le habían puesto en su camino para ello, estaba convencida, pero era a la Tierra Negra a quien ella se debía, y lo demás quedaba supeditado al escenario que la reina había ido creando con el transcurso de los años.

A Senenmut le ocurría lo mismo. Era un hombre nacido para legislar en un tiempo en el que gobernaban los dioses. Puede que esa fuera la causa de la ambición que muchos le presuponían, la que ya vislumbrara el viejo Nakht cuando lo educase en el templo de Montu. Esta también formaba parte de su naturaleza, como ocurriese con Hatshepsut, aunque en el caso del escriba su esencia siempre sería mortal. Estaba condenado a permanecer en la sombra hasta que Anubis fuese a visitarle, y no obstante su genio se había desbordado como las aguas del Nilo para dibujar aquel Egipto glorioso que ansiaba su amada. Resultaba imposible eliminar la ambición de un hombre capaz de conducir la Tierra Negra con semejante sabiduría. Nunca volvería a existir otro como él en la historia del país de Kemet, aunque la mezquindad tratara un día de sepultar su nombre en el olvido. A su manera él también se había convertido en inmortal, a pesar de ser un simple escriba instruido en la quietud de los templos. Él servía a Egipto y, por encima de todo, a Hatshepsut, la luz que alumbraba su viaje por la vida. Ella lo era todo para él, y por este motivo sufría al percibir como sus caminos, en cierto modo, se alejaban sin que nadie fuese culpable de ello. La Tierra Negra los había absorbido por completo, pues les demandaba que cumplieran con el papel para el que habían nacido. Sus noches de pasión se habían dilatado en el tiempo pero, sin embargo, él la amaba como el primer día, pues no en vano sus *kas* nunca podrían dejar de quererse.

En ocasiones Senenmut pensaba que poseía un alma errante. Un *ba* incapaz de reconocer a su momia cuando regresaba cada noche a su tumba. El corazón del escriba tenía la sensación de vagar en busca de un puerto en el que refugiarse, un lugar en el que poder permanecer para siempre. Sus seres queridos no le pertenecían del todo. Era como si sus sentimientos terminaran por escurrirse sin que pudiera hacer nada por evitarlo, igual que le ocurría al agua tras anegar los campos durante la crecida. La mujer que tanto amaba resultaba inaccesible, y sus hijas pasarían a la historia como vástagos de un joven rey enfermizo que nada tenía que ver con ellas. Senenmut las reverenciaba, a pesar de que solo hubiese podido ser su preceptor. Sin embargo, el escriba se animaba a sí mismo convencido de que ambas lo querían como a un verdadero padre, en particular Neferura, siempre presente en sus pensamientos. Él debía velar por todas ellas, sin desfallecer, pues sabía lo incierto que podía llegar a ser el futuro cuando Shai así lo determinaba.

De un tiempo a esta parte Senenmut era testigo de la transformación que estaba sufriendo Tutmosis. Era un joven prudente y profundamente religioso, con grandes aptitudes, por quien sentía una viva simpatía, aunque esto no valiera de nada cuando el poder se hallaba en juego. El escriba sabía que todo se encontraba larvado y que Menkheperra reclamaría algún día lo que consideraba suyo. Los detalles aportados por Neferheru no habían hecho más que confirmar lo que él ya conocía; Tutmosis fortalecía su posición poco a poco, y tras el respeto y admiración que mostraba por Hatshepsut se escondía la semilla del resentimiento.

Quizá esta fue la causa que le invitó a hacer uso de nuevo de la criptografía, materia en la que era un maestro. Su conocimiento del alma humana le decía hasta donde podían llegar las represalias cuando se desataba el rencor contenido. Los ataques contra la memoria en Egipto eran relativamente usuales. Habían ocurrido y seguirían ocurriendo, y Senenmut podía imaginar sin dificultad las consecuencias que ello tendría para el legado de su amada reina. Él la protegería por encima de todo, para que su nombre no pudiera ser olvidado, y por ello ideó una ingeniosa forma de enmascarar la identidad de Hatshepsut a través de ideogramas con los que poder conformar su titulatura. Con este ardid Senenmut inscribiría a Maatkara por toda la Tierra Negra, hasta en los lugares más insospechados.

23

Como en tantas ocasiones Anubis volvió a presentarse sin avisar. Se trataba de un dios poco proclive al descanso, al que le gustaba sorprender a los mortales cuando estos parecían ser felices; incluso solía hacer hincapié al fijarse en alguien para de paso visitar al resto de su familia. En este particular solía mostrarse muy meticuloso, aunque pocos entendieran el porqué. Sin embargo, las gentes del valle se hallaban habituadas a sus constantes apariciones, aunque no por ello dejaran de sufrir una gran consternación. En una cosa Anubis era justo: no reparaba en edad ni condición.

Y así fue como un mal día se presentó para hacerse cargo de la buena de Sat Ra, la nodriza real que había amamantado a Hatshepsut en la niñez, y que hiciese las funciones de madre de la princesa durante muchos años. Maatkara siempre la consideraría así, la mujer que la había criado y educado con ternura y cariño. Sat Ra se hallaba en la sesentena, una edad muy avanzada, sin duda, pero su pérdida supuso un gran quebranto para la reina y, sobre todo, para Ibu, que la amaba profundamente. Con la nodriza desaparecía una de las últimas figuras de un tiempo que a la reina se le antojaba lejano y por el que, no obstante, sentía nostalgia. Hatshepsut ordenó que se declarara luto en palacio y decidió que su querida Sat Ra fuese enterrada en los cerros del oeste, en la necrópolis real, en el Valle de los Reyes.[77]

Por desgracia aquel luto se alargó en el tiempo más de lo deseado, para gran disgusto de la reina. Anubis rondaba su casa con malos propósitos y terminó por fijar su atención en alguien en quien Hatshepsut había depositado una buena parte de sus esperanzas: su nieto. Una mala noche, oscura donde las hubiera, el dios de los muertos tomó de la mano a Amenenhat para cruzar a la otra orilla, al reino de Osiris, sin dar la menor explicación. Aquella tragedia supuso un duro golpe para la reina, la cual veía como los castillos que había construido en el aire se desvanecían arrastrados por un viento contra el que no se podía luchar.

A la pena producida por la pérdida del pequeño se le unía otra que atravesaba su alma y terminaba por dibujar un escenario surgido del claroscuro. Esa fue la impresión que tuvo Maatkara cuando se asomó por primera vez a él; un espacio luminoso cuyos ángulos se ocultaban en las sombras. Sin poder evitarlo tuvo un mal presentimiento que la impulsó a mostrarse más autoritaria, a reafirmar aún más su poder. Inconscientemente sintió temor, aunque una mujer como ella jamás retrocedería un paso. La leona que moraba en su corazón lucharía hasta la última dentellada, si era necesario, por llevar a cabo los planes de un futuro que amenazaba con desvanecerse. La pérdida de su nieto la sumió en lóbregos pensamientos. Ahora percibía que el tiempo dejaba de pertenecerle, que con cuarenta años corría en su contra, a pesar de que se sintiera inmortal. Cuando cruzara a la otra orilla todo quedaría en manos de Neferura, a quien ya no podría proteger; o peor, en las de su esposo, de quien no tenía duda que la fagocitaría. En cierto modo ella había sido cómplice de cuanto tuviera que pasar, aunque Hatshepsut jamás hubiese sido capaz de cambiar el destino de Kemet por medio de la traición. Ella era una profunda devota del orden cósmico y la justicia de los dioses, y dejaría que estos fuesen los que decidieran cuál era el Egipto que deseaban.

Sin embargo, apuraría aquella ánfora hasta la última gota. Eran muchos los proyectos acometidos y pronto se hallaría finalizado el más grandioso de todos: el Djeser Djeseru. Entonces celebraría su jubileo, con el fin de regenerar todos sus poderes divinos, para así gobernar sobre Kemet durante mil años si Amón no se oponía. Su naturaleza saldría reforzada después del *Heb Sed*, y esto le permitiría poder volver a controlar el tiempo como si para ella comenzara un nuevo gobierno. Sería más reina que nunca y se convertiría en una estrella radiante, inaccesible, a la que Tutmosis solo podría adorar.

Para Senenmut la pérdida de su nieto supuso la constatación de que solo los años serían los verdaderos jueces de aquella partida. Estos se encargarían de terminarla, y solo le quedaba controlar aquel tablero hasta que el tiempo se hallara cumplido. Con el *Heb Sed*, Hatshepsut reforzaría su posición y él pondría todo su empeño para que así fuese mientras le quedara aliento. Al escriba también vino a visitarle el señor de la necrópolis para arrebatarle a uno de sus seres más queridos: Djehuty. Después de tantos *hentis*, el babuino se había convertido en su mejor amigo, en su confidente, alguien en quien poder descargar las penas y alegrías. Su mono cruzaba a la otra orilla, como lo haría cualquier humano, y Senenmut estaba convencido de que Osiris lo honraría como a tal, e incluso lo declararía justificado de voz. El mayordomo lloró mucho su partida y se encargó de embalsamarlo como si se tratara de una persona principal para luego enterrarlo junto a la tumba que había excavado para sí mismo en Gurna. Era el lugar que correspondía a quien él siempre había considerado un Thot reencarnado, y de este modo permanecería en su corazón.

Aquellos luctuosos sucesos hicieron que se aceleraran los trabajos en los monumentos funerarios. La sepultura de Hatshepsut quedó terminada y, tal como había pensado, Maatkara volvió a enterrar a su padre en la nueva cámara sepulcral, casi doscientos metros más allá de donde descansaban sus restos. La reina ordenó que lo introdujeran en el sarcófago que en un principio había diseñado para ella misma, aunque tuvieran que rebajar la piedra de su interior para que la momia de Aakheperkara cupiese, ya que este era más alto que su hija. Todo se hizo cumpliendo con los ritos apropiados, como si en verdad su heredero lo enterrara con arreglo a las viejas tradiciones. El viejo faraón descansaría en las profundidades de la montaña a la espera de que, un día, Hatshepsut se reuniera con él para permanecer juntos en aquella cámara por toda la eternidad. Ese era el deseo de Maatkara y así se cumpliría.

Los años pasaron con sorprendente rapidez, y el jubileo ya se anunciaba en el horizonte cuando el Sublime de los Sublimes terminó por alzarse sobre el circo de Deir el Bahari, para pasmo de los tiempos. Todo Egipto había trabajado en las obras, y al verlas por fin finalizadas se alzaron voces de exaltación ante semejante grandiosidad, pues en verdad que parecía haber sido erigido por la mano de los dioses. Verlo resplandecer al pie de los acantilados quitaba el aliento. Y esa fue la impresión que experimentó Hatshepsut cuando, en compañía de sus guepardos, descendió de la embarcación real en el muelle situado junto al templo del Valle. Allí aguardaban los arquitectos y jefes de obras, a cuyo frente se encontraba Senenmut, el artífice de aquel maravilloso santuario que deslumbraría a todo el país de Kemet.

Desde el pequeño templo al que había arribado Hatshepsut se accedía a una gran avenida, de casi un kilómetro, flanqueada por ciento veinte esfinges que hicieron a Maatkara entrecerrar sus felinos ojos.

—Llevan mi rostro —comentó ella con evidente satisfacción—. Tal como era en mi juventud, cual tú me conociste, Senenmut. Tocada con el *nemes* de la realeza que ya debí llevar en aquel entonces.

La comitiva recorrió la avenida en silencio, consciente de la solemnidad del momento, pues hasta los guepardos parecían impresionados ante la monumentalidad que los rodeaba. Cuando llegaron a la entrada del complejo templario Hatshepsut se encontró ante los vastos patios que daban acceso a los pórticos, terrazas y santuarios. Complacida, observó las dos perseas plantadas a ambos lados de la puerta, y en los siete pares de esfinges que volvían a saludarla desde los laterales de otra avenida que conducía a los pies de la rampa que llevaba hasta la segunda terraza. Allí, Senenmut había ordenado plantar un jardín con palmeras y árboles frutales, así como con mimosas, que tanto gustaban a su amada. Esta se detuvo ante los dos estanques en forma de T, petición expresa suya, de los que surgían plantas de papiro, y junto a estos los árboles del incienso procedentes de Punt.

—Aquí quedarán confinadas las fuerzas negativas —dijo la reina—. Es la verdadera entrada al santuario en el que tendrán lugar mis transformaciones durante el *Heb Sed*.

Todos asintieron y Senenmut le hizo reparar en los leones tallados a los lados de la rampa que protegerían el nombre de Maatkara. Esta se aproximó para pasar su mano sobre las figuras talladas, y luego continuó su marcha con el corazón exultante. Aquella rampa de ascenso terminaba en unos pórticos en los que se hallaban representados hechos de singular importancia.

—¡Son columnas fasciculadas! —exclamó la reina—. ¡Once! ¡Precedidas de otras once cuadradas, cuyas caras interiores son protodóricas!

—Para que la luz haga justicia a tus logros, gran Hatshepsut —aclaró su amante—. En el pórtico norte se encuentran representadas tus victorias sobre los nueve arcos,[78] y en el sur el transporte de los obeliscos que erigiste en Karnak.

Hatshepsut no sabía dónde detener su mirada. Sin proponérselo accedía a un mundo de magia que la transportaba al lugar que siempre había soñado, en el que solo había sitio para los dioses. Una a una fue recorriendo las terrazas en las que se inmortalizaba su nombre y su reinado. Se emocionó cuando, en la parte sur del pórtico medio de la segunda terraza, vio inscrito en sus muros el memorable viaje al Punt, la gran aventura que Egipto jamás olvidaría, con los detalles que explicaban cómo transcurrió aquella expedición, cómo era «la tierra del dios». En el lado norte de ese mismo pórtico Senenmut había grabado para ella su génesis divina, la teogamia, tal y como había tenido lugar, paso por paso, desde su concepción hasta su nacimiento. Aquellas paredes reivindicaban de esta forma su origen divino, y de este modo sus derechos al trono quedarían legitimados para siempre.

Hatshepsut permaneció un buen rato estudiando aquellos relieves con atención, quizá empapándose con la esencia sagrada que desprendían y su profunda simbología; tal cual la había ideado el genial Senenmut.

En aquella segunda terraza se había levantado una de las dos capillas dedicadas a Anubis, y al ascender por la rampa a la tercera, Maatkara visitó el lugar más sagrado del conjunto funerario, donde se encontraban los santuarios de Ra Horakhty, el segundo de los erigidos al dios chacal, el de Amón-Min, la capilla de Amón, las de Tutmosis I y Hatshepsut dedicadas a su culto, y en las que también se veían representados miembros de su familia, como la pobre Neferubity, su madre o su esposo, Tutmosis II; tampoco podía faltar el santuario a la divina Hathor, que con su leche revitalizaría al difunto y, ocupando un lugar de relevancia justo en el eje del templo, penetrando en la montaña sagrada, la capilla consagrada a Amón Ra.

Todo resultaba grandioso y Hatshepsut se convenció de que necesitaría de muchas visitas para poder comprender de forma adecuada el complejo significado de cuanto Senenmut había concebido en aquel templo. El escriba se había hecho representar con la discreción que le caracterizaba, nada menos que en sesenta ocasiones, algo que hizo reír a la reina en su interior, rendida ante el ingenio del hombre a quien siempre amaría.

Antes de abandonar el Djeser Djeseru, la reina se miró a sí misma al verse representada junto al pórtico situado a la entrada de la tercera terraza por veinticuatro colosos policromados que portaban dos cetros osiríacos, el *heka* y el *nekhakha*, el cayado y el mayal, así como el *ankh* y el *was*, dos atributos solares que simbolizaban el renacimiento eterno. Maatkara quedaba de esta forma personificada por la imagen de Osiris unificada al sol.

En verdad que la reina no podía haber elegido un nombre que definiese mejor la grandiosidad de aquel templo. El Djeser Djeseru, el Sublime de los Sublimes; como sublime sería su jubileo.

24

Sin pretenderlo parecía que todo se precipitaba, cual si una fuerza misteriosa tuviese un especial interés en que cada uno de aquellos fabulosos proyectos, acometidos desde la coronación de Maatkara, se vieran finalizados antes de la celebración del jubileo, justo en el decimosexto año de la consagración de su sobrino Tutmosis. Hatshepsut se encontraba eufórica, autoritaria, más altiva que nunca, convencida de que sufriría una transformación que la convertiría en una suerte de ser luminoso al que todo Egipto no podría más que adorar así como encomendarse en busca de su protección. No había más dios que ella, pues hasta su piel tomaría el color del oro y brillaría allá dondequiera que se encontrase. Aquella divina metamorfosis alcanzaría también a su amante, el hombre que había creado para ella el escenario donde lograría la inmortalidad. Aquella palabra, hueca en la mayoría de las ocasiones, tomaba su verdadero significado bajo el embrujo del Djeser Djeseru. Senenmut lo había hecho posible para ofrecérselo a su reina como prueba del excelso amor que sentía hacia ella. Él comprendía como nadie la magia que se ocultaba tras aquella palabra, y a su manera también la buscó para él mismo, como demostró a Hatshepsut el día en el que le enseñó su hipogeo, el que ella le había autorizado a excavar junto al Sublime de los Sublimes, su templo de millones de años. Maatkara solo necesitó traspasar su umbral para darse cuenta de que, con aquella obra, su escriba buscaba compartir con ella las potencias renovadoras que tendrían lugar durante la fiesta del *Heb Sed*.

El túmulo distaba mucho de ser una tumba y Hatshepsut se preparó para ser testigo, una vez más, del profundo misticismo que poseía el mayordomo, así como su absoluto conocimiento de los textos mágicos.

Lo primero que sorprendió a la reina fue ver la imagen del escriba representada en el muro norte del profundo pasadizo excavado que conducía al interior de la tumba, cerca de la entrada. Senenmut miraba hacia la puerta, como si de este modo vigilara el acceso al hipogeo. Junto a dicha imagen constaba su nombre así como su título de mayordomo de Amón.

—Deberías castigar a quien dibujó tu rostro —señaló Hatshepsut al estudiarlo detenidamente—. No te hace justicia, aunque me parezca extraño que te conviertas en el guardián de tu obra.

Senenmut no dijo nada e invitó a su amada a proseguir por aquel corredor que desembocaba bajo la primera terraza del Sublime de los Sublimes. Al descender por él, la reina reparó en un pequeño nicho en el que, seguramente, Senenmut dispondría algún tipo de ofrenda, antes de llegar a la primera cámara, situada en el fondo de aquel pasadizo, en la que el escriba había concentrado todo el poder de la magia de Egipto. Al penetrar en ella la reina contuvo la respiración.

—Es una capilla —musitó ella, admirada—. Destinada a actos rituales —continuó al observar los bajorrelieves que adornaban con profusión las paredes—. ¡Tu deseo es el de convertirte en un ser luminoso, en un *akh*! —exclamó ella, asombrada—. Sin embargo, muchos de los textos grabados me parecen ininteligibles.

Senenmut asintió, antes de contestar.

—Es preciso leerlos al revés —indicó él, en tanto los señalaba.

—¿Te refieres a una especie de escritura inversa? —preguntó Maatkara con incredulidad.

—Así es. Solo los sacerdotes iniciados serán capaces de descifrarlo.

Hatshepsut miró fijamente a su amante, perpleja, antes de continuar.

—¡Se trata de una capilla de culto! —volvió a musitar la reina acto seguido—. ¡Hay textos litúrgicos de uso diario! —dijo, al fijar su atención en algunas letanías dispuestas en el lado este de aquella sala—. Serán necesarios oficiantes para realizar estos ritos.

—Observa estas fechas —señaló Senenmut, con gravedad.

—Día dieciocho de *Paone*, segundo mes de *Shemu*, y veintinueve de *Koiahk*, cuarto mes de *Akhet* —leyó Maatkara.

—Son los días más apropiados para entonar estas fórmulas de ofrenda en mi favor, para así reforzar mi poder por medio de la magia.

Entonces Senenmut comenzó a recitarlas, tal y como procedía, para que todo aquel conjunto de textos se activaran y así cumplir con su propósito.

—¡Se hallan formuladas para convertirte en consorte real!

—Tú me autorizaste a ello por medio de la magia, ¿recuerdas?

Hatshepsut asintió, en tanto miraba en rededor las paredes alumbradas por titilantes bujías que hacían aún más misteriosa la cámara. En uno de los muros reparó en la figura de Senenmut inclinado respetuosamente ante los nombres de la reina, y en las palabras de amor que le dedicaba este. Incluso hacía referencia al placer que él le proporcionaba. La reina se quedó sin habla, hasta que fijó su atención en la estela grabada en el muro oeste.

—Una falsa puerta —susurró ella con respeto—. El lugar por el que tu *ba* podrá acceder desde el Más Allá al mundo de los vivos. Es hermoso —señaló Maatkara al comprobar como su nombre de coronación se hallaba grabado en el umbral, entre dos chacales que representaban a Anubis. Había textos del Libro de los Muertos e invocaciones para Senenmut en la otra vida.

Sin embargo, Hatshepsut experimentó un escalofrío al fijar su atención en los dos ojos *udjat* que la miraban desde el umbral de la falsa puerta.

—He aquí el misterio de los misterios —dijo Senenmut con tono enigmático—. La verdadera razón de cuanto he erigido en tu nombre.

Ella se sobrecogió, pues sabía que todo lo que acometía su amante atendía a alguna razón.

—De entre ambos ojos nace el camino que me conduce hasta ti —explicó él, con el mismo tono.

—¿Qué quieres decir?

—Este hipogeo se hunde en las entrañas de la tierra más de cuarenta metros. Pero es aquí donde se hace posible el milagro.

—¿Los ojos *udjat* te unen a mí? ¿Cómo darás vida a semejante prodigio?

Él la miró fijamente, antes de contestar.

—Por medio de un eje mágico —dijo—. Una línea que unirá estos dos ojos con los que se hallan grabados en el muro norte de la capilla de Hathor erigida en tu templo de millones de años.

—¿Una proyección de este eje conduce hasta los ojos *udjat* de mi capilla dedicada a Hathor en el Djeser Djeseru? —inquirió ella, incrédula.

—A unos doscientos sesenta metros de distancia —se vanaglorió Senenmut—. Pero el eje no termina ahí; continuará hasta el fondo de dicha capilla, donde se encontrará con otros dos ojos, a los que traspasará, para terminar por unirse contigo, Hatshepsut, en la pared en la que te hallas representada entre Hathor y Amón.

—Abrirás una puerta que te conduzca a mi lado por toda la eternidad —musitó la reina, emocionada—. Todo lo diseñaste por esa razón.

—Un vínculo perpetuo entre una diosa y un mortal que solo los más profundos ritos mistéricos pueden conseguir. Observa el poder de la magia de Egipto.

Y tras pronunciar aquellas palabras con solemnidad, Senenmut elevó el candil que portaba para iluminar el techo de la cámara, mientras Hatshepsut creía estar viviendo un sueño.

—Pero... ¿Qué suerte de hechizo es este? —balbuceó la reina—. ¿Acaso se trata de un plano astronómico? Sí —se atrevió a decir, al reconocer algunas estrellas—. ¡Es un mapa estelar!

—Para recorrer los cielos junto a ti —señaló el escriba—. Todo nuestro firmamento se encuentra representado en el techo de esta sala. Las estrellas del norte y las del sur.

—¡Las constelaciones! —señaló Hatshepsut, admirada.

—Rodeadas por doce círculos que representan los meses lunares. Están divididos en veinticuatro líneas.

—¡Las horas! —exclamó ella, ahora entusiasmada por poder comprender el mapa que había dibujado el escriba—. Doce para el día y otras tantas para la noche.

—Como puedes ver, estos círculos se encuentran distribuidos en dos grupos —explicó el mayordomo.

—Separados por un estrecho triángulo.

—Representa el meridiano. Observa su vértice.

—¡Es la Pierna de Toro, *Meskhetyu*!

—La Osa Mayor. También se encuentran Leo y la Hipopótama[79] —aclaró él.

—Y las constelaciones del sur. Ahí está Sothis, Sirio, identificada con Isis, y Orión.

Senenmut asintió complacido, al tiempo que señalaba a Venus, con forma de Ave Fénix; Set, que correspondía a Mercurio; a Júpiter; y a Saturno, representado con una cabeza de halcón, y que daba protección al nombre de Horus de la titulatura de Hatshepsut.

—*Useret kau* —dijo esta orgullosa, al tiempo que emocionada, al ver su nombre escrito en aquel maravilloso techo astronómico.

—*Wia*, la barca, Sagitario; *Seret*, el carnero, Capricornio —continuó Senenmut, al tiempo que señalaba el conjunto de estrellas que regían el calendario—. Treinta y seis semanas de diez días. Sin embargo, falta un planeta.

Hatshepsut enarcó una de sus cejas y al momento volvió a estudiar con atención aquel fascinante plano estelar.

—¿Horus el Rojo? Sí. Creo que no se encuentra representado —se atrevió a decir la reina.

—Así es —corroboró Senenmut, con satisfacción—. En esta ocasión Marte no se halla plasmado.

—¿Ocasión? —inquirió Maatkara, intrigada—. ¿Por qué

motivo? ¿Qué significado tiene en realidad el firmamento que has concebido?

El escriba guardó silencio unos instantes antes de responder.

—Esa noche no será visible.

—¿El mapa celeste corresponde a una noche en concreto? —preguntó la reina sin disimular la perplejidad que le causaba semejante posibilidad.

—Es el cielo tal y como lo verá Tebas la noche del veintinueve del mes de *Koiahk*, cuarto de la inundación, de este mismo año.

Hatshepsut miró a su amante como si se tratara de un ser sobrenatural a quien no sabía cómo dirigirse. Entonces pensó que en verdad debía ser divinizado, como si se tratase de un nuevo Imhotep.

—La noche del catorce al quince de noviembre —dijo al fin la reina con cierto temor—. Esa fecha ya me la mostraste antes —indicó ella, al recordar los días propicios para recitar las invocaciones—. ¿Qué suerte de prodigio ocurrirá en esa hora? ¿Qué representa todo esto?

—Esa noche tendrá lugar la resurrección mística de Osiris —señaló él con una gravedad que estremeció a su amada—. Los textos de las pirámides grabados en esta cámara obrarán el milagro. Nuestra unión se materializará en ese momento, y yo tomaré posesión por medio de la magia del trono del Bajo Egipto. Por fin ceñiré la corona roja que tanto deseaste para mí, para que así pueda estar a tu lado con una nueva naturaleza afín a la tuya, como reina del Alto Egipto. Ambos nos convertiremos en los reyes de las Dos Tierras, para de este modo poder estar juntos por toda la eternidad.[80]

Desde aquella enigmática cámara el pasadizo continuaba su descenso a las profundidades de la necrópolis, hacia otras dos estancias que permanecían desnudas bajo el poder del Djeser Djeseru. Sin embargo, para Hatshepsut eso apenas tenía importancia. Nunca encontraría un lugar en el que la magia se hallase tan presente como en aquella sala, en la que los muros serían capaces de realizar prodigios.

25

Los fastos de aquel año decimosexto tendrían un especial significado y también inesperadas consecuencias. Con las obras del Djeser Djeseru finalizadas, Hatshepsut aprovechó para utilizar sus capillas en una de las festividades más importantes de Egipto: La Bella Fiesta del Valle.

Se trataba de una conmemoración muy antigua, pues trataba de los tiempos de Mentuhotep II, que tenía lugar con el comienzo de la luna nueva del mes de *Paone*, segundo de *Shemu*, la estación de la recolección, y en la que participaba todo el pueblo con el fin de visitar a sus difuntos. La necrópolis del oeste cobraba vida durante estos festejos, ya que se cantaba, bailaba y realizaban banquetes funerarios con los que se reforzaban las conexiones entre el mundo de los vivos y el de los muertos.

Como era costumbre, los reyes se dirigieron a Karnak para glorificar a su señor, el divino Amón, cuya estatua fue seguidamente embarcada en su nave *userhat*, para cruzar el Nilo hasta la orilla occidental. Allí lo recibieron de nuevo ambos corregentes para encaminarse luego al Sublime de los Sublimes, donde Hatshepsut realizó las ofrendas sagradas ante la barca del Oculto. Esta fue rodeada por cuatro antorchas colocadas en los cuatro puntos cardinales para proteger al dios de cualquier influencia dañina, a la vez que se tuteló a la barca con cuatro grandes cuencos de leche, símbolo de alimento y resurrección para todos los difuntos a quienes Amón protegería. Durante dos días la imagen del señor de Karnak recorrería diversas capillas del templo en compañía de Tutmosis y Hatshepsut, para rendir culto a sus antepasados como seres divinizados, para finalmente colocar la barca sobre su naos en el interior del santuario de Amón Ra, donde pasaría la noche, en tanto las laderas de los cerros del oeste se iluminarían bajo la luz de miles de candiles que titilaban bajo el oscuro manto del cielo tebano.

A la mañana siguiente las antorchas fueron apagadas en los pequeños depósitos de leche, y la imagen del dios volvió a embarcarse para ser conducida hasta Karnak por medio de remolcadores. Por primera vez Deir el Bahari había sido escenario de aquella celebración, tal y como tantas veces Hatshepsut había soñado. Su templo de millones de años se había santificado con la presencia de su divino padre, quien había pernoctado en su sanctasanctórum.

Junto a sus inseparables guepardos, la reina vio como la nave *userhat* cruzaba el río con dirección a Ipet Sut entre el clamor popular. Todos los rituales llevados a cabo en el Djeser Djeseru se habían desarrollado a su plena satisfacción, y sin embargo... Había surgido un problema.

Todo había comenzado tiempo atrás, el día en el que Thutiy inició las obras de un pequeño santuario junto al templo que Senenmut había levantado para su amada en Deir el Bahari. Este no daba crédito a aquel hecho, y así se lo hizo saber a la reina esa misma tarde.

—Dime que se trata de una broma —dijo el mayordomo, sin ocultar su enojo—. Que Thutiy no erigirá ningún monumento junto al Djeser Djeseru.

—¿Por qué habría de serlo? —inquirió Hatshepsut, sin apenas inmutarse.

Senenmut se mostró confundido.

—Pero... construir un santuario entre el templo de Mentuhotep y el tuyo me parece una aberración —señaló Senenmut con incredulidad.

—No soy de tu misma opinión. Esa idea me satisface —indicó ella, con calma.

—¡Un edificio junto al Sublime de los Sublimes! Imposible. Me resisto a creerlo.

—Irá dedicado a mi divino padre. No se me ocurre un lugar más apropiado.

—Pero... ¿por qué no me dijiste nada? —quiso saber el escriba, que a duras penas controlaba su crispación.

—Sabía que te opondrías —aseguró ella, impertérrita.

—Hice desmontar en ese mismo lugar el pequeño templo que erigió en su día Amenhotep I para que no interfiriera en la grandeza del Djeser Djeseru —trató de explicar él.

—Lo cual me pareció muy acertado. Como bien sabes nunca sentí cariño por mi tío. Hiciste bien en trasladar su capilla a otro lado.

—Lo que te propones hacer deslucirá tanta grandiosidad. Dominará sobre los templos ya construidos —protestó Senenmut.

—Se levantará con arreglo a mis deseos —señaló Hatshepsut con evidente altivez—. Se llamará Kha Akhet, «la gran sede de Amón», y el buen Thutiy se encargará de terminarlo antes de que se celebre mi jubileo.

Senenmut nunca sabría donde dejó su máscara aquella tarde, ni siquiera si la llevaba puesta. Por primera vez sentía que su templanza lo abandonaba y su corazón lo traicionaba al alimentar pensamientos que le impulsaban a la cólera. ¿Cómo podía haberle ocultado una idea semejante después de años de trabajo en una obra que él consideraba sublime? Sin embargo, se contuvo. ¿Qué podía decir? Sus noventa y dos títulos de nada valían ante una sola palabra de Maatkara. Se transformaban en humo que sería barrido por un simple soplido de la reina si ella así lo determinaba. Hatshepsut era el dios de las Dos Tierras, y él nunca debía olvidar que aquella naturaleza divina dominaba sobre la mujer que tanto amaba, y a la que no abandonaría.

Sin embargo, Shai tenía sus propios proyectos. Los propósitos del destino solo se conocen cuando ya han tenido lugar, y el caprichoso dios había decidido dar una muestra de lo volubles que podían llegar a ser sus deseos, y lo poco que le importaba el camino recorrido por los frágiles mortales; el futuro siempre le pertenecería a él.

Después de aquella tarde Senenmut continuó cumpliendo con sus responsabilidades, como de costumbre, aunque su corazón se sintiera afligido por el modo en el que se había desarrollado su conversación con la reina. Entre ellos se había producido un distanciamiento, y el escriba percibió por primera vez en la mirada de su amada una luz que no conocía y le turbaba de forma particular. Era como si se tratase de otra persona, una extraña que había surgido de improviso para tomar posesión de la mujer a quien había entregado su vida, sin que esto último pareciera tener ninguna importancia para ella.

Hatshepsut se hizo cargo del enojo de su amante, aunque no le diera la razón en absoluto. Su palabra era la ley en Egipto y todo lo demás quedaba supeditado a esta. El amor que había entre ambos poco contaba en determinadas cuestiones que solo a la reina competían. Maatkara siempre amaría a su mayordomo, sin embargo, era necesario que su naturaleza divina quedara por encima de todo lo demás a los ojos de su pueblo. Sus deseos procedían de una necesidad por imponer un dictamen ajeno por completo a la esencia de cualquier mortal. La reina era el nexo de unión entre los dioses y su pueblo, y nadie podría poner en duda jamás los porqués de sus decisiones. Ella era Hatshepsut pero, por encima de todo, Maatkara, dios del Alto y Bajo Egipto por derecho de los padres creadores.

El distanciamiento con Senenmut quizá fuese el precio que se veía obligada a pagar. Su sustancia divina la había convertido en un ser de luz que, a la postre, vagaría por regiones ajenas a cualquier otro tipo de naturaleza. La reina sentía aquella característica que la hacía tan diferente al resto de los hombres, incluido su sobrino, quien siempre sería un bastardo para ella. El escriba había sido determinante en su camino por alcanzar el poder pero, no obstante, estaba convencida de que su mayordomo no era más que un instrumento forjado por los dioses, creado para que se valiese de él. Hatshepsut pensaba que era algo legítimo, sin duda, daba igual que su corazón lo amara. En su opinión Senenmut había sido largamente recompensado en vida: noventa y dos títulos, nada menos. ¿Quién en Egipto había logrado algo semejante? Su lealtad se hallaba bien pagada, y su corazón había tenido el privilegio de ser recompensado con el amor de una diosa de la Tierra Negra que, además, le había permitido concebir dos criaturas suyas. Senenmut debía acatar sus decisiones, cualesquiera que fuesen, pues ese era el papel que le correspondía en el nuevo escenario que la reina había creado para sí misma.

Sin embargo, su visión de las cosas se hallaba distorsionada, seguramente a causa de la lucha que la reina se había visto obligada a emprender desde la niñez y, sobre todo, por la necesidad de ser reconocida por un mundo de hombres al que no acababa de vencer. Todos sus empeños parecían chocar contra un muro invisible, pero tan duro como el granito con el que erigía sus obeliscos. Nadie en Egipto se oponía a sus designios pero, no obstante, tenía la sensación de que estos no significaban, sino un paréntesis que terminaría por diluirse en las aguas de unas tradiciones que desembocaban en un mar inmenso, en el que ella poco importaba.

En sus momentos de soledad Hatshepsut había pensado en ello, en el lugar que le depararía la historia de su amada Tierra Negra, en la permanente batalla en la que se había convertido su vida. Era el destino que Shai había escrito para ella, y nunca le volvería la cara. Las consecuencias eran lo de menos, ya que pelearía por aquello que creía le correspondía, y si era necesario desafiaría a aquel mar con el firme propósito de vencerlo. Ella jamás desfallecería.

Hatshepsut estaba decidida a convertir su jubileo en un legado para la posteridad, en una prueba incontestable de su divinidad, y esa fue la causa que la llevó a distanciarse definitivamente del hombre que tanto amaba, de quien se había enamorado el día que lo conoció.

Para las ceremonias del *Heb Sed* Hatshepsut había previsto erigir dos nuevos obeliscos en Karnak, dos agujas solares que cubriría con electro para refulgir como verdadera hija de Ra. Senenmut era el encargado de llevar a cabo la obra, y para realizarla había enviado a Amenhotep, sumo sacerdote de Anukis y hombre de grandes capacidades, a la isla de Sehel para que extrajera las moles del mejor granito de Egipto. Eran dos colosos de cerca de trescientas setenta toneladas cada uno, que Amenhotep arrancó de la cantera y ordenó tallar para mayor gloria de Maatkara. El proyecto se había iniciado con la suficiente antelación, y Amenhotep había tardado siete meses en extraer los obeliscos antes de disponerlos sobre la enorme barcaza que los conduciría hasta Tebas. Senenmut se felicitaba por ello, ya que calculaba que en un año ambos monumentos se alzarían frente a los consagrados a los dos Tutmosis.

Los planes siguieron su curso y, cuando la flota que los transportaba atracó en los muelles de Karnak, el mayordomo se apresuró a alabar ante su reina la magnificencia de unos monumentos que en verdad se antojaban sublimes.

—No encuentro una palabra que los defina mejor —indicó Hatshepsut, que parecía exultante.

—Se alzarán en la entrada de Ipet Sut, como símbolo de tu divino poder —aseguró el escriba con satisfacción.

La reina lo miró un instante antes de contestar.

—No se erigirán a la entrada del templo.

Senenmut parpadeó, sorprendido, e hizo un gesto de perplejidad.

—No es ese el lugar en el que he pensado colocarlos —aclaró ella con aplomo.

—Dime entonces dónde deseas que sean ubicados —dijo él sin comprender.

Hatshepsut se removió en su asiento con evidente incomodidad.

—Serán erigidos en la *iunit* —señaló ella, al fin.

—¿En la *iunit*? —inquirió Senenmut, al tiempo que esbozaba una sonrisa de incredulidad—. Pero... eso no es posible.

Maatkara endureció la mirada.

—Solo mi Majestad decide lo que es o no posible en el país de Kemet —advirtió la reina con severidad.

El escriba frunció el entrecejo.

—Pero... no es factible levantar los obeliscos en esa sala —repuso el mayordomo.

—Lo es, aunque para hacerlo habrá que desmontar parte del techo del templo —concretó la reina, sin darle demasiada importancia.

—¿Desmontar el techo de la *iunit*? —inquirió él, sin dar crédito a lo que escuchaba.

—Creo que me he explicado con claridad —señaló Hatshepsut con desgana, al observar el tono de desaprobación de su amante—. No se me ocurre otro medio para introducir los dos monolitos en esa cámara.

—¡Deseas levantar dos obeliscos de electro en la *iunit*! —exclamó Senenmut, asombrado.

—Con ellos quedarán definitivamente justificadas mis aspiraciones al trono.

—Comprendo —añadió el escriba, claramente enojado—. Así eliminarías cualquier voz que se atreviera a considerar como ilegal tu coronación del año siete.

—¡Cómo te atreves! —tronó Hatshepsut, al tiempo que entrecerraba los ojos como acostumbraba cuando se enfadaba.

—¡Una obra semejante entrañaría una dificultad extraordinaria! —señaló Senenmut para sí, sin atender a las palabras de la reina.

—¿Acaso me dices que no serías capaz de acometerla? —desafió Maatkara, con jocosidad.

Senenmut apenas se inmutó, ya que hacía cálculos sobre lo que pretendía llevar a cabo la reina.

—Será necesario construir una rampa hasta el techo de la *iunit*, capaz de soportar las setecientas toneladas que deberán subir por ella. Habrá que destruir la sala de pilares y crear depósitos de arena para unos obeliscos de veintinueve metros de altura —continuó Senenmut.

—Hubiera deseado que los obeliscos fuesen de oro macizo, pero se habría convertido en un dispendio inútil. Thutiy lo recubrirá de electro y los piramidiones se fundirán con el cielo para recibir los rayos de mi padre Ra —indicó la reina, impasible.

—Destruirás la *iunit*. La sala de pilares donde han sido coronados los reyes de la Tierra Negra —musitó Senenmut, horrorizado.

—La convertiré en la *uadjit*, la sala de los papiros, que presidirá Hathor. Ordenaré sustituir los antiguos pilares por hermosas columnas papiriformes de madera dorada. Allí consagraré mi jubileo. Colocaré dos obeliscos en el corazón de Karnak.

—Se trata de un sacrilegio, un atentado contra los lugares sagrados. Allí tienen lugar ritos secretos que, sin duda, conoces. Tendrás que derribar los colosos osiríacos que levantó tu padre. Todo para erigir tus obeliscos dentro de una sala cerrada —se lamentó el escriba—. Lo tenías proyectado desde hace tiempo.

—¡Sujeta tu lengua, Senenmut! —tronó la reina sin ocultar su ira—. Has de saber que mi padre Amón me ha inducido a hacerlo para que, de este modo, mi nombre perdure para toda la eternidad. Los hombres se postrarán ante mi poder y hablarán de Maatkara hasta el final de los tiempos. Guárdate, pues, escriba de ignorar el porqué acometo esta empresa, y no olvides que soy amada por Ra.

Senenmut sintió como la cólera de Hatshepsut lo fustigaba en lo más profundo de su corazón. La iracunda Sekhmet había abandonado el cuerpo de su amada para infringirle sus peores zarpazos, los que le desgarraban el alma. Después de años de leal servicio a su casa, el escriba se había opuesto a los deseos de la reina, horrorizado ante lo que para él representaba una impudicia.

Ningún mortal en la Tierra Negra se hubiese atrevido a levantar la voz a la reina, pues nadie mejor que Senenmut sabía lo que dicha actitud representaba. Sin embargo, no había podido remediarlo, quizá porque, en el fondo, él no era más que un hombre de los templos, un sacerdote extraviado que había terminado por buscar una naturaleza que no le correspondía. Puede que su camino del *maat* no fuese como el de los demás, sin que lo supiera hasta ese momento. Sus habilidades políticas y ambición desmesurada habían terminado por encontrarse ante unas convicciones religiosas mucho más profundas que surgían, de forma inesperada, para decirle que no podía ir contra unas creencias que daban sentido a la complejidad mistérica que encerraban los templos. Él comprendía cuál era su significado más oculto, del que nacía la verdadera esencia de Egipto, la que le hacía ser diferente a cualquier nación que poblara la Tierra.

En aquella hora Shai le mostraba una nueva senda, y Senenmut no podía hacer otra cosa sino tomarla.

—Divina Maatkara —musitó el escriba, al fin—. Ruego que perdones a este fiel servidor que no está a la altura de tu obra. Por ello te pido encarecidamente que aceptes mi renuncia como mayordomo de la Alta Casa y me liberes de mis responsabilidades en la organización de cuantos actos hayas previsto para la celebración de tu jubileo.

Hatshepsut miró al escriba con manifiesta dureza, en tanto su pecho subía y bajaba al compás de la ira contenida. ¿Cómo se atrevía aquel hombre a solicitar semejante cosa? Cualquier otro que hubiese osado hacerlo se hallaría ya ensartado en una estaca en la orilla occidental, a merced de los carroñeros. Este detalle encendió todavía más su furia por sentirse ultrajada, abandonada por el hombre al que siempre había amado, pero que era capaz de anteponer sus místicas creencias a ella, Hatshepsut, la mujer que le había dado todo. Por un momento creyó que su orgullo la devoraría allí mismo, pero logró sobreponerse, como había aprendido a hacer con el transcurso de los años, pues no en vano ella era Maatkara, hija del divino Amón, rey de todos los dioses.

—Mi Majestad atenderá a tus peticiones, Senenmut. Desde este instante quedarás liberado de tus obligaciones. Me serviste bien, pero Egipto ya no te necesita. Abandonarás este palacio, pues tu tiempo aquí está cumplido.

26

Antes de dejar el palacio Senenmut tuvo tiempo para despedirse de sus amigos. Después de tantos años sirviendo a la casa de Hatshepsut eran muchos los que le decían adiós sin ocultar la aflicción que sentían, aunque otros prefirieran desviar la mirada por miedo a las represalias. Cuando Sekhmet andaba suelta su furia podía llegar a ser devastadora, y todos sabían muy bien que el mayordomo había caído en desgracia, pues la reina ya no lo quería a su lado.

—Me serviste bien, Neferheru, y me alegro de que hayas encontrado tu lugar junto al dios Menkheperra —le dijo Senenmut en tanto lo tomaba por los hombros y le miraba a los ojos con franqueza—. Aunque pudieras no necesitas decirme nada. Tu corazón es bueno a los ojos de Maat, lo supe desde el primer día, por eso no debes temer a cuantos pensamientos nobles te dicte; cúmplelos, ya que en ellos se halla nuestra verdadera esencia. Sé que amas a Tutmosis y por eso te aconsejo que le seas fiel, ya que hay grandeza en él. Si así lo haces Shai dibujará para ti caminos rectos y sin obstáculos. Recórrelos en compañía de tu esposa y no dejéis de amaros, pues quien pierde al amor verdadero queda extraviado para toda la eternidad. No existen nuevos caminos para aquellos que desprecian su suerte; así es el destino.

El barbero asintió, cariacontecido, apesadumbrado por lo que le había ocurrido al hombre que un día cambiara su vida, y al despedirse hizo intención de inclinarse ante el escriba, pero este se lo impidió.

—Maat me premiará por el bien que te hice —señaló Senenmut, antes de dar media vuelta y salir de la estancia.

Neferheru lo vio alejarse con una desagradable sensación en el estómago. Le hubiese gustado decirle tantas cosas... Hubo un momento en el que estuvo a punto de hablar, sin importarle las consecuencias, pero se retuvo, quizá impulsado por un sentido de supervivencia del que dependía toda su familia. En cierto modo Senenmut se llevaba su silencio, y el barbero tuvo la certeza de que todo estaba escrito, que solo los prudentes evitaban el quebranto.

Ibu también sintió la partida del mayordomo. Ella era parte de una historia que había terminado por conformar toda una época, en la que el amor, la pasión y la ambición de dos enamorados habían arrastrado a Egipto hasta metas desconocidas de paz y bienestar. Hatshepsut y Senenmut... Aquellos dos personajes corrían parejos. El uno sin el otro no eran nada, y la dama estaba convencida de que ambos pasarían a la historia cogidos de la mano, pues a la postre los dos constituían una sola persona. En su opinión aquella marcha traería consecuencias a su hermana, aunque supiese que el desmesurado orgullo de esta le impediría reconducir la situación. Una parte de la Tierra Negra desaparecía con el escriba al tiempo que auguraba la llegada de un gran sufrimiento para su amada Hatshepsut, pues su corazón se quebraría en mil pedazos.

Sin embargo, y fiel a su acostumbrada determinación, la reina tardó poco en hacer los necesarios nombramientos que ocuparían los puestos de su antiguo amante. Nuevos hombres adquirirían una mayor preponderancia, como Thutiy, por el que Maatkara sentía una particular predilección; Djehuty, inspector del Tesoro así como de los trabajos reales; Inebni, virrey de Nubia, y sobre todo Amenhotep, que fue elevado entre otros muchos títulos a mayordomo de la Alta Casa y arquitecto real.

Senenmut se refugió en Karnak, y durante un tiempo mantuvo su cargo como mayordomo de Amón. Ipet Sut era el lugar idóneo para ocuparse de su corazón atribulado, aunque a no mucho tardar se diese cuenta de que no había consuelo posible. El escriba apenas había podido despedirse de Nefrerura, quien le dijo adiós con la mirada velada y sin ánimos para articular palabra, ni tampoco de Merytra Hatshepsut. Él las llevaría siempre consigo en lo más profundo de su alma, ya que su vínculo jamás podría romperse.

En Karnak se incrementaron sus penas. Hapuseneb se hallaba muy enfermo, y al ver a su viejo amigo postrado en su jergón, Senenmut supo que se moría. El primer profeta se encontraba listo para pasar a la otra orilla, después de una vida repleta de éxitos y reconocimientos, durante la cual había enriquecido a su templo a la vez que aupado a Hatshepsut hasta el trono de Horus. Sin la ayuda de Hapuseneb la reina nunca se hubiera convertido en Maatkara, y al ver junto al lecho a su querido Senenmut, el viejo sacerdote no pudo contener las lágrimas ante el pesar que sentía por todo lo ocurrido. Él mejor que nadie entendía las razones del antiguo mayordomo, y se lamentaba por el hecho de que el cumplimiento del *maat* hubiese traído consigo el repudio.

El día en el que Hapuseneb partió hacia el tribunal de Osiris todo Egipto prorrumpió en llantos. Aquel hombre abandonaba la orilla de los vivos después de una vida llena de laureles en la que había llegado a ostentar numerosos cargos de la mayor importancia, hasta llegar a ser nombrado primer profeta del norte y del sur, y visir honorífico de las Dos Tierras. Tebas había sido su casa, de la que había llegado a convertirse en alcalde, y allí se despidió de Amón, su divino padre, a quien ayudó a engrandecer. Anubis se lo llevaba, y con él se iba uno de los pilares en los que Hatshepsut se había apoyado durante toda su vida.

El sepelio fue todo un acontecimiento al que asistieron numerosas autoridades que deseaban acompañar al que fuera sumo sacerdote hasta su última morada, una hermosa tumba excavada en la necrópolis tebana, donde se harían enterrar los nobles durante quinientos años. Senenmut se despidió de su viejo amigo con su acostumbrada discreción, un tanto apartado del resto, sumido en sus reflexiones. Ahora que Hapuseneb se había ido podía ver con claridad el viejo tablero que les había acompañado durante la mayor parte de sus vidas. Ya no había más jugadas que realizar, y solo quedaba esperar a asistir al desenlace que, tarde o temprano, se produciría.

La muerte del primer profeta de Amón afectó profundamente a Hatshepsut. Ella amaba a aquel hombre de manera particular, pues no en vano había formado parte de su existencia ya desde la niñez. La reina lo recordaba en compañía de su abuela, la divina Nefertary, siempre listo para llevar a cabo la misión que esta le había encomendado. La reina sabía mejor que nadie cuánto debía a aquel fiel sacerdote, y por ello su pérdida le parecía una desgracia irreparable. De pronto se veía sin la compañía de los dos hombres sobre los que había sustentado una gran parte de sus ambiciones. Ambos habían desaparecido de su vida en poco tiempo, como si un hálito maligno se hubiese encargado de apartarlos de ella de forma inesperada y a la vez caprichosa. Para la reina, Shai siempre había sido un dios antipático, por el que no sentía la menor consideración, que había aprovechado la menor oportunidad para mostrarse hostil a su persona. Así resultaban ser los dioses en Kemet en demasiadas ocasiones: difíciles de entender. Sin embargo, ella era ahora la señora de las Dos Tierras, divina por la gracia de Amón, y estaba decidida a continuar su andadura, aunque no la acompañase nadie. Hatshepsut se había ganado ese derecho, y muy pronto tendrían lugar las ceremonias de su jubileo, en el que su transformación sería total.

Senenmut no quiso asistir a las celebraciones que se avecinaban, y se decidió a abandonar Tebas, donde cada rincón le traía recuerdos que le producían un gran pesar. Sin Hapuseneb al frente de Karnak el escriba renunció a su puesto como mayordomo de Amón, para regresar a su tierra, a Iuny, la ciudad que lo viera nacer, con el fin de refugiarse en el templo de Montu, de cuyo clero era aún sumo sacerdote. Allí no le quedaba familia, ya que sus hermanos habían sido justificados por Osiris hacía tiempo. Él mismo los había enterrado detrás de la terraza artificial formada a la entrada de su túmulo en Gurna, cerca de donde reposaban los restos momificados de su querida yegua.

Hasta Iuny llegaron los ecos del *Heb Sed* celebrado por

Hatshepsut. El acontecimiento había sido grandioso, tal y como se esperaba, y en él Maatkara había cumplido cada uno de los ritos de regeneración en su templo de millones de años, aquel que Senenmut había levantado para ella, la mujer que tanto había amado y que había terminado por convertirse en diosa. Senenmut los imaginó sin dificultad, pues no en vano el escriba se hallaba presente en muchos de los muros del santuario, y vislumbró como Hatshepsut, en compañía de Tutmosis, ofrecía a Anubis los vasos *nun* con el agua y la leche para que de este modo les fuesen concedidos eternos festivales *Sed*, año tras año, hasta el final de los tiempos. El Djeser Djeseru había cumplido con su función, y su colosal fuerza regeneradora había terminado por convertir a Hatshepsut en un ser luminoso acorde con su naturaleza.

Las noticias traídas desde Karnak hablaban acerca de la realización de prodigios, de una hazaña que no tenía parangón. La reina había hecho valer sus propósitos al introducir los dos obeliscos recubiertos de electro en el corazón del templo. Amenhotep había conseguido llevar a cabo con éxito la empresa que tanta aflicción trajera al corazón de Senenmut. Por ello Ipet Sut había sufrido una transformación, y la antigua sala de pilares se había convertido en la *uadjit*, una cámara en la cual las columnas papiriformes de madera dorada asistirían a la consagración del jubileo de Maatkara.

—¡Dos obeliscos de veintinueve metros y trescientas setenta toneladas cada uno en el interior de una sala de Karnak! —exclamaban las gentes, asombradas—. ¡Nunca habíamos visto nada semejante!

Sin lugar a dudas, Hatshepsut era de la misma opinión. En solo diecinueve meses había sido capaz de extraer y colocar en lo más sagrado de Karnak dos monolitos que se elevaban hasta el cielo para unirse con Ra. Nadie había logrado una proeza semejante desde la lejana edad de las pirámides. Solo ella, Maatkara, lo había conseguido y por tal motivo su nombre perduraría en la memoria de los hombres, para que recordaran como una reina se alzó en Egipto para gobernar con el poder que solo poseen los dioses.

Amenhotep fue largamente recompensado hasta ser considerado como uno de los grandes de la Tierra Negra, y Hatshepsut dio un paso más hacia la irrealidad en la que se estaba convirtiendo su vida. Era una diosa solitaria sin más nexo con el mundo tangible que el que representaba su hermana. Ibu era la única capaz de devolver a la reina la naturaleza mortal de la que jamás podría librarse. En ocasiones esta recuperaba la sonrisa de antaño, y ambas hermanas recordaban momentos felices del pasado. Sin embargo, no había lugar para Senenmut en ellos. Su nombre no debía ser pronunciado, e Ibu se afligía al ver como Hatshepsut sufría al ser incapaz de olvidarle. En lo más profundo de su corazón el escriba permanecía incólume, como los gigantescos pilares que había levantado en Deir el Bahari. Eran indestructibles; y así como aquellas colosales columnas desafiarían el paso del tiempo, lo mismo ocurriría con la imagen del antiguo mayordomo, pues se hallaba grabada a fuego en el alma de su amada; mas nada se podía hacer.

El siguiente año trajo una nueva desgracia, peor aún que la que había supuesto la desaparición de Hapuseneb, la mayor que podía sufrir Hatshepsut: su primogénita murió. Un mal día Neferura se marchó para siempre, casi sin avisar, de forma imprevista, para sumir a Maatkara en la más absoluta desesperación. Era un golpe terrible, el peor que se le podía dar a una madre, el más demoledor para una reina que había depositado tantas esperanzas en su hija, así como en el legado que deseaba transmitirle. Con su muerte todo se derrumbaba, pues a la pérdida de su amada Neferura se unía la de la legitimidad de su propia sangre, todo por lo que había luchado durante tantos años. Sus planes para conservar el control de la realeza a través de una línea femenina fracasaban estrepitosamente sin que pudiese hacer nada por evitarlo. Anubis había decidido acabar con el sueño de toda una dinastía de valerosas mujeres, y no existía poder sobre la Tierra Negra capaz de evitarlo.

Durante los setenta días que duró el luto, Hatshepsut apenas salió de sus habitaciones, consumida por el llanto. Solo Ibu y Merytra Hatshepsut se mantuvieron a su lado, en un intento vano por consolarla. Mas nada podían hacer, y durante aquel terrible episodio la reina abominó del dios chacal, de Osiris y de cuantos conformaban el reino de ultratumba. ¿Cómo era posible? ¿Por qué la castigaban de aquella forma? ¿Acaso no había honrado a los dioses como se merecían? ¿Por qué la había abandonado su divino padre?

Demasiadas preguntas para las que nunca obtendría respuesta. Así era la muerte.

Ya próxima la fecha en la que se celebraría el entierro, Ibu trató de convencer a su hermana.

—Permite que se avise a Senenmut para que asista. Sabes mejor que nadie que amaba mucho a Neferura.

—Jamás, ¿comprendes? No lo permitiré.

—Pero, hermana, no es momento para el rencor.

—No se trata de rencor —señaló Hatshepsut con la mirada perdida—. Simplemente, no soportaría la pena al volverlo a ver.

Neferura fue sepultada en un pequeño túmulo en el Wadi Gabbanat el-Gurud, muy cerca del Valle de las Reinas, que terminaría por caer en el olvido. Tal y como ordenó Maatkara, Senenmut no acompañó a su hija a su última morada. El escriba se ocultó en una solitaria cámara del templo de Montu donde rezó por Neferura, al tiempo que recitaba las letanías que la ayudarían a superar el viaje a través de las doce divisiones del mundo subterráneo, las doce horas de la noche. Nadie como Senenmut para leer el *Duat*, «el libro de la cámara secreta», del que era un profundo conocedor. Con su magia el sacerdote imploró la ayuda de Thot, su amado dios del conocimiento, para que velara por el buen desarrollo del juicio de Osiris; la de Maat, para que el fiel de la balanza en el que se celebraría el pesaje del alma de su hija no fuese alterado; y la de los cuarenta y dos jueces encargados de la confesión negativa, para que fueran clementes con Neferura, cuyo corazón era puro; por último se dirigió al señor del Más Allá, con el fin de que declarara a su primogénita justificada de voz, inocente de toda culpa y, por ello, libre de acceder a los Campos del Ialú.

27

Merytra Hatshepsut se convirtió en el último eslabón de la cadena que todavía unía a la reina con los sueños del pasado. Todas sus esperanzas, si es que aún las conservaba, recaían sobre su hija menor, de dieciocho años de edad, una joven dulce y de serena belleza que recordaba mucho a la difunta Ahmés Tasherit. Como la antigua reina, la princesa se mostraba tímida y discreta, con un carácter que en nada se parecía al de su madre, y que inducía a pensar en las pocas posibilidades que tendría para llevar a cabo una continuidad de su política. Hatshepsut se daba cuenta de que con ella terminaría todo, que sus anhelos se convertirían en quimeras y su reinado en una fantasía que debía sobrevivir a cualquier precio. Por este motivo continuó con su afán por erigir las obras más hermosas sobre la Tierra Negra, por cubrirla con la grandiosidad que esta se merecía, con el fin de que en ella su nombre quedara grabado para la posteridad de forma indeleble.

Así fue como Maatkara se embarcó en nuevas iniciativas con las que, en cierto modo, emprendía una huida hacia adelante ante la proximidad de un final que ya intuía en el horizonte. La reina quiso dejar la impronta de su sello sobre Karnak, una vez más, y para ello ordenó la construcción de un nuevo recinto sagrado al que bautizó como Palacio de Maat, en el que construiría una capilla de cuarcita roja donde descansaría la barca de Amón. En dicho proyecto empleó su tiempo, en tanto la soledad comenzaba a abrumar su corazón con un peso cada vez más difícil de llevar.

Ibu, siempre cercana a la reina, la animaba en cada uno de sus nuevos proyectos, al tiempo que intentaba hacerle ver las bendiciones que había recibido de los dioses, a pesar de todas las desgracias.

—Estas forman parte de la vida —le aseguraba la dama—. Sin embargo, tú siempre serás la favorita de Amón.

Hatshepsut se limitaba a asentir, en silencio, abstraída en pensamientos que solo ella conocía. Eran demasiados recuerdos, demasiadas ilusiones y momentos de gloria los que, cada vez con más frecuencia, acudían a su corazón para terminar por sumirla en la amargura. Ella se sentía atrapada sin remedio, pues le resultaba imposible poder separar aquellas dos naturalezas, la humana y la divina, entre las que siempre se había mantenido una lucha feroz. ¿Qué había sido de la joven princesa que un día escuchó el oráculo del Oculto en Luxor? ¿O de la que se enamorara perdidamente de un hombre que ella sabía sería irrepetible? Hatshepsut no estaba en disposición de responder a estas cuestiones, quizá porque ya no era capaz de reconocerse, o puede que debido a que en verdad se había convertido en una diosa. Seguramente, esa sería la causa por la cual todo le parecía tan difuso, ya que no encontraba otra explicación para cuanto le había ocurrido.

Ibu fue testigo directo del paulatino deterioro de su hermana. Esta se volvió aún más irascible, a la vez que se refugiaba en los placeres de la buena mesa. Devoraba cantidades ingentes de dulces, sobre todo pastelillos de miel y polvorones, lo que la llevó a aumentar de peso hasta límites inimaginables. Su figura, siempre esbelta, se deformó por completo, hasta el punto de llegar a parecer irreconocible, y su humor, antaño cambiante, se volvió insoportable para todos los que trataban con ella.

—El dios pronto gobernará en las Dos Tierras —le dijo Neferheru a su esposa una noche—. Será un gran faraón, pues en verdad que hay grandeza en él.

Ibu no contestó, ya que sabía que su esposo tenía razón.

Tutmosis se había convertido en un hombre fuerte, y con evidentes dotes para el buen gobierno. Ella veía en el joven rey la figura del difunto Aakheperkara, pues hasta se le parecía en el modo de caminar. Su corazón era el de un guerrero y, a no mucho tardar, Kemet le pertenecería por completo.

—La reina se apaga —musitó Ibu con tristeza—. Parece decidida a consumir el tiempo que le resta lo antes posible, quizá porque en Egipto ya no hay lugar para ella.

—El dios lo sabe, y asistirá a su final, impertérrito, sin siquiera alzar la voz.

Ibu asintió, ya que sabía muy bien que Tutmosis jamás osaría levantar la mano contra su tía.

—Cambiará Egipto por completo —continuó él—. Sus ejércitos se encuentran prestos y nadie los podrá detener. Son muchos los que aguardan el final.

Ella contuvo las lágrimas al pensar que el reinado de su hermana no sería más que una isla rodeada por las aguas de la guerra.

—Nuestro hijo formará parte de ese cambio del que hablas —dijo Ibu, con pesar.

—Son los tiempos que le tocará ver. Nosotros nada podremos hacer por cambiar su curso. Nació para vivir en ellos, y Menkheperra le honrará y cubrirá de honores —señaló Neferheru.

Ella volvió a sus pensamientos. Hatshepsut le había regalado diversas propiedades cerca del río, y en una de ellas Ibu soñaba con pasar su vejez, junto a su esposo, a quien nunca dejaría de amar. Ese era su sueño, el único que creía posible alcanzar.

Los años fueron pasando y poco a poco Tutmosis se convirtió en el gobernante en la sombra. No fue necesario ningún acuerdo, ni siquiera palabras que diesen pie a la nueva situación; entre tía y sobrino se conformó un escenario en el que ella solo se limitaba a figurar al tiempo que mantenía sus títulos y prerrogativas.

Menkheperra continuaba esperando, en tanto se aprovechaba de todas las mejoras que Maatkara había ido introduciendo en la organización militar para formar un ejército formidable. Un día se presentó en Iuny, de improviso, para dirigirse al templo de Montu, donde se entrevistó con Senenmut. Este se sorprendió por la visita del monarca.

—Hace tiempo que deseaba honrar a Montu —señaló el rey, respetuoso—. Antes de que Amón guiara mi brazo, él era el dios de la guerra tebano, el señor de las batallas, el que otorgaba las conquistas al rey, como muy bien sabes, buen Senenmut.

—Su Majestad honra este templo y a su clero, y también a mí.

Tutmosis hizo un gesto de agradecimiento y luego pidió visitar el lugar más sagrado del santuario, donde quería realizar ofrendas al dios. Allí permaneció el faraón durante un tiempo, en el que oró y pidió la protección de la divinidad guerrera. Luego, al abandonar las capillas, conversó durante un rato con Senenmut, a quien apreciaba mucho. El joven soberano siempre recordaría el interés que aquel sabio había mostrado por él durante su niñez, así como los buenos consejos que había recibido a lo largo de su vida, independientemente de que hubiese sido amante de su tía. Este particular no dejaba de parecerle curioso, sobre todo por el hecho de que Senenmut fuese en el fondo un hombre profundamente vinculado a los templos. Tutmosis conocía de sobra su valía, así como su gran capacidad para legislar. En su opinión Senenmut era quien había conducido a Kemet a la opulencia, aunque nunca lo hubiese manifestado públicamente. El escriba había dado fe de una lealtad inquebrantable, algo que Tutmosis valoraba en grado sumo. Una fidelidad que, no obstante, Senenmut no había dudado en romper para mantener a salvo sus profundas creencias religiosas. La gran ambición que Tutmosis sabía que poseía aquel hombre no había bastado para vulnerar el *maat*, al que había decidido seguir sobre todo lo demás. No había vacilado al enfrentarse a Maatkara, algo que nadie se hubiese atrevido a hacer, ni a renunciar a la mayor parte de sus títulos por seguir el camino que creía correcto. Menkheperra respetaba al antiguo mayordomo, y quería saber si podría contar con él en el futuro.

Senenmut asintió con gesto beatífico.

—El dios Menkheperra, vida, salud y fuerza le sean dadas, siempre tendrá mi corazón a su servicio. Mis humildes juicios y conocimientos estarán a disposición del Horus reencarnado hasta que Osiris me reclame a su presencia. Treinta años atrás te hubiera seguido al combate, gran Tutmosis, como hice con tu abuelo, pues no en vano soy un escriba militar. Pero mírame ahora, los años se me echaron encima sin apenas haberme dado cuenta. He descubierto cuál es mi verdadero lugar, que no es otro que este santuario. Ser su sumo sacerdote es el único título que deseo, y desde lo más sagrado del templo invocaré a Montu para que te acompañe allá donde vayas, hasta los confines del mundo, de donde regresarás convertido en un gran conquistador. No nacerá otro como tú en la Tierra Negra; toda mi magia estará junto a ti. Ya solo pido a los dioses que mi memoria no sea borrada de esta bendita tierra.

Tutmosis se mostró impresionado ante aquellas palabras y al punto puso ambas manos sobre los hombros del escriba.

—Y así ocurrirá. Tu memoria perdurará, pues ese es mi deseo, buen Senenmut. Queda en paz en este templo y reza por Egipto.

Eso fue lo que ocurrió, y cuando Senenmut se vio de nuevo en la soledad de su lúgubre aposento pensó en el gran rey que se disponía a tomar las riendas de Kemet, así como en la oscuridad que amenazaba con devorar a la mujer a la que nunca dejaría de amar. El escriba apenas recibía noticias de Hatshepsut, aunque sabía que se encontraba enferma, deformada por un mal que amenazaba con consumirla. Cada noche rezaba a Sekhmet para que se apiadara de ella, aunque supiera que la diosa leona se encontraba en la propia naturaleza de la reina, y a nadie más escucharía. En Tebas, el sol ya no brillaba como antes.

Para Hatshepsut hacía ya mucho que Ra Horakhty se apagaba. Se veía perdida, sumida en una nebulosa que le hacía ver sombras por doquier. En ocasiones vislumbraba la imagen de un corredor que se adentraba en la oscuridad. Era un pasadizo que descendía hasta las profundidades de la montaña que señoreaba sobre el Valle de los Reyes cuya cúspide, *Ta Dehenet*, «la santa cima», dominaba la necrópolis con su curiosa forma piramidal; un túnel enorme que conducía a una cámara, apenas decorada, en la que descansaban dos sarcófagos. La reina los reconocía, ya que uno pertenecía a su adorado padre y el otro se lo había hecho construir para sí misma, como señora de las Dos Tierras. Era una escena siniestra, que le producía una gran desazón al mostrarse sumida en el abandono. Al detenerse en ella percibía su soledad, una soledad insoportable, angustiosa, que le provocaba un gran sufrimiento; en eso se había convertido su vida.

En ocasiones creía escuchar voces conocidas que la transportaban a un mundo bien diferente. De este surgía como por ensalmo la figura de Hapuseneb, para darle un buen consejo, seguida por la de Senenmut, discreto y misterioso, pero certero en sus juicios. Ambos se reunían con ella, como acostumbraron durante tantos años, para ayudarla a que alcanzase sus sueños, los que ellos también compartieron. Había palabras de ánimo, así como miradas de complicidad que la hacían sentirse eufórica, rebosante de vida.

Mas de repente todo desaparecía, barrido por un aliento maligno que la devolvía a una sórdida soledad, aquella de la que ya nunca se separaría. Era el lugar que le correspondía, el que Shai había dispuesto para ella, y también el que en cierto modo la reina había elegido. Una diosa no podía vivir entre los hombres, aunque Hatshepsut no lo hubiese descubierto hasta ese momento.

28

Su padecimiento había terminado por postrarla en el lecho. Sus pies apenas le respondían, pues los sentía entumecidos, y su boca se hallaba en un estado tan lamentable que le resultaba difícil poder comer; su sed parecía no saciarse nunca, aunque fuera el vientre lo que le causara un mayor dolor; allí se encontraba su mal.

Hatshepsut sabía que nada se podía hacer contra él, que el alivio que le proporcionaban las cocciones de amapola tebana y la mandrágora solo era pasajero, y que la magia de los *hekas* de nada valía. Estaba condenada, y ni las invocaciones de los sacerdotes a la diosa Sekhmet, ni las atenciones de los mejores *sunus* de Egipto podrían evitar su cruce a la otra orilla. Ibu apenas se separaba de su lado en tanto Merytra Hatshepsut trataba de dar esperanza a una mujer que se veía derrotada.

—Quise lo mejor para Kemet. La Tierra Negra siempre estuvo por encima de mi ambición —le dijo la reina a su hermana la tarde en la que intuía que su fin se acercaba.

—Jamás se sentará en el trono dorado un soberano mejor que tú. Maatkara perdurará en la memoria de cuantos habitan el Valle. Nunca tantos fueron tan felices, ni se vio semejante abundancia —trató Ibu de consolarla.

—Más allá de mi vanidad, solo perseguí conseguir el bienestar para mi pueblo —dijo Hatshepsut con dificultad.

—Y así lo recordará nuestra historia.

Maatkara hizo un gesto sardónico, ya que estaba segura de que su nombre sería perseguido.

—Harán lo posible porque caiga en el olvido —musitó la reina con pesar—. Las lenguas se volverán bífidas como la de la maldita serpiente Apofis.

—No podrán conseguirlo. Tu sello se encuentra grabado por todo el país de Kemet. Tus obras perdurarán en el tiempo, para asombro de las gentes que habiten esta tierra. Los milenios se harán eco de tu nombre, Maatkara, como sinónimo de grandeza, y muchos evocarán a la divina Hatshepsut por ser la primera mujer que gobernó con mano firme un mundo creado por los hombres. A todos nos diste ejemplo y Egipto no permitirá que su hija más querida caiga en el olvido. Siempre alumbrarás la Tierra Negra, dondequiera que te encuentres —vaticinó Ibu.

Hatshepsut tomó la mano de su hermana y la apretó con emoción.

—Deja que haga venir a Senenmut —le pidió Ibu—. Permite que se despida de ti.

—No —se estremeció la reina—. Él no puede regresar.

—Pero ¿por qué? Hathor se alegrará si lo hace. Él te ama —intentó convencerla su hermana.

—No —insistió Hatshepsut—. No quiero que me vea así.

Ambas mujeres prorrumpieron en sollozos.

—Anubis se acerca, hermana mía; ahora debo prepararme para recibirlo —suspiró Maatkara, en tanto cerraba los ojos.

Ibu asintió en silencio, sin poder evitar las lágrimas, mientras observaba como Hatshepsut se apagaba. Esta sintió la presencia del dios chacal y esbozó una extraña sonrisa. Por su corazón pasaron las imágenes de toda una vida, raudas y a la vez vívidas. Todos aquellos que la habían compartido desfilaron ante ella como sombras que terminaron por perderse. Muchos la aguardaban en el Más Allá, estaba convencida de ello, para abrazarla de nuevo en los Campos del Ialú. Imaginó a su padre sonriéndole en toda su grandeza, a su madre, a la poderosa Nefertary, a la pobre Neferubity, a su nodriza, y cómo no a su querida Neferura. Allí estaban todos, esperando su llegada.

Sin embargo, fueron otros los últimos en pasar por su corazón. Estos venían a despedirse desde la orilla de los vivos: Ibu, a quien sentía tan cerca, la que asistiría a su último aliento; Tutmosis, que la sucedería en el trono como señor de las Dos Tierras, y a quien ella había respetado sus derechos al haber sido consagrado. Nunca albergó el menor ánimo de venganza contra él. Hubiese resultado sencillo eliminarlo pero no fue así, puede que debido a que el Egipto que ella quería gobernar siempre se encontraría en el camino del *maat*, o quizá porque en su sobrino viese la viva imagen de su adorado padre. Ahora estaba convencida de que Tutmosis se convertiría en un gran faraón que reinaría sobre un país mejor que el que la reina se había encontrado al asumir la corregencia.

Al poco Hatshepsut volvió a sentir un estremecimiento. Ante ella se presentaba una figura que conocía bien y que al instante le provocó una inmensa aflicción. Allí estaba él, tal y como siempre lo recordaría, discreto y misterioso, con el conocimiento desbordándose por cada poro de su piel; con aquella mirada profunda capaz de desnudar el alma más templada. No había resentimiento en su semblante, sino una expresión de infinito amor, el que siempre le había profesado, a pesar de su triste separación. Ella lo quería tanto... Sin poder evitarlo recordó el primer día que lo vio, y cómo se enamoró perdidamente de aquel hombre, desafiando las tradiciones que hacían imposible una unión semejante. Se vio de nuevo entre sus brazos cuando ambos se amaron por primera vez; rememoró la pasión desenfrenada que llegarían a vivir, los hijos que ella engendraría... Senenmut se presentaba para decirle que su cariño sería eterno y que jamás le guardaría rencor por lo ocurrido, pues esto resulta imposible entre las almas gemelas.

Sin poder evitarlo el corazón de la reina rompió a llorar. Senenmut había sido la verdadera razón de su vida. Todas sus ambiciones, humanas y divinas, apenas significaban nada ahora que Anubis le tendía la mano. Lo más grande de todo no habían sido los seis obeliscos que erigiera en Karnak, ni su maravilloso Djeser Djeseru levantado en Deir el Bahari; no... Lo más valioso era el inmenso amor que ambos amantes se habían profesado, el que les había convertido en dos seres únicos, capaces de enfrentarse a la intransigencia de un país que deseaban cambiar. Ese sería su legado, y cuando Hatshepsut sintió como su *ba* se desprendía de su cuerpo y la vida se le escapaba, miró por última vez al cielo estrellado que se asomaba al fondo, a través de la terraza, para ver como este lloraba desconsoladamente ante su marcha. Desde el vientre de Nut, Isis sollozaba para cubrir la noche de luceros sin fin; eran las lágrimas de Isis, que en aquella hora la diosa madre derramaba por su hija más querida. Hatshepsut, la diosa sin trono. Sin ella, Egipto no volvería a ser igual.

Y así fue como, con cuarenta y siete años, el día nueve del mes de *Meshir*, segundo de *Peret*, la estación de la siembra, finales de diciembre, del año veintidós de la corregencia, Maatkara pasó a la otra orilla en compañía del incansable Anubis, a quien ella misma le había dedicado dos capillas en el Sublime de los Sublimes.

Tras los setenta días de luto se llevó a cabo el sepelio, encabezado por Tutmosis. No fue un entierro real, ya que Menkheperra figuraba como rey investido desde hacía veintidós años, y por tanto no se consideraba sucesor al trono. El faraón se limitó a oficiar la ceremonia y a depositar los restos de Hatshepsut en su cámara mortuoria, situada a más de doscientos metros de la entrada de una tumba que se encargaron de sellar. Sin embargo, fueron muchos los que acompañaron al cortejo fúnebre hasta el hipogeo excavado por la reina. Todos los grandes de Egipto se encontraban allí, y entre ellos Senenmut, que permaneció discretamente apartado, con la mirada ahogada por las lágrimas, sepultado por la pena. En aquella tumba, que él tan bien conocía, quedaba enterrada la gran Hatshepsut, la mujer que él había amado sobre todas las cosas.

Apenas una semana después, Tutmosis marcharía a la guerra hacia las tierras de Retenu, en la que sería la primera de las diecisiete campañas que llevaría a cabo durante su reinado y que convertirían a Egipto en un imperio.

29

Los años fueron pasando sin que Senenmut tuviese apenas noción de ello. A una inundación le seguía otra y a una expedición militar, otra más. Kemet se ensanchaba hacia el oriente, y con ello otros vientos llegados de aquellas tierras vinieron a influir en las viejas costumbres y a traer nuevos hábitos. Debido a las conquistas de Tutmosis las riquezas entraron por doquier, y Egipto se habituó al lujo y también al dispendio. Para el escriba el país de Kemet tomaba una nueva dimensión de la que se sentía alejado. Su mundo había muerto hacía tiempo, y solo le quedaba aquel templo en el que vivía alejado de todo lo que no fuese honrar a los dioses. Entre sus muros pasaba su tiempo, siempre dedicado al estudio, a la búsqueda permanente del conocimiento, y a oficiar los ritos diarios a Montu, de quien continuaba siendo su sumo sacerdote. A la caída de la tarde le gustaba pasear por la orilla del Nilo, perdido en sus pensamientos y disquisiciones, en tanto se embriagaba con la esencia de lo que él consideraba el Egipto profundo.

A veces le llegaban noticias del norte, acerca de las victorias de Menkheperra y la gloria que este conseguía para la Tierra Negra, pero el viejo escriba se encogía de hombros pues, antes que nadie, Senenmut ya adivinó que Tutmosis llegaría a ser un gran conquistador. Sin embargo, aquella semilla de resentimiento que el escriba había visto en el corazón del monarca había fructificado con el paso de los años. Menkheperra había excavado una nueva tumba para su abuelo en el Valle de los Reyes, para extraer los restos de Aakheperkara de su anterior hipogeo y depositarlos en ella, en un nuevo sarcófago en el que no hubiese ningún rastro de Hatshepsut. Esta quedó sola y olvidada en su inmenso sepulcro, y Tutmosis borró su nombre de muchos de los monumentos en los que se hallaba inscrito. Sin embargo, se abstuvo de perseguir su memoria por completo, ni tampoco la de Senenmut, a quien siempre tendría en gran estima. Este se sorprendió al enterarse de que Tutmosis había grabado varias estatuas reales con su nombre. Al parecer las había depositado en el Djeser Ajet, el antiguo Kha Ajet, el templo que Thutiy había levantado en Deir el Bahari y que había sido motivo de disputa entre Senenmut y su amada Hatshepsut. Ahora Menkheperra se había apropiado de él y cambiado su nombre, algo que no sorprendía al antiguo mayordomo, pues él mejor que nadie sabía cómo eran las cosas en el país de los dos mil dioses.

Sin duda, Egipto se encaminaba hacia otra época, siguiendo el curso de los tiempos, aunque en esencia todo discurriera igual. Las mismas intrigas, idénticas ambiciones y la búsqueda del poder por encima de todo lo demás. Sin embargo, Shai le tenía reservada una sorpresa que hizo sonreír al escriba, y hasta le colmó de felicidad. No todo había acabado tan mal, ya que Merytra Hatshepsut había terminado por casarse con Tutmosis para convertirse, de este modo, en Gran Esposa Real, *hemet nisut weret*. Su hija menor era reina de las Dos Tierras, y para mayor ventura había dado un heredero al faraón, un príncipe a quien habían puesto por nombre Amenhotep y que, si Anubis así lo permitía, algún día sería dios de las Dos Tierras; un nieto suyo...

Semejante posibilidad le había hecho retomar durante algún tiempo sus viejas ambiciones. Senenmut no tenía remedio, estaba en su naturaleza, y mientras paseaba junto al río se perdía en sus juicios acerca de cómo debería conducirse Amenhotep para gobernar con mano firme y sabia. Que un descendiente suyo fuese a ocupar el trono de Horus suponía un sueño impensable para un simple *sesh mes* como él, toda una quimera que el destino se había encargado de hacer posible después de una vida al servicio de su capricho. Así era Shai, aunque en esta ocasión Senenmut se alegrara de ello, sobre todo por el hecho de que la sangre de Hatshepsut, a la postre, se perpetuara a través de su nieto Amenhotep. En cierto modo su lucha no había resultado baldía, y la legitimidad que un día recibiera la gran reina de manos de su abuela Nefertary seguiría transmitiéndose a los reyes de aquella dinastía.

Maatkara... No había día en que no pensara en ella. Sin proponérselo su imagen se le presentaba en cualquier momento para recordarle que ella continuaba viva en el corazón de su antiguo mayordomo, que jamás lo abandonaría, pues sus *kas* continuaban unidos. Se trataba de un milagro, sin duda, aunque ya octogenario Senenmut estuviera convencido de que los prodigios del corazón eran siempre verdaderos, ya que nadie puede engañar a las emociones. Era preciso escucharlas, y ahora que veía la vida desde el final de su camino se lamentaba por no haberse dejado llevar por ellas en determinadas ocasiones. Todo formaba parte de un aprendizaje que terminaba con el último paso.

Algunas noches recibía la visita de Nakht. Su viejo maestro parecía incansable, pues después de tantos años aún se le presentaba en sueños para recriminarle por su ambiciosa naturaleza y su taimada vanidad. Nakht era el hombre más sabio que Senenmut había conocido y, al volver la vista hacia el pasado, era justo reconocer que tenía mucha razón al reprenderle. Aquella ambición había llegado a devorarlo, a pesar de que el escriba hubiese sabido disimularla con maestría; mas ahora no podía engañarse. Los noventa y dos títulos que había llegado a ostentar eran una buena prueba de ello; incluso había pretendido convertirse en rey del Bajo Egipto, aunque fuese a través del uso de la magia. Este particular le había dado mucho que pensar, y ahora solo pedía a los cuarenta y dos dioses que le juzgarían que no se lo tuvieran en cuenta cuando se presentara ante ellos en la Sala de las Dos Verdades, pues en verdad que era algo disparatado.

Por otro lado, Senenmut no había regresado a Tebas desde el fallecimiento de Maatkara. Allí había quedado olvidado su hipogeo excavado junto al de Djeser Djeseru, así como una tumba en la que no pensaba enterrarse. Deseaba que sus restos descansaran en un discreto sepulcro; humilde, como lo eran sus orígenes. Una sepultura que recibiera los rayos de Ra cada mañana, en la que solo estaría acompañado por alguno de sus queridos papiros, ya que esperaba poder seguir aprendiendo cuando llegase al Más Allá.

Hacía más de veinte años que su amada había abandonado la orilla de los vivos y, sin saber por qué, aquella tarde Senenmut tuvo la impresión de que al fin le llegaba su hora. Hacía tiempo que la esperaba, y no comprendía como Osiris le había permitido alcanzar una edad tan avanzada. Al retirarse a sus aposentos a descansar, el viejo escriba sintió la necesidad de escribir unas líneas, quizá porque percibiera que pudieran ser las últimas y quería dejar plasmado su arrepentimiento por todo lo que la vanidad le había empujado a hacer.

Quieran los dioses serme propicios y la tierra de Egipto alumbrarme en mi oscuridad. La magia que todo lo envuelve parece mecerse en las sagradas aguas del Nilo para perderse después en las arenas del desierto occidental, pues tal es su privilegio; un poder capaz de sobrepasar el entendimiento, de mostrarme mi insignificancia...

Sin embargo, el escriba no pudo continuar escribiendo. Se sentía más fatigado que de costumbre, y tras dejar su cálamo sobre el papiro, fue a tumbarse en el lecho, donde permaneció inmóvil pues le costaba respirar. Sin saber por qué se vio invadido por el cansancio, un cansancio desacostumbrado, que nunca antes había experimentado y que le llevó a cerrar los ojos, pues los párpados le pesaban como el granito. No obstante, por alguna extraña razón, era capaz de ver en aquel habitáculo apenas iluminado por una débil bujía. Al fondo, las sombras creaban un espeso cortinaje que parecía formar parte de un escenario ilusorio que, sin embargo, a Senenmut se le antojó real. Sin poder evitarlo se sintió agitado y tuvo la certeza de que la obra de su vida finalizaba en ese instante.

Fue entonces cuando unos ojos felinos se perfilaron en la oscuridad para mirarlo con fulgor. Senenmut los reconoció al momento, así como el rostro que se dibujó a continuación, pues nunca podría olvidarlo. Aquella nariz, aquellos labios, aquel semblante de diosa... Era Hatshepsut, tal y como la recordaba en su juventud, hermosa y a la vez desafiante, que le sonreía con amor.

Senenmut se dejó envolver por la magia de su amada hasta verse invadido por una felicidad desconocida, inmensa, como no había sentido en su vida, que le llevó a pronunciar el nombre de su gran amor, una vez más. Entonces, de entre la penumbra surgieron unas manos que fueron a tomar las del escriba. Este las notó cálidas, rebosantes de esperanza. Hatshepsut se lo llevaba, y Senenmut se asió a ellas, al instante, dispuesto a no soltarlas jamás. Ya nada podría volver a separarlos.

30

El agua fluía con la pereza propia de la estación. Era el mes de *Paone*, segundo del período de la recolección, y la Tierra Negra se preparaba para llenar sus campos de abundancia antes de que se produjese una nueva inundación. Se trataba del ciclo eterno, el que convertía a Egipto en un don del Nilo, en un país tan distinto a los demás. Desde la orilla Ibu se dejaba embriagar por el perfume que destilaba Kemet, sus huertos y labrantíos, la sutil fragancia que le otorgaban sus dos mil dioses. No existía nada que se le pudiera comparar, y mientras pensaba en ello, la que fuera hermana de leche de Hatshepsut paseaba su mirada una y otra vez por aquel vergel sin igual del que ya nunca podría separarse. Ella formaba parte de él, de aquel río que languidecía a la espera de la llegada de la crecida, de la historia que le había tocado vivir y de la que se sentía tan orgullosa, del Egipto grandioso por el que se había paseado en compañía de gigantes. ¿De qué otra forma podría definir a Hapuseneb, a Nefertary, a Aakheperkara, a Senenmut...? Ibu estaba convencida de que no nacería en Kemet nadie que se les pudiera comparar, aunque por encima de todos se encontraría la reina de las reinas, Hatshepsut. Su nombre siempre quedaría ligado a las Dos Tierras, pues ella representaba su verdadera esencia, la auténtica identidad del país de Kemet. Nadie podría acabar con su recuerdo mientras Egipto existiera, aunque su memoria fuese perseguida durante milenios. He aquí su grandeza. Maatkara volvería a la vida para mostrar a los tiempos venideros lo que fue capaz de hacer con firmeza y determinación por una tierra que amaba profundamente. Ya en la vejez, Ibu pensaba a menudo en ello, en lo caprichoso que Shai había llegado a ser, en lo pronto que Karnak había olvidado el nombre de la reina. Sin embargo, Hatshepsut se encontraba por doquier, pues su legado cubría toda la tierra de Egipto al haberlo alumbrado con sus sublimes monumentos; incluso el río evocaba su recuerdo desde la lejana Elefantina, ya que Ibu podía escucharlo en el rumor de la corriente, quizá susurrado por Hapy, el dios del Nilo.

Tras la desaparición de su real hermana Egipto había cambiado sus dorados años de paz por otros de permanentes conflictos. Tutmosis era un dios guerrero y había dedicado la mayor parte de su reinado a ensanchar las fronteras de Kemet hasta los confines del mundo conocido, para crear un imperio después de combatir en diecisiete campañas. Ningún otro faraón había sido tan poderoso como él, y las Dos Tierras se sentían orgullosas con un rey que honraba a los dioses y gobernaba con sabiduría.

Sobekhotep había acompañado a su señor a todas y cada una de las guerras. Había nacido para eso, aunque ni Ibu ni su esposo hubiesen podido encontrar una explicación. Ahora se había convertido en un personaje influyente, nada menos que *mer mes*, general de los ejércitos, y vivía cerca del faraón, ya que eran grandes amigos. Sobekhotep tenía su propia familia, e Ibu apenas los veía, pues esta vivía en su retiro dorado, en una de las propiedades que le regalara su hermana, cerca de Tebas, junto a la orilla del Nilo, en compañía de Neferheru.

Ibu suspiró al regresar de todos aquellos pensamientos para dirigir su atención hacia una de las muchas islas que se formaban en el río durante el período de las aguas bajas. Esta se encontraba muy próxima a la orilla y en ella, todas las tardes, un enorme cocodrilo se tumbaba sobre la arena para sestear al sol hasta que este comenzaba a ponerse. En ocasiones pasaba horas allí hasta que desaparecía, y siempre que Ibu se sentaba en la ribera cercana a su casa, el saurio la miraba desde la distancia con evidente curiosidad. Neferheru aseguraba que desde aquel lugar Sobek cuidaba de ellos, para que no sufrieran ninguna desgracia, pues el poder del señor de las aguas no tenía igual. Ibu se admiraba ante semejantes reflexiones, aunque en el fondo de su corazón pocas cosas pudieran ya asombrarla. Su esposo había sido el gran regalo de su vida, y muchas veces había reflexionado acerca de cómo era posible que la unión entre la hija de una nodriza real y un barbero mudo hubiese resultado más feliz que la mantenida entre una reina y el hombre más sabio de Egipto. Ibu nunca entendería al destino, aunque siempre bendeciría a Shai por la felicidad que les había proporcionado.

Neferheru había estado al servicio del dios durante muchos años, hasta que Tutmosis le dio licencia para retirarse con su esposa a disfrutar de un merecido descanso. En el campo ambos eran muy dichosos, pues apenas carecían de nada. Vivían como siempre habían soñado, y por las noches gustaban de contemplar el profundo cielo tebano en el que Nut mostraba su vientre tachonado de estrellas. En ocasiones pasaban horas extasiados, observando los luceros, al tiempo que buscaban con la mirada a sus seres queridos. Hatshepsut y Senenmut de seguro se encontrarían allí, convertidos en rutilantes estrellas, pues no en vano un día habían sido capaces de iluminar a Egipto con su fulgor. Era el lugar que les correspondía, donde podrían amarse cada noche hasta el fin de los tiempos.

Un día había ocurrido un milagro, pues ante el asombro de propios y extraños Neferheru recuperó el habla, sin proponérselo, sin que nadie pudiera encontrar otra explicación que no fuese la de la intervención divina. Solo Sobek podía haber sido el artífice de semejante prodigio, y todos coincidieron en que el dios cocodrilo había decidido devolver al buen barbero lo que un día le quitó. Ahora Neferheru gustaba de hablar en voz alta, según él para que todo el mundo supiera que los prodigios eran posibles, pues no había más que fijarse en su persona para dar buena fe de ello. Así ocurrían las cosas en Egipto.

Ibu dio un respingo al escuchar los pasos de su esposo que se le acercaba, y al punto se levantó para ofrecerle las manos.

Él las tomó, sonriente, y luego ambos dirigieron la vista hacia el río mientras el sol se ocultaba. Desde la arenosa isla el cocodrilo los observó con atención, y acto seguido se levantó, indolente, para después desaparecer bajo las aguas.

—Regresa a su reino —dijo Neferheru, respetuoso.

—El mismo que te trajo hasta mí —respondió Ibu, en tanto lo miraba a los ojos.

Neferheru asintió y ambos se besaron con ternura. Luego se tomaron de la mano y desaparecieron por el sendero que conducía a su casa. Pronto caería la noche y ellos volverían a mirar las estrellas convencidos de que, desde lo alto, Hatshepsut y Senenmut los bendecían.

Nota del autor

Hablar de Hatshepsut significa retroceder a un tiempo evocador en el que Egipto se preparaba para vivir una edad dorada tras el advenimiento de una dinastía que resultaría gloriosa: la XVIII.

Sin embargo, la figura de Hatshepsut, aún hoy en día, continúa rodeada de halos de misterio y brumas históricas difíciles de desentrañar. Casi todo lo que se conoce acerca de esta gran reina se debe al legado impreso en los grandiosos monumentos que erigió, pues su memoria fue perseguida durante milenios. Todavía en la actualidad los investigadores no se ponen de acuerdo acerca de la verdadera personalidad de la reina, ni del papel que desempeñaron algunos de los protagonistas de su historia. Todo alrededor de Hatshepsut parece encontrarse envuelto en el enigma, aunque el escenario en el que se desarrolló su existencia sea aceptablemente conocido. Es preciso de una acción detectivesca para esclarecer gran parte de lo que pudo ocurrir durante su reinado; sin embargo, hoy en día existen pocas dudas de que este resultó beneficioso para su pueblo.

Durante años el personaje de Hatshepsut ha sido tratado como el de un ser ambicioso, e incluso sin escrúpulos, que no había dudado de aprovecharse de la situación política que la rodeaba para conquistar el poder por medio de las peores artes, hasta ser calificada como usurpadora.

Existen muchas obras históricas que nos cuentan cómo era aquel Egipto del siglo XV a. C., así como los motivos que llevaron a Hatshepsut a sentarse en el trono de Horus. Esta novela se hace eco de ellos aunque el autor haya aprovechado el género literario para fabular acerca de un período, sin duda, fascinante, con la única intención de dar vida a una figura histórica de primera magnitud que fue capaz de hacer valer unos derechos, en mi opinión legítimos, hasta conseguir gobernar las Dos Tierras. Para ello, esta gran mujer no dudó en enfrentarse a las viejas tradiciones, así como a un poder establecido al que consiguió doblegar, para conducir a Egipto con mano sabia durante veintidós años, tiempo en el que lo engrandeció con monumentos que aún perduran y no dejan de asombrarnos.

No cabe duda de que parte de la vida de Hatshepsut continúa siendo desconocida, lo cual confiere una aureola enigmática alrededor de esta reina que la hace aún más atractiva. Todo en Maatkara invita a la ensoñación, y de ello se ha valido el autor para realizar su obra. Para llevarla a cabo ha sido preciso una ardua labor de investigación, aunque a la postre se trate de un trabajo de ficción. No obstante, todos los hechos históricos que se narran han tratado de ajustarse a la realidad, dentro de la dificultad que entraña hablar de una época tan lejana. Pero ¿cómo fue Hatshepsut, y su relación con cuantos la rodearon?

Resulta evidente que solo una mujer con coraje y gran determinación hubiese sido capaz de alzarse en un mundo de hombres. En los restos arqueológicos que todavía se conservan es fácil entrever que Hatshepsut fue un personaje de fuerte carácter, que no dudó en hacer la política que más le interesaba para salir vencedora en una lucha que inició cuando apenas contaba con doce años de edad.

El ambiente familiar que rodeó a nuestra reina también se halla salpicado de interrogantes. Su tío, Amenhotep I, no tuvo descendencia y su tumba, que se supone se encuentra en algún lugar de la necrópolis tebana, no ha sido todavía descubierta, aunque se le haya atribuido la KV39 (King Valley 39, según la numeración empleada para designar las tumbas en el Valle de los Reyes) como la más probable, pues la momia de este rey fue encontrada en el escondrijo de Deir el Bahari en 1881, hoy conocido como DB320.

En cuanto a su padre, Tutmosis I, se desconoce en realidad quién pudo ser su progenitor. Hay investigadores que apuestan porque Aakheperkara fuese hijo de Amenhotep I, aunque existen otras muchas teorías, entre ellas la del príncipe Amosis Sapair, que a la postre ha sido por la que se ha decidido el autor. Tutmosis I tuvo que legitimar su derecho al trono por medio de la unión con una princesa real, en este caso Ahmés Tasherit, «la joven», que es lo que significa su nombre, la hija menor de Nefertary. Esta última figura resultaría esencial en la vida de nuestra protagonista, y sin ella Hatshepsut nunca hubiese sido capaz de alcanzar el poder. La reina madre estuvo detrás de los pasos de su nieta, y con su enorme influencia diseñó la estrategia para llevar a cabo sus fines. Su pacto con el clero de Amón es verídico, tal y como se cuenta en esta obra, y con él consiguió que fuesen las reinas quienes dieran la legitimidad a través de su sangre a quien quisiera gobernar Egipto.

Hoy existen pocas dudas acerca de las diferencias que hubo entre las dos ramas familiares próximas a Hatshepsut. La relación entre la ascendencia real y Mutnofret debió ser, como poco, distante, y Hatshepsut nunca hizo la menor referencia a esta reina, tal y como si no existiera.

Sin embargo, resulta evidente el inmenso amor que Maatkara sintió hacia su padre. Existen multitud de pruebas que así lo confirman, aunque el hecho de que la reina se hiciese enterrar junto a Tutmosis sea la más evidente de todas. Aakheperkara fue un gran faraón, a quien su hija siempre admiró, aunque este no fuese capaz de nombrar a su primogénita sucesora al trono, seguramente porque era consciente de las consecuencias que esto podría conllevar. El camino que condujo a Hatshepsut hasta la corona fue el mejor posible, y en él es seguro que participó Tutmosis. El faraón era consciente de la incapacidad de su hijo menor para gobernar, y por tal motivo nombró a Hatshepsut corregente junto a su hermanastro.

La figura de Tutmosis II es efímera, ya que reinó durante poco más de tres años, aunque algunos especialistas como W. Hayes le hayan atribuido un reinado de hasta dieciocho años. A su posible momia, también descubierta en la DB320, en un principio se le atribuyó una vida de unos treinta y cinco años, aunque los últimos exámenes forenses determinan que murió antes de cumplir los diecisiete. Sus deficiencias mentales quedan claramente expuestas por Ineni en sus escritos, al asegurar que el joven «permanecía en su nido», expresión utilizada en aquellos tiempos para hacer ver la imposibilidad de valerse por sí mismo.

Es fácil imaginar cómo pudo ser la relación de Tutmosis II con su hermanastra, unos nueve años mayor y en plenitud de facultades, y se antoja difícil que una mujer de veinte años como Hatshepsut pudiera engendrar una hija de un niño de apenas doce, con sus capacidades disminuidas.

Sin duda, hubo dos facciones que lucharon por el poder desde las postrimerías del reinado de Tutmosis I, y los partidarios de Mutnofret consiguieron colocar a los descendientes de esta reina en el trono gracias, sobre todo, a Ineni.

Este hombre representó el poder en Egipto durante varios lustros, y fue el artífice de que Tutmosis III fuese coronado con apenas cuatro años de edad, sin apenas derechos. El desafío de Ineni a Hatshepsut tuvo consecuencias, pues tal y como se cuenta en la obra, la reina jamás lo perdonó, y no permitió que se enterrara en la espléndida tumba que el visir tenía dispuesta para él en el Valle de los Nobles.

Resulta incuestionable que dos hombres fueron fundamentales a la hora de que Hatshepsut pudiese seguir adelante con sus sueños: Hapuseneb y, sobre todo, Senenmut. Como primer profeta de Amón, Hapuseneb resultó esencial a la hora de recibir el apoyo del clero de Karnak. Este comenzaba a dictar la política en Egipto y, gracias a la ayuda incondicional del sumo sacerdote, Hatshepsut pudo mantenerse en el poder durante veintidós años. Es evidente que aquel respaldo tuvo sus contraprestaciones, ya que durante aquel período el templo de Amón amasó una verdadera fortuna, al tiempo que adquirió tal preponderancia, que ello sentaría las bases que le llevarían a tomar el poder cuatro siglos después, cuando sus riquezas sobrepasaban a las del propio Estado.

Senenmut representa un personaje capital en la vida de Hatshepsut. Un hombre con una capacidad prodigiosa que fue el artífice directo de la buena marcha de Egipto durante el gobierno de su reina, la mujer a la que, en mi opinión, amó apasionadamente.

En su figura queda representado el hombre educado en los templos, siempre infatigable en la búsqueda del conocimiento, y artífice de la mayor parte de las obras que se llevaron a cabo durante el reinado de Hatshepsut. Su templo de millones de años en Deir el Bahari, al que bautizaron como el Djeser Djeseru, todavía causa asombro, pues en verdad que resulta sublime. En esta obra Senenmut da una buena muestra de su genio así como del gran servicio que hizo con él a su señora. Él siempre se mostró sumamente discreto y eficiente en la sombra, aunque este autor se haya tomado alguna libertad respecto a dicho personaje que espero el lector sepa comprender.

Naturalmente, me refiero al pasaje amoroso mantenido con la bella Astarté, que solo es producto de la fantasía, y que ha sido utilizado para mostrar en Senenmut un carácter apasionado contrario al profundo misticismo que, sin duda, poseía, y que no obstante creí necesario a la hora de poder mantener una relación amorosa con una mujer de la fuerza y carácter de Hatshepsut, cuya pasión desbordante queda reflejada en la obra que nos legó. Solo un hombre excepcional que estuviera a su altura pudo haber sido amado por una diosa como ella.

La Historia no ha reconocido el vínculo mantenido entre ambos como amoroso, aunque existen claras evidencias que así lo hacen sospechar. Ambos están representados juntos en muchos monumentos, y en ocasiones con el mismo tamaño, lo cual demuestra que los dos se consideraban como iguales. En diferentes textos Senenmut es declarado como «gran amigo único de su amada Hatshepsut», y su proximidad a la reina queda fuera de toda duda al comprobar los innumerables favores que recibió de ella. El que fuese mayordomo real llegó a ostentar nada menos que noventa y dos títulos, un hecho irrepetible en la historia de Egipto, al tiempo que fue autorizado a esculpirse un número indeterminado de estatuas de las que se conocen veinticinco, algo inaudito para un hombre que no pertenecía a la realeza. En todas ellas Senenmut hace referencia a los inmensos favores recibidos de Maatkara, a quien no hay duda que dedicó su vida, ya que este personaje permaneció soltero y no se le conoce descendencia.

Su íntima relación con Hatshepsut se hace evidente en el templo de Deir el Bahari, donde Senenmut se halla representado hasta en sesenta ocasiones, siempre cerca de su amada. El propio hipogeo, hoy conocido como TT353, excavado junto al monumento funerario de la reina, el Djeser Djeseru, fue concebido como una parte del mismo, y con el claro propósito de mantener al escriba unido a su señora para toda la eternidad por medio de la magia. Es imposible que Senenmut lo construyera sin la autorización de la reina, al tiempo que resulta evidente que no fue proyectado como una tumba, ya que no es posible poder introducir un sarcófago por alguno de los corredores del monumento. La TT353 es, sin duda, un túmulo enigmático, y su extraordinario techo astronómico es el más antiguo que se conoce.

La figura de Neferura también se encuentra íntimamente ligada a Senenmut. En cinco de las estatuas que el mayordomo se hizo esculpir, este está representado con la princesa, siempre en una actitud paternal y protectora que invita a pensar que Neferura fuese hija del escriba, como se cuenta en esta obra. En cuanto a los orígenes de Merytra Hatshepsut, hasta hace años se pensaba que bien pudiera ser una sobrina de la reina, aunque hoy en día parece claro que se trató de la segunda hija de esta. Senenmut así nos lo confirma cuando dice que fue preceptor tanto de la hija mayor Neferura, como de la menor Merytra Hatshepsut, quienes se llevaban unos cuatro años de edad de diferencia.

Sin duda, hay grandes enigmas por resolver, como, por ejemplo, la ruta que Nehesy pudiera seguir en su viaje al misterioso país de Punt. Existen diversas teorías al respecto, pues algunos investigadores proponen que se efectuó río abajo hasta desembocar en el Mediterráneo para luego navegar por el mar Rojo hasta el delta del Gash, cerca de Kassala, donde se supone que podría encontrarse el legendario Punt. Otros autores apoyan la teoría de que la flota navegara hasta Menfis para luego alcanzar el mar Rojo a través de los Lagos Amargos, o incluso haberse dirigido hacia Koptos para encaminarse por el Wadi Hammamat hasta la costa de dicho mar, donde construirían los barcos en los que navegarían rumbo a su misterioso destino. También hay quien apoya la idea de que la expedición remontara el río durante la crecida con el fin de poder superar las cinco cataratas a las que deberían enfrentarse, para luego ascender por el río Atbara hasta el delta del Gash. Sin duda, se trata de una posibilidad interesante de no ser porque en los bajorrelieves de Deir el Bahari, en los que se halla representada la expedición, se puede observar con claridad la fauna marina bajo las quillas de las embarcaciones. Por este motivo el autor de esta obra se abstuvo de profundizar en un viaje que, sin duda, fue fascinante, y no hace referencia a la ruta que pudo seguir aquella expedición.

La relación que Hatshepsut mantuvo con su sobrino ha sido motivo de un sinfín de teorías. Hasta hace pocos años se consideró que la reina había abusado del pequeño Tutmosis para usurpar el poder y poco menos que someterle a un secuestro político durante más de veinte años. Hoy en día se sabe que los hechos no ocurrieron así. Resulta evidente que Hatshepsut aprovechó la diferencia de edad para convertirse en regente y luego coronarse como rey del Alto y Bajo Egipto, pero no es menos cierto que sus derechos la invitaron a hacerlo, sobre todo debido a que el pequeño Tutmosis III fuese el bastardo de un rey que a su vez también había sido ilegítimo.

Sin embargo, la relación entre tía y sobrino no fue mala. La reina hubiese podido desembarazarse de Tutmosis con facilidad mas, no obstante, lo educó como correspondía a un príncipe heredero y le preparó para que en su día se convirtiera en un verdadero rey. No hay duda de que el joven faraón admiró a la regente, aunque al alcanzar la edad adulta diera muestras de resentimiento hacia ella.

Es ampliamente aceptado que Tutmosis se casó con Neferura, aunque haya autores que consideren que esta nunca fue Gran Esposa Real. Resulta obvio que para legitimar sus derechos al trono Tutmosis tuvo que casarse con una princesa de sangre real, y esta solo podía ser Neferura, la primogénita a quien tanto amaba Senenmut.

En un fragmento procedente de una estela que se encuentra en el Museo de El Cairo, puede observarse a Neferura como Gran Esposa Real de Tutmosis III, a pesar de que su nombre haya sido borrado para sustituirlo por el de Isis, la madre de dicho rey. No se conoce con seguridad el final de Neferura, aunque su figura desaparece de la Historia a partir del año decimosexto del reinado de su madre.

El propio final de Hatshepsut continúa siendo un misterio. Las últimas menciones a la reina datan del año veinte. Sin embargo, durante el reinado de Ptolomeo II, el historiador egipcio Manetón da una duración para el reinado de Hatshepsut de veintiún años y nueve meses, que es el que ha utilizado este autor para la obra.

La gran reina fue enterrada en su segunda tumba, la hoy conocida como KV20, la más larga de todas las excavadas, con doscientos trece metros, que sería descubierta en tiempos de la expedición napoleónica de finales del siglo XVIII. Sin embargo, fue Howard Carter quien la desescombró, para hallar en su interior dos sarcófagos de cuarcita amarilla vacíos, que habían correspondido a Hatshepsut y a su padre, Tutmosis I.

Durante mucho tiempo se ha especulado sobre cómo pudo ser el final de la vida de Hatshepsut. Sobre este particular se han vertido todo tipo de conjeturas, desde el asesinato hasta la muerte natural. Su tumba fue saqueada ya en época faraónica, aunque Carter descubrió en su interior restos de su ajuar funerario, que prueban sin ningún género de dudas que la reina fue enterrada como correspondía. Sin embargo, el cuerpo de Hatshepsut no se encontró, y hubo que esperar a que en 1966 la egiptóloga norteamericana E. Thomas propusiera que la momia anónima encontrada en el suelo de la KV60 podría ser la de esta reina.

En 1989, el también norteamericano D. P. Ryan se interesó por esta teoría, y tras desescombrar la entrada a la tumba llegó hasta la cámara mortuoria, donde halló los restos de una momia, despojada de sus vendas, que mostraba la actitud típica de las reinas de la XVIII dinastía: el brazo derecho estirado a lo largo del cuerpo, y el izquierdo doblado sobre el pecho. El cuerpo se encontraba bien conservado, y había vestigios de cabello de color rojizo y claras evidencias de que al morir aquella reina debió ser obesa. Ryan también descubrió restos de una máscara de oro, seguramente perteneciente a un sarcófago, en cuya barbilla observó el hueco en el que solía ir añadida la barba ritual que portaban los reyes. La tumba en cuestión, la KV60, pertenecía a Sat Ra, la nodriza real, cuyos despojos descansaban en su ataúd, y ello llevó a pensar que la momia depositada en el suelo bien pudiese ser la de su amada Hatshepsut. El doctor Harris la examinó en 1990 para determinar que la edad de aquella mujer al morir debió estar en torno a los cincuenta años, que padeció diabetes y que sufría un cáncer de tipo óseo.

Así quedaría la cuestión hasta que el azar vino a intervenir un día de forma inesperada. Años después, al examinar detenidamente una caja de madera con el nombre de Hatshepsut grabado en ella, que había sido descubierta en el escondrijo de Deir el Bahari más de un siglo atrás, se encontró una muela entre los restos de vísceras hallados en su interior. El doctor El Beheri, de la Universidad de El Cairo, se encargó de dictaminar que dicha muela encajaba milimétricamente en un hueco de la encía de la supuesta momia de Hatshepsut depositada en la KV60, y así, el doctor Zahi Hawass determinó que aquellos restos pertenecían a la gran reina, aunque habrá que confirmar esta hipótesis con las pertinentes pruebas de ADN que hay previsto realizar en un futuro.

El rastro de Senenmut también se pierde en el tiempo. Siempre se ha supuesto que su desaparición a partir del año dieciocho del reinado de Hatshepsut se debió a su fallecimiento, o bien por caer en desgracia con la reina. Sin embargo, hoy se sabe que entre veinte y veintisiete años después de la muerte de Maatkara, Senenmut todavía vivía, ya que se hallaron dos estatuas suyas en el Djeser Ajet, el monumento construido por Tutmosis III entre los años cuarenta y dos y cuarenta y nueve de su reinado, y que demostraría que el viejo escriba estaba vivo y mantenía una buena relación con el faraón.

Este autor ha tomado en consideración la teoría de C. Desroches Noblecourt en la que apuesta por una paulatina separación entre Hatshepsut y su mayordomo a consecuencia de la erección de los dos obeliscos que levantó la reina en el interior de la *iunit*, y que llevaría a desmantelar dicha sala.

Nada se conoce acerca del paradero de la momia de Senenmut, pues no se enterró en ninguna de las dos tumbas que se había hecho excavar, la TT353 y la TT71. En esta última quedaría su sarcófago, que más tarde sería destruido y reducido a más de dos mil cuatrocientos pedazos. Junto a esta última sepultura se hallaron restos de algunos de sus seres queridos, entre ellos el de su pequeña yegua y el de su mono, tal y como se cuenta en esta obra.

No hay duda de que la memoria de Hatshepsut fue perseguida, aunque habría que esperar a los últimos años del reinado de Tutmosis III para asistir a la destrucción de parte de su legado. Muchos estudiosos convienen en afirmar que no fue la figura de Hatshepsut la que se persiguió, sino la de Maatkara. De hecho su nombre nunca figuraría en las listas reales, y nadie reconoció su coronación del año siete como legítima, ni siquiera su antiguo preceptor y gran amigo de su padre, Amosis Penejbet, que todavía vivía a la muerte de la reina.

En Deir el Bahari se procedió a la destrucción sistemática de muchos de sus colosos, a los que se comenzó a desmantelar eliminando en primer lugar sus *ureus*, para de este modo neutralizar el poder mágico de las cobras reales. Tutmosis III reemplazó el nombre de su tía por el suyo propio, el de su padre o el de su abuelo Tutmosis I en muchos de los monumentos, aunque sería durante la revolución religiosa llevada a cabo por Akhenatón y, sobre todo, en los reinados de Seti I y Ramsés II, cuando la persecución se haría más feroz.

Como suele ocurrir, la historia del antiguo Egipto lleva prendidos enigmas aún por esclarecer, lo que hace de la tierra de los faraones un lugar misterioso en el que todavía es posible soñar.

La mayor parte de los personajes que desfilan por esta obra son reales, sin embargo, otros resultan producto de la imaginación del autor. Así, Ibu, Astarté, Neferheru, Sehem, Nakht o Sobekhotep, nunca existieron, aunque a través de su participación haya sido posible configurar el entramado con el que poder viajar al fascinante mundo de Hatshepsut.

Las Lágrimas de Isis nos transporta a un tiempo distinto al nuestro, en el que la magia formaba parte sustancial de la vida de los habitantes del Valle del Nilo. Sin ella el Egipto de Hatshepsut no podría entenderse. Confío en que esta obra haya mostrado una parte del misterio que envolvió la vida de Maatkara, la diosa que un día gobernó las Dos Tierras.

ANTONIO CABANAS,
febrero de 2019

Vista panorámica del impresionante paisaje en el que está construido el templo funerario de Hatshepsut, también conocido como Djeser Djeseru, «el Sublime de los Sublimes», diseñado y construido por Senenmut.

Rampa de entrada al templo.

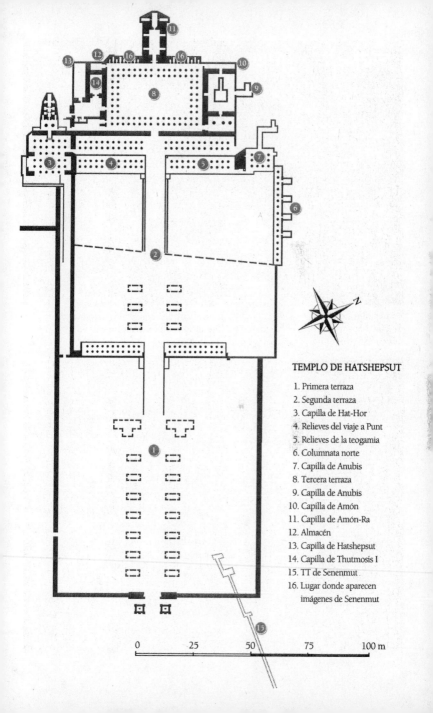

TEMPLO DE HATSHEPSUT

1. Primera terraza
2. Segunda terraza
3. Capilla de Hat-Hor
4. Relieves del viaje a Punt
5. Relieves de la teogamia
6. Columnata norte
7. Capilla de Anubis
8. Tercera terraza
9. Capilla de Anubis
10. Capilla de Amón
11. Capilla de Amón-Ra
12. Almacén
13. Capilla de Hatshepsut
14. Capilla de Thutmosis I
15. TT de Senenmut
16. Lugar donde aparecen
    imágenes de Senenmut

0   25   50   75   100 m

Notas

1. Con este nombre denominaban los antiguos egipcios a su país; significa la Tierra Negra.

2. De este modo se referían a Egipto debido al color de la tierra del valle al ser anegada por el limo que arrastraba el Nilo durante la inundación anual.

3. De esta forma se referían al Alto y Bajo Egipto.

4. De este modo se referían los antiguos egipcios a la tierra de Canaán.

5. Así designaban los antiguos egipcios al faraón al considerarle una reencarnación del dios Horus.

6. Unidad de superficie equivalente a unos 2.700 metros cuadrados.

7. Véase Joyce Tyldesley. *Mitos y leyendas del Antiguo Egipto*, Crítica, pág. 77.

8. Principio del orden y la justicia inmutable.

9. Así se referían los antiguos egipcios a los preceptores y tutores de los infantes.

10. Área del Alto Egipto situada entre las actuales Edfu y Esna donde se levantó la antigua ciudad de Nekheb en la orilla oriental del Nilo, frente a la actual Kom el Ahmar.

11. Inscripción perteneciente a la tumba de Pahery. Véase C. Desroches Noblecourt. *Hatshepsut la reina misteriosa*, Edhasa, pág. 38.

12. De este modo se designaban a los magos y hechiceros en el Antiguo Egipto. También se llamaba así al cetro que simbolizaba el poder de gobernar del faraón.

13. Serpiente enorme e indestructible que encarna a las fuerzas del caos en el Más Allá. Era enemiga del dios Ra, a cuya barca sagrada atacaba durante su viaje nocturno.

14. Medida de volumen que durante la XVIII dinastía equivalía a 73 litros. El *hekat* fue otra de las medidas utilizadas en agricultura y correspondía a 4,78 litros. Un *hekat* de trigo pesaba 3,75 kilos.

15. Es lo que significa el nombre de Sekhmet.

16. Nombre con el que los antiguos egipcios se referían a Karnak. Significa «el más selecto de los lugares».

17. Los antiguos egipcios pensaban que en el corazón residía, además de las emociones, la capacidad de razonar, y que el cerebro solo producía mucosidades.

18. De este modo designaban los antiguos egipcios al mundo de los muertos.

19. Así llamaban los egipcios al mar Mediterráneo.

20. Diosa monstruosa con cabeza de cocodrilo, parte delantera de león y trasera de hipopótamo, que se encontraba presente en la sala del juicio final, donde se pesaba el corazón del difunto. En uno de los platos de la balanza se colocaba el corazón, y en el otro la pluma de la diosa de la justicia, Maat. Si el corazón pesaba más que la pluma el difunto era condenado y Ammit lo devoraba. Por ello es denominada «la devoradora de los muertos».

21. De este modo denominaban los antiguos egipcios a sus enemigos tradicionales.

22. Los soldados egipcios solían hacer recuento de sus víctimas amputando una de sus manos. Si el caído era incircunciso le cortaban el miembro viril.

23. De esta forma se referían los antiguos egipcios al pulso.

24. Los antiguos egipcios no utilizaban los dados para los juegos de azar, sino unos palos con los bordes romos o redondeados.

25. Este dios, que personificaba la magia, se representa como un hombre que porta una rana sobre la cabeza, al tiempo que sujeta dos serpientes en sus manos.

26. Modo en el que los egipcios llamaban al Gran Verde, el mar Mediterráneo.

27. Véase Elisa Castel. *Diccionario de Mitología Egipcia*, Alderabán, pág. 216.

28. Véase Teresa Bedman y Francisco J. Valentín. *Hatshepsut de reina a faraón de Egipto*, Esfera de los Libros, pág. 97.

29. Véase Elisa Castel. *Diccionario de Mitología Egipcia*, Alderabán, pág. 238.

30. Véase Elisa Castel. *Diccionario de Mitología Egipcia*, Alderabán, pág. 210.

31. Para más información veáse Teresa Bedman y Francisco J. Valentín. *Senenmut, el hombre que pudo ser rey de Egipto*, Oberon, pág. 39.

32. Véase Teresa Bedman y Francisco J. Valentín. *Senenmut, el hombre que pudo ser rey de Egipto*, Oberon, págs. 46-50.

33. El talento era una unidad de peso monetario utilizado en la Antigüedad. El talento ático, o griego, equivalía a 26 kilos, el romano a 32,2 kilos, el egipcio a 27 kilos, y el babilonio, de donde era originario, a 30,3 kilos. Es a este último al que se refiere Astarté.

34. Véase Elisa Castel. *Diccionario de Mitología Egipcia*, Alderabán, pág. 194.

35. Los antiguos egipcios no conocían el dinero, por lo que las transacciones se hacían por medio de intercambios. Para ello utilizaban un valor de referencia en forma de peso: el *deben*. Así, si, por ejemplo, alguien quería comprar un asno, ofrecía diversas mercancías que en conjunto sumaran el precio del pollino. A su vez el *deben* se subdividía en *quites*. El peso del deben varió a lo largo de la historia de Egipto, pero durante la XVIII dinastía la relación de pesos era la siguiente: 1 *quite*: 9 gramos; 10 *quites*: 90 gramos; 1 *deben*: 10 *quites*. A su vez, el *deben* podía ser de cobre, plata u oro.

36. Véase Elisa Castel. *Diccionario de Mitología Egipcia*, Alderabán, pág. 256.

37. De esta forma llamaban los antiguos egipcios a las tabernas donde también se podía disfrutar de la compañía de mujeres.

38. Véase Richard H. Wilkinson. *Todos los dioses del Antiguo Egipto*, Oberon, pág. 216.

39. Estas últimas plantas no tienen traducción, por lo que se desconocen sus nombres. Véase Begoña del Casal Aretxabaleta. *Hatshepsut la primogénita del dios Amón*, Alderabán, pág. 83.

40. De esta forma llamaban los antiguos egipcios a los escultores.

41. Estas figuras se hallaban en el interior del que hoy se conoce como IV pilono, y los obeliscos se encontraban en el exterior delante del V pilono.

42. De este modo se denominaba al miembro sin circuncidar.

43. Hay que recordar que el *quite* era una subdivisión del *deben* que equivalía a 9 gramos.

44. La semana egipcia constaba de 10 dias.

45. Los antiguos egipcios creían que la lechuga producía semen porque al machacarla salía de ella un líquido blanquecino, y que dicho semen nacía en los huesos.

46. Véase J. P. Corteggiani. *El gran libro de la Mitología Egipcia*, La Esfera de los Libros, pág. 588.

47. Para más información acerca de esta tumba véase C. Desroches Noblecourt. *Hatshepsut la reina misteriosa*, Edhasa, pág. 72.

48. Hasta la fecha se han encontrado 25 estatuas de Senenmut; un hecho insólito en la historia del Antiguo Egipto, al tratarse de un personaje que no pertenecía a la realeza.

49. Se ignora de qué pudo morir Tutmosis II, aunque al estudiar su momia se descubrió que su piel se hallaba llena de extrañas manchas escabrosas, tal como se cuenta en la obra.

50. Véase C. Desroches Noblecourt. *Hatshepsut la reina misteriosa*, Edhasa, pág. 87.

51. Unidad de medida equivalente, aproximadamente, a 0,523 metros.

52. Se calcula que la embarcación debía medir unos 63 metros de eslora por 40 de manga. Para más detalles véase C. Desroches Noblecourt. *Hatshepsut la reina misteriosa*, Edhasa, págs. 102-104.

53. Podríamos traducirlo como: «El equilibrio cósmico es la fuerza vital de Ra».

54. Aleación utilizada por los antiguos egipcios compuesta por un 75 % de oro, un 22 % de plata, y un 3 % de cobre.

55. Se trata del VIII pilono. Posteriormente, la figura de Hatshepsut fue usurpada por Amenhotep II para mostrarse así como protector de Egipto.

56. Las prescripciones egipcias usaban la unidad de 5 *ro* que equivalían, aproximadamente, a 80 ml.

57. Véase C. Desroches Noblecourt. *Hatshepsut la reina misteriosa*, Edhasa, pág. 144.

58. Véase C. Desroches Noblecourt. *Hatshepsut la reina misteriosa*, Edhasa, pág. 146.

59. Véase C. Desroches Noblecourt. *Hatshepsut la reina misteriosa*, Edhasa, pág. 150.

60. Para la reconstrucción de todas estas ceremonias, véase C. Desroches Noblecourt. *Hatshepsut la reina misteriosa*, Edhasa, págs. 145-150.

61. Es lo que significa Deir el Bahari en árabe, debido a que, durante los siglos VII y VIII de nuestra era, se levantó al noroeste de la tercera terraza un monasterio copto cuyos restos fueron demolidos a principios del siglo XX.

62. La tumba de Ineni es la TT81.

63. La tumba de Senenmut es la TT71.

64. Las momias de estos dos animales han sido descubiertas junto a la TT71; la tumba de Senenmut.

65. Término con el que los antiguos egipcios designaban al árbol del olíbano.

66. Véase Teresa Bedman y Francisco J. Valentín. *Senenmut, el hombre que pudo ser rey de Egipto*, Oberon, pág. 122.

67. Para características de estos navíos véase C. Desroches Noblecourt. *Hatshepsut la reina misteriosa*, Edhasa, pág. 245.

68. Para proclamación completa véase Teresa Bedman y Francisco J. Valentín. *Senenmut, el hombre que pudo ser rey de Egipto*, Oberon, pág. 130.

69. Para texto completo véase C. Desroches Noblecourt. *Hatshepsut la reina misteriosa*, Edhasa, pág. 271.

70. Para leer el resto de los detalles de esta expedición

véase C. Desroches Noblecourt. *Hatshepsut la reina misteriosa*, Edhasa, págs. 241-276.

71. Probablemente, se refiere a un vino de Chipre enviado a la reina por Niqmat I, rey de Ugarit.

72. Ambos animales pueden verse aún hoy en día en el pórtico sur de la segunda terraza, donde se encuentra grabada la expedición al país de Punt.

73. Existe un gran misterio entorno a la figura de este príncipe. La única referencia a él se encuentra en el *Akh menu* de Tutmosis III en Karnak donde unas inscripciones se refieren a Amenemhat como hijo mayor del rey e «intendente del ganado de Amon».

74. El nombre Opet proviene precisamente de ese mes; *Paore*, *Pa-ipet*, que significa la fiesta de *Ipet*; el harén del dios.

75. Para los nombres de las capillas reposadero véase C. Desroches Noblecourt. *Hatshepsut la reina misteriosa*, Edhasa, págs. 397-398.

76. Véase C. Desroches Noblecourt. *Hatshepsut la reina misteriosa*, Edhasa, pág. 398.

77. Se trata de la KV60, muy próxima a la KV20, la tumba de Hatshepsut.

78. Recordar que este era el modo con el que los antiguos egipcios se referían a los enemigos tradicionales de Egipto.

79. Área próxima al polo entre Lira y El Boyero.

80. Esta fecha corresponde a la noche del 14 al 15 de noviembre de 1463 a. C.

Bibliografía

ANDREWS, Carol, *Amulets of Ancient Egypt*, British Museum Press, 1994, Second University of Texas press, 1998.

ASSMANN, J., *Egipto, Historia de un sentido*, Abada Editores, Madrid, 2005.

BAINES, J. y MALEK, J., *Egipto. Dioses, templos y faraones*, Folio, Barcelona, 1992.

BARRET, C., *Dioses y diosas de Egipto. Mitología y religión del Antiguo Egipto*, EDAF, Madrid, 1994.

BEDMAN, T. y MARTÍN VALENTÍN, F. J., *Hatshepsut, de reina a faraón de Egipto*, Esfera de los Libros, Madrid, 2009.

—, *Sen-en-Mut: el hombre que pudo ser rey de Egipto*, Oberon, Madrid, 2004.

BELMONTE, J. A., *Pirámides, templos y estrellas*, Crítica, Barcelona, 2012.

BRESCIANI, E., *A orillas del Nilo*, Paidós Ibérica S.A., Barcelona, 2001.

BRIER, Bob, *Secretos del Antiguo Egipto mágico*, Robinbook, Barcelona, 1994.

—, *Momias de Egipto, las claves de un arte antiguo y secreto*, Edhasa, Barcelona, 1996.

BUNSON, M., *A Dictionary of Ancient Egypt*, Oxford University Press, Nueva York, 1991.

CASTEL, E., *Diccionario de mitología egipcia*, Alderabán, Madrid, 1995.

—, *Los sacerdotes en el Antiguo Egipto*, Aldebarán, Madrid, 1998.

CIMMINO, F., *Vida cotidiana de los egipcios*, EDAF, Madrid, 1991.

CLAYTON, P. A., *Crónica de los faraones*, Destino, Barcelona, 1996.

CORTEGGIANI, J. P., *El gran libro de la mitología egipcia*, La Esfera de los Libros, Madrid, 2005.

DEL CASAL, B., *Hatshepsut la primogénita del dios Amón*, Alderabán, Madrid, 1998.

DE RACHEWILTZ, B., *Los antiguos egipcios*, Plaza & Janés, Barcelona, 1987.

DESROCHES NOBLECOURT, C., *Hatshepsut, la reina misteriosa*, Edhasa, Barcelona, 2005.

DODSON, A., «The Tombs of the Kings of Early Eighteenth Dynasty at Thebes», *ZAS*, 115, 1988.

DODSON, A. y HILTON, D., *Las familias reales del Antiguo Egipto*, Oberon, Madrid, 2005.

DONADONNI, S. y otros, *El hombre egipcio*, Alianza Editorial, Madrid, 1991.

DORMAN, P. F., *The Monuments of Senenmut*, Londres, 1988.

DU PORTAL, F. E., *Los símbolos de los egipcios*, Obelisco, Barcelona, 1987.

EGGEBRECHT, A., *El Antiguo Egipto*, Plaza & Janés, Barcelona, 1984.

GARDINER, A., *Egyptian Grammar*, Griffith Institute Ashmolean Museum, Oxford, Gran Bretaña, 1927-50-57-64-66-69-73-76-78-82-88.

GRIMAL, N., *Historia del Antiguo Egipto*, AKAL, Madrid, 1996.

HARRIS, G., *Dioses y faraones de la mitología egipcia*, Anaya, Madrid, 1988.

HART, G., *A Dictionary of Egyptian Gods and Godesses*, Routledge & Kegan Paul Inc., Londres, 1990.

HAWASS, Z., «Quest for the Mummy of Hatshepsut», *KMT*, 17, nº 2, 2006.

—, «The scientific search for Hatshepsut's mummy», *KMT*, 18, n.º 3, 2007.

—, «The Search for Hatshepsut and the Discovery of her Mummy», www.guardians.net/hawass/hatshepsut/search_for_hatshepsut.htm, junio de 2007.

HUSSON, G. y VALBELLE D. E., *Instituciones de Egipto*, Cátedra, Madrid, 1998.

IKRAM, S. y DODSON, A., *The Mummy in Ancient Egypt*, Thames & Hudson Ltd, Londres, 1998.

KEMP, B., *El Antiguo Egipto. Anatomía de una civilización*, Críticas, Barcelona, 1992.

LAMY, L., *Misterios egipcios*, Debate, Madrid, 1989.

LURKER, M., *Diccionario de dioses y símbolos del Egipto Antiguo, Manual del mundo místico y mágico de Egipto*, Índigo S. A., Barcelona, 1991.

MANGADO ALONSO, M.ª Luz, *El vino de los faraones*, Fundación Dinastía Vivanco, Briones, 2003.

MANNICHE, L., *An Ancient Egyptian Herbal*, University of Texas Press, Austin, 1999.

MEEKS, D. y FAVARD-MEEKS, C., *La vida cotidiana de los dioses egipcios*, Temas de Hoy, Madrid, 1994.

MOREL, H. V. y MORAL, J. D., *Diccionario de Mitología Egipcia y de Medio Oriente*, Kier S. A.,, Buenos Aires 1987.

NAVILLE, E., *The Temple of Deir el-Bahari*, EEF, Londres, 1895-1908 (7 vols.).

—, *The XIth Dinasty Temple at Deir el-Bahari*, Londres, 1907-1913.

RACHET, G., *Diccionario de civilización egipcia*, Larousse, Barcelona, 1995.

RATIÉ, S., *La reine Hatchepsout. Sources et problèmes*, Leiden, 1979.

REEVES, C. N., *Valley of the Kings. The Decline of a Royal Necropolis*, Londres, 1990.

REEVES, C. N. y WILKINSON, R. H., *Todo sobre el Valle de los Reyes*, Destino, Barcelona, 1998.

RYAN, D. P., «Who is buried in KV60?», *KMT a Modern Journal of Ancient Egypt*, 1990.

Rice, M., *Quién es quién en el Antiguo Egipto*, Archivos Acento, Madrid, 2002.

Sánchez Rodríguez, A., *Astronomía y matemáticas en el Antiguo Egipto*, Alderabán, Madrid, 2000.

Show, I., *Historia del Antiguo Egipto*, La Esfera de los Libros, Madrid, 2007.

Show, I. y Nicholson, P., *Diccionario Akal del Antiguo Egipto*, Akal, Madrid, 2004.

Strouhal, E., *La vida en el Antiguo Egipto*, Folio, Barcelona, 1994.

Trigger, B. G., Kemp, B. J., O'Connor, D. y Lloyd, A. B., *Historia del Antiguo Egipto*, Crítica, Barcelona, 1995.

Tyldesley, J., *Mitos y leyendas del Antiguo Egipto*, Crítica, Barcelona, 2010.

Weeks, R. K., *Los tesoros de Luxor y el Valle de los Reyes*, Libsa, Madrid, 2006.

Wilkinson, R. H., *Todos los dioses del Antiguo Egipto*, Oberon, Madrid, 2003.

—, *Cómo leer el arte egipcio. Guía de jeroglíficos del Antiguo Egipto*, Crítica, Barcelona, 1995.

Wilkinson, T., *The Raise and Fall of Ancient Egipt*, Bloomsbury Press, Londres, 2010.

Wilson, J. A., *La cultura egipcia*, F. C. E., Madrid, 1988.

Terminología egipcia

akh: la unión entre el *ba* y el *ka*.

Akhet: la inundación, corresponde al período comprendido entre el 15 de julio y el 15 de noviembre.

Amenti: el mundo de los muertos.

Ankh em maat: «El que vive en la verdad».

apiru: los bandidos que asolaban el valle de La Bekaa.

«Aquellos que dan la vida»: de esta forma llamaban los antiguos egipcios a los escultores.

atef: una de las coronas que porta el faraón a lo largo de su reinado.

Atón: el disco solar.

ba: así llamaban los antiguos egipcios al alma.

bau: fuerzas con las que los dioses podían actuar a distancia.

Campos del Ialú: tal era el nombre del paraíso de los egipcios.

Canciller del dios: jefe de los embalsamadores.

casa de la cerveza: taberna donde también se podía disfrutar de la compañía de mujeres.

Casa de la Vida: escuela albergada en el templo.

Casa de los Libros: los archivos del templo.

codo: unidad de medida equivalente aproximadamente a 0,523 metros.

corvada: las levas forzosas que reclutaban campesinos para trabajar en la edificación de obras públicas y monumentos.

deben: medida de peso usada para las transacciones.

denyt: diques de retención construidos en la época de la crecida del río.

djed: pilar símbolo de estabilidad.

epep: mes de mayo-junio.

Heb Sed: festival que conmemora los primeros treinta años de reinado del faraón.

heka: mago, hechicero. También, cetro que simboliza el poder de gobernar del faraón.

heka-het: gobernador.

hekat: unidad de medida de volumen.

hem netcher: profeta.

hem netcher tapy: primer profeta de Amón.

hemet-nisut-weret: Gran Esposa Real.

henen: pene.

hentis: así designaban los antiguos egipcios a los años.

hery-sesheta: sacerdote jefe al cargo de las ceremonias del ritual.

heset: muchacha cantora al servicio de la diosa Hathor.

ibes: una de las coronas que porta el faraón durante su reinado.

imira sesemet: jefe de la caballería.

irep: vino.

iteru: equivalía a 10,5 kilómetros.

iti netcher: «Padre del Dios y puro de manos».

justificación de Osiris: si el difunto era declarado apto para alcanzar el paraíso tras el Juicio Final, se decía de él que era «justificado».

ka: tiene un significado complejo que podríamos traducir como la energía vital del individuo.

kap: academias donde los príncipes y los hijos de las familias poderosas eran educados.

khamsin: viento del desierto.

khar: unidad de medida de volumen.

khepresh: la corona de color azul que porta el faraón durante la batalla.

kilt: sencilla prenda que acostumbraban a llevar los campesinos.

kolahk: cuarto y último mes de *Akhet* (octubre-noviembre).

«levantar tiendas»: así llamaban los antiguos egipcios al acto amoroso.

maat: principio de orden y justicia inmutable.

maaty: un «justificado» en el *maat*.

medjays: soldados que cumplían labores de policía.

menefyt: los veteranos en el ejército.

mer mes: general del ejército egipcio.

meret: siervo, campesino.

meryt: barreras de contención para proteger las casas de la crecida del río.

meshir: segundo mes de *Peret*; equivale al período comprendido entre el 15 de diciembre y el 15 de enero de hoy.

mesore: cuarto mes de *Shemu*.

mesyt: la cena.

metu: los antiguos egipcios creían que el cuerpo se hallaba repleto de canales llamados *metu*, que comunicaban todos los órganos entre sí. Por ellos circulaban todo tipo de fluidos.

mrjyt: clepsidra empleada para medir las horas nocturnas.

mu: semen.

mut-nisut: Madre del Rey.

nebet: señora.

nekhej: flagelo portado por el faraón, símbolo ancestral de su poder.

nemes: pieza típica de tela con la que se cubría la cabeza el faraón.

netcheru neferu: dios menor.

Niño de Horus: los ayudantes de los embalsamadores.

nomarca: el gobernador al cargo del nomo.

nomo: nombre que recibían las provincias en el Antiguo Egipto.

Nueve Arcos: los tradicionales enemigos de Egipto.

ostrakas: fragmentos de cerámica empleados para aprender a escribir.

paone: segundo mes de *Shemu*.

paope: segundo mes de *Akhet*.

pashons: primer mes de *Shemu*.

Peret: estación de la siembra.

phylaes: secciones en las que se dividían los trabajadores al servicio de los templos.

prenomen: nombre que tomaba el faraón al coronarse.

primer profeta: el sumo sacerdote.

pschent: la corona de las Dos Tierras que porta el faraón.

qahar: mercenarios libios.

quite: medida de peso equivalente a nueve gramos.

Ra-Atum: el sol de la tarde.

Ra-Horakhty: el sol del mediodía.

Ra-Khepri: el sol de la mañana.

renpit gab: un «año cojo»; año de desventuras en el que los meses se presentaban desordenados y las cosechas eran malas.

sacerdote *sem*: sacerdotes que actuaban en las ceremonias religiosas para celebrar los ritos de resurrección. Estaban adscritos al clero del dios Ptah y al del dios Ra, aunque también se encontraban relacionados con Sokar, un dios menfita ligado funerariamente a Ptah.

Sala de las Dos Justicias o Sala de las Dos Verdades: lugar donde se celebraba el Juicio Final.

saru: consejo local de notables.

sat nisut: Hija del Rey.

sebi: ceremonia de la circuncisión.

sedjemy: juez supremo.

sehedy sesh: escriba inspector.

sema-tawy: ceremonia en la que se representaba la unión indisoluble de las Dos Tierras, el Alto y el Bajo Egipto.

sementiu: los mineros.

sendyit: faldellín corto.

senet: un tipo de pasatiempo muy popular entre los egipcios.

sesh mes: escriba del ejército.

seshat: también conocida como *arura*. Equivalía a 2.735 metros cuadrados (cuatro *seshat* correspondían a algo más de una hectárea).

shebyu: collar de cuentas de oro macizo.

shedeh: un licor embriagador con propiedades afrodisíacas.

Shemu: estación de la cosecha.

shep-set-aat: gran dama noble.

shuty: tratante de comercio.

sunu: así llamaban a los médicos en el Antiguo Egipto.

talatat: bloque de piedra arenisca de menor tamaño (60 × 25 centímetros) que el empleado tradicionalmente en la construcción de templos y otros edificios.

tay srit: portaestandarte del ejército egipcio.

tent heteri: soldados de carros.

thot: primer mes de *Akhet*.

ti-aty: visir.

tobe: primer mes de *Peret*.

Toro Poderoso: uno de los epítetos con los que se hacía llamar el faraón.

trilítero: caracteres jeroglíficos que representan tres consonantes.

Unuty: organismo formado por doce sacerdotes horarios.

ureus: símbolo característico de la realeza que puede verse en el tocado del faraón, en el que se representa una cobra erguida.

ushebtis: «Los que responden»; estatuillas, generalmente mo-
miformes, que se depositaban en las tumbas para realizar
cualquier trabajo del difunto en el Más Allá.

was: cetro, símbolo de poder.
web: sacerdote purificador.

ESTACIONES Y MESES
DEL CALENDARIO EGIPCIO

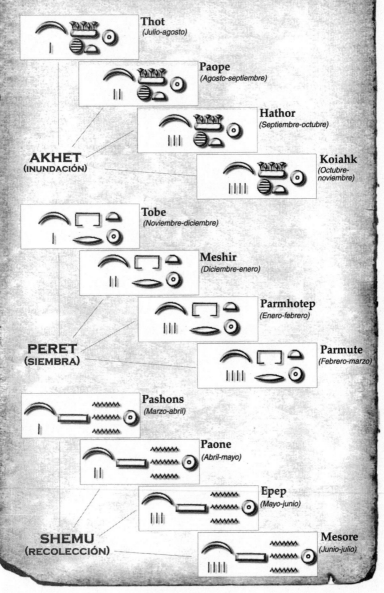

Índice